清代宮廷大戲叢刊初編

昭代簫韶【下】

（清）王廷章 編寫
張申波 校點

北京大學出版社
PEKING UNIVERSITY PRESS

第六本卷上

第一齣　奮雄威三城連克（先天韻）

〔雜扮遼兵，各戴額勒特帽，穿外番衣，持兵器。雜扮遼將，各戴盔襯、狐尾、雉翎，穿打仗甲，持兵器。雜扮蕭達蘭、耶律博郭濟、耶律學古、耶律希達、耶律色珍、耶律休格、蕭天佐，各戴外國帽、狐尾、雉翎，紥靠，持兵器。浄扮韓德讓，戴外國帽、狐尾、雉翎，紥靠，背令旗，持鎗。引旦扮蕭氏，戴蒙古帽練垂，紥靠，背令旗，持刀。從上場門上，作遶場科。同唱〕

【中呂宮正曲·粉孩兒】慌慌的(讀)，棄連城旌旗捲(韻)，剩殘兵敗騎(讀)，不勝顏靦(韻)。騰騰勢逼熾盛煽(韻)，促征駒急急煎煎(韻)，〔合〕要逃生不憚辛勤(句)，再追來我命虛懸(韻)。〔蕭氏白〕昨晚被宋兵攻破趙州，孤率衆巷戰而逃，只得連夜投奔晉州，暫避其鋭。〔内應吶喊科。蕭氏白〕追兵又來了，怎生是好？〔韓德讓白〕不妨，前面就是晉州，催軍緊行。〔衆應遶場科。同唱〕

【中呂宮正曲·紅芍藥】征塵滾(句)，金鼓喧闐(韻)，又早的踵後尾連(韻)。咱挫盡威風膽氣軟(韻)，他志軒昂督兵驅獮(韻)。〔内應吶喊科，蕭氏等作回望科。同白〕呀。〔同唱〕看紛紛(句)，旌旗逐隊聯(韻)，勢縱横鞭雷掣電(韻)。〔合〕震山川喊殺連天(韻)，脱虎口死餘幸免(韻)。〔場上設晉州城。雜扮遼兵，各戴額勒特帽，穿外番衣，持兵器。引雜扮劉柯、麻哩喇虎，各戴外國帽、狐尾、雉翎，紥靠，持兵器，作出城迎接科。劉柯、麻哩喇虎白〕臣等迎接娘娘。〔蕭氏白〕追兵至矣，二卿小心守禦。〔劉柯、麻哩喇虎白〕請娘娘進城，追兵臣等退之。〔蕭氏等作進城科，下。劉柯、麻哩喇虎白〕衆兒郎，追兵到時，各各奮勇迎敵者。〔遼兵應科，引劉柯、麻哩喇虎進城科，下。雜扮軍士，各戴馬夫巾，穿箭袖卒褂，持兵器。引旦扮金頭馬氏，戴七星額，紥靠，背令旗，持刀。浄扮呼延贊，戴黑貂，紥靠，背令旗，持鞭。從上場門上，遶場科。同唱〕

【中吕宫正曲·耍孩兒】前部先鋒提輕健(韻)，策馬追來疾(句)，怎容他蓄鋭安然(韻)。〔呼延贊白〕衆軍士，我今用個詐敗驕兵之計。若有遼將出戰，只可敗，不可勝。〔軍士應科。呼延贊、金頭馬氏白〕城内遼將，誰敢出戰？〔劉柯、麻哩喇虎内白〕衆兒郎，出城迎敵者。〔遼兵引劉柯、麻哩喇虎作出城科。劉柯、麻哩喇虎白〕宋將休得猖狂，勸你早早收兵回去。少若遲延，立擒爾等下馬。〔呼延贊、金頭馬氏白〕多講。〔作合戰科，從下場門下。劉柯、麻哩喇虎追呼延贊、金頭馬氏從上場門上，挑戰科，從下場門下。呼延贊等，麻哩喇虎等，從上場門上，合戰科，呼延贊等從上場門敗下。劉柯、麻哩喇虎白〕俺們只當宋將不知怎麽樣天神下降，被俺二人一戰就敗，足見韓元帥等畏敵之故也。收兵進城。〔遼兵應科，同作進城，下，隨撤城科。遼兵遼將、韓德讓等引蕭氏從上場門上。蕭氏唱〕行兵(句)十餘載(讀)，戰必將功建(韻)。幾曾似(讀)，今日連城陷(押)，〔合〕喪全軍何顏面(韻)。〔場上設椅，蕭氏坐科。劉柯、麻哩喇虎從上場門上。白〕一戰追兵退，且安衆將心。〔作進見科。白〕娘娘，可喜追兵一到，被臣二人奮勇一戰，宋將大敗而逃了。〔蕭氏白〕宋兵正在銳利之間，孤十萬雄兵尚且不能取勝。你二人數千人馬，宋兵何至大敗而去？〔劉柯、麻哩喇虎白〕一來娘娘之福，二來臣二人武藝高强。〔蕭氏白〕非也，又不知是什麼智謀了。〔唱〕

【中呂宫正曲·會河陽】他鋒銳難攖(讀)，魚貫而前(韻)，俺精兵十萬尚徒然(韻)。怎言(韻)，兩將驅兵(讀)，反擊將敗旋(韻)，用何謀虛花騙(韻)？〔韓德讓等同白〕娘娘所慮甚明，二位將軍，當傳諭三軍，嚴防守爲上。〔劉柯、麻哩喇虎白〕元帥忒也虛心，剛得一次勝仗，倒疑惑起來了。用兵不在多少，豈不知臣這五千人馬，乃是生力兵，故能一可攩百。〔唱合〕常言(句)，逸待勞殊精健(韻)。又言(句)，將多謀功能建(韻)。〔宋太宗、德昭内白〕大小三軍，將晉州城團團圍住，奮力攻打。〔衆内應吶喊。蕭氏等作驚疑科。遼兵從上場門上。白〕敗兵復又至，引衆反圍城。〔作進門禀科。白〕啟上娘娘，宋兵將城圍住，方纔那兩員宋將，又在那裏討戰了。〔蕭氏作驚慌起，隨撤椅科。蕭氏白〕有這等事？這便如何是好？〔唱〕

【中呂宫正曲·越恁好】急聞凶信(句)，急聞凶信(疊)，心亂意茫然(韻)。這孤城怎守(句)？兵微弱將不全(韻)，呼天不應淚如泉(韻)，怕城池再陷(押)。〔劉柯、麻哩喇虎白〕宋將本領，不過如是。待臣二人領兵出南門迎敵，他週圍人馬，必來接應。那時可守則守，不能守者，衆位保護娘娘，逃出北門去便了。〔蕭氏白〕此計甚好，二位將軍，須要小心。〔劉柯、麻哩喇虎白〕領旨。〔遼兵引劉柯、麻哩喇虎從下場門下。蕭氏唱合〕早知(讀)，他詭計也無先見(韻)。如今(讀)，這困厄也難逃免(韻)。〔同從下場門下。場上仍設晉州城，軍士引呼延贊、金頭馬氏從上場門上。呼延贊白〕遼兵早早出城受死。〔遼兵引劉柯、麻哩喇虎出城，合戰科。雜扮健軍，各戴紥巾，穿採蓮襖卒褂，持兵器。引雜扮佘子光、呂彪、關沖、劉超、林榮、劉金龍、張蓋、陳林、柴幹，生扮岳勝，雜扮李明、王全節、史文斌，浄扮呼延畢顯，各戴盔，紥靠，持兵器。浄扮孟良，戴紥巾額，紥靠，背葫蘆，持雙斧。浄扮焦贊，戴紥巾額，紥靠，持鎗。生扮楊景，戴帥盔，紥靠，背令旗，持鎗。生扮德昭，戴素王帽，紥靠，背令旗，持金鎗。從兩場門分上，作圍繞合戰科。劉柯、麻哩喇虎白〕不好了，開城。〔作開城科，劉柯等作進城，下。孟良、焦贊白〕隨我來。〔作引健軍、軍士、呼延贊等進城科，下。雜扮羽林軍，各戴馬夫巾，紥額，穿打仗甲，持鎗。雜扮内侍，各戴太監帽，穿蟒箭袖黄馬褂，捧弓箭。雜扮鄭壽、党忠，戴盔，紥靠，持兵器。外扮寇凖，戴相貂，穿蟒，束帶，帶印綬，佩劍。生扮宋太宗，戴金王帽，穿黄龍箭袖團龍排穗，束黄鞓帶，佩劍，執馬鞭。雜扮一軍士，戴紥巾，穿蟒箭袖黄馬褂，執黄纛。同從上場門上，作進城，下，隨撤城科。遼兵遼將、韓德讓等，引蕭氏從上場門上，作逃場科。同唱〕

【中呂宫正曲・紅繡鞋】耳中鼓噪連天(韻)、連天(格)，驚慌無措顛連(韻)、顛連(格)。軍簇簇(句)，馬闐闐(韻)。街衢塞(句)，市廛填(韻)。〔合〕忙逃北(句)，慢遲延(韻)。〔軍士、健軍引楊景、德昭、呼延贊等，從兩場門分上，作圍繞合戰科，從下場門下。呂彪、佘子光等，追耶律希達、耶律學古等，從上場門上，合戰科，從下場門下。德昭、楊景追蕭氏從上場門上，挑戰科，從下場門下。呼延贊、孟良等追韓德讓、蕭氏等，從上場門上，作合戰科，蕭氏等從下場門敗下。羽林軍、内侍、寇準等，引宋太宗從上場門上。軍士、健軍等白〕遼衆逃出北門去了。〔宋太宗白〕天色漸晚，難以追趕，就在城中歇馬。命探子跟隨打聽蕭氏何處屯兵，即來回報。〔楊景白〕領旨。〔同唱〕

【慶餘】三城連克天威顯㊞，屬郡聞風魂自捐㊞，好趁這破竹威風把遼衆翦㊞。〔同從下場門下〕

第二齣　摧勁敵萬騎齊奔（真文韻）

〔內作起更科。雜扮巡更遼兵，各戴額勒特帽，穿外番衣，執鈴柝、鈎杆、更鑼、燈籠，從上場門上，作歎科。白〕今日也要交兵，明日也要交兵，殺得俺魂膽皆驚。這個要圖汴京，那個要圖汴京，自己倒失了三城。〔分白〕俺們娘娘信了賀驢兒的話，用甚麽假降之計，被宋兵殺得抱頭鼠竄。不曾圖得汴京，自己倒失去三城。不要說兵丁死了無數，獨說有名上將，傷了四十餘員。如今在此荒郊，草創營盤，暫且養息軍馬，真正威名折盡了。聽見說馳驛往臨潢，調師元帥趨救，但願早早到來救應纔好。不然只怕我們皆要嗚呼哀哉了。方纔韓元帥傳下令來，教我們小心巡營，不許偷安，以防宋兵偷營劫寨。唉，連跑了三日三夜，那有精神巡營？不要管，且去睡一覺再說。〔虛白，同從下場門下。內打二更。旦扮二遼女，各戴紮額狐尾雉翎，穿甲，佩劍，執燈籠。雜扮蕭天佐、耶律休格、耶律色珍、耶律希達，各戴外國帽、狐尾、雉翎，紥靠，持兵器。護旦扮蕭氏，戴蒙古帽練垂，紥靠，披斗袚，佩劍，從上場門上。蕭氏唱〕

【雙角套曲・新水令】荒郊立寨聚殘軍(韻)，棄三城倉猝裏敗北慌遁(韻)。人共馬(讀)，驅馳的多苦辛（句）。兵與將（讀），酣戰得少精神（韻）。暫草創營壘棲身（韻），單則怕劫寨燒屯（韻），少不得預防患要親勤慎（韻）。〔作歎科。白〕興敗皆天定，半點不由人。孤一時孟浪行計，自思唾手成功。誰知宋君英明神武，楊景僞死起用，殺得俺連失三城，棄甲曳兵而遁。只得離晉州三十里，草立孤營，暫歇人馬，天明速奔幽州，再思復讐之計。又恐宋兵乘夜劫營，爲此親自巡視一番。〔唱〕

【雙角套曲·駐馬聽】深夜嚴巡（韻），深夜嚴巡（疊），惟慮三軍偷安盹（韻）。遇偷營迫窘（韻），睡魂顛倒走無門（韻）。〔内作酣睡聲科。蕭氏白〕呀，你聽，到處俱是鼾齁之聲，一些防備也没有。快喚醒他們來。〔蕭天佐等向下白〕衆遼兵，娘娘在此巡營，快些起來。〔巡更遼兵從下場門上。白〕什麽人？夤夜喧嘩。〔蕭天佐等白〕娘娘在此。〔巡更遼兵作參見科。白〕原來是娘娘。〔蕭氏白〕好大膽，這等敗迫之際，還敢偷安。〔巡更遼兵白〕唉，這三日三夜殺得來人倦馬疲。望娘娘開恩，容俺們打個盹兒，明日也好上陣，不然實不能上陣了。〔蕭氏白〕難道孤家不知爾等苦楚？所防者宋兵劫營。〔唱〕深知將卒受苦勤（韻），因防劫寨難憐憫（韻）。〔巡更遼兵白〕唉，偷安並非我們幾人。合營將士，那個没有睡嗄？〔蕭氏白〕嗄，合營將士都睡了？〔巡更遼兵白〕其實疲倦了。〔蕭氏歎科。白〕我兵連日敗逃，十分辛苦，也怪不得他們。罷，勝敗付之天命罷，不必巡視了，回帳去者。〔唱〕倘變三軍（韻），萬一紛紛涣散仗著誰幫襯（韻）？〔仍同從上場門下。巡更遼兵白〕好了，有得睡了。〔同從下場門下。内作打三更。净扮孟良，戴紥巾額，紥靠，背葫蘆，帶雙斧，從上場門上。唱〕

【雙角套曲·沉醉東風】俺主上神機籌運（韻），破遼人把三路兵分（韻）。要將寨壘踹（句），營蹂躪（韻），乘虛劫子夜黄昏（韻），雄兵蕩掃敗殘軍（韻），魂魄驚天威一震（韻）。〔白〕早有探子回報，説遼兵離晉州三十里安營。聖上哈哈大笑，説今晚必使遼人片甲不存矣。即派千歲元帥，領兵一萬，往中途埋伏去了。又命寇丞相等，屯兵保守晉州。主上親督大兵，已向遼營週圍佈列。只等俺入營舉火爲號，外面四門放砲，大兵合圍衝殺。〔唱〕

【雙角套曲·鴈兒落】佈天羅有皇爺大伏軍（韻），撒地網是千歲排奇陣（韻）。把咽喉六哥截路兵（句），踹營盤大將雄威很（韻）。〔内打三更。孟良白〕已到營門。〔作悄進四顧科。白〕妙嗄，合營睡熟，竟無防備。此乃天助成功也，待我舉火。〔作舉葫蘆咒科。白〕詛。〔作放火彩，内鳴砲科。雜扮軍士，各戴馬夫巾，穿箭袖卒褂，持兵器。雜扮將官，各戴馬夫巾，紮額，穿打仗甲，持鎗。净扮焦贊，戴紮巾額，紮靠，持鎗。净扮呼延畢顯，雜扮李明、王全節、党忠、鄭壽、史文斌，各戴盔，紮靠，持兵器。旦扮金頭馬氏，戴七星額，紮靠，背令旗，持刀。净扮呼延贊，戴黑貂，紮靠，背令旗，持鞭。雜扮羽林軍，戴馬夫巾，紮額，穿打仗甲，持鎗。生扮宋太宗，戴金王帽，穿黄龍箭袖團龍排穗，束黄鞓帶，佩劍，持鎗。雜扮一軍士，戴紮巾，穿蟒箭袖黄馬褂，執黄纛。從兩場門分上。宋太宗白〕踹營。〔衆應，從兩場門衝下。雜扮遼兵，各戴額勒特帽，穿外番衣，持兵器。雜扮遼將，各戴盔襯狐尾雉翎，穿打仗甲，持兵器。雜扮劉柯、麻哩喇虎、蕭達蘭、耶律學古、耶律博郭濟，各戴外國帽、狐尾、雉翎，紮靠，持兵器。净扮韓德讓，戴外國帽、狐尾、雉翎，紮靠，持鎗。從兩場門混跑上。軍士將官等，呼延贊、金頭馬氏等，從兩場門追上，圍繞交戰科。韓德讓等從下場門敗下，呼延贊等追下。蕭氏從上場門急上。白〕不好了，忽然砲響如雷，金鼓震地，宋兵四門殺入，怎麽處？〔唱〕

【雙角套曲·得勝令】一霎裏軍潰盡慌奔(韻)，四下裏劍戟密如雲(韻)。逼得俺亂亂無師旅(句)，怎當他驍驍有膽軍(韻)。人人(韻)，眼倦頭迷暈(韻)。昏昏(韻)，魂飛没定神(韻)。〔党忠、鄭壽、史文斌、金頭馬氏、呼延贊，從上場門追上，合戰科，蕭氏從下場門敗下。蕭天佐、耶律色珍、耶律休格、耶律希達，從上場門追上，合戰科，同從下場門下。軍士、孟良、焦贊、呼延畢顯、李明、王全節，追遼兵、劉柯、麻哩喇虎、耶律學古、耶律博郭濟、韓德讓，從上場門上，作挑戰合戰科，從下場門下。蕭氏從上場門上。唱〕

【雙角套曲·挂玉鉤】成敗由天不在人(韻)，將士皆傷損(韻)，敗泣途窮我一身(韻)。〔内呐喊科，蕭氏作望科。白〕呀。〔唱〕宋主追來緊(韻)，喊殺聲(句)，如雷震(韻)，敢籲天麻(句)，則叩天恩(韻)。〔呼延贊等同從上場門上。同白〕蕭氏那裏走？〔合戰科。軍士將官、孟良、焦贊等，追遼兵遼將、劉柯、麻哩喇虎等，從上場門上，合戰科，同從下場門下。孟良追劉柯，從上場門上，挑戰，孟良作劈死劉柯，從下場門下。焦贊追麻哩喇虎，從上場門上，挑戰，焦贊作刺死麻哩喇虎，從下場門下。呼延贊追耶律希達，從上場門上，挑戰，呼延贊作打死耶律希達，從下場門下。宋太宗等追蕭氏等，同從上場門上，蕭氏等從下場門敗下。宋太宗白〕緊緊追趕。〔衆應科，同從下場門下。雜扮健軍，各戴馬夫巾，穿採蓮襖卒褂，持兵器。雜扮林榮、佘子光、吕彪、關沖、劉超、劉金龍、張蓋、陳林、柴幹、岳勝，各戴盔，紥靠，持兵器。引生扮楊景，戴帥盔，紥靠，背令旗，持鎗。生扮德昭，戴素王帽，紥靠，背令旗，持金鎗。同從上場門上，遶場科。同唱〕

【雙角套曲·沽美酒】領一隊貔貅虎賁軍(韻)，糾糾的幹國柱石臣(韻)，勇猛爭前敢奮身(韻)。奉皇令東西兩分(韻)，截住他難逃遁(韻)。〔內吶喊科。楊景、德昭白〕聽喊殺之聲，我兵追趕遼兵來也。衆將官，小心埋伏，準備截戰者。〔衆應，同從下場門下。軍士將官、呼延贊等，追遼兵遼將、蕭氏等，同從上場門上，合戰科，蕭氏引衆敗科。楊景、德昭等，從下場門上，截科。楊景、德昭白〕蕭氏那裏走？〔合戰科，蕭氏等從下場門敗下，德昭、呼延贊等追下。楊景追蕭達蘭，從上場門上，戰科。楊景白〕蕭達蘭看鎗。〔作刺死蕭達蘭，從下場門下。岳勝追耶律博郭濟從上場門上，挑戰，岳勝作斬耶律博郭濟，從下場門下。遼兵遼將等，健軍將官等，從上場門上，絡繹挑戰科，從下場門下。陳林、柴幹等，追耶律學古、蕭天佐、耶律色珍、耶律休格、韓德讓、蕭氏，從上場門上，合戰。軍士、健軍、將官等，從兩場門分上，作圍科。陳林等追蕭氏等，從兩場門下，軍士、健軍、將官從兩場門圍下。蕭氏從上場門上。唱〕

【雙角套曲·太平令】看看看鐵桶般重圍疊困(韻)，四週遭劍戟紛紛(韻)，怎闖出天羅絶陣(韻)？怎避却劍鋒鎗刃(韻)？一隊隊虎羣(韻)，猛賁(韻)，這單身左衝也那右奔(韻)。〔遼兵遼將、蕭天佐、耶律學古、耶律色珍、耶律休格、韓德讓同從上場門跑上科。白〕娘娘，宋兵四面圍裹將來，臣等保娘娘殺出重圍纔好。〔蕭氏白〕六十員上將，就剩你們了麽？〔韓德讓等同白〕正是。〔蕭氏白〕罷了嗄罷了，十萬雄兵將，一陣盡無存。〔唱〕天只佑俺闖出得這軍陣(韻)。〔軍士、健軍、將官、楊景、德昭、宋太宗等，從兩場門分上，作圍繞合戰科。蕭氏等作突圍，從下場門敗下。宋太宗白〕這場鏖戰，可使遼人喪膽消魂，他今必奔幽

州，再圖恢復之計。傳諭往晉州養軍歇馬，候令進征。〔衆應科。同唱〕

【煞尾】羣遼怎架天威震㊎，一戰裏褫魄消魂㊎。山河半壁獻吾君㊎，要他版圖指日躬身進㊎。〔同從下場門下〕

第三齣　逢勇將難圖後舉（蕭豪韻）

〔雜扮遼將，各戴盔襯、狐尾、雉翎，穿打仗甲，同從上場門上。遼將白〕森森戈戟柳營開，糾糾英雄破敵來。承命元戎能決勝，臨潢誠是廣奇才。俺們隨師元帥，自臨潢府起兵，剛至幽州，恰遇娘娘敗績回軍。木郡馬即行保奏，命俺元帥統領本部，拒敵宋兵，復整威風。俺們奉令齊集三軍，專候元帥發令，就去走遭。令行山嶽動，言出鬼神驚。〔同從下場門下。雜扮呂彪、佘子光、關沖、劉超、林榮、劉金龍、張蓋、陳林、柴幹，各戴盔，紥靠。淨扮孟良，戴紥巾額，紥靠，背葫蘆。淨扮焦贊，戴紥巾額，紥靠。生扮岳勝，戴盔，紥靠。從上場門上。同白〕桓桓將列貔貅帳，糾糾軍屯虎豹營。我等隨駕伐遼，已將蕭氏追進幽州。離城五十里，列下大營兩座，將人馬分爲兩隊。王丞相、呼延畢顯等，帥領郎千、郎萬以下十二名，在後面御營保駕。寇丞相、楊元帥、呼延老將軍，帥領我等十二名，在前營保護千歲。方纔傳齊我等，帳前聽調，只得在此伺候。〔雜扮軍士，各戴馬夫巾，穿箭袖卒褂，持兵器。雜扮李明、王全節，各戴盔，紥靠。淨扮呼延贊，戴黑貂，紥靠，背令旗。旦扮金頭馬氏，戴七星額，紥靠，背令旗。引外扮寇準，戴相貂，穿蟒，束帶，帶印綬。生扮楊景，戴帥盔，紥靠，背令旗。生扮德昭，戴素王帽，紥靠，背令旗，襲蟒，束玉帶，佩劍。從上場門上。寇準、楊景、德昭唱〕

【正宫引・三疊引】忠心耿耿輔皇朝（韻），正氣凌雲浩浩（韻），前部統熊羆（句），竭力安邊圖報（韻）。〔場上設椅，德昭、楊景、寇準轉場坐科。岳勝等作參見科。同白〕衆將參見。〔楊景白〕歸班候令。〔衆應，分侍科。德昭白〕孤有一事不解，我兵將欲圍城，元帥即命解圍回營者何故？〔楊景白〕臣啟千歲，昔太公兵法云，凡攻城圍邑，觀城之氣。色如死灰者，城可屠。氣出北城可克，氣出西城可降，氣出南城不可拔，氣出東城不可攻。城之氣出而復入者，城主逃北。氣出高而無所止，用兵久長。凡攻城過旬，不雷不雨，必亟去之。〔德昭白〕爲何？〔楊景白〕城必有大輔。〔寇準、德昭同白〕今元帥不攻城者，何故？〔楊景白〕昨觀此城，氣出而東，故不可攻。況氣出而無所止，抑且不能立時克捷。所以撤圍并兵者，使敵人見圍解，勢必自出。自出則意散，易破之道也。〔寇準、德昭白〕妙嗄，腹蘊甲兵，胸羅星斗，足見經世濟時之才也。〔雜扮報子，戴馬夫巾，穿報子衣，繫鑾帶，執報字旗，從上場門上。白〕報。〔作進門稟科。白〕啟上元帥，小校打聽得臨潢新到副帥師蓋，領本部一萬人馬，特來報復前輸，請令定奪。〔楊景白〕再去打聽。〔報子應科，作出門，仍從上場門下。楊景白〕蕭氏新敗，銳氣折盡，即思報復前輸，乃自取其敗也。〔德昭白〕元帥何計取勝？〔楊景白〕這廝此來，孟浪用兵，必當誘敵取勝。呼延贊、金頭馬氏、岳勝聽令。〔呼延贊等應科。楊景白〕爾三人，領五千精銳，離大營二十里埋伏。伺吾誘敵到來，爾等抄其後。本帥回戈而戰，前後夾攻，必獲全勝。依計施行。〔呼延贊等應科，從下場門下。楊景白〕李明、王全節，同孟良、焦贊，隨本帥迎敵引戰者。〔李明、王全節等應科。寇準、德昭白〕元帥馬到成功。〔作起，隨撤椅。德昭、寇準等從下場門下。楊景白〕就此起兵前去。〔衆應。楊景等作各乘馬，持兵器。雜扮一軍士，戴馬夫巾，穿箭袖，繫肚囊，執纛，從上場門暗上。衆引遶場科。同唱〕

【正宫正曲・普天樂】擁精兵開旗纛(韻)，促軍行掌軍號(韻)，威風壯似虎彪烋(韻)，論專征憑著龍韜(韻)。〔合〕驅戎進勦(韻)，要版圖奉我朝(韻)，踏破臨潢(讀)，凱唱鞭敲(韻)。〔同從下場門下。遼兵遼將引雜扮耶律吶、耶律奚迪、韓君弼，各戴外國帽、狐尾、雉翎，紥靠，持兵器。浄扮師蓋，戴外國帽、狐尾、雉翎，紥靠，背令旗，持刀。雜扮一遼兵，戴額勒特帽，穿外番衣，執纛。同從上場門上，遶場科。同唱〕

【正宫正曲・玉芙蓉】英風挫北遼(韻)，敗績遺其笑(韻)，被中華宋帝(讀)，致勝連朝(韻)。聞言烈性騰騰躁(韻)，奏主提兵大戰鏖(韻)。〔分白〕俺乃副元帥師蓋是也。俺乃臨潢府總鎮大將軍韓君弼是也。俺乃馬軍檢點耶律奚迪是也。俺乃步軍檢點耶律吶是也。〔師蓋白〕奉命討戰，報復前輪，衆兒郎殺上前去。〔衆應科。同唱合〕威風浩(韻)，管功成馬到(韻)。看今番(讀)，疆場決勝顯英豪(韻)。〔軍士引楊景等同從上場門衝上。楊景白〕遼將報名。〔師蓋白〕俺乃副元帥師蓋，宋將何名？〔楊景白〕本帥平遼大元帥楊——〔師蓋白〕你就是楊景麽？〔楊景白〕然。〔師蓋作怒喝科。白〕楊景，你輒敢藐視遼邦，欺壓吾主。今日一旅之師，敢來送死。〔楊景怒喝科。白〕那韓德讓尚且屢敗吾手，何況爾等。吾當揮兵立誅羣醜，看鎗。〔作合戰科，軍士、孟良等，遼兵遼將、韓君弼等，從兩場門戰下。師蓋白〕楊景，你也不知本帥的英勇。〔唱〕

【正宮正曲・普天樂】俺威名伊非曉(韻)，無敵將咱名號(韻)。相逢處多分難逃(韻)，耀青鋒魂魄俱消(韻)。〔作戰科。楊景白〕師蓋，你今遇俺六郎呵，〔唱合〕驅兵進勦(韻)，要版圖奉我朝(韻)，踏破臨潢(讀)，凱唱鞭敲(韻)。〔作戰科，同從下場門下。遼兵遼將、韓君弼等，軍士、王全節、孟良等，陸續從上場門上，挑戰科，從下場門下。師蓋等追楊景等，從上場門上，合戰科，楊景等從下場門敗下，師蓋等追下。中場設山石科。雜扮軍士，各戴馬夫巾，穿箭袖卒褂，持兵器。引岳勝、金頭馬氏、呼延贊從上場門上，遶場科。同唱〕

【正宮正曲・玉芙蓉】軍行湧若潮(韻)，奇帥奇兵調(韻)，早中途伏陣(讀)，偃下旌旄(韻)。佯輸引著遼兵到(韻)，一陣驚雷沴氣消(韻)。〔合〕威風浩(韻)，管成功馬到(韻)。看今番(讀)，疆場決勝顯英豪(韻)。〔呼延贊白〕小心埋伏等候。〔衆應，作隱伏山後。師蓋等追楊景等，從上場門上。楊景等作敗勢，從下場門暫下。遼兵白〕楊景大敗。〔師蓋白〕緊緊追趕。〔遼兵遼將應，作追科。呼延贊等從後突起科。白〕師蓋那裏走？〔師蓋等作回戰，楊景等復上，作夾攻合戰科，從下場門下。隨撤山石科。遼兵遼將、師蓋等，軍士、岳勝、楊景等，從上場門上，絡繹交戰科，師蓋等從下場門敗下。楊景白〕衆將官，乘勢追殺，不得縱放。〔衆應科，同從下場門下。師蓋等同從上場門急上。師蓋白〕楊景用兵，果然莫測。一時貪功，中其誘敵之計，將俺人馬殺得四散奔潰，好不利害。〔楊景等同從上場門追上，師蓋等作驚慌，從下場門逃下。楊景笑科。白〕師蓋初次臨敵，早已驚魂喪膽而逃也。不必追趕，收兵回營。〔衆應科，遶場。同唱合〕威風浩(韻)，管成功馬到(韻)。看今番(讀)，疆場決勝顯英豪(韻)。〔同從下場門下〕

第四齣　借强兵思復前讐(蕭豪韻)

〔生扮楊貴，戴套翅紗帽，狐尾，穿蟒，束帶，從上場門上。唱〕

【正宮正曲·朱奴兒】羈身也心迷意攪(韻)，弟死信喫驚非小(韻)。今見王强密信捎(韻)，開眉鎖喜暢心苗(韻)。〔作四顧科。白〕俺楊貴。前者蕭后接得王强第五封書信，道我兄弟六郎，受害於反詩之計，唬得我魂不附體。昨晚又見王强請罪之書，説非小臣欺誑娘娘，楊景實係賜死，乃汝州知府胡綱正與呼延畢顯作弊，將知府之子胡守德代死。如今千歲奏明，復召楊景提兵，以致娘娘大敗等情。把我一腔悲苦，盡行掃去。我想那胡知府父子，乃是我楊門之大恩人，日後必當圖報。只是王强這奸賊，與我家結下如此深讐，不知何時纔得報雪？〔唱合〕宿積怨(句)，何時盡消(韻)？佞賊誅將公私報(韻)。〔白〕眼前所痛快人心者，蕭達蘭等許多上將皆死於吾弟之手。遼家雖有王强在宋傳消遞息，那知宋家有我楊貴在遼贊破嫉成。今早蕭后敗至幽州，恰遇師蓋等自臨潢到此。我怎容他養息鋭氣，被我即行保奏，命師蓋等討戰去了。我今將他勇將，打發個乾净，豈不美哉。〔雜扮耶律吶、耶律奚迪、韓君弼，各戴外國帽、狐尾、雉翎，紥靠。净扮師蓋，戴外國帽、狐尾、雉翎，紥靠，背令旗。從上場門上。同白〕我軍殊不利，出戰便輸來。〔作相見科。白〕郡馬。〔楊貴白〕衆位將軍，得勝了麽？〔師蓋慚愧科。白〕這個，也被楊景殺敗了。〔楊貴白〕你們去也敗了？〔師蓋白〕敗了。〔楊貴白〕外面候著。〔作進門冷笑，背科。白〕誰要你們得勝。〔向下請科。白〕娘娘有請。〔雜扮蕭天佐、耶律學古、耶律休格、耶律色珍，名戴外國帽、狐尾、雉翎，紥靠。净扮韓德讓，戴外國帽、狐尾、雉翎，紥靠，背令旗。雜扮耶律沙，戴相貂、狐尾，穿蟒，束帶。引旦扮蕭氏，戴蒙古帽練垂，穿蟒，束帶。從上場門上。蕭氏白〕眼望捷旌旗，耳聽好消息。〔楊貴白〕啟娘娘，師蓋等大敗，逃回來了。〔蕭氏作驚科。白〕嗄，怎麽又敗了？快宣他們進來。〔場上設椅，轉場坐科。楊貴應，作出門唤科。白〕著你們進見。〔作引師蓋等進門科。師蓋等白〕娘娘，臣等無能退敵，請罪。〔作跪科，蕭氏怒科。白〕爾等所部生力精鋭之兵，何致大敗逃回？〔師蓋等白〕臣等貪功，受了設伏之計。將我兵殺得四散奔潰，又折了上將八員。〔蕭氏白〕有這等事？〔作怒恨科。白〕氣死我也，楊景怎麽這等利害？〔師蓋等作起科。楊貴白〕臣聞楊景，乃楊門八虎中第一智勇兼全之將，乃人中傑也，俺國只怕無人可敵。〔蕭氏白〕如此説遼邦終難守矣。〔唱〕

【又一體】勁敵遇前讐怎報㊇，臨潢界怎能固保㊇？終自西樓作覆巢㊇，殊教俺意若忉忉㊇。

〔韓德讓白〕臣韓德讓啟奏，大國有征伐之兵，小邦有備禦之策。今我邦宿將老帥，膽怯心寒，似不堪任。伏乞娘娘，效選舉法例，一面差人到五國借兵，一面城中出榜，招募英賢，任其帥職，以禦宋兵。伏乞娘娘恩準施行。〔蕭氏白〕依卿所奏。就命韓德讓、師蓋，速寫榜文，一面差人到臨潢府調兵，快去。〔韓德讓、師蓋白〕領旨。〔從下場門下。蕭氏白〕耶律奚迪等三將，同耶律色珍、蕭天佐，速備金帛表禮五分，馳驛往卑鮮國、森羅國、黑水國、西夏國、長沙國，各借精兵五萬，成功之後，割地酬勞。快去。〔耶律奚迪等白〕領旨。〔同從下場門下。楊貴白〕娘娘向五國借兵，恐不能應援。〔蕭氏白〕這五處皆係遼邦屬國，焉有不應之理？傳令四門，挑起免戰牌，分兵嚴加防護。〔作起，隨撤椅科。蕭氏唱合〕將兵調(韻)，各門的嚴加緊要(韻)，俟五國的援兵來到(韻)。〔從下場門下，楊貴、耶律沙等從兩場門分下〕

第五齣 一函寶冊由天賜（蕭豪韻）

〔內奏樂。雜扮儀從，各戴大頁巾，穿蟒箭袖排穗，執月華旗。雜扮神將，各戴盔，紥紅，紥靠，持兵器。雜扮仙童，各戴線髮紫金冠，穿紅道袍、採蓮襖，繫絲縧，執如意。旦扮仙女，各戴過梁額、仙姑巾，穿舞衣，分執符節，提爐龍鳳扇，捧書劍。引旦扮金刀聖母，戴鳳冠、仙姑巾，穿蟒，束玉帶，從上場門上。金刀聖母唱〕

【仙呂宮引・天下樂】干戈妄動莽遼蕭(韻)，違背天心犯逆條(韻)。授書破陣法傳刀(韻)，神助英雄輔宋朝(韻)。〔內奏樂，場上設平臺、椅，轉場陞座科。金刀聖母白〕庇佑皇朝暗翼扶，威靈聖母廣門徒。休言幻境無真況，覺後驚看赤伏符。吾乃金刀聖母是也。茲因遼宋交兵，今經數載，雖云劫運使然，終是遼邦逆命所致。今又有妖道椿岩，受洞賓陰符之術，不修正果，逆助遼邦，要佈七十二座天門陣勢，抗拒宋軍。憑德昭、楊景腹蘊韜鈐，也難破此惡陣。雖有我門徒杜玉娥、木桂英、王素真，奈其道術淺微，不能制伏妖道。今有佘氏，帶領合家眷屬等，前往軍營協助，今晚在此山下投宿。那楊宗保，與我門徒木桂英，有姻緣之分。已差封邵前去，引宗保到來，授他兵書，傳他刀法，助伊父破陣，使楊門成此不世之功，一家夫婦團圓，是吾廣大功行也。〔唱〕

【仙呂宮正曲・步步嬌】默佑蒼生把皇圖保(韻)，護國功非小(韻)，干戈百日消(韻)。陣破天門(句)，邊烽盡掃(韻)，〔合〕凱奏帝還朝(韻)，把姻緣一對成雙好(韻)。〔白〕護從神將聽者。〔一神將應科。金刀聖母白〕你可幻作廟祝，待宗保到來，先將仙桃饅首，與他飽飡，助其神力，然後引他見我。〔一神將應科，從下場門下。金刀聖母作下座，隨撤平臺、椅科。金刀聖母白〕莫道神明無影響。〔衆同白〕那知暗裏顯威靈。〔同從下場門下。場上設山石科。楊宗保內白〕婆婆，母親，待孩兒降了大蟲，就回來的。〔雜扮虎，穿虎衣，從上場門上，跳躍作藏山後科。小生扮楊宗保，戴武生巾，穿繡花箭袖，繫鸞帶，佩劍，從上場門上。白〕孽畜那裏走？〔唱〕

【仙呂宮正曲・江兒水】俺入穴擒山豹(韻)，臨潭捉海蛟(韻)。英雄莫論青年少(韻)，生來膽壯心非小(韻)。唐時打虎李存孝(韻)，看捉虎宋朝宗保(韻)。〔合〕怎讓威名(句)，今古英雄同調(韻)。〔白〕俺楊宗保，弟兄三人，隨了婆婆、母親、伯母、嬸娘等，往軍前協助平遼。因天色漸晚，投宿村中。俺在門首閒步，忽見一隻斑斕猛虎，一徑趕來，到這山中，忽然不見。不知這孽畜藏在那裏了？〔虎作上山科，內應虎嘯。楊宗保作望科。白〕呀，逃上山去了，待我趕上去。〔唱〕

【仙呂宮正曲・好姐姐】聽咆哮(韻)，險驚山倒(韻)，任你能穿林越嶠(韻)。〔作上山追虎科。白〕孽畜那裏走？〔唱〕毛團孽畜(讀)，遇俺慢思逃(韻)。〔作追虎下山，隨撤山石。楊宗保作打虎科。唱合〕張牙爪(韻)，威風枉自從風嘯(韻)，俺赤手擒將顯俊豪(韻)。〔白〕那裏走？〔作追虎入廟科，虎從下場門下，楊宗保笑科。白〕這畜生，逃進廟中，一發容易擒了。〔作進門科。白〕廟中可有人？ 猛虎進來了，藏躲藏躲，不要被他傷了。〔雜扮化身老道，戴道巾，穿布道袍，繫絲縧，帶數珠，從上場門上。白〕什麽人，在此大驚小怪？〔楊宗保作相見科。白〕道長，可曾見一隻猛虎進廟，看他傷人？〔化身老道笑科。白〕猛虎是小道養熟的家獸，不傷人的。〔楊宗保白〕原來如此，告辭了。〔化身老道白〕且慢，天色昏黑，那裏去？〔楊宗保白〕回到村中住宿。〔化身老道白〕就在這裏住下罷。〔楊宗保白〕恐我婆婆、母親不放心。〔化身老道白〕天色已晚，這山中路徑叢雜，走錯了是回不去的。請坐一坐，少間待小道送你出山何如？〔楊宗保白〕多謝。〔化身老道白〕請坐。〔中場設桌椅，各坐科。化身老道白〕我看足下，不像我這村中人嗄。〔楊宗保白〕實不相瞞，在下乃楊延昭之子楊宗保。〔化身老道白〕是楊六將軍的公子，失敬，失敬。要到那裏去？〔楊宗保白〕聽稟。〔唱〕

【仙吕宫正曲・玉嬌枝】因遼邊擾(韻)，害黎庶羣兇甚驍(韻)，嚴親命把兵來調(韻)，到軍前協助平遼(韻)。〔化身老道白〕你們去就可平遼？ 說得好容易。〔楊宗保白〕腹中饑餓，要回去了。〔化身老道白〕饑餓了，何不早說。 請坐，小道有好東西在此，待我取來與你喫。〔楊宗保白〕怎好叨擾。〔化身老道向下取仙桃饅首科。白〕這是紅桃七枚，饅首五個，請用。〔楊宗保白〕多謝，妙嗄。〔唱〕盤中可愛是紅桃(韻)。〔作食科。唱〕甘甜味美清香妙(韻)。〔合〕大饅首湊口難饒(韻)，用充饑剛剛一飽(韻)。〔化身老道白〕可要喫了。〔楊宗保白〕方纔十分饑餓，如今喫了這七個紅桃，五個饅首，不覺撐腹脹肚起

來。〔作伸腰舒臂科。白〕好奇怪，渾身筋骨都響起來了，什麽緣故？〔唱〕

【仙吕宫正曲·玉胞肚】不覺筋骨響跳(韻)，氣沖盈雙肋脹飽(韻)。〔化身老道白〕你睡一覺就好了。〔作拂袖科，楊宗保作欠伸科。唱〕霎時間身倦神疲(句)，隱几案假寐魂勞(韻)。〔作睡科。化身老道白〕楊宗保夢魂隨我來。〔楊宗保作起，隨撤桌椅科。化身老道引楊宗保遶場科。化身老道唱合〕夢魂挈引殿前朝(韻)，授術英雄好破遼(韻)。〔向下請科。白〕聖母有請。〔化身老道從上場門隱下。場上仍設平臺椅，内奏樂。儀從神將等引金刀聖母從上場門上。金刀聖母陞座科，楊宗保作呆看驚異科。白〕不知是何神聖降臨，弟子有失迴避，望乞恕罪。〔作俯伏科。金刀聖母白〕宗保聽者，吾乃金刀聖母，特爲付汝兵書，傳汝刀法，前去破陣平遼，建立大功。神將，先授他刀法者。〔一神將白〕領法旨。〔楊宗保起科。神將白〕小將軍，用心看者。〔作舞刀科，畢。金刀聖母白〕宗保試演一回。〔楊宗保應，作接刀舞科，衆神將合對刀科，畢。金刀聖母白〕刀法記明，不可遺忘。取兵書與他。〔一神將取書遞科，楊宗保跪接科。金刀聖母白〕將此書下卷，用心參究，便可輔宋平遼，做將門萬代公侯也。臨陣倘有急難，或書中不解者，自有真仙指示。到了軍營，逢人不可輕洩玄機，謹記吾言。〔楊宗保作叩謝。白〕多謝聖母慈悲。〔金刀聖母白〕神將，送宗保下山。〔二神將白〕領法旨。〔作引楊宗保從上場門下。金刀聖母下座，隨撤平臺、椅科。金刀聖母白〕英雄何幸有奇逢，一本兵書術奥通。此去定教扶聖主，平遼奏凱仗神功。〔同從下場門下〕

第六齣　五國雄兵匝地陳（家麻韻）

〔雜扮番兵，各戴小番帽，穿小番衣，執黄旗。雜扮番將，各戴外番帽、狐尾、雉翎，穿外番衣，執黄標鎗。引末扮王懷，戴金貂、狐尾、雉翎，紥靠，背令旗，佩劍，從上場門上。王懷唱〕

【中吕調套曲·粉蝶兒】半百年華(韻)，鎮西夏位尊權大(韻)，冠三軍勇智堪誇(韻)。誰似俺力分牛(句)，氣吹瓦(韻)，喝一聲喑唔叱咤(韻)。想平生忠義豪俠(韻)，可惜俺紫金樑落在偏邦支架(韻)。〔中場設椅，轉場坐科。白〕斬將搴旗敵萬人，劉王駕下昔爲臣。只因西夏徵爲帥，廿載光陰羈我身。俺西夏國元帥王懷是也。當年與楊繼業，在劉王駕下，同爲令公，最爲莫逆之交。那時吾女王素真，尚在繈褓，許字與楊令公第六子延昭爲妻，未及下聘，西夏國王向劉王處徵我爲帥，保護印國。後來打聽令公投宋，音信不通，故此耽悞佳期，至今也不知他父子消息。如今遼宋交兵，蕭后向我國借取人馬，本帥即在國王駕前討差，挈帶女兒，急赴幽州應援，乘便訪問令公父子消息，完就夙緣。且喜離幽州止有兩日程途，不免唤女兒出來，拔寨起行。請小姐。〔番將應，向下請科。白〕小姐有請。〔旦扮王素真，戴盔、鸚哥毛尾、雉翎，紥靠，背令旗，佩劍，從上場門上。唱〕

【中呂調套曲・醉春風】只看俺玉腕執戈矛(韻)，香軀跨戰馬(韻)，威凛凛一個女英俠(韻)，有聖母妙法(韻)、法(韻)。論武藝不是虛誇(韻)，笑談間擒蛟搏虎(句)，抖威風神驚鬼怕(韻)。〔作參見科。白〕爹爹。〔王懷白〕罷了。我兒，可知爲父的此番帶你來之緣故麽？〔王素真白〕協助爹爹成功。〔王懷白〕非也。自你襁褓時，許字與楊令公之子楊景，至今南北遠離，音問不通。今到幽州，務要打聽他父子下落，一來棄暗投明，二則成就夙姻，莫負吾意。〔王素真白〕謹遵嚴命。〔王懷作起，隨撤椅科。王懷白〕大小三軍，拔寨起行。〔衆應科。雜扮一番兵，戴小番帽，穿小番衣，執黄纛，從上場門上。王懷、王素真各乘馬科，衆引遶場。同唱〕

【中呂調套曲・迎仙客】展黄幟(句)，襯朝霞(韻)，響春雷的擡營鼓打(韻)。貫魚般(句)，人共馬(韻)，山應嗚笳(韻)，似征鴈聲相亞(韻)。〔内吶喊，王懷望科。白〕呀，後面各國人馬來也，我們等候同行。〔雜扮番兵，各戴小番帽，穿小番衣，執紅旗。雜扮番將，各戴外番帽、狐尾、雉翎，穿外番衣，執紅標鎗。引雜扮馬榮，戴外國帽、狐尾、雉翎，紥靠，背令旗，佩劍，執馬鞭。雜扮一番兵，戴小番帽，穿小番衣，執紅纛。同從上場門上。同唱〕

【中呂調套曲・普天樂】帥貔貅(句)，兵權假(韻)，登山渡水(句)，海角天涯(韻)。鎮日價馬挂鞍(句)，枕戈卧草霜林下(韻)。〔雜扮番兵，各戴小番帽，穿小番衣，執白旗。雜扮番將，各戴外番帽、狐尾、雉翎，穿外番衣，執白標鎗。引雜扮孟金龍，戴外國帽、狐尾、雉翎，紥靠，背令旗，佩劍，執馬鞭。雜扮一番兵，戴小番帽，穿小番衣，執白纛。同從上場門上。同唱〕徵兵兒差令咱(韻)，晨昏催趲(句)，奔馳怎暇(韻)，只爲著協助遼家(韻)。〔作各相見科。王懷白〕請問二位元帥高姓大名？〔馬榮白〕俺乃卑鮮國黑達令公馬榮是也。〔孟金龍白〕俺乃森羅國王之子孟金龍是也。〔王懷白〕敢是皆爲蕭后應召到此？〔馬榮、孟金龍白〕正是。〔内吶喊科。王懷白〕那邊又有何處人馬來也？〔雜扮番兵，各戴小番帽，穿小番衣，執緑旗。雜扮番將，各戴外番帽、狐尾、雉翎，穿外番衣，執緑標鎗。引旦扮蕭霸真，戴七星額、狐尾、雉翎，紮靠，背令旗，佩劍，執馬鞭。雜扮蘇和慶，戴外國帽、狐尾、雉翎，紮靠，背令旗，佩劍，執馬鞭。雜扮一番兵，戴小番帽，穿小番衣，執緑纛。同從上場門上。同唱〕

【中吕調套曲·鬭鵪鶉】急煎煎火速驅兵(句)，疾忙忙鞭催也那駿馬(韻)，一個個的挂劍持矛(句)，頂盔頂盔的便貫甲(韻)。〔雜扮番兵，各戴小番帽，穿劉唐衣，繫肚囊，執黑旗。雜扮番將，各戴外番帽、狐尾、雉翎，穿外番衣，執黑標鎗。引雜扮黑太保，戴外番帽、狐尾、雉翎，穿外番衣。雜扮一番兵，戴小番帽，穿劉唐衣，繫肚囊，執黑纛。同從上場門上。同唱〕五萬兵輕跳騰挪賽飛鴉(韻)，人人的甚撐達(韻)。受他行徵聘前來(句)，受艱辛難言告乏(韻)。〔各相見科。王懷等同白〕請問元帥，貴國何處？〔蘇和慶白〕俺乃長沙國郡馬蘇和慶是也。〔蕭霸真白〕俺乃長沙國郡主蕭霸真是也。〔黑太保白〕俺乃黑水國鐵頭元帥黑太保是也。〔蘇和慶等同白〕俺們俱奉本國國王命令，統兵協助遼邦，衆位敢也爲此？〔王懷等白〕正是。〔蘇和慶等白〕妙，恰喜路遇，就此合兵前去如何？〔王懷白〕甚好。〔衆同唱〕

【中呂調套曲・上小樓】雖則是外國臣(句)，卻也是很鬬家(韻)。生得來很很惡惡(句)，猛猛剌剌(句)，虎口獠牙(韻)。生在那(句)，黑水國(句)，形容醜䰩(韻)，賽山魈使人驚訝(韻)。

【中呂調套曲・十二月】鬧吵吵合兵一答(韻)，亂紛紛劍戟如麻(韻)。陣堂堂長驅進發(句)，聽攘攘喧似鳴哇(韻)。畫角哀猿聞腸斷(句)，鼉鼓聲虎豹驚呀(韻)。〔同從下場門下〕

第七齣　榜始懸妖仙應召（先天韻）

〔雜扮椿岩，戴樹瘤腦，紥額，穿緑蟒箭袖，繫虎皮、樹葉搭胯，持拂塵，從上場門上。唱〕

【南呂宮正曲·懶畫眉】拜別蓬萊下山巔(韻)，本自碧蘿椿樹仙(韻)。助遼佈陣向行間(押)，道法靈通顯(韻)，〔合〕演就天門陣已全(韻)。〔白〕俺碧蘿山椿岩是也。昔年盗得天書三卷，正愁無人傳授心法，恰遇洞賓吕仙師，收我爲徒。在蓬萊山學道半載，將八門金鎖陣演成七十二座天門陣。俺假説助宋伐遼，辭別仙師下山。我想目下蕭氏正在敗困之時，若去助宋伐遼，也不顯俺的本領。我不免竟投遼邦，與宋家抵敵一番，也見得俺的神通奥妙，只是這般模樣不雅相。有了，待我幻作道人前去，變。〔從上場門下。净扮椿岩化身，戴虬髮道冠，紥金箍，穿出襬，繫絲縧，持拂塵，從上場門上，作笑科。白〕果然有些仙風道骨，只是名兒粗俗不雅。有了，仙師道號洞賓，我何不充其名兒，竟叫做嚴洞賓，有何不可？〔唱〕

【又一體】更名换姓涉塵緣(韻)，現跡移形混市廛(韻)。投軍揭榜俟傳宣(韻)，陣圖金殿先施展(韻)，〔合〕擺擺摇摇假大仙(韻)。〔從下場門下。場上作挂榜科。雜扮遼兵，各戴額勒特帽，穿外番衣，從下場門上，作護榜科。雜扮百姓，各隨意穿戴，從上場門上。同白〕宋主加兵誰禦敵，遼邦出示爲招賢。請了。聞得韓元帥，奏明出榜，招募英賢，禦敵宋兵。大家看榜文上什麽言語，回家去説故事與他們曉得。不要擠，不要擠，大家看看。〔嚴洞賓從上場門上。白〕衆位閃開，待我念與你們聽。〔百姓同白〕好奇形怪狀的人，讓他些。〔嚴洞賓作念榜文科。白〕遼邦元帥韓師，爲招募英雄，以防國難事。蓋聞兵以將爲貴，將以才爲能。今值遼邦多事之秋，戎馬相尋，干戈弗息。宋師乃有泰山之勢，遼邦禍將覆國之危。特出榜文，招募豪傑。或有抱謀略於山谷，懷武技於窮荒。或能搴旗斬將於陣上，或能運籌決勝於幄中。不拘一技一能，輔王定霸者，咸集國門，吾主親試其才。果能稱職，即授重權，尊其爵位，故兹榜示。列位，誰敢揭榜？〔百姓同白〕我們不能。〔嚴洞賓白〕如此占了，待我揭榜。〔作揭榜科。百姓虚白，從兩場門分下。遼兵向内請科。白〕元帥有請。〔浄扮師蓋，戴外國帽狐尾雉翎，穿蟒，束帶，從下場門上。白〕怎麽説？〔遼兵白〕有個奇形怪狀的人揭榜。〔師蓋白〕待我來看。〔作看科。白〕是個道友，看你生得古怪，不知有何武藝，擅敢揭榜？〔嚴洞賓白〕聽者。〔唱〕

【南吕宫正曲·節節高】非吾弄虚言韻，大羅仙韻，呼風唤雨鞭雷電韻。神通變韻，武備全韻，謀謨善韻，今來輔助洪慈願韻，排兵佈陣將功建韻。〔師蓋作驚異科。白〕原來有此神通，隨俺去朝見。〔嚴洞賓白〕請。〔遼兵引作遶場科。同唱合〕今番引挈路朝天韻，躬身叉手朝金殿韻。〔同從下場門下。雜扮蕭天佐、耶律休格，各戴外國帽、狐尾、雉翎，穿蟒，束帶。浄扮韓德讓，戴外國帽、狐尾、雉翎，穿蟒，束帶。雜扮耶律沙，戴相貂、狐尾，穿蟒，束帶。生扮楊貴，戴紗帽套翅、狐尾，穿蟒，束帶。引旦扮蕭氏，戴蒙古帽練垂，穿蟒，束帶，從上場門上。蕭氏唱〕

【南呂宮正曲・賀新郎】望眼懸懸(韻)，看雙眉鎖來難展(韻)。招賢榜未見英賢(韻)，還憶取(句)，五國徵兵未著鞭(韻)，反側間身心展轉(韻)。〔中場設椅，轉場坐科。師蓋從上場門上。白〕國門纔挂榜，丹陛舉賢才。〔作進門稟科。白〕臣師蓋啟奏。今有個道人揭榜，臣盤問他有何本領，他説是，〔唱合〕奇門遁甲隨機變(韻)，排兵佈陣能驅戰(韻)，助吾主(句)，將功建(韻)。〔蕭氏白〕竟有這樣賢能，快宣進來。〔師蓋白〕領旨。〔作出門宣科。白〕宣道長進見。〔嚴洞賓從上場門上。白〕領旨。腹蘊陰符術，胸藏遁甲書。〔作進參見科。白〕方外野臣朝見，願娘娘千歲。〔蕭氏白〕道長請起。〔嚴洞賓起科。白〕千歲。〔蕭氏白〕世上有此怪貌，看他面如枯鐵，眼若金珠，身長丈餘，筋肉突起。請問仙觀何方？〔嚴洞賓白〕貧道祖居碧蘿山，學道蓬萊洞，道號嚴洞賓。〔蕭氏白〕有何奇術？〔嚴洞賓白〕兵書戰法，變化神通，能用一十八般兵器，善佈七十二座天門陣法。〔唱〕

【南呂宮正曲・節節高】天門陣法全(韻)，妙通天(韻)，八門金鎖隨機變(韻)。〔蕭氏白〕妙哉。〔唱〕欣堪羡(韻)，喜無邊(韻)，叨天眷(韻)，真仙輔助愁眉展(韻)，從今始得邊安奠(韻)。〔白〕就封道長爲護國軍師，待五國人馬到齊，佈陣開兵。〔嚴洞賓白〕千歲。但臣陣勢極大，先須相擇地形，方可佈陣。〔蕭氏作起，隨撤椅科。蕭氏白〕依卿所奏，衆卿陪去飲宴。〔師蓋等同白〕領旨。〔同唱合〕今番引挈路朝天(韻)，躬身叉手辭金殿(韻)。〔各從兩場門分下〕

第八齣　陣初佈番帥排兵（魚模韻）

〔雜扮耶律吶、耶律奚迪、韓君弼、耶律學古，各戴外國帽、狐尾、雉翎，紥靠，佩劍，從上場門上。同白〕各督遼兵築將臺，九龍谷外巧安排。若然陣勢能傾破，除是真仙秘訣來。〔分白〕前日俺娘娘拜嚴道長爲護國軍師，又借到五國人馬。軍師命俺們各領健卒三千，離九龍谷一望之地，按八卦方位，週遭三十里，建立八門，築起大小將臺七十二座。中間另設五壇，按五行之色，竪立旗號。陣内開七十二路甬道，往來通透，俱已成工。軍師説今日三月丙申支干相尅之期，命我等聚集馬步將士，候軍師調遣佈陣。説話之間，軍師登壇也。〔各分侍科。雜扮遼將，各戴盔襯、狐尾、雉翎，穿打仗甲，捧印、劍法盞、令旗。雜扮蕭天佐、耶律色珍、耶律休格，各戴外國帽、狐尾、雉翎，紥靠，佩劍。浄扮師蓋，戴外國帽、狐尾、雉翎，紥靠，背令旗，佩劍。引浄扮嚴洞賓，戴蓮花冠，穿八卦衣，從上場門上。嚴洞賓唱〕

【仙吕調套曲·點絳唇】天授陰符(韻)，洞賓傳度(韻)。遼邦輔(韻)，道妙宏敷(韻)，陣法縱横佈(韻)。

〔場上設高臺、公案桌、虎皮椅，案上置圖册。嚴洞賓轉場陞座科。白〕卦變反吟陣勢雄，青龍白虎按西東。離宫朱雀坎玄武，金鎖八門不易通。小仙嚴洞賓是也，蒙蕭后娘娘拜爲護國軍師。今日在九龍谷佈列天門陣勢，所調兵將，齊集了麽？〔師蓋白〕俱已齊備。〔嚴洞賓白〕傳衆將上壇聽令。〔蕭天佐應，作傳科。白〕軍師有令，傳衆將上壇聽令。〔雜扮馬榮、蘇和慶、孟金龍，各戴外國帽、狐尾、雉翎，紮靠，背令旗，佩劍。末扮王懷，戴金貂、狐尾、雉翎，紮靠，背令旗。雜扮黑太保，戴外國帽、狐尾、雉翎，穿外番衣。旦扮王素真、單陽郡主、耶律夫人，各戴盔、鸚哥毛尾、雉翎，紮靠，背令旗，佩劍。旦扮蕭霸真，戴七星額、狐尾、雉翎，紮靠，背令旗，佩劍。各從兩場門分上。同白〕仙家秘授天門陣，若個英雄識破來。〔分白〕俺乃單陽郡主是也。俺乃耶律夫人是也。俺乃王懷是也。俺乃王素真是也。俺乃蘇和慶是也。俺乃蕭霸真是也。俺乃黑太保是也。俺乃孟金龍是也。俺乃馬榮是也。〔同白〕軍師登壇，上前參見。〔同作參見科。白〕軍師在上，衆將參見。〔嚴洞賓白〕侍立兩傍候令。〔衆應分侍科。嚴洞賓白〕衆位將軍，貧道蒙仙傳遁甲兵書，佈列天門陣勢。那宋營能識八門金鎖陣者多，要知變化無窮者少。吾今各陣暗伏兇神惡煞，猛獸神鳥，沙石水火，種種法術，諒彼誰能破之，聽吾道來。〔唱〕

【仙呂調套曲·混江龍】全按著陰符之律(韻)，八門金鎖仗靈符(韻)。震門中雷奔電掣(句)，巽門中雨唤風呼(韻)。艮宫内走石飛沙迷宇宙(句)，坎宫内翻波疊浪捲江湖(韻)。乾爲天天罡羅罩(句)，坤爲地地煞驅魔(叶)。離位間燎原烈勢(句)，兑位間金刃羅鋪(韻)。遵著仙師道(句)，仙師法(句)，仙師術(韻)，用不著黄公吕望策(句)，俺今日秘授用天書(韻)。〔師蓋、耶律學古等白〕妙嗄，聽軍師宣示，這座天門陣，諒楊景無法可破也。〔嚴洞賓白〕黑達令公馬榮聽令。〔内鳴金鼓，馬榮應科。嚴洞賓白〕與你陣圖一張，令箭一枝，帶領一萬人馬，在正南陣外，排列八門金鎖陣。三千健將，各持大砍刀爲鐵門，一千紅旗軍護蔽，三千弩箭軍爲鐵門，三千利劍軍爲金鎖。各守將臺七座，照圖佈列。〔馬榮接令箭、圖册科。白〕得令。〔從下場門下。嚴洞賓白〕鐵頭黑太保聽令。〔内鳴金鼓，黑太保應科。嚴洞賓白〕與你陣圖一張，令箭一枝，帶領一萬人馬，於正東震位，排列青龍陣。三千緑旗軍爲龍鬚，四千鉤鐮鎗分四隊爲龍爪，三千金鎗手爲龍鱗之狀。各守將臺七座，照圖佈列。〔黑太保作接令箭、圖册科。白〕得令。〔從下場門下。師蓋等同白〕妙嗄。〔唱〕

【仙吕調套曲·油葫蘆】幾番兒楊景昂然小覷余(韻)，小覷我謀略疎(韻)，則看他今番到此怎逃逋(韻)？就讓你便常於劍戟峰頭步(韻)，就讓你便單身斧鉞叢中度(韻)，那怕你廣智謨(韻)，那怕你很鬬武(韻)，即便你兵多將廣如龍虎(韻)，一入陣似投釜小游魚(韻)。〔嚴洞賓白〕蘇和慶聽令。〔内鳴金鼓，蘇和慶應科。嚴洞賓白〕與你陣圖一張，令箭一枝，帶領七千人馬，在正西兑位排列白虎陣。三千狼牙軍爲虎牙，四千雙刀手分四隊爲爪。各守將臺七座，照圖佈列。〔蘇和慶作接令箭、圖册科。白〕得令。〔從下場門下。嚴洞賓白〕耶律奚迪聽令。〔内鳴金鼓，耶律奚迪應科。嚴洞賓白〕與你陣圖一張，令箭一枝，帶領五千人馬，在正南離位排列朱雀陣。三千鋼叉軍爲雀首，二千紅旗軍爲左右翼。各守將臺七座，照圖佈列。〔耶律奚迪作接令箭、圖册科。白〕得令。〔從下場門下。嚴洞賓白〕耶律吶聽令。〔内鳴金鼓，耶律吶應科。嚴洞賓白〕與你陣圖一張，令箭一枝，帶領六千人馬，在北坎位排列玄武陣。二千皂旗軍爲元武前後首尾，四千鐵鎚軍分四隊爲玄武之爪。各守將臺七座，照圖佈列。〔耶律吶作接令箭、圖册科。白〕得令。〔從下場門下。師蓋等白〕想俺仙師此陣呵。〔唱〕

【仙呂調套曲·天下樂】用的是八卦先天太極初（韻），河洛圖也麽書（韻），諒楊景一武夫（韻），必認做六韜中八門的金鎖（押），三略法（句），遁甲圖（韻），破長蛇三路取（韻），猜不透吕仙人變幻出（韻）。〔嚴洞賓白〕孟金龍、單陽郡主聽令。〔内鳴金鼓，孟金龍、單陽郡主應科。嚴洞賓白〕與你陣圖一張，令箭二枝。孟金龍領兵一萬，端守中央天門陣大將臺，按爲通明殿。郡主扮做九天玄女，護守通明殿，領軍五千，穿五行服色，按爲五斗星。用上將二十八名，扮做二十八宿，護繞中央將臺。再命大將一員，手執七星皂旗；命大將二員，扮成龜蛇，把守通明殿北門。照圖佈列。〔孟金龍、單陽郡主作接令箭、圖册科。白〕得令。〔從下場門下。嚴洞賓白〕王懷、王素真聽令。〔内鳴金鼓，王懷、王素真應科。嚴洞賓白〕與你陣圖二張，令箭二枝。王懷在巽位，排列太陽陣，領兵一千，各穿紅袍，各執紅旗，護繞將臺。用大將一員，扮作羅睺星。領健將二十一名，扮作十二元辰、九曜星君。各部長鎗手五百名，結長蛇之勢，照圖佈列。王素真在坤位，排列太陰陣，領兵一千，各穿白袍，執白旗。命女將一名，扮作月孛星，手執骷髏。領毛女一百八人，各持利劍，護繞將臺，遇軍則哭，照圖佈列。〔王懷、王素真作接令箭、圖册科。白〕得令。〔同作向上驚呆科。白〕呀。〔唱〕

【仙呂調套曲·鵲踏枝】他仗著道法敷（韻），設網羅（押），俺道你剔蝎撩蜂（句），惹火燒蛾（押）。那知俺陳平反楚韻，也不過是心越身吳韻。〔同從下場門下。嚴洞賓白〕蕭霸真聽令。〔內鳴金鼓，蕭霸真應科。嚴洞賓白〕與你陣圖一張，令箭一枝，在通明殿後，排列仙童陣。用民間童男一千名，各持兵器，護繞將臺。臨期加持符水，自能戰鬭。然後待俺佈成迷魂陣，相爲唇齒，以吞敵人之勢。照圖佈列。〔蕭霸真接令箭、圖册科。白〕得令。〔從下場門下。嚴洞賓白〕韓君弼聽令。〔內鳴金鼓，韓君弼應科。嚴洞賓白〕與你陣圖一張，令箭一枝，在艮位排列地煞陣。領兵三千，各執皂旗。命七十二名健將，扮作七十二地煞，護繞將臺，照圖佈列。〔韓君弼作接令箭、圖册科。白〕得令。〔從下場門下。嚴洞賓白〕耶律夫人聽令。〔內鳴金鼓，耶律夫人應科。嚴洞賓白〕與你陣圖一張，令箭一枝，領兵一萬，在乾位排列天魔陣。此陣最忌血光沖破，俟吾到時，另有奧妙秘傳，你可先自照圖佈列去。〔耶律夫人作接令箭、圖册科。白〕得令。〔從下場門下。師蓋等同白〕軍師，此陣奧妙無窮，我等見所未見，聞所未聞，敬服敬服。〔嚴洞賓笑科。唱〕

【仙呂調套曲・寄生草】料凡人未解玄機妙句，只當作一字兒擺下陣圖韻。俺這裏凶變吉錯亂縱橫佈韻，遇敵人巧變反吟局韻。若只認景死驚開休生杜韻，十人入陣九人無韻，除非請個金仙助韻。〔師蓋等同白〕軍師，方纔所派陣圖，那有七十二座？〔嚴洞賓白〕按八卦佈列八陣，每一生八，八九七十二數。遇敵人進陣，吾自書符作法，召神驅鬼，生化變局，奧妙無窮也。隨貧道佈陣去者。〔師蓋等應科。嚴洞賓作下高臺，隨撤高臺、公案、桌椅。嚴洞賓等各作乘馬，遶場科。同唱〕

【仙呂調套曲・遊四門】誰參透相生制尅妙機謀(韻)，變卦錯綜圖(韻)。八門金鎖從新佈(韻)，舛度反吟伏(韻)，打不破悶葫蘆(韻)。〔場上設陣門、將臺。馬榮從上場門上，迎接科。衆作下馬，嚴洞賓上將臺科。白〕馬榮，吩咐先佈八門金鎖陣。其餘諸陣，待貧道一一傳授變化秘訣。〔馬榮白〕得令。〔作向下傳科。白〕衆將官，佈列八門金鎖陣者。〔内應科，馬榮從上場門下。雜扮健將，各戴馬夫巾、紥額、狐尾、雉翎，穿打仗甲，持大刀。雜扮遼兵，各戴額勒特帽，穿外番衣，執紅旗。雜扮弩箭軍，各戴盔襯、狐尾、雉翎，穿紅蟒箭袖，繫搭膊，背絲縧，持弓箭。雜扮利劍軍，各戴額勒特帽，穿紅蟒箭袖，繫肚囊，背絲縧，持雙劍。隨馬榮從上場門上，作走陣勢科。同唱〕

【仙呂調套曲・賞時花】先按這周易文王八卦數(韻)，坎北離南旋順數(韻)。天地兩西隅(韻)，風雷接著艮土(韻)，兑澤下伏白虎(韻)。〔馬榮、健將等遶場科，從兩場門下。嚴洞賓下將臺，隨撤將臺科。嚴洞賓白〕妙嗄，陣門佈列整齊，師元帥回營覆旨去。〔師蓋應科，作出陣門，從下場門下。嚴洞賓白〕耶律休格等四將，爲八方都救應，領兵週遭巡邏，不可懈怠。〔耶律休格等應科。嚴洞賓白〕遼將過來。〔一遼將應科。嚴洞賓白〕將此圖册，寄與楊景觀看，約於何日打陣，快去。〔一遼將應科，作接圖册出陣門，從下場門下。嚴洞賓白〕待我佈列各陣去者。〔衆應，隨嚴洞賓出陣門，隨撤陣門科。衆同唱〕

【仙呂調套曲・勝葫蘆】趁早去作法登壇書咒符(韻)，掐訣運神術(韻)。仗寶劍速請天罡排隊伍(韻)，噀法水召地煞和那天魔(句)，畫靈符拘青龍和那白虎(韻)，大排場天地羅網圖(韻)。〔同從下場門下〕

第九齣　示圖有意驕讐國（真文韻）

〔雜扮一遼將，戴盔襯、狐尾、雉翎，穿打仗甲，捧圖册，執馬鞭，從上場門上。白〕堂堂陣勢智謀淵，黑霧黄雲凛凛然。去約中朝豪傑士，敢馳駿馬入南天。俺奉嚴軍師之命，將天門陣圖寄與楊景觀看，問他何日打陣，不免就此前去。星飛馳駿騎，火速遞兵書。〔從下場門下。雜扮軍士，各戴馬夫巾，穿箭袖卒褂，持兵器。雜扮將官，各戴馬夫巾，紥額，穿打仗甲，持鎗。雜扮陳琳，戴太監帽，穿鑲領箭袖，背絲縧，捧金鞭。外扮寇準，戴相貂，穿蟒，束帶，帶印綬。生扮楊景，戴帥盔，穿蟒，束帶，佩劍。引生扮德昭，戴素王帽，穿蟒，束玉帶，佩劍。從上場門上。寇準、楊景、德昭同唱〕

【商調引·接雲鶴】英雄大集似雲屯㊖，各路勤王百萬軍㊖。〔寇準、楊景作參見科。白〕千歲。〔德昭白〕二卿少禮，請坐。〔場上設椅，各坐科。德昭白〕元帥，今喜各鎮人馬齊集，令堂率領合家男女將俱至，真乃龍虎風雲之際，安邦定國之時也。〔楊景白〕賴主上洪福，千歲虎威，目今戰將千員，强兵百萬。臣當竭盡駑駘，圖報國恩。〔寇準白〕元帥忠君報國，正當如此。但下官昨晚細觀乾象，妖星現於遼地，主敵營必有僧道邪術者用兵。〔德昭、楊景白〕若果應驗，又要蹉跎日期了。〔寇

準白〕不妨，百日之外，掃靖妖氛，奏凱還朝矣。〔楊景白〕但願百日功成，軍民之福也。〔寇準、德昭同唱〕

【商調正曲・高陽臺】速願功收(句)，早安黎庶(句)，吾君福庇良臣(韻)，掃靖氛祲(句)，承平蕩滅烟塵(韻)。〔生扮岳勝，戴盔，紮靠，佩劍。引遼將從上場門上。岳勝白〕龍虎臺前出入，貔貅帳下傳宣。住著。〔作進門稟科。白〕啟千歲，遼營差人求見。〔德昭白〕帶他進來。〔岳勝應，作出門唤科。白〕千歲命你進見，隨我來。〔作引遼將進見科。遼將白〕千歲，小將參見。〔德昭白〕到此何事？〔遼將白〕俺主知大國元帥，智勇兼優，特命軍師在九龍谷擺下一座大陣，圖册呈上。〔岳勝作接圖册科。遼將白〕請楊元帥約期破陣，俺那裏有五國五個大元帥，番兵二十五萬，在陣中等候。〔德昭怒喝科。白〕你敢到此陳説利害，惑亂我軍。孤這裏猛將千員，强兵百萬，怕你五國蟻類麽？拏去砍了。〔岳勝應科，遼將作驚慌科。白〕千歲，兩國交兵，不斬來使。〔德昭白〕趕他出去。〔岳勝作叱遼將出門科。白〕出去。〔遼將白〕嚇死我也。〔從下場門急下。寇準白〕先將陣圖展開一看。〔德昭、楊景白〕使得。〔作起，隨撤椅。衆作看圖册科。同唱〕看圖陳(韻)，偶然覩此驚人也(句)，這陣縱横甬路紛紛(韻)。〔德昭白〕孤自幼習學陣法，不識此爲何陣。〔楊景白〕陣勢縱横，門路叢雜，臣也不解。〔寇準白〕此必妖人弄術，豈兵書正派。〔楊景白〕有了，待臣親往九龍谷，登山觀望一番，便知端詳。岳勝隨我來。〔岳勝應科。將官引岳勝、楊景同從下場門下。寇準白〕千歲，可差人將此陣圖到御營陳奏，遍示諸臣，或有識者亦未可知。〔德昭白〕有理。〔同唱合〕陣圖兒金堦奏上(句)，遍問諸臣(韻)。〔同從下場門下。場上設山石。將官引岳勝、楊景從上場門上，遶場科。同唱〕

【商調正曲・琥珀猫兒墜】忙離虎帳(句)，速探陣圖陳(韻)，駿馬加鞭風送雲(韻)，且尋高阜望旗門(韻)。〔合〕嶙峋(韻)，縱目山頭(讀)，觀來有準(韻)。〔作上山向下望科。岳勝白〕哥哥，你看正北一帶，陰雲四合，黑霧迷漫，周圍約有三十餘里，果然好一座大陣也。〔楊景白〕呀。〔唱〕

【商調正曲・山坡羊】正東方(讀)，青龍卧震(韻)。正西方(讀)，兑門穿巽(韻)。正南方(讀)，離宫朱雀(句)。正朔方(讀)，玄武坎宫鎮(韻)。〔白〕遥望週遭方位，還是八卦陣，變爲八門金鎖之勢。〔内鳴金鼓，呐喊科。岳勝白〕你聽陣内炮響如雷，宛然又變出許多陣勢來了。〔楊景白〕若説八卦陣，又多了六十四門。若説八門金鎖陣，又設無數將臺。如此叢雜，如此變化，令人莫測也。〔唱〕看烟霧昏(韻)，迷漫黑氣屯(韻)，縱横紛亂排奇陣(韻)，陣出妖邪(讀)，難思難忖(韻)。〔白〕此陣必是妖邪弄術，不出寇丞相所料。且回營商議，必須進陣一看，方知明白。〔岳勝白〕有理。〔同作下山科，隨撤山石。衆同唱合〕妖人(韻)，違天怪陣陳(韻)。回軍(韻)，來朝再細巡(韻)。〔同從下場門下〕

第十齣　探陣無心遇至親（蕭豪韻）

〔生扮楊宗保、楊宗孝，各戴紥巾額，紥靠，佩劍。浄扮焦贊，戴紥巾額，紥靠，佩劍。浄扮孟良，戴紥巾額，紥靠，佩劍，背葫蘆。同從上場門上。同白〕戰鼓頻敲勢若雷，千員虎將顯英才。饒他密佈邪魔陣，管取英雄識破來。〔楊宗孝、楊宗保白〕我弟兄們，隨著婆婆、母親、嬸娘等，在御營朝見回來，聞得我爹爹親自探陣去了，怎麽這時候還不見回來？〔孟良、焦贊白〕正是，也該回來了，大家到營門外望一望去。〔雜扮將官，各戴馬夫巾，紥額，穿打仗甲，持鎗。引生扮岳勝，戴盔，紥靠，佩劍，執馬鞭。生扮楊景，戴帥盔，紥靠，背令旗，佩劍，執馬鞭。從上場門上。岳勝、楊景白〕登山小陣勢，回帳大排兵。〔作下馬，將官從上場門下。孟良等白〕元帥回來了。〔同作進門。場上設椅，楊景坐科。孟良、焦贊白〕元帥，觀他陣勢若何？〔楊景作長歎科。孟良、焦贊白〕嗄，爲何發此長歎？〔楊宗保白〕爹爹，敢爲陣勢錯雜，看不明白麽？此陣孩兒能識。〔楊景白〕胡説，爲父的熟讀兵書，今且不識此陣，你小小年紀，曉得什麽？〔楊宗保白〕孩兒有一事，正要禀知。〔作跪科。楊景白〕起來講。〔楊宗保作起科。白〕孩兒在路上，遇神人夢中傳授刀法、兵書，故知此陣佈列之法。請問爹爹，方纔可曾入陣細看門路？〔楊景白〕不曾。我在高阜處眺望，但見黑霧連雲，看不明白，料彼必有妖人弄術。〔楊宗保白〕待孩兒先到他陣中，探明門路，回來再定打陣之計。〔楊景白〕你敢去探陣？〔楊宗保應科。楊景白〕帶多少人馬？〔楊宗保白〕不用人馬，我弟兄二人同三位叔叔，扮作遼將，詐言巡陣，見機而行便了。〔孟良白〕好嗄，我昔日冒名進魚時，有蕭氏令箭一枝，是我收好在那裏。今日假扮遼將，前去探陣，卻用得著了。〔楊景白〕甚好，你五人小心行事。〔作起，隨撤椅科。楊宗保等同白〕得令。〔同從上場門下。楊景作歎科。白〕凡事不可預料，吾謂遼兵連遭大敗，只道即日可以掃靖邊烽，班師奏凱。誰知彼處突出妖人，佈此險陣阻隔，又要費本帥許多週折也。且待宗保探陣回來，再圖計較便了。〔雜扮陳琳，戴太監帽，穿鑲領箭袖，背絲縧，從下場門上。白〕閫帥山頭探陣，賢王帳裏縈懷。〔作相見科。白〕元帥。〔楊景白〕陳公公往那裏去？〔陳琳白〕千歲因元帥探陣未回，放心不下，命咱來探望。恰好元帥早到，隨咱進見。〔楊景白〕請。只要虎臣同竭力，定教絶陣化飛灰。〔同從下場門下。孟良、焦贊、岳勝、楊宗孝、楊宗保，各戴狐尾雉翎，執馬鞭。孟良帶令箭，同從上場門上。同唱〕

【黄鐘調套曲·醉花陰】飛騎趨前迅如鳥㊞韻，戴狐裘遼臣撞冒韻。頭盔上雙雉尾順風飄韻，蹈龍潭窺探根苗韻，假說道巡陣圖詐虛矯韻。〔楊宗保作望科。白〕來此已是正南金鎖陣門，大家遶至左邊，從青龍而進。〔衆白〕有理。〔楊宗保同唱〕爲國事視死等鴻毛韻，也虧有令旗兒做執照韻。〔雜扮黑太保，戴外國帽、狐尾、雉翎，穿外番衣，從下場門上。白〕什麼人闖陣？〔孟良白〕奉蕭后娘娘之命，巡查陣勢，有令箭在此。〔黑人保白〕既有娘娘令箭，請進。〔楊宗保等同從下場門下。黑太保白〕既是娘娘差人巡陣，待俺報與嚴軍師知道。傳諭各陣，小心伺候便了。〔從下場門下。孟良、焦贊、岳勝、楊宗孝、楊宗保從上場門上。同唱〕

【黃鐘調套曲·喜遷鶯】巡過了青龍門道(韻)，巡過了青龍門道(疊)，列金鎗作鱗甲龍腰(韻)，劍也波刀(韻)，四隊分張牙露爪(韻)，兩道龍鬚緑旗飄(韻)。〔楊宗保白〕青龍陣不足爲慮，先往白虎陣看來。〔孟良等同白〕請。〔楊宗保唱〕慢道他武藝高(韻)，有俺這小英雄圖知陣曉(韻)，胸蘊著豹略龍韜(韻)，胸蘊著豹略龍韜(疊)。〔從下場門下。黑太保執令箭、馬鞭從上場門上。白〕陣中號令如雷迅，馬上將軍若電行。各陣將官聽者，嚴軍師有令，娘娘欽差到此巡查，須要嚴整陣勢，若有紊亂者，按軍法從事。〔內應科。黑太保白〕俺再往那邊傳諭去者。〔從下場門下。孟良、焦贊、岳勝、楊宗孝、楊宗保從上場門上，楊宗保笑科。白〕妙嗄，竟無人識破機關，我們正好放心巡探去也。〔孟良白〕賢姪，這白虎陣來得嚴肅。〔楊宗保白〕少著許多奧妙，你們不知。〔唱〕

【黃鐘調套曲·出隊子】則有那虎身牙爪(韻)，少著那虎雙耳把黃纛挑(韻)，還少虎金睛(讀)，高掛兩鑼敲(韻)。〔孟良白〕原來如此。〔岳勝白〕適纔從中路經過，高臺大陣，好不威嚴，未知何名？〔楊宗保白〕按圖樣上看來，中間高臺是通明殿。週圍乃二十八宿，後面是龜蛇二將，尚少珍珠日月皂旗，又好破也。〔孟良、焦贊白〕又好破的。〔衆作向下望科。同白〕呀，那邊黑霧迷漫，是什麽陣？〔楊宗保白〕一定是地煞天魔陣了，同去看來。〔岳勝白〕有理。〔衆同唱〕望一帶黑霧迷漫結不消(韻)，密匝匝劍戟刀鎗佈得牢(韻)。〔從下場門同下。雜扮蕭天佐，戴外國帽、狐尾、雉翎，紥靠，佩劍，從上場門悄上，作窺探科。白〕呀，細觀巡陣之將，好像孟良、焦贊。〔作想科。白〕是了，一定假充遼將，前來探取陣中門路。不要驚動他們，待我悄悄報知嚴軍師，派將擒拏便了。〔從下場門下。孟良、焦贊、岳勝、楊宗孝、楊宗保從上場門上。同唱〕

【黄鐘調套曲·刮地風】嗳呀看了地煞天魔心蕩摇(韻)，迷魂陣有黄沙黑霧沖霄(韻)。〔焦贊白〕列位，這天魔地煞迷魂陣，只怕難破。〔楊宗保作急止科。白〕禁聲。〔唱〕你言怎對他人道(韻)，悄機關漏洩難逃(韻)。〔岳勝、楊宗孝白〕是嗄，在他陣内，怎麽嚷將起來？〔孟良白〕不錯，什麽難破不難破，被他們聽見，識破我們是宋——〔焦贊急止科。白〕禁聲。你這一嚷，嚷出宋將來了。〔楊宗保白〕不要出神嗄。〔岳勝等同唱〕這陣當中莫露根苗(韻)，現如今蹈危途已是拚身來到(韻)，怎忘了闖天門入了虎穴龍巢(韻)。須記取體臨深(句)，足履薄(句)，膽寒心小(韻)。這其間須防衆口嗷(韻)，怎當得把春光漏與天桃(韻)。〔從下場門下。生扮王懷，戴金貂、狐尾、雉翎，紥靠，背令旗，持刀。旦扮王素真，戴盔、鸚哥毛尾、雉翎，紥靠，持刀。從上場門上。同白〕陣守兩儀法甚奇，太陰月孛魄魂迷。那知蓄意來降宋，不遇知音不露機。〔王懷白〕俺王懷是也。〔王素真白〕俺王素真是也。〔王懷白〕奉令各守本陣，方纔嚴軍師飛傳密令，有宋將詐言巡陣，命俺們擒拏獻功。〔王素真白〕爹爹，若果是宋將，你我須當設法解救。〔王懷白〕爲父的自有道理。〔嚴洞賓內白〕衆將官，不許放走宋將。〔衆內應科。白〕得令。〔孟良、焦贊、岳勝、楊宗孝、楊宗保從上場門急上。白〕不好了嗄，不好了。〔同唱〕

【黄鐘調套曲·四門子】假充的巧計他知曉(韻)，展紅旗他把黨羽招(韻)，東西南北聚羣遼(韻)，俺惹禍非輕小(韻)。佈奇門列鎗刀(韻)，就讓是英豪(韻)，拚吾身(讀)，怎能輕輕跳出陣逃(韻)。四下裏軍兵勢驍(韻)，旌旗佈繞(韻)，呀霎時間蕩起征塵攪(韻)。〔王懷、王素真作攔科。白〕什麽人？ 這等慌張。〔楊宗保等同白〕我等是遼將，奉令巡陣的。〔王懷、王素真白〕住了，既是遼將，我軍爲何要擒你們？ 快講。〔楊宗保白〕講什麽？ 讓俺去路。〔蕭天佐、黑太保持兵器。浄扮嚴洞賓，戴虬髮、道冠，紮金箍，穿蟒箭袖，紮鸞，持劍。從上場門上，合戰科。楊宗保等從下場門敗下，嚴洞賓、蕭天佐、黑太保追下。王素真白〕爹爹，看此光景，是宋將無疑，趕上去問明了，救他們出陣。〔王懷白〕有理。〔王素真同白〕從空伸出拏雲手，提起天羅地網人。〔從下場門下。黑太保、王懷、王素真追楊宗保、焦贊、岳勝從上場門上，作挑戰科。楊宗保等從下場門敗下，黑太保等追下。蕭天佐、嚴洞賓追孟良、楊宗孝從上場門上，作挑戰科。孟良、楊宗孝從下場門敗下，蕭天佐、嚴洞賓追下。楊宗保從上場門上。唱〕

【黄鐘調套曲·古水仙子】我我我(格)，我本是出海蛟(韻)。怎怎怎(格)，怎怕他外國狄人武藝高(韻)？〔王懷、王素真從上場門上。白〕宋將休走，快快實説，救你出陣。〔楊宗保背白〕救我出陣？ 此話有因。二位，俺乃楊元帥之子楊宗保。〔王懷、王素真作驚異科。白〕嗄，你是六郎之子宗保。〔楊宗保白〕你二人是誰？〔王懷白〕俺王懷，這是我女兒素真。〔王素真白〕嗄，此時不及明言，且救他五人出陣要緊。〔王懷白〕我有道理。〔嚴洞賓、蕭天佐、黑太保追孟良、焦贊、岳勝、楊宗孝從上場門上，作合戰科。楊宗保等從下場門敗下。嚴洞賓白〕待我作法擒之。〔王懷白〕割雞焉用牛刀，料這五人有何本領。軍師與衆位各守本陣，恐宋兵四門闖入，那時首尾難禦，待我父女趕上擒來。〔嚴洞賓白〕此言甚善，須要小心。〔王懷、王素真應科，從下場門下。嚴洞賓白〕衆將各歸本陣，小心把守，恐防不測。〔蕭天佐、黑太保應科，隨嚴洞賓從下場門下。王懷内白〕隨俺來。〔王懷、王素真引楊宗保等，同從上場門上，遶場科。同唱〕早早早格，早脱這陣圖牢韻。引引引格，引把那甬道遶韻。變變變格，變化奇門怎脱逃韻？想想想格，不是奇逢遇怎脱今朝韻。〔楊宗保白〕我等與賢父女素不相識，多蒙救我們出陣，不知其中有何緣故？〔王懷白〕老夫昔與楊令公同在劉王駕下時，曾將吾女素真許字與六郎爲室，後因南北遠離，未了夙緣。公子回去，拜上令尊，待破兩儀陣時，吾父女約爲裏應外合，協助成功。〔楊宗保等同白〕多謝，我等去也。〔從下場門下。王懷白〕我兒，這是天假奇遇也。〔王素真白〕正是。〔王懷同唱〕這這這格，這天假良緣讀，來會羣豪韻。定定定格，定攻其表裏機關妙韻。願願願格，願助宋破遼蕭韻。〔從下場門下〕

第十一齣　併勝負陣前決戰（江陽韻）

〔雜扮軍士，各戴馬夫巾，穿採蓮襖卒褂，持兵器。雜扮將官，各戴馬夫巾，紥額，穿打仗甲，持兵器。雜扮佘子光、關沖、劉超、林榮、劉金龍、張蓋、陳林、柴幹，各戴盔，紥靠，持兵器。旦扮八娘、九妹、杜玉娥、呼延赤金，各戴七星額，紥靠，持兵器。雜扮陳琳，戴太監帽，穿鑲領箭袖，背絲縧，捧金鞭。引外扮寇準，戴相貂，穿蟒，束帶，帶印綬。生扮楊景，戴帥盔，紥靠，背令旗，襲蟒，束帶，佩劍。生扮德昭，戴素王帽，穿蟒，束玉帶，佩劍。從上場門上。寇準、楊景、德昭同唱〕

【雙角套曲·新水令】全憑正氣鎮偏邦㊐，任妖人大施巫妄㊐。流星羽箭發㊀，滿月寶弓張㊐，射滅貪狼㊐，邊塵靖昇平象㊐。〔場上設平臺、虎皮椅，德昭等陞座科。同白〕萬戟叢中争六合，千軍隊裏定乾坤。英雄自有平遼策，直指旌旗入陣門。〔德昭白〕昨晚宗保探陣回來，乃知七十二座天門陣，幸爾内有四陣不全，破之甚易。孤意欲保奏宗保爲破陣大將軍，元帥意下何如？〔楊景白〕千歲且請消停，臣兒雖蒙聖母授與兵書，不過粗知大略，未得精詳。況用兵最忌妖人，今彼又聘來各國番將，未知强弱如何。今日先約番兵會戰，後議破陣之謀。〔杜玉娥白〕啟千歲，我當年蒙聖母傳刀贈寶，説日後平遼之用。昨晚聞知宗保説有妖道主陣，我展開錦囊看時，乃請神牌一面，靈符咒語一道。既有聖母護持，那怕妖人猖獗。倒是宗保等，昨日在陣中，有一奇遇之事，未敢稟明。〔德昭白〕既有奇遇，何不稟明？陳琳。〔陳琳應科。德昭白〕傳宗保等衆將進帳。〔陳琳應，作傳科。白〕千歲有旨，傳宗保等進帳。〔楊宗保等内應。白〕得令。〔生扮岳勝，戴盔，紥靠。浄扮焦贊，戴紥巾額，紥靠。浄扮孟良，戴紥巾額，紥靠，背葫蘆。小生扮楊宗孝，戴紥巾額，紥靠。小生扮楊宗保，戴紥巾額，紥靠。同從上場門上。白〕深機消敵衆，正氣豁妖氛。〔作進門參見科。同白〕衆將參見。〔德昭白〕侍立兩傍。〔楊宗保等應，作分侍科。德昭、楊景白〕宗保，昨日陣中有何奇遇，爲何不稟？〔楊宗保白〕昨日宗保等探陣，被妖人知覺，截住酣戰。忽有父女二人救宗保等出陣，問及他們姓名，説他乃王懷，其女名素真。〔楊景白〕他爲何救你？〔楊宗保白〕爹爹，説也奇怪，他説曾與祖公公連姻，那素真就是爹爹的原配。〔德昭、寇準白〕是令夫人。〔楊景白〕那有此事？我自幼無聘，纔蒙柴王招爲郡馬，那裏另有原配？〔楊宗保白〕王老將軍也説來，當年與祖公公同在劉王駕下，曾結此姻，後因南北遠離，未了夙緣。命宗保約會爹爹，若打兩儀陣，他裏應外合，協助成功。〔德昭白〕若非姻眷關心，焉肯協助？〔楊景白〕原配之説，臣實不知。〔寇準白〕容易，一問太君，便知有無。〔德昭白〕此言甚是。〔楊景白〕目下戎政匆忙，無暇言此。今日對陣交兵，審視敵人聲勢，請千歲、丞相觀戰。〔德昭、寇準白〕使得。〔楊景白〕杜玉娥，帥領衆將聽令。〔杜玉娥率衆應科。楊景白〕今日會兵，非比尋常，敵將俱係外國番兵，其勢必勇。又有妖人督戰，隄防邪術，各須用命，務要取勝。公不顧私，法不顧親，有犯軍規斬首示衆。〔杜玉娥等衆應科。同唱〕

【雙角套曲·駐馬聽】嚴令宣揚（韻），嚴令宣揚（疊），賞罰公平兵衡掌（韻），敢不喏喏應響（韻）？人人忠勇滿胸腔（韻），沙場血戰顯威昂（韻），管教邪魔外道全平蕩（韻）。〔副扮王欽，戴相貂，穿蟒，束帶，帶印綬，捧圖册，從上場門上。白〕天顏咫尺近，虎帳路非遥。旨意下。〔將官同白〕旨意下了。〔德昭等下座，隨撤平臺。德昭等出門迎接，隨王欽進門科。王欽白〕聖上有旨。〔德昭、楊景、寇準作俯伏科。王欽白〕聖上觀覽陣圖，乃係顛倒八卦，俗名八門金鎖陣。但内有幾陣，縱横佈列，乃妖人弄術，遍示諸臣，不知破法。問德昭、寇準、楊景等，何計可破，明白回奏，欽此。〔德昭等作叩首謝恩，起科。寇準接圖册。楊景白〕楊景昨差宗保入陣，探取門路。別陣好破，惟天魔迷魂等陣難破。〔王欽白〕到底是好破，是難破？〔楊宗保白〕好破者中央通明殿，少天燈七七四十九盞，珍珠日月旗一對。青龍陣上，少九曲水。白虎陣上，少虎睛金鑼二面，虎耳黄旗一對。易破者不全也。〔王欽白〕那難破的呢？〔楊宗保白〕迷魂陣，天魔陣，地煞陣，陰陰杳杳，黑霧連雲，必有妖術在陣，故爾難破。〔王欽白〕總名什麽陣？〔楊宗保白〕原係顛倒八卦，今添上太陰等陣，名曰七十二座天門陣。〔王欽白〕何日可去打陣？〔楊宗保白〕他用丙中日，支干相尅之期佈陣。應用甲子日，支干相生之期打陣。〔王欽白〕待下官與你回奏。〔楊景白〕我等要緊會戰，不得款留。〔王欽白〕請便。〔德昭白〕就此起兵。〔軍上將官等應科。雜扮軍士，戴馬夫巾，穿蟒箭袖，繫肚囊，執三軍司命纛，從上場門上。德昭等作各乘馬科。衆同唱〕掃欃槍(韻)，烽烟蕩滌澄平象(韻)。〔同從下場門下。王欽白〕下官只當無人識此陣，誰知宗保識之尤透。我一面回奏，一面寄書與蕭后，補全陣勢，看他們何法破之。辭遼一載後，已寄六封書。〔仍從上場門下。中場設山石，將官、陳琳執纛，軍士引楊景、寇準、德昭從上場門暗上山科。雜扮番兵，各戴小番帽，穿小番衣，繫肚囊，持兵器。雜扮番將，各戴外國帽、狐尾、雉翎，穿外番衣，持兵器。雜扮馬榮、孟金龍、蘇和慶，各戴外國帽、狐尾、雉翎，紮靠，背令旗，持兵器。雜扮黑太保，戴外國帽、狐尾、雉翎，穿外番衣，持兵器。旦扮王素真、單陽郡主、耶律夫人，各戴女盔、鸚哥毛尾、雉翎，紮靠，背令旗，持刀。旦扮蕭霸真，戴七星額、狐尾、雉翎，紮靠，背令旗，持兵器。淨扮嚴洞賓，戴虬髮道冠，紮金箍，穿蟒箭袖，襲八卦氅，持劍。從下場門上。軍士、佘子光、關沖、劉超、林榮、劉金龍、張蓋、陳林、柴幹、楊宗保、楊宗孝、孟良、焦贊、岳勝、九妹、八娘、呼延赤金、杜玉娥從上場門上。作對敵科。杜玉娥白〕領兵者何處妖人？〔嚴洞賓白〕貧道碧蘿山嚴洞賓是也。今拜遼邦護國軍師，佈列天門陣專擒楊景。〔杜玉娥白〕妖道，自古邪不侵正，中華聖主，天威震赫，豈懼你山鬼伎倆？早早隱遁，免作沙場之鬼。〔嚴洞賓白〕今日只賭武藝，不賭口角，開兵。〔杜玉娥等，嚴洞賓等，各作絡繹挑戰，合戰科，從下場門下。寇準、楊景、德昭同白〕看各國番兵番將，好不驍勇，若不是我兵精將勇，焉能抵敵？〔同唱〕

【雙角套曲·鴈兒落】男女將勇如楚項王(韻)，一個個酣戰威風長(韻)。見一陣定知番將輸(句)，早看出敵衆心虛狀(韻)。〔杜玉娥等，嚴洞賓等，從上場門上，各挑戰科，從下場門下。寇準、楊景、德昭同唱〕

【雙角套曲・得勝令】呀（格），則見那妖道逞威揚（韻），仗著那七星劍似霜（韻）。頭頂著那小蓮冠裝模樣（韻），身披著八卦雲鶴氅（韻），也戰在疆場（韻）。好了似麞鹿兒縱橫撞（韻），慌也波忙（韻），難支我將强（韻）。〔王素真追呼延赤金從上場門上，作挑戰科，呼延赤金從下場門敗下。楊宗保從上場門上。白〕看刀。〔王素真回身架住，喝科。楊宗保白〕不知者不罪，昨日多謝解救之恩。〔作扯王素真，指楊景科。白〕那高阜處略陣的元帥，就是我爹爹楊延昭。〔王素真作羞慚科，從下場門跑下。單陽郡主從上場門上。白〕小孩子休走。〔作挑戰科，單陽郡主從下場門敗下，楊宗保追下。番兵、軍士從上場門上，作挑戰科，從下場門下。寇準、楊景、德昭同白〕好一場鏖戰也。〔同唱〕

【雙角套曲・沽美酒】俺這裏天兵降下方（韻），他那裏蟻陣勢難搪（韻），顯我堂堂大國光（韻）。征伐大彰（韻），操全勝把天威仗（韻）。〔杜玉娥、岳勝等，追嚴洞賓、王素真等從上場門上，各作挑戰續戰科。嚴洞賓等從下場門敗下，杜玉娥等追下。番兵、番將、馬榮等，引嚴洞賓從上場門上。嚴洞賓白〕宋將十分利害，我軍難以取勝。有了，待我用個小小神通，擒他們便了。〔軍士、杜玉娥等，從上場門上。杜玉娥白〕妖道那裏走？〔嚴洞賓白〕住了，爾等再不退去，吾用道術擒之。〔杜玉娥白〕你用道術，俺有仙法破之。〔左右設杌，嚴洞賓、杜玉娥各站科。軍士、楊宗保等，番兵、馬榮等，作合戰科。嚴洞賓仗劍書符科。白〕諸神速降。〔雜扮三頭六臂，穿戴三頭六臂切末，持鎗。雜扮魔王，各戴套頭，穿鎧，持鎗。從下場門上。杜玉娥出令牌書符科。白〕天神速降。〔雜扮四頭八臂穿戴四頭八臂切末，持降魔杵。雜扮天將，各戴馬夫巾，紮額，穿鎧，執金鞭。從上場門上。三頭六臂魔王、四頭八臂、天將作合戰科，三頭六臂、魔王從下場門敗下。嚴洞賓白〕不好了。〔嚴洞賓、番兵、番將、馬榮等，同從下場門敗下，四頭八臂、天將追下。楊景白〕趕上擒來者。〔杜玉娥等應科。德昭等作下山，隨撤山石，同從下場門追下。嚴洞賓引衆番兵、番將、馬榮等，同從上場門急上，遶場科。同唱〕

【雙角套曲·太平令】施法力彼居吾上(韻)，果稱爲旗鼓相當(韻)。俺這裏羣魔纔上(韻)，他那裏天兵速降(韻)。〔四頭八臂、天將、杜玉娥衆等，同從上場門追上。嚴洞賓等從下場門敗下。杜玉娥白〕諸位尊神速退。〔四頭八臂、天將等同白〕領法旨。〔從下場門下。德昭、楊景等從上場門上。德昭白〕虧杜夫人神通，挫其妖道銳氣，定期破陣便了。〔楊景白〕傳令收兵。〔衆應遶場科。同唱〕俺呵(格)，輔國祚興邦(韻)。運長(韻)，威服的八方(韻)。呀(格)，蕩烟塵乾坤清朗(韻)。〔同從下場門下〕

第十二齣　通消息月下喬裝（魚模韻）

〔雜扮雲使，各戴雲馬夫巾，穿雲衣，繫雲肚囊，執彩雲。引生扮任道安，戴仙巾，穿氅，繫絲縧，持拂塵，從上場門上。同唱〕

【雙角隻曲·雙令江兒水】祥雲籠護（韻），擁疊疊祥雲籠護（疊），盈空光萬縷（韻），離瓊樓洞府（韻）。紫閣仙都（韻），上青霄觀下土（韻），一統屬車書（韻），山河錦繡鋪（韻）。黑白輿圖（韻），觀似棋局（韻），自然的宋贏遼滿盤取（韻）。〔任道安白〕小仙紫霞洞慈濟真人任道安是也。昔年遍游塵世，普濟羣生，曾授楊令公之子楊景、楊希兵家武藝。楊希受害殀亡，楊景當建輔宋平遼之功。今遇碧蘿山椿岩，佈列天門陣法，逆助遼邦，兩家將士還有百日之劫數。眼前楊景死難臨身，我當下山解救。還有宗保、宗顯兩段姻緣，亦應撮合成全因果，就往九龍谷去者。〔雲使白〕領法旨。〔同唱〕代天暗扶（韻），俺可也代天暗扶（疊），慈悲呵護（韻），免不得慈悲呵護（疊），指示出女英豪來破陣圖（韻）。〔雲使護任道安從下場門下。雜扮遼兵，各戴額勒特帽，穿外番衣。引淨扮嚴洞賓，戴虬髮道冠，紥金箍，穿出氅，執拂塵，從上場門上。嚴洞賓唱〕

【雙調正曲・朝元令】心粗意疎(韻)，罪我軍師魯(韻)。未全陣圖(韻)，遺誚於吾主(韻)。枉費工夫(韻)，受宋人笑侮(韻)，這個羞顏怎覩(韻)？塞責思謀(韻)，忙回陣内重新佈(韻)。〔遼兵白〕軍師回陣。〔生扮王懷，戴金貂、狐尾、雉翎，紥靠，背令旗，佩劍。旦扮王素真，戴盔，鸚哥毛尾、雉翎，紥靠，佩劍。從下場門上，迎接進門科。王懷、王素真白〕軍師，娘娘有何懿旨？〔嚴洞賓白〕説也慚愧，娘娘怪我今早帶領五國雄兵，竟不能取勝。又道前日宋將偷來探陣，被他捉了破綻去了。〔王懷、王素真白〕什麽破綻？〔嚴洞賓白〕楊景父子説，青龍陣少九曲水；白虎陣少虎眼金鑼二面，虎耳黄旗一對；通明殿少天燈七七四十九盞，珍珠日月旗一對。陣法不全，破之甚易。〔王懷白〕既是楊景説的話，俺娘娘怎麽知道，什麽人來告訴的？〔嚴洞賓白〕我也不知。娘娘説似此不全之陣圖，擺出來不但楊景易破，亦且遺誚於宋朝，豈不慚愧？〔王懷、王素真白〕果然不全麽？〔嚴洞賓白〕是我佈陣促迫之故，這也不難，我今連夜補全便了。〔王素真白〕軍師，楊家父子既識佈法，必知破法。即使補全了，只怕也是枉然。〔嚴洞賓白〕照天書上批語，只有佈陣之訣，並無破陣之法。况我諸陣中，俱有仙術妙用，莫説楊家父子，就是真仙降臨，也還費力。待我連夜補全便了。〔唱〕依樣照天書(韻)，心機休似初(韻)。〔合〕精詳細補(韻)，這消息嚴傳休露(韻)，嚴傳休露(疊)。〔遼兵、嚴洞賓從下場門下。王懷白〕我兒，不知宋營何人來走漏消息？他今補全陣勢，六郎依然不知，怎得成功？〔王素真白〕正是。〔王懷同唱〕

【雙調正曲·灞陵橋】我父女自嗟吁(韻)，彼處那能知(句)，剗地添愁慮(韻)。〔王懷白〕怎得一人通個信息與六郎，教他早覓破陣之計。〔王素真白〕那有這樣精細之人可託？〔王懷白〕這便怎麼處？〔王素真白〕有了，天色漸晚，待孩兒假扮巡邏番兵，潛身偷出陣門，到宋營報信便了。〔王懷白〕這卻也好，你快去改扮。〔王素真應科，從下場門下。王懷白〕不知宋營中，何等奸人，露此風聲，被蕭后知道，使妖道補全陣法。〔唱〕似此密情(句)，向人何就語(韻)，大意忒粗疏(韻)。被他陣缺從頭補(韻)，嗏(格)，〔合〕兀的這計難圖(韻)。〔白〕此時將近黄昏，不免打發女兒，早早出陣去便了。〔從下場門下。雜扮遼將，戴盔襯、狐尾、雉翎，穿打仗甲，持令箭，從上場門上。白〕奉著軍師令，巡察各陣門。軍師有令，守陣將士各加仔細。待我到那邊去。〔王素真戴帽罩，穿斗袚，從上場門上，望見番將，作急避科。番將白〕什麼人？〔作審視科。白〕嗄，没有人，看得眼花了。〔向下傳科。白〕軍師有令，各加仔細，小心把守陣門。〔從下場門下。王素真白〕呀。〔唱〕

【雙調正曲·鎖金帳】潛行悄悄(句)，做了驚猫鼠(韻)。我獐慌偷暗覷(韻)，移步向前心怯(句)。怕人搜捕(韻)，喬裝假扮(句)，假扮潛逃陣伍(韻)。〔蕭天佐内白〕那邊獨行者是誰？〔王素真白〕呀。〔唱合〕聽説心慌(句)，急走還留步(韻)，被嚴盤怎説(句)，怎説喬裝遁去(韻)。〔雜扮蕭天佐，戴外國帽、狐尾、雉翎，紮靠，佩劍，持令箭，從上場門上。白〕補陣軍情密，嚴防消息通。方纔明明見一人走來走去，趕到這裏怎麼不見了？〔作見王素真科。白〕這是什麼人？〔王素真急隱下。雜扮馬，穿馬衣，隱上。蕭天佐認看科。白〕

原來是一匹馬。〔向下傳科。白〕各門兵將，小心巡邏，不可偷安。〔從下場門下，馬隱下。王素真隱上。白〕唬死我也，若無些小技術，必然事露了。趁此無人，急急逃出陣門去也。〔唱〕

【雙調正曲・鎖南枝】將身幻馬駒(韻)，重門一徑踰(韻)。向宋營趨奔投去(韻)，投去速報軍情(句)，也爲闗切奴夫主(韻)。〔白〕且住，到了宋營，當著衆將，怎好與六郎答話？〔唱合〕好腼腆(句)，怎對面語(韻)？〔作自唾科。唱〕奴非爲私奔(句)，有甚羞顔處(韻)。〔從下場門下。浄扮焦贊，戴紥巾額，紥靠。浄扮孟良，戴紥巾額，紥靠，背葫蘆。生扮岳勝，戴盔，紥靠。小生扮楊宗保，戴紥巾額，紥靠。雜扮陳琳，戴太監帽，穿鑲領箭袖，繫鑾帶，捧金鞭。引生扮楊景，戴帥盔，穿蟒，束帶。生扮德昭，戴素王帽，穿蟒，束玉帶。從上場門上。楊景、德昭唱〕

【又一體】籌克計(句)，思勝謀(韻)，迢迢夜坐觀陣圖(韻)。〔場上設椅，楊景、德昭轉場坐科。楊景白〕方纔聖上召千歲到御營，有何旨意？〔德昭白〕命孤催元帥早謀破陣之計。道宗保既識陣勢，又且衆將探得陣中門路，聖心大悦，奬譽元帥父子之能，國家得人等語。〔唱〕克捷仗天威(句)，元帥有神謨(韻)。〔合〕鼓天兵(句)，蕩邪魔(叶)，靖妖氛(句)，延國祚(韻)。〔雜扮一將官，戴馬夫巾，紥額，穿打仗甲。引王素真從上場門上。白〕隨我這裏來。你且等一等，待我傳稟。〔作進門稟科。白〕啟元帥，王懷差人密報軍情，要面見元帥。〔楊景白〕快唤他進來。〔將官白〕他説軍情機密，請元帥帳外見他纔好説。〔德昭白〕帳下俱是心腹，不妨，喚他進來。〔將官應，作出門喚科。白〕千歲說，帳下俱是心腹，不妨，隨我進去。〔王素真白〕說過軍情機密，不使六耳聞知，請元帥出來纔好說。〔將官作進門稟科。白〕稟千歲，那來人說，軍情機密，不使六耳聞知，請元帥出去纔好說。〔德昭等同白〕這來人古怪。〔德昭、楊景作起，隨撤椅科。楊景白〕千歲，待臣去問他。〔作出門見科。白〕差官，所報何事？〔孟良等作暗隨出門聽科。王素真白〕元帥退去左右。〔楊景回顧科。白〕你們不許出來。〔孟良、焦贊等應，作進門科。楊景白〕請講。〔王素真白〕元帥不好了。〔孟良、焦贊作急出門，問科。白〕怎麼樣？〔王素真急止科。楊景白〕進去。〔孟良白〕這差人，蹊而蹺之。〔焦贊白〕古而怪之。〔作退進門科。楊景白〕快講。〔王素真白〕今蕭后傳諭嚴洞賓，說元帥奏知宋主，陣勢不全，破之甚易，可是有的？〔楊景白〕這話有的，但蕭氏怎麼知道？〔王素真白〕如今諸陣補全，嚴洞賓說，莫道楊景，即便真仙來破，也還費力。元帥早尋破陣之策，俺去也。〔楊景白〕有這等事？〔作氣忿科。白〕氣死我也。〔德昭等作急出門，扶楊景進門科。白〕元帥不可著急。〔王素真急回身科。白〕嗄六——〔欲喚，急止科。孟良白〕嗄，什麼六？〔王素真作羞慚科。白〕六耳不聞。〔急從上場門下，孟良作望科。白〕奇怪。〔作進門科。德昭白〕元帥，那差官所報何事？〔楊景作恨科。白〕不知何人走漏消息，使彼補全陣法，教我何計可破？〔唱〕

【雙調正曲·孝順歌】一聞報（句），愁嘆吁（韻），寸心如攪慄戰軀（韻）。〔德昭白〕元帥，且自消停商議，何須著急。〔孟良、焦贊、岳勝、楊宗保白〕元帥，陣法補全，只經耳聞，未曾目覩。〔楊景白〕你們不知，前日已經奏明聖上，陣勢不全，破之甚易。若再奏補全之説，難逃誑君之罪。〔唱〕誑君罪怎脱㊀，消息知誰露㊁。〔楊宗保白〕來人之説，也難據信。〔德昭白〕是嗄，明早孤與元帥同到高岡，細細觀看便知明白。〔孟良、焦贊、岳勝、楊宗保白〕千歲説得是。元帥且請耐煩，明日同去，細探分明。〔德昭同唱〕且安逸身軀㊁，休要深思㊂，無煩急慮㊁。〔合〕捱到早晨㊀，再思奇計而圖㊁。〔同從下場門下〕

第六本卷下

第十三齣　陣圖全驚心駭目（蕭豪韻）

〔雜扮遼兵，各戴額勒特帽，穿外番衣，持兵器。引雜扮耶律學古、蕭天佐、耶律休格、耶律色珍，各戴外國帽、狐尾、雉翎，紮靠，持兵器。從上場門上。耶律学古等同白〕宋帝英明赫赫然，楊門父子智謀淵。知吾陣缺留遺誚，依法從頭始補全。〔耶律休格、耶律色珍白〕前者虧了賀驢兒書至，俺娘娘方知陣法不全，一一告訴軍師。軍師即刻查看天書，連夜補全。道如今莫説楊景，就是真仙來破，也還費力。〔蕭天佐、耶律學古白〕軍師説，今既補全，切不可走漏風聲，怕楊景知道，又生別策。命我們四面巡儸，恐宋將私來窺探。適有探子來報，有宋兵沿山而至，必是又來探陣了。快去報與軍師知道，起兵阻他回去便了。〔耶律休格、耶律色珍同白〕佈下巡邏卒，防他暗裏窺。〔同從下場門下。場上設山石。雜扮軍士，各戴馬夫巾，穿蟒箭袖卒褂，持兵器。雜扮將官，各戴馬夫巾，紮額，穿打仗甲，持兵器。浄扮焦贊，戴紮巾額，紮靠，持鎗。浄扮孟良，戴紮巾額，紮靠，背葫蘆，持雙斧。生扮岳勝，戴盔，紮靠，持刀。小生扮楊宗保，戴紮巾額，持刀。旦扮杜玉娥，戴七星額，紮靠，持刀。雜扮陳琳，戴太監帽，穿鑲領箭袖，繫鑾帶，捧金鞭。引生扮楊景，戴帥盔，紮靠，背令旗，佩劍，執馬鞭。生扮德昭，戴素王帽，紮靠，背令旗，佩劍，執馬鞭。從上場門上，遶場科。同唱〕

【黄鐘宫正曲・耍鮑老】感激相關私行告(韻)，説有奸人洩機要(韻)。他今補陣神通巧(韻)，聽傳語驚非小(韻)。忙忙策騎高岡眺(韻)，防戰敵帥英豪(韻)。恐其虚詐話虚渺(韻)，〔合〕細窺他陣中奧(韻)。〔德昭白〕昨有王將軍差人報説，嚴洞賓將陣法補全，未知虚實。爲此同了元帥，上高岡探個明白，回營計議，速速前去者。〔衆應，作引上山科。同唱〕

【又一體】急上山岡便知曉(韻)，望迷漫黑霧繞(韻)。陣勢巍巍似海潮(韻)，滿目旗旛似雲饒(韻)，〔合〕遍戈矛雪樣蛟(韻)。〔楊宗保向下望科。白〕爹爹，果然陣法補全了。〔德昭、楊景白〕怎見得？〔楊宗保白〕别的看不明白，中央通明殿上，高高矗起天燈七七四十九盞。那邊白虎陣上，不是虎耳黄旗兩面？千歲，不知那個走漏風聲。他今補全陣圖，首尾相顧，實不能破矣。〔楊景作仰天歎科。白〕皇天，楊景起初得宗保之信，料然唾手成功，故將易破之説奏聞。如今洩露軍情，補全陣法，教我如何破之？如何破之？〔唱〕

【黄鐘宫正曲・滴溜子】衝冠怒(句)，衝冠怒(疊)，教人懊惱(韻)。軍情露(句)，軍情露(疊)，吾心怎料(韻)。思之(讀)，無能征勦(韻)，〔合〕慚愧受兵權(句)，辜恩不小(韻)。我熱血攻心(讀)，意亂神飄(韻)。〔作墜馬

科，孟良等作下馬扶科。德昭白〕呀。〔唱〕

【又一體】無端的(句)，無端的(疊)，傾身暈倒(韻)。〔衆作喚科。白〕元帥甦醒。〔德昭唱〕憑咱的(句)，憑咱的(疊)，耳邊高叫(韻)。〔内吶喊，孟良等望科。白〕遼兵至矣。〔德昭白〕呀。〔唱〕遼兵(讀)，忽然驚攪(韻)。〔白〕衆將聽者。〔唱合〕孤自護元戎(句)，回營及早(韻)，衆將張威(讀)，退卻羣遼(韻)。〔孟良等應，作下山，隨撤山石科。將官扶楊景從上場門下，德昭、陳琳隨下。遼兵蕭天佐、耶律學古、耶律休格、耶律色珍，引净扮嚴洞賓，戴虬髮道冠，紮金箍，穿蟒箭袖，紮氅，持劍，從下場門上。孟良、焦贊等同白〕不害羞的匹夫們，約戰之日不敢出來。俺們上山岡遊翫，你乘我未備，思想截我歸路可是？〔嚴洞賓白〕自己不害羞，陣圖設下幾日，不敢來打。三番五次，偷探門路，豈是英雄之所爲？看劍。〔衆作合戰科，同從下場門下。耶律色珍等，孟良等，從上場門上，作挑戰科，從下場門下。嚴洞賓從上場門上，笑科。白〕妙哉嗄，妙哉。方纔探子來報，説楊景偶得暴疾，昏迷不醒，扶回營中去了。我想得個妙計在此，可取楊景首級，不必戀戰了。〔杜玉娥從上場門上。白〕妖道那裏走？〔作戰科。遼兵、耶律色珍等，軍士、孟良等，同從上場門上，作合戰科。嚴洞賓白〕住了，住了。戰不過你們，收兵。〔杜玉娥白〕便宜你，收兵回營。〔軍士應，引杜玉娥等仍從上場門下。耶律色珍等同白〕未見輸贏，軍師爲何收兵？〔嚴洞賓白〕你們那知我的妙用？今楊景忽染暴病，待我變作真仙，前往宋營，只説救治楊景，見機行事便了。你們各自守陣去罷。〔遼兵、耶律色珍等應科，從下場門下。嚴洞賓白〕且住，我這副樣兒，宋將俱認得的，須要變個有名的神仙前去纔好。〔作想科。白〕有了，我向隨吕仙師學道時，有一任道安，常與吕仙師談道，曾言及楊六郎是他的徒弟。我如今竟變作任道安前去，他們必定相信無疑。竟變任道安，變。〔從下場門下。雜扮假任道安，戴仙巾，穿仙衣，持拂塵，從下場門上，笑科。白〕任道安是變得了，就去走遭。

〔唱〕

【黃鐘宮正曲·雙聲子】機關巧(韻)，機關巧(疊)，變做他容貌(韻)。手段高(韻)，手段高(疊)，俗眼難猜料(韻)。把病調(韻)，首級梟(韻)。〔合〕我此去要學真仙(讀)，免不得擺擺搖搖(韻)。〔從下場門下〕

第十四齣　仙馭降起死回生（尤侯韻）

〔雜扮將官，各戴馬夫巾，紥額，穿打仗甲。雜扮陳琳，戴太監帽，穿鑲領箭袖，繫鸞帶，捧金鞭。引外扮寇準，戴相貂，穿蟒，束帶，帶印綬。生扮德昭，戴素王帽，穿蟒，束玉帶。從上場門上。寇準、德昭唱〕

【中呂宮集曲·駐馬鎗】【駐馬聽】（首至合）默禱神庥（韻），保佑良臣除疾憂（韻）。三軍司命（句），倘若疎虞（讀），破敵誰謀（韻）？〔場上設椅，德昭、寇準轉場各坐科。德昭白〕寇卿，孤看楊元帥之形色，恍惚昏沉，如何是好？〔寇準白〕千歲放心，臣昨觀乾象，係浮雲暫蔽將星，所以元帥額角黑暗，神色昏沉。不過一晝夜之災，自有救星解厄，且請寬懷。〔德昭作歎科。唱〕添孤愁結上眉頭（韻），踟躕展轉頻搔首（韻）。〔雜扮軍士，各戴馬夫巾，穿箭袖卒褂。引淨扮焦贊，戴紥巾額，紥靠。淨扮孟良，戴紥巾額，紥靠，背葫蘆。生扮岳勝，戴盔，紥靠。小生扮楊宗保，戴紥巾額，紥靠。旦扮杜玉娥，戴七星額，紥靠。從上場門上。同唱〕【急三鎗】（四至末）早得勝（句），甲士斂（讀），歸營驟（韻）。〔合〕元戎病（讀），衆心恸（韻）。〔作進門參見科。杜玉娥等同白〕千歲，臣等戰退遼兵，本欲追獲，恐妖道暗中有詐，不敢貪功，爲此急急收兵回來。不知元帥病勢如何，現今在那裏？都要去問安。〔德昭白〕現在後帳，昏沉不醒。〔軍士、杜玉娥等同白〕大家去看來。〔寇準白〕人多了，衆軍出去。〔軍士白〕如此求將軍們代衆軍問安。〔杜玉娥等同白〕我們代言便了。〔軍士等作出門科，從兩場門下。杜玉娥等白〕大家到後帳去看來。〔同從上場門下。德昭白〕足見六郎平日憐恤士卒，感動衆心若此。〔寇準白〕誠可謂賢臣良將也。〔德昭同唱〕

【中吕宫集曲・駐馬近】【駐馬聽】（首至合）恤士寬柔(韻)，賞罰公平恩德週(韻)。憐如赤子(句)，故感軍兵(讀)，合志心酬(韻)。〔杜玉娥等仍從上場門上。同白〕斯人有此疾，默禱衆神祇。千歲，元帥竟是呼喚不醒，這便怎麼處？〔同唱〕可憐閉目與垂頭(韻)，吁吁一線呼吸有(韻)。〔寇準、德昭同唱〕【好事近】（合至末）這除非九轉還丹(句)，救他行命免歸幽(韻)。〔雜扮一軍士，戴馬夫巾，穿箭袖卒褂。引雜扮假任道安，戴仙巾，穿仙衣，從上場門上。假任道安白〕有此仙家幻，凡夫怎識來？〔軍士白〕請少待。〔作進門禀科。白〕啟千歲，外面有位仙師，說是元帥的師傅，要見千歲。〔德昭白〕二位將軍去迎請進來。〔一軍士隨從下場門下。孟良、焦贊應，作出門迎接科。白〕仙長，千歲請相見。〔假任道安白〕請嗄，請嗄。〔孟良、焦贊白〕這仙長不雅道。〔假任道安白〕我是雅道，不是野道。〔孟良、焦贊作引假任道安進門科，假任道安作相見科。白〕千歲，小仙稽首。〔德昭、寇準作起科。白〕道長請了，請坐。〔場上設椅，各坐科。德昭白〕道長，仙觀何處？〔假任道安作呆科。孟良、焦贊白〕千歲問你，仙觀何處？〔假任道安白〕問我嗄，我是，〔唱〕

【中吕宫集曲・漁家醉芙蓉】【漁家傲】（首至合）三島蓬萊與十洲(韻)。〔孟良、焦贊白〕到底住在那裏？〔假任道安唱〕影跡無蹤㊁，隨我雲遊㊅。〔寇準白〕尊姓大名？〔假任道安白〕小仙是任道安，乃楊六郎的師傅，你們都不認得，必必真真我是任道安。〔德昭白〕到此何事？〔假任道安白〕我是任道安。〔孟良作附耳喊科。白〕到此何事？〔假任道安作驚科。白〕唬我一跳。小仙今早在西池赴會，聽見吕洞賓、漢鍾離、李鐵拐、張果老都説楊元帥有難，故此小仙大發慈悲，前來救他。〔唱〕心發菩提來護佑㊅，慈悲拯救㊅。〔德昭、寇準白〕多謝道長慈悲，不知元帥何症？〔假任道安白〕小仙不用看就知其症。〔孟良、焦贊白〕什麽症？〔假任道安白〕他是見了那仙家大陣，一唬，唬掉了三魂七魄，所以昏迷不醒，可是？〔德昭等同白〕果然不差，仙長用何方法救他？〔假任道安白〕只須小仙書符作法，聚他三魂七魄入竅，就好了。〔孟良、焦贊白〕用何祭禮？〔假任道安白〕不用祭禮，只用寶劍一把，净水一鐘，香案一分。〔德昭白〕如此快扶元帥出來，大家看仙長作法救治。〔孟良、焦贊應科。〕〔假任道安白〕住了，住了，也驚動不得，你們也看不得。驚動了魂魄，不能入竅了，你們預備香案去。〔孟良、焦贊應，作耳語科，從上場門下。〕寇準、德昭白〕若仙長救得元帥，奏知吾主，就請仙長破那天門陣，擒捉妖道嚴洞賓。〔假任道安白〕嚴洞賓小仙認得，他神通廣大，比小仙道法更高。這天門陣，莫説小仙，就是上八洞金仙，也還費力。〔德昭、寇準白〕怎麽這般難破？〔假任道安唱〕【醉太平】〔五至合〕他有㊅，千般變化妙元修㊅，八門陣是老君傳授㊅。〔德昭、寇準白〕這等説，無人能破的了。〔小生扮楊宗孝、楊宗顯，各戴紥巾額，紥靠。旦扮柴媚春，戴七星額，穿氅。老旦扮佘氏，穿補服老旦衣，從上場門上。〔同白〕聞説真仙降，齊叩救元戎。〔作參見科。白〕千歲。〔德昭白〕太君，此時令郎如何了？〔佘氏白〕臣妾再三呼唤不醒，方纔聞得任仙師降臨，爲此臣妾出來，拜求仙師救濟。〔假任道安白〕容易，容易，引我去一救就活。千歲請便，小仙一人去作法。〔德昭等作起，隨撤椅科。德昭白〕全仗慈悲，孤在此設宴相候。〔德昭等從下場門下。佘氏、柴媚春、楊宗孝、楊宗顯白〕仙師這裏來。〔作引遶場科。假任道安唱〕【玉芙蓉】（合至末）憑符咒韻，三魂聚收韻，有仙緣讀，特因消厄下瀛洲韻。〔場上設牀帳、香案桌，置劍盞。生扮楊景，戴巾，穿道袍，繫腰裙，暗上，作卧帳内。孟良、焦贊各持兵器，暗上，作藏帳内科。佘氏等同白〕仙師請少待。〔作進門，佘氏揭帳唤科。白〕我兒，任仙師來救你。〔楊景不應科。佘氏白〕還是不開口。〔作出門請科。白〕請仙師進去。〔作引假任道安進門科。假任道安白〕住了，你們都遠遠迴避，不許進來，小仙好作法拘魂。〔佘氏等應科，作出門，從上場門下。假任道安作四望科。白〕都被我哄信了，待我來。〔作取劍，隨撤香案桌科。假任道安白〕楊景嗄楊景。〔唱〕

【中呂宮集曲·千秋舞霓裳】【千秋歲】（首至合）逞英儔韻，敢向吾行鬭韻，到今朝成了吾謀韻。

〔白〕楊景看劍。〔作欲斬楊景科，孟良、焦贊從帳内急躍出科。白〕妖賊好大膽。〔作戰科。孟良、焦贊白〕何處妖賊？敢冒名欺詐，算計俺哥哥。〔唱〕妖賊猖狂句，妖賊猖狂疊，直恁的讀，敢蓄陰謀毒手韻。〔戰科。假任道安白〕住了，俺好意來救六郎性命，你們敢暗伏帳中，唐突俺大仙。〔孟良、焦贊白〕妖道，還敢支吾。〔唱〕【舞霓裳】（五至末）虧俺識破嚴防守韻，不然一命已休休韻。俺早解僞言虚謬

(韻)，〔合〕難饒恕(句)，擒斬妖人報兄讎(韻)。〔作戰科。楊宗顯、楊宗保、楊宗孝、岳勝、杜玉娥、柴媚春，各持兵器。佘氏、寇準、德昭引生扮任道安，戴仙巾，穿仙衣，持拂塵，從上場門上。德昭等同白〕仙師這裏來。〔同作進門科。任道安厲叱科。白〕妖道，任道安在此。〔假任道安作惡唾科。白〕小仙是任道安，你敢來冒我仙名。〔任道安笑科。白〕好大膽孽畜，看俺法寶取你。〔作擲縛妖索科。假任道安白〕不好了。〔作從地井遁下，孟良、焦贊撲捉科。白〕在這裏了。〔作獲空衣，細看科。白〕不見了。〔任道安白〕這孽畜借土遁走了，果然有些本領。〔德昭白〕仙師，這是什麼妖人幻化？〔任道安白〕這就是嚴洞賓，幻化小仙模樣，來害六郎。〔孟良、焦贊白〕若不是俺二人要看拘魂法，早藏在帳内，元帥也就被他害了。〔德昭等同白〕二位的功勞不小。〔任道安白〕閒話休題，先救六郎要緊。〔德昭等同白〕仙師有何妙法可救？〔任道安作袖内取金丹科。白〕將此靈丹，填入他口中，立時全愈。〔孟良、焦贊作揭帳，楊宗保接丹，作填入楊景口内科。任道安白〕六郎，你仙師任道安在此。〔唱〕

【中呂宮集曲・紅鴈過】【紅芍藥】（首至三）你神魂定(句)，平氣消愁(韻)。〔作書符咒科。白〕詛。〔楊景作甦醒科。唱〕氣開胸魂魄兩收(韻)。〔德昭等同白〕果然好了。〔任道安白〕六郎，貧道在此。〔楊景作急起，隨撤牀帳科。楊景白〕果是我仙師降臨，弟子有失遠迎。〔作跪科，任道安扶起科。白〕六郎，你如今是好了。〔楊景白〕弟子何幸，得蒙仙師慈悲救濟，請上受弟子一拜。〔佘氏等同白〕我等一同拜謝。〔同作拜科。楊景同唱〕【鴈過聲】（末二句）教人欽敬忙稽首(韻)，得遇仙師垂庇庥(韻)。〔孟良、焦贊白〕

我的哥哥，你可又活了。〔作笑科。楊宗保白〕今仙師降臨，破陣有日了。〔任道安白〕破陣之人未全，破陣之器未取，就想破陣，好自在話兒。〔德昭、楊景白〕仙師，還少何人？請指示明白。〔任道安白〕天門陣前有金鎖陣，須用老令公九環金刀，乃此陣匙鑰也。〔楊景白〕仙師，當年先父陣歿兩狼山，此刀不知失於何處了？〔任道安白〕仍在兩狼山，可命宗顯去取來，以備破陣之用。還有仙童陣，必用五郎，他乃羅漢降凡，方能破得，須命宗保去請來方可。〔楊景白〕還有何人？〔任道安白〕餘外破陣之人，臨期自有時節因緣，不可預洩。小仙回山去也。〔德昭、楊景、寇準白〕仙師那裏去？弟子們欲求仙師在此指示破陣之法。〔任道安白〕適纔言過，時節因緣，破陣之人，臨期自至。〔作拂袖，從下場門下。德昭白〕仙師已去，元帥，速命宗保、宗顯等前去。〔楊景白〕宗保聽令。〔楊宗保應科。楊景白〕你可速往五臺山，請你伯父下山破陣，限你十日爲期，不得有悮。〔楊宗保白〕得令。〔楊景白〕過來，違悮限期，軍法從事。〔楊宗保應科，從下場門下。楊景白〕宗顯聽令。〔楊宗顯應科。楊景白〕限你半個月，往兩狼山尋取九環金刀，明日起程，違悮者決不姑恕。〔楊宗顯應科。楊景白〕千歲，且待金刀與五郎到時，再定破陣之計。〔德昭白〕甚好，待孤先行奏聞便了。且將今日營中事，〔楊景等同白〕一一陳情奏主聞。〔從兩場門分下〕

第十五齣　仗神術英雄被縛（真文韻）

〔旦丑扮丫鬟，各穿採蓮襖、小背心，繫汗巾。引旦扮木桂英，戴七星額、鸚哥毛尾、雉翎，紥靠，佩劍，執馬鞭，從上場門上。木桂英唱〕

【中呂調套曲・粉蝶兒】三六青春(韻)，入仙山幾年精進(韻)，舞花鎗煉法果超羣(韻)。善衝鋒(句)，馳駿馬(句)，百戰贏百陣(韻)。開勁弩箭射穿雲(韻)，這十三篇秘傳胸蘊(韻)。〔白〕移山倒海廣神通，縛虎擒蛟膂力雄。百步穿楊鎗丈八，仙傳武技慣交鋒。俺乃亂石山木家寨木桂英是也。父母早逝，虧嬸母撫養一十五歲。蒙金刀聖母收去爲徒，學道三年。剛剛武藝精通，聖母道我夙緣未了，遣我回寨，俟楊宗保到來，引他上山了此夙債。奴自回山，將近半年了。〔作歎科。唱〕

【中呂調套曲・醉春風】俺則願除障礙去啖黄虀(句)，誰戀著有牽連來成合巹(韻)。半年間瞪著眼望不來(句)，却教奴那答兒來引(韻)、引(疊)。有時節山北山南(句)，有時節山左山右(句)，教我遶遍了這山窮山盡(韻)。〔白〕這些時等不來，莫非聖母哄我？〔丫鬟白〕該回去喫飯了。〔木桂英白〕回山去罷。〔丫鬟應科。木桂英唱〕

【中吕調套曲・紅繡鞋】带晨光下山來訊㊅，日西斜那有他人㊅。凝望眼盼穿雲㊅，含情延佇等㊁，空返白勞神㊅。〔作自唾科。唱〕爲那人兒著甚緊㊅。〔同從下場門下。丑旦扮侍女，各穿衫背心，繫汗巾，從上場門上。同白〕大王陞帳，衆僂儸伺候。〔丑扮甯氏，戴大牛心鬏髻、狐尾、雉翎，紥羅鍋切末，穿氅，從上場門上。白〕命犯一山主，天生十不全。〔作指侍女科。白〕好嗄，你們也不招呼招呼我，先跑了出來，什麽意思？〔侍女作不應科。甯氏白〕欺我大王十不全，看不起我，我打你們。〔作打跌倒科。侍女白〕自己手脚不便當，安頓些罷，還要動手動脚。〔甯氏白〕你們到底扶起我來嗄。〔侍女作扯甯氏轉磨科。甯氏白〕站住，站住。我又不是磨盤碾子，轉起我來了。〔侍女作扶起科。白〕起來，起來，坐下罷。〔中場設椅，推甯氏坐科。甯氏白〕燥頭東西，站著罷。老身亂石山木家寨寨、寨、寨——〔侍女白〕寨主。〔甯氏白〕寨主。甯、甯、甯——〔侍女白〕看他「甯」到多早晚兒。〔甯氏白〕越著急，越説不上來了。〔侍女白〕甯氏。〔甯氏白〕你們到底甯不過我嗄。先夫木大——〔侍女白〕功。〔甯氏白〕箭嘴快。你們都替我説了，我説什麽？先夫木大功，早已去世，有個兒子叫、叫、叫木玉虎。姪女木桂英，武藝高强，神通廣大，我這山寨越發惹不起了。侍女們，你姑娘呢？〔侍女白〕下山等人去了。〔甯氏白〕怎麽天天一早去等人？這不像話。你小大王呢？〔侍女白〕下山巡邏去了。〔甯氏白〕都不在家，咱們娘兒們，做什麽頑兒？〔侍女白〕坐坐罷。〔甯氏白〕對對拳棒罷。〔侍女白〕罷喲，那個手脚，還要對拳棒。〔甯氏白〕白試試。〔作對拳，發諢科。丫鬟引木桂英從上場門上。木桂英白〕久佇山崖下，可人不見來。〔丫鬟白〕姑娘回山。〔作引木桂英進門見科。木桂英白〕嬸母。〔甯氏白〕好孩子，一清早起來，飯也不喫，就去遊山翫景，有點兒不像樣嗄。〔木桂英白〕嬸母。〔唱〕

【中吕調套曲·迎仙客】俺如那吹出岫的一片雲(韻)，何嘗有意思山的歸返心(押)。我有心學小漁郎去駕船招引(韻)，待桃源去問津(韻)。〔甯氏作起，隨撤椅科。甯氏白〕你和我繞灣子説話，教我打燈虎，我可不懂。咱們先喫飯去，走走走。〔木桂英白〕我不喫。〔甯氏白〕嗄，你這兩天，看山景看飽了？走罷。〔木桂英白〕請便。〔甯氏白〕摔打我，真正：兒大不由父，女大不由娘。〔侍女隨甯氏從下場門下。〕〔木桂英白〕他明知我的心事，故意如此。〔作歎科。唱〕那管奴心緊(韻)，這其間要向人懞懂裝聾問(韻)，不解事胡廝混(韻)。〔從下場門下，丫鬟隨下。雜扮家將，各戴紮巾，穿鑲領箭袖，繫鸞帶，持兵器，帶刀。引小生扮楊宗保，戴紮巾，穿繡花箭袖，繫鸞帶，佩劍，執馬鞭，從上場門上。楊宗保唱〕

【中吕調套曲·石榴花】俺乃勇兒郎穿山徑越嶙峋(韻)，則俺是壯志小將軍(韻)。偏我是笑孺稚的虎子膽超羣(韻)，怎怕那山中寇比俺更很(韻)，鬬武手比俺更神(韻)。遇了咱扯住他獅蠻(句)，摔下埃塵(韻)，拔出俺匣中寶劍斬强人(韻)。〔白〕俺楊宗保，奉命往五臺山文殊寺請俺五伯父下山破陣。爹爹限我十日要回，今已第五日，還未到五臺。今早遇一樵夫，指引我進了亂石山，往西北便是。方纔又問牧馬的，説我不該進這亂石山，多走了一日路程，况且山寨强人利害，教我回去。想俺宗保乃是英雄虎將，若怕了强人，那天門陣如何敢進？家將們，闖山而過。〔家將應科。楊宗保唱〕

【中呂調套曲・鬬鵪鶉】可笑那牧馬的傭人(韻)，真有些不睁眼的個笨鈍(韻)，看不出俺勇武勳臣(韻)。俺小將軍小將軍鎮閫(韻)，遇俺虎將的定也倒運(韻)，瞪眼兒奪魄消魂(韻)，喝一聲海沸山頹(句)，抖威風那個敢和鬬很(韻)？〔雜扮頭目，各戴盔襯，穿青緞箭袖，繫鑾帶，持兵器。引雜扮木玉虎，戴馬夫巾、紥額、狐尾、雉翎，穿打仗甲，持鞭，從下場門迎上。木玉虎白〕何處小子，敢闖山而走？快留下金銀馬匹，饒你性命。〔楊宗保笑科。白〕俺纔説遇俺虎將，定也倒運，果然。〔唱〕

【中呂調套曲・上小樓】恁草寇兒多應倒運(韻)，遇咱的殘生未穩(韻)。〔木玉虎白〕休説大話，留下金銀馬匹，放你過去。〔楊宗保白〕强盜。〔唱〕你道是大話休言(句)，一匹良馬(句)，幾錠金銀(韻)。〔木玉虎白〕不然，休想過去。〔楊宗保唱〕則這一句話激怒了咱(句)，來從來處行(句)，去從去處奔(韻)。〔木玉虎白〕來得去不得。〔楊宗保唱〕俺任你攔(句)，俺任你阻(句)，俺動手時你命兒難遁(韻)。〔木玉虎白〕這小子好猖狂，擒他上山去。〔頭目應，衆作合戰科，同從下場門下。家將、頭目從上場門上，作挑戰科，從下場門下。楊宗保追木玉虎從上場門上，挑戰。楊宗保作奪鞭打科。白〕看鞭。〔打傷木玉虎右臂科，木玉虎負痛下。頭目、家將從上場門上，合戰科。頭目從下場門下，楊宗保等追下。木玉虎從上場門急上。白〕罷了嗄罷了，舉念傷人人傷我，他先勝我我先逃。〔作進門喚科。白〕母親快來。〔侍女作扶甯氏從上場門上。甯氏白〕來了。〔木玉虎白〕快來。〔甯氏白〕你也容我走上來嗄。〔木玉虎白〕孩兒被人打壞了，還是這樣慢騰騰的。〔甯氏白〕嗄，怎麽説？〔木玉虎白〕山下有個小孩子，十分利害，將孩兒右臂打傷，現在山下與頭目爭鬭哩。〔窅氏白〕有這等事？你進去養息養息，我替你報讎。〔木玉虎從下場門下。窅氏白〕侍女們，看我的披掛來，備馬，拏我的棒槌來。〔丫鬟隨木桂英從上場門上。白〕嗄，嬸母，爲何動怒？〔窅氏白〕了不得，了不得，山下來了一個小孩子，十分利害，把你哥哥右臂打壞，我要下山去擒他，帶馬來。〔木桂英白〕且慢，想我哥哥武藝高强，竟被他打傷，這小孩子的武藝，十分利害了。〔作背。白〕不知可是楊宗保？〔回身科。白〕嬸母，待我下山，擒他到來報讎，可好？〔窅氏白〕你去擒上山來報讎，要不報讎，我是不依的。〔木桂英白〕擒上山來，任憑嬸母處治可好？〔窅氏白〕任憑我處治，我可是要殺他的。〔木桂英白〕丫鬟帶馬。〔窅氏白〕站住，怎麼這樣要緊？〔木桂英白〕要緊報讎。〔窅氏白〕這話我不信。〔木桂英白〕快些帶馬。〔丫鬟應。木桂英作乘馬，持鎗。丫鬟作取兵器，隨木桂英從下場門下。窅氏白〕這丫頭，不知安著什麼主意？〔從下場門下，侍女隨下。楊宗保、家將追頭目從上場門上，作合戰科，頭目從下場門敗下。丫鬟引木桂英從上場門上。木桂英白〕小將軍休走，俺來也。〔合戰科，丫鬟追家將從下場門下。楊宗保白〕住了，俺小將軍利害，仔細些。〔木桂英作呆看科。白〕呀。〔唱〕

【中呂調套曲・滿庭芳】驚人眼的燕頷彪身(韻)，好一個英才英俊(韻)，小俊英超品超羣(韻)，莫非是(讀)，宗保小將軍(韻)？〔楊宗保白〕那女子閃開，讓俺走路。〔木桂英白〕好自在話兒，你將我哥哥打傷，就白白的讓你走路？〔楊宗保白〕不讓俺走路，問俺手中的利刃可依，看刀。〔木桂英作按刀科。白〕住了，若要交鋒，俺也不懼，且通個名來。〔楊宗保作唾面科。白〕不害羞，女子家，問我姓名做什麼？不識羞。〔木桂英作羞態科。白〕俺鎗尖上，不挑無名之輩。〔楊宗保白〕且住，俺乃將門之子，倒被他説個無名之輩。聽者，俺乃三關總鎮平遼元帥之子楊宗保，奉有軍令在身，快快讓路。〔木桂英白〕你就是楊元帥之子楊宗保。〔背白〕妙嗄。〔唱〕果然應仙師話難教不信（韻），果然是遇良配不枉勞勤（韻）。〔楊宗保白〕讓俺走路。〔木桂英白〕來得去不得。〔楊宗保白〕胡説，看刀。〔挑戰科，木桂英作追楊宗保從下場門下。丫鬟、家將從上場門上，作絡繹挑戰科，從下場門下。楊宗保從上場門上。唱〕截吾徑妖嬈阻進（韻），倘悮了（句）嚴親限緊（韻）。〔白〕這女子十分驍勇，攔住去路，倘悮限期，吾罪不小，也罷。〔唱〕抖威風把手中刀高擎（句），速斬那佳人（韻）。〔木桂英從上場門上。白〕小將軍，奴家有話與你説。〔楊宗保白〕説什麼？喫俺一刀。〔作戰科，木桂英虛白誘戰，引楊宗保從下場門下。頭目、丫鬟追家將從上場門上，合戰科，作擒住家將，從下場門下。木桂英從上場門上。唱〕

【中吕調套曲·十二月】好教掩再三的思忖（韻），羞答答怎許秦晉（韻）？〔白〕且住，俺奉聖母法諭，來等宗保。今雖會面，只是羞人答答，怎好明言？〔作躊躇科。白〕有了，待我使個仙法，擒他上山，再作道理。〔楊宗保從上場門上。白〕潑賤那裏走？〔木桂英作咒科。白〕詛。〔作定住楊宗保馬科。木桂英白〕你今番動不得了。〔楊宗保作驚異科。白〕我的馬怎麼不走？〔木桂英笑科。楊宗保白〕你不用笑，馬乏了，待我下馬步戰。〔作下馬科。白〕看刀。〔木桂英作咒科。白〕詛。〔作定住楊宗保科。木桂英白〕今番看你有何方法？〔楊宗保作驚異科。白〕怎麼我的腿，也動不得了？〔木桂英笑科，楊宗保作唾科。白〕不用笑，我的腿也乏了。〔木桂英白〕你今動移不得，且喫我一鎗。〔楊宗保白〕請。〔木桂英白〕這時候要殺你何難？〔唱〕要知我慈悲方寸㊇。〔楊宗保白〕好慈悲。〔木桂英唱〕陰德來存㊇。〔楊宗保白〕好陰德。〔木桂英唱〕暫留下小孩家命兒㊁。〔楊宗保白〕不勞。〔木桂英白〕是做娘的——〔作急止笑科。楊宗保白〕混帳，怎麽討起便宜來了？〔木桂英唱〕是做娘的恕你愚昏㊇。〔頭目、丫鬟綁家將從上場門上。丫鬟白〕衆家將已擒。〔木桂英白〕將他也綁了。〔丫鬟作綁楊宗保科，木桂英作咒詛楊宗保行動科。木桂英白〕一併解上山去發落。〔丫鬟、頭目應科。楊宗保白〕潑賤，看你怎麽樣發落我？〔丑丫鬟虚白，同從下場門下〕

第十六齣　結良緣老嫗主婚（蕭豪韻）

〔浄扮焦贊，戴紮巾額，紮靠，帶鞭，執馬鞭。浄扮孟良，戴紮巾額，紮靠，背葫蘆，帶雙斧，執馬鞭。從上場門上。同唱〕

【黄鐘宫正曲・畫眉序】急趕已連朝（韻），火速前行敢憚勞（韻），那嚴嚴軍令（讀），違限難饒（韻）。〔白〕俺二人奉哥哥將令，因寇丞相占卦，道宗保中途必有阻隔，十日限期，不能繳令。差我二人急急趕上，保護同行。〔孟良白〕如今將到五臺山，怎麽還趕不上？〔焦贊白〕不要管他，再趕上前去。〔同唱〕行盡了山路迢迢（韻），五臺境望中將到（韻）。〔合〕慮其未識禪門徑（句），誤入桃源路道（韻）。〔從下場門下。雜扮頭目，各戴盔襯，穿青緞箭袖，繫鸞帶，持兵器，作綁。雜扮家將，各戴紮巾，穿鑲領箭袖，繫鸞帶。丑旦扮丫鬟，各穿採蓮襖、小背心，繫汗巾，持兵器，作綁。小生扮楊宗保，戴紮巾，穿繡花箭袖，繫鸞帶，佩劍。旦扮木桂英，戴七星額、鸚哥毛尾、雉翎，紮靠，佩劍，持鎗。從上場門上。頭目、丫鬟、木桂英同唱〕

【黄鐘宫正曲・滴溜子】姑娘法（句），姑娘法（疊），仙傳奇奥（韻）。小將軍（句），小將軍（疊），焉能脱套（韻）。〔楊宗保唱〕偏逢（讀）業冤纏繞（韻），〔合〕嚴令限期違（句），罪名不小（韻）。〔頭目、丫鬟、木桂英同唱〕早則受擒(讀)，莫教遁逃(韻)。〔作進門科。木桂英白〕衆頭目，將他四人押過一邊。〔頭目應，作押家將從下場門下。場左設椅科。木桂英白〕將他綁在那邊。〔丫鬟應，作綁椅上科。木桂英白〕你們去請我嬸母出來。〔丫鬟應，從上場門下。木桂英白〕小將軍。〔楊宗保作咤科。白〕閃開。〔木桂英作唾面科。楊宗保白〕我有緊急軍務在身，將我擒上山來，什麼意思？〔木桂英白〕將軍請息怒，擒你上山，自有一段因果。〔楊宗保白〕什麼因果？〔木桂英白〕奴家木桂英，乃金刀聖母門徒，聖母吩咐奴家，在此等——〔楊宗保白〕等什麼？〔木桂英白〕等的是，〔唱〕

【黃鐘宮正曲・降黃龍】宦室英豪(韻)。〔楊宗保白〕是那個？〔木桂英白〕哪，〔唱〕現居驍將(讀)，楊家宗保(韻)。〔楊宗保白〕一些相干没有，等我則甚？〔木桂英唱〕仙師示語(讀)，他説塵緣未了(韻)。〔白〕與將軍呵——〔唱〕有姻——〔作羞慚，急止科。楊宗保白〕什麼姻？〔木桂英唱〕有姻緣(句)。〔楊宗保白〕不識羞。〔木桂英唱〕此婚天造(韻)，有赤絲將伊牽到(韻)。〔合〕天遣著山前截戰(讀)，把夫——〔作掩面急退科。楊宗保白〕什麼？〔木桂英唱〕把夫壻來招(韻)。〔楊宗保白〕噯，我有緊急軍務在身，不可歪纏，快快放我走路。〔木桂英白〕你若應承了，我就放你。〔楊宗保白〕嗄，教我應什麼？〔木桂英白〕應了我。〔楊宗保白〕教我應你什麼呢？〔丑扮甯氏，戴大牛心鬏髻、狐尾、雉翎，紮羅鍋切末，穿氅，從上場門悄上，聽科。甯氏白〕應他給我兒子報讐。〔中場設椅，木桂英作急退，坐科。甯氏白〕就是這小畜生，你敢打壞我兒子的右臂，很好，很好。姪女，借你的寶劍一用。〔作拔劍，木桂英作奪劍科。白〕嬸母要劍何用？

〔甯氏白〕你説擒他來，但憑我發落，我如今要斬他，閃開看劍。〔舉劍砍科，木桂英作攔科。白〕嬸母不要如此。〔甯氏白〕我斬他與兒子報讐，與你什麽相干？看劍。〔木桂英作勸科。白〕看我分上。〔甯氏白〕你不爲給哥哥報讐，擒他來怎麽？〔木桂英白〕嬸母，你道他是那個？〔甯氏白〕是我兒子的讐人。〔木桂英白〕非也。〔甯氏白〕非也？〔木桂英白〕他就是楊元帥的長子楊宗保。〔甯氏白〕不在我心上，看劍。〔木桂英白〕殺不得的。〔楊宗保白〕要斬就斬，有這許多嘮叨。〔甯氏虚白發諢科。木桂英白〕嬸母，這裏來。我今年回山時，將聖母之話也曾稟過你來。〔甯氏白〕我不記得了。〔木桂英白〕聖母説，我與楊宗保夙緣未了，因此命我下山等他，怎麽你不記得了？〔甯氏白〕不錯，但是楊宗保乃是你哥哥的讐人，必得報讐，饒不得。〔木桂英白〕看聖母金面，他若應了親事就罷，若不應——〔作手勢科。白〕不遲嗄。〔甯氏虚白效學發諢科。向楊宗保白〕宗保，你聽見了，我姪女要招你爲壻，應了就罷，不應嘿——〔作學前手勢科。白〕不遲嗄。〔楊宗保白〕我有緊急軍情在身，那有心情招什麽親，這樣無耻之談，休講。〔甯氏白〕嗄，我好意説親，倒説我是唾沫黏痰，不中擡舉，喫我一劍。〔木桂英急勸科。白〕嬸母，不要生氣，這裏來嗄。他不肯應承，是不好意思嗄。〔唱〕

【黄鐘宫正曲·黄龍衮】他故意假裝喬㊟韻，他故意假裝喬㊟疊，口推心實要㊟韻。做出面嗔心内喜㊟句，含情怎説道㊟韻？青年子弟㊟讀，嬌顔羞貌㊟韻，〔合〕是外老誠㊟句，内悦從㊟句，你焉知曉㊟韻。〔甯氏白〕不信他心事，你都知道。〔木桂英白〕待我去將利害陳之，應了就罷。〔甯氏白〕不應嘿——〔仍學前手勢科。白〕不遲嗄。〔木桂英白〕不應，我假做要斬，嬸母上前勸解，包管應承。〔甯氏白〕使得，你去說。〔甯氏坐科。木桂英白〕小將軍，這頭親事，乃聖母主婚，天遣良會，你也不可太執意了。〔楊宗保白〕嗳，什麽聖母？現放著我爹爹嚴令，吾主國事，豈可廢公就私？決難從命。〔木桂英白〕只要你一言應許，先公後私何妨？今日這頭親事呵——〔唱〕

【又一體】斧柯聖母操(韻)，斧柯聖母操(疊)，天遣赴藍橋(韻)。〔白〕你應了呵。〔唱〕先爲國寫捷書(句)，後宜家賦桃夭(韻)。〔楊宗保白〕此事無父母之命，決不敢應承。〔木桂英、甯氏同白〕你應了的好。〔楊宗保白〕偏不應，偏不應。〔甯氏怒科。白〕不應，快拏劍來。〔木桂英白〕不要你管。〔甯氏白〕我就不管。〔作坐科。木桂英白〕你被擒在此，插翅也難飛去。莫若應了，不但放你，而且奴家助你立功，如何？〔楊宗保白〕俺那裏多少英雄上將，希罕你一個女强盜立功？〔甯氏白〕好罵。〔木桂英白〕好不中擡舉。〔唱〕真是賤孺子(讀)，敢胡言道(韻)。〔合〕心好惱(韻)，將青鋒舉(句)，斬你免求饒(韻)。〔楊宗保白〕那個求饒？〔木桂英白〕如此我就斬——〔楊宗保白〕請斬。〔木桂英回顧科。白〕嬸母不要勸我，如今真要斬了。〔甯氏白〕我不勸。〔楊宗保白〕斬嗄。〔木桂英舉劍，作看甯氏科。白〕嬸母。〔甯氏白〕那就斬嗄。〔木桂英白〕嬸母，怎麽樣？〔甯氏白〕你說不用我管。〔木桂英白〕教我怎麽樣？〔甯氏白〕看你那隻手，怎麽落下來？〔木桂英作擲劍，自唾坐科。甯氏白〕好方法，你捨不得，我來。〔拾劍科。白〕左說右說不肯應，招呼我這一劍。〔作舉劍，回顧木桂英科。白〕也哂我。〔作擲劍，效學科。白〕待我放他下山去罷。〔木桂英作急起，隨撤椅科。木桂英白〕嬸母，放不得。〔甯氏虛白發諢科。木桂英白〕怎麽處？〔甯氏白〕有了，宗保，你應不應？〔楊宗保白〕不能從命。〔甯氏白〕不能從命，也不能放你，丫鬟們。〔丫鬟從上場門上。白〕來了，有何吩咐？〔甯氏白〕將這小畜生，吊在後園樹上，總不許放他下來，快去。〔丫鬟應科。楊宗保白〕住了，待我想一想。我若不應允，他決不放我下山。看這女子，道法高强，軍營有用，且應了罷。〔甯氏白〕應不應？〔楊宗保白〕應便應了。小將有緊急軍情，不能目下成親，待我破了遼邦天門陣，稟命完姻。〔甯氏白〕聽見没有，應是應了，目下不能成親嗄。〔木桂英作羞慚，虚下。甯氏白〕這一走，是交給我了，我可要放他去了。〔木桂英急上科。白〕嬸母，放不得嗄。〔作附耳科。甯氏白〕不害羞。〔木桂英作掩面，從上場門跑下。甯氏虛白，作放綁科。白〕他説你還餓著肚子呢，教我放了你，請你先喫飯，後喝茶。走罷，隨我來。〔楊宗保白〕情知不是停留處，事急且隨没奈何。〔同從下場門下〕

第十七齣　絶歸途孟良縱火（蕭豪韻）

〔净扮焦贊，戴紥巾額，紥靠，帶鞭，執馬鞭。净扮孟良，戴紥巾額，紥靠，背葫蘆，帶雙斧，執馬鞭。從上場門上。同唱〕

【中吕宫正曲·粉孩兒】咱兩個（讀），恃雄豪能征討（韻）。論禪機悟道（讀），不經不曉（韻）。惟知貫甲與披袍（韻），管疆場血戰功勞（韻）。〔白〕俺二人趕到五臺山，那知宗保還未到。五禪師説其中自有一段因果。命我二人，先到西南方十里外，木家寨後，伐取降龍木，以備破陣之用，得此木就知宗保下落，禪師也隨後就來，乂説還要得一員破陣先鋒，爲此一徑前來。〔唱合〕跨征鞍馬上争名（句），盼凌烟圖書名號（韻）。〔白〕呀，你看山上果有寨栅，不知何等人物在内？不要驚動他，先遶到寨後伐木便了。〔同唱〕

【中吕宫正曲·紅芍藥】高聳聳（句），山擁巍巢（韻），横空聽萬籟松濤（韻）。一帶莊村殊不小（韻），大牆垣徧山圍繞（韻）。〔作向内望科。白〕呀。〔唱〕看高杆（句），旗扯繡帶飃（韻），大書著寨名之號（韻）。〔孟良白〕賢弟，你看旗上寫的，就是木家寨，只怕也是你我的出身。〔焦贊同唱合〕甚英雄哨聚山坳（韻），料也是隱身落草(韻)。〔從下場門下。雜扮頭目，各戴盔襯，穿青緞箭袖，繫鸞帶，持兵器，從上場門暗上，望科。同白〕你看這兩個漢子，馳騎上山，十分威猛。你我暗暗跟隨哨探，看他往後寨做什麽，然後報與大王知道便了。〔從下場門下。小生扮楊宗保，戴紥巾，穿繡花箭袖，繫鸞帶，佩劍，從上場門急跑上科。白〕放我出去。〔旦丑扮丫鬟，各穿採蓮襖、小背心，繫汗巾，從上場門追上，攔科。同白〕那裏走？〔楊宗保白〕放我下山去。〔丫鬟白〕要你在此成了親再去。〔楊宗保白〕我有緊急公務在身，怎麽不放我下山？悞了限期，那個救得我？放我去。〔丫鬟白〕你的馬匹器械，都被姑娘藏過了，怎麽下山？〔楊宗保作急躁科。白〕馬匹器械，都被藏過了，可不急殺我也。〔唱〕

【中呂宮正曲・耍孩兒】意亂忙忙心焦躁(韻)，父命軍情急(句)，被他行再四纏繞(韻)。〔白〕還我馬匹器械，放我去。〔丫鬟白〕不知藏在那裏了？〔楊宗保白〕不還，我要動手了嗄。〔唱〕騰騰(句)按不住(讀)，髮指衝冠惱(韻)。打教你(讀)，桃李隨風落(韻)，〔合〕掃殘雲如消耗(韻)。〔作拔劍追科，丫鬟喊叫科。白〕姑娘、老太太快來。〔旦扮木桂英，戴七星額、鸚哥毛尾、雉翎，紥靠，襲氅。丑扮甯氏，戴大牛心鬏髻、狐尾、雉翎，紥羅鍋切末，穿氅。從上場門急上，作勸科。同白〕不要如此。〔甯氏白〕姑爺，爲何如此動怒？〔楊宗保白〕親事應承，怎麽不放我下山？〔木桂英白〕消停一兩日，送你下山。〔楊宗保白〕再消停兩日，限期早悞了。快還我馬匹器械，俺要去了。〔甯氏白〕放不得，一去就不來了。〔楊宗保白〕胡説，快放我下山。〔頭目從上場門急上。白〕大王，大王。〔甯氏白〕怎麽説？〔頭目白〕不知那裏來了一個紅臉的，一個黑臉的，把寨後奇樹砍去了。〔甯氏白〕有這等大膽狂徒？你們且看守寨門。〔頭目應科，仍從上場門下。木桂英白〕待我去擒來。〔楊宗保白〕紅臉，黑臉，只怕是孟良、焦贊來尋我的，待我去看來。〔木桂英白〕不用。〔楊宗保白〕偏要去。〔木桂英白〕你若動一動，又要用仙法定住你了，進去。〔楊宗保白〕不必用仙法，我不去，我不去。〔甯氏白〕隨我進去罷。〔作扯楊宗保從下場門下。木桂英白〕丫鬟們，看鎗馬來。〔丫鬟應，木桂英作卸氅，乘馬，持鎗。丫鬟各取兵器。木桂英白〕隨我去擒來者。〔丫鬟應。木桂英唱〕

【中呂宮正曲·會河陽】名動諸山讀，法振羣豪韻，有誰虎膽惹吾曹韻。〔同從下場門下。焦贊作荷降龍木，引孟良從上場門上。同唱〕勤勞韻，伐木丁丁讀，學做採樵韻，得奇樹添歡笑韻。〔合〕他言句，取奇木知宗保韻。虛言句，得奇木無宗保韻。〔木桂英從上場門追上。白〕二賊休走，看鎗。〔作戰科。孟良、焦贊白〕慢來，慢來，好利害鎗法。你這女子，不問青紅皂白，就是一路鎗法，這是怎麽説？〔木桂英白〕好大膽狂賊，擅敢闖山伐木，欺俺太甚，看鎗。〔作合戰科。焦贊白〕不好，溜了罷。〔丫鬟從上場門上，作追趕焦贊，從下場門下。孟良、木桂英挑戰科，孟良從下場門敗下，木桂英追下。丫鬟追焦贊從上場門上。焦贊白〕你們也來追趕，俺手中鋼鞭利害，還不回去。看鞭。〔作合戰科，丫鬟仍從上場門敗下。焦贊白〕看那女子，十分驍勇，恐其搶了此木回去，枉費辛勤。俺今迎著五禪師，先將此木交與他，同來除此山賊便了。〔從下場門下。孟良從上場門跑上。白〕好利害，好利害。這女子手段忒很，俺倒不是他的對手。焦兄弟也不來幫俺，這却如何是好？〔作想科。白〕有了，他若再來，只得下個狠手，除他便了。〔作解葫蘆科。木桂英、丫鬟從上場門追上。木桂英白〕休走，俺來擒你。〔孟良作舉葫蘆咒科。白〕詛。〔作放火彩，木桂英作指葫蘆咒科。白〕詛。〔作回燒科，孟良作驚慌，拋棄葫蘆跑科。白〕不好了，不好了。〔從下場門跑下。丫鬟作拾葫蘆科。白〕這廝拋下葫蘆走了。〔木桂英白〕隨俺趕上擒來。〔丫鬟應科，從下場門下。孟良從上場門急上。白〕好利害，好利害。俺放葫蘆內神火去燒他，誰知他有回火返燒之術，把俺鬍鬚也燒了，眉毛也燒了。一陣手忙脚亂，把個葫蘆也撇在地下，被他拏去了。〔丫鬟引木桂英從上場門追上。白〕那裏走？〔孟良白〕又來了。〔木桂英白〕你今還有甚邪術？〔孟良白〕我還會加鞭跑哩。〔唱〕

【中呂宮正曲·福馬郎】疾速加鞭曲徑繞韻，恨不如飛鳥韻，他追近了韻。〔木桂英作指孟良咒科。白〕詛。〔孟良作馬不能行科。木桂英白〕看你走到那裏去？〔孟良驚異科。白〕什麽法兒，把馬定住不走了，待我下馬來跑嘎。〔作下馬跑科，木桂英作指孟良咒科。白〕詛。〔孟良作不能行，驚慌科。白〕我的兩條腿也定住了。〔木桂英白〕你也不知木桂英的手段。〔唱〕休思走慢想逃韻，法術甚高超韻，〔合〕生擒縛定難饒韻。〔白〕綁了。〔丫鬟應科。孟良白〕慢來，我腿不能動，手是動得的。〔作掄斧科。白〕來嘎，來嘎，只要你們拏得住我。〔木桂英白〕待我來。〔作挑落雙斧科。白〕綁了。〔孟良作耍拳科。白〕誰敢近前？〔木桂英白〕你不教綁，我就一鎗。〔孟良白〕教綁，教綁。〔丫鬟作綁孟良科。木桂英白〕

綁上山去。〔丫鬟應科，木桂英作指孟良咒科。白〕詛。〔孟良作行動科。白〕今番是脚動手不動了。〔木桂英、丫鬟作押孟良從下場門下。楊宗保從上場門急上。白〕急壞我也，要走不能走。方纔説山下那兩人，一定是焦、孟二公，要去看看也不放。〔甯氏從上場門上。白〕好野姑爺，又想要溜。〔楊宗保白〕我要去幫著姑娘拏那兩個人嘎。〔甯氏白〕不必，老老實實的等著罷。〔丫鬟押孟良，隨木桂英從上場門上。木桂英白〕仙傳真妙法，擒將有何難。〔作進門見科。白〕嬸母，那兩個狂賊，擒得一個在此。〔甯氏白〕綁過來。〔木桂英白〕綁過來。〔丫鬟應，作押孟良進門，楊宗保作見驚異科。白〕這是我孟叔叔。〔孟良白〕姪兒在此。〔楊宗保白〕快些放了。〔甯氏白〕是姑爺的新親到了，快放了，快放了。〔丫鬟應，作放綁科。甯氏白〕過來，會會親。〔孟良白〕住了。公子，你怎得到此，與他們是什麽親？〔楊宗保白〕一言難盡，我原不要來的。〔指木桂英科。白〕是這位霸道姑娘，搶我上山來，强要招親。〔木桂英作羞愧科。孟良白〕姪兒，你只顧在此招親，不怕悞了你爹爹的限期？你起身後，寇丞相就知你中途有阻，所以命焦叔叔與我急急追趕，直趕到你五伯父廟中，説你不曾去。〔楊宗保白〕五伯父可曾請下？〔孟良白〕請下了。〔楊宗保白〕請下了，這便還好。〔雜扮頭陀兵，各戴頭陀髮，紮金箍，穿緞劉唐衣，紮春布僧衣，繫絲縧，持齊眉棍。生扮楊春，戴僧綱帽，穿採蓮襖，紮紬僧衣紅袈裟，持棍。隨焦贊荷降龍木，追頭目從上場門跑上，進門科。白〕大王，不好了。那黑臉的帶了無數和尚，打進來了。〔焦贊、楊春白〕打進去。〔頭陀兵、焦贊、楊春作打進科，楊宗保、孟良作攔科。白〕住了，住了，不用打，一團親在此。〔焦贊白〕

姪兒，這是你五伯父，見了。〔楊宗保作拜見科。白〕伯父在上，小姪宗保拜見。〔楊春白〕起來。姪兒，軍情緊急，你今限期已悞，怎還在此耽擱？〔楊宗保白〕小姪也是這等說，他們不信，執意不肯放我下山。〔作指木桂英恨科。白〕這違悞限期，都是你害我的。〔唱〕

【中呂宮正曲・縷縷金】前生債(句)，業冤遭(韻)，累咱軍限悞(句)，罪難逃(韻)。〔楊春白〕不必埋怨了，這也是前生夙債。你如今即刻打點，起身去罷。〔楊宗保白〕快放我家將，還我馬匹器械，俺去也。〔孟良白〕我的葫蘆、雙斧，也還了我。〔木桂英白〕丫鬟，去放了衆家將們，還了他們馬匹器械。〔衆丫鬟應科，從兩場門下。甯氏白〕站住，你們去使得，我姪女可不去。〔楊宗保白〕理應同去立功。〔甯氏白〕那可不能。〔木桂英白〕我不去，要在此侍奉嬸母。〔楊春、孟良、焦贊白〕説那裏話來？ 即許楊門，即是楊門之人，爲你累及宗保違限，你去軍營破陣立功，好替你夫壻贖罪，怎麽説不去？〔甯氏白〕姪女，你不要聽他們調唆，去不得。〔木桂英白〕姪女怎忍拋撇嬸母前去。〔唱〕自幼蒙扶養(句)，忍心撇掉(韻)，卻隨夫壻把功邀(韻)，〔合〕遺誚奴不孝(韻)，遺誚奴不孝(疊)。〔楊春、孟良作附耳科。楊春白〕既然姪媳不肯去，也當送你夫壻下山，以盡夫妻之情。〔甯氏白〕這却使得。〔丫鬟持葫蘆、雙斧，引雜扮家將，戴紥巾，穿鑲領箭袖，繫鸞帶，各持兵器，帶馬鞭，扛刀，從兩場門上，進門科。孟良白〕取我的葫蘆、雙斧、馬匹來，俺先去也。〔作接葫蘆、雙斧，出門從下場門下。甯氏白〕我腿脚不便，不送了。姪女，你送他們下了山就回來。〔木桂英白〕嬸母放心，就回來的。〔楊春白〕請進去罷。〔甯氏白〕恕不送了。〔頭

目隨甯氏從下場門下。楊宗保白〕帶馬。〔家將、丫鬟應，作帶刀、馬。衆各持兵器，上馬，同作遶場。同唱〕

【中吕宫正曲·越恁好】急離山寨(句)，急離山寨(疊)，軍國事勤勞(韻)。嚴嚴將令(句)，今違限犯規條(韻)，兼程趲趲路迢遥(韻)，忙忙趕到(韻)。〔木桂英白〕已送至山下，君須保重。伯父，倘元帥見罪於令姪，望乞週全。〔唱合〕望伯父(讀)，解救也銜環報(韻)。望賢叔(讀)，保護也恩非小(韻)。〔楊春、焦贊白〕這等不放心，何不一同去見你公公討情。〔木桂英白〕因孀母孤單，不忍抛撇。〔焦贊白〕必要在此做强盗的，可笑。〔頭目等追孟良從上場門上。頭目白〕很心賊，那裏走？〔木桂英作止科。白〕你們不得無理。〔頭目白〕姑娘不好了，這很賊舉火把山寨焚燒，大王被害了。〔木桂英作驚慌科。白〕有這等事？隨我去看。〔丫鬟、頭目應科，隨木桂英從上場門下。楊春笑科。楊宗保、焦贊白〕這火是誰放的？〔楊春白〕這是貧僧與孟良，設下調虎離山之計。焚了賊巢，絶其歸路，要使木桂英同往軍前破陣。〔焦贊白〕你出家人的心腸，更比我俗家人還很百倍哩。〔同笑科。楊春白〕我們且在那邊，等木桂英到來，勸他同往便了。〔同從下場門下。頭目、丫鬟引木桂英從上場門急上。頭目白〕姑娘，這裏來，你看火焰還未熄哩。〔木桂英作下馬，向下跪叫哭科。白〕孀母，哥哥，是桂英害了你們了。〔唱〕

【中吕宫正曲·紅繡鞋】見見見漫山烟霧沖霄(韻)、沖霄(格)，驚人烈焰光昭(韻)、光昭(格)。〔作哭科。頭目白〕且不要哭，拏住紅臉漢，報讐要緊。〔木桂英白〕隨俺趕上，擒拏報讐。〔衆應。丫鬟作帶鎗、馬，木桂英作提鎗、上馬，衆引遶場科。木桂英唱〕苦孀母(句)，身被燒(韻)。歎兄長(句)，禍寃遭(韻)。〔合〕思想起

(句)，恨怓怓(韻)。〔木桂英向下喚科。白〕很心賊，快來受死。〔頭陀兵、家將隨楊春、楊宗保、焦贊、孟良從下場門上。楊春、孟良白〕你要回去，怎麽又來了？〔木桂英作忿恨，指孟良科。白〕很心賊，與你何讐，下此毒手，看鎗。〔楊春止科。白〕住了。你既許做楊門媳婦，理應棄邪歸正，報効朝廷。還要隨你嬸母做强盗害民怎的？〔楊宗保白〕是嗄，我等既爲朝廷官將，理應替朝廷肅静地方，勦滅山寇，與民除害。你若棄邪歸正，是我妻子。若言報讐——〔作冷笑科。木桂英白〕不與你相干，閃開，看鎗。〔楊春作架住，回顧科。白〕衆人不許上前，待俺降他。〔唱〕

【中呂宮正曲·千秋歲】仗雄驍(韻)，制伏剛强暴(韻)，鬬武藝當場比較(韻)。〔作戰科。楊宗保白〕待我助戰。〔木桂英作咒詛，定住楊宗保科。楊宗保白〕完了，又定住在此了。〔楊春、木桂英戰科。孟良白〕看斧。〔木桂英作咒詛，定住孟良科。孟良白〕也定住在此了。〔楊春、木桂英戰科。焦贊白〕好利害，偏要助戰。〔木桂英作咒詛，定住焦贊科。焦贊白〕奇怪，怎麽我也動不得了？〔楊春白〕看棒。〔孟良等白〕招架，我們是都動不得了嗄。〔木桂英作指楊春咒詛，不靈，驚異科。白〕怎麽定不住他？〔復指楊春咒詛科。楊春白〕佛法無邊，焉能定得住我？〔木桂英作驚異科。白〕好利害。〔唱〕佛法無邊(句)，佛法無邊(疊)，不由人(讀)，欽敬頓除煩惱(韻)。〔作下馬叩拜科。白〕伯父在上，姪媳一時愚昧，不思大義，深知悔罪，願隨往軍營，報効朝廷。〔楊春白〕既知悔過，起來。〔楊宗保、孟良、焦贊白〕既知悔過，還不放我們。〔木桂英作咒詛，楊宗保等行動科。焦贊白〕好法兒嗄。〔楊春白〕疆場賭勝，邪法擒人，非王道也，今後不可。〔木桂英應科。白〕伯父，容我回山收殮孀母，隨後就到。〔楊春白〕貧僧同你去超度他們。〔向楊宗保等白〕你們先行，我同姪媳隨後就到。〔楊宗保等應科。木桂英上馬，頭陀兵、頭目、丫鬟引木桂英、楊春從上場門下。孟良白〕他們去了，我等趲路要緊。〔楊宗保白〕二位叔叔，到了軍營，見我爹爹，全仗週全，千萬不要先說出招親一事。〔孟良、焦贊白〕曉得了，走罷。〔唱合〕無驚怕㊞讀，休心小㊞韻，婚姻事㊞讀，誰不要㊞韻？〔楊宗保唱〕慮我嚴親惱㊞韻，招親違限㊞讀，軍令難饒㊞韻。〔孟良、焦贊白〕有你兩個叔叔在此，不妨事，走罷。〔同從下場門下〕

第十八齣　違嚴令宗保忤親（庚青韻）

〔雜扮中軍，各戴中軍帽，穿中軍褂，佩腰刀。引生扮楊景，戴帥盔，穿蟒，束帶，從上場門上。楊景唱〕

【仙呂入雙角合套·北新水令】能羆十萬命專征(韻)，仗天威要把遼邦平定(韻)。盼宗保請禪師將陣掃(句)，卻怎的已旬日不歸程(韻)？俺嚴令分明(韻)，恨不肖無懼敢違令(韻)。〔場上設椅，轉場坐科。白〕本帥命宗保到五臺山請五禪師下山破陣。因寇丞相占宗保中途有阻，隨即命孟良、焦贊趕上同行。限宗保十日之期，今已過限，宗保不來，連孟良、焦贊也不至，其中什麼緣故？中軍，營門候著，宗保等到時，先稟後見。〔中軍應科。楊景作起，從下場門下，隨撤椅科。中軍作出門科。白〕看元帥的氣質，他三人回來，必不輕饒，怎麼好？〔淨扮焦贊，戴紮巾額，紮靠。淨扮孟良，戴紮巾額，紮靠，背葫蘆。從上場門上。白〕晝夜趲程途，〔作悶歎科。白〕限期依舊悞。〔中軍作見科。白〕二位將軍回來了，公子在那裏？〔孟良、焦贊白〕還在後面。〔中軍白〕怎麼還在後面？元帥怪他悞限，連你二位也恨在那裏。〔孟良、焦贊作驚科。白〕連我二人也恨在那裏？不妨，待我們進去，說開了就好了。〔中軍作攔科。白〕二位進去不得，元帥有令，說先稟後見，這話就明白了。〔孟良、焦贊作驚疑科。白〕這話蹊蹺嗄。〔中軍白〕候著。〔中軍作進門科，從下場門下。孟良白〕焦兄弟，看這光景，有些嘮叨在裏頭。你我把主意拏定了，他問爲何悮限。〔焦贊白〕公子被女强盜搶上山去招親，不肯放走，所以悮限。這罪名，推在桂英身上，就没有宗保的不是了。〔孟良白〕説不得，要説五禪師不肯下山，宗保連求三日，方纔應準，所以悮限。〔焦贊笑科。白〕妙極，就是這樣説。〔中軍從下場門上。白〕吩咐開門，元帥陞帳。〔孟良、焦贊白〕小心在這裏。〔中軍從下場門下。孟良、焦贊作扯中軍科。白〕元帥喜怒如何？〔中軍白〕小心候著。〔孟良、焦贊白〕小心在這裏。〔中軍從下場門下。內奏樂，場上設公案桌、虎皮椅。雜扮小軍，各戴馬夫巾，穿箭袖卒褂，執旗，從兩場門上。中軍引楊景從上場門上，入座科。雜扮將官，各戴馬夫巾，紥額，穿打仗甲，佩腰刀。雜扮呂彪、佘子光、劉超、關沖、林榮、劉金龍、張蓋、陳林、柴幹，生扮岳勝，各戴盔，紥靠，佩劍。從兩場門上，作進門參見科。同白〕衆將參見。〔楊景白〕侍立兩傍。〔衆應，分侍科。楊景白〕中軍，傳孟良、焦贊進見。〔中軍應，作出門傳科。白〕元帥有令，傳孟良、焦贊進見。〔孟良、焦贊作應科。中軍白〕小心。〔孟良、焦贊白〕小心，小心。〔作畏懼進門科。楊景作怒科。孟良、焦贊作慌忙跪科。楊景白〕孟良、焦贊，也還回來繳令麼？〔孟良、焦贊白〕今日回來，原是繳令。〔楊景白〕本帥限你們幾日限期？〔孟良白〕十日。〔楊景白〕如今？〔焦贊白〕十二日。〔楊景白〕限期悮了没有？〔孟良、焦贊白〕悮了，悮了。〔楊景白〕既知悮了限期，怎不與宗保同來？你二人先來見我，思想編謊瞞我，替他討情，可是麼？〔焦贊作駭然科。孟良白〕悮限自有緣故，何必編謊。〔楊景白〕講得是無罪，講得不是隄防。〔焦贊指孟良科。白〕你説。〔孟良白〕元帥聽

稟。〔唱〕

【仙吕入雙角合套·南步步嬌】禪林同把禪師請(韻)，耽擱清涼境(韻)。〔白〕禪師説，〔唱〕他沙門戒律僧(韻)，受佛三皈(句)，不遵軍令(韻)。〔白〕宗保呵。〔唱合〕幾日的拜求誠(韻)，因此遲覆命(韻)。〔楊景白〕這話支吾，想我兄長呵，〔唱〕

【仙吕入雙角合套·北折桂令】在五臺雖是爲僧(韻)，志不忘忠(句)，義不忘征(韻)。且莫説手足之情(韻)，爲君王應救百萬生靈(韻)，肯説道軍令不聽(韻)，今此言使俺疑生(韻)。〔孟良白〕不必疑惑，實是如此。〔楊景白〕實是如此？禪師到底來與不來？〔孟良白〕隨後就來。〔楊景白〕中軍過來。〔中軍應科。楊景白〕你馳騎迎上五禪師，問果有此話否？〔唱〕疾去訊問根由(句)，方可爲憑(韻)。若有虚情，(韻)〔白〕將他二人呵。〔唱〕正軍法號令施行(韻)。〔中軍應，欲行，焦贊急起扯住科。白〕住了，不用去對，俺要實説了。〔孟良白〕説不得。〔楊景白〕快快實説，免你二人之罪。〔焦贊白〕哥哥，遲悞限期，有個緣故。〔唱〕

【仙吕入雙角合套·南園林好】趕宗保追無蹤影(韻)，到禪林説未曾見形(韻)。〔楊景白〕嗄，他往那裏去了？〔焦贊白〕禪師命我二人往木家寨伐取奇木方知根柢。〔唱〕緑林女桂英强聘(韻)，〔合〕不放他脱身行(韻)，不放他脱身行(疊)。〔楊景作怒科。白〕現今宗保還在强人山上麽？〔孟良、焦贊白〕現在營外。〔楊景作拔令旗科。白〕好畜生。孟良聽令。〔孟良應科。楊景白〕帶領劊子手，將宗保綁進營來。〔孟良作接令旗科。白〕喚宗保來，問明再綁。〔楊景白〕多講。〔孟良作指焦贊，恨科。白〕都是你嘴快。〔作出門科。白〕怎麼好？〔作想科。白〕有了。〔從上場門急下。楊景白〕好畜生，我只道中途有强人阻隔，或五郎不在山上，也還可恕。誰知這畜生竟招贅在女賊處。〔作忿恨科。白〕好可惡。〔雜扮劊子手，各戴劊子手巾，紮小額簪雉翎，穿劊子手衣，帶鬼頭刀。綁小生扮楊宗保，戴紮巾，穿繡花箭袖，繫鸞帶，從上場門上。劊子手作報門科。白〕宗保帶進。〔作進門跪稟科。白〕宗保綁到。〔楊宗保跪科。白〕爹爹。〔楊景怒叱科。白〕本帥那有你這樣不肖之子？孟良那裏去了？傳孟良。〔將官應科。白〕傳孟良。〔孟良從上場門急上。白〕教劊子手等一等，連忙的跑進去了。〔作進門，繳令旗科。白〕孟良繳令，宗保綁到。〔中軍接令旗科。楊景白〕你那裏去了？〔孟良白〕我一時肚子疼。〔楊景想科。白〕知道了，中軍過來。〔中軍應。楊景作拔令旗、劍科。白〕你二人，將我令箭與尚方寶劍——〔孟良作驚懼科。白〕我肚子疼。〔楊景白〕到營門外把守。〔孟良白〕彀了我了。〔楊景白〕若有聖旨請進，餘者一應大小男女將官，不奉傳喚，不許進帳。擅闖者，軍法施行。〔中軍應科，接令旗、劍作出門科。場上設椅，中軍坐科。楊景白〕好大膽的畜生。〔唱〕

【仙吕入雙角合套·北鴈兒落】恁輒敢抗嚴親違令行(韻)，恁輒敢臨陣的姻私訂(韻)，況招在盜賊營(韻)，則被你玷吾門穢吾名(韻)，玷吾門穢吾名(疊)。〔白〕推出營門，軍法示衆。〔劊子手應科。楊宗保白〕爹爹，容孩兒把冤情訴上。〔孟良、焦贊白〕元帥，他有冤情。姪兒，你快訴嗄。〔楊宗保白〕孩兒非

敢臨陣招親，故甘違限。因孩兒不識路徑，誤走至亂石山中呵。〔唱〕

【仙呂入雙角合套·南江兒水】賊盜橫截徑(韻)，女名木桂英(韻)，他能法術將身定(韻)，登時擒去施賊令(韻)，强來逼我將親訂(韻)。我説奉有軍中嚴令(韻)，〔合〕他困我連朝(句)，〔白〕孩兒思想脱身，〔唱〕只得權且應承婚定(韻)。〔楊景怒叱科。白〕一派支吾，推出營門，軍法從事。〔劊子手應科。旦扮柴媚春，穿氅。老旦扮佘氏，穿補服老旦衣，策杖。從上場門上。白〕忽聽孟良語，急急到營門。〔佘氏白〕媳婦，隨我進帳。〔中軍作攔科。白〕太君，元帥有令，一應大小男女將官，不奉傳唤，不許進去。〔佘氏白〕如此，你們進去禀一聲，説我要見。〔一中軍應，作進門禀科。白〕啟元帥，老太君要見。〔楊景白〕待我出去見來。〔作出公案，出門相見科。白〕母親。〔柴媚春見科。白〕相公。〔楊景白〕你養得好兒子，不以軍情爲事，擅招强盜之女爲妻，何顔來見我？〔佘氏白〕做娘的到此，正爲孫兒討情，你怎麽這副嘴臉待我？你仗著元帥的軍令，連母命都不遵了？〔楊景白〕母親，今日孩兒這元帥令，乃朝廷之命也。楊景敢從母命，而違君命麽？〔唱〕

【仙呂入雙角合套·北得勝令】呀(格)，遵君命掌兵權操軍政(韻)，全仗著施威信纔權衡正(韻)，遵母命顧私情就違君命(韻)，若再要管三軍也令不行(韻)。請請母思省(韻)，兒只公平秉(韻)，望我母回營(韻)。〔作跪拜科。唱〕恕孩兒逆親言罪甘領(韻)，逆親言罪甘領(疊)。〔起科。白〕母親請回。中軍，遵令把守。〔作進門科。佘氏白〕有了，媳婦，隨我來。〔引柴媚春從上場門急下。楊景白〕孟良，可是你去報知太君的？〔孟良白〕孟良不敢。〔楊景白〕若按軍規，營中傳消遞息者斬。〔孟良白〕不敢。〔楊景白〕快將這畜生斬首示衆。〔岳勝、孟良、焦贊等作跪科。同白〕求元帥開恩饒恕。〔楊景白〕列位請起，自古不斬蕭何律不行。孟良、焦贊，快快押出營門，斬訖回報。掩門。〔從下場門下。小軍從兩場門分下。孟良、焦贊白〕他竟掩門進去了，這便怎麽處？〔楊宗保白〕求列位將軍救我一命。〔作跪科。岳勝、孟良等同白〕請起。有了，我們同去求千歲便了。〔焦贊白〕有理。〔同作出門科。生扮楊春，戴僧綱帽，穿採蓮襖，紥紬僧衣红袈裟。旦扮木桂英，戴七星額，紥靠。從上場門上。分白〕爲助同胞離寶刹，代夫贖罪到軍營。〔孟良、焦贊作見科。白〕二位來得正好。宗保違悞限期，元帥要將他斬首。〔木桂英白〕有這等事？公子在那裏？〔孟良白〕這不是公子？〔木桂英作見，悲痛科。白〕公子，是我害了你了。〔唱〕

【仙吕入雙角合套·南玉嬌枝】冤牽强訂(韻)，累伊行有口難明(韻)。無端繩索身纏定(句)，眼睁睁要廢殘生(韻)。〔楊春白〕姪媳，且免傷心，待我講個人情便了。中軍通報。〔中軍應科，從下場門下。木桂英、楊宗保白〕姪兒之命，全在伯父身上了。〔唱〕慈悲心切救災刑(韻)，幸垂金臂來超拯(韻)。〔合〕仗伊家起死回生(韻)，望伊家急須救命(韻)。〔作跪科。楊春白〕請起，有我在此。〔小軍仍從兩場門分上，中軍引楊景從下場門上。中軍白〕元帥出迎。〔楊景作出門迎接科。白〕哥哥請。〔楊春向木桂英白〕隨我進來。〔同作進門科。楊春白〕姪媳跪下。〔木桂英跪科。楊景白〕這是什麽人？〔楊春白〕這是你媳婦木桂英。〔楊景白〕哥哥差矣，你我楊門忠正傳家，怎麽帶個强盜之女來玷辱家門。〔唱〕

【仙吕入雙角合套・北收江南】呀(格)，恁雖是六根翦斷去爲僧(韻)，楊門宗祖恁總關情(韻)，帶來草寇敗門庭(韻)。〔白〕中軍。〔唱〕速趕出大營(韻)，速趕出大營(疊)，若不然一同綁縛令來行(韻)。〔白〕趕出去。〔木桂英白〕令郎違限，俱是媳婦之罪。〔楊景叱科。白〕我那有你這樣媳婦？趕出去。〔楊春白〕看愚兄薄面，認了罷。〔楊景白〕休想。衆將官，將他趕出營門去。〔將官白〕出去。〔木桂英起，作怨恨科。白〕罷了嗄罷了。〔唱〕

【仙吕入雙角合套・南江兒水】鐵石心腸硬(韻)，惡意生(韻)，將奴斥逐施權令(韻)。〔白〕都是孟良、焦贊與禪師設下很毒之計。害我嬸母哥哥，燬我家園，絕我歸路。我今帶了精兵，隨到此處，指望破陣立功，夫婦團圓。那知元帥不順人情。〔唱〕惱恨你們很毒性(韻)，絕我歸路没存定(韻)，焚了娘兒兩命(韻)。〔楊景白〕多講，先趕他出去，再斬宗保。〔木桂英忿恨科。白〕夫壻已不能生，奴豈願活，也罷。〔唱合〕大戰營前(句)，拚棄奴身決勝(韻)。〔作出門，仍從上場門下。孟良、焦贊白〕元帥，木桂英説，要在營外與元帥決一死戰哩。〔楊景白〕諒此草寇之女有何本領？衆將，隨本帥親自出馬。〔楊春等作攔科。同白〕元帥請息怒。〔旦扮九妹、八娘、杜玉娥、呼延赤金，各戴七星額，紥靠，穿氅。柴媚春、佘氏引外扮寇準，戴相貂，穿蟒，束帶，帶印綬。生扮德昭，戴素王帽，穿蟒，束玉帶。從上場門上。寇準、德昭白〕元戎軍令肅，賞罰果嚴明。〔德昭白〕隨孤進來。〔衆應，隨進門科。孟良、焦贊等白〕千歲駕到了。〔楊景白〕將宗保綁過一邊。〔劊子手應科，押楊宗保從下場門下。楊景白〕楊景不知千歲、丞相到來，有失迎接。〔場上設椅，德昭坐科，楊春作參見科。白〕千歲，貧僧稽首。〔德昭白〕禪師少禮。孤家聞説，元帥要斬宗保，特與丞相到此勸慰。〔楊景白〕臣啟千歲，宗保有三大罪，萬不可容。〔德昭白〕那三罪？〔楊景白〕悞限犯令一罪。臨陣招親二罪。朝廷命將，招山寇之女爲妻，豈非三大罪？〔唱〕

【仙呂入雙角合套・北沽美酒帶太平令】【沽美酒】（全）則怪他玩軍法專擅行(韻)，玩軍法專擅行(疊)，招强盜入軍營(韻)，則這干犯三條罪不輕(韻)。〔楊春白〕千歲，那木桂英乃聖母門徒，與宗保天遣良緣。此女仙法高强，精通武藝，正好破陣立功。〔德昭白〕原來如此。元帥，既有此一段因果，可以寬宥。〔楊景白〕千歲，臣身居元帥，管轄十萬大兵，千員猛將，全仗威信服人。自己之子有罪不斬，已後吾令不行矣。〔德昭白〕利於公事，也非因親徇私，軍令焉得不行？〔楊景白〕衆口嗷嗷，人言可畏。〔唱〕既掌著三軍令徇私情(韻)，元戎子法容寬等(韻)。【太平令】（全）今已後難施法令(韻)，衆卒將再犯難行(韻)。千歲處恕臣骨鯁(韻)，老丞相容咱介耿(韻)。〔雜扮一軍士，戴馬夫巾，穿蟒箭袖卒褂，從上場門上。白〕報。〔作進門禀科。白〕啟上元帥，木桂英帶領衆僂儸，在營門外搦戰。元帥若不出去，他就要踹進營來了。〔楊景白〕知道了。〔一軍士仍從上場門下。德昭等白〕情極必生此變。〔德昭起，隨撤椅。楊景白〕不妨。孟良、焦贊，領劊子手將宗保綁在營外旗杆臺上。擒住桂英，一併斬首。〔孟良、焦贊應科，從下場門下。楊景白〕千歲、丞相，在營中少坐，待楊景立擒潑賤來見千歲。〔佘氏白〕老身同去觀陣。〔楊景白〕衆將官，隨本帥出營。〔將官、岳勝等應科，引佘氏、楊景等，同從下場門下，隨撤公案、桌椅科。德昭白〕孤與丞相、五禪師，同詣御營，奏明請旨便了。〔寇準、楊春白〕千歲所言甚善。〔德昭同唱〕今呵㊂，早將那桂英㊇事情㊇，向御營㊇奏請㊇，呀㊂，那時節㊆，下一道賜婚姻赦書與楊景㊇。〔同從下場門下〕

第十九齣　奮雄威救夫闖帳（蕭豪韻）

〔中場設平臺，插旗纛，設刀鎗架、虎皮椅。左場口設將臺，立旗杆。净扮焦贊，戴紮巾額，紮靠，佩劍。净扮孟良，戴紮巾額，紮靠，背葫蘆，佩劍。雜扮劊子手，各戴劊子手巾，紮小額簪雉翎，穿劊子手衣，帶鬼頭刀。押小生扮楊宗保，戴紮巾，穿繡花箭袖，繫鑾帶，從上場門上。楊宗保唱〕

【仙呂宫正曲・風入松】招親違律恨妖嬈㊙，觸怒嚴親生惱㊙。拋婆撇母爲不孝㊙，未克陣負君恩浩㊙。〔白〕可恨桂英，〔唱合〕不輸罪越逞雄豪㊙，不能贖其過倒害吾曹㊙。〔作悲痛科。孟良、焦贊白〕不用哭，請上臺去。〔孟良、焦贊、劊子手作押楊宗保上將臺科。木桂英内白〕衆僂儸，且扎住陣脚，待我到將臺邊看來。〔内應科。旦扮木桂英，戴七星額、鸚哥毛尾、雉翎，紮靠，從上場門上，望科。白〕呀，那旗杆臺上綁的，不是公子麽？〔作哭科。白〕公子，奴家害了你了。〔楊宗保作叱科。白〕不是你强逼招親，陷我違條犯法？你不知懇求贖罪，還敢領兵討戰，豈非要陷我不忠不孝麽？〔唱〕

【仙呂宫正曲・急三鎗】害得我㊀，功不就㊁，名不孝㊙。抗吾父㊁，罪難饒㊙。〔孟良、焦贊白〕姪媳，公子説得甚是，還當懇求請罪纔是。〔木桂英白〕公子嗄，奴家原爲你建功贖罪而來，所以解讐釋怨，率衆歸降。那知令尊百般辱駡，連聲趕逐。奴今置身無地，羞忿難當，纔舉報讐之念。〔唱〕害得奴㊀，無投奔㊁，差愧惱㊂。〔合〕拚血戰㊁，命一條㊂。〔楊宗保白〕小姐，你既許配與我，就受爹爹辱駡，也不爲恥。你今舉兵抗逆，有闗風化，非婦道之宜也。〔唱〕

【仙吕宫正曲·風入松】嚴親秉正重權操㊂，肯爲我衆口嗷嗷㊂。爹行盛怒施威號㊂，子和父敢違倫道㊂。〔木桂英白〕奴家今聽公子之言，敢不依從？只是令尊不認兒媳者，因我山寇之女，恐錯配公子，玷辱門楣，所以十分藐視奴家。少間當决勝於將臺之下，顯我本領，一則使令尊知我非凡，二則以塞衆將之口，免於嘲訕。不知可否？〔孟良、焦贊白〕這卻使得。〔楊宗保白〕小姐，只可比並武藝高强，不可用術法傷人。〔木桂英白〕這個自然。〔内喝導科。孟良、焦贊白〕元帥陞將臺來也，快快躲避。〔木桂英白〕奴家自有道理。〔作向下傳科。白〕衆僂儸，列開陣勢，不許妄動，只令頭目上前比武。〔唱合〕列陣角不許動摇㊂，妄喧嘩按軍條㊂。〔頭目内應科。木桂英從上場門下。雜扮軍士，各戴馬夫巾，穿蟒箭袖卒褂，執飛虎旗。雜扮將官，各戴馬夫巾，紥額，穿打仗甲，執標鎗旗。雜扮吕彪、佘子光、闗沖、劉超、林榮、劉金龍、張蓋、陳林、柴幹，生扮岳勝，各戴盔，紥靠，持兵器。旦扮九妹、八娘、杜玉娥、呼延赤金，各戴七星額，紥靠，持兵器。引旦扮柴媚春，戴七星額，穿氅。生扮楊景，戴帥盔，紥靠，背令旗。老旦扮佘氏，穿補服老旦衣，策杖。從上場門上。佘氏、杨景、柴媚春上平臺，各坐科。軍士、將官、岳勝等，呼延赤金等，作分侍科。木桂英内白〕衆僂儸，隨俺來。〔雜扮僂儸，各戴僂儸帽，穿劉唐衣，繫肚囊，持兵器。雜扮頭目，各戴

羅帽，紮額狐尾雉翎，穿打仗甲，各持兵器。丑旦扮丫鬟，各穿採蓮襖小背心，繫汗巾。引木桂英從上場門上。木桂英唱〕

【仙呂宮正曲·急三鎗】將臺下(句)，較武技(讀)，解譏誚(韻)。要顯木氏女(讀)，女中豪(韻)。〔作參見科。白〕元帥，木桂英參見。〔佘氏白〕好個端莊女子。〔楊景白〕無恥山寇，敢闖我將臺，趕下去。〔軍士、將官等應科。木桂英白〕木桂英非敢擅闖將臺，有一言告稟。〔佘氏白〕你有話説上來。〔木桂英白〕桂英乃聖母指示姻緣，並非無恥私奔。那知累及公子，悞了限期，皆桂英之罪，非干公子之故。乞求元帥寬宥公子，奴家代罪。〔佘氏白〕我兒，媳婦，好個賢惠女子，恕了孫兒，認下孫媳罷。〔楊景白〕母親，楊家世代忠良，如何娶個山寇之女，豈不有玷家門？趕下去。〔木桂英白〕饒了公子，奴家就去，不然決一勝負。〔楊景白〕諒此山僻草寇有何本領？吾今擒你，與宗保一併斬首。〔木桂英白〕元帥既要擒我治罪，先須一言講明。〔佘氏白〕有何話快説。〔木桂英白〕將臺上下，不論男女將官，有人擒得住我木桂英，情願與公子一例同罪。倘不能勝我，宗保是我夫主，恕他無罪，萬事全休。〔佘氏白〕我兒，這話却也公道。〔楊景白〕杜玉娥，與我擒來。〔杜玉娥應，下臺科。白〕小姐，吾奉元帥之令擒你。〔木桂英白〕呀。〔唱〕他説道(句)，元戎令(讀)，來擒勦(韻)。〔合〕展奴勇(讀)，勝羣豪(韻)。〔杜玉娥、木桂英戰科，從兩場門下。陳林、柴幹、張蓋、劉金龍、頭目等作挑戰，從兩場門下。木桂英、杜玉娥，各持刀從兩場門上，對刀科，畢。杜玉娥白〕奴家不能擒他。〔作上臺科。佘氏白〕好刀法也。〔楊景白〕呼延赤金下臺擒來。〔呼延赤金應，下臺科。白〕俺來擒你。〔木桂英、呼延赤金戰科，從兩場門下。林榮、關沖、劉超、佘子光、丫鬟作交戰，從兩場門下。木桂英、呼延赤金，各持鎗從兩場門上，對鎗科。呼延赤金作敗上臺科。白〕此女鎗法利害，不能擒他。〔木桂英白〕誰敢來見個高低？〔八娘白〕我來擒你。〔作下臺。八娘、木桂英戰科。八娘白〕敢與俺比劍？〔木桂英白〕就與你比劍。〔從兩場門分下。陳林、柴幹、張蓋、劉金龍、頭目從上場門上，作挑戰科，從下場門下。浄扮呼延贊，戴黑貂，紥靠，持雙鞭，從下場門上，作窺望科。木桂英、八娘，各持劍從兩場門上，作對劍科，畢，八娘作上臺科。白〕桂英劍法精奇，不能擒他。〔木桂英白〕誰敢下臺比試？〔呼延贊白〕俺來也。〔作見楊景科。白〕元帥。〔楊景起科。白〕伯父到此何事？〔呼延贊白〕老夫聽見此事，一徑趕來。在那邊看了半日，孫媳果然好武藝。〔楊景白〕敢煩伯父，擒他治罪。〔呼延贊白〕擒住呢治罪，若擒不住，就認了罷。〔楊景白〕伯父不可容情。〔呼延贊白〕當場不讓父，舉手難容情。俺與你對鞭。〔木桂英白〕領教。〔從兩場門分下。林榮、關沖、劉超、佘子光、丫鬟從上場門上，作合戰科，從下場門下。木桂英、呼延贊，各持雙鞭從兩場門上，作對鞭科。木桂英白〕看鞭。〔呼延贊慌忙科。白〕慢來，慢來，我輸了。元帥，孫媳好鞭法，比我更强，饒了宗保，認了媳婦罷。〔楊景白〕這樣不肖之子，無恥賤婢，那個要他？〔呼延贊白〕你不要，這樣罷，算我的孫兒孫媳，我要。〔楊景白〕決難從命，待本帥親下將臺擒他。看鎗馬過來。〔將官應科。寇準内白〕旨意下。〔岳勝等同白〕旨意下了。〔陳林、柴幹等，從兩場門暗上。柴媚春、楊景、佘氏等，下將臺科。雜扮軍士，各戴馬夫巾，穿蟒箭袖卒褂。引外扮寇準，戴相貂，穿蟒，束帶，帶印綬，捧旨意。生扮德昭，戴素王帽，穿蟒，束玉帶。從上場門上。寇準、德昭白〕奇緣奏玉案，恩旨下丹霄。旨意下。〔楊景等迎接科。德昭白〕先將宗保放綁接旨。〔楊景白〕領旨。放綁。〔孟良、焦贊白〕領旨。〔作放綁科，引楊宗保下臺。劊子手下臺，從下場門下。隨撤平臺、虎皮椅、旗杆、將臺科。寇準白〕聖旨到來，跪聽宣讀。〔楊景、佘氏等作俯伏科。寇準白〕信賞必罰，法不顧親，楊景實乃忠正帥臣，朕心嘉悦。今據悟覺禪師奏明，木桂英因與楊宗保有夙世姻緣，特奏聖母慈諭，於亂石山中招贅宗保，協助平遼。因斯奇遇，故悮限期，此實天訂良緣，特赦宗保無罪。又據禪師所稱，親試桂英，仙法高强，武藝精練，破陣得人，亦聖母慈悲，暗佑我軍也。就將木桂英，賜與宗保爲配，留在軍前立功，平遼奏凱後，再賜歸第成親，謝恩。〔楊景、佘氏等作叩首謝恩，起科。岳勝接旨意，向下置科。德昭白〕元帥如今奉有恩旨，是没得説了。〔笑科。楊景白〕聖上天恩寬宥，便宜他們。〔德昭白〕元帥領合家眷等，即詣御營謝恩去。〔楊景等同白〕領旨。〔衆同唱〕

【有結果煞】仁君德大垂恩詔(韻)，賜良緣寬恩難報(韻)，惟有奮勇將陣掃(韻)。〔各從兩場門分下〕

第二十齣　乘雲馭招壻下山（真文韻）

〔雜扮雲使，各戴雲馬夫巾，穿雲衣，繫雲肚囊，持彩雲。雜扮金甲神，各戴馬夫巾，紥額，穿鎧，持金鞭。旦扮黎山老母，戴鳳冠仙姑巾，穿蟒，束帶，帶數珠。從上場門上。衆同唱〕

【南吕宫正曲·一江風】駕雲車㊁，翠蓋霓旌引㊂，萬里憑一瞬㊂。奉綸音㊁，照察山川㊁，隨處巡游㊃，慧目觀其盡㊂。〔黎山老母白〕吾乃黎山老母是也。奉敕巡游，照察北界，見兩狼山一縷金光，直透青霄，乃知是定宋九環神鋒，向隨楊令公，自他成聖之日，恐寶刀落於遼人之手，山神收取，藏於兩狼山下井中。今當神鋒出現，助宗保破金鎖陣，使宗顯收此神鋒，又成李剪梅一段因果。但後來宗顯應遭妖邪之害，吾當暗中解救，保其一家骨肉團圓，以彰忠良善報便了。衆神將。〔衆應科。黎山老母白〕巡察已畢，駕雲回山。〔衆應科。同唱合〕忠心感動神㊂，忠心感動神㊄，提起羅網人㊂，俺大慈悲神通運㊂。〔雲使、金甲神等，護黎山老母從下場門下。左臺口設山石一座。旦扮李剪梅，戴翠過翹、仙姑巾，穿道姑衣，繫絲縧，背寶鏡，持拂塵，從上場門上。唱〕

【又一體】理烏雲㊂，巧學麻姑髩㊂，道服殊丰韻㊂。離凡塵㊂，出岫無心㊁，卻被清風引㊂。

〔白〕我乃黎山老母門徒李剪梅是也。學道三年，青春二八。本自持念清修，不戀紅塵。前者老母好端端對我説道，你夙緣未了，不日當下山助宋伐遼。那楊元帥次子宗顯，是我夫壻。奴家一聞此言——〔唱合〕我芳心暗裏欣(韻)，芳心暗裏欣(疊)，柔懷時忖論(韻)，這些時把不住閒方寸(韻)。〔白〕想起閒情，自覺心神倦怠，就在山石上，養静片時。〔作倚山假寐科。丑扮侍香童，戴道童巾，穿水田衣，繫絲縧，從上場門上。白〕白雲本是無心物，又被清風引出來。我侍香童，道心頑鈍，塵念偏生，仰慕剪梅，未遂心願。今日老母下山去了，爲此到剪梅房中，要將我心事與他訴説一番。誰知竟不在房中，各處尋覓，不知那裏去了？〔作見科。白〕原來在此打盹。〔作看科。白〕妙嗄。〔唱〕

【又一體】倚雲根(韻)，纖手桃腮襯(韻)，懶態真幽韻(韻)。〔白〕待我要他一要。〔作拍肩科。白〕老母回來了。〔李剪梅作驚醒科。白〕聖母，弟子迎接。〔作跪科。侍香童白〕起來罷。〔李剪梅作急起，叱科。白〕我睡得好好的，爲何打我一下？〔侍香童白〕這叫打情駡趣，你都不曉得？〔李剪梅白〕不曉得。〔侍香童虛白。唱〕騙何人(韻)，你意慧心聰(句)，休把咱瞞隱(韻)。〔李剪梅白〕你這頑童，我乃有夫之女，敢把戲言侮慢。少間稟知聖母處治你。〔侍香童白〕羞也不羞，前者聽見聖母説，楊宗顯是你的夫壻，就認了真了。〔作效學科。白〕我是有夫之女，不敢欺。就是那宗顯，未必有我這樣風流體態。〔李剪梅白〕這厮好無理。〔侍香童唱合〕俺風流體態身(韻)，俺風流體態身(疊)，你柔懷當忖論(韻)，這仙緣没有楊家分(韻)。〔李剪梅白〕你再把穢言污耳，我就要打你了。〔作欲打科，侍香童急止科。白〕豈有此理，看你這樣清秀之人，原來這樣粗蠢。與你説著温存話，説打就打。〔李剪梅白〕你出言無理，我就打得。〔侍香童白〕你那裏曉得，不打不成相識。這一打，親事賴不去了。〔李剪梅白〕還敢胡説。〔唱〕

【南呂宫正曲·節節高】狂言污耳聞(韻)，亂胡云(韻)，將人戲謔真不遜(韻)。〔侍香童白〕我替了他是，〔唱〕咱福分(韻)，結朱陳(韻)，諧秦晉(韻)。〔李剪梅唱〕癡頑也忒無思忖(韻)，教咱五内生嗔恨(韻)。〔白〕照打。〔作打科。侍香童白〕請打。〔李剪梅作打侍香童發諢科。金甲神引黎山老母從上場門上。黎山老母唱合〕香童灾障自纏身(韻)，思凡罪業當鋒刃(韻)。〔金甲神白〕聖母駕到。〔侍香童、李剪梅作驚懼科。白〕聖母來了。〔金甲神引黎山老母進門科。李剪梅、侍香童隨進科。隨撤山石。黎山老母白〕神將迴避。〔金甲神應科，從上場門下。場上設椅，黎山老母坐科。白〕李剪梅，你爲何與侍香童子扭結？快快實説。〔李剪梅跪科。白〕弟子在山前等候聖母，一時困倦，倚山而睡。侍香童子將我打醒，弟子問他爲何打我，他就説些不遜之言。〔黎山老母白〕他説什麽？〔侍香童白〕弟子没有説什麽。〔李剪梅白〕他説是，〔唱〕

【又一體】風流體態身(韻)，結朱陳(韻)，仙緣無有楊家分(韻)。〔侍香童白〕皆因你説了有夫之女，所以我纔這等説的。〔李剪梅白〕聖母，他還説，〔唱〕有福分(韻)，替他人(韻)，諧秦晉(韻)。〔侍香童白〕你不打我，我就説了麽？〔黎山老母白〕不必争競，你們方纔之事，我已洞鑒其詳。李剪梅，因你慾念忒萌，下山性急，纔惹出這魔頭來。業障嗄，你道夙緣乃美事，那知有多少磨折，自去消受便了，不必停留。先往兩狼山等候，自有奇遇，去罷。〔李剪梅白〕謹遵法諭，弟子就此拜別。〔作拜別科。唱〕倘然有難求憐憫(韻)，還祈暗護除妖陣(韻)。〔白〕待弟子取了寶劍去。〔從上場門暫下。黎山老母唱合〕紅塵障礙自纏身(韻)，歷經磨折他方信(韻)。〔李剪梅作佩劍，仍從上場門上。白〕聖母，弟子去也。〔黎山老母白〕去罷。〔李剪梅從下場門下。侍香童白〕聖母打發他去，怎麼不打發我也去快樂快樂？〔黎山老母白〕業障，自然有日教你快樂。〔侍香童白〕聖母，我的快樂，除非替宗顯的姻緣，纔爲快樂。〔黎山老母白〕善哉，惡念萌心，自沉苦海，誰人救得？ 這是你自許之愿，不可懊悔。〔侍香童白〕替他姻緣，有什麼懊悔？〔黎山老母白〕你要替宗顯的姻緣，須替宗顯破陣。〔侍香童白〕這個自然，怎麼破陣呢？〔黎山老母白〕到破陣之時，我帶你去，你把宗顯引來，交付與我。你就變他模樣，破陣立功，那時這姻緣，就是你的了。〔侍香童白〕妙嗄，如今就去。〔黎山老母白〕尚早，臨時我帶你去便了。〔侍香童白〕真個？ 我好快活。〔黎山老母白〕這是他自投苦海。〔作起，隨撤椅科。黎山老母唱〕

【又一體】吾心正忖論(韻)，爲忠臣(韻)，無方解厄籌謀運(韻)。〔白〕業障呵。〔唱〕欲心紊(韻)，道心渾(韻)，向迷途奔(韻)，天條已犯難寬憫(韻)，代其宗顯歿於陣(韻)。〔合〕分明障礙自纏身(韻)，沉於業海他方信(韻)。〔侍香童隨黎山老母從下場門下〕

第廿一齣　地現九環耀神武（江陽韻）

〔場上設山石、井欄科。雜扮九環童，各戴黄紮巾，紮小額，穿黄採蓮襖，小紮扮，從地井上，出井欄科。同唱〕

【仙吕調套曲·點絳唇】火煉金裝（韻），循環圓象（韻），叮噹響（韻），九數純陽（韻），體附神鋒上（韻）。

〔白〕俺們乃金神鋒大王座前九環童子是也。俺大王修煉兩狼之井，享祭山神之廟，一方畏懼，萬姓尊崇。今日又屆朔日，百姓燒香祭祀之期，恭候大王出來，一同享用福物去。道猶未了，大王出來也。〔净扮神鋒大王，戴黄虬髮，紮額，紮金靠，從地井上，出井欄科。唱〕

【仙吕調套曲·混江龍】神鋒威壯（韻），生平響喨性堅剛（韻）。一任他銅筋鐵骨（句），怎當咱殺物秋霜（韻）。俺輔創山河興國宋（句），俺匡功忠帥令公楊（韻）。仗著俺平西定廣（句），仗著俺伐漢除唐（韻）。仗著俺征劉戰晉（句），仗著俺救駕勤王（韻）。仗著俺開疆展土（句），仗著俺取勝沙場（韻）。仗著俺名聞宇宙（句），仗著俺威鎮遼邦（韻）。〔作悶歎科。唱〕不想道狼牙村困窮邙（韻），李陵碑撞身亡（韻）。撇拋咱（讀），荒草墓塚邊（句），他喜揚揚（讀），封職天宮上（韻）。〔白〕虧了那山神。〔唱〕安置我在井中修煉（句），今日也自在稱王（韻）。〔轉場坐山石科。白〕俺乃金神鋒大王是也。向隨楊老令公，南征北討，仗著俺不知斬了多少上將，受了幾十年血氣，又蒙天子親封號爲九環定宋金神鋒。自令公正果，撇俺在李陵碑下，虧了本處山神，收俺在兩狼山下井中。俺原係神物，又受多年精血，修煉成形，就號金神鋒大王。部下九童，即九環也。這幾年因無血食享用，虧了山神廟，每逢朔望，百姓祭祀，我便替他受用。〔作笑科。九環童同白〕大王，今日又是百姓祭祀之期，快些到廟中去。若是去遲，看山神先喫了。〔神鋒大王白〕山神他懼俺大王的威風，那裏敢先喫？隨俺前去。〔衆應科。神鋒大王作起，隨撤山石、井欄科，衆引神鋒大王遶場科。同唱〕

【仙吕調套曲·油葫蘆】誰犯神鋒利器王(韻)，心性剛(韻)，威風到處鬼神藏(韻)。精煉三昧寒光放(韻)，占他廟裏香烟享(韻)。山神怕(句)，小鬼忙(韻)，村醪肥肉般般讓(韻)，還搶些元寶與阡張(韻)。〔同從下場門下。場上設香案、桌椅。雜扮小鬼，戴犄角髮，紥虎頭額，穿緞劉唐衣，背絲縧，繫虎皮搭膊肚囊，持兵器。雜扮判官，戴判官帽，穿蟒箭袖卒褂，執筆簿。引雜扮山神，戴卒盔，穿鎧。從上場門上。山神白〕養貓不捕鼠，引虎自傷身。〔轉場入座科。白〕我乃兩狼山山神是也。爲何道此兩句？當年我與土地，伺候老令公昇天，我見九環神鋒撇在李陵碑傍，是我憐他是寶貝神物，恐落於遼人之手，穢污了他，所以收來藏在山前井中。不想他受了多年血氣，竟修煉成形，自稱神鋒大王。不念我收他的好處，倒時常搶我廟中血食，豈非引虎傷身？鬼判們。〔判官、小鬼應科。山神白〕如今耐出來了。昨者黎山聖母巡游到此，說要收金刀與宗保破陣。這一兩日，有聖母門徒李剪梅，到此幫助宗顯收刀，成就姻緣，要我帶你們幫助收取，可不是耐出來了？〔判官、小鬼白〕但願如此。大家奮勇幫助幫助，降了去，除了一大害。尊神與小鬼都喫得著美酒肥肉了。〔男女百姓内白〕走嗄。〔小鬼白〕百姓們燒香來了。〔山神白〕不錯，今乃朔日，還得讓他這一頓。〔小鬼白〕這一頓罷了，索性讓他罷。〔山神白〕整肅威儀者。〔判官、小鬼應科。雜扮男女百姓，隨意穿戴，各捧香燭、祭禮，從上場門上。同唱〕

【仙呂調套曲·天下樂】衆姓心虔燒愿香(韻)，潔浄衣裳(韻)，齊望古廟堂(韻)。〔白〕已到廟中了，大家進去。〔作進門科。同白〕把祭物供上，擺端正些。〔作擺祭禮科。同白〕大家拈香。〔衆作拈香叩拜科。同唱〕居歆福物虔祭享(韻)，祈神祐五穀登(句)，仰叨得百姓康(韻)，仗神靈保村居有應響(韻)。〔作虛白出門，同從下場門下。山神起，出門四望，笑科。白〕奇怪，今日他怎麼不來？必是知道要收他，不敢出來了。〔判官、小鬼白〕既不來，尊神先享用。〔山神白〕今日難得的，大家分而食之。〔山神坐科，判官、小鬼作搶食祭禮，虛白發諢科。九環童隨神鋒大王從上場門上。神鋒大王白〕潛修井底去，享祭廟中來。〔作進門科。神鋒大王白〕閃開讓俺。〔山神作忙起科。白〕大王來了，請上坐。〔神鋒大王坐科。白〕今日偶爾來遲，怎麼你們搶將起來了？〔山神白〕没有，至至誠誠的看守在此，等大王來喫送行酒。〔神鋒大王驚疑科。白〕什麼送行酒？〔山神白〕聽得黎山老母説，不日就有大王的小家主來，收大王去破陣了。〔神鋒大王作怒科。白〕可惱可惱，俺好容易在此逍遥自在，不受人執，怎麼又要收我去破陣？〔作愁歎科。白〕心中煩悶，不喫了。〔山神白〕大王差矣，物歸故主之家，此去破陣成功，大王

又要施展向日鋒鋭，倒不好麽？〔神鋒大王起科。白〕山神。〔唱〕

【仙呂調套曲・哪吒令】俺已身稱王(韻)，逍遥放蕩(韻)。若一隨帥將(韻)，向沙場戰場(韻)，去敵鎗架鎗(韻)，横遮竪攩(韻)。立在中軍帳(韻)，横在征鞍上(韻)，使得俺曉夜忙忙(韻)。〔白〕衆童子，回府去者。〔九環童應，引神鋒大王出門科。山神白〕大王喫了送行酒再去。〔神鋒大王白〕不喫了。〔隨九環童從下場門下。山神作進門，笑科。白〕被我一唬，唬得他喫也不喫，連忙跑回去了。就讓你躲，能躲幾時嗄？我來受用。〔作坐科，判官、小鬼虚白發諢科。旦扮李剪梅，戴翠過翹、仙姑巾，穿道姑衣，繫絲縧，背寶鏡，背劍，持拂塵，從上場門上。唱〕

【仙呂調套曲・後庭花】辭仙境趨戰場(韻)，轉飛蓬來兩狼(韻)。〔白〕這裏有座山神廟，不免進去。〔作進見科。白〕尊神。〔山神、判官等出座科。山神白〕仙姑有偏，有偏。仙姑何來？〔李剪梅白〕我乃是黎山老母門徒李剪梅。〔山神白〕原來就是李仙姑，失迎了。有福物在此，請喫些。〔李剪梅白〕不用。〔山神白〕你的來意，小神俱已知道，早來一步，就拏住了。〔李剪梅白〕拏住什麽？〔山神白〕九環金刀方纔在此打攪。〔李剪梅白〕不是這樣收法。要煩尊神，幻作村翁，遠遠等候，待楊宗顯到來，指引他先去收取。他乃凡人，焉能降伏精靈？待他危急之際，我好與他——〔作羞態科。山神白〕怎麽樣？說。〔李剪梅白〕與他訂盟。〔山神白〕我都曉得，聖母傳諭過了。〔李剪梅白〕如此說，〔唱〕仰仗尊神力(句)，吹簫引鳳凰(韻)。等劉郎(韻)，迷津待問(句)，指引賴伊行(韻)。〔山神白〕這個在我，請。〔同從下場門下，隨撤香案、桌椅〕

第廿二齣　仙圓雙璧訂良緣（蕭豪韻）

〔雜扮將官，各戴馬夫巾，紥額，穿打仗甲，持鎗。引小生扮楊宗顯，戴紥巾額，紥靠，持鎗，執馬鞭，從上場門上。楊宗顯唱〕

【雙角套曲·新水令】軍情敢憚事勤勞(韻)，急忙忙奉親差調(韻)。吾兄請禪師臨玉帳(句)，嚴親命小將取金刀(韻)。俺越澗登嶠(韻)，要尋覓九環神鋒寶(韻)。〔白〕俺楊宗顯，因任仙師指示，說要破金鎖陣，先向兩狼山尋取我祖公公九環神鋒定宋刀，方能進得此陣。爹爹就限我半個月，尋取神鋒繳令。一路問來，說前面就是兩狼山。衆位，快快前去。〔將官應科。楊宗顯唱〕

【雙角套曲·駐馬聽】深憾兇遼(韻)，深憾兇遼(疊)，虎豹猙獰張牙爪(韻)。仗妖邪奸狡(韻)，大排著八門金鎖法稱高(韻)，佈列下天羅地網困英豪(韻)，縱橫甬道誇奇巧(韻)。只用俺得了這至寶刀(韻)，將他連人帶陣削平了(韻)。〔白〕雖到兩狼山，但不知神鋒在何處取？〔將官白〕元帥如何吩咐公子來？〔楊宗顯白〕爹爹就說限期半個月，速往兩狼山，尋取金刀繳令。〔將官白〕公子有所不知，當初老令公在狼牙村外李陵碑下矢忠，怎麽命將軍在兩狼山尋取？〔楊宗顯白〕不差，况且此刀不知在於何所？

若落於別人之手，那裏去尋覓？〔將官白〕這是個難題目了。〔楊宗顯白〕爹爹，你聽了任仙師之話，如今教我那裏去尋取？〔唱〕

【雙角套曲・沉醉東風】曠野外深山荒道(韻)，遍黃沙人物疎蕭(韻)。這寶物(句)，向何人要(韻)，急得俺搔首撓撓(韻)。今番軍令怎回交(韻)，心裏燃騰騰焦躁(韻)。〔將官白〕公子且不必著急，先尋個土人打聽打聽，或者機緣湊巧，問得出個下落，也未可知。〔楊宗顯白〕說得有理，你我各處尋人訪問便了。〔唱〕

【雙角套曲・鴈兒落】四下里尋消問信遥(韻)，疾忙忙遍走山中道(韻)。俺這裏周遭凝望眼(句)，但願的得個機緣巧(韻)。〔雜扮山神化身，戴氊帽，穿布道袍，繫縧帶，從上場門上。白〕列位將軍那裏去？〔楊宗顯白〕原來是一位老丈。小將楊宗顯，奉父命到此尋取九環神鋒，老丈倘能指示，感恩不淺。〔山神化身白〕九環神鋒？可是楊令公當年所失之金刀麼？〔楊宗顯白〕這話有因，求老丈指示，此刀失於何處，落於誰手？〔山神化身白〕老人聞得此刀，有神人藏於兩狼山下井内，你們去一看，便知有無。〔楊宗顯白〕這井在那裏？〔山神化身向下指科。白〕西北山下有一井，你自去看來。〔楊宗顯白〕多謝老丈，俺們快去。〔作行科。山神化身白〕請轉，請轉，倘不得到手，還從這條路回來，自有道理。〔楊宗顯應科。山神化身仍從上場門下。場上設山石、井欄科。楊宗顯作喜科。白〕妙嘎，得其實信矣。〔將官白〕不可停留，就此前去。〔楊宗顯白〕快走。〔唱〕

【雙角套曲·得勝令】則當做鍼落海中撈(韻)，則當做刻舟求劍操(韻)，則當做守株待兔捉(句)，則當做金沙仔細淘(韻)。勤勞(韻)，只要工夫到(韻)。今朝(韻)，井中取寶刀(韻)。〔衆將望科。白〕公子，這裏有井在此。〔楊宗顯作看，笑科。白〕今番成功矣。列位，你們看井中可有神鋒？〔將官白〕大家看來。〔衆作扶井欄，窺視科。白〕看不見。〔一將官白〕閃開，待我把長鎗往下探一探，便知有無了。〔作持鎗向井中探科。楊宗顯白〕可有？〔一將官白〕没有。待我攪一攪，鐵打鐵，必有響聲。〔作攪科，井内作放火彩，楊宗顯等作驚慌倒退科。同白〕怎麽井中有火光出來？〔楊宗顯白〕呀。〔唱〕

【雙角套曲·收江南】驀然間井中噴出火光高(韻)，銀蛇金蟒萬千條(韻)。〔神鋒大王地井内白〕何人攪擾俺大王？〔將官驚科。同白〕好奇怪，怎麽井中説起話來？〔楊宗顯唱〕聽聲聲喧嚷甚炰烋(韻)，連山震摇(韻)，驚人嚇膽魄魂消(韻)。〔神鋒大王地井内白〕孩兒們隨俺來。〔雜扮九環童，各戴黄紮巾，紮小額，穿黄採蓮襖小紮扮，持兵器。浄扮神鋒大王，戴黄虬髮，紮額，紮金靠，持金鞭。同從地井上，作出井欄，隨撤井欄科。神鋒大王咤科。白〕俺大王正無酒餚，拏你們當點心來充饑。〔將官驚懼科。同白〕公子，這不是寶刀，是妖怪，走罷。〔作欲走科。神鋒大王白〕那裏走？〔作合戰科。楊宗顯白〕住了，你到底是何怪物作祟，通個名來。〔神鋒大王白〕你是何人？敢問大王姓名。〔楊宗顯白〕俺乃楊六元帥之子楊宗顯，怪物通名。〔神鋒大王背科。白〕嗄，他就是老令公的後裔。他的來意，我已明白，也不可通名，也不可傷他，嚇退他便了。〔轉科。白〕小將軍，你若再不遠避，俺就要一口吞你下肚了。〔楊宗

顯白〕俺小將軍，豈懼你這山魈伎倆？〔唱〕

【雙角套曲·掛玉鉤】扶宋平遼俊士豪㊥，俺膽大將軍小㊥，特奉嚴親掃業妖㊥。〔神鋒大王笑科。白〕好不知分量的大話，恕你年小，不彀俺一頓點心，去罷。〔作回身走科，楊宗顯作刺背科。白〕看鎗。〔神鋒大王急回怒科。白〕好大膽的蒙童，看鞭。〔作合戰、挑戰科，同從下場門下。神鋒大王從上場門上。白〕且住，他此來是要收俺去破陣，俺放著逍遥自在不好，何苦去受人執使。看著老主人分上，又不好傷他，他又不肯回去，怎麽處？〔作想科。白〕有了，待俺向地下噴出神光，嚇退他便了。〔楊宗顯從上場門追上，戰鬭科。九環童追將官從上場門上，作合戰科。神鋒大王白〕還不走，俺要喫你們了。〔作咒科。白〕詛。〔作放火彩，楊宗顯等作驚慌亂跑，從上場門下。九環童白〕走了就罷。〔九環童白〕爲何不擒他們來下酒？〔神鋒大王白〕你們不知，隨俺回府。〔衆應，隨從下場門下。將官、楊宗顯從上場門急上。同白〕好怕，好怕。不知什麽怪物，把金光噴出來，戰馬嚇得倒退，眼睛也睁不開。上了那老頭兒的當了，他説井中有寶刀，那知招出一個妖怪來，險些不曾傷命。〔楊宗顯白〕回去尋他算帳。〔衆應科。同唱〕害我驚非小㊥，誆我井兒中㊀，急忙撈㊥，不見神鋒㊀，惹出兇妖㊥。〔從下場門下。旦扮李剪梅，戴翠過翹、仙姑巾，穿道姑衣，繫絲絛，背寶鏡，背劍，持拂塵，從上場門上。唱〕

【雙角套曲·竹枝歌】俺想著那青年的將軍枉費勞㊥，惡很很的鋼鐵精靈强且暴㊥，兀的不遇惡魔頭恐傷了(讀)，小英豪(韻)。〔作望科。白〕前面慌慌張張，可不是他麽？在此等候便了。〔唱〕望著那人兒赤緊的馬上奔(句)，我剪梅呵可在此路中要(韻)。〔將官隨楊宗顯從上場門上。唱〕業妖(韻)，他便猛刺甚兇驍(韻)。〔李剪梅作迎見科。白〕小將軍，爲何慌張，敢是遇了强人麽？〔楊宗顯白〕非也，我奉命到此尋取九環神鋒，却尋不見，倒被井中怪物戰敗逃來。〔李剪梅白〕那井中怪物就是九環神鋒。〔楊宗顯白〕你這道姑何以知之？必有來意。〔李剪梅白〕我的來意麽，你退去左右。〔楊宗顯白〕衆位那邊少待。〔將官應科，從上場門暫下。楊宗顯白〕請講。〔李剪梅白〕聽稟。〔唱〕

【雙角套曲·沽美酒】奉的是黎山聖母約(韻)，李剪梅道法授來高(韻)，助你收刀父令交(韻)。〔白〕聖母説，〔唱〕教我來引鳳吹簫(韻)，姻緣譜前因造(韻)。〔楊宗顯白〕你我邂逅相逢，如何便訂百年之約？就是聖母之命，也無憑據。〔李剪梅白〕怎説没有憑據？〔唱〕

【雙角套曲·大平令】降伏那寶刀爲照(韻)，倩山神做我媒妁(韻)。黎山母主婚月老(韻)，藍橋在井邊高造(韻)。〔楊宗顯白〕宗顯爲取神鋒到此，正愁不能成功繳令。若果能助我成功，豈非三生輻輳？〔李剪梅白〕一言既定，百年無悔。待我與你一同前去降妖便了。〔楊宗顯白〕多謝美意。〔向下唤科。白〕衆位將軍快來。〔將官仍從上場門上。同白〕來也，將軍有何吩咐？〔楊宗顯白〕好了，有這位道姑施法力助我們成功，可一同前去者。〔將官應科。李剪梅白〕將軍。〔唱〕俺呵(格)，今助你收妖(韻)，令交(韻)取寶刀(韻)。〔楊宗顯唱〕呀(格)，酬謝你紫泥封誥(韻)。〔同從下場門下〕

第廿三齣　寶器順時歸幼主（魚模韻）

〔雜扮八環童，各戴黄紮巾，紮小額，穿黄採蓮襖小紮扮。引浄扮神鋒大王，戴黄虬髮，紮額，紮金靠，從上場門上。唱〕

【仙吕宫正曲・步步嬌】井底潛修居水府韻，由自逍遥處韻。〔場上設椅，轉場坐科。白〕可笑，六郎遣宗顯來收俺破陣，因念其老令公後裔，不忍傷他性命，將他嚇退。料他未必甘心回去，已命童子打聽去了，怎麽不見回來？〔雜扮一環童，戴黄紮巾，紮小額，穿黄採蓮襖小紮扮，從上場門上。白〕打聽真消息，速禀大王知。〔作參見科。白〕大王，童子回報。〔神鋒大王白〕宗顯回去了麽？〔一環童白〕宗顯回至半途，遇著一個道姑，名唤李剪梅，與宗顯私訂姻緣，許助宗顯成功，即刻便同來收伏大王了。〔神鋒大王作怒科。白〕這道姑忒也無恥，自己招夫，怕無聘物，拏我大王作聘禮不成？〔唱〕無物贈其夫韻，獻我爲功句，苟且身許韻。〔白〕孩兒們，他若來時，大展神威，一併擒拏者。〔衆應科。神鋒大王作起，隨撤椅科。神鋒大王唱合〕他慾海泛當塗韻，俺洪波阻絶藍橋路韻。〔同從下場門下。場上設山石、井欄科。雜扮將官，各戴馬夫巾，紮額，穿打仗甲，持鎗。小生扮楊宗顯，戴紮巾額，紮靠，持鎗。旦

扮李剪梅，戴翠過翹、仙姑巾，穿道姑衣，繫絲絛，背寶鏡，持劍。從上場門上，作遶場科。同唱〕

【仙呂宮正曲·江兒水】得遇神仙助(韻)，仙家法術敷(韻)，心齊力併神鋒取(韻)，襄贊成功輔仁主(韻)。〔楊宗顯白〕這裏是了。〔李剪梅白〕你們閃開，待俺來看。〔楊宗顯白〕站遠些。〔李剪梅白〕怕什麼？〔楊宗顯白〕看他噴出金光傷了你。〔李剪梅白〕我不怕，你倒站遠些，待我來。〔唱〕仙軀何懼噴毒霧(韻)，君免爲奴驚怖(韻)。〔合〕女烈英雄(句)，抖擻威風擒捕(韻)。〔作扶井欄喚科。白〕神鋒，快快出來受擒。〔井中出火彩科，楊宗顯作急扯李剪梅科。白〕不好了，又噴出金光來了，站遠些。〔九環童引神鋒大王從地井上，作出井欄科。白〕何人大膽？呼咱大王姓名。〔李剪梅白〕俺奉黎山聖母法諭，特來收你。〔神鋒大王白〕你這無恥的小道姑，爲與宗顯私訂姻緣，指俺作聘禮，好不害羞。〔李剪梅嗔叱科。白〕姻緣乃聖母所賜，妖魔豈奈我何，看劍。〔作合戰科，從下場門下。將官、九環童從上場門上，作挑戰科，從下場門下。李剪梅追神鋒大王從上場門上，作戰科。李剪梅唱〕

【又一體】道法神通妙(句)，精靈立掃祛(韻)，伊今束手隨吾去(韻)，平遼破陣歸家主(韻)。〔神鋒大王白〕俺今修煉成功，不受他人執使的了。你再若多言，俺放金光傷你。〔李剪梅白〕俺怕你不成。〔作戰科。楊宗顯從上場門上，作助戰科。楊宗顯唱〕將軍奉令把金刀取(韻)，何敢幻形相拒(韻)？〔合〕作罪難饒(句)，捉去火鎔重鑄(韻)。〔神鋒大王怒喊科。白〕這句罵得忒很，他要將俺火鎔重鑄，俺今先將你鎔化了罷。〔作戰科。將官、九環童從上場門上，作合戰。神鋒大王作咒科。白〕詛。〔作放火彩。李剪梅作解寶鏡照科，作放火彩。神鋒大王等作驚懼，遶場慌跑。李剪梅等作追逐科。神鋒大王等作入井欄，從地井下。將官白〕逃入井中去了。〔李剪梅白〕今番降伏定矣，待我來。〔作持鏡向井中照科。白〕神鋒速現。〔井中作出九環金刀，李剪梅作取刀科。白〕神鋒有了，交與將軍。〔楊宗顯白〕不怕他再走麽？〔李剪梅白〕用聖母寶鏡，照出原形，再不能作祟的了。〔楊宗顯白〕多謝仙姑助我成功，同往營中見我爹爹，一同破陣。〔李剪梅白〕此時奴家去不打緊，令尊必怪你臨陣招親，私訂姻緣，取罪不小。〔楊宗顯白〕如此説，仙姑幾時去？〔李剪梅白〕待去的時節再去。〔楊宗顯白〕如今仙姑往那裏去？〔李剪梅白〕奴家自有居處，不必問。你可同了衆將即速回營，繳令去罷。〔楊宗顯白〕仙姑所言甚善。〔唱〕

【尾聲】感恩德神功助㊗，良緣天遣會嬌姝㊗。〔李剪梅白〕將軍，見了令尊，先不必説起親事來嗄。〔唱〕只恐觸怒嚴親罪莫逋㊗。〔同從下場門下，隨撤山石、井欄〕

第廿四齣　天心消劫降真仙（先天韻）

〔雜扮衆雲使，各戴雲馬夫巾，穿雲衣，繫雲肚囊，持彩雲，從兩場門上，作跳舞科。雜扮仙童，各戴綫髮，穿紅袖道袍，繫絲縧。浄扮鐘離道人，戴丫髻膉腦，穿鐘離氅，持棕扇。同乘大雲板，從天井下至半空。衆同唱〕

【黄鐘宫正曲・畫眉序】八洞大羅仙(韻)，隱跡崑崙閬苑邊(韻)。草蒲團乍離(讀)，忙駕雲輧(韻)，丹房裏火候消停(句)，暫抛卻黄庭經卷(韻)。〔鐘離道人白〕吾乃鐘離道人是也。名登玉簡，位列金仙。體天好生，常存救劫之念。感君化育，不忘輔世之功。堪歎北遼蕭氏，不遵教化，抗逆中朝，以致干戈不息。乃有碧蘿山椿樹精，當年曾受洞賓點化，今竟逆助遼邦，憑著兵書一十三篇，敷演出七十二陣，雖其妖妄，凡人一時那能識破？我今親往楊景營中，指示破陣之法，贊成功績。〔作望科。白〕那邊楊宗顯來也，不免等他同往軍營去便了。衆雲使，按落雲頭者。〔雲使應科。同唱合〕代天拯濟羣生願(句)，蕩滌烟烽功建(韻)。〔大雲板下至壽臺，鐘離道人作下雲板科，仙童仍乘大雲板從天井上。雲使遶場，從下場門下。雜扮將官，各戴馬夫巾，紥額，穿打仗甲，持鎗。引小生扮楊宗顯，戴紥巾額，紥靠，持九環金刀，從上場門上。唱〕

【又一體】邂逅遇奇緣(韻)，因覓神鋒赤線牽(韻)，喜公私皆利(讀)，兩事俱全(韻)。〔鍾離道人作喚科。白〕小將軍這裏來。〔楊宗顯等作下馬相見科。白〕原來是位道長，請了。請問道長，尊姓法號？〔鍾離道人白〕我是鍾道人，你乃楊宗顯可是？〔楊宗顯作駭然科。白〕奇嗄，你怎知我的名姓？〔鍾離道人白〕非但知你名姓，還知你奉令尋取神鋒，且遇佳偶，可是有的？〔楊宗顯驚異科。白〕一些也不差，只怕你是神仙。〔鍾離道人白〕猜得著，你倒是神仙了。〔作笑科。白〕取神鋒我看。〔楊宗顯白〕你看便看，不要賺了我的去。〔鍾離道人白〕説破，取來我看。〔作接刀看科。白〕好神物，難免得而復失。〔楊宗顯作奪刀科。白〕快取來，不要悮了我的限期。〔鍾離道人白〕限期你已經悮了。〔楊宗顯作驚科。白〕怎麽已經悮了？〔鍾離道人白〕你爹爹早經奏聞聖上，明日甲子開兵破陣。你今還有兩日程途，如何趕得到？〔楊宗顯作驚慌科。白〕不好了，我爹爹説悮了限期，要軍法示衆的。〔作哀告科。白〕求道長救我一救。〔鍾離道人扶科。白〕不妨，有我在此，你們牽了馬，站定了。〔作咒科。白〕詛。〔雜扮風神，各戴豎髮，紥額，穿蟒箭袖，繫肚囊，執黑旗，從上場門上，作裹送遶場科。鍾離道人唱〕天風御飛箭而前(句)，鍾道士神功初展(韻)。〔合〕代天拯濟羣生願(句)，蕩滌邊烽功建(韻)。〔同從下場門下。雜扮小軍，各戴卒盔，穿鎧，持刀。雜扮軍士，各戴馬夫巾，穿蟒箭袖卒褂，執旗。雜扮將官，各戴馬夫巾，紥額，穿打仗甲，執標鎗。雜扮呂彪、佘子光、關沖、劉超、林榮、劉金龍、張蓋、陳林、柴幹，生扮岳勝，各戴盔，紥靠。浄扮焦贊，戴紥巾額，紥靠。浄扮孟良，戴紥巾額，紥靠，背葫蘆。小生扮楊宗孝、楊宗保，各戴紥巾額，紥靠。浄扮呼延畢顯，戴紥巾額，紥靠。外扮寇準，戴相貂，穿蟒，束帶，帶印綬。生扮杨景，戴帥盔，穿蟒，束帶。生扮德昭，戴素王帽，穿蟒，束玉帶。從上場門上。寇準、楊景、德昭唱〕

【黄鐘宫引·玉女步瑞雲】組練精堅(韻)，彰伐滌邪安奠(韻)，奮勇智懋功同建(韻)。〔場上設椅，德昭、楊景、寇準轉場各坐科。德昭白〕二卿，明日甲子乃我軍開兵破陣吉期，宗顯尋取神鋒，因何不見回營繳令？〔唱〕

【黄鐘宫正曲·啄木兒】想工其事利器先(韻)，赤手非關算計全(韻)。陣先開金鎖八門(句)，取神鋒不見回旋(韻)。〔寇準白〕千歲不須著急，臣昨晚在燈下，代宗保、宗顯各占一卦。占宗顯神鋒有緣，巧遇而得，今日必到。占宗保目下應受寵命，又有神人到來，助其破陣之謀。〔唱〕第一卦家人風火扶宗顯(韻)，第二卦師行地水賢人援(韻)，〔合〕錫命興師寵任權(韻)。〔楊景白〕錫命興師寵任權，怎麽解？〔寇準白〕《易經》師卦之九二，在師中吉，无咎，主三錫命。象曰：在師中吉，承天寵也。明日興師，宗保必受寵任。〔楊景、德昭同白〕明日破陣可能全勝？〔寇準白〕九二必長子帥師，師出以律，以律則吉，失律則凶。〔楊景白〕宗保記著。〔楊宗保應科。楊宗顯引鐘離道人從上場門上。鐘離道人白〕青山隱去黄精洞，白鶴乘來緑柳營。〔楊宗顯白〕仙師少待。〔作進門參見科。白〕小將楊宗顯參見，取得九環神鋒繳令。〔德昭、楊景白〕好，有功，請神鋒過來。〔楊宗顯應，楊景作接刀拭淚科。白〕爹爹嗄，孩兒覩物思親，好心酸也。〔德昭等衆作拭淚科。同白〕皆然。〔楊景白〕供在中軍帳上。〔岳勝應，接刀向下置科。楊宗顯白〕啟千歲，還有一位仙長，與宗顯同來助宋平遼，現在門外。〔德昭等作起科。同白〕有這等事？一同出去迎接。〔德昭、楊景、寇準作出門迎接科。同白〕仙師請。〔鐘離道人同作進門科，德昭等作揖見科。同白，仙師。〔鐘離道人答禮科。白〕列位稽首。〔德昭白〕請坐。〔場上設椅，各坐科。德昭等同白〕請問仙師法號？〔鐘離道人白〕小仙鐘道人，自崑崙而來。〔德昭等白〕原來是鐘仙師，法駕降臨，必有慈諭，求仙師一一指南。〔鐘離道人白〕你們可知那天門陣呵，〔唱〕

【又一體】妖邪陣變化全(韻)，敷演縱横似蔓連(韻)。〔白〕你們但知甲子日打陣，可知先從那一陣破起？〔楊景白〕不知。〔鐘離道人白〕可又來。〔唱〕按兵書秘奥誰知(句)，故今日一一來傳(韻)。〔德昭等白〕萬望仙師指教。〔鐘離道人白〕要成大功，不可草草而行。先請旨，封宗保爲平遼掃陣大將軍。木桂英、杜玉娥皆聖母門徒，可授破陣先鋒。請駕前金龍黄繡纛並九環神鋒，虔誠告祭，然後興師。命宗保用九環神鋒，先從正南八門金鎖陣破起。其餘各陣，皆有邪法，應用何人領兵，悉取相尅之理而破之，待貧道逐一傳授你們便了。〔唱〕俺授你將材一一從頭遣(韻)，將陣圖定其次序咸平殄(韻)，〔合〕管你報國忠君志願全(韻)。〔德昭等白〕蒙仙師慈悲輔佐，吾主之福也。〔德昭白〕請仙師同往御營，將破陣之法一一奏聞，請旨封職，明日祭纛興師。〔衆作起，隨撤椅科。鐘離道人白〕千歲，先須一言講明，貧道在此暗輔宋室，莫使遼邦知覺。貧道出家之人，一不受職，二不出令，三不臨陣，凡破陣之日，自然指點明白。〔德昭白〕一一從命。岳勝，將九環神鋒請到御營呈覽。〔岳勝應，作捧刀。德昭白〕仙師請。〔岳勝隨鍾離道人、德昭作出門科，從下場門下。楊景白〕孟良、焦贊聽令。〔孟良、焦贊應科。楊景白〕連夜傳諭各營大小三軍，明日五鼓，整齊披挂、鞍馬、器械，俱到帳外候旨，祭纛開兵。〔孟良、焦贊應科。衆同唱〕

【慶餘】幸逢仙駕咸歡忭㊅，不懼妖人絶陣堅㊅，仰荷天庥總賴主聖賢㊅。〔同從下場門下〕

第七本卷上

第一齣　建大纛奮起雄師（蕭豪韻）

〔雜扮軍士，各戴馬夫巾，穿蟒箭袖卒褂，持鎗。雜扮勇士，各戴馬夫巾，穿勇字衣，繫鸞帶，執藤牌刀。雜扮健軍，各戴紮巾，穿蟒箭袖，背絲縧，繫肚囊，帶弓箭。雜扮將官，各戴馬夫巾，紮額，穿打仗甲，持刀。引雜扮吕彪、佘子光、關沖、劉超、林榮、劉金龍、張蓋、陳林、柴幹，各戴盔，紮靠。浄扮焦贊，戴紮巾額，紮靠。浄扮孟良，戴紮巾額，紮靠，背葫蘆。浄扮呼延畢顯，戴盔，紮靠。小生扮楊宗孝，戴紮巾額，紮靠。浄扮呼延贊，戴黑貂，紮靠。從上場門上。呼延贊等同白〕擊起征鼉勢若雷，刀鎗森列柳營開。東來仙馭匡功策，候旨興師上將臺。昨奉元帥將令，傳諸營將士，各備鞍馬、器械，俱於五鼓披掛整齊。方纔進帳參見元帥，命我等在營門外伺候，只等旨意到來，祭纛興師。大小三軍聽者，少間千歲到來宣旨，按齊隊伍，肅恭迎候。〔軍士將官等應科。呼延贊等從兩場門下，軍士將官隨下。雜扮軍士，各戴馬夫巾，穿蟒箭袖卒褂，執旗。雜扮將官，各戴馬夫巾，紮額，穿打仗甲，捧九環金刀印劍。雜扮一將官，戴馬夫巾，紮額，穿打仗甲，捧黄纛。生扮岳勝，戴盔，紮靠。雜扮陳琳，戴太監帽，穿鑲領箭袖，背絲絛，繫鑾帶，捧金鞭。引生扮德昭，戴素王帽，穿蟒，束玉帶，捧旨意。從上場門上，衆引遶場科。德昭唱〕

【高宫套曲・端正好】傳聖諭往前營(句)，加恩寵宣恩詔(韻)，大興師蕩陣除妖(韻)。有一個漢鐘離(讀)，輔宋匡征討(韻)，果然是天子萬靈保(韻)。〔呼延贊、楊宗孝等，引軍士將官等從兩場門上，作迎接科。岳勝白〕千歲駕到。〔旦扮木桂英、金頭馬氏、九妹、八娘、杜玉娥、呼延赤金、柴媚春、馬賽英、韓月英、董月娥、耿金花、王魁英，戴七星額，紮靠。小生扮楊宗顯、楊宗保，各戴紮巾額，紮靠。生扮楊春，戴僧綱帽，穿採蓮襖，紮紬僧衣紅袈裟。雜扮中軍，各戴中軍帽，穿中軍褂，佩腰刀。引生扮楊景，戴帥盔，紮靠，背令旗，襲蟒，束帶，從上場門上。楊景作出門迎接科。軍士將官引德昭進門，楊景、呼延贊等隨進門科。德昭白〕元帥，率領衆將，俯伏聽宣。〔楊景等作俯伏科，德昭作開讀科。白〕聖上有旨，據鐘離仙師所奏破陣機宜，甚合朕心。即加楊宗保爲平遼掃陣大將軍，楊春封護國大禪師，木桂英封正印破陣總先鋒，杜玉娥封破陣副先鋒，孟良、焦贊加爲破陣都救應、護軍統領，隨征諸將，各加一級，以鼓其勇，平遼後論功加爵。賜御用金龍黄繡纛一面，凡派破陣主將，即張此纛，以助軍威。該派何將破陣，命德昭、楊景公議施行。欽此，謝恩。〔楊景等同作叩首謝恩，起科。德昭白〕請過聖旨。〔中軍接旨意，向下置科。楊景白〕請問千歲，仙師那裏去了？〔德昭白〕聖上留在御營賜宴。請大將軍印信與神鋒過來。〔將官應科。德昭白〕楊宗保。〔楊宗保跪科。白〕千歲。〔德昭白〕你少年出仕，受主重權，務要奮勇王家，以報國

恩。〔唱〕

【高宮套曲・滚繡毬】遵奉著大君命掌戰討(韻)，賜與你黄金印的任非小(韻)，全仗你大將軍向天門開道(韻)。〔白〕取金刀過來。〔唱〕交與你九環的定宋金刀(韻)，使刀的孫兒莫玷祖名號(韻)，休負君王恩寵高(韻)，報國恩掃陣平遼(韻)。〔楊宗保起科。白〕領旨。〔德昭白〕請先鋒印信過來。〔將官應科。德昭白〕木桂英、杜玉娥。〔木桂英、杜玉娥跪科。白〕千歲。〔德昭白〕聖上因你二人受聖母傳道，能破邪魔，故授先鋒之職。〔唱〕

【高宮套曲・倘秀才】挂印的先鋒任叨(韻)，速顯個仙傳秘妙(韻)，要使他伎倆邪魔頃刻消(韻)。奮力斬金鎖斷(句)，鐵門抛(韻)，打開了重門好進剿(韻)。〔木桂英、杜玉娥起科。白〕領旨。〔場上設香案，將官供印科。楊宗保、木桂英、杜玉娥作拜印科，畢，隨撤香案。德昭白〕就請元帥登壇發令。〔楊景應科。場上設高臺、公案桌椅。楊景、德昭上高臺，各坐科。楊景白〕宗保聽令。〔内鳴金響號，楊宗保應科。楊景白〕你率領二萬砍刀手，直進正南金鎖陣門，破開他金鎖利劍軍。金刀背上鐫有姜太公寶誥，能避諸神。進陣後，務將守陣大將斬首，祭此金刀，以爲頭功。〔唱〕

【高宮套曲・叨叨令】仗神鋒應驗姜公號(韻)，先退諸神陣門保(韻)。衝開金鎖連環套(韻)，金刀立砍鐵門落(韻)。奮雄威也麽哥(格)，彰天討也麽哥(疊)，壯軍威斬他大將頭功報(韻)。〔楊宗保接令旗，應科。楊景白〕木桂英、杜玉娥聽令。〔内鳴金響號，木桂英、杜玉娥應科。楊景白〕木桂英領一萬藤牌軍，破其

鐵門弩弓手。杜玉娥領一萬弓箭手，破其鐵門砍刀手。進陣後，緊防妖道邪法。〔唱〕

【高宮套曲·靈壽杖】你兩個先鋒左右爲機要(韻)，相連接應宗保(韻)。一個把鐵户衝開(句)，一個把鐵門斷敲(韻)。勇奮除遼將(句)，法術防妖道(韻)。顯神通扳翻了大將臺(句)，砍斷了天門纛(韻)。〔木桂英、杜玉娥接令旗，應科。楊景白〕護國大禪師、孟良、焦贊聽令。〔内鳴金響號，楊春、孟良、焦贊應科。楊景白〕你三人在青龍陣門外，望見金鎖陣將臺旗倒，分三路並進，照長蛇陣破法。禪師領頭陀兵五百，破頭路緑旗軍。焦贊領三千長鎗手，破中路金鎗軍。孟良領五千雙斧手，先掘土填其九曲水，然後破後路鉤鐮鎗，自有接應。〔唱〕

【高宮套曲·塞鴻秋】塞填九曲爲先要(韻)，青龍無水難騰躍(韻)。昨朝仙訣傳來奥(韻)，你今進取分三道(韻)。〔楊春、孟良、焦贊接令旗，應科。楊景白〕宗保、桂英、玉娥，你三人破了金鎖陣，從東邊衝入青龍陣，分三路接應。破陣後，速速收兵，不可貪功失律。〔唱〕妖人道法高(韻)，緊緊防其巧(韻)，從來勝忌軍心傲(韻)。〔楊宗保、木桂英、杜玉娥應科。德昭白〕令已宣畢，今乃黄道吉日，就此祭纛興師。〔中軍白〕祭禮俱已完備，請千歲、元帥拈香。〔内奏樂，德昭、楊景下臺，隨撤高臺、公案、桌椅科。中軍設香案，一將官請纛，一將官請九環金刀。雜扮禮生，戴儒巾簪花，穿藍衫，繫儒縧，披紅，從上場門暗上。楊景、楊宗保、木桂英等，將官、健軍、勇士等，作排班。德昭作拈香科。禮生白〕初上香，亞上香，三上香，跪。〔中軍遞爵，德昭接奠。禮生白〕初獻爵，亞獻爵，三獻爵。〔德昭等作行禮科。同唱〕

【高宫套曲·脱布衫】向旗纛尊神虔告(韻)，願開兵把陣圖蕩掃(韻)。仗神鋒破遼削草(韻)，除妖道凱旋捷報(韻)。〔德昭等起科。禮生仍從上場門下。衆將分侍科，中軍撤香案。德昭白〕看酒。〔中軍應，遞酒科。德昭白〕請大將軍、一位先鋒等，各飲三杯，以壯虎威。〔楊宗保等跪飲，畢，叩謝科。白〕多謝千歲。〔德昭、楊景同白〕衆位將軍，今乃吉日，開兵破陣，願馬到成功。〔楊宗保等同白〕仗聖上天威，千歲、元帥福庇，管教此去破陣斬將報功。〔德昭、楊景從下場門下，呼延贊等，王魁英等隨下。楊宗保白〕大小三軍，就此放砲興師。〔衆應，内作放砲科，將官作遞刀科，衆作持兵器，上馬，吶喊遶場科。同唱〕

【高宫套曲·醉太平】震山川雷轟鼓敲(韻)，大纛旗摇(韻)。一隊隊刀鎗劍戟雪霜耀(韻)，把遼人軟兀剌唬倒(韻)。俺桓桓大將威風浩(韻)，帥領著貔貅十萬彰天討(韻)。踏霧騰雲馬焦烋(韻)，指日把七十二(讀)天門陣蕩掃(韻)。〔同從下場門下〕

第二齣　舉神刀劈開金鎖 (先天韻)

〔場上設烟雲帳，内設金鎖陣門。將臺臺上建纛，列旗幟。雜扮護將臺神將，各戴馬夫巾，紥額，穿鎧，持大刀。雜扮利劍軍，各戴額勒特帽，穿紅蟒箭袖，繫肚囊，背絲縧，持雙劍。雜扮馬榮，戴外國帽、狐尾、雉翎，紥靠，背令旗，持兵器，守陣門科。雜扮家將，戴小頁巾，穿鑲領箭袖，繫鸞帶，執馬鞭。從上場門上。白〕穿林踰澗遠深幽，悄向遼營密信投。事作虛心身戰慄，奉公差遣不吾由。自家乃王丞相心腹家將便是。今因楊景差宗保用定宋九環神鋒去破金鎖陣，刀背上有姜太公寶誥，能避諸神，遼營不知。特寫密書一封，命我到蕭后營中投遞。且喜不遠了，快些前去。心中生忐忑，十步九回頭。〔從下場門下。雜扮勇士，各戴馬夫巾，穿勇字衣，繫鸞帶，執藤牌刀。雜扮健軍，各戴紥巾，穿蟒箭袖，背絲縧，繫肚囊，帶弓箭。雜扮將官，各戴馬夫巾，紥額，穿打仗甲，持刀。旦扮杜玉娥、木桂英，各戴七星額，紥靠，背令旗，持兵器。小生扮楊宗保，戴紥巾額，紥靠，背令旗，持九環金刀。雜扮一將官，戴馬夫巾，紥額，穿打仗甲，執黃纛，隨從上場門上。杜玉娥、木桂英、楊宗保唱〕

【黃鐘調合套·醉花陰】掛印封官奉欽選(韻)，這光榮軍中獨占(韻)。千歲爺親遞酒壯威權(韻)，手擎著御賜神鋒(句)，張一面黃繡旗助威顯(韻)。統貔貅陣掃蕩烽烟(韻)，則看席捲囊收大功建(韻)。〔同從下

場門下。雜扮蕭天佐、耶律學古、耶律色珍、耶律休格，各戴外國帽、狐尾、雉翎，紥靠，持兵器，從上場門上。同唱〕

【黄鐘宫合套・畫眉序】南路戰塵連(韻)，蜂擁趨前甚威顯(韻)，聽金鉦畫角(讀)，戰鼓闐闐(韻)。〔白〕昨晚宋營打下戰書，説今日開兵打陣。不知宋兵先打那一陣，爲此軍師嚴傳各陣，小心護守。方纔探子來報，楊宗保大隊人馬，從正南路而來，將到金鎖陣門了，不免請軍師到南路禦敵。〔向下請科。白〕軍師有請。〔浄扮嚴洞賓，戴虬髮道冠，紥金箍，穿蟒箭袖，紥氅，從上場門上。唱〕任他行鼓勇三軍(句)，管入陣甲難留片(韻)。〔白〕怎麽説？〔蕭天佐等白〕啟軍師，楊宗保領兵從正南路而來，將到金鎖陣前了。〔嚴洞賓駭然科。白〕有傳授，這是先開金鎖，後破青龍。耶律色珍、耶律休格，速往青龍陣協助黑太保去。〔耶律色珍、耶律休格應科，從下場門下。嚴洞賓白〕你二人，護守鐵門、金鎖二軍，吾上將臺作法遣神。〔唱合〕牒文符命天神降(句)，向臺上展旛仗劍(韻)。〔白〕傳令嚴肅金鎖陣者。〔蕭天佐、耶律學古應科，隨嚴洞賓從下場門下，撤烟雲帳科。將官引楊宗保從上場門上，執纛將官隨上。楊宗保唱〕

【黄鐘調合套・喜遷鶯】則看俺神鋒威現(韻)，則看俺神鋒威現(疊)，何懼他金鎖軍鎖扣相牽(韻)。一任牢堅(韻)，須臾斷翦(韻)。〔白〕衆將官，隨俺先斬開金鎖陣者。〔衆應科。馬榮作出陣門科。白〕何人領兵打陣？〔楊宗保白〕俺乃平遼掃陣大將軍楊宗保。答話者何人？〔馬榮白〕俺乃護守金鎖陣陣主大將馬榮。〔楊宗保白〕好，先斬馬榮，祭我神鋒，看刀。〔馬榮、楊宗保戰科。楊宗保唱〕把恁祭我金刀試你先(韻)，俺這裏武技展(韻)。那怕你鑽天入地(句)，頃刻裏性命難延(韻)。〔戰科。馬榮白〕你敢入陣麼？〔楊宗保白〕俺小將軍，特爲破陣而來。〔馬榮白〕好，隨俺進陣。〔馬榮作進陣門，嚴洞賓仗劍暗上將臺科。楊宗保白〕衆將官，奮勇破陣者。〔將官應，同作進陣科。執纛將官從上場門下。馬榮、利劍軍作合戰科。楊宗保白〕馬榮看刀。〔作斬馬榮科。利劍軍作慌亂，從兩場門下，將官、楊宗保追下。嚴洞賓白〕不好了，你看楊宗保斬了馬榮，金鎖軍紛紛逃散。〔唱〕

【黄鐘宫合套・畫眉序】宗保好威嚴(押)，手舞金刀甚精練(韻)，破咽喉要路(讀)，突進南天(韻)。〔蕭天佐引雜扮遼兵，各戴額勒特帽，穿外番衣，執紅旗。雜扮弩箭軍，各戴盔襯、狐尾、雉翎，穿紅蟒箭袖，繫搭膊，背絲絛，持弓箭。從兩場門上，作列陣科。木桂英内白〕勇士們，隨俺破鐵門軍者。〔勇士應科，引木桂英從上場門上。蕭天佐作出陣科。白〕何人領兵？〔木桂英白〕俺破陣總先鋒木桂英。爾乃何人？〔蕭天佐白〕俺乃八方都救應蕭天佐。〔木桂英白〕引俺進陣。〔蕭天佐白〕俺軍師神通廣大，休得前來送死。〔木桂英白〕諒此妖道，何足懼哉。〔唱〕諒妖魔恁樣神通(句)，怎勝我仙傳機變(韻)？〔合〕先鋒挂印除妖陣(句)，要把邪氛全殄(韻)。〔蕭天佐白〕隨俺進陣。〔作進陣科。木桂英白〕奮勇破陣者。〔勇士應，引木桂英進陣。蕭天佐白〕放箭。〔弩箭軍應，作放箭科。勇士持藤牌蔽護，作合戰，勇士追弩箭軍從兩場門下。木桂英、蕭天佐作戰科，蕭天佐從下場門敗下，木桂英追下。嚴洞賓白〕這女將十分兇勇，傾刻間又把鐵門軍破了，氣死我也。〔耶律學古引雜扮健將，各戴馬夫巾，紥額、狐尾、雉翎，穿打仗甲，持大刀，從上場門上，作列陣科。健軍引杜玉娥從上場門上。健軍白〕已到陣門。〔杜玉娥白〕隨俺進陣。〔衆應，作進陣科。耶律學古白〕誰敢闖陣？〔杜玉娥白〕破陣先鋒杜玉娥。〔耶律學古白〕與俺擒下了。〔健將應科。杜玉娥白〕放箭。〔健軍應，作射科。健將從兩場門逃下，健軍追下。杜玉娥、耶律學古戰科，耶律學古從下場門敗下，杜玉娥追下。勇士追利劍軍從兩場門上，戰科。楊宗保、木桂英、杜玉娥追蕭天佐、耶律學古從上場門上，作合戰科。嚴洞賓白〕衆神擒捉宋將者。〔神將應，下將臺，作圍困楊宗保等。楊宗保作舉九環金刀科。白〕姜太公寶誥在上，諸神速退。〔神將等從兩場門下。楊宗保白〕妖道，快下將臺來受縛。〔嚴洞賓白〕休得猖狂，俺來擒斬爾等。〔作下將臺，戰科。嚴洞賓從下場門敗下。楊宗保白〕速上將臺，把旗纛砍倒便了。〔勇士應科，作上將臺，砍倒旗纛，仍下將臺科。健軍、將軍追遼兵、健將等，從兩場門上，作合戰科。遼兵、健將等急從兩場門跑下。執纛將官從上場門暗上。楊宗保白〕金鎖陣已破，即往青龍陣三路接應去者。〔衆應科。同唱〕

【黃鐘調合套·出隊子】預謨先見(韻)，神機深邃淵(韻)，茅廬初出一功全(韻)。血濺馬縈把刀祭獻(韻)，嚇得妖人方寸偏(韻)。〔同從下場門下。場上仍設烟雲帳，撤將臺、陣門。蕭天佐、耶律學古、嚴洞賓從上場門上。同唱〕

【黃鐘宮合套·滴溜了】第一陣(句)，須臾(句)殘雲風捲(韻)，恁驍雄(句)，宋將(句)智深謀善(韻)。〔嚴洞賓白〕貧道費盡心機，佈成金鎖陣。倏忽之間，被他一掃而平，又傷俺無數兵將，氣死我也。〔蕭天佐、耶律學古白〕軍師，他們又往青龍陣去了。〔嚴洞賓白〕不妨，青龍不比金鎖陣，破之甚難。你二人協助黑太保，牢把首尾，待我上將臺作法擒拏便了。〔蕭天佐、耶律學古應科。嚴洞賓唱〕請神㊟，龍君雷電㊙，〔合〕風雲遶將臺㊐，仙家大威展㊙，秘授仙傳㊟，奇奧非淺㊙。〔同從下場門下〕

第三齣　九環被攝因貪績（先天韻）

〔場上設烟雲帳，擺青龍陣式，將臺上插黃旛旗幟。雜扮頭陀兵，各戴頭陀髮，紮金箍，穿緞劉唐衣，紮春布僧衣，繫絲縧，持齊眉棍。引生扮楊春，戴僧綱帽，穿採蓮襖，紮紬僧衣紅袈裟，持降龍木，從上場門上，遶場科。同唱〕

【黃鐘調合套·刮地風】帥領著鐵棒頭陀勁敵選(韻)，破頭陣得個功先(韻)。俺的降龍咒語多靈驗(押)，降龍木擎舉而前(韻)。〔從下場門下。雜扮軍士，各戴馬夫巾，穿蟒箭袖，背絲縧，繫肚囊，持鎗。引淨扮焦贊，戴紮巾額，紮靠，背令旗，持鎗，從上場門上，遶場科。同唱〕統領著些勇健英賢(韻)，一個個能攪海掀天(韻)。破金鎗(句)，趨中路(句)，早將功建(韻)。督三軍魚貫連(韻)，抖威風擦掌摩拳(韻)。〔同從下場門下。雜扮健軍，各戴馬夫巾，穿採蓮襖卒褂，背絲縧，持雙斧。引淨扮孟良，戴紮巾額，紮靠，背令旗，背葫蘆，持雙斧，從上場門上。同唱〕

【黃鐘宮合套·滴滴金】威風凜凜驅兵燹(韻)，突陣衝鋒武技展(韻)，先將九曲沙囊堰(韻)。〔白〕俺奉軍令，與五禪師、焦兄弟，督兵青龍陣外。適見金鎖陣大旗已倒，爲此分頭前進，殺進青龍陣去。〔衆應科。同唱〕看列鎗刀（句），旌旗絢（韻），塵飛霧捲（韻）。沴氣彌漫籠四面（韻），〔合〕駭目驚心（讀），殊別異見（韻）。〔同從下場門下。雜扮蕭天佐、耶律學古，各戴外國帽、狐尾、雉翎，紥靠，持兵器。引淨扮嚴洞賓，戴虬髮道冠，紥金箍，穿蟒箭袖，紥氅，持劍。暗上將臺科。嚴洞賓白〕吩咐嚴整青龍陣者。〔衆內應科，撤烟雲帳。雜扮黑太保，戴外國帽、狐尾、雉翎，穿外番衣，持兵器。引雜扮遼兵，各戴額勒特帽，穿外番衣，各執緑旗。雜扮耶律休格，戴外國帽、狐尾、雉翎，紥靠，持兵器。率雜扮遼將，各戴盔襯、狐尾、雉翎，穿打仗甲，持鉤鐮鎗。雜扮耶律色珍，戴外國帽、狐尾、雉翎，紥靠，持兵器。率雜扮遼將，各戴盔襯、狐尾、雉翎，穿打仗甲，持金鎗。從上場門上，作佈陣科。楊春、孟良、焦贊內白〕大小三軍，奮勇破陣者。〔頭陀兵、軍士、健軍應科，引焦贊、孟良、楊春從上場門上，作衝陣。黑太保、耶律休格、耶律色珍、遼兵遼將合戰科。楊春、焦贊、軍士、頭陀兵追黑太保、耶律休格、耶律色珍等，從下場門下。孟良白〕健軍們，隨俺速填九曲水去者。〔健軍應科，隨孟良從下場門下。楊春、頭陀兵追黑太保、遼兵從上場門上，合戰科。雜扮將官，各戴馬夫巾，紥額，穿打仗甲，持大刀。引小生扮楊宗保，戴紥巾額，紥靠，背令旗，持九環金刀。從上場門上，作夾攻合戰科。黑太保、遼兵從下場門敗下，楊春、楊宗保等追下。焦贊、軍士追耶律休格、遼將從上場門上，合戰科。雜扮勇士，各戴馬夫巾，穿勇字衣，繫鸞帶，持藤牌刀。引旦扮木桂英，戴七星額，紥靠，背令旗，持鎗。從上場門上，作夾攻合戰科。耶律休格、遼將從下場門敗下，焦贊、木桂英等追下。孟良、健軍追耶律色珍、遼將從上場門上，合戰科。雜扮健軍，各戴紥巾，穿蟒箭袖，背絲縧，繫肚囊，執弓箭。引旦扮杜玉娥，戴七星額，紥靠，背令旗，持刀。從上場門上。杜玉娥白〕衆軍放箭。〔健軍應，作放箭科。耶律色珍等從下場門下，孟良等追下。杜玉娥等追耶律色珍等，從上場門上，挑戰科。

耶律色珍等從下場門敗下，健軍追下。蕭天佐、耶律學古下將臺科。白〕宋將忒也猖獗，俺來擒拏爾等。〔戰科，蕭天佐、耶律學古從卜場門敗下，杜玉娥、孟良追下。楊春、楊宗保、焦贊、木桂英追遼將，黑太保，從上場門上，作戰科。楊春白〕看棒。〔作打死黑太保科。遼將從下場門跑下。嚴洞賓下將臺科。白〕猖狂宋將，破俺陣圖，傷俺大將，誓不兩立，看劍。〔作戰科。勇士、健軍等，杜玉娥、孟良從兩場門上，圍科。嚴洞賓從下場門敗下。楊春等同白〕且喜青龍陣又破矣。〔同唱〕

【黃鐘調合套·四門子】好仙機(讀)，破法心欽羨(韻)，按長蛇三路剸(韻)。四門已搗(句)，九曲已填(韻)，俺截斷難容首尾連(韻)。俺戰法兒能(句)，仙法兒全(韻)，呀俺這裏威風大展(韻)。〔同從下場門下。嚴洞賓從上場門急上。唱〕

【黃鐘宮合套·鮑老催】陣法甚堅(韻)，因何一戰能破穿(韻)，是誰助他密奧傳(韻)？三路截(句)，九曲填(句)，青龍偃(韻)。〔白〕且住，楊家父子雖知陣法，俺仙家秘訣，他焉能識破？必有異人暗助，故能如此。待我急急上臺，作法擒他便了。〔作上將臺科。唱〕吾今仗劍符分遣(韻)，蛟龍速降臺前現(韻)，〔合〕黃旛動神通變(韻)。〔作搖旛咒科。白〕詛。〔雜扮衆夜叉，各戴頭陀髮，紥額，穿緞劉唐衣，背絲縧，繫虎皮搭膊，持兵器。引雜扮蛟精，各戴豎髮，紥額，紥靠，持兵器。從兩場門上，跳舞作參見。同白〕法師有何使令？〔嚴洞賓白〕與俺擒拏宋將，若有畏懼，飛劍斬之。〔蛟精等應科。楊春、楊宗保、焦贊、孟良、健軍、將官等追遼兵、遼將、蕭天佐、耶律學古等，從上場門上，合戰科。耶律學古等作敗至將臺前。夜叉、蛟精等作截戰科。楊春、將官等從下場門逃下，蛟精等、嚴洞賓等追下。勇士、健軍引杜玉娥、木桂英從上場門上，望科。〔杜玉娥、木桂英白〕這妖道，用邪術取勝，你我各施法力者。〔木桂英作咒科。白〕吾奉聖母法旨，奉請雷部八天君速降。〔杜玉娥舉金牌科。白〕吾奉仙師金牌，雷公電母、風伯雨師速降。〔雜扮八天君，各戴盔，紮紅，紮靠，持兵器。旦扮電母，戴仙姑巾過翹，穿舞衣，紮袖，持鏡。雜扮雷公，各戴雷公套頭，紮靠，紮翅，持錘鏨。雜扮雨師，各戴豎髮，穿蟒箭袖，繫肚囊，執旗。旦扮風婆，各戴包頭，紮額，穿老旦衣，繫腰裙，負虎皮。從兩場門上，作參見科。同白〕二位仙姑，有何法諭？〔杜玉娥、木桂英白〕奉請諸神，將青龍陣内邪祟驅除者。〔八天君、雷公、電母等應科。健軍、將官等，楊春、楊宗保等，從上場門急上，作驚慌科。杜玉娥、木桂英白〕我軍莫要驚慌，這裏來。〔嚴洞賓、夜叉、蛟精從上場門追上。八天君、雷公、電母等作截戰科。夜叉、蛟精等從下場門敗下，八天君、雷公、電母等追下。楊春等同白〕二位先鋒，真好神通也。〔木桂英、杜玉娥白〕皆賴聖母神力。〔衆同唱〕

【黄鐘調合套・古水仙子】呀呀呀(格)，道法全(韻)，呀呀呀(格)，道法全(疊)，爲爲爲(格)，破陣平遼聖母傳(韻)。笑笑笑(格)，徒煽妖邪(韻)，怎怎怎(格)，怎勝天君雷電(韻)？〔八天君、雷公、電母等追夜叉、蛟精從上場門上。雷公、電母等圍繞，作擊死蛟精科。夜叉等從下場門逃下。八天君、雷公、電母等白〕邪祟已除，吾等回天宫去也。〔杜玉娥、木桂英白〕多謝尊神。〔八天君、雷公、電母等從兩場門下。楊春白〕我等速把將臺上旗旛砍倒便了。〔衆白〕有理。〔同唱〕俺俺俺(格)，大神通能施展(韻)，仗仗仗(格)，仗天神速把氛氣翦(韻)。〔作上將臺砍倒旗旛科，仍下臺。隨設烟雲帳，撤陣式、將臺科。楊春等同白〕且喜二陣俱破，就此乘勢擒捉妖道便了。〔同唱〕好好好(格)，連掃蕩兩陣喜自遄(韻)，我我我(格)，一開兵早把雙功建(韻)，早早早(格)，斬將疾回旋(韻)。〔軍士、健軍、將官等引楊春等，從下場門下。遼兵、遼將等，蕭天佐、耶律學古、耶律休格、耶律色珍、嚴洞賓從上場門急上。嚴洞賓白〕列位將軍，第一日開兵就被他連破兩陣，殺得我兵東逃西竄，威風折盡矣。〔雜扮一遼將，戴盔襯、狐尾、雉翎，穿打仗甲，持書，從上場門上。白〕啟軍師，娘娘有書在此。〔嚴洞賓白〕拏來我看。〔作接書開看科。白〕這書若是早來一步，也不被他打破這兩陣了。回報娘娘，說我知道了。〔遼將應科，仍從上場門下。蕭天佐、耶律學古等同白〕軍師，書上如何道？〔嚴洞賓白〕娘娘說，宗保所使金刀，上有姜太公寶誥，能避諸神，教俺設法取之。何不早說？衆位，少時爾等戰住衆將，待我引宗保一人追趕，自有攝取之法。〔蕭天佐等應科。軍士、健軍、勇士、將官、頭陀兵引楊春、楊宗保等，從上場門上。楊春等白〕妖道那裏走？〔作圍戰科。嚴洞賓作突圍科，引楊宗保從下場門急下。衆作合戰科，遼兵、遼將、蕭天佐等從下場門敗下。楊春白〕宗保那裏去了？〔木桂英白〕追趕嚴洞賓去了。〔楊春白〕我等快去接應，免其貪功失律。〔衆應科，同從下場門下。嚴洞賓引楊宗保從上場門上。楊宗保白〕妖道休想逃脫，喫俺一刀。〔嚴洞賓白〕宗保，你忒利害了。〔唱〕

【黃鐘宮合套・雙聲子】真兇顯(韻)，真兇顯(疊)，逼勒俺難展轉(韻)。你發善(韻)，你發善(疊)，金刀下留殘喘(韻)。〔楊宗保作笑科。唱〕苦告憐(韻)，羞顏面(韻)，〔合〕俺立除妖道(讀)，捷報安邊(韻)。〔作戰科，嚴洞賓從下場門隱下。雜扮椿樹切末，從下場門上。楊宗保白〕看刀。〔作砍椿樹，夾刀科。楊宗保作驚慌拔刀科。楊春等引軍士、勇士、健軍、頭陀兵等，從上場門上。雜扮一將官，戴馬夫巾，紥額，穿打仗甲，執黃纛，隨上。楊宗保白〕不好了，金刀砍入樹内，奪不出來了。〔楊春等白〕我等幫你奪出便了。〔衆作拔刀，樹内出火彩科。楊春、楊宗保等作退避，椿樹夾刀從下場門下。楊宗保、木桂英等同白〕不好了，九環神鋒被妖人攝去了，如今怎麽回營繳令？〔楊春白〕且回營中，再作計較，收兵。〔衆應，遶場科。同唱〕

【煞尾】得勝收軍回營轉㊐，美不足失律些愆㊐，成此勳功這微過可折免㊐。〔同從下場門下〕

第四齣　二將爭功互逞雄（東鐘韻）

〔雜扮軍士，各戴馬夫巾，穿蟒箭袖卒褂，執旗。雜扮將官，各戴馬夫巾，紥額，穿打仗甲，執標鎗。雜扮中軍，各戴中軍帽，穿中軍褂，佩腰刀。引外扮寇準，戴相貂，穿蟒，束帶，帶印綬。生扮楊景，戴帥盔，穿蟒，束帶。浄扮鍾離道人，戴丫髻膗腦，穿鍾離氅，執椶扇。生扮德昭，戴素王帽，穿蟒，束玉帶，從上場門上。寇準、杨景、鍾離道人、德昭同唱〕

【仙吕宫引・天下樂】三才合德輔神功韻，萬靈擁護翊運鴻韻。聖恩寵渥重英雄韻，鼓志英雄勇奮同韻。〔場上設椅，轉場各坐科。德昭白〕我軍感上真洪願，垂庇戎師，今日開兵破陣，自然功成反掌。〔楊景白〕只恐稚子弱媳，不堪重任，有負君恩。〔鍾離道人白〕貧道所舉非訛，成功必矣，但是美中不足，亦係定數。〔德昭、楊景白〕有甚美中不足？〔寇準白〕美中不足，應我所占之貪功失律也，少頃便知端詳。〔浄扮焦贊，戴紥巾額，紥靠，背令旗。浄扮孟良，戴紥巾額，紥靠，背令旗，背葫蘆。旦扮杜玉娥、木桂英，各戴七星額，紥靠，背令旗。小生扮楊宗保，戴紥巾額，紥靠，背令旗。生扮楊春，戴僧綱帽，穿採蓮襖，紥紬僧衣紅袈裟。各執令旗，從上場門上。同白〕得勝勝中饒一著，用乖乖裏失便宜。〔作進門參見科。同白〕千歲、元帥，我等成功繳令。〔中軍作接令旗科。德昭、楊景白〕成功繳令，兩陣俱破了？〔楊宗保、木桂英、杜玉娥同白〕宗保等奉令打破金鎖陣，斬了大將馬榮。〔楊春、孟良、焦贊同白〕我等奉令打破青龍陣，打死大將黑太保。〔楊景白〕可還有何事？〔楊宗保等作相顧不語科。木桂英白〕還有桂英與杜夫人遣天神破了妖法，大獲全勝。〔楊景白〕可有貪功失律之事？〔焦贊背白〕這句問得怪嗄。〔轉科。白〕元帥，貪功失律倒没有，就是宗保所用九環神鋒失落陣上了。〔楊景白〕怎麽講？宗保將九環神鋒失落陣上了？〔作怒叱，楊宗保跪科。楊景白〕好大膽的畜生，擅將御賜神鋒失於陣上。本帥再三諄問，還不實説，這也是瞞得過的麽？綁了。〔軍士、將官應科，楊春急止科。白〕住了。兄弟請息怒，因貧僧命他追趕妖道，思想活擒獻上。那知被妖人邪術從空攝去金刀。此非宗保失律，乃貧僧貪功。〔楊景白〕就是禪師之命，本帥諄問之下，這畜生輒敢瞞我。〔德昭白〕皆因元帥令嚴，他怕説了治他重罪，這是小兒家見識。宗保，可是？〔楊宗保應科。德昭白〕如何，小兒家，生被元帥唬破膽矣。〔鍾離道人白〕今乃開兵吉日，又建大功，可以曲宥從寬。〔楊景白〕看仙師金面，出去。〔焦贊作指楊宗保，起科。白〕快些出去。〔楊宗保作出門，指焦贊科。白〕都是你。〔焦贊白〕瞞不過的。〔楊宗保從下場門下。楊景白〕禪師與杜夫人等後營歇息。〔楊春、木桂英、杜玉娥應科，從下場門下。楊景白〕仙師，寶刀被攝，可能復得否？〔鍾離道人白〕只消差個有能幹的將軍前去，必定取回。〔孟良白〕有能幹，孟良願去。〔焦贊白〕住了，怎見得就是你能幹？〔孟良白〕除了我，别人不能。

〔焦贊白〕元帥，焦贊敢去。〔鍾離道人白〕你們不用争，此差不是容易去的，必須成功纔可。〔孟良白〕我去，包管成功。〔唱〕

【高宫套曲・端正好】不用發三軍(韻)，不必交鋒刃(韻)，卸了這金鎖鎧(句)，摘去了赤包巾(韻)。〔焦贊白〕你怎麽個去法？〔孟良唱〕扮番兵混入，口兒中番言穩(韻)，俺執令箭假蕭氏旨巡查陣(韻)。〔德昭等白〕好計。〔焦贊笑科。白〕這條計俗得緊，用過幾次了，只瞞得三歲孩童。那些遼將，誰不認得你是孟良？這令箭是不靈的了。還是我去。〔寇準白〕你不過勇賁粗蠢之人，那裏幹得來精細之事？〔焦贊白〕寇丞相也來嘲笑俺焦贊。〔唱〕

【高宫套曲・滚繡毬】雖是勇賁(韻)，卻不粗蠢(韻)。盜金刀則有甚打緊(韻)，大著膽直闖入六甲奇門(韻)。〔孟良白〕你一人闖他的陣，濟得甚事？真正渾膽將軍。〔焦贊唱〕非俺膽渾(韻)。〔孟良白〕無非笨很。〔焦贊唱〕不是笨很(韻)。他詐敗間邪法賺神鋒不平不憤(韻)，俺將那惡妖人也不斬則剔骨肢分(韻)，纔消俺腔子裏裂膽沖肝忿(韻)，肺腑内忠心義志伸(韻)，管立功勳(韻)。〔德昭等同白〕你的威風志量，只可上陣交鋒，這賺入敵營，細作之事，要隨機應變，你卻不能。〔孟良白〕是嗄，你去不得。〔焦贊白〕偏要去。〔孟良白〕你去不得。〔唱〕

【高宫套曲・倘秀才】你自去問千歲準去也不準(韻)，我這裏阻將軍細忖也不細忖(韻)，那嚴軍師威名豈不聞(韻)？那廝能邪術(句)，道傍門(韻)，能拘鬼神(韻)。〔焦贊白〕俺的威名也不讓他。〔唱〕

【高宮套曲·滚綉毬】我的威風也不讓人(韻)，英名四海聞(韻)。使俺這丈蛇矛慣挑些英俊(韻)，掄開了這大鋼鞭嚇鬼驚神(韻)。〔白〕諒那厮呵，〔唱〕妖不妖道不道(句)，鬼不鬼人不人(韻)，則把蕭氏哄騙那遼營中愚蠢(韻)，甚邪術敢侵俺黑虎將軍(韻)？妖難勝德仗俺英明主(句)，正可除邪有這鐘上真(韻)，怎怕妖氛(韻)？〔德昭等同白〕縱然你不怕妖道，他今攝去九環神鋒，你有何法取回？〔孟良白〕兆嘎，他那裏嚴嚴看守，仗你有何方法？〔唱〕

【高宮套曲·白鶴子】他著幾萬勇兒郎將神鋒寶刀看(句)，四下裏伏弓弩羽箭軍(韻)，嗚刁斗派衆兵巡(韻)，讓你勇怎匿身進(韻)？〔焦贊白〕憑他防護得緊，焦贊誓把金刀搶回。〔唱〕

【又一體】他若攩俺的踹教他成虀粉(韻)，戰俺的使探囊手戕鋒刃(韻)，阻俺的順手兒鋼鞭打(句)，追俺的將他摔在地把繩索綑(韻)。〔德昭等同白〕任你英勇，虎入狼巢，到底寡不敵衆。〔焦贊白〕一人拚命，萬夫莫敵。〔唱〕

【又一體】俺聲一喊忽刺刺獅犼奔(韻)，眼一瞪光閃閃奪魄消魂(韻)，鞭一舉威凛凛神鬼驚(句)，身一躍撲騰騰山川震(韻)。〔白〕似俺這樣英雄，怎麽去不得？〔德昭白〕元帥，他既要去，可差他走一遭罷。〔楊景白〕只恐不能成功，倒驚擾他加意防備，尤其費力了。〔鍾離道人白〕且差他走一遭，便知詳細。〔楊景白〕焦贊聽令，你今討差，諒必成功，本帥的軍令，你也無有不知，小心行事，去罷。〔焦贊應科。德昭等起，隨撤椅科。軍士、將官護德昭等從下場門下。孟良白〕焦贊弟，我勸你是好話。這盜取金刀，不比上陣交鋒，其中要用多少的巧妙轉折，纔盜得到手。你卻不能，還是讓我去。〔焦贊白〕嗳，俺倒偏要成功，以塞衆口。〔孟良白〕待我稟一聲，幫你去。〔焦贊白〕免勞。〔唱〕

【尾聲】豈用你仗威風擂鼓摩旗㊀，壯膽力砲聲兒磤㊁。立把神鋒取纔信英雄本㊁，俺向那虎穴龍潭去鬪很㊁。〔白〕請。〔從下場門下。孟良白〕看他如何取法。〔從下場門下〕

第五齣　椿樹精假幻木刀（東鐘韻）

〔雜扮遼兵，各戴額勒特帽，穿外番衣。引浄扮嚴洞賓，戴虬髮道冠，紥金箍，穿蟒箭袖，紥鞾，持九環金刀，從上場門上，笑科。白〕好妙計也。〔唱〕

【仙吕宫正曲·長拍】巧想心機(句)，巧想心機(疊)，靈犀一點(句)，急覺機生速用(韻)。誘敵詐敗(句)，他刀劈枯椿(句)，攝神鋒飛上空中(韻)。〔白〕神鋒雖得到手，想宋營能人不少，留在陣中，恐受算計，爲此俺親自獻與娘娘。〔唱〕又算報奇功(韻)，去殷勤獻上(讀)。嚴藏莫動(韻)，漏洩風聲於宋將(句)，必踰陣盜神鋒(韻)。〔白〕這刀拏回陣中呵，〔唱〕别設虚花作弄(韻)，〔合〕弄虚花勾引(讀)，誆捉狂蜂(韻)。〔從下場門下。場上攏烟雲帳，設通明殿、將臺、旗幟科。末扮王懷，戴金貂、狐尾、雉翎，紥靠，背令旗，佩劍。旦扮王素真，戴盔、鸚哥毛尾、雉翎，紥靠，背令旗，佩劍。從上場門上。唱〕

【又一體】鬬己鬬情(句)，鬬己鬬情(疊)，心忙腸癢(句)。他計不依咱來用(韻)，通風暗約(句)，怎先開金鎖青龍(韻)？〔王懷白〕我兒，前者囑咐宗保，約六郎裏應外合之計，先取陰陽二陣。怎麽六郎先破金鎖青龍？莫非宗保不曾通信？還是六郎不認原配，故爾置之無聞？〔王素真白〕爹爹放心，六郎乃忠義之將，決不行薄倖之事。今先開金鎖，次取青龍，必受高人指示。〔唱〕破法有來宗(韻)，斷金鎖(讀)，填九曲神傳仙用(韻)。願風捲殘雲將陣掃(句)，我父女等不多時會合逢(韻)。〔王懷白〕還有一件可疑之事，宋營所謀機密，蕭氏怎麽得知？六郎左右，必定有奸人暗通消息。〔王素真白〕言及至此，殊覺令人不測。就是宗保所用九環神鋒，上有姜太公寶誥，能避諸神，蕭氏報與嚴洞賓知道。今將神鋒攝取，獻與蕭氏去了。若留在陣中，孩兒也好盜還宗保。〔唱〕偏偏他早防失卻殷勤送(韻)，〔合〕恨機緣未遂(讀)，不得成功(韻)。〔一遼兵從上場門上。白〕王將軍，嚴軍師回陣了。命小的先來傳你父女到通明殿，有話吩咐。〔王懷、王素真白〕同去便了。〔王懷白〕心中無限事。〔王素真白〕未可向人言。〔隨遼兵從下場門下。遼兵引嚴洞賓從上場門上。嚴洞賓唱〕

【仙呂宮正曲·短拍】百出機謀(句)，百出機謀(疊)，如千溪萬壑(句)，怎料徹布置神通(韻)？〔王懷、王素真。雜扮孟金龍，戴外國帽、狐尾、雉翎，紮靠，背令旗，佩劍。旦扮單陽郡主，戴女盔，紮靠，背令旗，佩劍。從下場門上，迎接科。王懷等同白〕小將們迎接軍師。〔嚴洞賓白〕隨俺到通明殿去。〔衆應科。王素真白〕爹爹，神鋒拏回來了。〔王懷作急止科。孟金龍、單陽郡主白〕軍師，怎麽又將神鋒帶回，不怕宋將偷盜麽？〔嚴洞賓白〕我正要宋將偷盜，所以將他做個香餌釣鰲之計。〔唱〕鎮我陣兒中(韻)，壯觀的寶刀威猛(韻)。〔白〕這神鋒呵，〔唱〕權當釣鰲香餌(句)，〔合〕專待的(讀)，宋將盜神鋒(韻)。〔場上撤烟雲帳。嚴洞賓白〕安在通明殿上去。〔王素真急應，作接刀，上將臺安放，隨下將臺科。衆白〕這何爲香餌釣鰲之計？

〔嚴洞賓白〕聽吾吩咐，你四人輪流在此看守，再傳諭各門佈散流言，使宋將潛身入陣，不許攔阻。伺其上臺之際，就勢擒獲，此爲香餌釣鰲之計。〔唱〕

【又一體】藏影潛蹤韻，藏影潛蹤疊，巡邏護守句，誘入彀擒捉爲功韻。〔衆應科。嚴洞賓從下場門下，遼兵隨下。孟金龍白〕俺們怎麽樣個巡邏護守？〔王素真白〕軍師原説是輪流巡視，我父女二人，先在此看守，至三更後，二位再來换我們如何？〔孟金龍、單陽郡主白〕竟是這樣，俺二人先歇息一回再來。〔從下場門下。王素真白〕爹爹，此乃天從，〔王懷白〕禁聲。〔作四顧科。白〕果然天從人願。正愁他將神鋒獻去，誰知復又拏回，放在此處，恰又派我父女看守。等待更深時候，盜還宋營，豈非莫大之功？〔王素真白〕趁此無人，待我速取神鋒，送往宋營去如何？〔王懷白〕你且消停，此時尚早，倘被番兵番將看出，反爲不美。〔王素真白〕我父女取了神鋒，竟到宋營獻功投降，一椿事就完了。〔王懷白〕貪其小功，而誤大事。你我還要幫助六郎，破陰陽二陣，你怎麽就忘了？此時還降不得。〔王素真白〕爹爹所慮極是。〔作愁歎科。白〕但願宋營中此刻有人來此，便是好機緣了。〔唱〕心暗叩蒼穹韻，不期會巧心合攏韻。入夜差人來盜句，〔合〕相扶助讀，人願仗天從韻。〔同從下場門下，攩烟雲帳〕

第六齣　紅顏女巧逢黑煞（庚青韻）

〔内打初更科。浄扮焦贊，戴額勒特帽，穿外番衣，帶鞭，執鈴柝，從上場門悄上，作四望科。白〕小心火燭。〔唱〕

【仙吕宫正曲·鵝鴨滿渡船】仰望斗杓横河漢耿(韻)，斗杓横河漢耿(疊)，景色澄澄夜月明(韻)。將身照射定(韻)，將身照射定(疊)。人形面貌(讀)，照得波清(韻)，徒然冒做番人巡更(韻)。〔白〕好不做美的月色，知俺老焦今夜入陣盜刀，將車輪大的一面鏡兒，挂起空中，照如白晝，誰還認不出我是老焦？這更夫白白的扮了。怪不得那許敬宗説，佳人喜其翫賞，盜賊惡其光輝。尋個樹林中走，隱秀些。〔唱〕樹陰内(句)，略暗暝(韻)，鶴步移來悄悄行(韻)。〔内打二更科。焦贊白〕二更了，待我來。〔作轉柝科。白〕小心火燭。〔作窺望科。白〕前面隱隱旗旛高展，許多紅燈高高挑起，這就是陣中了。〔唱〕凝眸來細省(韻)，凝眸來細省(疊)。〔合〕只見纛旗縹緲(句)，刀鎗雪映(韻)，高杆豎立(讀)，上點紅燈(韻)。〔從下場門下。雜扮遼兵，戴額勒特帽，穿外番衣，執酒具，從上場門上。同白〕設餌釣鰲計，專待盜刀人。今日軍師傳令各門，倘有宋營將官來盜取九環神鋒，不許攔阻，讓他進陣。那通明殿上，暗伏大將，來一個擒一個，這叫做香餌釣鰲之計。〔一遼兵白〕只怕鰲魚忒大了，連香餌拐了去。〔衆白〕這也不與俺們相干，只是依令而行便了。大家席地而坐，有人來，只做飲酒，假意看不見，可好？〔一遼兵白〕妙極，大家坐下。〔作席地飲酒，虛白發諢科。焦贊從上場門暗上。白〕不知可有人看守陣門？〔悄探科。白〕妙嗄，趁他們飲酒，不免隱身而進。〔作進門科。一遼兵白〕來了。〔衆白〕不要管，喫酒。〔焦贊作急走擊柝。白〕小心火燭。〔遼兵白〕錯了，交過三更了。〔焦贊暗笑科，從下場門跑下。一遼兵起科。白〕列位，這是扮來的，趕上拏住他罷。〔衆收酒具，起科。白〕與俺們何干，自然有人擒他，走罷。〔同從上場門下。撤烟雲帳科。旦扮王素真，戴盔，鸚哥毛尾、雉翎，紥靠，背令旗，佩劍，從上場門上。內打三更科。王素真白〕呀。〔唱〕

【又一體】正三更人悄静（韻），正三更人悄静（疊），教我費了工夫半夜等（韻）。〔白〕等到三更時分，並不見宋營有人到此。錯過今晚，倘明日另派別人看守，這好機會，豈不錯過？況三更後，孟金龍等來時，就難行事了。待我上去取了神鋒，竟送了去罷。〔唱〕心急休暫停（韻），心急休暫停（疊），俺東窺西探幸無人（句），〔作急上將臺科。唱〕慌忙越登臺徑（韻）。〔作跌急起科。唱〕倉猝際（句），滑階磴（韻），跌下臺階有幾層（韻），速把寶刀手內擎（韻），速把寶刀手內擎（疊）。〔作取刀下將臺科。末扮王懷，戴金貂、狐尾、雉翎，紥靠，背令旗，佩劍，從上場門暗上，悄喚科。白〕我兒那裏去了？〔王素真作急藏躲科。白〕有人來了。〔王懷白〕素真。〔王素真白〕原來是我爹爹。〔作見科。白〕爹爹，刀在此。〔王懷白〕宋營又沒人來，你拏下來何用？〔王素真白〕孩兒竟送了去罷。〔王懷白〕倘被守門將士看出，不但目前事露，後來大事也不能成了，使不得。〔王素真白〕噯。〔唱合〕今夜巧逢機會(句)，如何負了(句)，兀的不是(讀)，再圖難成(韻)。〔從下場門急下。王懷白〕他竟自去了，這妮子好癡迷也，待我趕上去。〔從下場門下。焦贊從上場門上。唱〕

【仙呂宮正曲・赤馬兒】潛行陣徑(韻)，虎入深坑(韻)，魚游沸鼎(韻)，刀呵無從尋覓好心驚(韻)，無從尋覓好心驚(疊)，白白空回罪不輕(韻)。〔白〕闖便闖進來了，不知神鋒藏在那裏？好不著急人也。〔唱合〕看這邊杳無蹤影(韻)，看那邊杳無蹤影(疊)。〔王素真從上場門急上，王懷作趕上科。白〕我兒回來。〔王素真作撞焦贊科。王素真白〕什麽人？〔焦贊急躲科。王懷白〕如何被人看見了？〔王素真白〕若是守陣之人，何用藏躲？只怕是宋營來的。〔王懷白〕待我去問來。藏躲的是何人？〔焦贊白〕巡更的，小心火燭。〔王懷作細認科。白〕你好像焦將軍。〔焦贊白〕好眼力。〔王素真白〕焦將軍。〔焦贊白〕原來是未過門的嫂嫂。〔王素真、王懷白〕到此何事？〔焦贊白〕奉令盜取金刀，可知在那裏？〔王素真白〕這不是金刀？〔焦贊白〕真個麽？拏來我看。〔作接刀笑科，王懷急止科。白〕禁聲。〔焦贊白〕多謝，俺去也。〔王懷白〕你且不要去，大家商量個無事之計，脱我父女守刀干係。〔焦贊白〕你們商量罷，俺去也。〔王素真白〕你去了，我們怎麽樣？〔焦贊白〕只要我成功，那管你們，請了。〔從上場門跑下。王懷白〕他雖成功，我父女失守之罪不輕。〔王素真白〕待孩兒想來。〔唱〕

【又一體】完全事定(韻)，復覺生驚(韻)。恐人去禀(叶)，背遼通宋罪非輕(韻)，背遼通宋罪非輕(疊)。〔白〕孩兒有一妙計在此，先告個罪兒。〔王懷白〕什麼罪？〔王素真白〕解下束甲絲來，將爹爹綁在將臺旗杆上，只説宋營來了一個神通廣大的女將，用法術綁了我父女，攝取金刀遁去了。〔王懷白〕好計。〔作同上將臺，王素真作綁王懷科。王懷白〕我兒，你便怎麼樣？〔王素真白〕待我自己也綁起來。〔作縛科。白〕爹爹，叫喊起來。〔王懷白〕果然好法兒。〔王素真、王懷作喊叫科。同白〕快來救人嗄。〔唱〕嚷破喉嚨叫幾聲(韻)，〔合〕這數聲怎無人應(韻)？〔白〕軍師快來。〔唱〕那數聲也無人應(疊)。〔白〕快來救人嗄。〔衆遼兵從下場門上。白〕不好了，俺們見一個宋將盜了金刀，逃出陣門，我們也攔攩不住，快報軍師去。〔王懷、王素真白〕快來救我父女。〔遼兵白〕這通明殿上有人叫喊，大家問來，什麼人喧嚷？〔王懷白〕王懷父女被人綁在此。〔遼兵白〕不好了，軍師快來。〔雜扮孟金龍，戴外國帽、狐尾、雉翎，紥靠，背令旗，佩劍。旦扮單陽郡主，戴女盔、狐尾、雉翎，紥靠，背令旗，佩劍。引浄扮嚴洞賓，戴虬髮道冠，紥金箍，穿蟒箭袖，紥鸞，執拂塵，從上場門上。嚴洞賓白〕爲何這等驚慌？〔遼兵白〕不知何人，把王將軍父女綁在那裏。〔嚴洞賓白〕有這等事？隨我去看來，在那裏？〔王懷、王素真白〕快來救人嗄。〔嚴洞賓白〕快去放下來。〔遼兵作上將臺放綁，同下將臺。隨攩烟雲帳，撤將臺科。王懷、王素真白〕多謝軍師。〔嚴洞賓白〕你父女手段高强，何致受人綁縛？〔王懷、王素真白〕小將們奉令巡守，正遇宋將來盜神鋒，將要擒獲，那人妖法高强，用了邪術，將我父女綁住，攝取金刀遁去了。〔孟金龍、單陽郡主白〕這便怎麽處？〔嚴洞賓白〕不用著急，這神鋒是假的。〔王懷、王素真作驚呆科。白〕此刀不是真的麽？〔嚴洞賓白〕真的在娘娘營内。〔孟金龍、單陽郡主白〕軍師用這假神鋒，是何主意？〔嚴洞賓白〕是我要使宋將得了假神鋒，以絶其念。那真的在娘娘處，穩如磐石矣。〔衆白〕原來如此。〔嚴洞賓白〕假刀盜去，不致緊要。只慮宋營能人頗多，待我奏知娘娘，請幾個道友來守陣，方保無虞。〔孟金龍白〕軍師去，幾時回陣？〔嚴洞賓白〕三日就回。爾等傳諭各陣，小心把守。〔衆應科，隨嚴洞賓從下場門下。王素真作忿恨科。白〕這妖道，果有神鬼不測之機也。〔王懷同唱〕

【尾聲】空勞一夜辛勤盛㊞，實指望神鋒得定㊞。〔王素真作恨科。唱〕把我這向熱心腸化作冰㊞。〔同從下場門下〕

第七齣　重入北營心益壯（蕭豪韻）

〔净扮焦贊，戴額勒特帽，穿外番衣，帶鞭，持九環金刀，從上場門上，作笑科。白〕俺好喜也。〔唱〕

【仙吕宫集曲·甘州歌】【八聲甘州】（首至六句）入海把鋮撈㊇，便犀光鏡影㊅，難照微渺㊇。有鮫人暗助㊁，故得機緣湊巧㊇，由咱大口誇張也㊁，現在成功顯俊豪㊇。〔從下場門下。雜扮軍士，各戴馬夫巾，穿蟒箭袖卒褂。净扮孟良，戴紥巾額，紥靠，背葫蘆，佩劍。小生扮楊宗顯、楊宗保、楊宗孝，各戴紥巾額，紥靠，佩劍。引外扮寇準，戴相貂，穿蟒，束帶，帶印綬。生扮楊景，戴帥盔，穿蟒，束帶。净扮鍾離道人，戴丫髻膗腦，穿鐘離氅，執棕扇。生扮德昭，戴素王帽，穿蟒，束玉帶。從上場門上。德昭等同唱〕【排歌】（合至末句）通宵待㊁，望眼勞㊇，斗横月落曙光摇㊇。〔場上設椅，轉場各坐科。德昭、楊景白〕請問仙師，焦贊去已通宵，此際天明未回，莫非陷於陣中了？〔鍾離道人白〕焦贊乃我營福將，焉能陷入陣中？少刻就回。〔孟良白〕少刻就回，可能成功？〔鍾離道人白〕不能成功，倒便宜你得個金刀實信。〔德昭等同白〕仙師去了一夜，還不得成功麽？〔鍾離道人白〕眼前便見分明，試貧道之言不謬。〔德昭等同白〕仙師之言，豈有虚謬。〔同唱〕輪五指㊁，勝六爻㊇，預知後卜見根苗㊇。〔焦贊换戴紥巾，穿鑲領箭袖，繫鑾帶，從上場門上。白〕衆心未悦服，爭氣偏成功。我把神鋒藏在此，看六哥哥怎生光景待我？〔作置刀於地，進門參見科。白〕千歲、元帥，焦贊參見。〔德昭白〕焦將軍，神鋒有了麽？〔焦贊白〕好仙師，真正活神仙。好丞相，現在的鬼谷子。好元帥，子牙重生。〔孟良白〕你到底成功没有？〔焦贊白〕孟將軍，果然我不如你。〔楊景白〕問你可得成功，只管支吾。〔焦贊白〕我是粗蠢之人，那得成功？〔楊景白〕既不成功，當按侮慢軍情之罪，拏下了。〔軍士應科。焦贊白〕不要拏，我取件東西與你們看看。〔作取刀科。白〕元帥，焦贊倒取得神鋒在此，不知可是他？〔德昭等看科。白〕何嘗不是九環神鋒。〔孟良接刀科。白〕果然是金刀，這又奇了。〔焦贊白〕什麽奇？教你們知俺老焦的本領。〔唱〕

【仙吕宮集曲·皂袍罩金衣】【皂羅袍】（首至合）怪你忒將目眇(韻)，視英雄草芥(讀)，樗櫟材喬(韻)。略施手段盜金刀(韻)，道咱蠢笨從今巧(韻)。〔德昭、楊景白〕常言道，遣將不如激將。既得成功，前言休題，吩咐軍政司，記了焦將軍頭功。〔楊宗保等應科。白〕將軍恭喜。〔焦贊白〕老孟，有偏你頭功。〔孟良白〕是，有眼不識，敬服，敬服。唉，仙師，你的話不準。丞相，你的卦也不靈。〔焦贊白〕諒他們那裏算得準。〔唱〕【黄鶯兒】（合至末）徒自語囂囂(韻)，從今已往(句)，刮目認賢豪(韻)。〔鍾離道人白〕你不要忒狂妄了，這神鋒是假的。〔德昭等作驚異科。白〕不信是假的。〔焦贊作笑科。白〕豈有此理，見我成了大功，没得説了，神鋒是假的。〔作舉刀科。白〕假的，你來試試？〔鍾離道人喝科。白〕你不信？放下。〔焦贊置刀於地，鍾離道人作咒科。白〕詛。〔金刀變樹木科，焦贊作驚異取看科。白〕明明是金刀，怎麽變了木頭了？〔德昭等作駭然科。同白〕何嘗不是假的。〔楊景作怒科。白〕焦贊，你還不知罪麽？〔焦贊跪科。白〕元帥，我取的原是金刀，都是仙師的柴手一指，連寶刀也變了木柴了。〔德昭、楊景白〕你自己得罪，倒怪仙師。〔鍾離道人白〕妖道弄術欺人，焦將軍凡夫俗眼，焉能識得真假，恕他無罪。〔德昭、楊景白〕仙師饒你，起來。〔焦贊起科。白〕多謝仙師。〔楊景白〕請問仙師，究竟真神鋒在何處？誰能去取？〔鍾離道人白〕真的在蕭氏營中，孟良能取。〔楊景白〕多謝指示，孟良聽令。〔孟良應科。楊景白〕真神鋒現在蕭氏營中，你可敢去取？〔孟良白〕孟良敢去。〔楊景白〕可用人馬幫助？〔孟良白〕元帥，俺孟良呵——〔唱〕

【仙呂宮集曲·皂花鶯】【皂羅袍】（首至三）用智何須兵調(韻)，俺一生勇悍(讀)，膽把身包(韻)，待初更闖入虎狼巢(韻)。〔德昭、楊景白〕身入重地，須要小心。〔孟良唱〕【水紅花】（五至八）免心焦(韻)，俺有全身之道(韻)，此一去寶物回獻(句)，方顯是英豪(韻)。〔焦贊白〕只怕未必。〔孟良唱〕【黄鶯兒】（八至末）咱不似你(句)，盜塊木頭交(韻)。〔從下場門下。焦贊白〕又被他嘲笑了去了。仙師，孟良去可能成功？〔鍾離道人白〕他去必定成功。只是到手之後，必有追兵，元帥可令呼延赤金前去接應。〔唱〕

【仙呂宮集曲·羅袍帶封書】【皂羅袍】（首至合）要把芳心來挑(韻)，頓教他想起(讀)，舊恨難消(韻)，秋波含淚斬英豪(韻)，金鎗始此收來到(韻)。〔德昭等同白〕仙師之話，我等不明白。〔鍾離道人白〕待赤金成功回來，自然明白。〔楊景白〕接應之兵幾時去？〔鍾離道人白〕二更起身，往東十里外，伏兵接應。〔楊景白〕宗保，去傳與你嬸母，領兵三千，二更起身，往東十里外伏兵，接應孟良。〔德昭等起，隨撤椅科。德昭、楊景唱〕【一封書】（合至末）向東郊㊞，偃旌旄㊞，截戰追兵語記牢㊞。〔楊宗保應科，從上場門下。德昭白〕仙師請。〔同從下場門下〕

第八齣　先尋南將智猶深（蕭豪韻）

〔浄扮孟良，戴額勒特帽，穿外番衣，繫鑾帶，帶令旗，從上場門上，作四望科。唱〕

【仙呂宮集曲・醉羅袍】【醉扶歸】（首至合）巧慧巧慧心空竅（韻），即溜即溜體輕趫（韻），要入蕭營故裝喬（韻），計較多奇巧（韻）。〔白〕俺奉令到蕭氏大營，盜取神鋒。我想此事，説之甚易，行之甚難。〔作仰天歎科。白〕老天，保佑我尋見四郎，事有九分。若尋不見，這就難以成功了。我今裝扮遼家探子，闖入他營中，見機行事。〔唱〕【皂羅袍】（合至末）身充探報（韻），假將令繳（韻）。〔作愁歎科。唱〕惟愁容貌（韻），遼人見過數遭（韻），咱行盜馬人人曉（韻）。〔從下場門下。内打初更科。雜扮遼兵，各戴額勒特帽，穿外番衣，執燈籠。雜扮遼將，各戴盔襯、狐尾、雉翎，穿打仗甲，佩腰刀。引生扮楊貴，戴盔、狐尾，穿氅，從上場門上。楊貴唱〕

【仙呂宮集曲・醉羅歌】【醉扶歸】（首至五）早則早則初更了（韻），營寨營寨静悄悄（韻），護警嚴巡視週遭（韻）。〔白〕將士退後。〔衆應科。楊貴白〕昨日，我八郎兄弟與青蓮郡主，自臨潢府徵召到此。今早在宴上，不好説話。纔要到東營探望，娘娘又傳下令來，道嚴洞賓獻到宗保所用九環神鋒，收藏在營，恐宋將前來盜取，命我巡查各門將士，嚴加防守。我想姪兒失了神鋒，必竟獲罪非輕，好不愁悶人也。過來。〔遼兵、遼將應科。楊貴白〕隨我巡視走遭。〔唱〕一心兩地愁懷抱(韻)，因親關己費推敲(韻)。〔從下場門下。孟良從上場門上。唱〕【皂羅袍】(四至八)臨深履薄虛心蹈(韻)，俺偷窺偷覷(句)，聲悄步悄(韻)，潛蹤躡跡(句)，欲趨又逃(韻)。〔白〕並非英雄膽怯，因遼兵一半認識俺面貌，倘然識破，關係非輕。但願無人看見，溜了進去，巧巧的就遇見四郎，這纔是天從人願哩。〔唱〕【排歌四】(至末句)蹲身小步輕輕造(韻)，〔合〕伸頭探(句)，瞪眼瞧(韻)，暗中恐有夜巡僚(韻)。鶴行走(句)，捕鼠貓(韻)，幾番回首向前跑(韻)。〔遼將從下場門上。同白〕什麼人闖進營來，東窺西望？〔孟良白〕我是報事的。〔一遼將白〕看其形像可疑，綁去見郡馬爺。〔作綁孟良，向下請科。白〕郡馬爺有請。〔遼兵引楊貴從下場門下。楊貴白〕什麼事情？〔一遼將禀科。白〕小將們拏住個闖營細作在此。〔楊貴白〕帶過來。〔遼將等應科。孟良白〕報，小的探子回來見爺。〔楊貴白〕待我來看。〔作認科。孟良白〕探子。〔楊貴白〕可不是我的探子麽？〔孟良白〕必必真真是郡馬爺的探子。打聽機密事回來，他們不問青紅皂白，就綁起來了。〔楊貴白〕你們擅敢綁我差人，該打。〔遼將白〕小將們不曾見過這樣探子，只當是宋營扮來的細作。〔楊貴白〕多講，放了綁。〔遼將應，作放綁科。楊貴白〕探子張燈，隨我歸帳，將軍情一一細禀。〔孟良應，作接燈科。楊貴白〕爾等歇息去罷。〔遼兵、遼將白〕多謝郡馬爺。〔從下場門下。孟良白〕孟良幸虧遇見哥哥。〔楊貴急止科。白〕禁聲。這裏不是講話之處，隨我營中去。〔孟良白〕哥哥，這燈吹滅了罷。〔楊貴白〕想得是。〔孟良作吹燈，同行科。楊貴白〕探子，我命你打聽軍情，怎麽樣了？〔孟良白〕探子打聽明白了。〔楊貴白〕隨我回營，細細禀上來。〔孟良白〕得令。〔作笑科，楊貴急作掩口科。孟良白〕出神了，走。〔同從下場門下〕

第九齣　恩愛重夫唱婦隨（蕭豪韻）

〔旦扮耶律瓊娥，戴七星額、鸚哥毛尾、雉翎，內穿緊身，繫腰裙，罩氅，從上場門上。唱〕

【仙呂宮集曲·桂花徧南枝】【桂枝香】（首至六）夫妻歡好（韻），他鎮日愁縈懷抱（韻），他心報宋思親（句），又想結髮年少（韻）。〔作悶歎科。唱〕若同歸宋國（句），若同歸宋國（疊），【鎖南枝】（四至末）前妻不肯謙卑（句），要奴服低還服小（韻）。〔合〕從古來（句），說得好（韻），要家和（句），還是大敬小（韻）。〔場上設椅，轉場坐科。白〕俺乃耶律瓊娥是也。雖然錯招楊四郎爲壻，夫婦情諧，如鼓琴瑟。只是他長懷報宋之恩，思歸之念，惓惓未息。這兩日一發長吁短歎，不知有甚疑難之處，再三問他，又不肯直說。昨日青蓮妹子與他郡馬王英，自臨潢到此。今早母后，命俺與郡馬去陪宴。方纔回營，與四郎說起話來，方知王英乃我郡馬之弟楊順。事已到此，且不必明言，日後再作道理。郡馬巡營去了，怎麼還不回來？〔生扮楊貴，戴盔、狐尾，穿氅。引浄扮孟良，戴額勒特帽，穿外番衣，繫鸞帶，帶令旗，從上場門上。楊貴白〕探子，隨我來。〔孟良白〕郡馬爺請。〔楊貴白〕住了，待我先看看，可有娘娘親隨在內。〔作進門看科。耶律瓊娥白〕就有我母后親隨在此，難道你怕麼？〔楊貴白〕被你聽見了。我是不怕，有個人怕嗄。〔耶律瓊娥白〕必是令弟八郎。〔楊貴白〕非也。〔作出門喚科。白〕探子進來。〔孟良應，作進見科。白〕郡主，探子見。〔耶律瓊娥白〕所報何事，起來講。〔孟良起科。白〕報報這個……〔耶律瓊娥作驚異科。白〕住了，你不是探子，你叫這個——〔楊貴白〕孟良。〔耶律瓊娥白〕是嗄，孟將軍，你夤夜私闖我營，必有緊要。〔楊貴白〕你説。〔孟良白〕郡主不好了。〔唱〕

【仙呂宮集曲・桂皂傍粧臺】【桂枝香】（首至四）因你姪兒宗保(韻)，少年無料(韻)，未防妖道謀高(韻)，欽賜神鋒失了(韻)。〔耶律瓊娥白〕那嚴洞賓獻來的神鋒，就是姪兒宗保的？〔孟良白〕正是。〔耶律瓊娥白〕失了神鋒，宗保必然問罪。〔楊貴白〕自然要問罪了。〔孟良背科。白〕唬他們一唬。〔轉科。白〕可不是麽，元帥説陣上失了御賜九環神鋒，其罪難免，即命推出轅門斬首。〔楊貴、耶律瓊娥作驚科。白〕怎麽説？〔孟良白〕示衆。〔楊貴、耶律瓊娥白〕已經斬了麽？〔孟良背科。白〕有意思。〔楊貴、耶律瓊娥白〕問你已將宗保斬了麽？〔孟良轉科。白〕這個——〔楊貴、耶律瓊娥白〕怎麽樣？〔孟良白〕不曾，不曾。〔楊貴、耶律瓊娥白〕還好。〔孟良白〕什麽還好，虧了衆將再三討饒，孟良許了三日盜還神鋒。〔楊貴、耶律瓊娥白〕三日没有？〔孟良白〕三日没有。郡馬，郡主。連孟良一併斬首。〔唱〕【皂羅袍】（七至八）元戎令出(句)，軍法難饒(韻)。〔白〕郡馬，郡主。〔唱〕【傍粧臺】（末）開恩設法救吾曹(韻)。〔作跪科。楊貴白〕請起。〔耶律瓊娥白〕呀。〔楊貴同唱〕

【仙呂宮集曲・風入三松】【風入松】（首至合）聽言頓覺好心焦(韻)，令人意亂神摇(韻)。〔孟良白〕求郡馬救我二人之命。〔楊貴白〕你教我有何方法？〔唱〕何能解救徒哀告(韻)，你教我有何計妙(韻)。〔孟良唱〕【急三鎗】〔四至合〕要伊行(句)，求郡主(讀)，全生道(韻)。〔白〕附耳過來。〔作附耳科。唱〕【風入松合至末】欲成功須他代勞(韻)。〔楊貴白〕怎麼樣？〔孟良唱〕早些去盜金刀(韻)。〔楊貴白〕要我求郡主去盜金刀？〔耶律瓊娥急止科。白〕禁聲。〔作四望科。白〕好孟良，又把這樣事來刁難我。〔唱〕

【仙吕宫集曲·江水撥棹】【江兒水】〔首至合〕不記驌驦事(句)，擔驚受你挑(韻)，槽邊嚇得奴心跳(韻)。今番又要神鋒盜(韻)，功名事業伊家要(韻)，害我順壻欺娘不孝(韻)。〔楊貴白〕自古女生外向嗄。〔孟良白〕況且爲你姪兒。〔耶律瓊娥白〕你也敢説。〔楊貴白〕郡主，今晚盜刀是大陰功。〔耶律瓊娥白〕什麼陰功？〔楊貴白〕一救兩命。〔孟良白〕不錯，救人一命，勝造七級浮屠。如今郡主一救兩命，是……〔耶律瓊娥白〕怎麼樣？〔孟良白〕勝造個十四級浮屠大陰功。〔耶律瓊娥作怨科。唱〕【川撥棹】〔合至末〕這陰功事徒勞(韻)，勝七級也不勞(韻)。〔楊貴白〕完了。〔孟良白〕郡主是極好説話的，今日是爲何嗄？〔耶律瓊娥白〕郡馬，他不知罷了，連你也不知麼？金刀藏在我母親帳中，你們教我去取，請教怎麼樣個取法？〔楊貴白〕這便怎麼處？〔孟良白〕郡馬，今夜若不得金刀回去，我與你姪兒明日決不能生矣。我是罷了，也不替你姪兒求一求，好很心嗄。〔楊貴白〕郡主，我與你夫妻一場，忍教我姪兒一死，你好很心嗄。〔耶律瓊娥白〕郡馬，我既嫁楊門，豈不願保全楊門之後？只是金刀在母后帳中，如何下手？〔作坐科。孟良白〕完了，郡主不能，孟良尤其不能了。郡馬，你姪兒之命無救了。〔楊貴白〕罷，爲救姪兒，無法可施，只得下個全禮罷。〔作跪科。孟良白〕我也下個全禮。〔同作跪科。耶律瓊娥白〕起來，起來。〔楊貴、孟良白〕郡主應了，纔起來。〔耶律瓊娥白〕我應就是了，起來。〔楊貴、孟良同起科。白〕多謝。〔耶律瓊娥作起，隨撤椅科。耶律瓊娥白〕你們逼我應承，再不想何法去取。〔唱〕

【仙呂宮集曲·江水遶園林】【江兒水】（首至合）急得奴心亂（句），教人五内焦（韻），躊躇搔首無其妙（韻）。〔内打二更科。楊貴白〕二更了。〔孟良白〕五更不回，就了不得了。〔楊貴白〕郡主，快些去罷。〔耶律瓊娥白〕罷，奴家拚得事露，曲從郡馬之命，救你二人之命，成與不成，聽從天命便了。〔唱〕天留二命成功到（韻），應教事絶也難違拗（韻）。〔白〕罷。〔作卸鼇科。唱〕勉把夫情恩報（韻）。〔白〕我就去也。〔楊貴白〕多謝郡主。〔孟良白〕郡主請轉，我在那裏伺候？〔耶律瓊娥白〕你與郡馬就在這裏等候。〔孟良白〕知道了。〔楊貴作扯衣科。白〕郡主小心些。〔耶律瓊娥作唾科。白〕不勞吩咐。〔從下場門下。楊貴作歎科。白〕郡主去便去了，我倒有些——〔孟良白〕不放心？〔楊貴白〕非但不放心，亦且見憐，天下那有這樣賢惠之女？〔孟良白〕實所罕見。〔楊貴白〕但願蒼天默佑，成功纔好。〔孟良同唱〕【園林好】（合至末）此去無些阻早回交（韻），心懸念望凝勞（韻）。〔同從下場門下〕

第十齣　夢寐酣帳空刀失（庚青韻）

〔內打二更。旦扮耶律瓊娥，戴七星額、鸚哥毛尾，穿緊身，繫腰裙，從上場門上。唱〕

【黃鐘調合套・醉花陰】一步挪來三思省（韻），順夫君逆親短行（韻）。偏奴是遼國女嫁了宋家卿（韻），這其間忠孝難評（韻），想到此眉黛鎖寸衷哽（韻）。〔白〕想俺國稱兵幾載，實係逆天抗宋，我今順夫，即爲順天也。〔唱〕俺只得嫁鷄逐鷄鳴（韻），這的是順天心從夫命（韻）。〔從下場門下。小生扮楊順，戴盔、狐尾，穿氅，持燈籠，從上場門上。唱〕

【黃鐘宮合套・畫眉序】手足義關情（韻），幾載睽違慕思省（韻）。〔作四顧科。白〕俺乃楊八郎，自那年在勾注山被擒，改名王英，假意投降，指望後圖內應。誰料送我到臨潢府，將青蓮郡主招贅，羈身難脱。今喜召我二人軍營聽調，今日在筵席上見我四哥哥，彼此顧目，不敢接談。今將夜半，郡主已歸後帳，爲此悄地往西營探望我哥哥，不免快些前去。〔耶律青蓮內白〕郡馬那裏去？〔楊順恨科。白〕惹厭，偏偏又被他知道了。〔旦扮耶律青蓮，戴七星額、鸚哥毛尾、雉翎，穿氅，從上場門上。白〕郡馬，半夜三更，獨自往那裏去？〔楊順白〕我到西營探親。〔耶律青蓮白〕西營？有你什麽親？〔楊順白〕那西營的木郡馬——〔耶律青蓮白〕是你什麼親？〔楊順白〕是我連襟，是你姐夫，可是該看的？〔唱〕探西營親戚讀，你暫待東營韻。〔白〕請回罷。〔耶律青蓮白〕我正要去看姐姐，和你同去走遭。〔楊順白〕你去，我不去了。〔耶律青蓮白〕爲何？〔楊順白〕早不去，遲不去，恰恰我去你也去。害羞，不去了。〔耶律青蓮白〕怕什麼？快走。〔作扯楊順走科。唱〕好連袂同視連襟句。〔楊順白〕要去，你自己去。〔耶律青蓮唱〕走不慣生疎營徑韻。〔楊順白〕放手，放手。〔雜扮一遼將，戴盔襯、狐尾、雉翎，穿打仗甲，捧九環金刀，從上場門急上。白〕親奉嚴嚴令，吾當緊緊行。什麼人？〔耶律青蓮作鬆手科。白〕是我們。〔遼將白〕原來是郡主、郡馬，恕小將失於迴避。〔耶律青蓮白〕手持兵器，忙碌碌那裏去？〔遼將白〕這就是楊宗保的九環神鋒。〔楊順白〕九環神鋒？取來我看。〔作接刀細看科。白〕好寶刀。我且問你，既是楊宗保所用之刀，緣何得到此處？〔遼將白〕嚴軍師攝來獻與娘娘，又恐宋將前來盜取，命小將交與副元帥師蓋，明日五更，送到臨潢府，爲鎮國之寶。〔楊順白〕原來如此，就交與我罷。〔遼將作奪刀科。白〕没有娘娘旨意，小將不敢自專，小將告辭。〔從下場門下。楊順白〕好神鋒嗄，好神鋒。〔耶律青蓮白〕郡馬見了神鋒，甚有羨慕之意。〔楊順白〕爲大將者，誰不愛此寶刀？〔耶律青蓮白〕也説得是，走罷。〔唱合〕急趨親探舒情分句，敘別後幾年凄景韻。〔耶律青蓮從下場門下。楊順白〕不想先父寶刀落於他們之手，少間與哥哥商議——〔耶律青蓮内白〕郡馬。〔楊順白〕來了。商議奪取。〔從下場門下。耶律瓊娥從上場門上。唱〕

【黄鐘調合套・喜遷鶯】走不了西營途徑(韻)，走不了西營途徑(疊)，急煎煎盼母中營(韻)，心也波怦(韻)。俺這裏滿胸急拯(韻)，況有個將軍立等行(韻)，盼穿了夫壻睛(韻)。〔耶律青蓮從上場門悄上，作竊聽科。楊順持燈籠追上，耶律青蓮急轉身吹滅燈科。楊順白〕是那個？〔耶律青蓮急掩口，附耳科。耶律瓊娥白〕我今到母親營中，盜取金刀，一來救姪兒宗保，二來可免四郎憂慮。〔唱〕天從人得金刀除災救眚(韻)，我只得闖入娘營(韻)，我只得闖入娘營(疊)。〔耶律青蓮作佯嗽科，耶律瓊娥作驚，急回身科。白〕那個嗄？〔耶律青蓮白〕好嗄。〔楊順白〕果然好。〔耶律青蓮白〕你要闖入母親營中，盜取金刀？〔耶律瓊娥作驚科，楊順急掩口科。白〕禁聲。〔耶律瓊娥白〕妹子，敢是你聽錯了，我去看守金刀，恐人盜去。〔楊順白〕不差，是這樣説的。〔耶律青蓮作唾面科。白〕與你何干？〔楊順白〕竟有相干，是你聽錯了。〔耶律青蓮白〕聽錯了？ 他要盜取金刀，救他姪兒楊宗保。 又説什麼四郎，一定你與楊家暗裏勾通，欲謀我國。〔耶律瓊娥白〕俱是骨肉至親，怎麼這般血口噴人？〔耶律青蓮白〕你與楊家是骨肉至親，所以背逆盜刀，同你去見母親。〔耶律瓊娥白〕住了，難道你與楊家不是骨肉至親？〔耶律青蓮冷笑科。白〕可笑，我與楊家一些相干也没有。〔楊順白〕欠通，不成話了。〔耶律瓊娥冷笑科。白〕好個没相干。〔耶律青蓮白〕其實没相干，不像你丈夫是楊四郎。〔耶律瓊娥白〕偏你丈夫不是楊八郎。〔楊順白〕説破。〔耶律青蓮作驚科。白〕你是那個？〔楊順白〕我嗄，是你丈夫楊八郎。楊順，就是在下。〔耶律青蓮作驚呆科。耶律瓊娥白〕看你還嘴硬。〔耶律青蓮白〕噫，好很心的，瞞得我好。隨我回營，細細説與我知道。〔作扯楊順從上場門下。耶律瓊娥白〕若非我道破八郎之事，這妮子必要見我母親，如今不怕他了。快往中營，盜刀要緊。〔楊順從上場門急上。白〕郡主慢行，我有話告訴你。〔耶律瓊娥轉科。白〕快講。〔楊順白〕蒙郡主救我姪兒，感激不盡。只是金刀，娘娘已差人送到師蓋營中，不在娘娘處了。快往師蓋營中去罷。〔耶律瓊娥白〕知道了。〔楊順白〕轉來，我先回營，説明此事，還來助你，我去也。〔仍從上場門下。耶律瓊娥白〕若不虧他送信，難免徒勞往返。〔内打三更科。耶律瓊娥白〕你聽三鼓了，我今急急到師蓋營中去者。〔作急走絆跌，叫苦起科，從下場門下。場上設牀帳，牀前設刀架。左側設書桌，置燈。右側設桌椅。雜扮遼將，各戴盔襯、狐尾、雉翎，穿打仗甲。引浄扮師蓋，戴外國帽、狐尾、雉翎，紥靠，持九環金刀，從上場門上。師蓋唱〕

【黄鐘宫合套·畫眉序】秉燭已三更(韻)，守護神鋒夜深静(韻)，這重營密佈(讀)，欲進難行(韻)。〔白〕方纔娘娘發下九環神鋒，恐怕宋將盜竊，教我小心護守一夜。明日五鼓，命本帥親自送到臨潢府鎮國。我想守至三更，剩了半夜工夫，那裏還有宋將來盜取？將金刀插在牀頭架上。〔一遼將應，作接刀插架科。師蓋白〕你們迴避。〔遼將應，從兩場門下。師蓋白〕俺身子困倦，且睡一覺，五更好起程。〔作關門科。唱〕偃匡牀氣息神凝(韻)，營門外士卒巡警(韻)。〔合〕此時料也無人到(句)，且暫睡五更宣令(韻)。〔作入帳睡科。雜扮遼兵，各戴額勒特帽，穿外番衣，追耶律瓊娥從上場門上。耶律瓊娥急作藏隱科。遼兵白〕快趕上，拿住他。〔一遼兵白〕明明見一人闖進營門，怎麽不見了？〔衆白〕只怕你看得眼花了，那裏有什麼人？元帥已歸帳安寢，不要驚動他，我們也好打個盹兒去。〔虛白，仍從上場門下。耶律瓊娥作窺探科。白〕唬死我也。我見無人看守，便悄悄挨進營門，那知軍士暗中看見，虧我身子即溜，藏過了。若被看破，將何言答對。方纔他們説，師蓋已歸後帳安寢，不免悄悄挨身而進，盜取金刀便了。〔唱〕

【黄鐘調合套・出隊子】虧得俺騰挪使勁(韻)，善行步掌中舞飛燕輕(韻)。恰喜咱步逡巡(讀)，藏避悄無聲(韻)，怎知俺俏身兒黑暗等(韻)。〔白〕來此已是後帳門首。〔作窺探科，師蓋作鼾齁聲。耶律瓊娥白〕呀，桌上燈燭輝煌，帳中鼻息如雷，他已睡熟，待我來。〔作撥門，挨身進科。白〕呀，靠著牀頭，不是金刀麼？待我蹲身而取。〔作欲取刀，師蓋咳嗽科。耶律瓊娥作急退，出門科。白〕呀，他睡還未沉，倘然驚醒，被他看出不便。有了。〔唱〕吹滅了這燈兒不見形(韻)。〔作進門吹燈，移椅，取刀欲出門科。師蓋白〕有賊。〔耶律瓊娥閃出門，師蓋起趕，作撞椅絆倒科。耶律瓊娥作驚跌科。師蓋白〕好埋伏。〔耶律瓊娥急起，從下場門下。師蓋起，向刀架摸科。白〕不好了，他把燈兒吹滅，將神鋒盜去了。但不知是何等之人，待俺趕上擒來。〔作取劍，隨撤牀帳、桌椅等科。師蓋唱〕

【黄鐘宮合套・滴溜子】偶一霎(句)神疲(句)，暫眠養靜(韻)。被穿窬(句)賊將(句)，闖營入徑(韻)，九環(讀)，錚錚響應(韻)。〔合〕神魂睡未沉(句)，忽然被驚醒(韻)，早滅燈兒(讀)，神鋒無影(韻)。〔從下場門下。內打四更。耶律瓊娥持刀從上場門上。唱〕

【黄鐘調合套・刮地風】噯呀，禁不住膚慄身篩手戰生(韻)，九環的亂響玎玎(韻)。那裏曉大元戎睡未昏沉定(韻)，早把他好夢驚醒(韻)。聽帳兒中(讀)，吆喝聲雄勁(韻)，越覺的膽戰心驚(韻)。〔師蓋内白〕偷刀賊，那裏走？〔耶律瓊娥白〕不好了。〔唱〕恁看他奔營南(讀)，撇寨北，追得無處潛行(韻)。〔作絆跌，叫苦科。唱〕俺則怕形蹤露(句)，名姓知(句)，卻向他答對何情(韻)。〔白〕他緊緊趕來，天嗄，我今只要逃出他營門就好了。〔唱〕望營門急急趨途徑(韻)，我怕怕驚聞守户兵(韻)，怕驚聞守户兵(疊)。〔從下場門下。師蓋從上場門上。唱〕

【黄鐘宫合套・鬬雙鷄】接踵追拏(句)，逐風撲影(韻)，失神鋒難罪請(韻)，罪把偷安領(韻)。〔合〕娘娘嚴令(韻)，守金刀要護警(韻)。〔從下場門下。耶律瓊娥從上場門上。唱〕

【黄鐘調合套・四門子】俺便有移山倒海神通逞(韻)，終是個嬌怯娉婷(韻)，步行又疾(句)，力怯怎憑(韻)，早不覺秋波眩的金花迸(韻)。〔師蓋内白〕守門軍士，快快閉上營門，不許放走偷刀賊。〔耶律瓊娥作驚科。白〕呀。〔唱〕嚴嚴令行(韻)，緊緊閉營(韻)，呀四下裏衆軍聲應(韻)。〔遼兵從上場門上。同白〕快閉營門，拏偷刀賊。〔耶律瓊娥急跑，作出門科，從下場門下。遼兵作關門科。師蓋從上場門追上，遼兵作拏師蓋科。遼兵白〕那裏走？　拏住了。〔師蓋白〕放手。〔遼兵白〕拏還拏不來，那肯放你？　綁了，去見元帥。〔師蓋白〕住了，你們把盜刀賊放走，倒來拏本帥。〔遼兵認看，跪科。白〕元帥，這樣月黑天氣，那裏認得出？〔師蓋白〕你們快傳劉將軍，帶領本部人馬，前來聽令。〔遼兵應科，仍從上場門下。師蓋

白〕若不拏住此賊，吾罪不小，待我緊緊趕上。〔唱〕

【黃鐘宫合套・鮑老催】甚賊技能(韻)，吹燈堵户奇智生(韻)，害吾失守罪不輕(韻)。虎步兒(句)，忙追奔(句)，尋蹤影(韻)。〔楊順從上場門上。白〕事不關心，關心者亂。〔作撞見科。白〕那個？〔師蓋白〕你是那個？〔楊順白〕王郡馬。〔師蓋白〕原來是郡馬，請了。〔楊順作扯住科。白〕元帥那裏去？〔師蓋白〕金刀被人盜去，在此趕他。〔楊順白〕好了。〔師蓋白〕什麼好了？〔楊順白〕不好了。〔師蓋白〕閃開，待我趕上去。〔楊順作攔科。白〕請問元帥，盜刀的是什麼人？〔師蓋白〕自然是宋將，讓我快趕。〔楊順白〕且慢。請問元帥，可認得他？〔師蓋白〕我那裏認得？閃開。〔楊順白〕問明白了，一同追趕如何？〔師蓋白〕再問一回，他去遠了。〔楊順白〕不妨，他去遠了，騎上馬，一趕便趕上了。〔師蓋白〕放手。〔唱〕吾心紊亂難言禀(叶)。〔楊順白〕等我備馬去。〔師蓋唱〕咱心著急休教等(韻)。〔白〕放手。〔唱合〕我忙尋去，他偏纏定(韻)。〔白〕放手。〔楊順白〕與你一同追趕。〔同從下場門下。耶律瓊娥從上場門上。白〕趕壞了，趕壞了。〔唱〕

【黃鐘調合套・古水仙子】呀呀呀(格)，緊趕行(韻)，呀呀呀緊趕行(疊)，我闖闖闖(格)，闖出了鐵壁銅牆虎豹營(韻)。〔師蓋内白〕郡馬放手。〔耶律瓊娥從下場門急下。楊順扯住師蓋，從上場門上。楊順白〕元帥慢些走，我走不動了。〔師蓋白〕要趕快些趕，都像郡馬這樣走法，竟不是趕。〔楊順白〕是什麼？〔師蓋白〕安心放他了嗄。〔楊順白〕回去備了馬，來趕罷。〔師蓋作唖科，從下場門下。楊順笑科，追下。内打四更。生扮楊貴，戴盔、狐尾，穿氅。浄扮孟良，戴額勒特帽，穿外番衣，繫鸞帶，帶令旗，執馬鞭。同從上場門上。楊貴白〕探子，牽了馬，隨我巡營。〔孟良作應科。楊貴白〕將近五更，郡主怎麼還不回來？〔孟良白〕我們迎上去。〔耶律瓊娥從上場門急上，作跌倒科。楊貴白〕郡主看仔細。〔作扶起科，孟良取刀科。白〕神鋒有了。〔作笑科。楊貴白〕郡主辛苦了。〔耶律瓊娥白〕爲了你姪兒是——〔唱〕準準準(格)，捏著汗一夜辛勤(句)，苦苦苦(格)，擔著怕驚魂無定(韻)。怕怕怕(格)，怕元戎追逼來怎支撑(韻)，受受受(格)，受臣僚譏詈只得忍辱吞聲(韻)。〔楊貴白〕郡主受這一夜苦楚驚險，一則盡忠於宋，二來救活兩人性命。〔孟良白〕此恩此德，感激不盡。〔楊順内白〕元帥，我們快趕。〔耶律瓊娥白〕師蓋趕來了。〔楊貴白〕將軍，快上馬去罷。〔孟良白〕多謝郡主，俺去也。〔作乘馬提刀，從下場門下。師蓋、楊順從上場門上。師蓋白〕郡馬快走。〔楊順白〕元帥趕嗄。〔楊貴白〕住了，元帥那裏去？〔師蓋白〕爲趕盜刀之人，郡主、郡馬那裏去？〔楊貴白〕奉命巡夜。〔師蓋白〕巡夜，可曾見盜刀賊？〔楊貴白〕金刀不見了？〔師蓋白〕正是。〔楊貴白〕只怕此人去遠了。〔雜扮遼兵，各戴額勒特帽，穿外番衣，持兵器。雜扮遼將，各戴盔襯、狐尾、雉翎，穿打仗甲，持兵器。引浄扮劉子喻，戴紥巾額，狐尾，雉翎，紥靠，持金鎗。從上場門上。劉子喻白〕帳裏元戎令，迅速似雷霆。〔作見科。白〕元帥。〔師蓋白〕不必下馬，快向宋營，一路追擒盜刀賊。若趕不上，軍法施行。〔劉子喻應科，欲走。楊順白〕將軍請轉，趕不上，軍法施行。〔師蓋白〕快去。〔楊貴白〕將軍你須要快趕。〔劉子喻白〕小將馬快。〔耶律瓊娥白〕將軍轉來。〔劉子喻白〕又是什麼？〔耶律瓊娥白〕神鋒乃娘娘至寶，務要奪回纔好。〔劉子喻應科。師蓋白〕不用説了，快趕。〔遼兵遼將引劉子喻從下場門下。楊順、楊貴白〕將軍回來。〔師蓋白〕讓他去罷。〔楊順白〕元帥，可虧我幫你趕。〔師蓋白〕都是你耽擱工夫，不然趕上了，還説虧你。〔仍從上場門下。楊順白〕哥哥，若不是小弟扯住他，早被趕上了。〔耶律瓊娥白〕多謝了。〔楊貴白〕請到營中敘談。〔楊順白〕本欲敘談，你小姨還等盜刀之回信，我去了。〔仍從上場門下。楊貴白〕難得姐妹都是賢惠的，郡主，著實累及你了。〔耶律瓊娥歎科。唱〕我念念念念(格)，念夫妻數載的美恩情(韻)，救救救(格)，救得你(讀)小姪殘生命(韻)，使使使(格)，使得奴(讀)力盡與身疼(韻)。〔楊貴白〕待小將扶你回營去罷。〔作扶瓊娥從下場門下。劉子喻內白〕盜刀賊休走。〔孟良從上場門急上。白〕不好了，不好了，後面無數人馬追來，這便怎麼處？〔劉子喻從上場門上。白〕盜刀賊，留下神鋒，饒你性命。〔孟良白〕你要留下神鋒，問俺神鋒可肯留下？看刀。〔作戰科。遼兵遼將從上場門上，作圍困科。孟良作突圍，從下場門下。衆白〕走了。〔劉子喻白〕衆兒郎，緊緊趕上奪回者。〔衆應科，同從下場門下。孟良從上場門急上。唱〕

【黄鐘宫合套·雙聲子】强梁逞(韻)，强梁逞(疊)，竟逐後來俄頃(韻)。怎決勝(韻)，怎決勝(疊)，忙策騎須馳騁(韻)。寡敵盛(韻)，難支撑(韻)，〔合〕疾疾敗走(讀)，逞甚英名(韻)。〔遼兵、遼將、劉子喻從上場門追上，作戰科，孟良從下場門敗下。劉子喻白〕今番看你逃到那裏去？〔唱〕

【煞尾】展俺雄威金鎗秉(韻)，奉嚴宣怎讓逃生(韻)？重奪那(讀)，大神鋒功勳請(韻)。〔同從下場門下〕

第十一齣　假豈混真終受戮（蕭豪韻）

〔内打五更。浄扮孟良，戴額勒特帽，穿外番衣，繫鸞帶，帶令旗，持九環金刀，從上場門上。唱〕

【仙吕宫正曲・皂羅袍】早向林中環繞（韻），效曹瞞三匝（讀），遶樹身逃（韻）。那怕英雄賽馬超（韻），前籌借箸伊怎曉（韻）？〔合〕天還昏黑（句），如何戰鏖（韻），望營何處（句），路兒又遥（韻），心慌怕奪神鋒寶（韻）。〔雜扮遼兵，各戴額勒特帽，穿外番衣，持兵器。雜扮遼將，各戴盔襯、狐尾、雉翎，穿打仗甲，持兵器。浄扮劉子喻，戴紥巾額、狐尾、雉翎，紥靠，持金鎗。從上場門追上，作戰科。孟良從下場門敗下，劉子喻等追下。雜扮健軍，各戴馬夫巾，穿採蓮襖卒褂，背絲縧，持兵器。雜扮將官，各戴馬夫巾，紥額，穿打仗甲，持兵器。引旦扮呼延赤金，戴七星額，紥靠，背令旗，佩劍，持鎗，從上場門上，遶場科。同唱〕

【又一體】五令三申差調（韻），三千豪俊（讀），一個妖嬈（韻）。十里來接九環刀（韻），二更拯援四更到（韻）。〔孟良從上場門上。唱合〕天還昏黑（句），如何戰鏖（韻），望營何處（句），路兒又遥（韻），心慌怕奪神鋒寶（韻）。〔呼延赤金白〕來的可是孟將軍？〔孟良白〕好像赤金夫人的聲音，可是赤金夫人接應之兵？〔呼延赤金白〕元帥命我在這樹林中等候，果然等著了。〔孟良白〕多謝，多謝。追兵來也，俺先回營繳令，你可截住他。〔呼延赤金白〕將軍先請，追兵奴自擋之。〔孟良白〕俺去也。〔從下場門下。呼延赤金白〕將士們，埋伏截戰者。〔衆應，作埋伏科，隨呼延赤金從下場門下。遼兵遼將引劉子喻從上場門上，遶場科。同唱〕

【仙呂宮正曲・好姐姐】仗著(韻)昏沉未曉(韻)，繞深林潛蹤脱套(韻)。〔劉子喻白〕這厮仗著微月昏沉，盤繞樹林走脱，教俺如何回去繳令？〔作急科。唱〕諄諄將令(讀)，失律怎回交(韻)？〔合〕心急躁(韻)，神鋒追奪承差調(韻)，被他遶樹穿林早遁逃(韻)。〔健軍、將官隨呼延赤金從下場門上。呼延赤金白〕追兵休得近前。〔遼兵、遼將同白〕有伏兵截路。〔劉子喻白〕領兵者何人？〔呼延赤金白〕俺乃楊七將軍夫人呼延赤金是也。〔劉子喻背白〕原來是楊希之妻，妙哉。爾等退後，俺有法擒他。〔遼兵、遼將應科。呼延赤金白〕不見動静，想是退去了，待我來看。〔劉子喻作近前喚科。白〕我的夫人，你丈夫七郎在此。〔呼延赤金作驚視科。白〕果是七郎。〔作退避科。白〕我那七郎嗄，你怎麼在此出現唬我？〔劉子喻白〕不要怕，我保護那盜取神鋒的到此，逐退追兵，知你在此接應，特地來看你。教那盜刀的來見我。〔呼延赤金白〕真個是七郎？〔劉子喻白〕真個。〔呼延赤金白〕待我再認一認。〔作認驚異科。白〕呀。〔唱〕

【又一體】蹊蹺(韻)，一般容貌(韻)，憶先夫心酸悲悼(韻)。見鞍思馬(讀)，使奴珠淚拋(韻)。〔劉子喻背白〕將士們，被俺哄信了，乘虛一齊動手。〔呼延赤金白〕住了，你既是七郎陰靈，那些都是什麼人？

〔劉子喻白〕護從陰兵。〔將官白〕夫人小心，恐其有詐。〔呼延赤金白〕是嘎。〔唱合〕形雖肖(韻)，其間真假難猜料(韻)，不決狐疑意亂擾(韻)。〔白〕住了，你到底是人是鬼？ 是真是假？ 快説實話，不然就是一鎗。〔劉子喻急架科。白〕住了，自己丈夫都不認得，好可惡，看鎗。〔衆作合戰科，同從下場門下。遼兵、遼將、健軍、將官、劉子喻、呼延赤金從上場門上，作絡繹挑戰科，從下場門下。呼延赤金從上場門上。白〕且住，若説是七郎陰靈，爲何又與我交戰？ 若説不是七郎，怎麽面貌一般無二？ 好生疑惑人也。〔唱〕

【仙吕宫正曲·好園林】這疑團欲推欲敲(韻)，俺此際如何是了(韻)？ 他不露真名實號(韻)，〔合〕心癢癢好難撓(韻)，心癢癢好難撓(疊)。〔遼將等從上場門上，戰科，衆遼將從下場門敗下。呼延赤金作擒住一遼將科。呼延赤金白〕你這領兵者何人？ 説了實話，饒你一死。〔遼將白〕有名的金鎗劉子喻，你不認得麽？〔呼延赤金背白〕久聞有个金鎗劉子喻，果然武藝高强。〔遼將作起，從下場門逃下。呼延赤金轉科。白〕喫俺一鎗。〔刺空科。白〕走了，便宜這廝。且住，他手段高强，怎麽處置他？〔作想科。白〕有了。〔劉子喻從上場門上。白〕看鎗。〔呼延赤金白〕且慢，你果是七郎陰靈麽？〔劉子喻白〕這如何假得。〔呼延赤金白〕七郎，我與你久别了。大家放了兵器，與你敘談片時，可好？〔劉子喻白〕甚好，大家下了馬。〔内打五更。劉子喻作下馬，背科。白〕待他説話之間，暗暗賞他一鎗便了。〔呼延赤金作下馬，棄鎗拔劍，背科。白〕待我誆他附耳，賞他一劍。〔劉子喻白〕夫人，有何話説？〔呼延赤金白〕

有句心腹話，附耳過來。〔作挽住劉子喻鎗科。白〕你是七郎——〔劉子喻白〕七郎便怎麽樣？〔呼延赤金白〕賞你一劍。〔作斬劉子喻科。呼延赤金持金鎗上馬。健軍、將官追遼兵遼將從上場門上，合戰科。遼兵遼將從上場門逃下。呼延亦金白〕劉子喻已斬，回營報功。〔健軍、將官應科，遶場。同唱〕

【又一體】斂旌旗回軍令繳(韻)，詫疑間險些誤了(韻)，惹得我淚盈花貌(韻)，〔合〕將他頸血濺污征袍(韻)，將他頸血濺污征袍(疊)，〔同從下場門下〕

第十二齣　邪難勝正總成虛（真文韻）

〔雜扮健軍，各戴馬夫巾，穿蟒箭袖，繫𦆠帶，背絲縧，持鎗。雜扮健勇，各戴馬夫巾，穿勇字衣，繫𦆠帶，持棍。雜扮健將，各戴馬夫巾，紥額，穿打仗甲，持大刀。引凈扮焦贊，戴紥巾額，紥靠，背令旗，持鎗。凈扮孟良，戴紥巾額，紥靠，背令旗，背葫蘆，持雙斧。旦扮木桂英、杜玉娥，各戴七星額，紥靠，背令旗，持兵器。從上場門上。杜玉娥等同白〕鼓衆摩旗入陣中，英雄奪得金神鋒。從來聖主多靈助，仰賴天威建大功。〔木桂英白〕我等奉千歲鈞旨，今日要破白虎陣，揀選二萬精鋭將士聽調，待赤金夫人回軍，請千歲、元帥陞帳，發令起兵。想赤金夫人也就來也。〔旦扮呼延赤金，戴七星額，紥靠，背令旗，持金鎗，從上場門上。白〕適逢詫異事，説向也希奇。〔杜玉娥等作相見科。同白〕夫人回軍，鞍馬勞頓。〔孟良白〕那遼將是誰，可曾擒斬？〔呼延赤金白〕説也好笑，此人叫做劉子喻，竟與七郎一般模樣，險些信了七郎陰靈出現，放走了他。〔孟良白〕就是金鎗劉子喻，此人果然驍勇。〔呼延赤金白〕任他驍勇，已被我斬了，這不是他的金鎗？〔杜玉娥等同白〕夫人好英勇也。〔孟良白〕待我請千歲、元帥陞帳。〔作進門請科。白〕請千歲、元帥陞帳。〔雜扮軍士，各戴馬夫巾，穿蟒箭袖卒褂，執旗。雜扮將官，各戴馬夫巾，紥額，穿打仗甲，執標鎗。生扮岳勝，戴盔，紥靠，持刀。凈扮呼延贊，戴黑貂，紥靠，持鞭。旦扮金頭馬氏，戴七星額，紥靠，持刀。

小生扮楊宗保，戴紮巾額，紮靠，背令旗，持九環金刀。雜扮陳琳，戴太監帽，穿鑲領箭袖，繫鸞帶，背絲縧，捧金鞭。引生扮楊景，戴帥盔，紮靠，背令旗。生扮德昭，戴素王帽，穿蟒，束玉帶。從上場門上。楊景、德昭同唱〕

【仙呂宮引・天下樂】一聲鼓角啟營門㊞，大將桓桓屯似雲㊞。〔場上設高臺、公案、桌椅，轉場陞座科。焦贊、孟良、木桂英、杜玉娥、呼延赤金作進門參見科。同白〕千歲、元帥在上，衆將參見。〔德昭白〕侍立兩傍候令。〔衆應，分侍科。呼延赤金白〕啟千歲、元帥，呼延赤金奉命接應孟良，斬得金鎗劉子喻，成功繳令。〔楊景白〕妙嗄，金鎗劉子喻乃遼邦有名上將，今日授首，又除一患，按功紀録。〔呼延赤金白〕多謝元帥。〔德昭白〕今早仙師授孤取勝之訣，趁妖道不在，今日先破白虎陣。要勞元帥親督三軍，以取相尅之意。〔楊景白〕請千歲宣令。〔德昭白〕楊宗保、呼延贊、金頭馬氏、岳勝聽令。〔内鳴金響號，楊宗保等應科。德昭白〕爾四人領一萬健將，保護元帥，破其虎爪軍。〔楊宗保等接令旗應科。德昭白〕木桂英、杜玉娥、呼延赤金聽令。〔内鳴金響號，木桂英等應科。德昭白〕爾三人，領五千健軍，破其虎牙軍。〔木桂英等接令旗應科。德昭白〕聽吾吩咐。〔唱〕

【仙呂宮正曲・黑麻序】報國忠君㊞，奮雄威破陣㊞。鼓勇三軍㊞，要先除虎爪㊞，挫其鋒刃㊞。留神㊞，虎牙勢若吞㊞，齒盡即亡唇㊞。〔合〕令三申㊞，把元戎保護㊞，紀律嚴遵㊞。〔楊宗保等，木桂英等應科。德昭白〕孟良、焦贊聽令。〔内鳴金響號，孟良、焦贊應科。德昭白〕你二人，領五千健勇，先奔中央大將臺上，把虎眼金鑼二面擊碎，絶其變陣號令。再向東西小將臺，把虎耳黄旗砍

倒，絶其揮軍指向。聽吾吩咐。〔唱〕

【仙吕宫正曲·僥僥令】虎睛視敵人(韻)，虎耳聽我軍(韻)，把他耳目先除盡(韻)，〔合〕免他視敵人聽我軍(韻)。〔孟良、焦贊接令旗應科。楊景、德昭下座。隨撤高臺、公案、桌椅科。德昭白〕元帥，仙師説嚴洞賓不在陣中，今日可破兑方九陣。元帥審機而行，孤恭候捷音。〔軍士、將官、陳琳隨德昭從下場門下。楊景白〕大小三軍，隨本帥破陣去者。〔衆應。健將帶鎗，各作上馬科。雜扮一將官，戴馬夫巾，紥額，穿打仗甲，執黄纛，從上場門暗上。衆作遶場科。同唱〕

【又一體】掌號離營門(韻)，大帥統三軍(韻)，同遵律紀橫衝陣(韻)。〔合〕指揮間建大勳(韻)，笑談間建大勳(疊)。〔同從下場門下。場上攏烟雲帳，中場設大將臺，插旗幟、黄旛、金鑼，掛白虎陣匾。雜扮二遼將，各戴盔襯狐尾雉翎，穿打仗甲，持兵器，護守金鑼科。左右設小將臺，豎旗杆，扯黄旗。雜扮四遼將，各戴盔襯、狐尾、雉翎，穿打仗甲，持兵器，分守黄旗科。雜扮蕭天佐、耶律學古，各戴外國帽、狐尾、雉翎，紥靠，背令旗，持兵器，從上場門上。合唱〕

【仙吕宫正曲·六幺令】宵巡旦巡(韻)，受軍師臨行令諄(韻)，緊防宋將暗揮軍(韻)。〔雜扮一遼兵，戴額勒特帽，穿外番衣，從上場門上。白〕報。飛騰如迅鳥，火速報軍情。報。〔作稟科。白〕小的打聽得楊景親統三軍，來破白虎陣，其鋒甚利，其勢甚勇。二位將軍，早作準備。〔蕭天佐、耶律學古白〕知道了。〔遼兵仍從上場門下。蕭天佐白〕事不可緩，你我速往白虎陣，吩咐蘇將軍，嚴整陣勢，以禦其敵。

〔耶律學古白〕有理。〔蕭天佐同白〕劍揮如電掣，旗展似雲翻。〔撤烟雲帳。蕭天佐、耶律學古作進陣唤科。白〕蘇將軍快來。〔雜扮蘇和慶，戴外國帽、狐尾、雉翎，紥靠，背令旗，持兵器，從上場門上。白〕何人在陣中大呼小叫？〔作見科。白〕二位將軍，什麽事情？〔蕭天佐、耶律學古白〕楊景領兵來打白虎陣，軍師不在此，這便怎麽處？〔蘇和慶白〕不妨，軍師早將陣中變化，一一傳授與我。至急之際，把將臺上神旛一展，自有尅敵之妙。〔蕭天佐白〕軍師不在，全賴將軍主持。〔蘇和慶白〕何消説得，衆兒郎，整肅陣勢者。〔内應科。雜扮虎牙軍，各戴虎頭紥巾，穿外番衣，罩虎皮卒褂，背絲縧，持狼牙棒。雜扮遼兵，各戴額勒特帽，穿外番衣，執白飛虎旗。從兩場門上，列陣科。健軍、健勇引呼延赤金、杜玉娥、木桂英、焦贊、孟良從上場門上。同唱〕用兵貴(讀)疾如神(韻)，〔合〕攻其不備來衝陣(韻)，攻其不備來衝陣(疊)。〔木桂英等白〕就此進陣。〔健軍等應，作進陣科。衆作合戰，同從兩場門下。木桂英、孟良等，蕭天佐、耶律學古等，從上場門上，作絡繹挑戰科，從下場門下。遼兵從兩場門上，列陣科。楊景内白〕大小三軍，奮勇踹陣者。〔衆應科。健將、岳勝、呼延贊、金頭馬氏、楊宗保引楊景從上場門上，執纛將官隨上。同作進陣合戰科，從兩場門下。守金鑼二遼將白〕呀，你看宋軍俱已入陣，俺們速速鳴鑼爲號，引伏兵圍困宋將便了。〔焦贊、孟良從上場門上。唱〕

【又一體】將金鉦擊損(韻)，免教他虎視我軍(韻)。〔遼將作鳴金鑼科。焦贊、孟良急上將臺，殺死二遼將科。白〕俺們快將虎眼金鑼擊碎便了。〔作擊鑼科。唱〕怎支一擊碎紛紛(韻)，虎無目(讀)，怎睁瞋(韻)？

〔合〕再除牙爪收功準(韻)，再除牙爪收功準(疊)。〔作下將臺科。蕭天佐、耶律學古從上場門上。白〕何人將鑼擊破？〔作戰科，從下場門下。楊景、焦贊等追耶律學古、蘇和慶等，從上場門上，作挑戰、合戰科，從下場門下。守黃旗遼將白〕呀，宋軍已入陣中交戰，俺們快將黃旗展動，指其所向，好待我軍圍裹截殺便了。〔焦贊、孟良從上場門上。唱〕

【仙呂宫正曲·風入松】縱橫門路佈如神(韻)，不識幾多伏隱(韻)。〔守旗遼將作麾旗指向科。孟良、焦贊作上將臺，殺死遼將，砍倒旗杆科。唱〕立除劣將殊疾迅(韻)，掄開了點鋼鋒刃(韻)，〔合〕截雙耳號令莫聞(韻)，無指向亂紛紛(韻)。〔作下將臺，隨撤左右將臺科。孟良、焦贊白〕我等助元帥破虎爪軍去者。〔從下場門下。雜扮四虎將，各戴盔襯狐尾雉翎，穿打仗甲，持兵器，引遼兵執白飛虎旗。雜扮虎爪軍，各穿飛虎衣，持雙刀。從兩場門上，按四方佈列科。內擂鼓。蘇和慶、蕭天佐、耶律學古引楊景、楊宗保、呼延贊、金頭馬氏、岳勝、健將從上場門上，作遶陣科。畢，衆合戰。健勇、焦贊、孟良、呼延赤金、杜玉娥、木桂英從兩場門上，作合戰科。楊景等追蘇和慶等，從下場門下。遼兵、宋將陸續從上場門上，交戰科，從下場門下。楊景等追蘇和慶等，從上場門上，合戰科，蘇和慶等從下場門敗下。楊景白〕陣勢已破，緊緊追殺，不可縱放。〔衆應，同從下場門下。蘇和慶從上場門上。白〕不好了，陣勢被宋兵衝亂，待我上將臺，請神旛一用。〔作上將臺科。楊景等追虎爪軍、蕭天佐、耶律學古從上場門上，遶場科。蘇和慶作搖旛咒科。白〕詛。〔雜扮熊、猩猩、虎、豹、狼、狐狸，各穿獸衣，從兩場門突上。楊景等作驚懼遶場科，從下場門逃下。蘇和慶執旛隨衆獸等追下。健軍引木桂英、杜玉娥、呼延赤金從上場門上，作望科。呼延赤金白〕二位先鋒不好了，你看無數猛獸將元帥等圍繞重重，這便如何解救？〔木桂英白〕不妨，快些趕上去，待我用法破之。〔同從下場門下。衆獸等追楊景、楊宗保、呼延贊、金頭馬氏、岳勝、孟良、焦贊從上場門上。同唱〕

【又一體】沙飛石滚甚驚人㊅，四合陰霾蔽隱㊅，虎狼猛獸狰獰很㊅，吼一吼山川皆震㊅。〔合〕暗中受妖邪計陣㊅，誰來救此迫窘㊅？〔木桂英等從上場門上。木桂英白〕元帥不必驚慌，俺來救你。〔作咒科。白〕詛。〔雜扮獅子，各穿獅衣，從上場門躍上。衆獸作驚懼，遶場亂跑，從下場門下，獅子追下。楊宗保、呼延贊、健軍等，蕭天佐、耶律學古、虎爪軍等，從上場門上，作挑戰、合戰科，從下場門下。楊景追蘇和慶從上場門上，戰科，楊景作刺死蘇和慶科。呼延贊、金頭馬氏等追蕭天佐、耶律學古等，從兩場門上，合戰科。蕭天佐等從下場門逃下。執纛將官從上場門暗上。場上攩烟雲帳，撤將臺科。楊景白〕白虎陣已破，還有喪門、弔客等陣，趁此得勝之兵，隨本帥挨次破除便了。〔衆應科，遶場。同唱〕

【有結果煞】武功建捷軍威振㊅，要攻其驚雷般迅㊅，指點鞭鞘蕩戰塵㊅。〔同從下場門下〕

第七本卷下

第十三齣　邀狐意合揚氛猛（江陽韻）

〔雜扮小妖，各戴鬼髮，穿箭袖，繫肚囊，執烟雲旗，從上場門上，跳舞科。旦扮白雲仙子，戴翠過翹、白狐尾、雉翎，簪狐形，穿舞衣，背劍。浄扮嚴洞賓，戴虬髮道冠，紥金箍，穿蟒箭袖，紥氅。從上場門上。白雲仙子唱〕

【仙吕宫正曲・八聲甘州】仙姝幻相（韻），戴髑髏朝斗（讀），洞達陰陽（韻）。名呼阿紫（句），妖嬈孃娜無雙（韻），善疑善媚迷魂將（韻），狐白綏綏九尾祥（韻）。〔合〕顯威揚（韻），假虎威戰鬭疆場（韻）。〔同從下場門下。雜扮遼將，各戴盔襯、狐尾、雉翎，穿打仗甲。小生扮楊順，生扮楊貴，各戴盔、狐尾，穿蟒，束帶。旦扮八女遼將，各紥額，戴狐尾、雉翎，穿甲。引旦扮蕭氏，戴蒙古帽練垂，穿蟒，束帶，從上場門上。蕭氏唱〕

【仙吕宫正曲・傍粧臺】意傍徨（韻），彼之鋒鋭日威張（韻）。他破奇陣如反掌（韻），盜神鋒把子喻戕（韻）。〔場上設椅，轉場坐科。白〕二位郡馬，前夜不知何等宋將，把神鋒盜去。可惜劉子喻，乃我國上將，無辜被戕，思之令人忿憾。〔楊貴、楊順白〕娘娘，不要怪宋將復奪神鋒，此皆嚴洞賓取辱於我國。〔蕭氏白〕爲何？〔楊貴白〕兩國交兵，惟憑勇略取勝，那有攝取敵營寶物之理？堂堂遼國，作此鷄鳴狗盜之事，不惟敗壞英名於當時，亦且遺誚於後世。想這樣軍師，大不可用。〔楊順白〕就是師蓋，身叨副帥，受主重權。娘娘將神鋒交與他嚴加防守，竟不遵懿旨，乃敢怠惰偷安，容宋將踰營入帳，奪取神鋒，竟爾不知。敵人既去，又使上將黑夜追趕，致受設伏之害，誠爲賠了夫人又折兵矣。這等副帥，如何用得？〔蕭氏白〕師蓋固當治罪，孤少時降旨。那嚴洞賓，他乃方外之人，誠意助孤，不便唐突。〔楊貴、楊順白〕就是他所設七十二陣，説真仙也難破，現今被楊景幾日之間，連破十餘陣。雖方外之人，也不該欺誑吾主。〔蕭氏白〕非他欺誑，實乃遇其敵手耳。但不知宋營，有何等高人輔佐。〔楊貴、楊順白〕臣等在宋時，深知有三人，不亞漢之三傑。元帥楊景，陣法精詳。賢王德昭，用兵如神。丞相寇準，燮理陰陽。宋有大輔，我邦小陣，濟得甚事？不如早早收了此陣，省得遺誚於宋營。〔蕭氏白〕原來宋主能任賢臣，我國焉能取勝？〔唱〕怎比並强和弱㊀，他有俊傑士賢臣將㊁。〔合〕如諸葛㊀，勝子房㊁，吾何能勝費思量㊁。〔雜扮一遼將，戴盔襯、狐尾、雉翎，穿打仗甲。引嚴洞賓、白雲仙子從上場門上。嚴洞賓、白雲仙子白〕何以能迎陣？惟憑道法高。〔遼將白〕請少待。〔作進門禀科。白〕啟上娘娘，嚴軍師請了一位仙姑，特來助陣。〔蕭氏白〕請進來。〔遼將應，作出門請科。白〕請進相見。〔隨從下場門下。嚴洞賓、白雲仙子應，同作進門參見科。同白〕娘娘在上，貧道等稽首。〔蕭氏起科。白〕軍師，此位是？〔嚴洞賓白〕是臣的道友白雲仙子，神通廣大，法力高强，特請來保護陣圖。〔蕭氏白〕有勞仙駕光臨，請坐。〔場上設椅，各坐科。蕭氏白〕自軍師一去三日，楊景又破兑方白虎九陣，孤正在此盼望軍師。〔嚴洞賓白〕又被他破了九陣，這是貧道不在陣中之故。〔楊貴、楊順白〕軍師，宋營虧得沒有真仙，已經破了十九陣。若有真仙，一掃而平了。〔嚴洞賓白〕不妨，他所破之陣，俱係不要緊的。〔楊貴、楊順白〕不要緊的擺他怎麽？〔嚴洞賓白〕難破的在後，況今有了此位仙子，隨後還有許多大仙，不日就到。〔蕭氏白〕但願如此，孤之幸也。請問仙子，有何法術可勝宋將？〔白雲仙子白〕小仙煉習神功，數説不盡。〔蕭氏白〕仙姑不知，宋營中有多少神通超絶的女將。仙姑護陣，比他們的道術高下如何？〔白雲仙子白〕若論俺所修道術，可也比衆不同。

〔唱〕

【仙吕宫正曲・八聲甘州】千般變態狂(韻)，有拘神奪魄(讀)，手段高强(韻)。眼光射出(句)，賽過電掣秋霜(韻)。金剛鐵漢似雪煬(韻)，煉就火珠口内藏(韻)。〔合〕他行(韻)，若較法力定受災殃(韻)。〔蕭氏白〕妙哉，仙姑有此神通，倘宋將再來打陣，可能擒得住否？〔白雲仙子白〕略施小術，管教立擒敵將獻功。軍師，可引俺往各陣看來。〔嚴洞賓白〕使得。〔蕭氏等起，隨撤椅科。嚴洞賓、白雲仙子白〕我等告退。〔作拜别出門，從下場門下。蕭氏白〕我看這女子，仙風道骨，必有奇術。但願成功，孤之幸也。眼望捷旌旗，耳聽好消息。〔女遼將護蕭氏從下場門下。遼將、楊貴、楊順從兩場門分下〕

第十四齣　舐犢情深出令難（江陽韻）

〔浄扮焦贊，戴紮巾額，紮靠，背令旗。浄扮孟良，戴紮巾額，紮靠，背令旗，背葫蘆。從上場門上。白〕險陣攻來勢已頹，元戎昨日顯雄威。指揮談笑驅軍伍，九陣披靡得勝歸。〔孟良白〕昨日元帥親督三軍，大破兑門白虎九陣。回營後，又與鍾仙師、千歲同議，説今日要破人和陣。傳了五鼓派將，現今日已正午，元帥不陞帳，千歲也不陞帳，兩邊對讓，其中必有緣故在内。〔焦贊白〕這緣故，俺老焦明白，必定此陣兇惡，千歲、元帥議不出一個破陣主將來，所以兩下對讓。〔孟良白〕不是這個緣故，待仙師來問一問，就明白了。〔浄扮鍾離道人，戴丫髻臚腦，穿鍾離氅，執棕扇，從上場門上。白〕糾糾虎臣兒女態，葛藤未斷總牽纏。〔孟良、焦贊白〕仙師來了。〔鍾離道人白〕二位將軍，日已正午，千歲還不陞帳發令。〔孟良、焦贊白〕我們正要請問仙師，千歲與元帥兩下對讓陞帳者何故？〔鍾離道人白〕不知。〔孟良、焦贊白〕你是仙師，怎説不知？〔鍾離道人白〕知之爲知之，不知爲不知，是知也。〔孟良、焦贊白〕不懂。〔鍾離道人白〕非爾所知也。孟良去請千歲，焦贊去請元帥，説貧道候久了，快去。〔孟良、焦贊應，從兩場門下。鍾離道人歎科。白〕皆因貧道昨晚説出人和陣乃宗顯結果之處。千歲、元帥説他年小，欲令别人前去。我説前定冤愆，别人如何替得？故此俱不肯陞帳發令。造就因果，那由人算。〔孟良從上場門上。白〕千歲陞帳，吩咐開門。〔場上設高臺、公案、桌椅。雜扮軍士，各戴馬夫巾，穿蟒箭袖卒褂，執旗。雜扮健勇，各戴馬夫巾，穿勇字衣，繫鸞帶。雜扮將官，各戴馬夫巾，紮額，穿打仗甲，持標鎗。從兩場門上，作進門分侍科。鍾離道人白〕孟良，千歲呢？〔孟良白〕就來。〔鍾離道人白〕再請。〔孟良應，向下請科。白〕仙師、元帥俱候久了，請千歲陞帳。〔生扮德昭，戴素王帽，穿蟒，束玉帶，從上場門上，作悶歎科。唱〕

【仙吕宫正曲·惜花賺】徹夜思量(韻)，想起仙師話不祥(韻)。愁陞帳(韻)，耳邊聒絮恁匆忙(韻)。〔鍾離道人白〕千歲。〔德昭白〕仙師。孟良你説元帥候久了，在那裏？〔孟良白〕就出來。〔鍾離道人白〕再請。〔孟良應，作請科。白〕元帥，千歲與仙師候久了，快請元帥陞帳。〔焦贊内白〕如何？快走罷。〔焦贊引生扮楊景，戴帥盔，紮靠，背令旗，襲蟒，束帶，從上場門上。楊景作悶歎科。唱〕意徬徨(韻)，未曾陞帳先悽愴(韻)，滿腹如鍼生刺我腸(韻)。〔作各相見科。鍾離道人白〕此時日已正午，還不發令？〔德昭、楊景白〕仙師説的是發令麼？〔唱〕心悒怏(韻)，忍教命喪青年將(韻)，且消停度量(韻)。〔鍾離道人白〕爲國家戎政，當盡心王事。兵貴神速，豈可消停？〔楊景白〕如此，千歲請。〔德昭白〕元帥請。〔楊景白〕楊景方寸已亂，故求千歲出令。〔德昭白〕今日這令，孤也難出，還是元帥請。〔鍾離道人白〕千歲不必推讓，先派衆將分兵前去。〔德昭白〕如此，孤家代爲遣將便了。〔作上高臺坐科。場上設椅，鍾離道人、楊景各坐科。德昭白〕孟良，孤有令箭一枝，傳——〔孟良白〕傳那個？〔德昭白〕傳正先鋒木桂英，與王魁英、呼延赤金進帳聽令。〔孟良接令箭，出門傳科。白〕千歲傳木桂英、王魁英、呼延赤金，進帳聽令。〔旦扮木桂英、王魁英、呼延赤金，各戴七星額，紥靠，背令旗，從上場門上。孟良作引進門，繳令箭科。木桂英等參見科。白〕千歲有何鈞旨？〔德昭白〕你三人，領五千健勇，由人和陣東路而進，接應打陣主將，小心保護，不得疎忽。〔木桂英等應科，從下場門下。德昭白〕焦贊，孤有令箭一枝，傳副先鋒杜玉娥，與八娘、九妹，進帳聽令。〔焦贊接令箭，作出門傳科。白〕千歲傳杜玉娥、八娘、九妹，進帳聽令。〔旦扮杜玉娥、八娘、九妹，各戴七星額，紥靠，背令旗，從上場門上。焦贊作引進門，繳令箭科。杜玉娥等參見科。白〕千歲有何鈞旨？〔德昭白〕你三人，領健軍五千，由人和陣西路而進，接應打陣主將，小心保護，不得疎忽。〔杜玉娥等應科，從下場門下。德昭白〕孟良，孤有令箭一枝，傳楊——〔孟良白〕千歲，楊什麽？〔德昭白〕請元帥主裁。〔作急下高臺科。楊景白〕千歲之令未完，爲何下壇？〔孟良、焦贊白〕是嘎，打陣的主將是誰？〔德昭白〕主將，請元帥裁奪。〔楊景作愁歎科。白〕罷。〔作上高臺，各坐科。楊景白〕焦贊。〔焦贊應，楊景拭淚科。白〕傳楊宗顯進帳聽令。〔焦贊應，作接令箭出門科。白〕什麽意思？〔作傳科。白〕元帥傳楊宗顯，進帳聽令。〔小生扮楊宗顯，戴紥巾額，紥靠，從上場門上。白〕莫笑英雄年紀小，也知忠勇報皇朝。〔焦贊作引進門，繳令箭科。楊宗顯作參見科。白〕爹爹，宗顯參見，有何差遣？〔楊景白〕有差遣，有差遣。

〔楊宗顯白〕有何差遣？〔楊景白〕我兒。〔唱〕

【仙呂宮正曲·本宮賺】令出非常(韻)。〔楊宗顯白〕什麽令？〔楊景唱〕哽咽難將令發揚(韻)。〔楊宗顯白〕敢是慮孩兒不敢打陣？〔楊景白〕非也。〔唱〕兒雄壯(韻)，非因膽怯慮伊行(韻)。〔楊宗顯白〕必是慮孩兒年幼，不堪重任。〔楊景唱〕戰疆場(韻)，何愁重任委伊掌(韻)。〔楊宗顯白〕不然爲何作此難色？〔楊景白〕只因人和陣十分兇惡。〔楊宗顯白〕兇惡孩兒也不怕。〔楊景白〕仙師説你——〔鍾離道人、德昭白〕元帥發令。〔楊宗顯白〕爹爹，仙師説我什麽？〔楊景作拭淚科。楊宗顯白〕千歲，仙師説我什麽？〔德昭白〕不曾説什麽。〔楊宗顯白〕仙師，告訴我罷。〔鍾離道人白〕問你爹爹去。〔孟良、焦贊白〕説出來，大家也明白。〔楊宗顯白〕是嗄，爹爹説出來，大家明白，爹爹快説。〔楊景白〕仙師説你不得成功。〔楊宗顯白〕仙師忒也小覷人了，宗顯偏要成功繳令。〔楊景取令旗科。白〕好，爲父的有令箭一枝與你。〔楊宗顯白〕取來。〔楊景白〕呀。〔唱〕幼子忙將令箭搶(韻)，那知父心鬱鬱話難詳(韻)。〔楊宗顯白〕爹爹。〔唱〕爲君王(韻)，赴湯蹈火不辭往(韻)。〔白〕孩兒呵。〔唱〕不懼妖人法術强(韻)。〔白〕爹爹快取令箭來。〔楊景白〕也罷，宗顯聽令，你領五千精兵，由人和陣南路而進，自有兩翼奇兵接應你。〔楊宗顯白〕取令箭來。〔楊景白〕這我兒，小心在意。〔作持令旗下高臺科。唱〕休得横衝撞(韻)，務加仔細莫魯莽(韻)。〔楊宗顯白〕爹爹放心。〔唱〕請將心放(韻)。〔楊景唱〕怎將心放(疊)？〔楊宗顯白〕取令箭來。〔楊景作拭淚科。白〕也罷。〔作擲令旗於地，從下場門下。楊宗顯作拾令旗科。德昭白〕小將軍，你

此去小心在意。〔楊宗顯白〕千歲放心，就此起兵。〔健勇各取兵器，帶鎗、馬，引楊宗顯從下場門下。德昭作拭淚科。唱〕

【尾聲】好教人心悵怏㊞，安危未卜怎參詳㊞？〔鍾離道人白〕千歲。〔唱〕仰荷天庥賴我皇㊞。

〔同從下場門下，隨撤高臺、公案科〕

第十五齣　小將抒忠甘盡命（先天韻）

〔旦扮白雲仙子，戴仙姑巾、翠過翹、白狐尾、雉翎，簪狐形，穿繡花箭袖，紮道姑衣，佩劍，從上場門上。唱〕

【仙呂調隻曲·八聲甘州】丰儀嬌倩韻，體態蹁躚韻，看步步金蓮韻，凝脂玉面韻，人形修煉千年韻，纔能變化冒真仙韻。擊劍談兵武備全韻，掐訣畫靈符句，吐霧噴烟韻。〔浄扮嚴洞賓，戴虬髮道冠，紮金箍，穿蟒箭袖，紮氅，從上場門上。白〕宋兵三路雄鋒鋭，急問仙姑決勝謀。〔作相見科。白雲仙子白〕軍師，忙碌碌那裏來？〔嚴洞賓白〕仙子，今有三路哨探來報。宋營差六員女將，由人和陣東西兩路攻進。還有楊景次子宗顯，領大隊人馬，由南路而來。仙子何法取勝？先擒住楊景之子，利俺陣中威鋭。〔白雲仙子白〕這有何難？軍師可即遣大將，分東西兩路，截住他兩翼奇兵，莫容進陣。我向南路，單擒宗顯報功。〔嚴洞賓白〕妙極，妙極。我即去命將阻截兩翼救兵，仙子速往南路迎敵。〔白雲仙子白〕請。〔從兩場門分下。雜扮健軍，各戴馬夫巾，穿採蓮襖卒褂，背絲縧，持雙刀。引旦扮木桂英、呼延赤金、王魁英，各戴七星額，紮靠，背令旗，持兵器，從上場門上。同唱〕

【仙呂調隻曲·大安樂】天生俺釵裙巾幗能鏖戰韻，沙場耀武敢當先韻，探囊有手智謀全韻。

〔白〕我等奉千歲命令，統領强兵五千，由東路攻擊人和陣，協助主將。大小三軍，奮勇進陣者。〔健軍等應，作遶場科。同唱〕魚貫接尾連韻，向陣門東路急加鞭韻。〔雜扮遼兵，各戴額勒特帽，穿外番衣，持兵器。雜扮遼將，各戴盔襯、狐尾、雉翎，穿打仗甲，持兵器。引雜扮蕭天佐、耶律學古，各戴外國帽、狐尾、雉翎，紥靠，持兵器，從下場門衝上。蕭天佐、耶律學古白〕宋兵不得近前。〔木桂英等白〕我等奉令打陣，誰敢阻攔？〔衆作合戰科，同從下場門下。雜扮健軍，各戴馬夫巾，穿採蓮襖卒褂，背絲縧，持雙刀。引旦扮九妹、八娘、杜玉娥，各戴七星額，紥靠，背令旗，持兵器，從上場門上，作遶場科。同唱〕

【又一體】凜凜的英鋒馬到將功建韻，纖纖手提雪刃蕩鋒烟韻。更能征勇如虎賁女英賢韻，柳腰寶劍懸韻，俏身軀金鎖戰袍穿韻。〔白〕俺們奉千歲鈞旨，由西路攻打人和陣，接應主將。衆將官，鼓勇進陣者。〔衆應科。雜扮遼兵，各戴額勒特帽，穿外番衣，持兵器。雜扮遼將，各戴盔襯、狐尾、雉翎，穿打仗甲，持兵器。引雜扮耶律休格、耶律色珍，各戴外國帽、狐尾、雉翎，紥靠，持兵器，從上場門衝上。九妹、八娘、杜玉娥白〕誰敢截住去路？〔耶律休格、耶律色珍白〕奉令把守西路，休想進陣。〔衆作合戰科，同從下場門下。雜扮健勇，各戴馬夫巾，穿勇字衣，繫縧帶，持鎗。引小生扮楊宗顯，戴紥巾額，紥靠，背令旗，持鎗，從上場門上，遶場科。楊宗顯唱〕

【仙呂調隻曲・元和令】細揣摹嚴親無別慮句，怕的是惡陣妖氛煽韻，咱非豚犬是英豪句，膽壯心高忠勇兼韻。〔白〕可笑俺爹爹，手持令箭，三番五次，欲與不與，十分作難。此乃愛子之心，恐我不能破陣。那知俺年紀雖小，俠氣頗高。今日偏要争氣，破陣成功，方顯俺小英豪的志量也。離正南陣門不遠，催軍速進。〔衆應科。楊宗顯唱〕齊心戮力報皇家㊀，建功破陣還㊁。〔白雲仙子從下場門上。白〕來的可是楊宗顯？〔楊宗顯白〕然也，女將通名。〔白雲仙子白〕俺乃白雲仙子，在此單待擒你。〔楊宗顯冷笑科。白〕好大話，諒一嬌怯女子，濟得甚事？俺揮動三軍，立將你踹成虀粉。〔作戰科，白雲仙子從下場門敗下，楊宗顯等追下。場上攛烟雲帳，内設人和陣式，將臺插旗幟科。健軍引九妹、八娘、杜玉娥從上場門上。同唱〕

【又一體】横截著大兵㊀，牢把咽喉戰㊁。〔白〕我等奉令西路接應，叵耐他重兵把守，不容進陣。剛要闖突，亂箭齊發，衆軍不敢前進，只得遶至東路，合兵衝突便了。〔唱〕而今彼計出非常㊀，阻絶何能援㊁。〔健軍引木桂英、呼延赤金、王魁英從下場門上，作相見科。九妹、八娘、杜玉娥白〕你們不從東路接應，爲何至此？〔木桂英、呼延赤金、王魁英白〕休題，我等被遼兵截住陣外，箭似飛蝗，不能前向。指望到西路，會合你們並進，那知你們也回來了。〔九妹、八娘、杜玉娥白〕這等看來，東西兩路一般設伏。不如合兵，從南路闖進陣中便了。〔木桂英白〕有理。〔同唱〕今非專擅令而違㊀，見機方萬全㊁。〔同從下場門下。撤烟雲帳。楊宗顯追白雲仙子從上場門上，戰科。白雲仙子引楊宗顯進陣，白雲仙子作咒詛科。雜扮小妖，各戴鬼髮，穿蟒箭袖，繫肚囊，執烟雲旗。雜扮虎精、豹精、豺精、狼精、鹿精、羊精、狗精、蟒精，各戴本形豔腦、小紥扮，持兵器。從兩場門上，作圍遶科。健勇從上場門上，作欲進陣，衆精攛科。健勇作驚退，仍從上場門跑下。楊宗顯作驚慌科。白〕不好了，一進陣中，霎時飛沙走石，黑霧迷漫，無數妖魔鬼怪，唬死我也。〔小妖、衆精作圍困楊宗顯，從下場門下。白雲仙子白〕看你今番逃到那裏去？〔唱〕

【煞尾】下重泉㊙，上九天㊙，想逃羅網是徒然㊙。將他擒獲㊁，道高應讓白雲仙㊙。〔從下場門下〕

第十六齣　香童慕色自燒身（東鐘韻）

〔場上設人和陣，將臺插旗幟科。雜扮小妖，各戴鬼髮，穿蟒箭袖，繫肚囊，執烟雲旗。作追小生扮楊宗顯，戴紮巾額，紮靠，背令旗，持鎗，從上場門上，作圍困科，小妖從下場門下。楊宗顯唱〕

【中呂宮正曲·粉孩兒】看看看(讀)，黑迷漫烏雲滃(韻)，聽狂風巨吼(讀)，意怯心恐(韻)。〔雜扮虎精、豹精、豺精、狼精、鹿精、羊精、狗精、蟒精，各戴本形臉腦，穿小紮扮，各持兵器，從兩場門上，遶場科，從兩場門下。楊宗顯作驚懼科。白〕可不唬死人也。〔唱〕狂妖沴氣煽祲兇(韻)，惡羣魔圍繞縱橫(韻)。〔合〕好教人魂蕩神搖(句)，快逃生頓勒催鞚(韻)。〔旦扮白雲仙子，戴仙姑巾、翠過翹、白狐尾、雉翎，簪狐形，穿繡花箭袖，紮道姑衣，持劍，從上場門上。白〕宗顯休想逃脱。〔作戰科，同從下場門下。丑扮侍香童，戴道童巾，穿水田衣，繫絲縧。旦扮黎山老母，戴仙姑巾、鳳冠，穿蟒，束帶，帶數珠。各乘小雲兜，從天井下至半空。黎山老母唱〕

【中呂宮正曲·紅芍藥】雲冉冉(句)，瞬息如鵬(韻)，俯察處陣内氛濛(韻)，黑霧漫漫很魔弄(韻)，垂金臂援起孩童(韻)。〔白〕善哉，可憐楊宗顯，身陷魔陣。事在危急，侍香童，你可救他出來。〔侍香童白〕弟子救他，交與聖母，我就要變做宗顯去破陣，那李剪梅是我的妻子了嗄？〔黎山老母白〕這何消說得，且按落雲頭者。〔雲兜下至壽臺科，侍香童作下雲兜科。白〕我去救他到來，交與聖母便了。〔從下場門下。黎山老母白〕一飲一啄，莫非前定。宗顯應絕於此陣，若無這畜生自墮輪迴，宗顯誰能替代？〔唱〕恨癡頑(句)，一時淫念萌(韻)，自燒身陣中命送(韻)。〔侍香童作引楊宗顯從上場門上。侍香童白〕聖母，宗顯在此。〔楊宗顯白〕快快救我出陣去罷。〔黎山老母白〕不妨，可將鎗馬與他，你且隨我去。〔楊宗顯應，作下馬科。侍香童白〕快將鎗馬留下，你隨聖母去罷。不然，你就要死在陣內了。〔黎山老母白〕宗顯隨我來。〔楊宗顯作上雲兜科。黎山老母白〕從空伸出拏雲手，提起天羅地網人。〔雲兜仍從天井上。侍香童笑科。白〕好了，好了，我侍香童，有人替代去了。我今變做宗顯破陣，娶了李翦梅，安享富貴，勝似隨那老厭物熬清守淡。〔唱合〕建功勞衣紫褒封(韻)，娶佳人恩濃情重(韻)。〔作咒科。白〕詛。〔從下場門隱下。雜扮假楊宗顯，戴紮巾額，紮靠，背令旗，從下場門上。白〕如今準做李翦梅的丈夫了，不免抖擻威風破陣去。〔作持鎗上馬科。唱〕

【中呂宮正曲・耍孩兒】初次迎鋒全不懂(韻)，陣勢知何破(句)，亂紛紛士馬縱橫(韻)。〔白雲仙子從上場門上。白〕宗顯那裏走？〔作戰科。小妖、衆精從兩場門上，作遶場圍困假楊宗顯科，同從下場門下。白雲仙子白〕今番陷吾陣內，讓你身生雙翅難飛。〔唱〕笑伊(句)，馳戰馬(讀)，徒把絲韁鞚(韻)。俺自有(讀)，法術無邊用(韻)，〔合〕怎容你來逃縱(韻)？〔從下場門追下。假楊宗顯從上場門敗上。白〕了不得，原來此女是個邪魅，法術高强，好生惡戾。〔唱〕

【中呂宫正曲・福馬郎】道術高强膂力猛韻，熟練飛丸用韻，其勢殊勇韻，想個如何取勝讀，就擒建功韻。〔白〕我隨聖母多年，也曾學些法術，無奈性好頑皮，把法術一併交與聖母。如今要用，現學也來不及，想個什麽法兒，擒住他纔好，待我想一想。〔想科。白〕有了。〔唱〕堆歡僞謙恭韻，〔合〕將他哄計牢籠韻。〔白雲仙子從上場門上。白〕宗顯，早早下馬受縛，免吾動手。〔假楊宗顯白〕仙姑，不要動怒。我看仙姑，決非凡品，何苦任妖道驅使。莫若隨了小將去，安享榮華，豈不有趣？〔白雲仙子背科。白〕這厮將戲言挑撥我，何不就其意而擒之？〔轉科。白〕小將軍，此話果否？〔假楊宗顯白〕真而切真。〔白雲仙子白〕只怕你是——〔唱〕

【中呂宫正曲・會河陽】言實心虚讀，假意情濃韻，嫁君日久興而慵韻。〔白〕奴家呵。〔唱〕端容韻，不比浮萍讀，逐北去東韻，舞狂絮隨風弄韻。〔假楊宗顯白〕有意思。我那仙姑——〔唱合〕卿家句，願隨我桃夭詠韻。吾行句，謝仙姑情而重韻。〔白〕看鎗。〔欲刺科，白雲仙子出火珠科。白〕看俺法寶取你。〔作打倒假楊宗顯科。小妖、衆精從兩場門上。虎精、豹精作綁假楊宗顯科。白雲仙子白〕拏去見軍師。〔衆應科。白雲仙子白〕饒伊暗使無窮計，怎脱吾曹掌握中？〔同從下場門下〕

第十七齣　欲解夫危空闖陣（東鐘韻）

〔場上設人和陣，將臺插旗幟科。淨扮嚴洞賓，戴虬髮道冠，紥金箍，穿蟒箭袖，紥鼇，佩劍，從上場門上。唱〕

【中呂宮正曲・縷縷金】他三路擊（句），兩脇攻（韻），俺截救孤伊勢（句），奇機謀用（韻）。翦其兩翼援西東（韻），〔合〕宗顯命兒送（韻），宗顯命兒送（疊）。〔雜扮虎精、豹精、豺精、狼精、鹿精、羊精、狗精、蟒精，各戴本形膉腦、小紥扮，持兵器。押雜扮假楊宗顯，戴紥巾額，紥靠，背令旗。旦扮白雲仙子，戴仙姑巾，翠過翹，白狐尾、雉翎，簪狐形，穿繡花箭袖，紥道姑衣，佩劍，從上場門上。同唱〕

【中呂宮正曲・越恁好】獻功莫待（句），獻功莫待（疊），簇擁似窠蜂（韻）。〔白雲仙子白〕軍師，俺生擒楊宗顯繳令。〔嚴洞賓白〕有勞仙姑。貧道自佈陣以來，從未生擒一將，所以屢戰不勝。今日仙子擒得宗顯，可利我軍鋭氣矣。綁過一邊。〔虎精等作押假楊宗顯從下場門下。雜扮一遼兵，戴額勒特帽，穿外番衣，從上場門上。白〕報。〔作進陣稟科。白〕啟上軍師，今有隨楊宗顯的人馬，引了東西兩路女將，從南路殺進陣來了。〔嚴洞賓白〕有這等事？速調蕭天佐、耶律色珍等兩路人馬，進陣接應。〔遼兵應，從上場門下。嚴洞賓白〕仙子速領大將，周遭佈列陣勢，命小妖們陣中隱伏，擒拏宋將。貧道即去處死楊宗顯，將屍首懸挂標杆，以挫宋將之鋭便了。〔從下場門下。白雲仙子白〕衆將官，佈列陣勢者。〔衆内應科。白雲仙子作上將臺。雜扮番兵，各戴小番帽，穿小番衣，執旗。雜扮番將，各戴外番帽、狐尾、雉翎，穿外番衣，各執標鎗。雜扮遼將，各戴盔襯、狐尾、雉翎，穿打仗甲，持兵器。從兩場門上，作佈陣科。雜扮小妖，各戴鬼髮，穿蟒箭袖，繫肚囊，執烟雲旗。引衆精從兩場門上，作合陣，按方佈列科。嚴洞賓從下場門上。白〕遼將們，將楊宗顯屍首，懸在將臺標杆上。〔遼將應，向下擡假楊宗顯彩人，號令將臺上科。嚴洞賓上將臺。雜扮健勇，各戴馬夫巾，穿勇字衣，繫𢅻帶，持鎗。雜扮健軍，各戴馬夫巾，穿採蓮襖卒褂，背絲縧，持雙刀。引旦扮九妹、八娘、呼延赤金、王魁英、杜玉娥、木桂英，各戴七星額，紥靠，背令旗，持兵器，從上場門上。同唱〕揮戈疾擊(句)，兵直撞將横衝(韻)，冒其矢石捍其鋒(韻)，奮身鼓衆(韻)。〔杜玉娥、木桂英白〕隨俺進陣。〔衆應，同作進陣合戰科。小妖、衆精、番兵、番將等，作圍裹杜玉娥、木桂英等，從兩場門下。嚴洞賓白〕仙姑，你看宋兵俱陷入陣中了。〔旦扮李剪梅，戴仙姑巾、翠過翹，穿道姑衣，繫絲縧，背鏡、劍，乘雲兜，從天井下至壽臺。李剪梅唱合〕些時(讀)，早破陣也來扶宋(韻)，些時(讀)，助夫壻也除强横(韻)。〔嚴洞賓作望科。白〕你看從空來了個道姑。〔李剪梅作下雲兜科。白〕妖魔，俺李剪梅破陣來也。〔雲兜仍從天井上。嚴洞賓、白雲仙子白〕何方小道姑，敢言破陣。〔李剪梅白〕你這兩個潑魔，輒敢逆天行事，助遼抗宋，罪惡滔天。俺奉黎山老母法諭，特來收取爾等，蕩平邪陣。〔嚴洞賓、白雲仙子白〕一派胡言，待俺來擒你。〔作下將臺戰科，嚴洞賓、白雲仙子從下場門敗下，李剪梅追下。虎精等追木桂英等從上場門上，作挑戰科，同從下場門下。

嚴洞賓從上場門敗上。白〕好奇怪，平空來了個道姑，甚是利害，戰得我只有招架之能，竟無還手之力，這卻怎生是了？〔李剪梅從上場門追上。白〕妖道喫俺一劍。〔作戰科。白雲仙子從上場門上，助戰科。嚴洞賓白〕住了，你既是黎山老母門徒，怎不去清修？下凡來妄動殺戒。〔李剪梅白〕爲助楊宗顯破陣而來。〔白雲仙子白〕好個出家人，竟看上了楊宗顯。這陣中，不是你偷香竊玉之處。〔李剪梅白〕妖婦休要胡説，楊宗顯是我原配，什麼偷香竊玉。〔嚴洞賓白〕道姑，你要尋原配，那將臺上號令的就是。〔嚴洞賓、白雲仙子從下場門逃下。李剪梅作驚呆科。白〕此話可疑，他説將臺上號令的就是，莫非我夫壻被妖人陷害了？我不免急急向將臺上看者。〔作望科。白〕呀，將臺標杆上，果然有屍骸號令。待我上臺去，仔細認來。〔作上將臺，認看科。白〕果然是我夫壻。〔作抱屍痛哭科。白〕將軍，你死得好苦也。〔唱〕

【又一體】百年姻結(句)，百年姻結(疊)，虛名註婚簿中(韻)。狼山盟訂(句)，水溢起藍橋棟(韻)。鏡中花折空(韻)，水中月撈空(韻)，死別怎逢(韻)？〔作忿恨科。白〕妖賊嗄妖賊。〔唱合〕誓難消(讀)，拆鳳分鸞讐重(韻)。〔虎精等追木桂英等，從上場門上，作戰科。李剪梅下將臺，助戰科。衆精從下場門敗下。杜玉娥、木桂英等同白〕多感道姑鋭身助戰，其中必有緣故。〔李剪梅白〕奴家李剪梅，黎山老母門徒。因我與宗顯有前姻未了，命我下山，助他破陣。誰知小將軍命廢妖賊之手。〔杜玉娥、木桂英等作驚科。同白〕小將軍死了？在那裏？〔李剪梅白〕隨我來。〔衆遶場科。同唱〕

【中吕宫正曲·紅繡鞋】聞言頓足椎胸(韻)、椎胸(格)，騰騰怒氣心忼(韻)、心忼(格)。〔李剪梅作指將臺科。白〕將臺上號令的就是。〔杜玉娥等作驚視哭科。同白〕果然小將軍被害了，兀的不痛殺人也。〔衆同唱〕深痛惜(句)，小英雄(韻)。爲國事(句)，喪刀鋒(韻)。〔合〕過哀泣(句)，發於衷(韻)。〔李剪梅白〕衆位且不要啼哭，聽我一言。〔杜玉娥等同白〕請教。〔李剪梅白〕今見小將軍被害，人人方寸已亂，又兼妖道陣法精嚴，妖婦邪術多端，今日決難取勝。速斂甲兵，引我去見元帥，細陳始末。來日再整雄師，奴當大展神通，除妖破陣，與小將軍報讐雪恨。〔杜玉娥等同白〕道姑所見甚高，我等揮兵闖出陣去便了。〔衆遼將引白雲仙子、嚴洞賓從上場門上，作合戰科。遼將、杜玉娥等從兩場門下。白雲仙子、嚴洞賓白〕爾等身入絶陣，四面重兵圍繞，逃到那裏去？快快投戈受縛。〔李剪梅白〕妖道休得猖狂。〔唱〕

【中吕宫正曲·千秋歲】恨羣蠓(韻)，覷似螘蜂勢(句)，嘴喳喳妄逞强横(韻)。〔戰科。李剪梅唱〕螳臂空撑(句)，螳臂空撑(疊)，不懼你(讀)，狐假虎威孽衆(韻)。〔合〕女中俊(讀)，無敵勇(韻)，仙家法(讀)，神通用(韻)。那怕邪魔弄(韻)，動驚雷掃蕩(讀)，微類蚊蝱(韻)。〔戰科，從下場門下。健勇、健軍、李剪梅等，番兵、遼將、嚴洞賓等，從上場門上，作交戰合戰科。李剪梅、杜玉娥等同白〕收兵出陣。〔健勇、健軍等應，作出陣科，從上場門下。嚴洞賓白〕今日之戰，全賴仙子妙法，大獲全勝。傳令嚴守陣門者。〔衆應科。同唱〕

【慶餘】戒嚴傳諭諸軍衆(韻)，防禦乘虛入夜攻(韻)，怠惰偷安法不容(韻)。〔同從下場門下，隨攛烟雲帳〕

第十八齣　驚聞子厄急衝圍（齊微韻）

（場上攏烟雲帳，内設人和陣，將臺插旗幟，號令假楊宗顯彩人科。雜扮軍士，各戴馬夫巾，穿蟒箭袖卒褂，持兵器。雜扮張蓋、劉金龍、陳林、柴幹，各戴盔，紥靠，持兵器。浄扮呼延畢顯，戴盔，紥靠，持兵器。旦扮金頭馬氏，戴七星額，紥靠，持兵器。浄扮呼延贊，戴黑貂，紥靠，持鞭。小生扮楊宗孝，戴紥巾額，紥靠，持兵器。引生扮楊景，戴帥盔，紥靠，背令旗，持鎗。雜扮一將官，戴馬夫巾，紥額，穿打仗甲，執黄纛。隨從上場門上，遶場科。同唱）

【仙吕宫正曲·步步嬌】告急前軍將失勢(韻)，火速雄師起(韻)。星飛與電移(韻)，急援加兵(句)，揮戈直抵(韻)。（楊景白）適有哨馬，探得宗顯等陷入妖陣，爲此本帥親督精兵急救大小三軍，隨本帥殺入人和陣去。（衆應科。同唱合）鼓鋭破重圍(韻)，身先士卒軍威利(韻)。（撤烟雲帳。軍士等同白）已到人和陣。（楊景作望科。白）列位將軍，你看陣内，緣何旌旗不動，金鼓無聲？（呼延贊等同白）事有可疑了。（楊景同唱）

【又一體】只見戈矛嚴排擠(韻)，不見征塵起(韻)。旗旛佈列齊(韻)，既説遭圍(句)，絶無聲沸(韻)。（楊景白〕隨我到陣中去看來。〔衆應。同唱合〕心下動驚疑(韻)，忙忙進陣觀詳細(韻)。〔作進陣科。執纛將官從下場門下。雜扮遼將，各戴盔襯、狐尾、雉翎，穿打仗甲，持兵器，引雜扮蕭天佐、耶律學古、耶律休格、耶律色珍，各戴外國帽、狐尾、雉翎，紥靠，持兵器。浄扮嚴洞賓，戴虬髮、道冠，紥金箍，穿蟒箭袖，紥氅，持劍。旦扮白雲仙子，戴仙姑巾、翠過翹、白狐尾、雉翎，簪狐形，穿繡花箭袖，紥道姑衣，持雙劍。從兩場門上，作合戰科，同從下場門下。呼延贊等、蕭天佐等從上場門上，作挑戰科，從下場門下。白雲仙子、嚴洞賓、楊景從上場門上，作戰科。嚴洞賓、白雲仙子白〕楊景休得逞能，你那孺子宗顯已死，你還有甚心情猖狂麽？〔楊景作驚科。白〕怎麽講？〔嚴洞賓、白雲仙子白〕宗顯早已死在俺們手中了。〔楊景怒叱科。白〕諒爾鼠輩，安敢傷俺虎子？〔嚴洞賓白〕你不信？那將臺標杆上號令者，即汝子宗顯。〔楊景作急望科。白〕我孩兒果然死了。〔作忿恨科。白〕妖賊看鎗。〔作戰科，白雲仙子、嚴洞賓從下場門敗下。楊景作悲痛科。白〕兒嗄。〔唱〕

【仙呂宫正曲·江兒水】偉偉良材器(韻)，堂堂國士胚(韻)。忠君指望兒承繼(韻)，剛纔弱冠青年紀(韻)。堪憐數定將身廢(韻)，父子半途抛棄(韻)。〔合〕相見何時(句)，怎免夕縈朝記(韻)？〔二遼將從上場門上。白〕楊景那裏走？〔楊景作怒咤科。白〕正要與子報讐，來得好，看鎗。〔戰科，作刺死二遼將科。楊景從下場門下。呼延贊等、耶律休格等從上場門上，挑戰科，從下場門下。楊景追白雲仙子、嚴洞賓從上場門上，戰科，白雲仙子、嚴洞賓從下場門敗下。呼延贊等從兩場門上。白〕元帥，小將等各處尋覓，不知小將軍往那裏去了。〔楊景白〕列位將軍不好了，宗顯已被妖賊傷害。兩路接應之兵，也無蹤影，未知生死存亡，這便怎麼處？〔呼延贊等白〕有這等事？〔同作怒科。白〕可惱，可惱，我等各奮英勇，誓將妖賊等斬盡殺絶，與宗顯報讐。〔唱〕

【又一體】誓把妖氛蕩㊀，山魈魄盡褫㊁。將他螳陣須臾潰㊁，蟰蛸黨聚成何濟㊁。輾輪韲粉螳螂臂㊁，日化冰山之勢㊁。〔遼將、蕭天佐等從兩場門上，合戰科。白雲仙子、嚴洞賓暗上將臺。白雲仙子作咒科。白〕詛。〔雜扮小妖，各戴鬼髮，穿蟒箭袖，繫肚囊，執烟雲旗。雜扮虎精、豹精、豺精、狼精、鹿精、羊精、狗精、蟒精，各戴本形臚腦、小紮扮，持兵器。從兩場門上，作遶場圍裏楊景等，從下場門下。嚴洞賓、白雲仙子白〕衆兒郎，嚴整陣勢，不得放走宋將者。〔衆應科。嚴洞賓、白雲仙子下將臺。唱合〕一網收羅㊀，磨滅威風鋭氣㊁。〔同從下場門下。內作風聲。雜扮風神，各戴竪髮，紥額，穿蟒箭袖，繫肚囊，執青素旗。引雜扮一護山力士，戴馬夫巾，紥額，穿鎧，持鞭。從上場門上，作遶場科。護山力士白〕俺乃黎山老母座下護山力士是也。因侍香童淫念萌心，自沉苦海，今已應劫。老母大發婆心，即將魂魄招回，今命俺攝取軀殼。風神遵諭施行。〔風神應，作上將臺，負彩人下臺，作遶場科。同從下場門下。攩烟雲帳，隨撤將臺、陣式科〕

第十九齣　發援兵令如火急（庚青韻）

〔雜扮健勇，各戴馬夫巾，穿勇字衣，繫𦄂帶，持鎗。雜扮健軍，各戴馬夫巾，穿採蓮襖卒褂，背絲縧，持雙刀。引旦扮九妹、八娘、呼延赤金、王魁英、杜玉娥、木桂英，各戴七星額，紥靠，背令旗，持兵器。旦扮李剪梅，戴仙姑巾、翠過翹，穿道姑衣，繫絲縧，背鏡，背劍。從上場門上，遶場科。杜玉娥、木桂英等同唱〕

【仙呂宫正曲·園林好】虎負嵎莫之敢攖㊀，兵設險非圖恃猛㊀，待阻絶東西接應㊀，〔合〕排勁弩放雕翎㊀，排勁弩放雕翎㊂。〔呼延赤金、王魁英白〕二位先鋒，我等奉令保護主將，如今宗顯陣歿，我們怎生繳令？〔八娘、九妹白〕正是，先鋒有甚高見？可保無事。〔木桂英、杜玉娥白〕什麽高見？我等不能保主將成功，致遭陣歿，惟將實情陳訴，一同請罪。千歲與元帥饒了就罷。〔王魁英等同白〕不饒便怎麽樣？〔木桂英、杜玉娥白〕不饒，也只得任其發落。〔呼延赤金白〕什麽任其發落？他要斬，也就教他斬麽？難道一個宗顯之命，要我們六人抵償不成？〔李剪梅白〕列位放心，元帥決不爲了自己之子，罪及列位。若要問罪，剪梅竭力保救便了。〔木桂英、杜玉娥白〕何必議論紛紛，且進帳請罪去。〔王魁英等同唱〕

【又一體】女羣英慚惶負荆（韻），免不得失機罪請（韻），只恨那妖邪敵勁（韻），〔合〕致累我罪非輕（韻），致累我罪非輕（疊）。〔木桂英、杜玉娥等作下馬科。木桂英白〕營門上那個在？〔雜扮一中軍，戴中軍帽，穿中軍褂，佩腰刀，從上場門上。白〕出入貔貅帳，傳宣紀律情。〔作出門問科。白〕什麽人？〔木桂英、杜玉娥白〕報去，先鋒等回營，請元帥、千歲陞帳，我等有緊要軍情稟見。〔中軍白〕元帥回營了麽？〔木桂英、杜玉娥等同白〕元帥不在營中麽？〔中軍白〕元帥親督救兵，接應衆位去了。〔木桂英、杜玉娥等同白〕我等不曾遇見。〔中軍白〕這又奇了。〔木桂英、杜玉娥白〕快請千歲陞帳。〔中軍白〕少待。〔作進門請科。白〕千歲有請。〔雜扮軍士，各戴馬夫巾，穿蟒箭袖卒褂，執旗。雜扮將官，各戴馬夫巾，紮額，穿打仗甲，執標鎗。雜扮一中軍，戴中軍帽，穿中軍褂，佩腰刀。雜扮陳琳，戴太監帽，穿鑲領箭袖，繫鸞帶，捧金鞭。引生扮德昭，戴素王帽，穿蟒，束玉帶，從上場門上。白〕凝眸盼捷報，側耳聽佳音。〔場上設公案、桌椅，轉場入座。中軍作稟科。白〕啟千歲，二位先鋒等回營稟見。〔德昭白〕元帥不曾回營麽？〔中軍白〕不曾。〔德昭白〕快令他們進見。〔中軍應，作出門唤科。白〕千歲令你們進見。〔木桂英、杜玉娥等白〕仙姑，請在此少待。〔李剪梅應科。木桂英、杜玉娥等作進門跪科。白〕千歲，臣妾等失律請罪。〔德昭作驚科。白〕失律請罪？起來講。〔木桂英、杜玉娥等應，起分侍科。白〕千歲，臣妾等奉令兩翼分兵，接應宗顯。誰知巖洞賓伏兵左右，亂箭齊發，不能衝突。臣妾等恐主將有失，合兵一處，正向南門而去。遇見宗顯部下健勇，報説宗顯被妖魔困住，臣妾等奮勇突入，那知宗顯早已陣殁了。〔德昭作驚科。白〕宗顯陣歿了？〔作忿恨科。白〕噫，果然不出仙師所料，爾等何不奮勇破陣？〔木桂英、杜玉娥白〕臣妾等也被邪魔困住，虧得李剪梅入陣解救。〔德昭白〕李剪梅現在何處？〔木桂英等白〕現在營外。〔德昭白〕著他進見。〔杜玉娥應，作出門科。白〕千歲著你進見。〔作引李剪梅進門，參見科。李剪梅白〕千歲在上，李剪梅參見。〔德昭白〕你乃何人？〔李剪梅白〕臣妾乃黎山老母門徒，因與宗顯有姻緣之分，命我下山，助宗顯收取神鋒，結下姻盟。今來助他破陣，誰知臣妾來遲片刻，夫主遭其毒手。〔德昭白〕如此說，有負仙姑一片誠心。孤當奏知聖上，自有恩諭。〔李剪梅白〕多謝千歲。〔德昭白〕元帥與呼延贊領兵去接應爾等，不曾遇見麼？〔木桂英、杜玉娥等同白〕臣妾等不曾看見。〔德昭白〕你們從那一路回來的？〔木桂英、杜玉娥等同白〕出人和陣南門，遶東路而回。〔德昭白〕不好了，元帥去接應爾等，今爾等收兵回來，元帥止領五千人馬，一入妖陣，寡不敵衆，少吉多凶矣。事不可緩，木桂英聽令。〔木桂英應科。德昭白〕你與八娘、九妹，帶領本部精兵，從南路入陣接應。〔唱〕

【仙吕宫正曲·皂羅袍】本部精兵統領(韻)，向南門入陣(讀)，連忙救拯(韻)。三申五令甚嚴明(韻)，違孤紀律軍法秉(韻)。〔合〕三軍急整(韻)，難容暫停(韻)，火速馳騁(韻)，令似雷霆(韻)，成功方許回繳令(韻)。〔木桂英等接令旗應科。白〕起兵。〔健軍應，引木桂英等上馬科，從下場門下。德昭白〕杜玉娥聽令。〔杜玉娥應科。德昭白〕你與李剪梅、呼延赤金、王魁英，帶領健勇，從北路入陣接應。〔唱〕

【又一體】爲國丹心齊秉(韻)，奮鷹揚威銳(讀)，妖邪立屏(韻)。星飛電掣莫留停(韻)，把元戎保護功超等㊀。〔合〕三軍急整㊀，難容暫停㊀，火速馳騁㊀，令似雷霆㊀，成功方許回繳令㊀。〔杜玉娥等接令旗，應科。白〕起兵。〔健勇應，引杜玉娥等上馬科，從下場門下。德昭起，隨撤公案、桌椅科。德昭唱〕

【尾聲】深憐宗顯青年命㊀，誓把餘氛掃靖㊀，雪恨舒讐忿氣平㊀。〔同從下場門下〕

第二十齣　破惡陣魔似冰消（家麻韻）

〔場上攏烟雲帳，内設人和陣，將臺插旗幟。雜扮健軍，各戴馬夫巾，穿採蓮襖卒褂，背絲縧，持雙刀。引旦扮九妹、八娘、木桂英，各戴七星額，紥靠，背令旗，持兵器，從上場門上，遶場科。同唱〕

【仙吕宫正曲·風入松】如飛響應大兵加(韻)，只慮著元戎勢寡(韻)。賢王聞報心驚訝(韻)，雷霆令一聲疾發(韻)。〔木桂英白〕我等遵奉千歲鈞旨，恐元帥陷入妖陣，速發精兵救援。前面已近正南陣門，衆將官，勇猛直進，退避者斬。〔健軍應科。同唱合〕衆心併鼓勇陣拔(韻)，進者奬退者罰(韻)。〔同從下場門下。雜扮健勇，各戴馬夫巾，穿勇字衣，繫縧帶，持鎗。旦扮呼延赤金、王魁英、杜玉娥，各戴七星額，紥靠，背令旗，持兵器。旦扮李剪梅，戴仙姑巾、翠過翹，穿道姑衣，繫絲縧，背鏡，背劍。從上場門上，遶場科。同唱〕

【仙吕宫正曲·急三鎗】謹遵著(句)，火速令(讀)，催戰馬(韻)，馳飛騎(讀)，助征伐(韻)。〔杜玉娥白〕不料元帥督兵南進，我等東路收兵，兩下未遇。千歲一聞此言，恐元帥遭其不測，急令我等領兵從北面衝陣，説成功方許繳令。〔李剪梅白〕列位放心，此去憑我道術，必使妖人受擒，掃陣報功。〔杜玉娥等同白〕全仗仙姑法力，我等竭力助戰便了。〔衆同唱〕憑鏖鬬(句)，鎗去挑(讀)，鞭來打(韻)，〔合〕踹陣角(讀)，顯英俠(韻)。〔從下場門下。場上撤烟雲帳。雜扮番兵，各戴小番帽，穿小番衣，執旗。雜扮番將，各戴外番帽、狐尾、雉翎，穿外番衣，執標鎗。雜扮蕭天佐、耶律學古、耶律休格、耶律色珍，各戴外國帽、狐尾、雉翎，紥靠，持兵器。雜扮虎精、豹精、豺精、狼精、鹿精、羊精、狗精、蟒精，各戴本形𦞦腦、小紥扮，持兵器。雜扮小妖，各戴鬼髮，穿蟒箭袖，繫肚囊，執烟雲旗。從兩場門上，作佈列陣勢科。旦扮白雲仙子，戴仙姑巾、翠過翹、白狐尾、雉翎，簪狐形，穿繡花箭袖，紥道姑衣，持劍。浄扮嚴洞賓，戴虬髮、道冠，紥金箍，穿蟒箭袖，紥氅，持劍。從上場門暗上將臺科。雜扮軍士，各戴馬夫巾，穿蟒箭袖卒褂，持兵器。雜扮張蓋、劉金龍、陳林、柴幹，各戴盔，紥靠，持兵器。浄扮呼延畢顯，戴盔，紥靠，持鎗。小生扮楊宗孝，戴紥巾額，紥靠，持鎗。旦扮金頭馬氏，戴七星額，紥靠，持刀。浄扮呼延贊，戴黑貂，紥靠，持鞭。生扮楊景，戴帥盔，紥靠，背令旗，持鎗。從兩場門上，衆作合戰科。嚴洞賓、白雲仙子下將臺，隨衆作遶場科，從兩場門下。楊景等同白〕呀，你看陣中狂風陡起，無數妖魔圍繞將來，好利害也。〔唱〕

【仙吕宫正曲·風入松】陰霾黑霧互相加(韻)，見怪物圍繞週匝(韻)。狰獰猛勢令人怕(韻)，惡很很吼聲叱咤(韻)。〔合〕一個個巨口獠牙(韻)，横衝撞忒威刺(韻)。〔蕭天佐等、番兵番將等從兩場門上，作圍困合戰科。健軍引木桂英等，從上場門上，作進陣衝殺科。健勇引杜玉娥等，從下場門上，作前後夾攻，合戰科。蕭天佐等、番將等從下場門敗下，楊景等追下。木桂英、杜玉娥等，耶律色珍、耶律休格等，從上場門上，作挑戰科，從下場門下。李剪梅追番兵從上場門上，戰科，番兵從下場門敗下。李剪梅唱〕

【仙吕宫正曲·僥僥令】邪魔忒放達(韻)，烈女怒相加(韻)，左攻右擊忙招架(韻)，〔合〕奮吾身敵禦他(韻)，奮吾身敵禦他(疊)。〔白雲仙子等從上場門上，戰科，從下場門下。八娘、九妹追遼將等，從上場門上，戰科，從下場門下。李剪梅從上場門上。白〕妖魔利害，待我遣神驅除便了，蕩魔童子速降。〔內應。白〕來也。〔雜扮蕩魔童子，各戴綫髮、小紮扮，持銀棍，從上場門上，作參見科。同白〕仙姑有何法旨？〔李剪梅白〕大展雄威，隨俺速將妖魔蕩除者。〔蕩魔童子應科，引李剪梅從下場門下。嚴洞賓、白雲仙子、木桂英、杜玉娥從上場門上，戰科。木桂英、杜玉娥白〕妖賊，你陣勢早被俺們踹破，趁早延頸受戮。〔嚴洞賓、白雲仙子白〕潑婦有何伎倆，出此狂言？看劍。〔戰科。虎精等從上場門上，戰科。李剪梅引蕩魔童子從上場門上，作戰科，同從下場門下。蕩魔童子追虎精等，從上場門上，作挑戰科，從下場門下。嚴洞賓、白雲仙子從上場門上。白〕了不得，人和陣又被打破。李剪梅召了無數神兵，把小妖們戰得七零八落，好不很戾也。〔同唱〕

【仙呂宮正曲·玉胞肚】看他軍威浩大(韻)，四週圍神兵頓加(韻)，破陣勢力似吹灰(句)，掃邪氛風捲殘霞(韻)。〔李剪梅從上場門追上，戰科。白〕無知妖賊，再若逞强，立爲虀粉。〔白雲仙子、嚴洞賓同叱科。唱合〕你唇鋒舌劍太吱喳(韻)，顯你英强忒弱咱(韻)。〔戰科，嚴洞賓、白雲仙子從下場門下。虎精等從上場門上，截戰科。蕩魔童子從上場門追上，合戰科。小妖從兩場門上，作圍繞科。李剪梅執鏡咒科。白〕詛。〔小妖從兩場門逃下，虎精等從兩場門隱下。雜扮虎、豹、豺、狼、鹿、羊、狗、蟒形，各穿獸衣，從兩場門上。蕩魔童子作擒住虎、豹等科。同白〕衆小妖已擒。〔李剪梅白〕押往陰山錮禁者。〔蕩魔童子應科，作押虎、豹、豺、狼等從下場門下。李剪梅白〕且喜陣勢已破，衆妖已擒，再將嚴洞賓、白雲仙子擒斬，除絶後患便了。〔嚴洞賓、白雲仙子從上場門上。白〕潑賤，輒敢在俺大仙跟前賣弄邪術。〔李剪梅白〕潑魔再行抵抗，教你們立現原形。〔嚴洞賓、白雲仙子白〕胡説，俺大仙修煉神功，有何原形可現？〔戰科。李剪梅作舉鏡科。白〕潑魔立現。〔白雲仙子、嚴洞賓作驚慌，從下場門急下，李剪梅追下。軍士、健軍、健勇、楊景等追番兵、番將、蕭天佐等，從上場門上，作挑戰合戰科。蕭天佐等從兩場門敗下，軍士、健軍、健勇、楊景等追下。嚴洞賓、白雲仙子從上場門急上。嚴洞賓白〕仙子，他的寶鏡甚難招架，你我免不得要現原形了。〔白雲仙子白〕待我噴出毒氣，掩住他鏡光便了。〔李剪梅持鏡，從上場門追上。白〕妖賊那裏走？看俺寶鏡擒你。〔作照科。白雲仙子作噴氣咒詛，作掩鏡光科。李剪梅看鏡科。白〕好可惡的潑魔，將俺鏡光掩住，看劍。〔作戰科。軍士、健軍、健勇、楊景等，木桂英等，從兩場門上，作圍困科。嚴洞賓、白雲仙子從下場門隱下。隨設烟雲帳，撤將臺、旗幟科。李剪梅、杜玉娥、木桂英白〕借土遁走了。〔楊景白〕收兵回營。〔衆應遶場科。同唱〕

【喜無窮煞】掃圖陣如解瓦㊄，風雷驟雨打殘花㊄，早使那外道邪魔畏懼咱㊄。〔同從下場門下〕

第廿一齣　幻世相仙姥圓姻（蕭豪韻）

〔丑扮侍香童，戴道童巾，穿水田衣，繫絲縧，從上場門上。白〕未成玉鏡緣，先點返魂香。我侍香童，指望代替宗顯是件美事，誰知一椿業債。還好，幸而聖母念我代替宗顯之死，得全忠良之後，因此大發慈悲，救我還魂，免墮輪迴。如今聖母爲宗顯之事上天請旨去了。命我預備玉堂富貴花，九華多寶燈。又命衆仙童扮做歌童，衆仙子裝做舞女，各執花燈，親送宗顯去團圓花燭，俱已齊備。宗顯，宗顯，你好君子命大。〔作自歎科。白〕侍香童，侍香童，你好小人福薄。〔從下場門下。小生扮楊宗顯，戴紮巾額，紮靠，從上場門上。唱〕

【仙呂調隻曲・喜新春】喜定仙緣（讀），藍田種玉遇仙曹（韻）。掌判毛錐（句），聖母親操（韻），何必牽羊成俗禮（句），不須玉鏡效清高（韻），便去賦《桃夭》（韻）。〔侍香童從上場門暗上。白〕你去賦《桃夭》，也虧我代勞。〔楊宗顯白〕什麼你代勞？〔侍香童白〕那日人和陣內，不虧我替代，你入重泉路，我便渡藍橋。〔各笑科。楊宗顯白〕休得取笑。〔侍香童白〕遠遠仙樂之聲，聖母回山了，你我快去迎接。〔雜扮護山力士，各戴馬夫巾，紮額，穿鎧，持金鞭。雜扮仙童，各戴線髮，穿道袍、採蓮襖，繫絲縧。旦扮仙女，各戴魔女髮，穿宮衣。引旦扮黎山老母，戴仙姑巾、鳳冠，穿蟒，束帶，帶數珠。從上場門上。黎山老母白〕身惹御香辭玉闕，足登雲輦到仙山。〔仙童白〕聖母回宮。〔侍香童、楊宗顯作迎接進門科。場上設椅，黎山老母轉場坐科。楊宗顯作參見科。白〕聖母在上，弟子宗顯稽首。〔黎山老母白〕宗顯，吾今奏聞玉帝，念汝一門忠勇可嘉，故有此福緣善慶，賜爾團圓花燭，成就奇緣。仙童，引他去更換吉服。〔仙童應。楊宗顯白〕多謝聖母慈悲。〔仙童引楊宗顯從下場門下。黎山老母白〕侍香童，命你預備玉堂富貴花，九華多寶燈，都齊備了麼？〔侍香童白〕俱已齊備，聖母就是這樣去麼？〔黎山老母白〕我有妙用。護山力士化作院子，仙女化作梅香，侍香童扮作禮生，隨我送楊宗顯到宋營去。〔仙女、護山力士應科，從兩場門下。侍香童白〕聖母怎么裝扮？〔黎山老母白〕自有道理。喚歌童舞女，各執花燈，殿前伺候，就請楊公子。〔侍香童應科。黎山老母起，從下場門下。侍香童白〕歌童舞女，各執花燈，殿前伺候。〔內奏樂。雜扮化身歌童，各戴線髮，穿道袍、採蓮襖，繫汗巾，各執富貴花。旦扮化身舞女，各戴翠過翹，穿宮衣，各執多寶燈。從兩場門上。侍香童白〕楊公子有請。〔侍香童從下場門下。楊宗顯換巾，簪金花，穿繡花紅道袍，披紅，從上場門上。白〕妙嗄，你看陸離燃寶炬，爛熳燦銀花。仙音嘹喨，香霧氤氳，我好喜也。〔唱〕

【仙呂調隻曲・獻天壽】寶炬輝輝映碧霄(韻)，香霧飄飄(韻)，花燈接引渡藍橋(韻)，跨鳳去吹簫(韻)。銜書通信憑青鳥(韻)，團圓喜上眉梢(韻)，椿萱重見在良宵(韻)，夫婦的報皇家沐恩膏(韻)。〔雜扮化身院子，各戴羅帽，穿紅紬道袍。旦扮化身梅香，各穿紅衫背心，繫汗巾。侍香童換戴儒巾，簪金花，穿藍衫，繫儒縧，披紅。引生扮黎山老母化身，戴浩然巾，穿氅，執藜杖。從下場門上。黎山老母化身白〕欲識幻中幻，眼前如是觀。〔轉場坐科。楊宗顯作驚異科。白〕你是那個？〔黎山老母化身白〕我是黎山老母。〔楊宗顯笑科。白〕笑話，黎山老母是個女相，怎麽變了男身？只怕你是黎山老爹。〔黎山老母化身白〕參透玄機，色即是空。老母老爹，是幻非幻。〔楊宗顯白〕宗顯肉眼，豈識幻相，聖母指示，我今明白了。〔黎山老母化身白〕宗顯此去軍營，你我父子稱呼，記準了。〔楊宗顯應科。黎山老母化身作起，隨撤椅科。黎山老母化身白〕衆仙童、仙女，各執花燈，導引前去。〔衆應科。同唱〕

【仙呂調隻曲·鳳凰臺上憶吹簫】仙樂悠揚(句)，彩雲籠護(句)，九華燈照光搖(韻)。愛玉堂富貴(句)，馥馥香飄(韻)。作伐親操薪斧(句)，渡牛郎(讀)，鵲架河橋(韻)。一行行花燈耀(韻)，送你去何郎咏調(韻)，弄玉吹簫(韻)。今朝(韻)，導言掌判(句)，焉用倩蹇脩(句)，乃出天曹(韻)。念祖忠父繼(句)，子享天褒(韻)。看此團圓合巹(句)，驚奇處(讀)，不但延昭(韻)。合營內(句)，人人駭異(句)，個個喧囂(韻)。〔同從下場門下〕

第廿二齣　駕妖雲邪魔攝鏡（庚青韻）

〔内打初更。旦扮小狐精，各戴紥額、狐尾，鬙形，穿採蓮襖、小背心，繫腰裙，帶雙刀。引旦扮白雲仙子，戴仙姑巾、翠過翹、白狐尾、雉翎，鬙狐形，穿繡花白緊身，繫腰裙，佩劍，從上場門上。白雲仙子唱〕

【南吕調套曲・一枝花】高岡月漸升（韻），曠野人初静（韻）。爲遵道友計（句），嫌煞月兒明（韻）。虚心兒受怕擔驚（韻），免不得悄悄的尋幽徑（韻）。怕野犬籬畔吠金鈴（韻），尋那松陰裏躡跡行行（韻），向這古墓傍藏形等等（韻）。〔白〕昨日在人和陣内，險被李剪梅寶鏡照出原形。虧我將鏡光暫時掩住，用土遁而避。軍師説這寶鏡比一切法寶俱各利害，命我今夜用法攝來。因此召了衆使女，同往宋營，攝取寶鏡，擒拏李剪梅，就此前去。〔小狐精應科。同唱〕

【南吕調套曲・梁州第七】俺卻也陰陽氣稟（句），天生就造化精靈（韻），在幽巖修養延年命（韻）。對漢潢採秀（句），望日月吞精（韻）。一般的伐毛洗髓（句），纔得改换人形（韻）。再不想寒夜聽冰（韻），也不去祠中篝火宵鳴（韻）。不自稱玄丘校尉（句），不學他皓首書生（韻），不效洽道將香沐身馨（韻）。不避桓温（叶），不訪董生（韻），咱今護陣椿仙請（韻）。威假虎點憑城（韻），因懼剪梅神鑑影（韻），故要攝鏡蹌營（韻）。〔同從下場門下。雜扮陳琳，戴太監帽，穿鑲領箭袖，繫鸞帶。引生扮楊景，戴帥盔，穿蟒，束帶。生扮德昭，戴素王帽，穿蟒，束玉帶。從上場門上。楊景、德昭唱〕

【南吕調套曲・梧桐樹】鎮日慮軍國籌軍政(韻)，早又因李氏這姻盟(韻)。他要與靈牌兒(讀)，行交拜殊烈性(韻)，這慘情怎好就應承定(韻)？〔場上設椅，轉場各坐科。旦扮柴媚春，戴七星額，紮靠。引旦扮李剪梅，戴仙姑巾、翠過翹，穿道姑衣，繫絲縧，背鏡。從上場門上。同白〕要知潔白冰霜性，須看眼前節烈人。〔作進門見科。白〕千歲。〔德昭白〕二位少禮，請坐。〔柴媚春、李剪梅白〕告坐。〔場上設椅，各坐科。李剪梅白〕千歲呼喚剪梅，有何吩咐？〔德昭白〕孤聞元帥所云，你爲宗顯守節，恐你翁姑不信，要與靈牌交拜，可是有的？〔李剪梅白〕實出真心。〔德昭白〕節操堅貞，婦道之本。欲行抱牌交拜之禮，恐使見聞者心酸，可也不必。〔李剪梅白〕剪梅之志已如鐵石，雖蒙千歲勸阻，奴心斷不可挽回矣。〔德昭、楊景、柴媚春白〕就有此舉，班師後再行未遲，軍營之中斷然不可。〔李剪梅作驚訝起，背科。唱〕

【南吕調套曲・賀新郎】聽得此話猛然驚(韻)，他道是再議施行(韻)。〔白〕千歲。〔唱〕這段姻盟(韻)，我兩人空挂虛名訂(韻)，不從我堅志真情(韻)。〔德昭白〕此舉決難從你。〔李剪梅白〕既不從我之志，生也徒然，也罷。〔唱〕當面前拚棄餘生(韻)。〔作欲觸階科，柴媚春急起，扯住科。德昭、楊景起，隨撤椅。德昭白〕守節只在終身不二，何必戕生？〔李剪梅白〕千歲不準剪梅之舉，決不偷生。〔德昭白〕剪梅，孤家呵——〔唱〕羡你堅貞如雪潔(句)，節烈似冰清(韻)，這般巾幗人欽敬(韻)。〔內打二更科。德昭白〕夜深了，且歸營帳，待孤消停奏請施行。〔柴媚春、李剪梅、楊景白〕臣等告退。〔作拜別科，從兩場門分下。德昭白〕可敬嗄可敬。〔唱〕潔烈女英傑(句)，貞順玉娉婷(韻)。〔從下場門下，陳琳隨下。小狐精引白雲仙子從上場門上。同唱〕

【南呂調套曲·玄鶴鳴】走不斷牛羊徑(韻)，盼不至虎豹營(韻)。皎皎的星月朗(句)，澄澄的河漢清(韻)，夜行人身隨月影(韻)。仗著法高威壯(句)，敢來劫寨偷營(韻)。〔小狐精白〕已到宋營了。〔內應白〕小心火燭。〔作擊柝科，白雲仙子等作聽科。同唱〕有看壕擊柝(句)，守寨巡更(韻)。旌杆上挑紅燈(韻)，幾層層列連營(韻)。〔小狐精白〕仙子，你看宋營一望無窮，知道李剪梅在那一座營內？〔白雲仙子白〕不妨，你們看旌杆上的紅燈呵。〔唱〕一字字書名寫姓(韻)，挨次去留神細省(韻)。〔同從下場門下。李剪梅從上場門上。唱〕

【南呂調套曲·烏夜啼】奴原是海棠嬌(讀)，今做了枯枝杏(韻)。好比冷梅心傲霜節勁(韻)，恨東君擲下花權柄(韻)。花色兒明明(韻)，梅子兒青青(韻)，酸心梅子好傷情(韻)，酸心梅子好傷情(疊)，剪梅贈没了林和靖(韻)。〔作歎科。白〕展轉思量，越增悽慘。〔作欠伸科。白〕身子困倦，不免解下法寶，隱几而卧片時。〔場上設桌椅，李剪梅作解鏡置桌，坐科。白〕聖母嗄，你命俺下山訂婚，如今奴夫遭害，怎的不管了？〔唱〕做司花使出了催花令(韻)，怎不禁妬花風雨(句)，一任凋零(韻)。〔作盹睡科。小狐精引白雲仙子從上場門悄上。白雲仙子白〕這裏是了。〔作窺探科。白〕你看鏡兒放在桌上，他卻睡熟了。〔小狐精白〕

一齊進去。〔白雲仙子白〕住了，此女道術高强，不可魯莽。待我先攝取寶鏡出來，再除剪梅便了。〔作進門攝鏡，李剪梅作驚醒，看科。白〕什麽人進帳偷鏡？〔白雲仙子作急走，李剪梅持劍急起。隨撤桌椅科。李剪梅白〕那裏走？〔作戰科。李剪梅白〕好潑魔，擅敢入營，攝俺寶鏡。〔唱〕

【南呂調套曲・罵玉郎】恁便敢貪心私竊寶光鏡(韻)，好教人怒忿忿(句)，烈騰騰(韻)。〔戰科。旦扮木桂英，戴七星額，紥靠，從上場門上。白〕妹子帳中爲何喧嚷？待我看來。〔作看科。白〕不好了。〔仍從上場門急下。李剪梅唱〕伊家恃著軍師令(韻)，赤緊的惡念逞(韻)，敢前來(句)，尋争競(韻)。〔戰科。木桂英引旦扮九妹、八娘、杜玉娥、呼延赤金、金頭馬氏、柴媚春、耿金花、董月娥、馬賽英，各戴七星額，紥靠，持兵器，從上場門上，作合戰科，同從下場門下。小狐精、木桂英等從上場門上，作挑戰科，從下場門下。小狐精隨白雲仙子從上場門上。白雲仙子唱〕

【南呂調套曲・採茶歌】不勝早收兵(韻)，避鋭快逃生(韻)，好護著寶鑑菱花回我營(韻)。〔小狐精白〕追兵漸遠，取出寶鏡來，我們見識見識。〔白雲仙子作持鏡，衆作争看科。同白〕妙嗄，果然是至寶。好好收藏，不要被他攝了回去。〔生扮黎山老母化身，戴浩然巾，穿氅，繫絲縧，持藜杖，從禄臺上，作咒科。白〕詛。〔作攝鏡，從天井上，黎山老母化身作持鏡從禄臺下。白雲仙子等作驚駭科。同白〕好奇怪，寶鏡從空飛去，定被李剪梅攝去了。〔唱〕從空攝去無蹤影(韻)，徒勞辛苦未功成(韻)。〔李剪梅等從上場門追上。同白〕妖婦，留下寶鏡，饒你性命。〔白雲仙子白〕你用法攝了回去，倒來放刁。〔作合戰科。白雲仙子等敗，作遶場科，李剪梅等追科。同白〕妖婦，看你逃到那裏去？〔白雲仙子作咒科。白〕詛。〔場上設牆攩科，白雲仙子等從下場門下。李剪梅白〕妖婦用邪法阻隔我軍，逃去了。〔木桂英白〕不必追趕，回營稟明元帥，請令施行。〔衆同白〕有理。〔木桂英同唱〕

【煞尾】妖人攝鏡來俄頃(韻)，抵捕潛逃躡霧騰(韻)。空費宵征夜戰爭(韻)，虎帳陳情軍令請(韻)。

〔同從下場門下〕

第廿三齣　夢境迷離偶會合（真文韻）

〔内打三更。生扮黎山老母化身，戴浩然巾，穿氅，繫絲縧，持藜杖，執鏡，從仙樓下至壽臺科。唱〕

【南呂宮正曲・一江風】聚狐羣（韻），慧眼惟一瞬（韻），是阿紫胡厮混（韻）。俺御祥雲（韻），收取菱花（句），暗裏神通運（韻）。〔白〕爲送宗顯到宋營，正行之間，忽見一縷黑氣，即知妖人攝取剪梅寶鏡。乃命宗顯等樹林等候，吾遂將寶鏡攝回，就與宗顯做個重圓聘禮。今已夜半，快送宗顯去者。〔唱合〕我心中暗喜欣（韻），我心中暗喜欣（疊），使他們細忖論（韻），這破鏡緣想不到重圓分（韻）。〔從下場門下。净扮鍾離道人，戴丫髻膔腦，穿鐘離氅，執棕扇，從上場門上。白〕人生忠孝爲根本，忠孝方能感格天。今有黎山老母，念楊家父子盡心王事，忠君報國，奏過天帝，救免楊宗顯死劫。如今送宗顯到來，成就再生緣。待小仙略顯神通，令合營人睡熟，同入夢境，做成夢聚重圓，留爲佳話可也。〔作向下揮扇，咒詛科。白〕待我迎候黎山老母去。一枕黄粱猶未熟，半生事業已完成。〔從下場門下。生扮楊景，戴帥盔，穿蟒，束帶，從上場門上。唱〕

【又一體】熾妖氛（韻），兒命戕魔陣（韻），使幼媳成孤另（叶）。恨難伸（韻），又來攝鏡踰營（句），鬭術逞强很(韻)。〔場上設桌椅，轉場坐科。白〕適聞剪梅報説，有妖婦攝去寶鏡，抵捕潛逃。本帥即欲議兵追勦，鍾仙師道不必興師動衆，少時便當離而復合，寶鏡重圓。這些隱語，其實難解。此時將近四鼓，一時身子倦怠，且假寐片時。〔唱合〕煩冗猝我身(韻)，煩冗猝我身(疊)，籌謀倍勞神(韻)，隱几兒靜養吾方寸(韻)。〔作假寐科。内打四更。浄扮孟良、焦贊，各戴紥巾額，紥靠，從上場門上，作低聲科。白〕辛勤神倦懶，濃睡黑甜餘。〔作進門稟科。白〕元帥，鍾仙師同一位居士要見。〔楊景白〕快請。〔作起，隨撤椅科。焦贊、孟良作出門，向下請科。白〕仙師、居士有請。〔鍾離道人、黎山老母化身從上場門上。白〕夢者夢，醒者醒，未知他是夢，未知我是醒。〔同作進門科。鍾離道人白〕元帥。〔楊景白〕仙師，此位是誰？〔黎山老母化身白〕老人黎山居士。〔楊景白〕失敬了，請坐。〔場上設椅，各坐科。楊景白〕居士到此，必是助楊景破陣。〔黎山老母化身白〕助你破陣不難，只要元帥依我一事。〔楊景白〕不知居士有何見教？〔黎山老母化身白〕老人有愛子而無佳婦，聞元帥帳下有位貞静之女，故來仰攀。倘蒙慨諾，實爲幸甚。〔楊景白〕居士，下官膝下其實無女。〔鍾離道人白〕元帥會意錯了，他不是要攀令愛千金，説營中另有無夫之女。〔楊景白〕下官明白矣。居士，我有兩個妹子，八娘已許胡守信，前者有書去約至軍前効用。九妹尚未許字，若不嫌卑陋，願結絲蘿。〔黎山老母化身白〕差之毫釐，謬之千里了。〔鐘離道人白〕元帥會意又錯了。〔楊景白〕怎麽又錯了？〔黎山老母化身白〕元帥説的是那個？〔楊景白〕下官説的是舍妹。〔黎山老母化身白〕老人説的是令媳剪梅。〔楊景白〕豈有此理，剪梅是小兒宗顯之婦，豈是無夫之女？〔黎山老母化身白〕令郎宗顯在那裏？請出來我看。〔楊景白〕不幸陣歿了。〔黎山老母化身白〕令郎死了，剪梅只好算無夫之女，所以老人特來仰攀，成就他做個有夫之女，如何？〔楊景白〕居士不知，吾媳冰霜節烈，豈肯再嫁他人？決難從命。〔黎山老母化身白〕權且讓與小兒何妨？〔焦贊、孟良白〕住了，俺二人聽這半日，越説越不像話。虧你若大年紀，連綱常倫理也不知，那有自己兒媳讓與别人的？〔鍾離道人、黎山老母化身白〕這是一樁極美的美事。〔焦贊、孟良、楊景白〕仙師，這老兒來求親，是猶如做夢，仙師也隨他做夢，説的一派夢話。〔鍾離道人、黎山老母化身作笑科。白〕元帥不應親事，是在夢中，你們乃幫著做夢，這頭親事，只怕攀定了。〔焦贊、孟良、楊景白〕住口。〔唱〕

【南吕宫正曲·大勝樂】楊門累代纓紳(韻)，男和女個個守忠貞(韻)。兒媳怎做重婚婦(句)，穢清白玷良門(韻)。〔生扮德昭，戴素王帽，穿出襬，束帶。小生扮楊宗保、楊宗孝，各戴紥巾額，紥靠。浄扮呼延贊，戴黑貂，紥靠。生扮岳勝，戴盔，紥靠。同從上場門上。德昭白〕肅静軍規誰犯令，何人大膽敢喧嘩？〔作進門科，衆作起，隨撤椅。楊景白〕千歲來得正好，這無知老人，强要娶剪梅爲兒媳，求千歲作主。〔德昭白〕有這等事？你這老兒，無理之甚矣。〔唱〕不通倫理言干順(韻)，怎便非姻强訂親(韻)？〔合〕休得煩言絮也(句)，你偷寒送煖(讀)，要他棄舊從新(韻)。〔黎山老母化身唱〕

【又一體】告賢王這段姻親(韻)，早已的一線引(韻)。三生宿世緣和分(韻)，賴千歲作主婚(韻)。〔德昭白〕那個與你作主婚？〔黎山老母化身唱〕神天巧使重圓鏡(句)，新婦新郎兩舊人(韻)。〔焦贊、孟良、楊景、德昭白〕真是一派夢話。〔鍾離道人白〕夢也罷，醒也罷，居士去喚令郎來，他們一見，自然就允從了。〔黎山老母化身白〕待我去喚他來。〔作出門，從上場門暫下。德昭、楊景白〕仙師，你教他喚來則甚？〔鐘離道人白〕招他爲壻。〔楊景白〕仙師也是這樣戲謔起來了。〔鍾離道人白〕也由不得你們。〔唱〕伊行見了(句)，少不得回嗔作喜(讀)，親上加親(韻)。〔黎山老母化身引小生扮楊宗顯，戴巾，簪金花，穿紅繡花道袍，披紅，從上場門上。楊宗顯白〕重把銀釭照，相逢是夢中。〔同作進門科。黎山老母化身白〕千歲、元帥，小兒當面。〔楊景、德昭作背科。白〕免見。〔楊宗顯白〕是宗顯在此。〔楊景、德昭白〕那有此事？〔焦贊、孟良作認科。白〕奇怪，何嘗不是宗顯姪兒。〔楊景、德昭轉身，細看科。白〕果然是宗顯。〔楊景作挽手科。白〕我的親兒。〔楊宗顯白〕爹爹。〔黎山老母化身作扯科。白〕這是我的孩兒。〔焦贊、孟良白〕這是我哥哥的兒子，怎麼你混認親？〔楊景、德昭白〕請問居士，宗顯死在人和陣内，如何得活？〔黎山老母化身白〕是老人救他出陣，認爲義兒。今日送來成就前姻，千歲不主婚，元帥不允親，也只得罷了。來，隨我回去。〔楊景、德昭作攔科。白〕不要帶他去。〔黎山老母化身、鍾離道人白〕千歲又不肯主婚。〔德昭白〕孤家主婚。〔黎山老母化身、鍾離道人白〕元帥又不肯允親。〔楊景白〕允從了。〔黎山老母化身白〕如此，就在目下完姻。〔德昭白〕元帥，就是目下完姻。〔楊景白〕諸事未備，那裏來得及？〔黎山老母化身白〕樂人儐相，花燈綵轎，俱在營門首。就煩二位將軍，帶了花燈鼓樂，快去迎請新人，到前營結了花燭，再送至後營便了。〔焦贊、孟良應，作出門科，從下場門下。楊景白〕只是軍營中，那有結花燭之理？〔德昭白〕不妨，有孤家主婚，竟是目下成親。〔楊景白〕多謝千歲，待楊景準備喜筵，俟新人到來，以成婚禮。〔德昭同白〕喜事從天降。〔黎山老母化身、鍾離道人白〕奇緣入幻成。〔同從下場門下〕

第廿四齣　鏡輝明朗大團圓（蕭豪韻）

〔內打四更。浄扮焦贊、孟良，各戴紮巾額，穿蟒，束帶。雜扮化身歌童，各戴綫髮，穿道袍、採蓮襖，繫汗巾，各執富貴花。旦扮化身舞女，各戴翠過翹，穿宮衣，各執多寶燈。雜扮化身院子，各戴羅帽，穿紅紬道袍。旦扮化身梅香，各穿紅衫背心，繫汗巾。丑扮侍香童，戴儒巾，簪金花，穿藍衫，繫儒縧，披紅。旦扮柴媚春，戴鳳冠，穿蟒，束帶。老旦扮佘氏，戴鳳冠，穿蟒，束帶。雜扮轎夫，各戴紅氈帽，穿布箭袖、轎夫衣，擡轎。旦扮李剪梅，戴仙姑巾、翠過翹，穿道姑衣，繫絲縧，罩繡花紅衫兜，蓋頭，乘轎。從上場門上，衆遶場科。同唱〕

【中呂宮正曲·小團圓】會合鳳鸞交（韻），天假美良宵（韻）。滿營中（讀），好夢不知天漸曉（韻）。聽笑語喧嘈（韻），鼓樂鬧饒（韻）。〔合〕早稱了少年心（句），永團圓直到老（韻）。〔化身歌童等引柴媚春、佘氏、孟良、焦贊作進門科。孟良向下請科。白〕千歲、元帥，有請。〔小生扮楊宗保、楊宗孝，各戴紮巾額，穿蟒，束帶。浄扮呼延贊，戴黑貂，穿蟒，束帶。生扮岳勝，戴盔，穿蟒，束帶。生扮黎山老母化身，戴浩然巾，穿氅，繫絲縧，持藜杖。浄扮鐘離道人，戴丫髻膃腦，穿鍾離氅，執棕扇。引生扮楊景，戴帥盔，穿蟒，束帶。生扮德昭，戴素王帽，穿蟒，束玉帶。從下場門上。楊景、德昭白〕新人到了麼？〔焦贊、孟良白〕已到營門。〔楊景、德昭白〕就請新人。〔黎山老母化身白〕儐相讚禮。〔侍香童應，讚禮科。白〕伏以，你爲他來不顧我，爲你枉受輪迴苦。

誰知依舊嫁他人，讚禮詩中把恨補。奉請新人擡身，緩步請行。〔化身梅香扶李剪梅下轎，作進門科。轎夫擡轎，仍從上場門下。侍香童白〕伏以，我爲剪梅陷陣裏，不嫁香童還嫁你。我命薄來你命好，你做新郎我讚禮。奉請新貴人擡身，緩步請行。〔化身院子作扶小生扮楊宗顯，戴巾，簪金花，穿繡花紅道袍，披紅，從下場門上。侍香童作讚禮，拜天地科。場上設席，各入座科。侍香童虛白，從下場門下。黎山老母化身白〕歌童舞女，筵前獻舞，慶賀團圓之喜。〔化身歌童、化身舞女應科。內奏十番樂，衆作舞科。同唱〕

【中呂宮正曲·永團圓】銀河填鵲橋梁造(韻)，逢佳會好良宵(韻)。蘿附木魚得水(句)，王謝偶潘楊好(韻)。朱陳到老(韻)，焉似天緣一夢巧(韻)。效青廬交拜禱(韻)，何須白璧相要(韻)？玉鏡臺(讀)，不如金鏡寶(韻)，能把邪魔照(韻)，靈異非輕小(韻)。重圓鏡(讀)，琴瑟調(韻)，夢圓咸歡笑(韻)，〔合〕夢醒後尤其笑(韻)。〔楊景笑科。白〕妙嗄，這場歡喜，我只怕在此做夢。〔德昭白〕這樣歡喜之夢，常做也可。〔衆笑科，作起，隨撤席，設桌椅。德昭白〕送入後營。〔衆應。內奏樂，同引李剪梅、楊宗顯從下場門下。楊景復作伏几卧科。黎山老母化身白〕也該喚醒他們了。〔鍾離道人白〕待我來。〔作揮扇咒科。白〕詛。〔黎山老母化身、鍾離道人從下場門下。楊景作笑科。白〕我好喜也。〔作忽醒，呆想科。白〕原來是一場大夢。〔作歎科。唱〕

【中呂宮正曲·縷縷金】長太息(句)，憶難拋(韻)。日有所思者(句)，夜有夢魂勞(韻)。夢裏團圓會(句)，花燭熱鬧(韻)，醒時燭滅與燈消(韻)。〔合〕悽然自悲悼(韻)，悽然自悲悼(疊)。〔內打五更。楊宗保、楊宗孝各換靠，引德昭從上場門上。焦贊、孟良、岳勝、呼延贊各換靠，從下場門上。衆同白〕夢境歡無極，醒時皆屬虛。方纔睡去，竟做了一場極喜歡的好夢。〔同作笑科。德昭、楊宗保、楊宗孝白〕那邊何人語笑？〔孟良、焦贊、岳勝、呼延贊白〕那邊何人語笑？〔同作相見科。呼延贊等白〕原來是千歲。〔德昭白〕衆卿爲何大笑？〔呼延贊等白〕臣等做了個好夢。〔同笑科。楊景作起，隨撤桌椅科。楊景白〕誰人在此語笑？待本帥看來。〔衆作見科。楊景白〕原來是千歲駕到了。〔德昭等同白〕已交五鼓，元帥還不養息？〔楊景白〕適纔假寐，忽得好夢，一笑而醒。〔德昭等同白〕也是好夢。〔孟良、焦贊白〕奇怪，大家一齊說，可是一樣的？〔衆同白〕夢見黎山居士。〔衆作驚異科。同白〕奇嗄，送宗顯到來，與剪梅完姻。〔衆作驚駭科。同白〕怪哉，一霎時笙簫鼓樂，花燈歌舞，喜筵散後，將一對新人，送歸後營，醒來卻是一夢。〔衆笑科。同白〕奇哉，怪哉，怎的分毫無二？〔同唱〕

【中呂宮正曲・駐雲飛】奇事蹊蹺(韻)，得夢相符在一宵(韻)。這樣奇聞巧(韻)，說著令人笑(韻)。〔旦扮木桂英、九妹、八娘、杜玉娥、呼延赤金、柴媚春，各戴七星額，紮靠。引佘氏鈿鳳冠，換補服老旦衣，策杖，從上場門上。同唱〕嗏(格)，殊覺暢心苗(韻)，說與他行知道(韻)。〔同作進門科。德昭白〕太君，夜已五鼓，到此何事？〔佘氏等同白〕說也奇怪，臣婆媳們，俱夢見黎山居士，送宗顯與剪梅成親，實爲奇怪，爲此特來說知。〔德昭等同白〕原來合營夢兆相符，真乃奇事。〔楊景白〕日間鍾仙師曾有離而復合之語，莫非應在此夢？莫若到剪梅處，見個分明如何？〔德昭白〕元帥說得有理，我等奉陪。〔衆同唱〕天意使然（讀），預報重逢兆（韻），〔合〕真個重圓可能在這遭（韻）。〔同從下場門下。場上設牀帳，左右側設桌椅。內奏樂，化身歌童、化身舞女引化身梅香扶李剪梅、楊宗顯持鏡，從上場門上，作進門。化身梅香扶李剪梅入帳，暗卸蓋頭、繡花紅衫科。衆化身等作出門，同從下場門下。楊宗顯置鏡桌上，關門掀帳科。白〕夫人醒來。〔作閃躲科。李剪梅驚醒科。白〕將軍。〔作四視，自唾科。白〕原來是一場大夢。唉，真正日有所思，夜有所夢。將軍嗄，我和你，可能有這一日相會了？〔楊宗顯出見科。白〕眼前就是相會之日。〔李剪梅作驚懼科。白〕將軍，你爲何在此出現唬我？〔楊宗顯白〕你盼我與你相會，如今相會，你倒害怕起來了。〔唱〕

【中呂宮正曲·好事近】何必恁虛囂（韻）？〔白〕夫人。〔李剪梅作驚避唾科，楊宗顯笑科。唱〕慢自心驚膽跳（韻），天教佳會（句），兩兩魚水和好（韻）。〔白〕方纔呵——〔唱〕早同牢合巹（句），這時節（讀），作樣裝喬調（韻）。〔合〕我和你破鏡重圓（句），別還聚團圞歡笑（韻）。〔白〕夫人。〔李剪梅白〕將軍嗄，奴爲你堅持節操，有何不放心處，還來唬我？〔楊宗顯白〕我明明是人，你怕從何來？〔李剪梅白〕將軍。〔唱〕

【又一體】非奴故裝喬（韻），孰不知你身赴陰曹（韻）。〔白〕今夜呵——〔唱〕黄昏月下（句），淒清處夢擾魂勞（韻）。〔白〕故此你來——〔唱〕將奴話嘲（韻），把合巹（讀），夢語裝虛套（韻）。〔合〕那裏有破鏡重圓（句），怎能得團圞歡笑（韻）？〔楊宗顯白〕夫人，別的是假，方纔與你雙雙交拜，喫合巹杯，難道也是假的？〔李剪梅白〕是奴做夢。〔楊宗顯白〕你做夢，我卻不是做夢。也罷，有件東西，與你做團圓見証。〔作取鏡科。白〕夫人，可認得這寶鏡麼？〔李剪梅接鏡，驚異科。白〕且住，此鏡昨晚被妖人攝去，怎麼在你處？〔作想科。白〕是了，你必是妖人幻化，前來欺侮奴家。〔楊宗顯白〕夫人。〔唱〕

【又一體】休疑是邪妖(韻)，怎不辨錦茵溷淆(韻)？是你親夫宗顯(句)，怎錯認妖幻英豪(韻)？〔德昭、楊景等從上場門上，作聽科。衆同白〕好奇怪，分明有兩個人説話，快些開門。〔李剪梅、楊宗顯白〕有人來了。〔同作急藏帳内科。孟良、焦贊白〕開門，千歲在此，怎麼不答應？〔佘氏、柴媚春作開門，衆隨進門科。佘氏、柴媚春白〕媳婦那裏去了？千歲在此。〔作掀帳，衆駭然科。白〕果然一對新人在此。〔衆同笑科。楊宗顯、李剪梅作出帳，隨撤牀帳、桌椅。楊宗顯、李剪梅作拜見科。白〕千歲。〔德昭白〕罷了。〔楊景白〕我兒，你怎生得到此間？快把實情説與我們知道。〔楊宗顯應科。白〕孩兒被困陣中，看看至死，虧得黎山老母將我救出，把侍香童變作孩兒代死。今蒙老母親送下山，骨肉團圓。〔衆同白〕如此説，真正團圓了。〔作笑科。德昭白〕天色已明，同向御營，將此奇事奏聞聖上便了。〔衆同白〕千歲請。〔同作出門科。内奏樂，雜扮雲使，各戴雲馬夫巾，穿雲衣，繫雲肚囊，執彩雲。引化身歌童、化身舞女從仙樓兩場門上。雜扮護山力士，各戴馬夫巾，紥額，穿鎧，執金鞭，乘四雲兜，從四隅天井下至半空。旦扮仙女，各戴魔女髮，穿宮衣。旦扮黎山老母，戴仙姑巾、鳳冠，穿蟒，束帶，帶數珠。同乘大雲板，從天井下至半空。德昭等仰望科。同白〕你看空中，祥雲五彩，寶炬千行，好奇異也。〔楊宗顯、李剪梅白〕啟千歲、元帥，這就是黎山聖母。〔德昭、楊景等作參見科。同白〕聖母在上，弟子等稽首。〔黎山老母白〕衆位少禮。楊景，吾念你楊氏一門，忠勇王家，勤勞邊事，奏知上帝，降此善慶也。〔德昭、楊景白〕多謝聖母慈悲恩佑，弟子等即將此事奏達天聽去也。感格蒼天垂恩貺，益加忠勇報君王。〔同從下場門下。黎山老母白〕衆雲使，就往靈霄覆旨去者。〔雲使等應科，引化身歌童、化身舞女下仙樓，作護繞科。同唱〕天恩眷叨(韻)，獎忠良(讀)，故遣奇緣到(韻)。〔合〕感神明暗佑重圓(句)，慶團圞同諧到老(韻)。

【慶餘】禍因福果由人造(韻)，奸佞身殃忠正褒(韻)，不昧毫釐感應昭(韻)。〔大雲板、四雲兜仍從天井上，化身歌童、化身舞女、雲使作護繞科，從兩場門下〕

第八本卷上

第一齣　小豪傑鬬武聯盟（齊微韻）

〔雜扮番兵，各戴外番帽，穿外番衣，繫肚囊，各執旗。雜扮番將，各戴馬夫巾，紮額、狐尾、雉翎，穿打仗甲，各執標鎗。引雜扮孟吉，戴紥巾額、狐尾、雉翎，紥靠，背令旗，帶雙鎚，執馬鞭。雜扮一番兵，戴外番帽，穿外番衣，繫肚囊，執纛。隨從上場門上。同唱〕

【中呂宮正曲・駐環著】擁旌旄旗旆（韻），擁旌旄旗旆（疊），萬馬千麾（韻）。湧若江潮（讀），沸似春雷（韻），威勢觀之壯磊（韻）。浩浩軍容（句），征進趲長途（讀），披堅執鋭（韻），鳴笳鼓催其軍隊（韻），齊頓著絲韁金鑾（韻）。〔孟吉白〕俺乃沙陀國郡主之子孟吉是也。只因遼國蕭后，羽檄徵兵，母親奏過國王，命俺選精兵八千，往九龍谷應援。臨行之際，母親囑咐道，父親自離沙陀國，十有餘年，也不知在宋朝，也不知在遼邦，命俺尋訪下落。説爹爹面貌宛然似我，少不得遵著母命，到那裏留心察訪便了。衆兒郎，快快趲行。〔衆應科。同唱合〕征塵起（韻），鼓角催（韻），晝夜艱辛（讀），枕戈而寐（韻）。〔同從下場門下。雜扮僂儸，各戴僂儸帽，穿劉唐衣，繫肚囊，持兵器。雜扮頭目，各戴羅帽，紮額、狐尾、雉翎，穿打仗甲，持鎗。引雜扮焦松，戴紮巾額、狐尾、雉翎，紮靠，帶雙鎚，執馬鞭，從上場門上。同唱〕

【又一體】往廣場馳騎(韻)，往廣場馳騎(疊)，訓練熊羆(韻)，習武操軍(讀)，聽調指揮(韻)，厲我山頭兵勢威(韻)。雄寨龍蟠虎踞(句)，聚英儔推我爲魁(韻)。鬼面焦王(讀)，四方欽畏(韻)。〔焦松白〕俺乃連環寨鬼面王焦松是也。當年我爹爹惹下大禍，懼罪脱逃，一去十年。不幸母親去世，剩我弟兄三人，無倚無靠，各奔他鄉。俺來到此間，占據了連環寨，聚集好漢五千人，推我爲王。因俺生得醜陋，那些居民懼怕，皆稱我是鬼面王。〔作笑科。白〕今日帶領衆僂儸到山下，馳馬打圍，操練武備。衆僂儸，撒開圍場者。〔衆應科。同唱〕向平林較獵合圍(韻)，撒絲韁弩開弓弋(韻)。〔内應，吶喊科。焦松白〕何處鼓角之聲？〔頭目作望科。白〕啟大王，那邊有無數人馬來了。〔焦松白〕敢是官兵擅來侵俺山寨麽？衆僂儸，大家奮勇截戰，搶他馬匹旗仗，以備山寨使用。〔衆應科。番兵、番將引孟吉從上場門上。同唱合〕征塵起(韻)，鼓角催(韻)，晝夜艱辛(讀)，枕戈而寐(韻)。〔焦松作截住科。白〕何處人馬？擅敢在俺山前鼓角喧闐，驚擾大王。〔孟吉白〕好大膽强徒，輒敢横截本帥行軍，快讓開去路。〔焦松白〕這個容易，將你們馬匹糧草、盔甲器械，都與俺大王留下，就讓開去路。〔孟吉作怒叱科。白〕你無非翦徑的强徒，有多大本領，敢在本帥馬前狂言不遜。〔焦松白〕俺大王馬戰步戰，十八般兵器，無有不精。〔孟吉作冷笑科。白〕一個緑林草寇，不信有此武藝，先與你馬戰。〔焦松白〕就與你馬戰。〔作戰科，番兵、番將、僂儸、頭日從兩場門下。焦松、孟吉戰科，從兩場門下。番兵、僂儸從兩場門上，挑戰科，從兩場門下。焦松、孟吉各持鎗，從兩場門上，戰科。番兵、番將、僂儸、頭目從兩場門上，合戰科。同唱〕

【中呂宮正曲·喬合笙】早英雄性起(韻)，早英雄性起(疊)，對較高低(韻)。棋逢敵手逞長技(韻)，將遇良材殊奇偉(韻)。〔孟吉白〕你敢與俺步戰？〔焦松白〕就與你步戰。〔孟吉、焦松從兩場門下。衆合戰科。孟吉、焦松從兩場門上。白〕衆兒郎，列開陣勢者。〔衆應，分列科。孟吉、焦松戰科，從兩場門下。衆作合戰科，從兩場門下。孟吉、焦松各執雙劍，從兩場門上，戰科。孟吉白〕住了，馬戰步戰，不過如此。你可敢卸了甲冑，與俺比拳？〔焦松白〕這倒爽快，來嗄。〔孟吉、焦松從兩場門下。番將、頭目、番兵、僂儸從兩場門上，作挑戰、合戰科。孟吉、焦松摘額，卸靠，赤手從兩場門上。白〕衆兒郎閃開。〔衆應，分列。孟吉、焦松比拳科。衆同唱〕探海舒猿臂(韻)，熊腰豹體(韻)。進退間(讀)，虎步騰挪勢(韻)。奇英可抵(韻)，人傑雙雙世上稀(韻)。〔孟吉、焦松作比拳，畢，同笑科。白〕今日纔遇敵手。〔孟吉白〕請問高姓大名？〔焦松白〕俺焦松，領教尊名。〔孟吉白〕俺孟吉。〔焦松白〕幸會，幸會。請上山寨，與兄結拜弟兄如何？〔孟吉白〕怎好高攀？〔焦松白〕你我英雄好漢，不打不成相識。〔同笑科。白〕帶馬。〔番兵、僂儸應，作帶馬。孟吉、焦松作上馬，衆遶場科。同唱合〕幸逢知己(韻)，英雄合機(韻)，天教會面真堪喜(韻)。和你並轡驅馳(韻)，同結金蘭契(韻)，龍虎風雲際(韻)。〔同從下場門下〕

第二齣　妖道人書符作法（真文韻）

〔場上設法臺、香案桌。左右側設經桌，置法器。雜扮蕭天佐、耶律學古、耶律休格、耶律色珍，各戴外國帽、狐尾、雉翎，紮靠，背令旗，佩劍，從上場門上。同白〕親督諸軍建法臺，壇高三仞按三才。旗旛分列五行色，玄武威靈大陣排。俺們奉嚴軍師將令，建立法臺一座，諸事齊集，候軍師與仙子登壇作法。你聽法音嘹喨，軍師、仙子陞壇來也，俺們小心伺候。〔從下場門下。雜扮四法官，各戴法官帽，穿行衣，捧牙笏、寶劍、法盞、令牌。引旦扮白雲仙子，戴蓮花冠，簪狐形，穿法衣。浄扮嚴洞賓，戴虬髮、道冠，紮金箍，穿法衣。從上場門上。白雲仙子、嚴洞賓白〕袖裏雷霆印，肘間赤玉符。〔法官白〕請二位法師登壇拈香。〔雜扮音樂道士、法器道士，各戴法官帽，穿各色道袍，繫絲絲，從兩場門暗上，吹打法器科。嚴洞賓、白雲仙子作上法臺，拈香禮拜科。法官、嚴洞賓、白雲仙子同唱〕

【絃索調·玉嬌枝】沉檀降真㊓，虔爇來金猊香噴㊓，裊裊烟飄結就吉祥雲㊓。此香爲㊐，此香爲㊕，召神通信㊓。拜邀坎水神玄武㊐，一瓣心香表我意中㊓，我虔誠祈籲召星君㊓。焚香兒㊐，焚香兒㊕，迎駕至諄㊓，迎駕至諄㊕。〔音樂道士吹打，嚴洞賓執劍盞，白雲仙子執牙笏，作步斗科，畢，上法臺。嚴洞賓白〕吾奉玉虛上相吕真人法旨，召請北方玄武神，率領水府衆將，速降壇場。〔法器道士擂鼓，嚴洞賓焚符科。法官等同唱〕

【紘索調・山坡羊】擂法鼓一通(句)，加一道(讀)，靈符火化焚(韻)。用一顆五雷印信(韻)，好催他(讀)，風馬雲車緊(韻)。嚴洞賓〔白〕還不到來，不免再加催符一道。〔法官、白雲仙子同唱〕令牌兒(讀)，一擊如雷震(韻)，急律令火符勅牒(句)，疾似迅雷奔(韻)。這法諭謹遵依吕嵓上真(韻)，衆神降壇須緊(韻)，衆神降壇須緊(疊)。〔嚴洞賓作擊令牌科。白〕速降。〔音樂道士、法器道士從兩場門下，隨撤經桌、法器科。旦扮蚌精，戴本形膢腦，穿緊身，繫月華裙，持雙劍。雜扮蠏精、蝦精、螺精、龜精、鰍精、黑魚精、金魚精，各戴本形膢腦、小紥扮，持兵器。引雜扮玄武神，戴玄武盔，紥紅，紥靠，持斧，從上場門上。同唱〕

【又一體】見勅符急急如律令(句)，忙奉著嚴嚴赤牒文(韻)，急得我電掣雷奔(韻)。奉只奉純陽吕敢消停(句)，急速降凡塵(韻)。〔玄武神作相見科。白〕相召吾神有何法諭？〔嚴洞賓白〕吾奉玉虛上相吕真人法旨，在此佈陣，特召尊神護守，擒拏李剪梅。須遵吕真人法諭，隨貧道佈陣者。〔玄武神應科。白雲仙子、嚴洞賓下法臺，法官從兩場門下，隨撤法臺、香案、桌椅。白雲仙子、嚴洞賓、玄武神等同唱〕一會裏興波激浪水紛紛(韻)，陣兒中水鬭三軍(韻)，宋兵至受邅迍(韻)，宋兵至受邅迍(疊)。〔同從下場門下〕

第三齣　將帥分符選勁卒（魚模韻）

〔雜扮水軍，各戴紥巾，穿緞劉唐衣卒褂，背絲縧，持刀。雜扮佘子光、吕彪、闞沖、劉超，各戴盔，紥靠，持兵器。旦扮李剪梅、木桂英，各戴七星額，紥靠，背令旗，持兵器。小生扮楊宗顯、楊宗保，各戴紥巾額，紥靠，背令旗，持兵器。從上場門上。楊宗保等同白〕令出如山威信申，執戈貫甲士紛紜。戰書已約驅兵隊，玄武陣中建大勳。〔楊宗保、木桂英、楊宗顯、李剪梅白〕今者嚴洞賓差人下書，約在玄武陣中會戰，蒙鐘仙師各授俺分水之法，前去破陣。〔佘子光等白〕奉令揀選精健水軍五千，帳前聽調。你聽鼓角齊鳴，千歲、元帥陞帳也。〔雜扮軍士，各戴馬夫巾，穿蟒箭袖卒褂，執旗。雜扮將官，各戴馬夫巾，紥額，穿打仗甲，執標鎗。浄扮焦贊，戴紥巾額，紥靠，背令旗。浄扮孟良，戴紥巾額，紥靠，背令旗，背葫蘆，捧符。雜扮陳琳，戴太監帽，穿鑲領箭袖，繫鸞帶，捧金鞭。引生扮楊景，戴帥盔，穿蟒，束帶。生扮德昭，戴素王帽，穿蟒，束玉帶。從上場門上。楊景、德昭唱〕

【仙吕調隻曲·點絳唇】仙授靈符（韻），仙傳神助（韻）。收玄武（韻），掃滅妖狐（韻），紀律嚴傳諭（韻）。

〔場上設高臺、公案、桌椅，德昭、楊景轉場陞座科。楊宗保等作進門參見科。同白〕衆將參見。〔楊景、德昭白〕衆將少禮。〔衆作分侍科。佘子光等白〕小將等奉命揀選精健水軍五千候令。〔楊景白〕衆水軍。〔水軍應科。楊景白〕爾等自到軍營，屢受聖恩犒賞，未曾用爾等一陣。今鐘仙師道，玄武陣中妖人暗伏水族，須用爾等保護主將入陣。〔德昭白〕自古養軍千日，用在一朝。須各勇猛奮力，圖報國恩。今日之陣，不比尋常，有仙師靈符五千張，爾等各佩一道護身。孟良，將靈符散給與他們。〔孟良應科。白〕衆水軍過來，各自領去。〔水軍應，作領符科。楊景、德昭白〕爾等聽者。〔唱〕

【中呂宮集曲・好子樂】【好事近】（首至四）曉諭衆征夫(韻)，術授仙師神助(韻)。有靈符身佩(句)，分浪逐波無阻(韻)。【刷子序】（五至合）任妖徒(韻)，弄法斷難沉没(句)，入惡陣膽壯心粗(韻)。〔水軍應科。楊景白〕楊宗保、木桂英、楊宗顯、李剪梅，聽令。〔楊宗保等應科。楊景白〕仙師吩咐，破陣後，須將白雲妖婦，引至陣外，自有真仙降伏，不可違令。〔楊宗保等應科。楊景白〕佘子光、吕彪、關沖、劉超，聽令。〔佘子光等應科。楊景白〕爾等既受仙師分水之法，各宜勇猛，莫生驚畏，保護主將入陣，務在成功。〔德昭同唱〕【普天樂】（八至末）仙師佑莫生驚怖(韻)，〔合〕同心破陣(讀)，掃滅妖狐(韻)。〔德昭白〕兵貴神速，毋得怠緩。〔楊宗保等應。德昭、楊景下高臺，從下場門下。孟良、焦贊、將官、軍士隨下。隨撤高臺、公案科。楊宗保、楊宗顯白〕就此起兵前去，帶馬。〔水軍應，作帶馬科。雜扮一將官，戴馬夫巾，紮額，穿打仗甲，執黄纛，從上場門暗上。楊宗保等同白〕半萬貔貅將陣掃。〔水軍同白〕一聲鼓角靖妖氛。〔同從下場門下〕

第四齣　神祇奉勅息洪濤（真文韻）

〔雜扮仙童，各戴綠髮，穿紅紬道袍，繫絲縧。引末扮任道安，戴仙巾，穿仙衣，繫絲縧，背劍，持拂塵，從祿臺上。任道安白〕餐霞吸露幾千年，隔斷塵囂別有天。濟世匡功輔宋帝，蒲團常起到人間。小仙任道安。可恨白雲妖仙不在山中潛修斂跡，敢來陣內大肆橫行，逆助嚴洞賓，傷殘生命。豈容易千年功行，今乃一旦廢棄，不免前去收了白雲，使宗顯、剪梅等破陣回軍。正是：肫肫慈惠心頭注，冉冉雲霞足底生。〔仙童引從祿臺下壽臺。場上設烟雲帳，內設玄武陣，將臺插旗幟。雜扮遼兵，各戴額勒特帽，穿外番衣，執青旗。雜扮遼將，各戴盔襯、狐尾、雉翎，穿打仗甲，持雙鎚。雜扮耶律吶，戴外國帽、狐尾、雉翎，紥靠，背令旗，持兵器。暗上，佈列陣勢科。雜扮水軍，各戴紥巾，穿緞劉唐衣卒褂，背絲縧，持刀。雜扮佘子光、呂彪、闞沖、劉超，各戴盔，紥靠，持兵器。引旦扮李剪梅、木桂英，各戴七星額，紥靠，背令旗，持兵器。小生扮楊宗顯、楊宗保，各戴紥巾額，紥靠，背令旗，持兵器。雜扮一將官，戴馬夫巾，紥額，穿打仗甲，執黃纛。隨從上場門上。楊宗保等同唱〕

【仙呂入雙角合套・北新水令】一緘羽檄到軍門（韻），二妖魔展法開陣（韻），三通鼓驟發（句），四哨聚官軍（韻），五令嚴申（韻），驅邪有六甲靈符鎮（韻）。〔作向內望科。白〕呀，前面烏雲四合，黑霧瀰漫，必是玄武陣中妖人弄術。衆軍士。〔水軍應科。楊宗保等同白〕既有仙師靈符護身，大家壯膽直前，毋得畏懼退後，鼓勇殺入陣中去者。〔水軍應科，遶場。同唱〕

【仙呂入雙角合套・南步步嬌】何畏區區山魈很(韻)，迅發驚雷震(韻)，英名咸共聞(韻)。虎旅威伸(韻)，揮戈衝陣(韻)。〔合〕浩氣可凌雲(韻)，丹心秉正邪氛遁(韻)。〔場上撤烟雲帳。執纛將官從下場門下。水軍引楊宗保等作衝陣，合戰科，同從下場門下。浄扮嚴洞賓，戴虬髮、道冠，紥金箍，穿蟒箭袖，紥氅，持劍盞。旦扮白雲仙子，戴仙姑巾、翠過翹、白狐尾、雉翎，簪狐形，穿繡花箭袖，紥道姑衣，持劍。從上場門暗上將臺。嚴洞賓作畫符咒詛科。內作水聲。雜扮水卒，各戴布鬼臉，穿蟒箭袖，繫肚囊，執水紋旗。旦扮蚌精，戴本形膭腦，穿緊身，繫月華裙，持雙劍。雜扮蟹精、蝦精、螺精、龜精、鰍精、黑魚精、金魚精，各戴本形膭腦，穿小紥扮，各持兵器。引雜扮玄武神，戴玄武盔，紥紅，紥靠，持斧，從上場門上。同唱〕

【仙呂入雙角合套・北折桂令】運靈通莫測如神(韻)，陣兒中決波狂泛泛(句)，水洩紛紛(韻)。急浪捲如萬隊羊羣(韻)，攛梭般道道銀蛇(句)，點點金鱗(韻)。泛濫呵千層雪浪(句)，滉瀁呵百練銀紃(韻)。水族波臣(韻)，潭府鮫人(韻)。決滄溟仗蟹將蝦兵(句)，怒洪濤助著玄武威神(韻)。〔同從下場門下。楊宗保、楊宗顯追遼將耶律吶等，從上場門上，交戰科。耶律吶白〕爾等今番入俺陣中，一個也難逃活命。〔楊宗保、楊宗顯等同白〕任你們使盡妖術，有何懼哉？〔同唱〕

【仙呂入雙角合套・南江兒水】柱國擎天將(句)，伏波鎮海軍(韻)。威風顯赫妖氛震(韻)，鐵壁銅城也蹂躪（韻）。今番豈懼蜂蟻陣（韻），怎敵天兵一奮（韻）？〔合〕看刈草除根（韻），勢如破竹之迅（韻）。〔水軍從上場門衝上，衆作合戰科。耶律吶等從下場門敗下。楊宗保、楊宗顯等同白〕二妖賊，快下將臺受死。〔嚴洞賓白〕誰敢近前？〔楊宗顯白〕妖賊，認認俺楊宗顯在此。〔嚴洞賓、白雲仙子作驚駭科。白〕好奇怪，楊宗顯死在人和陣内，是何方法，竟能復活？〔楊宗顯白〕我等賴上天呵護，聖主福佑，諒你野魅，豈奈我何。快下臺來，延頸受戮。〔嚴洞賓白〕休得猖狂，看我法術擒你。〔作咒科。白〕詛。〔内應水聲科。水卒、蚌精等引玄武神，從兩場門衝上。水軍、楊宗保、楊宗顯等作驚避科。同白〕你看，霎時陣内興波作浪，好怕人也。〔李剪梅、木桂英白〕有仙師靈符佩帶，不必害怕。衆水軍，隨俺們入水迎敵者。〔衆應，作入水合戰科。嚴洞賓、白雲仙子下將臺助戰科，同從下場門下。水卒作遶場科，從兩場門分下。楊宗顯從上場門上。白〕不好了，波濤之中，戰鬭者皆古怪妖魔，即有靈符護身，不由人心驚膽怯也。〔唱〕

【仙吕入雙角合套·北鴈兒落帶得勝令】【鴈兒落】（全）可畏這莽滔滔捲地沄（韻），可畏這勢漫漫兼天滾（韻）。可畏這鼓洪波不能測淺深（句），可畏這浩無邊莫把津頭問（韻）。〔蟹精、蝦精、蚌精、龜精從上場門追上，戰科，蟹精等從下場門下。楊宗顯唱〕【得勝令】（全）呀（格），見一個八臂的蟹將軍（韻），見一個雙鎗的蝦兵奮（韻）。見一個舞青鋒蚌美人（韻），見一個挂鐵甲龜頑鈍（韻）。〔螺精、鰍精、黑魚精、金魚精從上場門追上，戰科，螺精等從下場門下。楊宗顯唱〕這邊廂惡螺精把毒霧噴（韻），那邊廂很鰍怪把陰雲噀（韻）。鯨鯤（韻），待要口兒吞吾軍盡（韻）。驚魂（韻），攪海勢揚猛氛（韻）。〔玄武神從上場門上。白〕那裏走？吾神來也。〔楊宗

顯作驚怕科，從下場門敗下。李剪梅從上場門上，接戰科。玄武神從下場門下。李剪梅唱〕

【仙呂入雙角合套·南僥僥令】狂瀾翻滾滾(韻)，惡怪走侁侁(韻)。蝦蟹猙獰水族奮(韻)，〔合〕鮫室妖人争鬬很(韻)。〔白雲仙子從上場門上，戰科，同從下場門下。木桂英、楊宗保、楊宗顯追衆精從上場門上，挑戰科。楊宗保、楊宗顯追衆精從下場門下。水卒從兩場門上，作圍遶科。木桂英唱〕

【仙呂入雙角合套·北收江南】呀(格)，雖則是佩靈符護我軍(韻)，劈巨浪把波分(韻)。惡交鋒(讀)，未得退波臣(韻)，教人何法可支分(韻)？白茫茫似雪噴(韻)，浪滔滔怎脱身(韻)？恁只看拍天水勢莽無垠(韻)。〔玄武神從上場門追上，戰科，同從下場門下。水軍、楊宗保、楊宗顯等，白雲仙子、蚌精等，從上場門上，陸續挑戰科，從下場門下。雜扮雲使，各戴雲馬夫巾，穿雲衣，繫雲肚囊，執彩雲。引雜扮水德星君，戴銀貂，紮紅，紥靠，執鞭，從祿臺上。水德星君唱〕

【仙呂入雙角合套·南園林好】離星垣乘風馭雲(韻)，解水厄菩提念存(韻)。〔白〕吾神水德星君是也。適奉鐘離大仙相召，到玄武陣驅逐水族，只得駕雲前往。〔唱〕手援出忠臣英俊(韻)，〔合〕息洪波免沉淪(韻)，息洪波免沉淪(疊)。〔同從祿臺下。衆水卒從兩場門上，遶場科。水軍、佘子光等，楊宗保等，從上場門上。同唱〕

【仙呂入雙角合套·北沽美酒帶太平令】【沽美酒】〔全〕浪濤聲驚耳聞(韻)，浪濤聲驚耳聞(疊)，望渺渺白粼粼(韻)，四面漫漫阻我軍(韻)。衆水族恃很(韻)，猛刺刺勢若鯨吞(韻)。〔蚌精等引玄武神從上場門上，合戰科。雲使引水德星君，從禄臺下至仙樓科。水軍、佘子光等，楊宗保等，從下場門下。玄武神等作追科。水德星君白〕玄武神請回。〔玄武神等作回望科。玄武神白〕原來是水德星君，到此何事？〔水德星君白〕尊神乃上界正神，不應聽妖道驅使，阻扼宋師。吾奉鍾離上真法諭，道傳示尊神，速宜復位，免得上干天怒。〔玄武神白〕小神所遵者，吕真人靈符印文。今蒙星君指示，即當同回天府便了。衆水族，速收水勢者。〔水卒、蚌精等應。玄武神上仙樓，隨水德星君等上虹霓至禄臺下。水卒、蚌精等遶場科，從兩場門分下。隨撤將臺旗幟科。楊宗顯、楊宗保、李剪梅、木桂英追白雲仙子、嚴洞賓從上場門上，戰鬭科。白雲仙子、嚴洞賓從下場門敗下。楊宗保等同白〕妙哉，且喜水族潛蹤，一派汪洋，頃刻仍爲陸地，皆頼神靈默佑也。〔同唱〕【太平令】〔全〕惡邪祟被靈符壓鎮韻，枯竭盡瀰瀰水汛韻。打開了麗麗魚陣韻，手援起怒濤溺殉韻。俺呵格，急早的揮軍韻，部軍韻，成功至緊韻。呀格，利吾鋭雄心激奮韻。〔從下場門下。衆遼將、耶律吶等，水軍、佘子光等，從上場門上，戰科。嚴洞賓、白雲仙子、楊宗保等從上場門上，合戰科。嚴洞賓、耶律吶等從下場門敗下。楊宗保、楊宗顯等笑科。白〕仙師好靈符，果然成功了。〔木桂英白〕鍾仙師法諭，説破了玄武陣，隨即將白雲妖婦引出陣外，自有人來收伏。〔楊宗保等同白〕是嗄，險些忘了。衆水軍，隨俺們引戰者。〔衆應科。同唱〕

【仙吕入雙角合套·南清江引】秉丹誠讀，報國不憚勤韻，効命臣之分韻。神天暗呵護句，邪正兩難近韻。〔合〕頃刻裏讀，鮫人退河伯遁韻。〔同從下場門下〕

第五齣　電雷奮迅擊妖狐（江陽韻）

〔雜扮遼將，各戴盔襯、狐尾、雉翎，穿打仗甲，持鎚。雜扮耶律吶，戴外國帽、狐尾、雉翎，紥靠，背令旗，持兵器。引旦扮白雲仙子，戴仙姑巾、翠過翹、白狐尾雉翎，簪狐形，穿衫，繫腰裙，罩繡花箭袖，紥道姑衣，持劍。浄扮嚴洞賓，戴虬髮、道冠，紥金箍，穿箭袖，紥氅，持劍。從上場門急上。同唱〕

【中呂宮正曲·好事近】無法可施張(韻)，止息鯨波鯤浪(韻)。玄武神退(句)，教人失志惘惘(韻)。

〔嚴洞賓作忿恨科。白〕貧道使盡千謀萬算，宋將只消一蕩全平，活活要氣死我也。〔白雲仙子白〕還當用法擒之。〔嚴洞賓白〕仙姑，我其實無法可施了。〔内吶喊科。耶律吶等同白〕軍師，用何方法退敵？〔嚴洞賓白〕什麽方法？大家拚死殺退他們便了。〔雜扮水軍，各戴紥巾，穿緞劉唐衣卒褂，背絲縧，持刀。雜扮佘子光、吕彪、關沖、劉超，各戴盔，紥靠，持兵器。旦扮李剪梅、木桂英，各戴七星額，紥靠，背令旗，持兵器。小生扮楊宗顯、楊宗保，各戴紥巾額，紥靠，背令旗，持兵器。從上場門上，合戰科。楊宗保等作佯敗，從下場門下。嚴洞賓白〕好了，宋兵敗出陣去了。〔白雲仙子白〕趁他敗走，緊緊追殺者。〔衆應。同唱〕威揚氣昂(韻)，復其鋭(讀)，漸覺添雄壯(韻)。〔合〕促軍隊乘勝追擒(句)，擊其歸戰策爲上(韻)。〔同從下場門下。雜扮仙童，各戴線髮，穿道袍，繫絲縧。末扮任道安，戴仙巾，穿仙衣，繫絲縧，背劍，執拂塵。乘大雲板從天井下至半空。

任道安唱〕

【中呂宮正曲·越恁好】凌空觀戰(句),凌空觀戰(疊),妖魅甚威揚(韻)。逆天左袒(句),助椿岩護遼邦(韻)。待吾收取小狐王(韻),躡雲速降(韻)。〔水軍、佘子光等,遼將等,從上場門上,絡繹挑戰科,從下場門下。耶律吶、李剪梅從上場門上,戰科,作斬耶律吶科。李剪梅從下場門下。白雲仙子追楊宗保、木桂英從上場門上,戰科。楊宗保、木桂英從下場門下。任道安白〕白雲不得猖狂,貧道在此。〔白雲仙子作回望科。白〕原來是個道者,到此怎麽?〔任道安白〕我乃任道安,念你千年修煉,今逆天抗宋,一旦前功盡棄。你若洗心懺悔,吾度你去看守洞府,免遭天譴。〔白雲仙子怒叱科。白〕你這野道,敢來拔刀相助。俺法力高强,勸你急早迴避,免吾動手。〔任道安白〕吾體上天好生之念,你還不省悟麽?〔唱合〕識時(讀),早悔罪也休愚戇(韻)。逆時(讀),遭天譴便難祈禳(韻)。〔白雲仙子白〕滿口浪言,看俺飛劍斬你。〔任道安怒叱科。白〕孽畜無理,雷部諸神速降。〔内應雷聲。白雲仙子作驚懼科,從下場門急下。雜扮黑雲使,各戴黑雲馬夫巾,穿黑雲衣,繫肚囊,執黑雲。旦扮電母,各戴仙姑巾、翠過翹,穿舞衣,紥袖,持鏡。雜扮雷公,各戴雷公髮,紥靠,紥翅,繫雷公鼓,持鎚鏨。雜扮雨師,各戴豎髮,紥額,穿蟒箭袖,繫肚囊,執旗。老旦扮風婆,各戴包頭,紥額,穿老旦衣,繫腰裙,負虎皮。雜扮火龍,穿龍衣。從上場門上,各跳舞,畢,作參見科。同白〕真人有何法旨?〔任道安白〕煩諸位神力,將妖狐速擊者。〔衆應,從下場門下。李剪梅、木桂英、楊宗顯、楊宗保追白雲仙子、嚴洞賓從上場門上,戰科。黑雲使、電母、雷公等從上場門上,作圍遶科。白雲仙子、嚴洞賓作驚懼科,從下場門急下。黑雲使、電母、雷公等追下。任道安白〕宗保、宗顯,快回軍報功,吾代汝等降

妖便了。〔楊宗保等白〕多謝仙師。〔同從下場門下。白雲仙子、嚴洞賓從上場門急上。同唱〕

【又一體】迅雷風烈(句)，迅雷風烈(疊)，雲霧合澍雨狂(韻)。天威赫赫(句)，心恐懼意驚慌(韻)。〔嚴洞賓作挽白雲仙子遶場科。白〕雷來了，快些跑。〔白雲仙子白〕雷來了，怎麽處？〔嚴洞賓作取令牌科。白〕不怕，我有九天應元雷聲普化天尊令牌在此。你頂在頭上，雷下來，你迎上去，這叫迎雷法，你試試。〔白雲仙子作接令牌頂科。電母、雷公等從上場門上，作追白雲仙子、嚴洞賓遶場科。白雲仙子、嚴洞賓從下場門急下。任道安白〕諸神不可縱脱妖狐。〔衆應科。同唱〕掣雷鞭電光(韻)，爍紫芒目光(韻)，狐魅怎藏(韻)。〔合〕俺急急(讀)，趕上抓拏不放(韻)。〔從下場門追下。嚴洞賓挽白雲仙子頂令牌從上場門急上。嚴洞賓白〕快跑，快跑。如何，這法兒靈不靈？〔白雲仙子白〕有些意思。〔嚴洞賓虚白發諢科。火龍從上場門追上，作抓令牌科。嚴洞賓作驚跑科，從下場門下。火龍作追白雲仙子遶場科，同從下場門下。黑雲使、電母、雷公、雨師、風婆從上場門上，按方佈列。火龍追白雲仙子從上場門上，作遶場科。白雲仙子唱〕

【中吕宫正曲·千秋歲】向何方(韻)，躲避全身命(句)，急得個心如鹿撞(韻)。他舞爪張牙(句)，舞爪張牙(疊)，不由我(讀)，唬得魂飛魄颺(韻)。〔火龍作抓住白雲仙子，雷公作擊死白雲仙子科。雷公等同白〕妖狐已擊。〔任道安白〕妖狐已擊，諸神各回天府。〔衆應科。同唱合〕雷霆震(讀)，驚魍魎(韻)。天威怒(讀)，邪氛蕩(韻)。感格神天貺(韻)，翦除惡孽(讀)，呵護忠良(韻)。〔任道安乘大雲板，仍從天井上。黑雲使遶場科，護雷公、電母等同從下場門下〕

第六齣　父女忠誠助大宋（皆來韻）

〔末扮王懷，戴金貂、狐尾、雉翎，紥靠，背令旗，佩劍。旦扮王素真，戴女盔，鸜哥毛尾、雉翎，紥靠，背令旗，佩劍。從上場門上。分白〕心在中原身在北，暗扶宋國志傾遼。可笑嚴洞賓，請了個白雲妖婦護陣，昨日被天雷除了狐魅，破了玄武陣。適纔嚴洞賓，傳我父女到他帳中，要商議在兩儀陣中取勝。妖道嗄妖道，此陣中有我父女在此，豈能容你得勝？〔嚴洞賓內白〕王將軍。〔王懷、王素真作驚慌應科。嚴洞賓內白〕將士齊集了麽？〔王懷白〕齊集了。〔嚴洞賓內白〕俟吾重整陣勢。〔王懷、王素真應科。白〕不知可曾聽見？〔浄扮嚴洞賓，戴虬髮、道冠，紥金箍，穿蟒箭袖，紥鑾，從上場門上，作悶歎科。唱〕

【中呂宮正曲・駐雲飛】可歎裙釵（韻），一片誠心助陣來（韻），想起心驚駭（韻）。宋將神通大（韻），嗏（格），頃刻召五雷（叶），仙姑身殆（韻）。一見天威（讀），連我魂不在（韻），〔合〕苟免全生仗護身牌（韻）。〔場上設椅，轉場坐科。王懷、王素真作參見科。白〕軍師。〔嚴洞賓白〕二位少禮。〔王懷白〕軍師，説什麽護身牌？〔嚴洞賓白〕説也話靶。昨日貧道，若無仙師的護身符，亦被五雷擊死了。今日想起，還覺膽怯，所以護身符，胡亂説出護身牌來了。〔王懷、王素真白〕軍師，自古順天者昌，逆天者亡。依小將父女，察其天時人事，軍師實乃逆天而行。莫若早早收了天門陣，早圖全身遠害之計。不然，軍師恐遭天譴。〔嚴洞賓白〕貧道所學乃呂仙師正法，並非傍門外道。況聞仙師説，兩家將士應有百日之劫。況我親承娘娘懿旨，豈是逆天行事？〔唱〕

【又一體】承旨親差韻，職授軍師陣勢排韻。兩下讐深海韻，休想干戈解韻。嗏格。〔白〕今日到陰陽兩儀陣中作法，誓欲取勝。隨我帳外，和衆將商議去。〔王懷、王素真應科。嚴洞賓作起，隨撤椅科。嚴洞賓唱〕兩儀陣門開韻，伏兵相待韻。秘訣仙傳讀，要把敵人敗韻。〔合〕仗你相扶事可諧韻。〔同從下場門下〕

第七齣　石怪猖狂空作孽（皆來韻）

〔浄扮溪化道人，戴虬髮、道冠，紥金箍，穿蟒箭袖，紥甇，背陰陽鏡，帶鞭，執拂塵，從上場門上。唱〕

【中呂宫正曲·縷縷金】思道友㊁，好哀哉㊂，暫離端溪洞㊁，陣中來㊂。〔白〕俺乃端石仙，道號溪化。以山爲體，以土成精，修煉千年，遂得大道。昔年結羣魔作道伴，惟椿岩、白雲，最爲契友。今早到白雲洞去，小妖們説，仙子爲輔助椿仙，被五雷擊死。不由俺無明火起，因此御風而來，與白雲仙子報讐。〔作望科。白〕呀。〔唱〕俯察天門陣㊁，重營連寨㊂，縱横甬道筑高臺㊂。〔合〕仙家秘傳派㊂，仙家秘傳派㊂。〔白〕營門上那個在？〔雜扮一遼將，戴盔襯、狐尾、雉翎，穿打仗甲，從上場門上。白〕營前傳號令，帳内聽宣差。〔作出門問科。白〕什麽人？〔溪化道人白〕相煩報知嚴軍師，説溪化道人要見。〔遼將白〕請少待。〔作進門請科。白〕軍師有請。〔雜扮三遼將，各戴盔襯、狐尾、雉翎，穿打仗甲。雜扮蕭天佐、耶律學古、耶律休格、耶律色珍，各戴外國帽、狐尾、雉翎，紥靠，佩劍。旦扮王素真，戴女盔、鸚哥毛尾、雉翎，紥靠，背令旗，佩劍。末扮王懷，戴金貂、狐尾、雉翎，紥靠，背令旗，佩劍。引浄扮嚴洞賓，戴虬髮、道冠，紥金箍，穿箭袖，紥甇。從上場門上。嚴洞賓白〕怎麽説？〔遼將稟科。白〕有位溪化道人要見。

〔嚴洞賓作喜科。白〕好了，道友至矣，待我去迎接。〔作出門迎科。白〕大仙請了。〔溪化道人白〕道友請了。〔同作進門施禮科。嚴洞賓白〕大仙光降，有失迎迓，請坐。〔場上設椅，各坐科。嚴洞賓白〕貧道爲白雲仙子受害，正思邀請大仙到此護陣，與死者報讐。今大仙不期而至，貧道之萬幸。〔溪化道人白〕貧道原爲與白雲仙子報讐而來。適觀道友所佈陣法，雖係仙傳，只怕不能取勝。〔嚴洞賓白〕爲何？〔溪化道人白〕聽我道。〔唱〕

【仙呂宮正曲・駐馬聽】宋廣賢才(韻)，又有聖母門徒學道來(韻)。任伊奇術(句)，甲乙品評(讀)，彼此同儕(韻)。徒勞陣勢佈當垓(韻)，你無法寶難教敗(韻)。〔嚴洞賓白〕依大仙之説，再不能取勝的了。〔溪化道人白〕怎麽不能？俺有陰陽寶鏡，包管勝他。〔嚴洞賓白〕大仙有陰陽寶鏡？好，正合陰陽兩儀陣中所用。但不知此鏡從何所出，有何靈異？〔溪化道人白〕此鏡出自石中，石乃陰陽氣之核，陰中有陽，陽中有陰。吾乃石之精也，聚丹田之氣，煉出此鏡。半紅半白，白光射人，立時廢命。〔嚴洞賓白〕不信這等靈驗。〔溪化道人白〕不信，可以立試。〔作解鏡科。唱合〕不必疑猜(韻)，即時試驗(讀)，羣觀心快(韻)。〔嚴洞賓白〕就請教試他一試。〔溪化道人白〕容易。〔王懷白〕此乃誕妄之談，軍師不可取信，道長請便罷。〔溪化道人起科。白〕你不信，就將你試一試。〔作照鏡咒科。白〕詛。〔作放火彩科，王懷作昏迷倒地科。嚴洞賓急起，隨撤椅科。蕭天佐等作驚駭，王素真急喚科。白〕爹爹，不好了。〔作拔劍科。白〕妖道看劍。〔溪化道人出鞭，戰鬭科。嚴洞賓等虛白，勸阻科。溪化道人白〕住了，俺將他暫試寶貝與衆人觀看。你敢妄動無明，觸犯大仙。〔王素真白〕胡説，我爹爹與你何讐？無故傷他性命，與你誓不兩立，看劍。〔嚴洞賓等勸阻科。溪化道人白〕這妮子忒也無知。〔作照鏡咒科。白〕詛。〔作放火彩，王素真作昏倒科。衆作驚懼。嚴洞賓白〕好，又是一個。大仙，只顧試你的法寶，傷我兩員大將。你不是來助我，竟是來害我了。〔溪化道人笑科。白〕不妨，只將紅光一照，頃刻就活。〔嚴洞賓白〕如此快照。〔溪化道人白〕看了。〔作照鏡咒科。白〕詛。〔放火彩科，王懷、王素真作起科。白〕好利害鏡光。〔嚴洞賓等作駭異科。同白〕果然活了，好靈異的法寶。〔王懷、王素真作怒，欲撲溪化道人科。溪化道人作舉鏡科。白〕又來了。〔王素真、王懷作畏懼急避科。嚴洞賓白〕大仙看我分上。王將軍，一面速整陣勢，一面差人約戰。〔王懷應科。溪化道人白〕且慢。有此寶鏡，何必佈陣？我今晚自有妙用。道友，這裏來告訴你。〔唱〕

【又一體】妙想心懷(韻)，一網收羅巧計排(韻)。吾今乘夜(句)，悄地踰營(讀)，諒彼難猜(韻)。何愁楊景智多才(韻)，强兵勇將如草芥(韻)。〔白〕這鏡兒呵。〔唱合〕靈異奇哉(韻)，白光照處(讀)，合營命殆(韻)。〔嚴洞賓白〕多謝大仙，請到後營歇息。〔溪化道人、嚴洞賓從下場門下，遼將、蕭天佐等隨下。王懷白〕不好了，有這妖道寶鏡，六郎萬不能取勝矣。這便怎麽處？〔王素真白〕不妨，待孩兒打聽他法寶藏於何處，自有計較。〔王懷作恨科。白〕好事多磨折。〔王素真白〕美名不易成。〔同從下場門下〕

第八齣　山靈擁護漫衝營（真文韻）

〔雜扮將官，各戴馬夫巾，紥額，穿打仗甲，持鎗。浄扮焦贊，戴紥巾額，紥靠，佩劍，持鎗。浄扮孟良，戴紥巾額，紥靠，背葫蘆，佩劍，持雙斧。雜扮内侍，戴太監帽，穿鑲領箭袖，繫鑾帶，執燈籠。雜扮陳琳，戴太監帽，穿鑲領箭袖卒褂，背絲絛，捧金鞭。引生扮德昭，戴素王帽，帽罩，穿蟒，束玉帶，披斗袯，執馬鞭。從上場門上。德昭唱〕

【仙呂調套曲·村裏迓鼓】不住的戒嚴防禦(句)，則恐怕各營各營皆疎紊(韻)。瞞昧著偷安和那怠惰(句)，甚恐怕酒酣醉卧(句)，又恐怕離壕拋汛(韻)。因此上私訪查(句)，親巡視(句)，爲臣心盡(韻)。走遍了西營左哨(句)，行來到(句)，北寨門(韻)，挨次兒留神細瞬(韻)。〔白〕適纔帳中議事，忽起一陣狂風，寇丞相説恐有敵人劫寨。因此與元帥兩路巡查，嚴傳防禦，就往南營去者。〔衆應科。德昭唱〕

【仙呂調套曲·賞花時】大掌權衡百萬人(韻)，身膺著都督監軍爵位尊(韻)。重任兒司命衆三軍(韻)，因此上佈施威信(韻)，結軍心効命奮其身(韻)。〔同從下場門下。雜扮軍士，各戴馬夫巾，穿蟒箭袖卒褂，執燈籠。雜扮將官，各戴馬夫巾，紥額，穿打仗甲，持鎗。雜扮陳林、柴幹，各戴盔，紥靠，持兵器。引生扮楊景，戴帥

盔，紥靠，背令旗，佩劍，執馬鞭，從上場門上。楊景唱〕

【仙呂調套曲·鞓紅】無暴其氣(句)，虛心謙遜(韻)。休傲志(讀)，方爲專閫(韻)。不猛而威(句)，不言而信(韻)。感衆心(讀)，悅而誠順(韻)。置腹推心(句)，怕不齊抒忠奮(韻)。〔將官、焦贊、孟良、內侍、陳琳引德昭從上場門上。陳林、柴幹白〕啟元帥，千歲駕到。〔楊景作趨見科。白〕千歲，臣巡營無事。〔德昭白〕無事爲妙。〔楊景同唱〕今夜裏(讀)，親巡查問(韻)。咸的規條無犯(句)，足見至公服人(韻)。不枉受(讀)，君恩寵任(押)。〔淨扮鐘離道人，戴丫髻膗腦，穿鐘離氅，持棕扇，從上場門上。白〕凝神輪指算，劫寨事非輕。〔作相見科。白〕千歲、元帥，急早歸帳，少頃便有厄難矣。〔德昭、楊景白〕卻是爲何？〔鍾離道人白〕今有溪化妖人，用陰陽寶鏡前來劫營。莫説凡人，等閒仙體也當不起一照。〔德昭、楊景作驚慌科。白〕仙師，你可有解救之法？〔鍾離道人白〕貧道自當護持，速速傳諭諸營一應兵將，各歸營伍，不許妄動，可免此難。〔楊景、德昭白〕遵依仙師指教，就此回營。〔衆應科，引楊景、德昭從下場門下。鍾離道人白〕鐘離權召請哪吒三太子，灌口二郎神，率領巨靈神速降。〔雜扮巨靈神，各戴馬夫巾，紥額，穿鎧，持大斧。引小生扮哪吒，戴線髮，穿小紥扮，繫風火輪，持鎗。生扮二郎神，戴盔，紥靠，持三尖刀。從禄臺上。哪吒、二郎神白〕威靈顯赫驚三界，感應尋聲下九天。上真相召，有何法諭？〔鍾離道人白〕今有溪化妖仙，用陰陽鏡光侵害合營將士，二位尊神靈通廣大，可以禦敵。巨靈神，可將九龍山暫時拘來，圍護大營，阻截妖道，不得有違。〔衆神應科。鍾離道人從下場門下。哪吒、二郎神白〕衆神大展雄威者。〔巨靈

神應科。同唱〕

【仙呂調套曲・天下樂令】速下三天奉上真(韻)，威靈施展趕嶙峋(韻)。何愁妖道陰陽鏡(句)，顯赫天神護軍門(韻)。〔同從禄臺下。内打二更，中場設營門科。浄扮溪化道人，戴虬髮、道冠，紮金箍，穿蟒箭袖，紮氅，背陰陽鏡，帶鞭，從上場門上。唱〕

【仙呂調套曲・憶王孫】憑屯虎豹列軍門(韻)，鏡射光開皆斷魂(韻)，何消七十二陣陳(韻)。〔作望科。白〕已望見南門了，俺今進他營内，只將鏡光放出。楊景嗄楊景，任你百萬强兵，難當俺鏡兒一照。〔唱〕至寶神(韻)，一照能坑百萬人(韻)。〔巨靈神擁人扮山石切末，從兩場門上，作攢成大山一座，護營門科。哪吒從上場門暗上，作隱山後。溪化道人白〕不免闖將進去。〔作撞山石，急退科。白〕好撞，什麽東西？〔作看驚訝科。白〕明明是營門，怎麽一霎時，變了一座大山了。〔作摸科。白〕這邊也是山，那邊也是山，奇怪。〔哪吒從山中躍出科。白〕妖道看鎗。〔溪化道人白〕誰敢攔俺？〔哪吒白〕俺乃哪吒是也。〔溪化道人白〕看鞭。〔戰鬭科，哪吒仍進山中，從下場門暫下。溪化道人白〕南門有山神阻攔，急往東門進去便了。〔巨靈神擁山石，向左側攔科。二郎神從下場門暗上，作隱山後。溪化道人唱〕

【仙呂調套曲・一半兒】驚奇山壁護南門(韻)，預伏威靈天上神(韻)，一聲喊叫阻吾身(韻)。我步逡巡(韻)，轉到東來(讀)，趨步兒緊(韻)。〔白〕來此東門，不免進去。〔作見驚異科。白〕嗄，不信又是山，待我細細看來。〔巨靈神從山縫探頭科。溪化道人挨次看，作驚異科。白〕是些什麽東西？是了，必有野仙弄術，待我劈開便了。〔二郎神從山中躍出科。白〕妖道看刀。〔溪化道人白〕住了，是何神道，敢抗大仙？〔二郎神白〕吾乃灌口二郎神，在此保護天乙星君，驅逐邪氛，看刀。〔戰鬬科。哪吒從下場門上，助戰科。溪化道人從下場門敗下。巨靈神擁山石，仍歸中場科。二郎神白〕且住，他見兩門有阻，須防他騰空下照。〔哪吒白〕不妨，俺有神妙，護持合營。〔唱〕

【仙呂調套曲·勝葫蘆】顯我金蓮脱化身(韻)，向營裏神功運(韻)。萬朵蓮花湧似雲(韻)，把營盤籠罩(句)，鏡光不入(句)，妙道護星君(韻)。〔二郎神白〕尊神往營内施法，吾追尋妖魔去也。〔哪吒、二郎神從兩場門分下。溪化道人從仙樓上，作望科。白〕妙嗄，他四門用法護住，卻未防俺騰空下照，待俺祭起寶鏡便了。〔作舉鏡咒詛科，天井放火彩，下陰陽鏡。地井出金蓮花燈切末。溪化道人白〕呀，你看他營中湧出萬朵蓮花，金光衝起，鏡光不能下照。好利害神通，待我收了法寶，再尋别計。〔作咒詛科，天井收鏡。地井收金蓮花燈切末。二郎神從仙樓追上。白〕妖道看刀。〔溪化道人作驚慌迎戰科。巨靈神擁山石切末，仍從兩場門分下，隨撤營門。二郎神追溪化道人下仙樓，至壽臺，戰科。溪化道人白〕看寶鏡取你。〔作舉鏡照科。二郎神從下場門下。雜扮四二郎神化身，各戴盔，紥紅，紥靠，持三尖刀，從下場門上，戰科。溪化道人咒詛科，從上場門下。雜扮八溪化道人化身，各戴虬髮、道冠，紥金箍，穿蟒箭袖，紥氅，持鞭，從上場門上，合戰科，從下場門下。哪吒追溪化道人從上場門上，戰科。溪化道人白〕看寶鏡取你。〔作照科，哪吒從下場門下。雜扮四哪吒化身，各戴綫髮，穿小紥扮，持鎗，從下場門上，戰科，從下場門下。二郎神化身、溪化道人化身、哪吒化身從上場門上，陸續挑戰科，從下場門下。溪化道人從上場門上。白〕他營中有二郎神、哪吒，神通廣大，決難取勝。也罷，明日約楊景等入陣，翦除便了。〔哪吒、二郎神從上場門追上，戰科，溪化道人從下場門敗下。鍾離道人從上場門上。白〕有勞二位尊神，來日親詣天宫致謝。〔二郎神、哪吒白〕不敢，我等回天府去也。〔從下場門下。鍾離道人白〕待我進營，與千歲説知便了。〔作大笑科。唱〕

【煞尾】看眼前句，雙嬌俊韻，事恰巧一般方寸韻。〔白〕今夜陰陽鏡的結果，明日楊元帥的團圓也。〔唱〕兼之大破陰陽陣韻。〔從下場門下〕

第九齣　揚鞭擊鏡陰陽散（庚青韻）

〔内打三更。旦扮王素真，戴女盔、鸚哥毛尾、雉翎，紥靠，佩劍，從上場門上，作四望科。唱〕

【中呂宫集曲·榴花好】【石榴花】（首至四）剛剛捱得到三更韻，潛蹤步躡輕行韻。頻頻回首自心驚韻，眼須偷覷耳須聆韻。〔白〕我王素真，欲施巧計，賺取妖人寶鏡。再三尋思，實無方法，只得拚命闖入溪化帳中，盜出此寶便了。〔唱〕【好事近】（五至末）既三生婚訂韻，義當爲讀，何惜拚身命韻。〔合〕得全他麟閣高標句，也留奴千載賢名韻。〔從下場門下。旦扮木桂英，戴七星額，紥靠，佩劍，從上場門急上。唱〕

【中呂宫集曲·榴子鴈聲】【石榴花】（首至四）忙忙入陣御風行韻，盜法寶緊軍情韻。全身包膽闖敵營韻，爲國家事重棄微生韻。〔白〕不好了嘎，適聞元帥説，遼營有妖人溪化，用陰陽鏡前來刦營，遇人一照，即時廢命，虧得仙師救免。我想今夜暫時退去，終受其害，故討此差，竟到溪化營中，盜他寶鏡，以除後患。因此急急前來，已到陣門了。〔作窺探科。白〕好不令人膽寒也。〔唱〕【刷子序】（五至合）窺聽韻，嚴防護鳴金擊柝句，一行行燈明燭映韻。〔白〕不免悄悄進去。〔作懼怯退科。白〕且住，今晚盜取寶鏡，可救合營性命，要成大功，豈惜微軀？竟大著膽，闖將進去。〔唱〕【鴈過聲】（七至末）何須愛惜紅顏命韻，棄若鴻毛一樣輕韻。〔從下場門下。場上設牀帳，左側設桌椅，桌上置鏡架科。王素真從上場門上。唱〕

【中呂宮集曲・榴花三和】【石榴花】（首至三）助夫功業至關情韻，望神明念微誠韻。〔白〕這裏是了，怎麼燈火全無？〔作悄步進門，聽科。白〕聲息不聞，待我看來。〔作看科。白〕呀，帳兒揭起，原來還未回來，寶鏡必然隨身帶去。我在此不便，且自出去，等他回帳，再來便了。〔唱〕怕有人盤詰傳巡令韻，【杏壇三操】（五句）且自悄身暗等韻。〔作出門，從下場門下。木桂英從上場門悄上。唱〕【大和佛】（合至末）潛心聽句，鶴步移來聞道是他營韻。〔作窺探科。白〕開門在此，待我潛身而進。〔作進門竊聽科。白〕嘎，絕無聲息，想是睡熟了。〔作悄步看帳科。白〕怎麼無人在內？只怕走錯了，這裏不是他後帳，快些出去罷。〔作欲出門科。溪化道人內白〕隨我歸帳。〔木桂英驚懼，急回科。白〕有人來了，這便怎處？且在此藏躲了罷。〔作向桌下藏隱科。雜扮遼將，各戴盔襯、狐尾、雉翎，穿打仗甲，執燈籠。引淨扮溪化道人，戴虬髮、道冠，紥金箍，穿蟒箭袖，紥鼇，背陰陽鏡，帶鞭，從上場門上。白〕徒勞巧計設，未得遂吾圖。〔同作進門科。溪化道人白〕你們各自歇息去罷。〔遼將應科，作出門，仍從上場門下。溪化道人白〕貧道指望將楊景合營將士　網打盡。不知何人洩漏，預有防護。方纔又與椿仙商議，明日陣中再用此鏡取勝便了。待我關了門兒，養靜片時。〔作關門科。木桂英作偷窺科。溪化道人解鏡，安置鏡架科。唱〕

【中呂宮集曲·榴花馬】【石榴花】(首至二)定心養氣把神凝韻,精神固氣充盈韻。〔進帳睡科。內打四更。木桂英從桌下探手,欲取鏡科。溪化道人帳內作忿恨科。木桂英急回手科。溪化道人復坐起科。白〕想起方纔移山護營,將俺戰敗,好不可惱。〔唱〕【駐馬聽】(五至末)思之殊覺氣難平韻,設謀暗伏將咱勝韻。〔白〕可惱嗄可惱。〔復作睡科。王素真從下場門急上。唱合〕早則歸營韻,必然睡也讀,未審睡定韻。〔作聽科。白〕寂靜無聲,睡熟了。〔作撥門,挨身悄進,作取鏡科。木桂英從桌下伸手,捺住科。王素真作驚喊科。白〕是那個?〔溪化道人驚醒科。白〕什麼人?〔王素真欲取鏡走,木桂英作起奪鏡科。溪化道人白〕賊人照打。〔木桂英得鏡,作仍藏桌下。王素真、溪化道人作相持科。溪化道人取鞭,王素真出劍,戰科。王素真出門,從上場門急下。溪化道人追下。內打五更。木桂英捧鏡出桌,作笑科。白〕妙嗄,我正愁不能下手,幸虧那人進來,做了我的脱身之計。妖道只顧追趕那人,卻不知鏡兒在我處。〔唱〕

【中呂宮集曲·銀燈紅】【剔銀燈】(首至合)正愁著功績難成韻,不意中他人接應韻。將他趕去奴之幸韻,安然的竊鏡回營韻。〔作出門科,溪化道人從上場門急上。白〕只顧追他,不曾看得寶鏡可在桌上。〔作撞木桂英科。溪化道人白〕又是一個,看鞭。〔作打科,木桂英急將陰陽彩鏡抵搪,作打碎科。木桂英擲破鏡於地,從上場門急下。溪化道人作拾破鏡,驚惜科。白〕不好了,寶貝打碎了。〔作忿歎科。白〕俺費了無限的工夫纔煉成此鏡,今日輕輕的就打碎了。〔作恨氣科。唱〕【紅娘子】(合至末)好沒興韻,一功未成韻,打破了陰陽鏡韻。〔作虛白氣忿歎惜科,從下場門下〕

第十齣　激帥投淵罪孽深（魚模韻）

〔副扮王欽，戴相貂，穿蟒，束帶，帶印綬，從上場門上。唱〕

【正宫正曲·玉芙蓉】胸中羅網鋪韻，舌上戈矛佈韻。爲扶遼傾宋讀，寐想朝謀韻。先除閫帥爲機務韻，奈壘卵相當我勢孤韻。〔白〕下官王欽，爲暗助蕭后，曾有七封書寄去，誰知一計未成。昨日又差細作催我圖謀楊景之計，道若不早除楊景，必要將我通遼之事奏知宋君。下官昨晚憂慮了一夜，如今騎虎之勢，也説不得了。我今譖奏楊景身膺閫帥，不肯身先士卒，貪逸圖安，只遣將士臨陣，耽延時日。攛掇聖上，命他親督三軍打陣，將他斷送於陣内便了。天色已明，不免就去面奏。〔唱合〕吾今去韻，把玩軍情具韻。逼他行讀，親臨惡陣好芟除韻。〔從下場門下。旦扮木桂英，戴七星額，紮靠，佩劍，從上場門上。白〕邂逅心同雙竊鏡，陰陽鞭擊兩分開。那個在？〔雜扮一旗牌，戴小頁巾，穿箭袖排穗，佩腰刀，從下場門上。白〕什麽人？〔作見科。白〕原來是先鋒回營了，少待。〔作進門請科。白〕千歲、元帥，有請。〔雜扮軍士，各戴馬夫巾，穿蟒箭袖卒褂。雜扮將官，各戴馬夫巾，紮額，穿打仗甲，佩腰刀。浄扮焦贊，戴紮巾額，紮靠。浄扮孟良，戴紮巾額，紮靠，背葫蘆。小生扮楊宗顯、楊宗保、楊宗孝，各戴紮巾額，紮靠。旦扮李剪梅、杜玉娥，各戴七星額，紮靠。引生扮楊景，戴帥盔，紮靠，背令旗。生扮德昭，戴素王帽，紮靠，背令旗。從上場門上。楊景、德昭白〕運興宋室神天佑，氣敗遼邦妖孽多。〔場上設椅，楊景、德昭轉場坐科。旗牌稟科。白〕啟千歲，先鋒回營了。〔德昭白〕令進來。〔旗牌應，作出門科。白〕令先鋒進見。〔隨從下場門下。木桂英作進門參見科。白〕千歲、元帥，木桂英成功回報。〔楊景、德昭白〕先鋒成功回報，可喜，取陰陽寶鏡來看。〔木桂英白〕寶鏡未得。〔楊景白〕寶鏡未得，如何便報成功？〔木桂英白〕有個緣故。桂英潛入溪化營中，他尚未歸帳，正待要走，恰值溪化回來，只得藏躲書案之下。〔唱〕

【正宮正曲·普天樂】閉吁息身藏伏(韻)，俟其沉睡菱花取(韻)。又來個竊鏡嬌姝(韻)，闖營帳膽氣豪粗(韻)。暗中窺似遼營婦(韻)，奪鏡心慌聲息露(韻)，那妖人將他追捕(韻)。〔白〕我乘隙取鏡出門，劈面撞著溪化，舉起鋼鞭——〔唱〕急切的慌張搪阻(韻)，〔合〕著鞭兒(讀)，寶鏡打破須臾(韻)。〔楊景、德昭白〕鏡已擊碎，妖道不足爲慮矣。〔王欽從上場門上。白〕明下九重諭，暗投一紙書。〔作進門科。楊景、德昭作起，隨撤椅。王欽白〕千歲、元帥，聖上道，開兵以來，將至兩月，七十二陣，破者未及一半。再若耽延，恐日久師老，而功不立；浩費糧餉，而養敵鋭。今命元帥親督雄師，親往破陣回奏。〔楊景白〕領旨。〔德昭白〕住了，聖上深知陣勢難破，這「耽延」二字，明明是小人讒譖了。〔唱〕

【又一體】我恨讒臣奸心舉(韻)，無端暗把忠良侮(韻)。他親臨陣連奏捷書(韻)，又何曾耽延軍務

㊟。〔楊景白〕千歲不必動怒。既是王大人奉旨催功，就請王大人今日親督楊景破陣，如何？〔王欽白〕這是聖上命我來問的。〔楊景白〕大人爲國催功，忠勤王事，理應略陣督軍。快請披挂，同去破陣。〔王欽白〕千歲，臣還要去覆旨。〔德昭、楊景白〕親督楊景破陣，成功覆旨未遲。〔孟良、焦贊白〕大人，正是如此，請到後帳披挂。〔擁王欽從下場門下。楊景白〕千歲，這明明是奸賊揑造陰謀，又來陷害。〔德昭白〕這何消説得。〔楊景白〕衆將整頓人馬，候令破陣。〔衆應科。同唱〕逼元帥親敵禦㊟，須勞宰相監軍親督部㊟。要他知征夫辛苦㊟，要他知陣兇難破㊟，〔合〕管教他㊟，入陣心慌膽怖㊟。〔同從下場門下〕

第十一齣　一計潛通傾兩陣（蕭豪韻）

〔末扮王懷，戴金貂、狐尾、雉翎，紥靠，背令旗，佩劍。旦扮王素真，戴女盔、鸚哥毛尾，紥靠，背令旗，佩劍。從上場門上。同唱〕

【黃鐘宮正曲·畫眉序】喜色上眉稍(韻)，棄暗投明在此朝(韻)。早安排妙計(讀)，助宋平遼(韻)。〔王懷白〕我父女因蓄裏應外合之謀，終朝盼六郎來破兩儀陣，好倒戈降宋，今日盼著矣。有密計一條，已令心腹寄書與六郎，約他照策行事，管教兩陣立破。〔王素真白〕偏遇溪化道人前來護陣，若非打碎陰陽鏡，就有密計，也難成功。〔王懷白〕便是，不必遲延，你我各歸本陣，不可被妖道們看出破綻來。〔同唱〕假嚴肅陣勢環陳(句)，虛花弄慢教猜料(韻)。〔合〕對兵一樣相持戰(句)，事洩難爲功効(韻)。〔從下場門下。雜扮軍士，各戴馬夫巾，穿蟒箭袖卒褂，持刀。雜扮健軍，各戴馬夫巾，穿採蓮襖卒褂，背絲絛，持雙刀。雜扮將官，各戴馬夫巾，紥額，穿打仗甲，持鎗。净扮焦贊，戴紥巾額，紥靠，背令旗，持鎗。净扮孟良，戴紥巾額，紥靠，背令旗，背葫蘆，持雙斧。旦扮八娘、李剪梅、杜玉娥、木桂英，各戴七星額，紥靠，背令旗，各持兵器。小生扮楊宗顯、楊宗保，各戴紥巾額，紥靠，背令旗，各持兵器。引副扮王欽，戴盔，紥靠，佩劍，執馬鞭。生扮楊景，戴帥盔，紮靠，背令旗，持鎗。生扮德昭，戴素王帽，紮靠，背令旗，持金鎗。雜扮一將官，戴馬夫巾，紮額，穿打仗甲，執黃纛。隨從上場門上。衆同唱〕

【又一體】嚴厲士英驍(韻)，猛烈精强師何老(韻)。這朝攻夕戰(讀)，何養銳北遼(韻)。〔雜扮一番兵，戴外番帽，穿外番衣，持書信，從下場門迎上。白〕楊元帥。〔軍士作攔科，焦贊、孟良斷喝科。白〕那裏來的？〔番兵白〕舊時河東老將有密書一封，寄與楊元帥。〔作遞書科。王欽白〕取來我看。〔孟良、焦贊攔科。白〕住了，寄與元帥的書，不用你看。〔孟良接書科，番兵仍從下場門下。孟良白〕密書呈上。〔楊景白〕千歲請覽。〔德昭白〕同觀。〔作看書科。王欽作猜疑，背科。白〕此密書來得可疑。〔楊景、德昭同唱〕正惟恐不立奇功(句)，書中策定來絶妙(韻)。〔德昭白〕聖上洪福，眼見陰陽二陣立破矣。〔楊景白〕臣今依書中之計，先破兩儀左陣。八娘、李剪梅，保護千歲，督兵在陣外接應，兼防妖人走脱。〔八娘、李剪梅應科。楊景白〕孟良、焦贊聽令。〔孟良、焦贊應科。楊景白〕你二人先將王令公擒住，密計可成。一破左陣，揮軍擊其右陣，自有王素真内應，依令而行。〔孟良、焦贊應科。楊景白〕催軍前行。〔衆應科。同唱合〕衆軍奉令憑差調(句)，事洩難爲功効(韻)。〔同從下場門下。王欽白〕原來陣中有王令公、王素真約爲内應。〔作想科。白〕嗄有了。〔從下場門急下。王懷引浄扮嚴洞賓，戴虬髮、道冠，紮金箍，穿蟒箭袖，紮氅，執拂塵。浄扮溪化道人，戴虬髮、道冠，紮金箍，穿蟒箭袖，紮氅，執拂塵。從上場門上。嚴洞賓、溪化道人白〕道伴同心來護陣，贊襄妙道定成功。〔嚴洞賓白〕大仙，今日打聽楊景親督三軍，來打兩儀陣，機會不可錯過。〔溪化道人白〕小仙今日必擒楊景獻上。〔嚴洞賓作歎科。白〕那陰陽寶鏡若在，只用一照，就可成功，可惜被你自己打破了。〔溪化道人痛惜歎科。白〕不要説起了，難道没有此鏡，便不能成功麽？道友，你去把守將臺，俺與王將軍到陣門外先與楊景見個高低。〔嚴洞賓白〕就依大仙高見，請。〔從上場門下。溪化道人、王懷向下傳科。白〕衆兒郎，準備陣外迎敵者。〔内應科。溪化道人、王懷從下場門下。健軍、將官、焦贊、孟良、杜玉娥、木桂英、楊宗顯、楊宗保、王欽、楊景、執纛將官，同從上場門上，遶場科。同唱〕

【黄鐘宮正曲·滴溜子】何足慮(句)，何足慮(疊)，傍門邪道(韻)。秉忠正(句)，秉忠正(疊)，神天垂照(韻)。〔雜扮遼兵，各戴額勒特帽，穿外番衣，持雙刀。雜扮遼將，各戴盔襯、狐尾、雉翎，穿打仗甲，持兵器。引王懷持刀，溪化道人持鞭，從下場門衝上。楊景白〕何人領兵？〔溪化道人白〕俺乃溪化道人。〔王懷白〕老夫令公王懷。〔溪化道人白〕爾乃何人？〔楊景白〕本帥平遼掃陣大元帥楊景。〔溪化道人白〕你就是楊景，俺正要擒你，看鞭。〔衆作合戰科。王懷、遼兵、遼將等，健軍、將官、王欽、孟良、焦贊等，從下場門下。溪化道人白〕楊景，俺大仙神通廣大，你敢來輕敵，好不知分量。〔楊景白〕妖道聽者，本帥呵——〔唱〕奉皇宣(讀)，得專征討(韻)。〔合〕名震北遼邦(句)，威聞八表(韻)。蕩滌邪氛(讀)，盡翦鴟鴞(韻)。〔戰科，從下場門下。健軍等、遼兵等從上場門上，作挑戰科，從下場門下。溪化道人追王欽從上場門上，王欽作慌促科。白〕不好了，誰來救我？〔木桂英從上場門上。白〕妖道休得猖獗，俺來也。〔王欽作隱藏科。木桂英、溪化道人戰科，溪化道人從下場門敗下，木桂英追下。王欽作恨科。白〕可恨楊景，逼我隨他打陣，分明要將我殘生斷送在陣中，此讐必報。〔從下場門下。孟良、焦贊追王懷從上場門上，作虛戰科。王懷白〕二位將軍，老夫有書一封，元帥可曾見？〔孟良、焦贊白〕元帥遵依書中之計，命小將二人擒你。〔作急止科。白〕失言。〔王懷笑科。白〕此乃計也，何妨。你們聽我吩咐，少間入陣，老夫引你們至將臺下，二位先將我擒住，即上將臺，把紅旛砍倒，此陣即破矣。〔孟良、焦贊白〕承教，得罪了。〔作假戰科，從下場門下。健軍、將官、楊景、木桂英等，遼兵、遼將、王懷、溪化道人，從上場門上，交戰科，從下場門下。溪化道人、王懷從上場門上。溪化道人白〕楊景與那些宋將果然驍勇。〔王懷白〕仙長，何不引他入陣擒之。〔溪化道人白〕說得有理。〔楊景、王欽等從上場門追上，戰科。健軍、將官、遼兵、遼將從兩場門上，合戰科。溪化道人白〕楊景，隨俺進陣。〔溪化道人等引楊景等，從下場門下。嚴洞賓內白〕衆將官，嚴整陣勢者。〔內應科。場上設太陽陣，將臺插紅旛，紅旗幟。雜扮遼兵，各戴紅馬夫巾，穿紅蟒箭袖，繫肚囊，各執紅素旗。雜扮遼將，各戴盔襯、狐尾、雉翎，穿打仗甲，持鎗。雜扮遼將，假裝十二元辰，各戴馬夫巾，紥額，穿鎧，持兵器。從兩場門上，作佈陣科。雜扮遼將，假裝九曜，各戴紥紅金貂，穿鎧，持大刀。雜扮一遼將，假裝羅睺星，戴素幞頭，穿圓領，紥帶。引嚴洞賓從上場門暗上將臺科。王懷、溪化道人引健軍、將官、王欽、楊景等，從上場門上，作入陣合戰科，同從下場門下。王懷引焦贊、孟良從上場門上，戰科。焦贊、孟良作擒住王懷，健軍、將官從上場門上，作綁科。王懷作叫喊科。白〕軍師快來救我。〔嚴洞賓白〕不好了。〔作下將臺科。健軍押王懷從下場門下。嚴洞賓、焦贊、孟良、將官戰科，嚴洞賓從下場門敗下。將官、孟良、焦贊上將臺，作砍倒紅旛，戰退九曜、羅睺星等，從下場門下。溪化道人追王欽，從上場門上，溪化道人作舉鞭科。白〕看鞭。〔王欽作驚懼倒地科，溪化道人笑科。二遼將從上場門上，綁王欽，從下場門下。木桂英從上場門上，戰科，從下場門下。楊景衆等追嚴洞賓衆等，從上場門上。嚴洞賓等亂竄科，從下場門下。隨撤將臺科。孟良、焦贊押王懷，從上場門上。孟良、焦贊白〕啟元帥，王令公擒到。〔楊景白〕快些放綁。〔孟良、焦贊應，作放綁科。楊景白〕恕楊景冒犯之罪。〔王懷白〕爲國公事，何罪之有？ 今太陽陣已破，待我引你們到太陰陣去。〔楊景白〕大小三軍，速將陣內餘衆除盡，斂集將士，即往太陰陣去者。〔衆應科。同唱〕

【慶餘】寸函包蘊天機妙(韻)，揮動毛錐大陣掃(韻)，這是紙上談兵計自高(韻)。〔同從下場門下〕

第十二齣　羣妖奮起困全軍（尤侯韻）

〔旦扮王素真，戴女盔、鸚哥毛尾、雉翎，紥靠，背令旗，持鎗，從上場門上。唱〕

【高宮套曲·端正好】擁千軍掌兵衡（句），太陰陣排軍候（韻）。難防俺倒授㕣矛（韻），反遼助宋回戈鬬（韻），機關巧設誰參透（韻）？〔白〕俺父女久蓄降宋之心，因要借兩儀陣爲進見之功，故爾遲遲。今憑密書一封，便可傾翻兩陣。只是溪化道人神通利害，恐難治服耳。〔唱〕

【高宮套曲·滚繡毬】雖把他陰陽鏡兩半分（句），要防他復還有法寶留（韻）。準備下一場賭鬬（韻），要驅逐陣兒中氛沴全收（韻）。〔白〕就是這陣勢，好不利害，雖用俺裏應外合之機，免不了一場鏖戰也。〔唱〕四下里陰慘慘黑霧濃（句），鎮法壇月孛星執髑髏（韻）。佈旌旗密匝匝闖突不透（韻），弄飛丸明晃晃劍氣衝眸（韻）。威凜凜强兵勢比負嵎虎（句），氣昂昂女將威同出海虬（韻），森森的劍戟戈矛（韻）。〔浄扮嚴洞賓，戴虬髮、道冠，紥金箍，穿蟒箭袖，紥鞶，執劍，從上場門上。白〕陣破心慌亂，奔馳氣喘吁。〔作見科。白〕王小姐，宋兵就來打陣，爲何倒在陣外？〔王素真白〕特爲打聽太陽陣消息。〔嚴洞賓白〕不好了，楊景將你爹爹擒去，陣勢一掃而平了。〔王素真作假意驚慌科。白〕把我爹爹擒去，陣勢破了？〔作背科。

白〕好了。〔轉身科。白〕楊景，你敢如此猖狂。軍師，如今楊景那裏去了？〔嚴洞賓白〕即刻就到。〔王素真白〕待我迎上去，立擒楊景，獻於麾下。〔唱〕

【高宫套曲·倘秀才】俺這裏架天羅難容遁走(韻)，張地網怎教脱手(韻)，擒捉冤家雪父讐(韻)。心中恨切切(句)，手内挺戈矛(韻)，父母讐焉容逗遛(韻)？〔從下場門下。嚴洞賓白〕好個王素真，實乃巾幗英雄也。〔雜扮遼將，各戴盔襯、狐尾、雉翎，穿打仗甲，持鎗。押副扮王欽，戴盔，紮靠，佩劍。浄扮溪化道人，戴虬髮、道冠，紮金箍，穿蟒箭袖，紮氅，持鞭。同從上場門上。溪化道人白〕吾擒他劣將，他獲我英雄。〔作相見科。白〕軍師，貧道擒得宋營一將，請軍師發落。〔嚴洞賓白〕帶過來，待我親自斬之。〔遼將應科。王欽白〕不要斬，有機密軍情報知二位。〔嚴洞賓、溪化道人白〕有什麼機密軍情？快講來。〔王欽白〕你這裏可有個女將王素真麼？〔嚴洞賓白〕有的。〔王欽白〕你們好悮事，他父女寄書與楊景，約下裏應外合，少時進陣，回戈反擊。非但此陣難保，連你二人也活不成哩。〔嚴洞賓、溪化道人作驚科。白〕有這等事？足下是何姓名？〔王欽白〕下官王强，宋主賜名王欽，原是遼邦臣子，因做内應，故投宋主。〔嚴洞賓白〕原來就是王大人，快些放了綁。〔遼將應，作放綁科。嚴洞賓、溪化道人白〕我等不知，多多冒犯了。王大人，不可洩露機關。〔王欽應科。白〕告辭了。〔從下場門下。嚴洞賓白〕如今便怎麼處？〔溪化道人白〕待我先擒王素真，再困楊景便了。〔嚴洞賓白〕莫信直中術。〔溪化道人白〕須防人不仁。〔同從下場門下，遼將隨下。王素真從上場門上。唱〕

【高宮套曲·快活三】僞言揵塞擒讐寇(韻),早已設就妙機謀(韻)。葵心向宋計傾遼(句),密計兒無人漏(韻)。〔遼將隨溪化道人從上場門暗上,作聽科。王素真白〕我今迎著六郎,把太陰陣破法指示,即我降宋第一功也。〔溪化道人怒叱科。白〕好大膽賤婢,敢暗通楊景,降宋反遼,看鞭。〔戰科,作擒住王素真科。溪化道人白〕綁去見嚴軍師。〔遼將應科,作綁王素真,從下場門下。內吶喊科,溪化道人望科。白〕果然王懷引著宋兵來也,待俺擒住這厮。〔末扮王懷,戴金貂、狐尾、雉翎,紥靠,背令旗,持刀。引雜扮健軍,各戴馬夫巾,穿採蓮襖卒褂,背絲縧,持雙刀。雜扮將官,各戴馬夫巾,紥額,穿打仗甲,持鎗。浄扮焦贊,戴紥巾額,紥靠,背令旗,持鎗。浄扮孟良,戴紥巾額,紥靠,背令旗,背葫蘆,持雙斧。旦扮杜玉娥、木桂英,各戴七星額,紥靠,背令旗,持兵器。小生扮楊宗顯、楊宗保,各戴紥巾額,紥靠,背令旗,持兵器。生扮楊景,戴帥盔,紥靠,背令旗,持鎗。王欽隨從上場門上。溪化道人白〕王懷,你敢裏應外合,回戈反向。你女兒已被俺擒住,你還不下馬伏罪麽?〔王懷白〕妖道看刀。〔衆作圍繞,合戰科。溪化道人作突圍,從下場門敗下。王懷白〕元帥,不好了,妖道將我女兒擒住,機關已洩,功難成矣。快快催軍入陣,救我女兒要緊。〔楊景白〕大小三軍,勇猛闖陣,畏避者斬。〔衆應科。同唱〕

【高宮套曲·鮑老兒】聞者心驚聽者憂(韻),急把閨英救(韻)。駭異機關誰露走(韻),速援休遲逗(韻)。是何人暗送風聲(句),春光私透(韻)。徒費奇謀(韻),反遭擒獲(句),天意使然(句),人意難由(韻)。〔同從下場門下〕

第八本卷下

第十三齣　王素真故國欣投（尤侯韻）

〔場上攏烟雲帳，内設太陰陣，將臺插旗幟。旦扮女遼將，假裝月孛星，披髮，穿素緊身，繫腰裙，執劍，持骷髏，上將臺立科。雜扮女遼將，各戴紮額、狐尾、雉翎，穿月白蟒箭袖，背絲絛，繫搭胯，執素旗。旦扮毛女，各戴毛女膉腦，穿月白採蓮襖，繫汗巾，執雙劍。從兩場門暗上，佈列陣式科。雜扮遼將，各戴盔襯、狐尾、雉翎，穿打仗甲，持鎗。綁旦扮王素真，戴女盔、鸚哥毛尾、雉翎，紮靠，背令旗。净扮溪化道人，戴虬髮、道冠，紮金箍，穿蟒箭袖，紮氅，持鞭。隨從上場門上。王素真唱〕

【高宮套曲·耍孩兒】俺仰面問蒼天㊇，烈女何不佑㊞？則落得㊇，成擒無解救㊞，拚將血污粉油頭㊞。〔净扮嚴洞賓，戴虬髮、道冠，紮金箍，穿蟒箭袖，紮氅。雜扮耶律休格、耶律色珍，各戴外國帽、狐尾、雉翎，紮靠，持兵器。隨從上場門上。嚴洞賓白〕大仙來了，王素真擒下了麽？〔溪化道人白〕擒得在此，綁過來。〔遼將應科。白〕王素真當面。〔嚴洞賓怒叱科。白〕好大膽的潑賤，擅敢私通敵國，破俺陣圖。今已敗露，還有何辯？〔王素真怒叱科。白〕妖賊，我父女棄暗投明，順天向化，何爲私通？今謀事不成，天之數也。斬剮由你，何必多講。〔唱〕恨機關漏洩招訧(韻)，身受擒(讀)，由伊斬剮心無畏(句)，早博得(讀)，國史名標萬載留(韻)。早發付休窮究(韻)。〔内吶喊科。嚴洞賓白〕宋兵至矣，快將他押進陣去，待擒住了王懷、楊景，一併斬首。〔遼將應科。同唱〕陣兒中就擒活捉(句)，併誅戮三命俱休(韻)。〔同從下場門下。撤烟雲帳科。雜扮健軍，各戴馬夫巾，穿採蓮襖卒褂，背絲縧，持雙刀。雜扮將官，各戴馬夫巾，紥額，穿打仗甲，持鎗。末扮王懷，戴金貂、狐尾、雉翎，紥靠，背令旗，持兵器。净扮焦贊，戴紥巾額，紥靠，背令旗，持鎗。净扮孟良，戴紥巾額，紥靠，背令旗，背葫蘆，持雙斧。旦扮杜玉娥、木桂英，各戴七星額，紥靠，背令旗，持兵器。小生扮楊宗顯、楊宗保，各戴紥巾額，紥靠，背令旗，持兵器。引副扮王欽，戴盔，紥靠，持鎗。生扮楊景，戴帥盔，紥靠，背令旗，持鎗。從上場門上。同唱〕

【高宫套曲·四煞】一書兒思將兩陣傾(句)，再不料妖人測破謀(韻)。功難建立遭掣肘(韻)，先須急救裙釵女(句)，再定機謀把陣收(韻)。〔楊景白〕大小三軍，奮勇衝陣者。〔衆應，作入陣科。遼將等、耶律色珍、耶律休格從上場門上，作合戰科。假月孛星下將臺，率毛女、遼將作助戰圍繞科。同從下場門下。嚴洞賓、溪化道人從上場門暗上將臺科。王欽白〕軍師，楊景今已入陣，何不用個大大的法術，將他困住。待我去報與千歲，説楊景被困，賺他來一併陷於陣中，豈不是好？〔嚴洞賓、溪化道人白〕好，如此你就去。〔王欽應科，作出陣，從下場門下。毛女、女遼將等，健軍、將官、楊宗保、木桂英等，從上場門上，作接續交戰科，從下場門下。王懷追耶律色珍從上場門上，戰，耶律色珍從下場門敗下。嚴洞賓、溪化道人白〕王懷，你若依然棄宋輔遼，饒你女兒一刀之苦。〔王懷作怒叱科。白〕妖賊，吾父女乃楊元帥至戚，豈肯順遼逆宋？快將吾女放還，饒你一死。〔溪化道人白〕老匹夫，好不知死活，俺來擒你。〔作下將臺戰科。遼將從上場門上，助戰，作擒住王懷科。遼將押王懷從下場門下。楊景從上場門追上，戰科，溪化道人從下場門敗下，楊景追下。嚴洞賓白〕你看楊景在陣上，好威風也。〔唱〕

【高宮套曲・三煞】似這莽勁敵誰能與爭(句)，這威風孰與爲侔(韻)？掄鎗躍馬縱橫驟(韻)，難將力敵須言智(句)，急召諸魔莫逗遛(韻)。〔溪化道人從上場門上。白〕道友，宋將個個英勇，實難擒獲，怎麼處？〔嚴洞賓白〕大仙請上將臺，俟他全軍逼近臺前，用法先困住了他，然後擒捉便了。〔溪化道人白〕有理。〔作上將臺科。同唱〕必欲使全軍覆(韻)，忙畫著靈符一道(句)，魔障他魄散魂游(韻)。〔健軍、將官、楊景等追毛女、女遼將、耶律休格、耶律色珍等，從上場門上，合戰。嚴洞賓作咒科。白〕詛。〔雜扮小妖，各戴布鬼臉，穿青緞箭袖，繫肚囊，執烟雲旗。從兩場門上，作圍裹健軍、將官、楊景等，從下場門下。嚴洞賓、溪化道人等追下。德昭內白〕衆將官，殺到陣中去者。〔衆內應科。雜扮軍士，各戴馬夫巾，穿蟒箭袖卒褂，持刀。旦扮八娘、李剪梅，各戴七星額，紥靠，背令旗，持劍。王欽引生扮德昭，戴素王帽，紥靠，背令旗，持金鎗。雜扮一將官，戴馬夫巾，紥額，穿打仗甲，執黄纛。同從上場門上，遶場科。同唱〕

【高宮套曲・二煞】催領著勁旅軍(句)，急援著俊傑儔(韻)，雄心鼓勇重圍透(韻)。只看俺持弓挾箭除妖魅(句)，快馬輕刀建績猷(韻)。〔王欽白〕千歲，已到陣門了，快些進陣救元帥要緊。〔德昭白〕就此進陣。〔衆應，作進陣科，從下場門下。王欽白〕吾計成矣，回去罷。〔仍從上場門下。嚴洞賓、遼將押王懷、王素真從上場門上。嚴洞賓等同唱〕自願把頭顱售(韻)，敢與宋結連勾手(韻)，父女行一命難留(韻)。〔嚴洞賓白〕這妮子十分可惡，待俺親自動手斬這妮子。〔作舉劍欲斬科。德昭持弓箭，引八娘、李剪梅等從上場門急上。德昭白〕妖道看箭。〔作射中嚴洞賓右手科，嚴洞賓棄劍叫苦，從下場門急下。軍士、八娘、李剪梅、遼將合戰科，遼將從下場門敗下。德昭白〕快些放了綁。〔軍士應，作放綁科。八娘白〕謝了千歲。〔王懷、王素真拜謝科。白〕多謝千歲救命之恩。〔德昭白〕二位受驚了，可曾見元帥？〔王懷、王素真白〕千歲，你看那邊一團黑霧迷漫，多應元帥等受困在內了。〔李剪梅白〕不妨，待剪梅前去，救出元帥，一同破陣便了。〔從下場門下。耶律色珍、耶律休格、嚴洞賓、溪化道人率遼將從上場門衝上，合戰科，同從下場門下。李剪梅追衆小妖從上場門上，作殺散衆小妖科，小妖從兩場門急逃下。女遼將從上場門追上，接戰科。健軍、將官、楊景等追毛女從上場門上，合戰科，同從下場門下。德昭、木桂英、王素真、孟良衆等，耶律色珍、耶律休格、嚴洞賓衆等，從上場門上，作絡繹交戰科，從下場門下。女遼將、溪化道人追八娘從上場門上，戰科。溪化道人作擒住八娘科，女遼將作押八娘從下場門下。楊景從上場門追上，咤科。白〕妖道留下八娘來。〔溪化道人白〕正要擒你。〔作戰科。健軍、軍士、將官、德昭等，毛女、女遼將、嚴洞賓等，從兩場門上，合戰科。毛女、女遼將、遼將、嚴洞賓等從下場門敗下。場上攢烟雲帳，隨撤將臺，旗幟科。執纛將官從上場門暗上。楊景白〕賴千歲神威，太陰陣立破。只是八娘被擒，如何解救？〔德昭白〕且回營去，求仙師設法解救便了。收兵回營。

〔衆應。同唱〕

【高宫套曲・一煞】諒伊妖道人(句)，仗倆何所有(韻)。大言敢道神通鬭(韻)，英雄巾幗咸奇偉(句)，大陣傾摧早踐蹂(韻)。早談笑功成就(韻)，威伏的妖人畏怯(句)，端的是一箭功收(韻)。〔同從下場門下〕

第十四齣　胡守信荒山冤陷（東鐘韻）

〔雜扮僂儸，各戴僂儸帽，穿箭袖，繫肚囊。雜扮番兵，各戴外番帽，穿外番衣，執飛虎旗。雜扮番將，各戴馬夫巾，紥額、狐尾、雉翎，穿打仗甲，持兵器。引雜扮焦松、孟吉，各戴紥巾額、狐尾、雉翎，紥靠，佩劍，執馬鞭。從上場門上，遶場。同唱〕

【雙調正曲・五馬江兒水】徵兵辟勇（韻），長驅進意匆（韻）。早銜山日落（句），霞染旗紅（韻）。陣雲高浩氣衝（韻），早願收功（韻），不慕榮封（韻）。所志天倫重聚（句），尋見家翁（韻）。〔孟吉白〕多謝賢弟款留，又蒙遠送，天色將暮，請賢弟回山，愚兄還要偺趲一程。〔焦松白〕小弟與兄結義同心，不捨就別。因兄尋親之念甚切，不好挽留。願兄早得尋見老伯，歸宋平遼。〔孟吉白〕多謝吉言，就此請回。〔焦松白〕請了。〔僂儸引焦松仍從上場門下。孟吉白〕吩咐趲行。〔衆應科。同唱合〕士馬艱辛（句），士馬艱辛（疊），不憚兼行勤衆（韻）。〔同從下場門下。雜扮家丁，各戴羅帽，穿青緞箭袖，繫鸞帶，佩劍，執馬鞭。引小生扮胡守信，戴武生巾，穿鑲領箭袖，繫鸞帶，佩劍，執馬鞭，從上場門上。同唱〕

【又一體】欽遵聖旨（句），兼程敢怠慵（韻）。遂了平生英武（句），膽赤心忠（韻），志凌雲似鵾與鵬（韻）。

〔胡守信白〕俺乃胡守信是也。自我哥哥捨身全義，六郎感念此恩，奏明聖上，將他妹子八娘許字與我。前日書到汝州，奉旨召我往軍營効用立功。奉父命帶領家丁，曉夜兼行而進。你看天色漸晚，快快趲路。〔家丁應科。同唱〕早詣營中（韻），早立勳功（韻）。博得名垂國史（句），功勒鼎鐘（韻）。〔合〕奏凱回旋（句），奏凱回旋（疊），世受隆恩於宋（韻）。〔同從下場門下。僂儸引焦松從上場門上。焦松唱〕

【雙調正曲・銷金帳】心中敬仰（句），敬仰是英雄（韻）。別離難親遠送（韻），不覺留連竟日（句），腹内空空（韻）。〔白〕僂儸們，這裏已到自家酒店，進去暢飲一回，再上山去。〔僂儸應，作喚科。白〕夥計，大王來了，快來迎接。〔焦松作下馬科。雜扮小夥計，各戴氈帽，穿布窄袖，從上場門上。白〕來了。連環寨下開張店，劫奪商民金共銀。〔作出門迎接科。白〕大王來了，請大王裏面坐。〔同作進門科。場上設桌椅。焦松白〕把美酒肥肉多多的擺上來。〔小夥計急應，作向下取酒盒，置桌上，焦松入座科。白〕這兩日所劫多少貲財，也不上山交納。〔小夥計同白〕這兩日買賣平常，一個過路客商也不曾來，那有貲財交納？〔焦松白〕必是你們瞞昧下了。〔小夥計同白〕這個怎敢？〔作斟酒科。白〕大王請用酒。〔焦松白〕妙嘎。〔唱〕羊羔美酒（句），暢飲消咱煩冗（韻）。那低唱淺斟（句），不是雄豪重（韻）。〔家丁引胡守信從上場門上。胡守信唱合〕遥觀酒帘（句），且指點銀瓶酒甕（韻）。〔白〕隨我進去，沽飲一壺再走。〔作下馬進門科。家丁同白〕店家，快來迎接公子。〔小夥計同白〕什麼公子？大王在此，出去。〔胡守信白〕你開店，不賣酒麼？〔小夥計同白〕暫且不賣。〔家丁同白〕偏要你賣。〔焦松怒科。白〕什麼人，這等無理？〔家丁同白〕下來，讓俺公子上坐。〔焦松起，隨撤桌椅科。焦松作怒叱科。白〕你是什麽公子？如此强横。〔胡守信白〕俺乃汝州胡知府二公子胡守信，你是何人？〔焦松白〕俺乃連環寨焦大王。〔胡守信白〕原來是緑林强盜。家丁們，擒這厮與民除害。〔焦松作怒喊科。白〕可惱，照打。〔衆作相持科。僂儸、小夥計、家丁從下場門下。胡守信白〕强盜，你今遇俺胡守信呵——〔唱〕

【又一體】難延殘喘句，盡翦緑林種韻。替皇家誅强横韻，要與萬民除害句，安境驅兇韻。〔同作出劍戰鬭科，從下場門下。僂儸、小夥計、家丁從上場門上，相持科，作擒住家丁捆科，從下場門下。焦松、胡守信從上場門上，戰科。僂儸從上場門上，助戰。焦松作擒住胡守信科。小夥計押家丁從上場門上。焦松白〕解到山上去發落。〔衆應科。小夥計從下場門下，僂儸作押胡守信、家丁遶場科。焦松等同唱〕孩提乳臭句，也敢逞强作横韻。俺鬼面焦王句，無敵天生勇韻。〔合〕英雄蓋世句，遠近人民遵奉韻。〔同從下場門下〕

第十五齣　真仙施法迷方醒（東鍾韻）

〔末扮任道安，戴仙巾，穿仙衣，背劍，持拂塵，從禄臺上。唱〕

【雙調正曲·鎖南枝】兒仁義(句)，父信忠(韻)，居官治政袖清風(韻)。德行感神天(句)，後裔惠加榮(韻)。〔白〕善哉，小仙爲胡綱正次子守信，奉旨召向軍營立功，今遇焦松之害，吾當親往解救，點化焦松棄邪歸正，不免就去走遭。〔唱合〕救英才(句)，奇會逢(韻)。待伊兄(句)，陰中送(韻)。〔從禄臺下。壽臺場上設樹。焦松内白〕衆僂儸，將胡守信等綁在樹上，待俺親來動手。〔内應科。雜扮僂儸，各戴僂儸帽，穿布箭袖，繫肚囊。押雜扮四家丁，各戴羅帽，穿青緞箭袖，繫鸞帶。雜扮四頭目，各戴盔襯，穿青緞箭袖，繫鸞帶。雜扮焦松，戴紥巾額、狐尾、雉翎，紥靠。押小生扮胡守信，戴武生巾，穿鑲領箭袖，繫鸞帶，從上場門上。胡守信作仰天悲歎科。白〕蒼天，不想此地，是我胡守信結果之處也。〔唱〕

【又一體】徒具廟堂器(句)，空生國士風(韻)，心存報國志未從(韻)。狹路遇兇頑(句)，頃刻喪刀鋒(韻)。〔焦松白〕你這狂徒，方纔冒犯俺大王，如今悲泣，也不饒你。〔唱合〕恨狂且(句)，罪難容(韻)。犯吾顔(句)，殘生送(韻)。〔白〕綁在樹上。〔衆應，作綁家丁、胡守信於樹上科。焦松白〕衆頭目，取利刃來，剖他的心肝下酒。〔衆應科，胡守信怒叱科。白〕賊强盗，俺既被擒，也不想活的了。〔唱〕

【雙調正曲・孝順歌】我罵罵你這豺狼性（句），比梟獍兇（韻），傷天害理集强衆（韻）。肆掠賊良民（句），恣意貪饕横（韻）。罪款無窮（韻），惡貫盈時（讀），只怕王章難縱（韻）。〔焦松白〕好罵，好罵。你死在頭上，還敢辱罵俺大王。〔胡守信白〕强盜，你把死來唬誰。〔唱合〕義烈居心（句），心如鐵石般同（韻）。〔焦松作忿怒持刀科。白〕好大膽的狂且，先喫俺一刀。〔作舉刀科。任道安從禄臺暗上，咒詛科。内應雷聲，放火彩，作攝刀上天井。焦松等作驚懼伏地科。任道安取刀，從禄臺下。焦松等起科。同白〕唬殺了，唬殺了。一聲雷響，半空中金光一道，將刀攝上天去，令人好不驚駭。〔焦松想科。白〕是了，此人一定害不得的，快快放了綁。〔衆應，作放綁，隨撤樹科。任道安乘雲兜，從天井下至半空。任道安白〕焦松聽者。〔焦松、胡守信等同跪科。任道安白〕胡守信乃忠良之士，又係楊令公之館甥，你如何加害於他？〔焦松白〕今蒙神人指示，下次再不敢了。〔任道安白〕胡守信，你可安頓在山，來日自有神人送汝妻子到來相會。焦松，汝父焦贊現在宋營爲大將，俟楊小姐到後，伊等即便起兵到九龍谷，破陣立功，不可有違。吾去也。〔任道安乘雲兜，仍從天井上。焦松白〕若非神仙指點，險將仁兄害了。過來，吩咐後寨設宴，待我捧觴請罪。〔頭目等應科。焦松白〕仁兄不要記懷，你若記懷，焦松這裏磕頭。〔作跪拜科，胡守信扶科。白〕請起。〔焦松白〕再磕頭。〔胡守信白〕我也不計較你。〔焦松白〕如此再磕頭。〔胡守信白〕你是做强盜的心性，殺人放火，乃係慣常。只要你改邪歸正，便是有志男兒。〔焦松作起科。白〕承教，承教，多謝海涵。仁兄，方纔真正是，從空伸下拏雲手。〔胡守信等同白〕提起天羅地網人。〔同從下場門下〕

第十六齣 郡主憐姑心向夫（庚青韻）

〔浄扮溪化道人，戴虬髮、道冠，紮金箍，穿蟒箭袖，紮氅，持鞭。雜扮遼將，各戴盔襯、狐尾、雉翎，穿打仗甲。押旦扮八娘，戴七星額，紮靠，從上場門上。八娘唱〕

【雙角套曲·新水令】秉丹心讀，報國志從征韻，實指望佐吾兄邊疆戡定韻。果應了紅顏多薄命韻，再不想克陣盡微誠韻。愧遭擒願速輕生韻，早辦著駡惡黨拚戕命韻。〔溪化道人白〕那邊侯著。營門上那位在？〔生扮楊貴，戴盔狐尾，紮靠，佩劍，從上場門上。白〕當值嚴巡警，輪流護守營。〔作出門問科。白〕是那個？〔溪化道人作相見科。白〕將軍，貧道溪化在此。〔楊貴白〕原來是道長，到此何事？〔溪化道人白〕貧道在兩儀陣内，活擒宋營女將一名，請娘娘發落。〔楊貴白〕女將姓甚名誰？〔溪化道人白〕他叫八娘。〔楊貴作驚呆科。白〕在那裏？〔溪化道人白〕那邊綁的就是。〔楊貴白〕衆人閃開，待我來看。〔作認看，急退科。白〕呀。〔唱〕

【雙角套曲·駐馬聽】我瞥見傷情韻，不由的哽咽吞悲敢出聲韻。〔白〕你是楊八娘麽？〔八娘背科。白〕楊八娘便怎麽？〔楊貴白〕你既是楊八娘，可認得我？〔八娘作窺視，驚訝科。唱〕揾不住淚珠交迸(韻),原來是同胞兄妹認分明(韻)。〔作轉身科。白〕哥哥。〔楊貴作急止科。白〕不許開口。〔溪化道人白〕將軍認得他麽?〔楊貴白〕道長,不要提起。〔唱〕那年山後對交兵(韻),險些兒在他鎗下戕吾命(韻)。〔僞作忿恨科。白〕你也有今日麽。〔唱〕今却也惡貫盈(韻),冤家狹路無回徑(韻)。〔溪化道人白〕原來與將軍有讐,一發湊巧了。就請娘娘陞帳,將他斬首,與將軍報讐如何?〔楊貴白〕此時天晚了,交與我看守一夜,明早啟奏如何?〔溪化道人白〕好容易擒來的,倘有走失,豈不勞而無功?奏過娘娘,就有走失,與我無干了,快去啟奏。〔楊貴白〕交與我,不妨事的。〔溪化道人白〕煩將軍快些啟奏。〔楊貴白〕一定要此時啟奏?〔溪化道人白〕一定要此時啟奏。〔楊貴背科。白〕没法。〔作進門向下請科。白〕娘娘有請。〔旦扮女遼將,各戴紮額、狐尾、雉翎,穿甲。旦丑扮二遼女,各戴紮額、狐尾、雉翎,穿襯衣,繫汗巾。旦扮耶律瓊娥,戴七星額、鸜哥毛尾、雉翎,穿氅。引旦扮蕭氏,戴蒙古帽練垂,穿蟒,束帶,佩劍,從上場門上。蕭氏白〕尋思決勝策,旦夕苦勞神。〔場上設椅,轉場坐科。白〕郡馬請孤出帳,有何軍政?〔楊貴白〕溪化道人求見。〔蕭氏白〕宣進來。〔楊貴應,作出門唤科。白〕道長,娘娘宣你進見。〔同作進門科。溪化道人作參見科。白〕娘娘,貧道稽首。〔蕭氏白〕道長何事見孤?〔溪化道人白〕貧道擒得宋營女將楊八娘,獻於駕下發落。〔蕭氏白〕既是女將,郡主去帶進來。〔耶律瓊娥應,作出門科。楊貴急隨出門,作悄言揖科。白〕求郡主解救。〔耶律瓊娥白〕解救什麽?〔楊貴白〕那被擒女將,是我妹子,求郡主解救纔好。〔耶律瓊娥作驚科。白〕怎麽説,是你妹子?〔楊貴連揖科。白〕求郡主解救。〔耶律瓊娥作愁顧科。白〕又是難題目來了。〔作看八娘，作悶歎科。白〕帶進去。〔遼將應科，押八娘作進門科。耶律瓊娥、楊貴白〕八娘當面。〔溪化道人白〕跪下。〔八娘作不屈科。蕭氏白〕這賤婢，今爲帳下俘囚，還敢倔强。〔唱〕

【雙角套曲·沉醉東風】你也效顰那忠臣骨鯁(韻)，須不知帳下求生(韻)。巾幗女膽包身(句)，不屈膝難饒命(韻)。〔八娘白〕我楊家男忠女烈，無屈膝乞降之輩，要斬便斬。〔蕭氏嗔科。白〕好不知死活的潑賤。〔作拔劍科。白〕瓊娥郡主聽旨，取孤寶劍，將這賤婢斬訖回奏。〔耶律瓊娥作接劍，遲疑應科。溪化道人白〕不必遲疑，快斬。〔楊貴暗向耶律瓊娥哀求科。蕭氏白〕快去斬訖回奏。〔耶律瓊娥白〕孩兒啟知母后，天色已晚，不便行刑。〔楊貴白〕暮夜非決囚之時，請娘娘暫息雷霆。〔蕭氏作嗔科。唱〕可惱小裙釵裂眥强頸(韻)，藐視我(讀)，鋼刀不利刑(韻)，潑賤的死臨頭尚喳喳挺(韻)。〔白〕快將他斬訖回奏。〔溪化道人白〕郡主不斬待我來。〔作欲奪劍，楊貴攔擋怒叱科。白〕爾乃何人？敢在郡主手中奪劍，好没道理。〔溪化道人伏罪科。白〕恕山野之人粗魯。〔蕭氏白〕住了，你二人敢有甚私心，故不肯斬他？〔楊貴白〕非也，這女子至死不屈，反敢挺撞，甚是可惡。就是這樣斬他，忒便宜了。〔耶律瓊娥白〕郡馬説得極是，今晚權且拘禁在此，明早將他綁在營外高杆上，用亂箭射死他，以挫宋營鋭氣。不知母后以爲何如？〔蕭氏白〕郡主郡馬之議，甚合孤心，就依所奏便了。〔溪化道人白〕拘禁一夜，不怕他走脱麽？〔楊貴白〕交與我營中看守，不能走脱。〔耶律瓊娥作唾面科。白〕交與韓元帥看守，方保無虞。〔楊貴作驚異科。蕭氏白〕郡主説得是。道長解去，交與韓元帥帳下，好生看守。〔溪化道人應科。白〕解到韓元帥營中去。〔遼將應，作押八娘，隨溪化道人作出門科，從下場門下。蕭氏白〕夜深了，郡主郡馬，傳與將士，小心護守營寨，不可懈怠。〔楊貴、耶律瓊娥應科。蕭氏白〕傳警嚴巡守。〔衆白〕須防劫救兵。〔女遼將等隨蕭氏從下場門下。楊貴作怨恨科。白〕郡主，你好欠聰明也。將妹子帶到我們營中，也好放他逃脱，你怎麽倒要交與韓元帥營中去？你好悮事也。〔耶律瓊娥作唾面科。白〕你却真正欠聰明也。若交與你我看守，放走了他，其罪在你我身上了。〔唱〕

【雙角套曲・荆山玉】若説拘禁他在我營韻，徇私罪招承定韻，可笑你見識淺事不曾經韻。〔白〕如今交與他們是——〔唱〕奴身放脱罪在別人領韻，反道我欠聰明你好没思省韻。〔楊貴白〕果然郡主想得週到。〔耶律瓊娥白〕夜深了，快去準備鎗馬伺候。〔楊貴應科，從下場門下。耶律瓊娥作歎科。白〕我自嫁四郎，爲他擔了多少驚怕。今晚呵——〔唱〕

【雙角套曲・水仙子】又要向絶纓會上縱娉婷韻，俺便要細柳營中放女英韻，俺便要貔貅寨讀，奪出嬌嬈命韻。這關心也不輕韻，都緣是姑嫂連情韻。也則爲親親之分句，怎忍教鋼鋒斷頸韻，因此上奪下他虎口餘生韻。〔從下場門下。場上設營門科。遼將押八娘從上場門上，出營門科。八娘唱〕

【雙角套曲・鴈兒落】聽呼喝連聲不住聲韻，將士們應也連忙應韻。可惱的賊妖人威忒逞韻，一聲聲軍帳裏傳嚴令韻。〔遼將白〕將他綁在營門首標杆上。〔作綁科。遼將白〕綁得緊緊的，看他跑了。〔一遼將作歎科。白〕道長與韓元帥往後帳飲宴去了，著我們在此看守。我們餓了一日，也該喫些東西纔好。〔遼將同白〕這樣綁縛，料他不能逃走，俺們進去喫些酒飯，喫飽了再來看守便了。〔虚白，同作進營門，從下場門下。二遼女作持鎗牽馬，隨耶律瓊娥從上場門上。耶律瓊娥唱〕

【雙角套曲·得勝令】呀㊋，俺這裏摳衣急趨行㊍，生死際火速慢留停㊍。則恐他怪俺無情義㊌，臨難時姑嫂間怎匿影形㊍。〔八娘作叫苦科，耶律瓊娥作聽科。白〕呀。〔唱〕猛聽哀鳴㊍，側耳留神聽㊍。四下的尋聲㊍，向前的凝眸細察省㊍。〔二遼女白〕郡主，這營門首綁著個女子，想必就是。〔耶律瓊娥白〕你可是八娘妹子？〔八娘白〕正是，你乃何人？〔耶律瓊娥白〕我乃四郎之妻瓊娥，特來救你。快些放了綁。〔二遼女應，作放綁科。八娘白〕多謝嫂嫂救命之恩。〔耶律瓊娥白〕不必多講，快些上馬去罷。〔遼女帶鎗馬，八娘作提鎗上馬科。白〕嫂嫂請回，奴家去也。〔從下場門急下。耶律瓊娥白〕妙嗄，姑娘已去，幸爾無人知覺，真乃天從人願也。〔遼將内作嗽聲科。二遼女白〕營内有人出來了，快些走罷。〔作扶耶律瓊娥從上場門急下。遼將從下場門上。同白〕如今喫飽了，大家到營外看守去。〔同出營門，作驚駭科。白〕怎麼不見了。〔一遼將白〕不用説，必是逃走了。快報與韓元帥知道，遣將追拏便了。〔作進營門，從下場門下，隨撤營門科。八娘從上場門上。唱〕

【雙角套曲·沽美酒】金鉤上脱巨鯨㊍，虎口裏得餘生㊍。天遣奇逢遇救星㊍，幸喜得闖出數層營㊍。〔二遼將内白〕楊八娘，休想逃生。〔八娘回望科。白〕呀，追兵至矣，也罷。〔唱〕奮身極鬬退

追兵㊀。〔二遼將從上場門追上，戰科，八娘作刺死二遼將科。八娘唱〕

【雙角套曲・太平令】無知輩追蹤尋徑㊀，庸劣漢妄想功擎㊀。激怒俺騰騰烈性㊀，鎗尖上兩人廢命㊀。〔二遼將從上場門上。白〕潑婦好大膽，輒敢私逃抗捕，連傷兩員大將。俺今奉令擒你，看鎗。〔戰科，八娘作刺死二遼將科。八娘唱〕俺呵㊁，自生成能征㊀善爭㊀，女英㊀，呀㊁，匹馬兒單鎗取勝㊀。〔溪化道人從上場門上。白〕潑賤休走，俺來擒你，看鞭。〔戰科，八娘從下場門敗下。溪化道人笑科。白〕俺大仙既來，諒你逃到那裏去？〔唱〕

【小絡絲娘煞】何須用虎豹熊羆百萬領㊀，一身兒復獲釵裙俄頃㊀。〔從下場門追下〕

第十七齣　感神靈陰陽兄妹（皆來韻）

〔雜扮鬼兵，各戴鬼髮，紮小額，穿緞劉唐衣，繫虎皮搭膊，各帶兵器，從上場門上，作跳舞科。畢，引浄扮楊希，戴紮紅盔，紮靠，從上場門上。楊希白〕凛凛威風作虎臣，屈遭亂箭苦亡身。感蒙上帝憐忠正，勅授天曹雷部神。俺乃楊希是也。上帝憐俺生前忠正，死得慘傷，因此加勅封爲雷部上將軍。適蒙恩旨，爲吾妹八娘有難，命俺下凡解救，成就宿緣。故爾乘夜下降塵寰，召取無數鬼兵，做個護從，效學鐘馗嫁妹，護送八娘往連環寨，與胡公子團圓。衆鬼兵，就此迎上前去。〔鬼兵應科。楊希唱〕

【中呂調套曲·粉蝶兒】早下雲階(韻)，離天庭早下雲階(疊)，要闖入北營遼寨(韻)。遵奉著玉旨欽差(韻)，倩陰兵(句)，召小鬼(句)，趁黄昏重臨塵界(韻)。〔白〕今夜呵——〔唱〕效學那進士鐘馗(叶)，一樣兒鬧喧喧南山歸妹(叶)。〔同從下場門下。浄扮溪化道人，戴虬髮、道冠，紮金箍，穿蟒箭袖，紮鞶，持鞭。追旦扮八娘，戴七星額，紮靠，持鎗，從上場門上，戰科。八娘從下場門敗下，溪化道人追下。鬼兵引楊希從上場門上。楊希唱〕

【中呂調套曲·醉春風】到昔年的戰場處(句)，俺舊日的英名在(韻)，七尺的肉身軀(讀)，何處土塚兒埋(韻)？到此地想起那潘賊心歹(韻)，歹(疊)，雪私讐把俺萬箭攢身(句)，他如今魂拘地獄(句)，俺可也身登天界(韻)。〔同從下場門下。八娘從上場門上。唱〕

【中呂調套曲·快活三】戰得俺慣掄鎗的手難擡(韻)，我這勞倦乏的眼難開(韻)。一宵裏羣雄惡戰小裙釵(韻)，路途迷盼不到營何在(韻)。〔溪化道人從上場門追上，戰科，八娘從下場門敗下。溪化道人白〕這妮子，果然驍勇，拏他不住。也罷，待我趕上，用法術擒他便了。〔從下場門追下。衆鬼兵、楊希同從上場門上。楊希唱〕

【中呂調套曲·朝天子】叫小鬼早些兒奔戰垓(韻)，疾趕去救八妹(叶)。楊希也是你償不了惡戰的疆場債(韻)，在生時人强鎗快(韻)，驍勇莫同儕(韻)。有名的搜山虎威風大(韻)，報恩可便北討南征(句)，平遼出塞(韻)。天那只俺做天神還秉蛇矛貫戰鎧(韻)，少不得鬬械(韻)，陣開(韻)，可不是償不了疆場債(韻)？〔同從下場門下。溪化道人追八娘從上場門上，戰科。溪化道人作咒詛科。雜扮小妖，名戴犄角髮，穿蟒箭袖，繫肚囊，持兵器。從上場門上，作圍繞八娘科。衆鬼兵引楊希從上場門上，作合戰科。鬼兵、楊希作擁護八娘，從下場門下。溪化道人作忿怒科。白〕可惱，正要擒住八娘，從空來了無數神不神、鬼不鬼的一起醜物，竟把八娘救去了。小妖們，隨俺趕上。〔小妖等應科，同從下場門下。鬼兵、楊希作擁護八娘，從上場門上。楊希白〕妹子，是你七郎哥哥陰靈在此。〔八娘作驚駭科。白〕呀，果然是我哥哥。〔作慟哭科。白〕只道今生不

能見面，誰知又得相逢。〔作悲慟科。楊希白〕妹子，且不必傷心，吾奉上帝勅旨，下凡來救你之難，快快隨俺來。〔唱〕

【中呂調套曲·鬬鵪鶉】誰道是夢裏相逢(句)，那些個陰陽間隔(韻)，都應是呼吸通幽(句)，念親情憂排難解(韻)。〔小妖引溪化道人從上場門上，合戰科，同從下場門下。楊希、衆鬼兵、溪化道人、小妖等從上場門上，作陸續戰鬬科，從下場門下。楊希作引八娘從上場門上。同唱〕兄妹重逢在戰垓(韻)，險些兒一命蹈泉臺(韻)。逃脱了地網天羅(句)，早離卻鬼門關外(韻)。〔溪化道人從上場門追上，戰科。鬼兵追小妖從上場門上，合戰科。溪化道人、小妖等從上場門敗下。八娘白〕追兵已退，望哥哥速速送我回營去。〔楊希白〕回營自有日期，俺如今先送你到連環寨，自有因果。駕起風飆快走。〔鬼兵應科，内作風聲，衆遶場。同唱〕

【中呂調套曲·上小樓】碧澄澄河漢明(句)，清靄靄麗珠胎(韻)。趁著這夜色溶溶(句)，飆輪轉轉(句)，風馬挨挨(韻)。又只見簇簇陰兵(句)，鬧鬧吵吵(句)，騰騰驀驀(韻)，送上那連環山寨(韻)。〔楊希白〕已到連環寨，待我叫門。衆僂儸何在？〔雜扮僂儸，各戴僂儸帽，穿布箭袖，繫肚囊，從上場門上。同白〕守户通宵坐，巡山至五更。什麽人？〔楊希佯作咳嗽科，僂儸作驚喊，進門向下喚科。白〕大王快來。〔雜扮焦松，戴紥巾額、狐尾、雉翎，穿出氅。小生扮胡守信，戴武生巾，穿出氅。從上場門上。白〕爾等爲何大驚小怪？〔僂儸白〕大王，門外來了許多妖怪，怎麽處？〔焦松、胡守信白〕在那裏？〔同作出門看科。楊希白〕胡公子請了。〔焦松、胡守信作驚叱科。白〕是何怪物，輒敢在此現形？〔楊希白〕俺乃楊元帥兄弟七郎。因令尊救我六哥哥一死，此恩未報，吾兄奏過聖上，將舍妹八娘許配公子。今因舍妹破陣被擒，吾奉上帝勅旨，下凡解救。今將舍妹送到此間，與公子完婚，以了夙契。請了新人進去。〔胡守信白〕原來有此奇事，任仙師之言不謬也。〔焦松白〕先請了新人進去。〔衆鬼兵作護八娘進門，從下場門下，鬼兵復上。焦松、胡守信白〕請七將軍寨中少坐。〔楊希白〕不消了，天色漸曉，俺還要向兄長營中托夢，急回天府，不敢久留，請了。〔内應風聲，鬼兵作護楊希從下場門下。焦松白〕仁兄，又添了個鐘馗嫁妹了。〔胡守信同笑，作進門科。焦松白〕僂儸們，快排花燭喜筵，與公子完姻。〔胡守信白〕住了，且待到了軍營，將此奇遇奏過聖上，班師後稟過爹爹，然後成親，方爲道理。〔焦松白〕公子可謂忠孝兼全的君子，敬服，敬服。過來。〔僂儸應科。焦松白〕吩咐僕婦們，請楊小姐另居別院，小心伏侍。〔僂儸應科。胡守信白〕多謝盛情。〔焦松同唱〕

【尾聲】要把歸妹的奇文賽㊞，又添陰送新奇生面開㊞，且自停婚奏玉堦㊞。〔同從下場門下〕

第十八齣　誇武藝魯莽夫妻（支思韻）

〔浄扮呼延贊，戴黑貂，紥靠，佩劍。旦扮金頭馬氏，戴七星額，紥靠。從上場門上。同唱〕

【中吕宫正曲・駐雲飛】不管妍媸（韻），曳裾王門告出師（韻）。莫避傍觀嗤（韻），各盡其心志（韻）。嗏（格）。〔呼延贊白〕我想自開兵破陣以來，千歲、元帥從不曾差我夫婦二人做個主將，勳績簿上從不曾記個頭功，好不慚愧人也。〔金頭馬氏白〕功勞盡被楊門占去，所有隨征諸將，竟都成了木偶，有其名而無其實也。〔呼延贊白〕故此，我夫婦二人商議停當，今日嚴洞賓約打朱雀陣，竟到千歲帳中去討此差。〔金頭馬氏白〕就此前去。〔同唱〕捷徑競相趨（押），勤王公事（韻）。虎將英雄（讀），莫把衰年視（韻），〔合〕吾豈區區座位尸（韻）。〔白〕這裏是了。〔作進門請科。白〕千歲有請。〔雜扮將官，各戴馬夫巾，紥額，穿打仗甲，佩腰刀。雜扮陳琳，戴太監帽，穿鑲領箭袖，繫鸞帶，捧金鞭。引生扮德昭，戴素王帽，穿蟒，束玉帶。從上場門上。德昭白〕身心輔國政，旦夕慮軍情。〔場上設公案、桌椅，轉場入座科。呼延贊、金頭馬氏作參見科。白〕千歲在上，臣等參見。〔德昭白〕卿夫婦黎明到此，有何緊要？〔呼延贊白〕有緊要。臣久臨大敵，名聞四海，不信連陣勢也破不來。〔德昭白〕原來爲此。你不知陣勢的險惡，況老者不以筋力爲能，故不用老將軍耳。〔呼延贊、金頭馬氏白〕自古老驥伏櫪，志在千里。况且老將衝鋒破陣，自覺比楊宗保、木桂英等一班後進，到底經多識廣些。〔德昭白〕賢夫婦之言，一己之見了。孤爲國事，秉公擇人，譬如克戰用武，論策以文，必量其材而用之。〔唱〕

【中吕宫正曲・尾犯序】控禦合張弛(韻)，秉政持衡(讀)，有等有差(韻)。出令宣差(讀)，至公無私(韻)。〔呼延贊、金頭馬氏白〕至公無私，爲何只差宗保等？臣夫婦，難道破不來陣，建不得功績麽？〔德昭白〕不是這等講，陣中有妖人邪術，宗保夫婦等俱有仙家之傳授，尚且費力，何况爾等。〔唱〕因此(韻)，擇其人量材舉用(句)，又豈肯埋没賢士(韻)。〔呼延贊、金頭馬氏白〕千歲既不埋没賢士，如今朱雀陣，求千歲容我夫妻二人去建些微功。〔德昭白〕你夫妻要與皇家出力，孤豈不悦從？只恐畫虎不成，遺誚於人耳。〔呼延贊白〕只要千歲用臣，包管不誤事。〔金頭馬氏白〕非但不誤事，而且成功。使合營人人喝采，個個心服。〔德昭白〕好狂妄，倘此去有誤軍情，罪難輕恕。〔呼延贊白〕包管得法。〔德昭白〕如此，呼延贊、金頭馬氏聽令。〔呼延贊、金頭馬氏應科。德昭白〕你二人領兵一萬，去破朱雀陣，成功繳令。〔取令旗，欲付科。呼延贊、金頭馬氏應，欲接令旗科。德昭白〕還須要度德量力。〔呼延贊、金頭馬氏白〕包管成功。〔德昭白〕包管成功。好，去罷。〔付令旗科。呼延贊、金頭馬氏接令旗應科，作出門，從下場門下。德昭出座，隨撤桌椅科。德昭白〕待孤去説與元帥知道便了。〔作冷笑科。白〕這樣曉諭於他，竟如此不知分量，可笑。〔唱合〕殊魯莽(句)，他應孤破陣恁嗤嗤(韻)。〔同從下場門下〕

第十九齣　曳兵棄甲貽羣誚（支思韻）

〔雜扮孟吉，戴紮巾額、狐尾、雉翎，紮靠，背令旗，帶鎚，從上場門上。白〕陣開朱雀法無窮，勢燄薰人伏火攻。暫諸遼營爲陣主，誰知尋父小英雄。俺孟吉是也。爲蕭后徵召到此，昨日參見娘娘，軍師派俺把守離宫朱雀陣。説著此陣，好不利害。嚴軍師與溪化仙召了離宫無數火雀兵、火鴉將，暗伏五方。專待宋將入陣，臺上紅旗一展，伏衆圍繞延燒，那敵人怎能逃脱也？〔内應吶喊，孟吉回望科。白〕呀，宋兵至矣，不免請溪化仙出陣引戰便了。〔從下場門下。雜扮軍士，各戴馬夫巾，穿蟒箭袖卒褂，持兵器。雜扮將官，各戴馬夫巾，紮額，穿打仗甲，持兵器。旦扮金頭馬氏，戴七星額，紮靠，背令旗，持兵器。净扮呼延贊，戴黑貂，紮靠，背令旗，持鞭。從上場門上，遶場科。同唱〕

【中吕宫正曲・好事近】老將帥王師（韻），報國忠存胸次（韻）。老當益壯（句），何讓黄口孺子（韻）。提戈征進（句），舊元勳（讀），肯弱開疆志（韻）。〔合〕奮雄心務要成功（句），也博得名垂青史（韻）。〔雜扮番兵，各戴外番帽，穿外番衣，持兵器。雜扮番將，各戴馬夫巾，紮額、狐尾、雉翎，穿打仗甲，持兵器。引孟吉持鎚。净扮溪化道人，戴虬髮、道冠，紮金箍，穿蟒箭袖，紮氅，持鞭。從下場門上。溪化道人白〕領兵者何人？〔呼延贊白〕俺乃呼延贊。〔金頭馬氏白〕俺乃金頭馬氏。〔溪化道人白〕這樣斑白老朽，何苦前來納命，且饒你去叫楊景親來打陣。〔呼延贊白〕妖道，俺老將軍久臨大敵，頗知陣法。那吕望六韜、黄公三略、孫武十三篇，自小熟讀。你那自纂的天門陣，又何足道哉。只消俺鞭梢一指，頃刻蕩平。〔溪化道人白〕這老朽，好天空海濶的話頭，且教你試俺鋼鞭。〔合戰科，同從下場門下。呼延贊、金頭馬氏、軍士、將官等，孟吉、溪化道人、番兵、番將等，從上場門上，絡繹戰鬬科，從下場門下。呼延贊、金頭馬氏、孟吉、溪化道人從上場門上，合戰科。呼延贊、金頭馬氏白〕妖道，引俺們進陣。〔溪化道人白〕似你這樣老朽，何必進陣擒獲，就在陣外結果了罷。〔作戰科。軍士、將官、番兵、番將從上場門上，合戰。溪化道人等從下場門下。呼延贊白〕夫人，這妖道截住我兵，不容進陣，怎麽處？〔金頭馬氏白〕我等率領將士，一擁而入便了。〔呼延贊白〕有理。衆將官，奮勇闖陣者。〔衆應，遶場科。同唱〕

【又一體】鼓勇誓吾師(韻)，爲國事蹈險莫辭(韻)。功成自許(句)，倘違令難繳鈞旨(韻)。〔溪化道人、孟吉等從下場門上。溪化道人白〕無知老朽，還不回去。〔呼延贊、金頭馬氏白〕俺今日不將朱雀陣蕩平，誓不收兵。〔溪化道人笑科。白〕你也不知朱雀陣的利害，你也不必進去，就在陣外試一試。〔合戰科。溪化道人白〕火雀兵何在？〔雜扮火雀兵，各戴鳥形膃腦，穿紅蟒箭袖，繫肚囊，執紅素旗。從兩場門上，作圍困放火彩科。呼延贊等作驚懼科。白〕不好了。〔同唱〕妖法大施(韻)，四週遭(讀)，烈燄燃身至(韻)。〔合〕薰天勢難架難支(句)，速回帳逃生免死(韻)。〔呼延贊等作突圍，從上場門亂竄下。溪化道人笑科。白〕略施小術，他已喪膽而逃。眼見此陣無人能破矣。正是：勢燄薰人誰不懼？〔衆同白〕敢來惹火自燒身。〔同從下場門下〕

第二十齣　瀝膽披肝服衆心（東鐘韻）

〔雜扮勇士，各戴紮巾，穿採蓮襖卒褂，背絲縧，執旗。雜扮將官，各戴馬夫巾，紮額，穿打仗甲。浄扮焦贊，戴紮巾額，紮靠，背令旗。浄扮孟良，戴紮巾額，紮靠，背令旗，背葫蘆。小生扮楊宗顯、楊宗保、楊宗孝，各戴紮巾額，紮靠，背令旗。旦扮李剪梅、木桂英、杜玉娥，各戴七星額，紮靠，背令旗。引生扮楊景，戴帥盔，紮靠，背令旗，襲蟒，束帶。浄扮鍾離道人，戴丫髻膙腦，穿鍾離氅，執棕扇。從上場門上。楊景、鐘離道人唱〕

【正宮引·七娘子】傖夫妄想建勳功（韻），論克陣不惟恃勇（韻）。秘訣機深（句），庸人未懂（韻），逞其能的是愚蒙（韻）。〔場上設椅，楊景、鐘離道人轉場坐科。楊景白〕仙師，本帥慮舍妹遭擒，生死未卜，正愁無計解救。不意是夜五更，七郎托夢與我，道他奉玉旨救了八娘，已送上連環寨去了，未知果否？〔鐘離道人白〕元帥放心，此事果真。不惟令妹遇救，其中還有奇遇，不便預言。〔楊景白〕還有一事，今早呼延老將軍向千歲討差，去破朱雀陣。請問仙師，可得成功？〔鍾離道人笑科。白〕朱雀陣中早有父子奇逢的因果在内，他去焉得成功？〔楊景白〕若敗績回營，千歲決不輕恕，怎生是好？〔鍾離道人白〕千歲乃寬洪大度的賢王，自有重賢愛將之心，不妨。〔楊景白〕焦贊、孟良，營外候著，呼延老將軍到時，即令進見。〔焦贊、孟良應，作出門科。浄扮呼延贊，戴黑貂，紮靠，背令旗。旦扮金頭馬氏，戴七星額，紮靠，背令旗。從上場門上，作懶步悶歎科。白〕討差有膽氣，敗陣没精神。〔焦贊、孟良作見科。白〕老將軍恭喜，破陣成功了。〔呼延贊、金頭馬氏白〕好刁鑽話兒，實對你們説，敗了。〔焦贊、孟良白〕敗了？〔金頭馬氏白〕非但敗了，而且溜了。〔孟良白〕千歲恨你們言語冒犯，若敗了回來，一定要斬。〔焦贊白〕一定要殺。〔呼延贊作指金頭馬氏科。白〕老不賢，都是你攛掇我的。〔金頭馬氏白〕老不才，都是你連累我的。〔焦贊、孟良白〕不用埋怨了，隨我們見元帥。〔同作進門科。呼延贊、金頭馬氏作參見分侍科。楊景白〕老將軍，可曾成功？〔呼延贊白〕没有。〔楊景白〕你臨行之際，自許成功，大言不遜，冒犯千歲，如今怎好去繳令？〔呼延贊、金頭馬氏白〕只因不知分量，藐視妖陣。如今只求仙師、元帥講個人情罷。〔楊景白〕千歲盛怒之下，只恐不準討饒。〔鍾離道人白〕元帥，看他二人造化便了。〔楊景白〕着門外候著。〔呼延贊、金頭馬氏應科，從下場門暫下。楊景、鍾離道人作起，隨撤椅科。楊景白〕孟良，請千歲陞帳。〔孟良應，向下請科。白〕請千歲陞帳。〔雜扮佘子光、吕彪、劉超、林榮、關沖、劉金龍、張蓋、陳林、柴幹，生扮岳勝，各戴盔，紮靠。雜扮陳琳，戴太監帽，穿鑲領箭袖，繫鑾帶，捧金鞭。引生扮德昭，戴素王帽，穿蟒，束玉帶，從上場門上。德昭唱〕

【仙吕調套曲·點絳唇】權握兵戎(韻)，衡平服衆(韻)。恩威用(韻)，法令從公(韻)，百萬王師董(韻)。

〔場上設高臺、公案、虎皮椅，德昭轉場陞座科。鐘離道人、楊景作參見科，場上設椅，楊景、鐘離道人各坐科。德昭白〕元帥請孤陞帳，有何公議？〔楊景白〕呼延贊夫婦敗陣回軍，現在營外請罪。〔德昭白〕傳他二人進帳。〔孟良應，作出門傳科。白〕千歲有旨，傳呼延贊夫婦進帳。〔呼延贊、金頭馬氏從下場門暗上。呼延贊白〕將軍，千歲喜在那裏，惱在那裏？〔孟良白〕惱得緊在那裏。〔呼延贊、金頭馬氏白〕説我們還未回來。〔作欲走，孟良急扯住科。白〕這如何使得？呼延贊、金頭馬氏進帳。〔作進門侍立科。呼延贊、金頭馬氏作畏懼，進門跪科。白〕千歲，呼延贊、金頭馬氏請罪。〔德昭白〕老將軍奮勇王家，何罪之有？〔呼延贊、金頭馬氏白〕千歲，臣夫婦不度德，不量力，是以請罪。〔德昭白〕你既討差，自然破陣成功了。〔呼延贊、金頭馬氏白〕千歲，朱雀陣利害得緊，臣實老朽無能，難破，難破。〔德昭白〕那裏是你老朽無能，多應是孤與元帥用人不公之故耳。〔唱〕

【仙呂調套曲・混江龍】有負你劻勷大宋(韻)，埋没你(讀)，老元宰赤心忠(韻)。孤監軍暗昧(句)，他閫帥私衷(韻)，偏庇那後生少進小豪傑(句)，淹滯你老當益壯大英雄(韻)。才高懷負妙神機(句)，平遼掃陣謀謨用(韻)。自許的開兵陣克(句)，馬到成功(韻)。〔呼延贊、金頭馬氏白〕臣討差之際，原想要馬到成功。誰知纔到陣門，就被神火阻絶，不能進陣，只好回軍，求千歲恕罪。〔德昭白〕孤今不罪你敗陣之條，只罪你將不由帥，傲慢軍規，按律應斬。將他二人綁出營門，梟首示衆。〔將官等應，作綁呼延贊、金頭馬氏科。楊景、鍾離道人起科，岳勝、孟良等作跪科。同白〕千歲請息怒，想他夫婦討差打陣，只知爲國建功，未料妖人兇惡。念他魯莽無謀，伏乞開恩饒恕。〔德昭白〕衆卿請起。想孤家舉直措枉

之處，衆卿無有不知。〔唱〕

【仙呂調套曲·油葫蘆】總領朝權心誠恐(韻)，軍國事秉至公(韻)。推心置腹苦甘同(韻)，承宣德化恩敷衆(韻)。寬仁大度無嚴猛(韻)，下氣採羣言(句)，敢恃英謀勇(韻)。無求備(讀)，量材擇人用(韻)，那些私袒護事不公(韻)。〔孟良、岳勝、將官等同白〕聽千歲訓諭，實是衆心悦服。〔向呼延贊白〕老將軍，你豈不慚惶悚懼麽？〔呼延贊、金頭馬氏作跪科。白〕千歲至公無私，恩恤將士，臣素所知也。皆因見衆將立功，看得眼熱，就胡亂説將出來了，求千歲恕臣老朽無知之罪。〔鍾離道人白〕千歲，看貧道薄面，暫且恕他二人一死。〔德昭白〕看著仙師分上，饒。〔將官應，作放綁科。呼延贊、金頭馬氏作叩謝科。白〕多謝千歲開恩。〔作起，分侍科。鐘離道人白〕千歲、元帥，可令孟良去破朱雀陣，自有奇遇，可保成功。〔楊景、德昭同白〕承教了。〔德昭白〕孟良聽令。〔孟良應科。德昭白〕你與楊宗顯領三千人馬，速破朱雀陣，成功繳令。〔付令旗，孟良應科。德昭下座，隨撤高臺、公案、桌椅科。德昭、楊景白〕陣勢險惡，各宜小心，去罷。〔楊景、德昭等同從下場門下。雜扮一將官，戴馬夫巾，紥額，穿打仗甲，執黄纛，從上場門暗上。孟良、楊宗顯白〕大小三軍，起兵前去。〔勇士、將官應，各取兵器科。孟良、楊宗顯作上馬，衆引遶場科。同唱〕

【仙呂調套曲·天下樂令】齊跨征驄迅似風(韻)，千行旌旆大軍容(韻)。師行魚貫刀鎗擁(韻)，勇奮爭先陣勢衝(韻)。〔同從下場門下〕

第廿一齣　神火猛空放葫蘆（江陽韻）

〔雜扮番兵，各戴外番帽，穿外番衣，持兵器。雜扮番將，各戴馬夫巾，紥額、狐尾、雉翎，穿打仗甲，持兵器。引雜扮孟吉，戴紥巾額、狐尾、雉翎，紥靠，背令旗，持鎚。從上場門上，遶場科。同唱〕

【仙呂宮正曲・風入松】英雄少小甚威揚韻，獨冠千軍無兩韻。謀深戰勇過人量韻，拔山力豈輸楚項韻。〔孟吉白〕俺奉嚴軍師將令，因宋將復來打陣，命俺統領本部人馬，在陣外埋伏，待宋將入陣時，即將他兵馬截斷，以孤其勢。衆兒郎，依令而行。〔衆應科。同唱合〕大丈夫淩雲氣昂韻，功業事在疆場韻。〔從下場門下。場上擺烟雲帳，内設朱雀陣，將臺插旗幟科。雜扮勇士，各戴紥巾，穿採蓮襖卒褂，背絲絛，持兵器。雜扮將官，各戴馬夫巾，紥額，穿打仗甲，持兵器。引小生扮楊宗顯，戴紥巾額，紥靠，背令旗，持鎗。净扮孟良，戴紥巾額，紥靠，背令旗，背葫蘆，持雙斧。雜扮一將官，戴馬夫巾，紥額，穿打仗甲，執黄纛。同從上場門上，遶場科。同唱〕

【仙呂宮正曲・漿水令】督征夫鋭進蹡蹡韻，催戰馬怒吼駉駉韻。吾兵精健將謀良韻，森嚴紀律讀，約法三章韻。〔孟良白〕小將軍，少間你我進陣時，我領前軍，你督後隊，首尾相顧，方好取勝。〔楊宗顯白〕就依此計，小將督後便了。〔孟良白〕傳令分隊進陣。〔衆應，作分隊遶場科。同唱〕彰威厲㊁，鍛鋒鋩㊂，相連首尾横衝撞㊂。〔合〕揮前哨㊁，揮前哨㊃，各奮鷹揚㊂。殿其後㊁，殿其後㊃，竭力劻勷㊂。〔衆應科。番兵、番將引孟吉從下場門衝上。孟吉白〕俺伏兵久候，休想進陣。〔楊宗顯作驚異，背科。白〕好奇怪，這遼將面貌好像孟叔叔。〔作轉科。白〕無知匹夫，敢截吾大兵，看鎗。〔作合戰科，同從下場門下。勇士、將官、楊宗顯等，番兵、番將、孟吉等，從上場門上，作接續交戰科，從下場門下。場上撤烟雲帳。雜扮耶律奚迪，戴外國帽、狐尾、雉翎，紮靠，背令旗，持兵器。引雜扮鋼叉將，各戴紮巾，穿緞劉唐衣，背絲縧，繫搭膊，執鋼叉。雜扮遼兵，各戴額勒特帽，穿外番衣，執紅素旗。從上場門上，作佈陣科。浄扮嚴洞賓，戴虬髮、道冠，紮金箍，穿蟒箭袖，紮氅，持劍，從上場門暗上將臺科。浄扮溪化道人，戴虬髮、道冠，紮金箍，穿蟒箭袖，紮氅，持鞭。引勇士、將官、孟良從上場門上，作進陣合戰科。溪化道人暗上將臺。孟良等、耶律奚迪等同從下場門下。鋼叉將、勇士、將官從上場門上，作挑戰合戰科，從下場門下。孟良追耶律奚迪從上場門上，戰科，耶律奚迪從下場門敗下。孟良白〕妖道，你陣中的將士，也没一個是俺孟良的敵手。妖道，敢下臺來見個雌雄麽？〔嚴洞賓、溪化道人笑科。白〕孟良，諒你能有多大本領，便敢在俺陣中肆志。〔孟良白〕你也奈何我不得。〔嚴洞賓白〕吾有法力擒你。〔作展紅旗咒詛科。雜扮火雀兵，各戴鳥形膢腦，穿紅蟒箭袖，繫肚囊，執紅素旗。雜扮火鴉將，各戴紅紮巾額，紮靠，持兵器。從兩場門上，作圍困合戰科。孟良從下場門敗下，衆追下。鋼叉將、勇士、將官從上場門上，作陸續挑戰科，從下場門下。孟良從上場門上。白〕不好了，霎時無數怪鳥四圍困鬬，俺

一身何能禦衆，這便怎麽處？〔作想科。白〕有了，待我放出神火，燒死他們便了。〔作解葫蘆科。唱〕

【仙吕宫正曲·光光乍】三昧葫蘆放(韻)，衆鳥怎飛翔(韻)？鴻毛火燎收羽黨(韻)，〔合〕難容舉翮沖霄上(韻)。〔火雀兵、火鴉將從兩場門上，圍繞科。孟良舉葫蘆咒詛，作放火彩科。火鴉將同白〕你這厮，可稱班門弄斧。〔孟良作驚駭科。白〕怎麽這些怪鳥不怕火的？再來。〔復作遶場咒詛，週遭放火彩科。火雀兵、火鴉將作圍繞合戰科，孟良從下場門敗下。嚴洞賓、溪化道人下將臺科。白〕今番孟良陷入陣中，决無生路矣，緊緊圍困者。〔衆應科，同從下場門下。場上攏烟雲帳。楊宗顯從上場門上。唱〕

【仙吕宫正曲·漿水令】截兵勢計出乖張(韻)，斷難續兩不相當(韻)。〔白〕不好了，今被這厮截斷，我兵首尾不應。倘然孟將軍陷陣，教我如何繳令？〔唱〕敵人驍勇勢難搪(韻)，咽喉牢把(讀)，截戰猖狂(韻)。思無計(句)，意徬徨(韻)。〔孟吉從上場門追上，戰科。勇士、將官等，番兵、番將等，從上場門上，作合戰科。楊宗顯白〕住了，看你十分驍勇，非等閒之將，且通個名來。〔孟吉白〕俺乃沙陀國郡主之子孟吉。〔楊宗顯白〕沙陀郡主之子孟吉，有來歷。俺且問你，方纔那進陣的孟良，你可認得？〔孟吉作驚駭，背科。白〕且住。〔楊宗顯作聽科。孟吉白〕母親説，我爹爹名唤孟良，面貌與我相像，不知是否，待我再問他。〔作轉科。白〕宋將姓甚名誰？〔楊宗顯白〕俺乃楊元帥之子楊宗顯。〔孟吉白〕你説那孟良，怎生一個面貌？〔楊宗顯白〕孟良的面貌，與你相似。〔孟吉白〕真個與我相似麽？〔楊宗顯白〕你若不信，同我進陣去認一認，如何？〔孟吉背科。白〕這話有理，但願是我爹爹，俺便反戈回擊。倘然不是，再將他陷入陣中也不遲。〔轉科。白〕楊將軍，隨俺進陣。〔楊宗顯白〕引路。〔雜扮一遼兵，戴額勒特帽，穿外番衣，從下場門上。白〕孟將軍，嚴軍師有令，已將孟良陷入陣中，命將軍截住他後隊的人馬，不可容他救援。〔孟吉白〕知道了。〔遼兵仍從下場門下。孟吉白〕俺正要同你進陣，忽又傳下令來了，這便怎麽處？〔楊宗顯白〕你方纔說孟良是你父親，你若不救，人心何在？〔孟吉白〕說得是，隨俺來。〔衆同唱〕明明同姓無虚妄㊞，〔合〕驚奇處㊁，驚奇處㊂，形肖相當㊞。忙入陣㊁，忙入陣㊂，細認端詳㊞。〔同從下場門下〕

第廿二齣　孝心堅欣連喬梓（先天韻）

〔場上攏烟雲帳，内設朱雀陣，將臺插旗幟科，隨撤烟雲帳。浄扮孟良，戴紥巾額，紥靠，背令旗，背葫蘆，持雙斧，從上場門急上。白〕不好了，不好了。〔唱〕

【黄鐘宫正曲・滴溜子】合兵進(句)，合兵進(疊)，分何敵殿(韻)。巧成拙(句)，巧成拙(疊)，迂謀未善(韻)。而今(讀)，孤軍無援(韻)，〔合〕誤陷二千人(句)，因吾見外(韻)，截斷中腰(讀)，首尾難連(韻)。〔雜扮火雀兵，各戴鳥形臚腦，穿紅蟒箭袖，繫肚囊，執紅素旗。雜扮火鴉將，各戴紅紥巾額，紥靠，持兵器。雜扮耶律奚迪，戴外國帽、狐尾、雉翎，紥靠，背令旗，持兵器。從兩場門上，圍繞科，仍從兩場門下。浄扮溪化道人，戴虬髮、道冠，紥金箍，穿蟒箭袖，紥氅，持鞭。浄扮嚴洞賓，戴虬髮、道冠，紥金箍，穿蟒箭袖，紥氅，持劍。從上場門上，戰科。溪化道人、嚴洞賓白〕孟良，今已遭陷，任爾插翅難飛，不如束手拜降。〔唱〕

【又一體】身經陷(句)，身經陷(疊)，休圖功建(韻)。仙家法(句)，仙家法(疊)，神通奇變(韻)。莫思(讀)網開三面(韻)。〔合〕徒有騰空志(句)，羽翮盡翦(韻)，釜寄游魚(讀)，難回大淵(韻)。〔戰科，從下場門下。雜扮鋼叉將，各戴紥巾，穿緞劉唐衣，背絲縧，繫搭膊，持鋼叉。雜扮勇士，各戴紥巾，穿採蓮襖卒褂，背絲縧，持兵器。雜扮將官，各戴馬夫巾，紮額，穿打仗甲，持兵器。從上場門上，作挑戰、合戰科，從下場門下。孟良、耶律奚迪從上場門上，戰科。火雀兵、火鴉將從兩場門上，作圍困科。雜扮番兵，各戴外番帽，穿外番衣，持兵器。雜扮番將，各戴馬夫巾，紮額、狐尾、雉翎，穿打仗甲，持兵器。雜扮勇士，各戴紮巾，穿採蓮襖卒褂，背絲縧，持兵器。雜扮將官，各戴馬夫巾，紮額，穿打仗甲，持兵器。引雜扮孟吉，戴紮巾額、狐尾、雉翎，紮靠，背令旗，持鎚。小生扮楊宗顯，戴紮巾額，紮靠，背令旗，持鎗。從上場門上，作衝圍合戰科。孟良作突圍，從下場門下。勇士、將官、耶律奚迪等同從下場門戰下。楊宗顯白〕孟將軍，你認明白了麽？〔孟吉白〕果然面貌與小將無二，必定是我爹爹。待我再問他始末來歷便了。〔楊宗顯白〕有理。〔嚴洞賓、溪化道人從上場門上。白〕住了，好孟吉，你敢反遼助宋，罪不容誅，早早下馬受縛。〔孟吉白〕諒你們也不知俺的來意。〔溪化道人白〕你的來意？不過是助宋反遼，看鞭。〔作戰科，從下場門下。孟良從上場門上。唱〕

【黃鐘宮正曲・歸朝歡】駭然事(句)，駭然事(疊)，左袒護偏(韻)，怎遼將維持宗顯(韻)？猜不透(句)，猜不透(疊)，是誰使然(韻)。〔白〕奇哉，我陷入鳥陣，正在危急，忽有少年番將和宗顯突圍解救。這番將是何等樣人？〔孟吉從上場門急上。白〕爹爹在那裏，爹爹在那裏？〔孟良作驚異科。白〕慢來，慢來，你我素不相識，解救已是望外，何敢當這樣尊稱？〔孟吉白〕尊諱是？〔孟良白〕孟良。〔孟吉白〕是我爹爹了。〔孟良白〕將軍，我的兒子不在遼邦，只怕你錯認了。〔唱〕咱行(讀)，隻身做中朝武弁(韻)，遼邦並未聯姻眷(韻)。尋思那有吾豚犬(韻)，〔合〕錯認嚴親話靶傳(韻)。〔作急走科，孟吉作趕科。白〕

是與不是，總要説個明白。〔孟良白〕我生死交關之際，那有工夫敘家常？〔孟吉白〕説明白了，小將救你出陣。請問可有家室在此？〔孟良白〕沙陀國郡主，是我家室。〔孟吉白〕孩兒便是沙陀郡主之子孟吉。〔孟良白〕你是沙陀郡主之子孟吉？〔孟吉白〕正是。〔孟良白〕是我兒子了。〔耶律奚迪從上場門上。白〕孟吉反賊，那裏走？〔戰科，孟吉作擊死耶律奚迪科。孟吉白〕爹爹。〔孟良白〕我不是你爹爹。〔孟吉白〕怎麽又不是？〔孟良白〕我兒子在沙陀國，到此怎麽？認錯了。〔孟吉白〕蕭后借兵於我國，母親命我來的。〔孟良白〕你從沙陀國來，如此説是我兒子了。〔孟吉白〕爹爹。〔楊宗顯從上場門急上。白〕孟叔叔。〔孟良白〕我的乖乖兒子。〔楊宗顯白〕是我。〔孟良作自唾科。白〕叫錯了。〔楊宗顯白〕他可是你兒子？〔孟良白〕一些不假，必必真真我的兒子。〔楊宗顯白〕恭喜你父子相逢，天假寄遇。我三人併力同心，破陣便了。〔孟良、孟吉白〕正當如此。〔嚴洞賓、溪化道人從上場門追上，合戰科，同從下場門下。鋼叉將、火鴉將等，勇士、將官、番將等，從上場門上，作絡繹戰鬭科，從下場門下。溪化道人、嚴洞賓從上場門急上。白〕他三人十分驍勇，快令火雀兵、火鴉將放出三昧烈火，將他們一併燒死便了。〔作上將臺科。勇士、將官、孟吉、楊宗顯、孟良追鋼叉將從上場門上，合戰科，鋼叉將從下場門敗下。嚴洞賓作展紅旗咒詛科，火雀兵、火鴉將執火葫蘆從下場門上，作圍繞放火彩科。孟良等同白〕不好了。〔同唱〕

【黄鐘宫正曲・雙聲子】兵加燹㊞，兵加燹㊟，烈燄騰光炫㊞。心似煎㊞，心似煎㊟，難避妖氛煽㊞。〔末扮任道安，戴仙巾，穿仙衣，繫絲縧，背劍，執拂塵，從上場門急上，作進陣咒詛止火科。白〕你們隨我來。〔孟良等隨任道安從下場門下。嚴洞賓白〕你看任道安這廝又來了。〔溪化道人白〕不要管，連他一併煉爲灰燼便了，快快趕上。〔作下將臺，引衆從下場門追下。任道安引孟良衆等，從上場門上。孟良等同唱〕慈惠憐㊞，感大仙㊞，〔合〕不垂金臂㊞，呼吸難延㊞。〔任道安白〕孟良率領衆將士，先回繳令，貧道代爾破陣就來。〔孟良等應科，同從下場門下。火雀兵、火鴉將引溪化道人、嚴洞賓從上場門追上。溪化道人白〕何處無名野仙，敢入陣救取宋將。〔任道安白〕我豈無名，乃太乙真人門徒任道安，諒爾傍門截教的畜生，焉知大仙的源派。〔嚴洞賓、溪化道人作忿怒科。白〕氣死我也，放出神火，燒死這野道。〔火雀兵、火鴉將應科，作圍繞放火彩科。任道安笑科。白〕金身那怕火煉？〔溪化道人、嚴洞賓驚科。白〕好奇怪，這樣三昧烈火，他竟全然不怕，怎麼處？〔任道安作掣劍科。白〕爾等毛類，不速退去，吾祭飛劍斬之。〔作舉劍咒詛科，天井下劍科，火雀兵、火鴉將作驚懼科。同白〕不好了，從空飛下千萬把利劍，我等快些逃命罷。〔從兩場門亂竄下。任道安作咒詛科，天井收劍，隨撤將臺、旗幟科。溪化道人作怒忿科。白〕你這潑皮野道，擅來破我陣法，與你誓不兩立。〔戰科，任道安從下場門下。溪化道人白〕待俺趕上，擒拏野道便了。〔嚴洞賓作攔科。白〕且慢，任道安此去必投宋營，由他去，不必追趕罷。〔溪化道人白〕他若投奔宋營，你我趕將前去，連楊景等一併除之，豈不是好？〔嚴洞賓白〕且差人打聽著實，再作商量。〔溪化道人白〕就依所言，差人打聽便了。受他穢辱忿難洩。〔同白〕宋寨傾翻氣始平。〔同從下場門下〕

第廿三齣　恩波浹洽酬羣虎（江陽韻）

〔雜扮軍士，各戴馬夫巾，穿蟒箭袖卒褂。雜扮將官，各戴馬夫巾，紥額，穿打仗甲。引雜扮佘子光、吕彪、關沖、劉超、林榮、劉金龍、張蓋、陳林、柴幹，生扮岳勝，各戴盔，紥靠，佩劍。浄扮焦贊，戴紥巾額，紥靠，背令旗，佩劍。小生扮楊宗孝、楊宗保，各戴紥巾額，紥靠，背令旗，佩劍。末扮王懷，戴金貂，紥靠，背令旗，佩劍。浄扮呼延贊，戴黑貂，紥靠，背令旗，佩劍。從上場門上。同白〕劍氣沖霄邪沴藻，桓桓大將厲雄威。行軍談笑功成就，飛報紅旗得勝歸。適纔奉旨，將破陣功勞簿册，命千歲、元帥、寇丞相送到御營呈覽。聖上親自考察功績，命我等齊集帳前候旨。〔呼延贊白〕列位將軍，我想聖上考察功績，必有殊恩頒賜，我等好快活也。〔衆笑科。内應白〕千歲、元帥回營。〔呼延贊等同白〕千歲、元帥回營了，小心伺候。〔雜扮軍士，各戴馬夫巾，穿蟒箭袖卒褂。雜扮陳琳，戴太監帽，穿鑲領箭袖，繫鑾帶，持功勞簿，捧金鞭。引外扮寇準，戴相貂，穿蟒，束帶，帶印綬，捧旨意。生扮楊景，戴帥盔，穿蟒，束帶。生扮德昭，戴素王帽，穿蟒，束玉帶。從上場門上。寇準、楊景、德昭白〕聖主酬功恩旨降，征人鼓勇報疆場。〔呼延贊等作迎接，同進門科。德昭白〕大小三軍，俯伏聽旨。〔衆應，作俯伏科。寇準作開讀科。白〕惟幄謀謨，功惟帥臣。疆場効命，功惟將士。朕今考察軍功册籍，開兵兩月之期，建功五十餘陣，實賴衆將抒忠，三軍用命，忠勇可嘉。朕心大悦，特頒恩旨，隨征諸將，各加一級。撥帑銀一百萬，糧餉二百萬，命王兒德昭、帥臣楊景，犒賞諸營將士，欽哉謝恩。〔衆作謝恩科，陳琳接旨意。場上設椅，寇準、楊景、德昭各坐科。德昭白〕衆將士，聖上愛恤士卒之心呵——〔唱〕

【南呂宮正曲·繡帶兒】至寬仁無過我皇(韻)，恨小國干戈抵抗(韻)。故加兵撻伐威彰(韻)，聖皇心繫念戎行(韻)。爲家邦(韻)，苦征鏖戰多擾攘(韻)，恤士卒死抛荒壤(韻)。〔合〕顧不得娘思爺想(韻)，都只爲(讀)，朕江山西除東蕩(韻)。〔呼延贊等同白〕將士何幸，際遇明聖之君，深恤三軍之勞苦。臣等感激聖心垂念之恩，逾當竭力報國也。〔德昭白〕將士這等忠勇，何慮邊患不除。〔楊景、寇準白〕總緣聖上恩深，故感衆心如一。〔德昭白〕岳勝以下十人，即將聖上犒賞三軍之帑餉，速去公平分賜，不得遺漏。〔岳勝、陳林、柴幹等應科，作出門，同從下場門下。浄扮孟良，戴紥巾額，紥靠，背令旗，背葫蘆，持令旗。引小生扮楊宗顯，戴紥巾額，紥靠，背令旗。雜扮孟吉，戴紥巾額，紥靠。從上場門上。同白〕仰賴聖皇福，功成父子逢。〔孟良白〕我兒，在此候著。〔孟吉應科，楊宗顯、孟良作進門參見科。白〕千歲、元帥，孟良、宗顯奉命破取朱雀陣，成功繳令。〔孟良作回繳令旗，陳琳接科。德昭白〕吩咐軍政司，登記功績。〔陳琳應科。孟良白〕千歲，孟良還有一樁喜事禀知。〔德昭白〕什麽喜事？〔孟良白〕孟良在陣中認著我孩兒孟吉了。〔寇準、楊景、德昭白〕有此奇逢，實爲可喜。〔德昭白〕快宣進來。〔焦贊應科。白〕不信有這等事，待我去看來。〔作出門喚科。白〕那個是老孟的兒子？〔孟吉白〕孟吉在此。〔焦贊白〕待我認一認。〔作細認科。白〕果然一樣的，隨我來，隨我來。〔孟吉隨進門科，焦贊作笑科。白〕千歲、元帥，小孟良見。〔楊景作叱科，孟吉作參見科。白〕小將孟吉參見。〔寇準、楊景、德昭白〕小將軍免禮。〔作審視讚美科。白〕妙嗄，英雄奇偉，相貌軒昂，果然將門之種。〔焦贊作背哭科。德昭等同白〕焦將軍爲何傷悲？〔焦贊白〕他有將門之種，我也有將門之種，他今父子相逢，我父子不得相逢，豈不傷悲？〔德昭等同白〕焦將軍，相會自有日期，何必效兒女之態？〔焦贊白〕不哭，不哭。老孟，你父子那裏遇見的？怎麽我的兒子再遇不見？〔德昭白〕小將軍把父子相逢、破陣成功之事，細説一遍。〔孟吉白〕千歲聽稟。〔唱〕

【南吕宫正曲·宜春令】沙陀國(讀)，是吾鄉(韻)。爲蕭后借兵小邦(韻)，奉母尋父(句)，到遼營留意將親訪(韻)。〔白〕孟吉在陣外伏兵，恰恰截住了元帥的二公子。〔唱〕遇敵手勝負難分(句)，問姓名因咱形像(韻)。〔合〕指示緣由(讀)，引入陣中(句)，回戈相向(韻)。〔孟良白〕那時小將陷入陣中，正在危急之際。〔唱〕

【南吕宫正曲·太師引】燎原勢神通廣(韻)，猛烈燄難遮難擋(韻)。眼看身遭火葬(韻)，驀忽子認爹行(韻)。〔白〕那時宗顯引著我兒，指望救我出陣，不料妖術利害，把我三人一齊困住。虧得任仙師到來解救，令我等先回繳令，仙師破了陣，隨即就到。〔寇準、楊景、德昭白〕原來有此奇遇。〔末扮任道安，戴仙巾，穿仙衣，繫絲絛，背劍，執拂塵，從上場門上。白〕仙家無定跡，四海任遨遊。〔作進門科。白〕

千歲，貧道稽首。〔德昭等起科。白〕仙師駕到，有失遠迎，請坐。〔場上設椅，各坐科。德昭白〕多感仙師慈憫，不然孟良等全軍不活矣。〔任道安白〕可記得千歲、元帥諄問貧道破陣之人，貧道説臨期自有，時節因緣，應在今日也。〔楊景、德昭白〕我等一介凡夫，何能預料至此。請問仙師，朱雀陣破了麽？〔任道安白〕仙家破此妖陣，如同兒戲。恐千歲、元帥不放心，特來帳下繳令請賞。〔德昭等同笑科。白〕仙師取笑了。〔任道安白〕貧道公事未完，告辭。〔同作起，隨撤椅科。德昭等白〕仙師有何公務？〔任道安白〕那溪化道人恨我破他陣法，救出孟良父子，少頃便要尋至大營，與貧道決一雌雄。若容他到此，未免驚擾合營，待我迎去除之，以絶後患。〔楊景、德昭白〕我等遣將相助如何？〔任道安白〕凡人焉能降妖，貧道自有妙用。〔唱〕法力無邊無量㊀，頃刻裏邪氛滌蕩㊀。〔合〕驅妖道仙山路上㊀，助功績報君王㊀。〔作出門，從下場門下。德昭白〕我等將今日陣中之事，奏聞聖上便了。〔寇準、楊景白〕有理。〔衆同唱〕

【慶餘】臣賢君聖天心向㊀，致有真仙來降㊀，把這破陣奇逢奏我皇㊀。〔同從下場門下〕

第廿四齣　神火飛騰煉九龍（真文韻）

〔净扮溪化道人，戴虬髮、道冠，紮金箍，穿蟒箭袖，紮氅，持鞭，從上場門上。唱〕

【黄鐘宫套曲·醉花陰】俺苦煉千年聲名損（韻），怎按捺髮豎衝冠怒忿（韻）。他罵俺截教道傍門（韻），醜類非人（韻），忒欺凌言不遜（韻）。〔净扮嚴洞賓，戴虬髮、道冠，紮金箍，穿蟒箭袖，紮氅，持劍，從上場門追上，作唤科。白〕道友，等我一等。〔溪化道人白〕這時候纔來，敢是有些怯戰麽？〔嚴洞賓作揖科。白〕我先告個罪兒再説。〔溪化道人白〕告什麽罪？〔嚴洞賓白〕你今專要尋任道安較量，只怕你不是對手，貧道其實有些怯戰。〔溪化道人白〕這話忒也自墮其志了。〔嚴洞賓白〕道友，你卻不知，貧道曾與他較量過，他的神通比你我更高百倍。如今躲還躲不及，反去尋他，回去罷。〔溪化道人白〕不信他這等利害，俺倒偏要去與他併個雌雄。〔嚴洞賓白〕道友，你若不聽我言，只怕你悔之無及。〔溪化道人白〕你既怯戰，竟請回去，俺獨自討戰去也。〔唱〕俺不耐恁（句）話諄諄（韻），定要見輸贏雪吾恥方消憤（韻）。〔從下場門急下，嚴洞賓悶歎科。白〕這道友是個什麽情性，這樣善諫，竟自不聽。説不得拚命去幫他便了。〔從下場門下。末扮任道安，戴仙巾，穿仙衣，繫絲縧，背劍，執拂塵，從上場門上。唱〕

【黄鐘調套曲・喜遷鶯】秉著俺菩提方寸(韻)，順天心濟世匡君(韻)。妖人(韻)，離宮開陣(韻)，援忠良金臂垂來向火塹伸(韻)。〔白〕貧道只因向朱雀陣救出孟良父子，代其成功，那溪化石妖誓要與我較勝。爲此離了宋營，即去請師弟哪吒，借他九龍神火罩，以備煅煉石精。早則二妖飛奔前來也，不免迎上前去。〔溪化道人、嚴洞賓從上場門上。溪化道人白〕任道安休走，俺大仙來也。〔任道安白〕溪化，貧道念你千年修煉之功，不忍一旦廢汝之命，早爲隱遁，免生後悔。〔溪化道人白〕野道，你輒敢罵俺截教傍門的畜生，大仙豈肯輕輕的饒你，看鞭。〔戰科，任道安從下場門下。嚴洞賓白〕道友，他既不敢戀戰，不必追他。你我回去商量迷魂陣法，擒拏楊景要緊。〔溪化道人白〕今日不除任道安，終爲陣中大患，待俺趕上除之。〔從下場門下，嚴洞賓虛白追下。任道安從上場門上。唱〕吾存惻隱(韻)，恨癡頑惡心不泯(韻)，免不得開殺戒收起慈仁(韻)。〔白〕吾奉太乙真人符篆，奉請師弟哪吒三太子，大顯威神，速降。〔雜扮雲使，各戴雲馬夫巾，穿雲衣，繫雲肚囊，持彩雲。引小生扮哪吒，戴綫髮，穿小紥扮，繫風火輪，持鎗，從上場門上，遶場科。同唱〕

【黄鐘調套曲・出隊子】因奉著真人符信(韻)，赤緊的下紫霄顯威神(韻)。則爲俺同窗學道故人親(韻)，借俺九龍神火煉妖人(韻)，忙駕起風火輪兒來得迅(韻)。〔哪吒作相見科。白〕師兄見召，想必還因溪化不循化導。〔任道安白〕始終妖孽醜類，根行淺微，其性不良，留之遺害。請師弟仙駕到來，用神火罩煅煉此妖。〔哪吒白〕師兄，上天有好生之德，我等豈無涵養之念？待我再將善言化誨，若其修省，可以寬宥。〔任道安白〕只恐徒費師弟一片慈心耳，你看那邊溪化道人來也。〔哪吒白〕師兄請上雲軿觀望，待我降他便了。〔雲使引任道安上仙樓。溪化道人從上場門上。白〕任道安那裏走？〔哪吒作攔科。白〕妖仙休得無理，吾神在此。〔溪化道人白〕你是哪吒太子，因何攔俺去路？〔哪吒白〕知你在此肆横，特來化導你。〔溪化道人白〕任道安無故破俺陣法，穢言無狀，怎麽倒説俺肆横？你敢來偏護野道麽？〔哪吒作怒叱科。白〕無知妖孽，果不馴良，俺好意解勸，你不知悔悟，反敢抗拒吾神，好個不知死活的孽障。〔溪化道人作怒忿科。白〕氣死我也，看鞭。〔戰科，溪化道人從下場門下。嚴洞賓從上場門追上，接戰科。哪吒白〕妖道，吾神在此，還不速退，連你一併翦除。〔嚴洞賓作賠小心科。白〕尊神請息怒，小道回營就是了。〔哪吒白〕且饒你一死，去罷。〔從下場門下。嚴洞賓白〕看這光景，有些不妙。君子趨吉避凶，且遠而避之。〔從下場門下。哪吒追溪化道人從上場門上，戰科，從下場門下。任道安白〕你看這妖仙，好猖獗也。〔唱〕

【黄鐘調套曲·四門子】恨他行肆志無思忖(韻)，恨他行肆志無思忖(疊)，敢抗敵靈霄殿的上將軍(韻)。恁不過點頭頑石假修真(韻)，只合去端溪隱(韻)，妄向貔貅帳(句)，慕功勳(韻)。〔哪吒追溪化道人從上場門上，戰科。哪吒白〕溪化，你若迷而不悟，教你立爲齏粉。〔溪化道人白〕俺先教你立爲齏粉。〔戰科，從下場門下。任道安白〕好可惡的妖孽，吾師弟這等化誨，竟一謎怙惡不悛。〔唱〕恃伊截教道傍門(韻)，饒恁溪石堅(句)，修成金剛不壞身(韻)，怎熬得燄騰騰九龍火噴(韻)？〔哪吒從上場門上。唱〕

【黄鐘調套曲・古寨兒令】生嗔(韻)，生嗔(疊)，怪野仙性劣難馴(韻)。〔任道安白〕師弟，這石妖生性不良，難已化誨，急早除之。〔哪吒白〕也罷。〔唱〕破殺戒用吾火罩九龍神(韻)，扶宋主(句)，靖妖氛(韻)，遇惡魔難將慈悲問(韻)。〔作咒詛科，從上場門下。雜扮哪吒化身，穿戴四頭八臂切末，持火龍罩，從上場門上，作舉火龍罩咒詛科。雜扮火龍兵，各戴紅馬夫巾，穿紅採蓮襖、紅卒褂，執紅素旗。雜扮火龍將，各戴赤髮紮額，穿紅打仗甲。各執火彩切末，從兩場門上，作參見科。同白〕尊神有何法諭？〔哪吒化身白〕今有端溪石妖，逆天抗宋，罪不容宥。應用神火煅煉成灰，請諸神速速施行。〔火龍兵、火龍將等白〕謹遵法諭。〔衆作佈列科。溪化道人從上場門上，作四望科。白〕這厮藏到那裏去了？〔哪吒化身白〕吾神在此。〔溪化道人白〕看鞭。〔火龍兵、火龍將作圍繞放火彩科，溪化道人作驚慌科。白〕不好了，不好了。〔唱〕

【黄鐘調套曲・九條龍】他怒轟轟(句)，無明奮(韻)，祆廟神作憤(韻)。懊悔的惹火燃身(韻)，天無路地無門(韻)。〔作突火科，從下場門下。哪吒化身白〕衆神將，緊緊趕上，不許容他逃遁。〔衆應科，同從下場門追下。溪化道人從上場門急上。白〕燒壞了，燒壞了。〔唱〕

【黄鐘調套曲・古水仙子】呀呀呀(格)，烈火焚(韻)，呀呀呀(格)，烈火焚(疊)，燎燎燎(格)，鬚髮蹉跼眼目昏(韻)。看看看(格)，爛額焦頭(句)，早早早(格)，亂吾方寸(韻)。〔白〕俺且逃回山去，用功修養，再尋報讐之計便了。〔唱〕忙忙忙(格)，避炎威且自隱(韻)，再再再(格)，再尋思報復讐人(韻)。〔火龍兵、火龍將、哪吒化身從上場門追上，作圍繞科。哪吒化身作祭起火龍罩咒詛科，天井作下火龍罩切末。火龍將作放火彩科，溪化道人作驚懼科。白〕不好了，俺今番休矣。〔唱〕趕趕趕（格），趕將來（讀），四圍烈燄焚（韻）。怎怎怎（格），怎逃生（讀），脱了火龍陣（韻）。苦苦苦（格），難免煅煉化灰塵（韻）。〔火龍將作圍繞放火彩，溪化道人隱下。哪吒化身作咒詛科，天井作收火龍罩切末。哪吒化身隱下。哪吒暗上，作取石塊科。白〕石妖煅煉成灰。〔任道安白〕我等一同奏知天帝便了。〔衆雲使引任道安下仙樓，雲使等圍繞科。同唱〕

【慶餘】火煉石精變灰燼（韻），順天心掃滅妖氛（韻），詣靈霄備述情由謹奏陳（韻）。〔同從下場門下〕

第九本卷上

第一齣　誠歸宋寨遇羣番（家麻韻）

〔雜扮番兵，各戴外番帽，穿外番衣，執飛虎旗。雜扮番將，各戴馬夫巾，紮額、狐尾、雉翎，穿打仗甲，執標鎗。雜扮洪世傑，戴外國帽，狐尾，雉翎，紮靠，背令旗，持兵器。旦扮海賽花，戴七星額、狐尾、雉翎，紮靠，背令旗，持兵器。雜扮二番兵，各戴外番帽，穿外番衣，執纛。同從上場門上，遶場科。同唱〕

【正宮正曲・普天樂】兼程晝夜無休暇（韻），征夫旦夕征鞍跨（韻）。塞途遠越嶺穿涯（韻），受風霜帶月披霞（韻）。〔洪世傑白〕俺乃長沙國上將洪世傑是也。〔海賽花白〕俺乃長沙國上將海賽花是也。〔洪世傑同白〕俺國主爲應援遼邦，差郡馬蘇和慶、郡主蕭霸真，起兵協助。前者郡主差人奏報，蘇郡馬被宋帥楊景斬於陣上。俺國王大怒，命俺夫婦領兵一萬，與郡馬報讐，保護郡主。打聽離九龍谷不遠了，衆兒郎，整隊而行。〔衆應科。同唱〕奉王命兵符假（韻），一隊隊（讀），長戈短劍軍威大（韻）。一行行旆皂旌緺（韻），鼓鼙驟猿驚鶴怕（韻）。〔合〕猛熊羆（讀），來自外國長沙（韻）。〔從下場門下。雜扮健勇，各戴紮巾，穿青緞箭袖，繫鸞帶，背絲縧，持兵器。雜扮家丁，各戴羅帽，穿青緞箭袖，繫鸞帶，持棍。引雜扮焦松，戴紮巾額，紮靠，持鎚。旦扮八娘，戴七星額，紮靠，持鎗。小生扮胡守信，戴武生巾，穿鑲領箭袖，繫鸞帶，持鎗。從上場門上，遶場科。同唱〕

【正宮正曲・刮鍬兒】連環寨上雄兵下韻，忠良義士報王家韻，皆從征助伐韻，博個雲臺圖畫韻。〔胡守信白〕俺胡守信是也。〔八娘白〕俺八娘是也。〔焦松白〕俺焦松是也。〔胡守信、八娘同白〕我等蒙任仙師指示，揀選精壯僂儸一千，充爲健勇，急赴軍前效用。〔內應，吶喊科，胡守信等望科。同白〕那邊塵頭起處，是何處人馬？快些迎上去。〔衆應科。同唱合〕驟起戰塵句，是何人馬韻？截路排兵讀，咽喉牢把韻。〔番兵、番將引海賽花、洪世傑、執纛番兵，從上場門衝上。胡守信等同白〕何處番兵？留下姓名。〔洪世傑白〕俺乃長沙國上將洪世傑。〔海賽花白〕俺乃長沙國上將海賽花。〔胡守信等同白〕起兵往那裏去？〔洪世傑、海賽花白〕因俺郡馬蘇和慶起兵助遼，被楊景斬於白虎陣。俺國王大怒，命俺夫妻統領精兵復讐，擒拏楊景。〔胡守信等同白〕原來協助遼邦的，留不得，乘勢勦除了罷。〔胡守信白〕看鎗。〔洪世傑白〕住了，何處人馬，敢在中途截戰？〔焦松白〕俺焦將軍乃大宋天子駕下虎將，專爲勦除遼黨。來得湊巧，斬你驢頭，以利我威。〔作合戰科，同從下場門下。健勇、家丁等，番兵、番將等，從上場門上，作挑戰、合戰科，從下場門下。胡守信、焦松追洪世傑從上場門上，戰科。洪世傑白〕好大膽的宋將，輒敢截路討死。〔胡守信、焦松白〕番邦小卒，怎知上將虎威。〔唱〕

【正宮正曲·四邊静】英名赫赫威風大(韻)，氣吐能飄瓦(韻)。佐國棟樑材(句)，神鬼皆驚怕(韻)。〔戰科。洪世傑從下場門敗下，胡守信、焦松追下。八娘追海賽花從上場門上，戰科。海賽花白〕無知女將，也敢攔俺去路，若不退兵，教你全軍不剩。〔八娘白〕你這大話只好在偏邦賣弄。〔唱合〕井中鬧蛙(韻)，聒耳喳喳(韻)。樗櫟不堪材(句)，妄擡甚高價(韻)。〔戰科，從下場門下。健勇、家丁等，番兵、番將等，從上場門上，絡繹戰鬭科，從下場門下。胡守信、八娘、焦松追洪世傑、海賽花從上場門上，戰鬭科。健勇、家丁等，番兵、番將等，從上場門上，合戰科。洪世傑等從下場門敗下。健勇、家丁白〕番兵大敗。〔胡守信等同白〕緊緊追殺，不可縱放。〔衆應科，同從下場門追下。番兵、番將、海賽花、洪世傑從上場門急上。同唱〕

【又一體】將軍一國英雄霸(韻)，敗陣慚惶殺(韻)。邂逅遇交兵(句)，把英風挫其大(韻)。〔洪世傑白〕夫人，你我統領大兵，未到軍營，先將鋭氣挫盡，不可戀戰，快快投奔天門陣内。他就追來，陣中必有救應。〔海賽花白〕此計甚善。〔健勇、家丁、焦松、八娘、胡守信從上場門追上，合戰科，洪世傑等從下場門敗下。胡守信、八娘白〕妙嗄，此乃開兵大利，不可容他逃脱，緊緊追上除之。〔焦松白〕是嗄，見了千歲、元帥，也有進見之功，趕上。〔衆應科。同唱合〕井中鬧蛙(韻)，聒耳喳喳(韻)。樗櫟不堪材(句)，妄擡甚高價(韻)。〔同從下場門下〕

第二齣　猛探遼營逢衆鬼（真文韻）

〔場上擺烟雲帳，内設迷魂陣，將臺插黑色旗旛。小生扮楊宗孝，戴紥巾額，紥靠，背令旗，持鎗，從上場門上。唱〕

【高宫套曲·端正好】奉宣差㊁，軍情緊㊅，蹈龍潭匹馬單身㊅。精詳審視迷魂陣㊅，準備著千歲賢王問㊅。〔白〕俺楊宗孝是也。奉叔父將令，打探迷魂陣聲勢。軍令難違，須索走遭也。〔唱〕

【高宫套曲·滚繡毬】大元戎暫停令㊁，俟我信㊅，然後點精兵征進㊅，辟除了鬼祟迷魂㊅。那時節誅遼將㊁，破遼陣㊅，也有俺軍功尺寸㊅，闖魔陣奮不顧身㊅。俺本是將門俠烈英雄將㊁，報國忠君不讓人㊅，志氣凌雲㊅。〔從下場門下。雜扮番兵，各戴外番帽，穿外番衣，持兵器。雜扮番將，各戴馬夫巾，紥額，狐尾，雉翎，穿打仗甲，持兵器。引雜扮洪世傑，戴外國帽，狐尾，雉翎，紥靠，背令旗，持兵器。旦扮海賽花，戴七星額，狐尾，雉翎，紥靠，背令旗，持兵器。從上場門急上。同唱〕

【高宫套曲·倘秀才】戰落了英雄膽魂魄兩分㊅，怎當他横截戰兵精將很㊅，急忙的息鼓拖兵免戰陣(韻)。徹耳鼓聲驟(句)，滿眼起征塵(韻)，踵後急趲緊(韻)。〔雜扮健勇，各戴紮巾，穿青緞箭袖，繫鸞帶，背絲絛，持棍棒。雜扮家丁，各戴羅帽，穿青緞箭袖，繫鸞帶，持棍。雜扮焦松，戴紮巾額，紮靠，持鎚。旦扮八娘，戴七星額，紮靠，持鎗。小生扮胡守信，戴武生巾，穿鑲領箭袖，繫鸞帶，持鎗。從上場門追上，合戰科，同從下場門下。净扮嚴洞賓，戴虬髮、道冠，紮金箍，穿蟒箭袖，紮氅，從上場門上。白〕金鼓聲聲驟，宋兵破陣來。貧道正在迷魂陣中作法拘鬼，忽聞吶喊之聲甚驟，不知是何意思。爲此急到陣外打聽明白。〔海賽花、洪世傑引番兵、番將從上場門急上。同白〕追兵來了，快尋嚴軍師去。〔嚴洞賓作止科。白〕住了，何處人馬，爲何這般狼狽？〔洪世傑、海賽花白〕俺乃洪世傑、海賽花，奉長沙國王之命，來助蕭后，與俺郡馬蘇和慶報讐。中途遇見個姓焦的宋將，被他殺得大敗，看看追至陣門了，爲此特尋嚴軍師救應。〔嚴洞賓白〕貧道便是。〔洪世傑、海賽花白〕原來就是軍師。〔作參見科。嚴洞賓白〕既是宋將追來，就煩二位將他引入迷魂陣中便了，快去。〔洪世傑等應科，仍從上場門下。嚴洞賓白〕待俺陣中作法去者。〔從下場門下。楊宗孝從上場門上。唱〕

【高宫套曲·小梁州】遥望漫漫起戰塵(韻)，喊聲沸何處開軍(韻)？〔白〕好奇怪，俺來的時節，並不曾派將打陣。那陣前交戰者，何處人馬？不免去打探個明白。〔唱〕忙前觀戰細留神(韻)，從頭問(韻)，看主將是何人(韻)。〔從下場門下。焦松、八娘、胡守信、洪世傑、海賽花從上場門上，合戰科，洪世傑、海賽花引焦松等從下場門下。健勇、家丁追番兵、番將從上場門上，交戰科。楊宗孝從上場門上，助戰科。健勇、家丁、番兵、番將從下場門下。楊宗孝作打倒一番將科。楊宗孝白〕我且問你，宋營領兵者何人？〔番將白〕是個姓焦的黑面大漢。〔楊宗孝白〕饒你去罷。〔番將起科，從下場門急下。楊宗孝白〕姓焦的黑面大漢？不好了，一定是焦叔叔妄貪功績，私自提兵無疑了。也罷，待俺進陣去助他便了。〔從下場門下。場上撤烟雲帳。嚴洞賓從上場門暗上將臺科。白〕迷魂陣内陰風慘，宛若酆都黑霧漫。勾魂使者、迷魂長老，嚴肅陣勢者。〔雜扮勾魂使者，各戴矮方巾，穿屯絹道袍，執勾魂旛。雜扮迷魂長老，各戴高方巾，穿繭紬道袍，執迷魂旛。雜扮四大惡魔，各穿戴大魔切末。雜扮一大鬼，穿戴分體切末。雜扮鬼使，戴套頭，穿絨鬼衣，紮髽，執大旛。從上場門上，作走勢分列科。嚴洞賓作摇旛咒詛科。雜扮二無常鬼，各穿戴無常鬼切末。雜扮二摸壁鬼，各穿戴摸壁鬼切末。雜扮二大頭鬼，各穿戴大頭鬼切末。雜扮二小頭鬼，各穿戴小頭鬼切末。從兩場門上，作向四隅地井招衆鬼魂科。雜扮陣亡鬼，各穿戴陣亡鬼切末，從地井上。同唱〕

【高宮套曲・叨叨令】一隊是陣亡鬼鬪沙場（讀），敗歿戕鋒刃（韻）。〔雜扮男女自戕鬼，隨意穿扮，各帶自戕切末，從地井上。同唱〕一隊是自戕鬼墮江河（讀），刀剪投環盡（韻）。〔雜扮男女病死鬼，各隨意穿扮，從地井上。同唱〕一隊是病厄鬼痘疹瘡（讀），蠱膈痰勞孕（韻）。〔雜扮邪祟鬼，各隨意穿扮，從地井上。同唱〕一隊是惡祟鬼瘟魔障（讀），作祟將人困（韻）。〔内應風聲，無常鬼等引衆鬼遶場科。同唱〕兀的不歎孤魂也麽哥（格），兀的不歎骷髏也麽哥（疊），則被他拘將來（讀），擺著迷魂陣（韻）。〔四大惡魔、勾魂使者、迷魂長老引無常衆鬼等，作佈陣科。洪世傑、海賽花引焦松、胡守信、八娘、健勇、家丁等，從上場門上。洪世傑、海賽花作進陣，上將臺科。

焦松白〕這厮逃進陣中去了，隨俺入陣擒拏。〔八娘攔科。白〕住了，進去不得。你我不知陣中虛實，怎生破法，回營禀命而行。〔焦松白〕既到陣門，怎麽又回去？不要膽怯，隨俺來。〔衆作隨焦松進陣，作四望科。同白〕怎麽一進陣内，陰風慘慘，黑氣漫漫，連人也看不見了。這是什麽陣？〔無常衆鬼作圍困科。焦松、胡守信等同白〕不好了，一霎時心迷意亂起來了，快些出去罷。〔嚴洞賓作展旛咒詛科。勾魂使者、迷魂長老、無常衆鬼等作圍繞科。胡守信等作昏迷倒地科，隱下。楊宗孝從上場門上。白〕男兒自有英雄膽，匹馬單鎗敢闖圍。不免闖進陣去。〔作進陣喚科。白〕焦將軍在那裏？〔嚴洞賓作摇旛咒詛科。無常衆鬼等作魔障科。楊宗孝作驚科。白〕不好了。〔唱〕

【高宫套曲・倘秀才】只覺一陣陣心迷眼昏(韻)，不由的寒凛凛牙關漸緊(韻)。〔白〕不免走了罷。〔無常衆鬼等作圍困科，楊宗孝作週遭闖突科。白〕連陣門也看不見了。〔唱〕早到了黑黑陰司地獄門(韻)。〔白〕放俺出去。〔衆鬼作攩科。楊宗孝唱〕圍繞的是惡鬼(句)，盡冤魂(韻)，惡很(韻)。〔楊宗孝作昏迷倒地科。生扮楊泰，戴紮紅盔，紮靠，持鎗，乘小雲兜，從天井下至壽臺。作下雲兜，挽楊宗孝出陣，從下場門下。雲兜仍從天井上。嚴洞賓白〕什麽邪神，將那小兒救去？你二人領兵，趕上擒來。〔洪世傑、海賽花應科，作下將臺出陣，從下場門下。嚴洞賓白〕嚴整陣勢，不可放走宋將者。〔勾魂使者、迷魂長老等應科。嚴洞賓下將臺，出陣，從下場門下。場上攩烟雲帳。衆鬼暗下，隨撤迷魂陣、將臺、旗旛科。楊泰挽楊宗孝從上場門上，番兵引洪世傑、海賽花追上，戰科。洪世傑、海賽花從上場門敗下。楊宗孝作倒地科。楊泰白〕我兒，追兵已退，速速回營報信，爲父的去也。〔從下場門下。楊宗孝作急起，唤科。白〕爹爹不要去。〔作驚呆科。白〕好奇怪，方纔迷倒陣内，明明是我爹爹救護出陣，殺退追兵，命我報信，不免急急回營便了。〔唱〕

【尾聲】險將身喪迷魂陣(韻)，老父陰靈急救引(韻)，回報軍情事要緊(韻)。〔從下場門下〕

第三齣 兵連敗子陷父傾（皆來韻）

〔雜扮軍士，各戴馬夫巾，穿蟒箭袖卒褂。雜扮張蓋、林榮、陳林、柴幹，各戴盔，紮靠。旦扮李剪梅、木桂英、杜玉娥，各戴七星額，紮靠，背令旗。雜扮内侍，各戴太監帽，穿貼裏衣。雜扮陳琳，戴太監帽，穿鑲領箭袖，繫鸞帶，捧金鞭。引生扮德昭，戴素王帽，穿蟒，束玉帶，從上場門上。德昭唱〕

【仙呂宮集曲·風送嬌音】【風入松】（首至三）軍情偵探恁延捱(韻)，虎帳上凝眸相待(韻)。〔場上設椅，轉場坐科。白〕今日楊元帥命宗孝探取迷魂陣虛實，適纔聖上又召楊元帥到御營議事去了。這時候不見宗孝回報，好放心不下也。〔小生扮楊宗孝，戴紮巾額，紮靠，背令旗，從上場門上。白〕陷陣軍情急，徵兵取援忙。〔作進門參見科。白〕千歲，楊宗孝參見。〔德昭白〕宗孝。〔唱〕原何卓午方回寨(韻)，【惜奴嬌】（七至末）失神色驚慌態(韻)？〔合〕早説來(韻)，伊休瞞隱(讀)，免孤疑駭(韻)。〔楊宗孝白〕千歲嗄。〔唱〕

【仙呂宮集曲·風入三松】【風入松】（首至合）英雄莽撞惹飛災(韻)，孤軍遭陷哀哉(韻)。軍情緊急時難捱(韻)，飛報入徵兵須快(韻)。〔德昭起科。白〕住了。〔唱〕【急三鎗】（四至合）聽伊言(句)，孤心亂(讀)，實不解(韻)。〔白〕且問你。〔唱〕【風入松】(合至末)陣兒内何人陷來(韻)，領誰令奉誰差(韻)？〔白〕那個陷入陣中？快説個明白。〔楊宗孝白〕小將奉令打探迷魂陣虚實，那知早有我兵在彼交戰。宗孝即便上陣，擒住一名遼將，問他宋營何人領兵。遼將説是個姓焦的黑面大漢。〔德昭白〕必是焦贊了。孤家並不曾差他破陣，他如何專擅提兵？你該上前見個明白。〔楊宗孝白〕宗孝纔欲上前，他已全軍陷陣。宗孝指望入陣救應，千歲，不想迷魂陣，好不利害也。〔唱〕

【仙吕宫集曲·風入園林】【風入松】(首至三)陰風慘慘似泉臺(韻)，嗚嗚咽咽悲哀(韻)，冤魂厲鬼迷驚駭(韻)。〔白〕宗孝呵。〔唱〕【園林好】(三至末)墜征鞍魂飛天外(韻)。〔德昭白〕你既昏迷墜馬，如何又得回來？〔楊宗孝白〕説也奇怪，小將昏迷不醒，好似我爹爹陰靈挽著小將，殺出陣來，教我速回報信。〔唱合〕求救援望營來(韻)，求救援望營來(疊)。〔德昭作怒科。白〕焦贊這匹夫，不奉軍令，擅自提兵，以致被陷，挫我軍威。可惱嗄，可惱。〔唱〕

【仙吕宫集曲·江水遶園林】【江兒水】(首至合)專擅違軍令(句)，匹夫劣性乖(韻)，不遵紀律難姑貸(韻)。〔張蓋、林榮、楊宗孝等同白〕千歲暫息雷霆，速發救兵要緊。〔德昭白〕剪梅、張蓋、林榮聽令。〔李剪梅等應科。德昭唱〕火速前征休停待(韻)，提兵一萬離營寨(韻)，拯救馳驅急快(韻)。〔李剪梅等應科，從下場門下。德昭忿恨科。白〕好匹夫，待他回來，孤家斷不輕恕。〔唱〕【園林好】(合至末)忒不法惱人懷(韻)，按軍法斬不材(韻)。〔浄扮焦贊，戴紥巾額，紥靠，背令旗，從上場門上，作欠伸悶歎科。白〕孟良見子精神爽，焦贊思兒磕睡多。日已正午了，快去打聽，可曾點將破陣。〔作進門參見科。白〕千歲，焦贊參見。〔楊宗孝白〕焦將軍回營了。〔德昭作怒叱科。白〕好大膽的匹夫，綁了。〔軍士應科，焦贊作慌忙止科。白〕慢來，慢來。千歲，焦贊只爲思念孩兒，心中煩悶，打了個磕睡，所以來遲了些。這罪也不大，那裏至於要斬？〔德昭白〕你敢專擅提兵，陷入迷魂陣。如今偷生回營，思想彌縫，該斬。〔焦贊白〕我在營中睡覺，那個説我私自提兵打陣，誰告訴的？此人必是混帳東西，背地陷害我，此人該斬。〔德昭白〕是宗孝來説的。〔焦贊作指楊宗孝科。白〕是你？好姪兒，做叔父的就有差錯，你也該替我彌縫纔是，怎麽無事無端在千歲駕前混告起我來了？豈有此理。〔楊宗孝白〕我奉令探陣，親眼見你領兵與洪世傑交戰，我也疑心，問那遼將，都説是焦將軍。後來你陷入迷魂陣中，因我獨力難支，不能救你，所以回營請援。那知你逃脱回來了。〔焦贊作慌急科。白〕没有此事，没有此事。千歲，臣實是不曾去。〔楊宗孝白〕你不曾去，那陷入陣中姓焦的黑臉大漢是誰？〔德昭白〕是嗄，我營中那有第二個姓焦的？〔焦贊白〕嗄，是個黑臉大漢，姓焦。〔作想科。白〕是了，千歲，臣有三子，惟長子焦松與臣一般面貌。只怕是我孩兒焦松來了，待臣領兵入陣去看來。〔德昭白〕住了，迷魂陣十分兇惡，倘然不是你孩兒，豈不枉自蹈險麽？〔焦贊白〕千歲嗄。〔唱〕

【仙呂宮集曲·江水撥棹】【江兒水】（首至六）不探真實信(句)，難決我疑猜(韻)。他今失陷無人解(韻)，倘然耽悮兒遭害(韻)，天倫父子關心大(韻)。〔作跪科。白〕千歲，人倫至親者，莫如父子。可容臣親自提兵去解救，就死無怨。〔唱〕若得骨肉相逢恩賴㊐。〔德昭悲歎科。白〕也罷，孤今準你前去，可急急趕上張蓋、林桀，一同進陣，須要小心。〔焦贊作叩謝科。白〕多謝千歲，臣去也。〔作起科，從下場門急下。德昭作起，隨撤椅科。德昭白〕可見父子天性天親，焦贊魯夫，不免舐犢之愛。〔唱〕【川撥棹】（末二句）至關心父和孩㊐，念切切長挂懷㊐。〔同從下場門下〕

第四齣　扇一揮魂消魄散 (東鍾韻)

〔場上攩烟雲帳，内設迷魂陣，將臺插黑色旗旛。雜扮勾魂使者，各戴矮方巾，穿屯絹道袍，執勾魂旛。雜扮迷魂長老，各戴高方巾，穿繭紬道袍，執迷魂旛。雜扮四大惡魔，各穿戴大魔切末。雜扮一大鬼，穿戴分體切末。雜扮鬼使，戴套頭，穿絨鬼衣，紥氅，執大旛。從兩場門暗上，作佈列科。小生扮張鶴舉，戴線髮，穿水田衣，繫汗巾，佩劍，持羽扇，從上場門上。唱〕

【越角套曲·看花回】小仙郎十六孩童(韻)，三春法演黄精洞(韻)。天生就(句)，貌清奇(句)，道骨仙風(韻)。俺卻是將門兒(句)，廟堂樑棟(韻)。〔白〕羽扇朱書辟惡符，祖師慈念贈門徒。迷魂陣裏祛邪祟，要顯英雄小丈夫。我乃並重瞳張鶴舉是也。自我爹爹張蓋歸附楊元帥麾下爲將，即有雲蒙山王敖老祖收我上山，學習技術。今祖師對我説道，有宋營五將陷歿迷魂陣，我父張蓋也在其中，即宜下山，往九龍谷解救。我説弟子年幼，如何能破這等惡陣。老祖説我乃鶴目重瞳，迷魂陣中惟我看得明白。又贈我辟惡返魂扇一把，到了陣内，一搧天清日朗，二搧辟除惡鬼，三搧死者返魂。爲此即刻下山，破陣走遭也。〔唱〕

【越角套曲・綿搭絮】小仙童匡扶英主(句)，小仙童仗鶴目重瞳(韻)。小仙童會飛丸舞劍(句)，小仙童使著這羽扇神風(韻)。小仙童去辟惡除邪(讀)，掃滅妖氛(韻)。小仙童要定魄安魂(讀)，解厄諸公(韻)。小仙童使一劍當他的百萬雄兵(句)，小仙童此去顯個威名建陣奇功(韻)。〔從下場門下。雜扮軍士，各戴馬夫巾，穿蟒箭袖卒褂，持兵器。引雜扮林榮、張蓋，各戴盔，紥靠，持兵器。旦扮李剪梅，戴七星額，紥靠，背令旗，持劍。從上場門上，遶場科。同唱〕

【越角套曲・青山口】莽焦贊貪功專擅愚而猛(韻)，違紀律起師戎(韻)。只恃你潑潑剌剌强兵鬬鬨(韻)，卻不慮預謀後敵莫孟浪攻(韻)。今遇著陣圖勢惡(句)，將共卒失陷其中(韻)。〔從下場門下。浄扮焦贊，戴紥巾額，紥靠，背令旗，持鎗，從上場門上。唱〕憑著俺膽包身真巨勇(句)，説甚麽進不得惡陣兇(韻)。那知俺氣雄志雄(韻)，又何畏鬼磨弄(韻)，一人拚命攩羣雄(韻)。俺瘋也不瘋(韻)，懵也不懵(韻)。這輕生也只爲救子的意兒猛(韻)，單鎗揮動(韻)，直撞也那橫衝(韻)。〔從下場門下。浄扮嚴洞賓，戴虬髮、道冠，紥金箍，穿蟒箭袖，紥氅，從上場門暗上將臺科。白〕嚴整陣勢者。〔場上撤烟雲帳。張蓋、林榮、李剪梅内白〕大小三軍，隨俺進陣者。〔軍士内應科。李剪梅、張蓋、林榮引軍士從上場門上，作進陣。嚴洞賓下臺迎戰科。嚴洞賓作咒詛科。一大鬼向前迎戰，李剪梅出剪作祭起科。天井下大剪切末，作剪大鬼兩半科。嚴洞賓急上將臺，作摇旛咒詛科。雜扮二無常鬼，各穿戴無常鬼切末。雜扮二摸壁鬼，各穿戴摸壁鬼切末。雜扮二大頭鬼，各穿戴大頭鬼切末。雜扮二小頭鬼，各穿戴小頭鬼切末。雜扮陣亡鬼，各穿戴陣亡鬼切末。雜扮男女自戕鬼，各隨意穿戴，帶自戕切末。雜扮男女病厄鬼、邪祟鬼，各隨意穿戴。從兩場門上，作圍繞科。軍士、李剪梅、張蓋、林榮作昏迷倒地科，隱下。焦贊從上場門上。白〕劍掣妖氛靖，喑唔神鬼驚。來此迷魂陣，待俺進去。〔作進陣喊喝科。白〕焦松孩兒可在此？〔衆鬼魂作驚懼退避科，焦贊四顧科。白〕四面絶無一人，是個空陣，什麽兇惡？我兒在那裏？焦松孩兒。〔嚴洞賓作摇旛科，衆鬼作圍繞科。焦贊白〕是些什麽東西？看鎗。〔衆鬼作奪鎗魔障科，焦贊作昏迷科。白〕不好了，你看無數鬼魂圍繞，迷得俺眼花意亂，這便怎麽處？〔唱〕

【越角套曲·聖藥王】天天天怎教俺陽世人（句），與鬼胡纏（句），不覺害怯心懼悚（韻）。身戰慄（句），眼昏黑（句），心迷意亂恍（韻），俺其實有勇難攻（韻）。〔作昏迷倒地科。張鶴舉從上場門上。白〕俺並重瞳破陣來也。〔作進陣科。白〕妖道，快下臺來會俺。〔嚴洞賓持劍，執旛，作下將臺科。白〕何處孩童，敢單身闖陣？〔張鶴舉白〕俺並重瞳張鶴舉，奉王老祖之命，來破你這迷魂陣。〔嚴洞賓笑科。白〕真正小孩子不知天地爲何物，你將什麽來破俺這迷魂陣？〔張鶴舉白〕妖道聽者。〔唱〕

【越角套曲·慶元貞】則將這返魂的（讀），返魂的辟惡羽扇用（韻），只須俺輕輕一搧有神風（韻），搧的這陰雲一掃空（韻）。鬼魅凶（韻），也無蹤（韻），要成功反掌中（韻）。〔嚴洞賓白〕小孩子好大話，看劍。〔作戰科。嚴洞賓作摇旛咒詛科，衆鬼作圍繞科。張鶴舉笑科。白〕俺何懼哉。〔作揮扇咒詛科，衆鬼作驚慌畏避科。嚴洞賓白〕好奇怪，被他一扇，忽然陣中天清日朗了。〔張鶴舉復作揮扇咒詛科，勾魂使者、迷魂長老、衆鬼等作亂竄科。雜扮健勇，各戴紮巾，穿青緞箭袖，繫鸞帶，持棍棒。雜扮四家丁，各戴羅帽，穿青緞箭袖，繫鸞帶，持棍棒。雜扮焦松，戴紮巾額，紮靠，持鎚。小生扮胡守信，戴武生巾，穿鑲領箭袖，繫鸞帶，持鎗。旦扮八娘，戴七星額，紮靠，持鎗。軍士、張蓋、林榮、李剪梅隱上，作仆地科。勾魂使者、迷魂長老、四大魔、衆鬼魂從兩場門跑下。嚴洞賓白〕乳臭孩子，敢來破俺陣法，將你揮爲兩段，方消吾恨。〔作戰科，嚴洞賓從下場門敗下。張鶴舉作視地科。白〕呀，這是方纔進陣的黑臉將軍，待我先救醒他。〔作揮扇咒詛科，焦贊作甦醒起科。白〕好利害迷魂陣。〔張鶴舉白〕將軍站定了。〔焦贊白〕看鎗。〔張鶴舉支架科。白〕住了，我好意救醒了你，怎麽倒來殺我？〔焦贊白〕是你救醒我的？如此，多謝多謝。〔張鶴舉白〕你方纔進陣之時，可曾見我爹爹？〔焦贊白〕你可曾見我兒子？〔張鶴舉白〕你兒子是誰？〔焦贊白〕焦松是我兒子，你爹爹是誰？〔張鶴舉白〕張蓋是我爹爹。〔焦贊白〕嗄，你是我張賢弟的兒子。如此，是我姪兒了，大家來尋嗄。〔張鶴舉白〕有理。〔作尋覓科。同唱〕

【越角套曲・古竹馬】尋蹤索縫㊞韻，一個是子尋老翁㊞韻，一個是爹覓兒童㊞韻。關切關衷㊞韻，心事合意相同㊞韻。〔焦贊作見張蓋、焦松等科。白〕姪兒，這一個是你父親。〔張鶴舉認看科。白〕果然是我爹爹。〔焦贊作細看科。白〕這黑臉的好像我兒子。奇怪，這是八娘，他們都死在這裏了，好苦嗄。〔作慟哭科。張鶴舉白〕不要哭，不要哭，待我救醒他們便了。〔作揮扇咒詛科，衆作甦醒科，焦贊驚奇科。白〕一個個都活了。〔作笑科。胡守信等、李剪梅等同白〕好利害妖法。〔張鶴舉白〕爹爹，孩兒張鶴舉在此。〔張蓋白〕原來是我孩兒。〔作相見抱哭科。焦贊白〕焦松，爲父的在此。〔焦松白〕果然是我爹爹。〔焦贊白〕我的兒，爲父的今日也盼著了。〔作笑科。雜扮番兵，各戴外國帽，穿外番衣，持兵器。雜扮番將，各戴馬夫巾，紮額，狐尾，雉翎，穿打仗甲，持兵器。雜扮洪世傑，戴外國帽，狐尾，雉翎，紮靠，背令旗，持兵器。旦扮海賽花，戴七星額，狐尾，雉翎，紮靠，背令旗，持兵器。雜扮耶律學古、耶律色珍、耶律休格、蕭天佐，各戴外國帽，狐尾，雉翎，紮靠，持兵器。引嚴洞賓從上場門衝上，合戰科，同從下場門下。健勇、軍士、家丁、焦贊、焦松衆等，番兵、番將、嚴洞賓、蕭天佐衆等，從上場門上，作絡繹挑戰科。焦贊作刺死洪世傑科。八娘作刺死海賽花科。衆復作合戰科，嚴洞賓等從下場門敗下。隨撤迷魂陣、將臺、旗旛科。焦贊白〕迷魂陣已破，骨肉俱得相逢，收兵回營。〔衆應，遶場科。同唱〕骨肉相逢㊐，解厄除凶㊐，戰尅成功㊐。賴吾皇福洪㊐，保得全衆㊐，大振師戎㊐，殺得個没逃避的妖人妖人也懼恐㊐。〔同從下場門下〕

第五齣　鐵杖掄開誅猛將（歌戈韻）

〔場上攩烟雲帳，内設仙童陣，將臺插旗幟。浄扮九頭禪師，戴獅子髮，紥金箍，簪獅子形，穿蟒箭袖，紥甓，繫鈴，背鐘荷禪杖，執拂麈，從上場門上。白〕氣禀精華火道修，具形金體煉剛柔。三鈴摇動多靈異，怒吼咆哮百獸愁。俺乃九頭禪師是也。原係靈鷲山銅獅，受三光精氣，領大乘奥旨，修煉成精，幻人形體，逃下雷音寺，隱住碧蘿山，與椿岩大仙結爲鄰比之交。他今做了遼邦軍師，佈下大陣，扼宋佐遼。有書到來，請俺護陣，因此取了法寶，一徑前來。正是：至寶靈通顯，禪師妙法全。〔作回望科。白〕那邊來的乃是椿仙，待我迎上去。〔浄扮嚴洞賓，戴虬髮、道冠，紥金箍，穿蟒箭袖，紥甓，持拂麈，從上場門急上。白〕故人不爽約，稽首謝蒼天。〔九頭禪師作相見科。白〕道長那裏去？〔嚴洞賓白〕禪師來了，貧道等得不耐煩，親來邀請，途次相逢，有幸有幸。〔九頭禪師白〕忝在鄰比之交，所以聞呼即至。〔嚴洞賓白〕足感盛情，就請同行。〔九頭禪師白〕羽書較比魚書迅。〔嚴洞賓白〕道法何如佛法高。〔同從下場門下。雜扮耶律學古、蕭天佐、耶律色珍、耶律休格，各戴外國帽、狐尾、雉翎，紥靠，持兵器，從上場門上。同唱〕

【仙呂調套曲·點絳唇】惡陣雖多（韻），極其易破（韻）。傍門左（韻），枉費張羅（韻），反把遼威挫（韻）。〔蕭天佐白〕列位將軍，想俺遼邦威名，遠近皆聞。偶遭魏府銅臺之敗，娘娘便出榜招賢，信任了嚴洞賓，大張聲勢，佈下七十二座天門陣，説道就讓真仙來也難破。如今已被楊景連破五十餘陣，真正笑話。〔耶律學古等同白〕這樣不濟的陣勢，還不如俺們横衝直撞，對壘相持，倒可取勝。今遼邦的威風，倒被這陣勢挫盡了。〔蕭天佐白〕娘娘信任，這也没法。如今嚴軍師又去邀請什麼道友來助陣，命俺們在仙童陣外伺候。〔耶律學古等向下望科。同白〕那邊軍師和一道友來也。〔嚴洞賓引九頭禪師從上場門上。九頭禪師唱〕

【仙呂調套曲·混江龍】除强佐懦（韻），這回焉用大干戈（韻）。有俺這大師佛力（句），廣法阿羅（韻）。〔場上撤烟雲帳。耶律學古等作迎接科。嚴洞賓白〕來此已是仙童陣，禪師請進。〔作同進陣科。九頭禪師白〕何爲仙童陣，有何取勝之法？〔嚴洞賓白〕貧道用的是舞仙童之法，向民間選得童男一千名，加持符水，便能膂力過人，舞跳相持，足可取勝。〔九頭禪師白〕乞賜一觀。〔嚴洞賓白〕正要求禪師指教。吩咐蕭霸真佈列仙童陣者。〔耶律學古、蕭天佐等應，向下傳科。白〕軍師有令，命蕭霸真佈列仙童陣者。〔内應科。嚴洞賓白〕請禪師上將臺觀陣。〔九頭禪師白〕道長請。〔唱〕且自登臺觀陣法（句），究竟靈異妙如何（韻）？〔嚴洞賓等作上將臺科。旦扮蕭霸真，戴七星額、狐尾、雉翎，紥靠，背令旗，佩劍，執令旗。引雜扮童子，各梳丫髻，穿採蓮襖，紥各色道袍，持兵器。從上場門上，作跳舞，畢，分侍科。九頭禪師笑科。

白〕道長，觀此陣勢，非惟不得取勝，而且必致大敗。〔嚴洞賓白〕爲何？〔九頭禪師白〕你陣中又無法寶，又無奇術，何能困住宋將？況且小小孩童，豈是疆場大將的敵手？〔唱〕非不能功成建勣(句)，必自把鋭氣消磨(韻)。既無能當場取勝(句)，竟莫如遣使求和(韻)。〔嚴洞賓白〕禪師有何取勝之法？望求指教。〔九頭禪師白〕我有金剛蘸體靈符秘訣，令衆童子各佩一道，使刀劍不能傷身，可以取勝。吾還有兩般法寶，摇動金鈴，四圍陡起金沙火燄，能困敵人。祭起銅鐘，即使神仙也難逃遁。〔嚴洞賓笑科。白〕妙極，妙極。就求禪師書符一千張，散給童子佩帶。〔九頭禪師白〕俺去書符作法，道長率領衆將陣外截戰，禦防敵衆驟至，恐其措手不及。〔嚴洞賓白〕禪師去作法，貧道準備陣外截戰便了。〔九頭禪師白〕衆童子隨俺來。〔衆童子應科，隨九頭禪師從下場門下。嚴洞賓白〕衆位將軍，隨我到陣外去者。〔蕭霸真、耶律學古等應科。嚴洞賓同唱〕倘然要乘虚疾擊奈他何(韻)，急急去整戈而待(句)，必須要截戰兵多(韻)。〔從下場門下。場上攩烟雲帳。雜扮勇士，各戴馬夫巾，穿勇字衣，繫鸞帶，持鎗。雜扮頭陀兵，各戴頭陀髮，紮金箍，穿緞劉唐衣，紮春布僧衣，執齊眉棍。引旦扮杜玉娥、李剪梅，各戴七星額，紮靠，背令旗，持兵器。生扮楊春，戴僧綱帽，穿採蓮襖，紮紬僧衣、紅袈裟，帶降龍木，持棍。從上場門上，遶場科。同唱〕

【仙吕調套曲·油葫蘆】俺這裏兩隊强兵一隊合(韻)，五百衆莽頭陀(韻)，都是些殺人劫寨惡兇魔(韻)。慣在那森森劍戟林中卧(韻)，慣在那颼颼羽箭叢中過(韻)。〔楊春等同白〕我等遵鐘仙師法諭，道仙童陣中有妖僧把守，宜防邪術多端，須加謹慎，不可貪功。如不能破其陣法，即命回營，另行商議。我等遵諭施行，怏怏前去。〔衆應科。同唱〕審機宜意切磋(韻)，觀其勢要琢磨(韻)。遵師謹慎方爲可(韻)，切不可傲敵逞干戈(韻)。〔雜扮遼兵，各戴額勒特帽，穿外番衣，持兵器。雜扮遼將，各戴盔襯狐尾雉翎，穿打仗甲，持兵器。引耶律學古、蕭天佐、耶律休格、耶律色珍、蕭霸真、嚴洞賓從下場門衝上。嚴洞賓白〕五和尚也敢來打俺仙陣麽？〔楊春白〕蟻陣何足道哉。〔嚴洞賓白〕先與俺擒這禿驢。〔耶律學古等應，作合戰科，同從下場門下。勇士、頭陀兵、楊春等，遼兵、遼將、嚴洞賓等，從上場門上，作挑戰合戰科。嚴洞賓等從下場門敗下，楊春等追下。嚴洞賓從上場門急上。白〕不好了，五和尚、李剪梅十分利害，逐尾追來了，往那裏躲避躲避纔好？〔李剪梅内白〕嚴洞賓休走。〔嚴洞賓作驚慌科。白〕這便怎麽處？有了，竟往陣中躲避去罷。〔李剪梅從上場門上，戰科。李剪梅白〕妖道嘎妖道。〔唱〕

【仙呂調套曲·天下樂】你正好交納頭顱莫慢俄(韻)，今休想求活(韻)，看恁那處躲(韻)。〔作戰科，嚴洞賓從下場門敗下。李剪梅白〕妖道戰我不過，逃進陣中去了。〔唱〕將他蓄意早識破(韻)，你心窩裏詭譎多(韻)。妖陣中招羽翼夥(韻)。俺一身皆膽兒裹(韻)。〔從下場門追下。遼兵、遼將、蕭霸真等，勇士、頭陀兵、杜玉娥等，從上場門上，作絡繹戰鬭科，從下場門下。楊春追蕭天佐從上場門上，戰科。蕭天佐白〕五和尚，你既皈依釋氏，又來討死，你還不知遼邦的兵勢麽？〔楊春白〕蕭天佐，今日遇俺五禪師，是你死期至矣。〔唱〕

【仙呂調套曲·哪吒令】你是鐵骨銅頭臂(句)，難禁烈火(韻)。俺這三尺降龍木(句)，是你一世的結果韻。〔作戰科，楊春舉降龍木科。白〕看棒。〔作打死蕭天佐科。蕭霸真、耶律學古、耶律色珍從上場門上，戰鬬科。杜玉娥、勇士、頭陀兵等，遼兵、遼將等，從上場門上，合戰科。遼兵、遼將、耶律學古等從下場門敗下。楊春白〕蕭天佐被俺打死，又除一患，乘勝殺進陣中去。〔杜玉娥白〕禪師可曾見剪梅？〔楊春白〕正是，衆軍可曾見？〔軍士等同白〕追趕妖道進陣去了。〔杜玉娥白〕恐有不測，待我先去接應便了。〔從下場門下。楊春白〕杜先鋒已去，我等隨後進陣去者。〔衆應科。同唱〕仗三軍勇果韻，賴天威庇我韻。看强敵鋭氣摧句，越顯得兵威大韻，一枝兒盡翦全縛韻。〔同從下場門下〕

第六齣　金鐘劈破援嬌姝 歌戈韻

〔場上設仙童陣，將臺插旗幟。淨扮嚴洞賓，戴虬髮、道冠，紥金箍，穿蟒箭袖，紥鞓，持劍，從上場門急上。白〕身生雙翅逃回陣，躍馬追吾接踵來。〔作進陣唤科。白〕禪師，禪師快來。〔淨扮九頭禪師，戴獅子髮，紥金箍，簪獅子形，穿蟒箭袖，紥鞓，繫鈴，背鐘，持禪杖，從上場門上。白〕道長，爲何這樣驚慌？〔嚴洞賓白〕宋將追進陣中來了。〔九頭禪師白〕有多少宋將，這等利害？〔嚴洞賓白〕只得一個女將李剪梅。〔九頭禪師笑科。白〕笑話，一個女將，何畏懼如此？〔嚴洞賓白〕他乃黎山老母門徒，法術高强，十分利害。〔九頭禪師白〕如此，待我先除李剪梅便了。〔旦扮蕭霸真，戴七星額、狐尾、雉翎，紥靠，背令旗，持兵器，從上場門上。白〕宋將何驍勇，威鋭實難支。軍師不好了，蕭天佐被五和尚打死了。〔九頭禪師、嚴洞賓作驚科。白〕有這等事？氣死人也。〔九頭禪師白〕道長，你去引李剪梅進陣。〔嚴洞賓應科，從上場門下。九頭禪師白〕你去與宋將督兵，截住宋營大隊，待我先除剪梅，餘衆不難圖矣。〔蕭霸真應科，從下場門下。嚴洞賓引旦扮李剪梅，戴七星額，紥靠，背令旗，持兵器，從上場門上。李剪梅白〕妖道那裏走？〔作追嚴洞賓進陣，九頭禪師作截戰科。九頭禪師白〕潑婦，你只欺得嚴道長，遇俺九頭禪師，是你

死期到了。〔李剪梅白〕妖賊禁聲。〔唱〕

【仙吕調套曲·寄生草】逞不得唇鋒兒快句，枉將舌劍兒磨韻，今朝誓把妖人捉韻。俺青鋒百煉吹毛過韻，你逞强便是亡身禍韻。你爲他拔刀相助扼吾兵句，卻不知自惹災危火韻。〔作戰科。嚴洞賓、九頭禪師唱〕

【仙吕調套曲·玉花秋】管今發付你這殃人貨韻，俺這裏張下烏羅韻。妙法神通遇著呵韻，教恁難延命怎騰挪韻，放出金沙没處里躲韻。〔戰科，從下場門下。旦扮杜玉娥，戴七星額，紥靠，背令旗，持刀。追蕭霸真從上場門上，戰科。蕭霸真白〕潑婦，你休想進陣。〔杜玉娥白〕你有多大本領，敢攔俺去路？看刀。〔戰科，作斬蕭霸真科。杜玉娥白〕潑婦已斬，急早進陣，接應剪梅去者。〔唱〕

【仙吕調套曲·後庭花】女先鋒威勢大韻，鋼刀下斬虔婆韻。歎你武技不精句，戰法少習學韻。逞强甚麽韻，也來躍馬提戈韻，一命已疆場折剉韻。看妖人陣勢怎收科韻，嚴洞賓怎結末韻？〔從下場門下。九頭禪師從上場門上。白〕李剪梅果然驍勇異常，待俺作法擒他便了。衆童子，列開陣勢者。〔雜扮童子，各梳丫髻，穿採蓮襖，紥各色道袍，持兵器，從上場門上，作佈陣科。嚴洞賓引李剪梅從上場門上，作入陣，童子等作圍困科。九頭禪師作摇鈴咒詛，放火科。李剪梅白〕不好了，你看四圍金沙烈燄，逼近身來，不免騰空走了罷。〔唱〕

【仙吕調套曲·青歌兒】須急速騰空避禍韻，駕雲旋免遭這場折挫韻。〔作咒詛科，天井下雲勺。

李剪梅作乘雲勺，起至半空。嚴洞賓白〕他騰空走了。〔九頭禪師作解鐘，咒詛祭起科。天井下大鐘切末，作罩李剪梅科。九頭禪師笑科。白〕看你逃到那裏去？〔杜玉娥從上場門上。白〕不好了，剪梅被他用銅鐘罩住，待我祭起三皇寶劍，破他便了。〔作掣三皇寶劍擲地，咒詛科。雜扮三皇寶劍切末，從地井内上，作劈開切末大鐘科。三皇寶劍切末仍從地井下。九頭禪師、嚴洞賓等作驚慌虛白科。雜扮勇士，各戴馬夫巾，穿勇字衣，繫鸞帶，持鎗。雜扮頭陀兵，各戴頭陀髮，紮金箍，穿緞劉唐衣，紮春布僧衣，持齊眉棍。引生扮楊春，戴僧綱帽，穿採蓮襖，紮紬僧衣、紅袈裟，帶降龍木，持棍。從上場門上，作進陣合戰科，同從下場門下。杜玉娥白〕姪媳受驚了。〔李剪梅唱〕嚇得心驚膽戰呵(韻)，正無奈何(韻)，謝伊救脱風波(韻)。〔雲勺下至壽臺，李剪梅下雲勺科。雲勺仍從天井上。杜玉娥白〕姪媳，天色漸晚，今日決難破陣的了。約會五禪師，殺出陣去，回營再議。〔李剪梅白〕此言甚善。〔杜玉娥同唱〕併力齊心戰妖魔(韻)，要把重圍破(韻)。〔從下場門下。勇士、頭陀兵等，衆童子等，從上場門上，絡繹戰鬬科。杜玉娥、李剪梅、楊春、嚴洞賓、九頭禪師從上場門上，合戰科。雜扮遼兵，各戴額勒特帽，穿外番衣，持兵器。雜扮遼將，各戴盔襯、狐尾、雉翎，穿打仗甲，持兵器。雜扮耶律學古、耶律休格、耶律色珍，各戴外國帽、狐尾、雉翎，紮靠，持兵器。從兩場門上，作圍困合戰科。勇士、頭陀兵、杜玉娥、李剪梅、楊春等作突圍，從下場門敗下。遼兵、遼將等同白〕逃出陣去了。〔九頭禪師白〕不可放他們走脱，俺與道長領兵追獲，衆將在此守陣。〔耶律色珍等應科，引衆童子從下場門下。場上攛烟雲帳，隨撤將臺、旗幟科。嚴洞賓、九頭禪師白〕快快追趕。〔衆應科。同唱〕

【煞尾】兩將傷(句)，威名墮(韻)，鐘兒劈破走雙娥(韻)，怎容你縱轡回營得個活(韻)。〔同從下場門下〕

第七齣　九頭獅神通大展（齊微韻）

〔雜扮健軍，各戴馬夫巾，穿蟒箭袖，繫鑾帶，背絲絛，持雙鎚。雜扮火砲軍，各戴紮巾，穿採蓮襖卒褂，背絲絛，背火砲。引旦扮呼延赤金、木桂英，各戴七星額，紮靠，背令旗，持兵器。從上場門上，遶場科。同唱〕

【正宮集曲·芙蓉樂】【玉芙蓉】（首至合）兵揚克戰威韻，猛悍移山勢韻。看三軍勇略讀，氣吐虹霓韻。掃除烽火消狼燧韻，蕩滌邊塵莫待遲韻。〔呼延赤金、木桂英白〕我等奉令，因五禪師等破陣，去了一日，不見回營。千歲、元帥，十分懸念，恐有不測，命我二人率領精鋭三千，馳騎接應。快快迎上前去。〔衆應。同唱〕【普天樂】（合至末）能征慣敵韻，俺三千健步讀，勇賽熊羆韻。〔從下場門下。雜扮遼兵，各戴額勒特帽，穿外番衣，持兵器。雜扮遼將，各戴盔襯、狐尾、雉翎，穿打仗甲，持兵器。净扮嚴洞賓，戴虬髮、道冠，紮金箍，穿蟒箭袖，紮氅，持劍。净扮九頭禪師，戴獅子髮，紮金箍，簪獅形，穿蟒箭袖，紮氅，繫鈴，持禪杖。追雜扮勇士，各戴馬夫巾，穿勇字衣，繫鑾帶，持鎗。雜扮頭陀兵，各戴頭陀髮，紮金箍，穿緞劉唐衣，紮春布僧衣，持齊眉棍。旦扮杜玉娥、李剪梅，各戴七星額，紮靠，背令旗，持兵器。生扮楊春，戴僧綱帽，穿採蓮襖，紮紬僧衣、紅袈裟，持棍。從上場門上，合戰科，同從下場門下。健軍、火砲軍引呼延赤金、木桂英從上場門上，遶場。同唱〕

【正宮集曲·朱奴剔銀燈】【朱奴兒】(首至合)鳴戰鼓聲若隱雷韻，吶喊似春潮初沸韻。望去塵頭霧暗迷韻，都應是吾兵奔潰韻。〔勇士、頭陀兵引杜玉娥、李剪梅、楊春從上場門上。同唱〕【剔銀燈】(合至末)吾非韻，無能退敵韻，戰竟日奈人勞馬疲韻。〔呼延赤金、木桂英作相見科。白〕禪師，敢是敗陣回來了？〔楊春白〕非也，因陣中邪術多端，天色漸晚，故此收兵回營。爭奈兩個妖人接踵追來，無法可退。〔呼延赤金、木桂英白〕禪師先請回營，追兵我等攔之。〔楊春、杜玉娥、李剪梅白〕多謝了。〔楊春等從下場門下。遼兵、遼將等引九頭禪師、嚴洞賓從上場門衝上。呼延赤金、木桂英白〕妖邪還不隱遁，輒敢逞强。〔九頭禪師白〕讓你救兵攔路，何足道哉。〔呼延赤金、木桂英白〕你這怪物，有何神通？出此狂言。〔九頭禪師白〕不顯個神通，你也不知禪師的功行。〔呼延赤金白〕你要顯什麼神通？〔九頭禪師白〕你砍俺三刀，俺打你一禪杖。〔呼延赤金白〕就是這樣，俺先砍你三刀。〔九頭禪師白〕就讓你先砍。〔呼延赤金白〕你站穩了。〔唱〕

【正宮集曲·朱奴帶錦纏】【朱奴兒】(首至合)俺將這雪刃緊揮韻，鋼鋒下休思活矣韻。〔白〕看刀。〔連砍科，九頭禪師作笑科，衆驚駭虛白科。呼延赤金白〕姪媳，這厮難道是鐵鑄的麼？〔木桂英白〕多加氣力再砍。〔呼延赤金白〕待我來。〔唱〕急早重磨鋼鋒利韻，平生力將他立劈韻。〔白〕看刀。〔作砍科，呼延赤金、木桂英等驚駭科。呼延赤金白〕用盡平生之力，砍他不動，這又奇了。〔九頭禪師白〕金剛不壞之身，你如何砍得動？該我打了。〔呼延赤金白〕該你打了，來用力打罷。〔九頭禪師白〕潑婦，俺這一禪杖將你打爲虀粉。〔掄杖打科，呼延赤金急閃開科。九頭禪師白〕住了，疆場賭鬬，有言在前，如何失信？〔嚴洞賓白〕其實可惡，擒這兩個潑婦。〔呼延赤金、木桂英白〕住了，你説金剛不壞之身，這話難以憑信。你敢站在中間，若當得俺火砲者，方爲金剛不壞之身。〔嚴洞賓白〕這個使不得。〔九頭禪師笑科。白〕不妨，你們站遠些。〔嚴洞賓白〕衆兒郎站遠些。〔呼延赤金、木桂英白〕衆軍，架起火砲，打這妖僧。〔火砲軍應科，作放火砲切末，圍繞打科。九頭禪師唱〕【錦纏道】（七至末）法力爾何知(韻)，不焚不濡(句)，金剛不壞體(韻)。〔火砲軍白〕打他不動。〔呼延赤金、木桂英白〕這厮刀鎗火砲全然不懼，何法可治？〔嚴洞賓、九頭禪師白〕潑婦，還有何法可使？〔呼延赤金、木桂英白〕今日天晚，明日與你陣中鬬法便了，收兵。〔同唱合〕落日昏黄際(韻)，罷兵斂隊偃旌旗(韻)。〔健軍、火砲軍引呼延赤金、木桂英從上場門下。嚴洞賓白〕禪師大法，足使敵人膽落矣。我等也收兵回去，準備他來日打陣便了，收兵。〔衆應科。同唱〕

【不絶令煞】驚他膽喪回兵隊(韻)，法力高超陣出奇(韻)，管教他百萬貔貅困陣裏(韻)。〔同從下場門下〕

第八齣　三關帥忠忿難舒（魚模韻）

〔副扮王欽，戴相貂，穿蟒，束帶，帶印綬，從上場門上。白〕世上爲難無過我，心懸兩地訴何人。這裏是了，營門上那個在？〔雜扮一中軍，戴中軍帽，穿中軍褂，佩腰刀，從上場門上。白〕連朝未克陣，徹夜議軍情。〔作出門見科。白〕原來是王大人。〔王欽白〕元帥在内何幹，這時候還不陞帳？〔中軍白〕因昨日命將攻打仙童陣，未得成功，此時與衆將在内共議破陣之策。〔王欽白〕千歲可在此？〔中軍白〕千歲不在此。〔王欽白〕妙極，説下官要見。〔中軍白〕待中軍傳稟。〔作進門科。王欽白〕妙嗄，千歲不在此，正好逼他進陣了。〔中軍請科。白〕元帥有請。〔旦扮李剪梅、木桂英、杜玉娥、呼延赤金，各戴七星額，紥靠，背令旗。生扮楊春，戴僧綱帽，穿採蓮襖，紥紬僧衣、紅袈裟。引生扮楊景，戴帥盔，紥靠，背令旗，佩劍。從上場門上。楊景白〕運籌決勝策，晝計靖妖氛。〔中軍稟科。白〕王大人要見。〔楊景白〕説我出迎。〔中軍白〕元帥出迎。〔楊景作出門迎接科。白〕王大人請。〔王欽白〕元帥請。〔同作進門科。楊景白〕大人請坐。〔場上設椅，各坐科。楊景白〕請問大人，到此何事？〔王欽白〕聖上命下官來問元帥，昨日去破仙童陣，怎麽不見奏捷？〔楊景白〕昨日命五禪師等破陣，遇一妖僧，十分利害，戰至日暮，收兵回營。現今會議此事，未得除妖之策。〔王欽白〕元帥，這話差矣。自古妖難勝德，邪不侵正，賴主上聖德，元帥虎威，何懼山鬼伎倆？自已先貪逸圖安，那些將士，誰肯用命？將無主帥督陣，自然畏刀避劍，怎得成功？不知下官説得是也不是？〔呼延赤金等同白〕大人這話忒不中聽。元帥和將士苦征惡戰，受盡顛險，破了五十餘陣，還説貪逸圖安。〔楊景、楊春白〕今遇妖僧法術利害，衆將士戰到昏黑，不能進陣，所以回營。堂堂虎將，豈是臨陣畏避之人？〔呼延赤金等同唱〕

【仙呂宮正曲·曉行序】勇者非愚(韻)，慣衝鋒冒鏑(讀)，膽壯心粗(韻)。虎將志(讀)，豈是孺子慵夫(韻)。〔王欽白〕既不臨陣畏避，緣何不能破陣？〔呼延赤金白〕説與你聽，只怕膽都嚇破了。那九頭禪師，銅筋鐵骨，刀鎗火砲，全然不怕。〔楊春等同唱合〕非虛(韻)，他鐵鑄堅剛(句)，火砲鎗刀(讀)，著身不懼(韻)。〔王欽笑科。白〕一發謊言了，世上那有鐵鑄的人身，火砲鎗刀俱不怕？這樣誕妄之談，下官不能回奏。〔呼延赤金白〕奏也由你，不奏也由你。〔王欽白〕要下官回奏，便説元帥不肯親督三軍，以致將士有悮軍情。〔呼延赤金怒科。白〕好奸賊，聽你之言，明露害賢之謀了。〔楊景急止科。白〕不可無理。〔王欽作冷笑起科。白〕好嗄，元帥縱容部下女將辱罵欽差大臣，下官與你面聖去。〔楊景、楊春、杜玉娥、木桂英、李剪梅各作起，隨撤椅科。楊景等作賠禮科。同白〕王大人請息怒。〔唱合〕恕愚魯(韻)，望寬洪大度(讀)，轉怒回愉(韻)。〔王欽白〕是了，你將帥同心，故意玩敵抗旨。恨我來催功，故作這般光景待我，可是麽？〔呼延赤金背科。白〕這奸賊好歪，待我去請千歲。〔作出門，從下場門下。

楊景白〕王大人，這玩敵抗旨四字，楊景死無葬身之地了。〔唱〕

【仙吕宫正曲·錦衣香】叨寵恩(句)，恩難負(韻)，敢有不臣心(句)，把朝廷忤(韻)。你貴手高擡(句)，回嗔挽怒(韻)，伊家誣奏吾死溝渠(韻)。〔王欽白〕下官奉旨催功，只要元帥親去破陣，我就婉言覆奏。〔楊景白〕破陣乃楊景分内之事，剪梅過來。〔李剪梅應科。楊景白〕快傳焦贊、孟良、呼延畢顯，點精兵五千，隨本帥破陣。〔楊春、李剪梅等同白〕元帥，陣勢兇惡，妖僧利害，不可力敵。〔楊景白〕王大人罪我抗旨玩敵，貪逸圖安，我此去若不能破陣，便戰死陣中也不回營了。快去。〔李剪梅應科，作出門，從下場門下。王欽白〕元帥，你要戰死陣中，也是爲國家公事，並非爲我王欽而死。〔楊景白〕大人説那裏話，我楊景呵，一身許國丹心秉，戰死沙場報主恩。〔作出門，從下場門下。王欽白〕列位，下官不才，也是國家大臣，那呼延赤金便敢辱罵我。〔唱〕目無君父(韻)，故敢欺吾(韻)。難按衝冠怒(韻)，恨直恁藐視宰輔(韻)。〔楊春等白〕王大人請息怒，元帥若有藐視之心，也不親身入陣去了。〔王欽白〕看著列位分上，只要元帥成功回奏，一概不題。若不能破陣，那時休怪。〔唱合〕奏劾軍情悮(韻)，邀恩誑主(韻)，圖安玩寇(讀)，罪難容恕(韻)。〔雜扮陳琳，戴太監帽，穿鑲領箭袖，繫鑾帶，背絲縧，捧金鞭。引生扮德昭，戴素王帽，穿蟒，束玉帶。從上場門上，呼延赤金隨上。德昭白〕關心保義烈，切齒恨奸頑。〔同作進門科。王欽、楊春等作參見科。白〕千歲駕到，臣等參見。〔德昭白〕王欽到此何事？〔王欽白〕臣奉旨問元帥，昨日破仙童陣，因何不去奏捷？〔呼延赤金白〕千歲，他説元帥貪逸圖安，有心玩敵，欲陷元帥於陣中，以遂奸謀。〔王欽白〕千歲不要聽他，臣一片丹心，爲國催功，並無異志。〔德昭白〕王欽，你那奸心險術，孤久已洞鑒其詳了。〔唱〕

【仙吕宫正曲·漿水令】恨奸臣險惡諂諛(韻)，胸次裏蛇蝎陰毒(韻)，讒言浸潤殺機鋪(韻)。幸得英明聖主(讀)，不聽虛誣(韻)。〔白〕元帥那裏去了？〔楊春等同白〕元帥被王大人激忿，親督三軍破陣去了。〔德昭白〕好奸賊，你逼他入陣，倘有不測，可不把國家柱石白白斷送於汝手。〔唱〕忠良士(句)，陷奸謀(韻)，思之情理難寬恕(韻)。〔白〕請金鞭過來。〔陳琳應，王欽作畏懼科。白〕千歲，若果元帥没於陣中，那時將王欽打死，死而無怨。〔楊春白〕千歲請息怒，暫且饒他。〔德昭白〕也罷，權且饒你一死，去罷。〔王欽作叩謝科。白〕多謝千歲。〔作起急出門科。白〕唬死我也。〔仍從上場門下。德昭白〕過來，速差探子前去，打聽元帥消息，速來報知。〔衆應科。德昭唱合〕忙偵探(句)，忙偵探(疊)，速去休徐(韻)。成和敗(句)，成和敗(疊)，實報無虛(韻)。〔同從兩場門分下〕

第九齣　陷主將截回部將（蕭豪韻）

〔場上攏烟雲帳，内設仙童陣，將臺插旗幟。雜扮健軍，各戴馬夫巾，穿採蓮襖卒褂，背絲絛，持兵器。浄扮呼延畢顯，戴盔，紥靠，背令旗，持兵器。浄扮焦贊，戴紥巾額，紥靠，背令旗，持鎗。浄扮孟良，戴紥巾額，紥靠，背令旗，背葫蘆，持雙斧。引生扮楊景，戴帥盔，紥靠，背令旗，持鎗。雜扮一將官，戴馬夫巾，紥額，穿打仗甲，執黃纛。隨從上場門上。楊景唱〕

【中呂宮正曲·粉孩兒】統精兵（讀），鋭其身丹心表（韻）。憾奸頑妬賢（讀），懷詐猾狡（韻）。誣咱玩敵把功邀（韻），激吾身親督旌旄（韻）。〔作忿恨科。白〕可恨王欽，每欲陷我玩敵之罪。幸蒙主上不信讒言，本帥未墮陰謀。今又責我貪逸圖安，將士皆不用命，一時激奮提兵，此去若不得成功，便戰死沙場便了。衆將官，隨俺進陣者。〔孟良等同白〕元帥，既如奸賊陰謀，應當奏知主上，何必戰死陣中。〔楊景白〕自古邪正勢不兩立，與其日後墮其奸陷，不如戰死陣中，以全名節。〔唱合〕受將來陰陷奸謀（句），願今番戰死名高（韻）。〔白〕隨我衝陣者。〔衆應科。雜扮遼兵，各戴額勒特帽，穿外番衣，持兵器。引雜扮蕭金塔、蕭銀塔、耶律克呢、耶律克莽，各戴外國帽，狐尾，雉翎，穿小紥扮，持兵器。浄扮嚴洞賓，戴虬髮、道冠，紥金箍，穿蟒箭袖，紥鼇，持劍。從下場門衝上，合戰科，同從下場門下。嚴洞賓、遼兵、蕭金塔等從上場門上。嚴洞賓白〕妙嗄，今番楊景親來打陣，正好擒他。衆位將軍，你們把他的兵將四下截斷，待我單引楊景入陣，不得有違。〔衆應科。楊景等從上場門追上，戰科。健軍、孟良等追遼兵、蕭金塔等，從兩場門下。嚴洞賓、楊景戰科。楊景唱〕

【中呂宮正曲·紅芍藥】威凜凜(句)，名震北遼(韻)，忠誠秉保障南朝(韻)。一片丹心貫日皎(韻)，豈懼伊妖邪羣小(韻)。〔戰科，嚴洞賓從下場門敗下，楊景追下。健軍、孟良、焦贊追遼兵、蕭金塔等，從上場門上，陸續戰鬭科，從下場門下。嚴洞賓從上場門上。唱〕今番(句)，引陣陷英豪(韻)，四下里大兵分調(韻)。〔白〕妙哉，已將宋家兵將四面調開，單剩楊景。吾計成矣，不免引他入陣。〔楊景從上場門追上。白〕妖道那裏走？〔作戰科。楊景唱合〕傾蟻陣火燎鴻毛(韻)，誅妖類易如削草(韻)。〔作戰科，嚴洞賓從下場門敗下，楊景追下。焦贊追蕭銀塔從上場門上，戰科。焦贊白〕你敢攔俺去路，看鎗。〔戰科，蕭銀塔從下場門敗下。焦贊白〕不好了，元帥與孟將軍等，俱已衝散，俺不免匹馬單鎗，殺進陣中看來。〔唱〕

【中呂宮正曲·耍孩兒】蜂擁螘屯何足道(韻)，馬疾鎗鋒鋭(句)，敢攔俺蓋世英豪(韻)。〔蕭金塔從上場門追上，交戰，作刺死蕭金塔科。焦贊白〕誰敢攔俺？〔唱〕英雄(句)，猛刺刺(讀)，膽敢龍潭蹈(韻)。威凜凜(讀)，匹馬單鎗耀(韻)，〔合〕秉忠心威風浩(韻)。〔從下場門下。雜扮童子，各梳丫髻，穿採蓮襖，紥各色道袍，持兵器，從兩場門暗上，列陣科。净扮九頭禪師，戴獅子髮，紥金箍，簪獅形，穿蟒箭袖，紥鼇，繫鈴，持禪杖，從上場門上。場上撤烟雲帳。楊景追嚴洞賓從上場門上，作引進陣科。九頭禪師白〕何人大膽闖陣？〔楊景白〕本帥楊景在此。〔九頭禪師白〕楊景，你身陷吾陣，休想活命。〔楊景白〕看鎗。〔作戰科，焦贊從上場門上，作進陣助戰科。九頭禪師作摇鈴咒詛，放火彩科。雜扮小妖，各戴布鬼臉，穿蟒箭袖，繫肚囊，執烟雲旗，從兩場門上，作圍繞科。焦贊、楊景作驚慌科。唱〕

【中吕宫正曲·福馬郎】四面金沙捲地遶韻，火焰騰騰燎韻。身難保韻，徒言勇句，枉雄驍韻。今遇這魔妖韻，〔合〕拚身死棄蓬蒿韻。〔嚴洞賓、九頭禪師、童子、小妖等，作圍焦贊、楊景從下場門下。場上攏烟雲帳，撤將臺、旗幟科。呼延畢顯從上場門急上。白〕元帥在那裏？〔作望科。白〕不好了，你看陣内火焰逼人，金沙迷眼，一定是妖僧弄術，將元帥陷於陣中了。焦、孟二公也不知去向，這便怎麽處？有了，俺不免急急報與千歲知道，加兵救援便了。〔從下場門下。雜扮報子，戴馬夫巾，穿報子衣，繫肚囊，執報字旗，從上場門上。白〕報。打探分兵調虎計，孤軍勢急怎支持。营門上那位在？〔雜扮一内侍，戴太監帽，穿貼裏衣，從上場門上。白〕當值守营户，傳宣機密情。〔作出門問科。白〕什麽人？〔報子白〕報子回禀，緊急軍情。〔内侍白〕住著。〔作進門請科。白〕千歲有請。〔雜扮三内侍，各戴太監帽，穿貼裏衣。雜扮陳琳，戴太監帽，穿鑲領箭袖，繫鑾帶，捧金鞭。引生扮德昭，戴素王帽，穿蟒，束玉帶，從上場門上。德昭唱〕

【中吕宫正曲·會河陽】想起奸頑讀，心意忺忺韻，蓄謀陰險害英豪韻。〔場上設椅，轉場坐科。

内侍禀科。白〕啟千歲，報子回禀緊急軍情。〔德昭白〕快傳進來。〔内侍應，作出門唤科。白〕傳你進見。〔同作進門科，報子作叩見科。白〕千歲在上，報子叩頭。〔德昭白〕什麽緊急軍情，快快講來。〔報子起科。白〕元帥統兵直抵陣前，那知嚴洞賓預設分兵之計，將我人馬四下調開。彼衆我寡，此際正在將不顧兵、兵不顧將之時，爲此急急回營報知。〔德昭白〕再去打聽。〔報子應科，作出門，從下場門下。德昭怒科。白〕不因王欽激怒，元帥焉能孟浪進兵？〔唱〕嗷嗷(韻)，激奮元戎(讀)，心如火焦(韻)，帥熊羆揮兵躁(韻)。〔合〕輕生(句)，向虎穴龍潭蹈(韻)。拚身(句)，要死戰全忠孝(韻)。〔呼延畢顯從上場門急上。白〕單身拚死戰，匹馬闖重圍。〔作進門參見科。白〕呼延畢顯參見。〔德昭作驚訝科。白〕嗄，你怎麽獨自回來，元帥呢？〔呼延畢顯白〕不好了嗄不好了，元帥督兵直抵陣前呵，〔唱〕

【中呂宫正曲・縷縷金】催軍急(句)，鼓鼙敲(韻)，親身先士卒(句)，甚雄豪(韻)。受了孤軍計(句)，吾兵分調(韻)。〔白〕小將呵，〔唱〕突圍難入枉心焦(韻)，〔合〕請兵急回報(韻)，請兵急回報(疊)。〔德昭作驚慌科。白〕不好了。〔唱〕

【中呂宫正曲・越恁好】忽聞傳信(句)，忽聞傳信(疊)，膽戰與神摇(韻)。元戎失陷(句)，急得我好心焦(韻)。他曾言戰死報皇朝(韻)，此時存亡難料(韻)。〔呼延畢顯白〕千歲，速發救兵要緊。〔德昭白〕你快請五禪師，帶領頭陀兵，上帳聽令。〔呼延畢顯應科，從上場門下。德昭作怒恨科。白〕王欽，你這奸賊。〔唱合〕敢蓄著(讀)，異志要傾廊廟(韻)，敢蓄著(讀)，害國的陰謀巧(韻)。〔孟良從上場門急上。白〕不好了嗄，忠良困絶地，飛馬報軍情。〔作進門參見科。白〕千歲，孟良參見。〔德昭白〕孟良，元帥怎麽樣了？

〔孟良白〕元帥與焦贊俱陷入陣中。小將奮身闖陣，那妖僧好不利害也。〔唱〕

【中吕宫正曲·紅繡鞋】妖僧法力兇驍(韻)、兇驍(格)，金沙火焰沖霄(韻)、沖霄(格)。仙童陣(句)，陷英豪(韻)。無救援(句)，困堅牢(韻)。〔合〕元帥命(句)，怕難逃(韻)。〔德昭作起，隨撤椅科。白〕若如此利害，不知元帥性命存亡了。〔孟良白〕便是。千歲，速速計較，快救元帥要緊。〔德昭白〕孤已差呼延畢顯請五禪師起兵救援，你再去催一催。〔孟良應科，從上場門下。德昭白〕這事怎了？〔唱〕

【中吕宫正曲·千秋歲】報喧囂(韻)，魄散魂飛蕩(句)，小鹿兒心頭撲跳(韻)。痛惜忠良(句)，痛惜忠良(疊)，若遭害(讀)，閫外軍情誰靠(韻)？〔孟良、呼延畢顯引雜扮頭陀兵，各戴頭陀髮，紮金箍，穿緞劉唐衣，紮春布僧衣，持齊眉棍。生扮楊春，戴僧綱帽，穿採蓮襖，紮紬僧衣、紅袈裟，持棍。從上場門上，作進門科。孟良、呼延畢顯白〕五禪師宣到。〔楊春作參見科。德昭白〕禪師，令弟身陷妖陣，現今生死未卜。禪師與二位將軍，急去救出元帥，功勞不小。〔楊春白〕千歲放心，我若救不得元帥，誓不回營。〔德昭白〕禪師嗄，〔唱合〕妖魔陣(讀)，休輕藐(韻)。把春冰履(讀)，鋒鏑冒(韻)，斟酌無粗暴(韻)。救元戎脱困(讀)，超等功勞(韻)。〔楊春等應科，從下場門下。德昭唱〕

【慶餘】教人髮指衝冠惱(韻)，不斬奸頑氣不消(韻)。〔白〕王欽奸賊，你少不得死在孤家之手。〔唱〕準備誅奸斷不饒(韻)。〔同從下場門下〕

第十齣　降神僧攝伏妖僧（家麻韻）

〔雜扮伏虎尊者，戴頭陀髮，紮金箍、五佛冠，穿蟒箭袖，紮紅袈裟，持鉢盂、拂塵，從上場門上。唱〕

【大石調正曲·竹馬兒】名利客(讀)，忙若隙中野馬(韻)，苦奔馳無休無罷(韻)，蹈危涉險走天涯(韻)。難將葛藤兒斬伐(韻)，貪嗔癡愛冤愆大(韻)。〔白〕貧僧正果浄土，今日也下塵凡者，何故？〔唱〕也只爲(讀)，時節因緣迓(韻)，暫抛却妙蓮華(韻)。早打點衣鉢擔頭掛(韻)，且道眼前話(韻)。救忠良輔宋江山(句)，慈愿圓成大(韻)。〔合〕一功行滿數恒沙(韻)，來向九龍谷山下(韻)。〔從下場門下。場上攏烟雲帳，内設仙童陣，將臺旗幟。雜扮頭陀兵，各戴頭陀髮，紮金箍，穿緞劉唐衣，紮春布僧衣，持齊眉棍。浄扮呼延畢顯，戴紮巾額，紮靠，持兵器。浄扮孟良，戴紮巾額，紮靠，背令旗，背葫蘆，持雙斧。引生扮楊春，戴僧綱帽，穿採蓮襖，紮紬僧衣、紅袈裟，持棍。從上場門上，遶場科。同唱〕

【大石調正曲·番竹馬】一隊佛門人馬(韻)，不披錦征袍(讀)，紮起袈裟(韻)。腰間戒刀懸(句)，動春雷(讀)，法鼓人聞驚訝(韻)。頭陀衆(讀)，臨陣遼人怕(韻)。〔伏虎尊者從下場門上。白〕悟覺聽者，汝師父召請貧僧，助你降妖破陣，你可同我入陣去者。〔楊春白〕弟子等何幸，蒙祖師慈悲，就請同行。〔同唱〕扶帝主保中華㊥，頭陀盡是豪俠㊥。慣征戰的禪師㊦，在刀鎗隊裏戲耍㊥。秉禪杖㊦，聽令助征伐㊥，平遼陣風捲殘霞㊥。〔合〕呀㊀，把英雄救出㊦，佛力把妖孽拘拏㊥。〔雜扮遼兵，各戴額勒特帽，穿外番衣，持兵器。引雜扮蕭銀塔、耶律克尼、耶律克莽，各戴外國帽、狐尾、雉翎，穿小紥扮，持兵器，從上場門衝上。蕭銀塔等同白〕衆將不得近前，你那些兵將都被俺們殺散，爾等又來討死。〔楊春白〕禪師此來，專爲收妖破陣，敢來攔路，看棒。〔作合戰科，同從下場門下。楊春、孟良、呼延畢顯、頭陀兵、蕭銀塔、耶律克尼、耶律克莽、遼兵從上場門上，作絡繹挑戰科。孟良作斬蕭銀塔科。楊春作打死耶律克莽科。呼延畢顯作斬耶律克尼科。衆作合戰，遼兵從下場門敗下。伏虎尊者從上場門暗上科。白〕快些隨俺進陣去者。〔衆應科，同從下場門下。場上撤烟雲帳。浄扮焦贊，戴紥巾額，紥靠，背令旗，持鎗。生扮楊景，戴帥盔，紥靠，背令旗，持鎗。從上場門敗上。楊景、焦贊白〕不好了嗄，我二人被妖法困在陣中，又無救兵接援，今番死也。〔浄扮嚴洞賓，戴虬髮、道冠，紥金箍，穿蟒箭袖，紥鸞，持劍。浄扮九頭禪師，戴獅子髮，紥金箍，簪獅形，穿蟒箭袖，紥鸞，持禪杖。雜扮童子，各梳丫髻，穿採蓮襖，紥各色道袍，持兵器。雜扮小妖，各戴布鬼臉，穿蟒箭袖，繫肚囊，執烟雲旗。從兩場門上，作圍困楊景、焦贊，放火彩科。伏虎尊者、楊春等引頭陀兵從上場門上，作衝陣科。伏虎尊者白〕衆妖魔，還不速退。〔小妖從兩場門逃下。伏虎尊者白〕孽畜休得猖狂，吾奉如來法旨，到此收你。〔九頭禪師白〕休得胡説，照打。〔伏虎尊者作舉鉢咒詛科，九頭禪師作驚懼科。伏虎尊者作合鉢科，九頭禪師隱下，鉢内現獅形。衆作合戰科，嚴洞賓、童子等從下場門敗下。隨撤仙童陣、將臺、旗幟科。伏虎尊者白〕元帥受驚了。〔楊景白〕多謝慈悲拯救，只是妖魔遁去，只恐留其後患。〔伏虎尊者白〕你看鉢盂中，不是妖魔麽？〔楊景等作看，駭然科。同白〕果然佛法無邊也。〔伏虎尊者白〕妖魔已收，陣圖大破，吾回西方去也。〔從下場門隱下。楊春白〕尊者已去，吾等回營繳令。〔楊景白〕就此收兵。〔衆應科，遶場。同唱〕

【慶餘】明君德感釋迦(韻)，説不盡佛門大法(韻)，枉費了奸賊陰謀計陷咱(韻)。〔同從下場門下〕

第十一齣　護陣真求破陣計（尤侯韻）

〔小生扮楊順，戴紥巾額、狐尾，紥靠，佩劍。旦扮耶律青蓮，戴七星額、鸚哥毛尾、雉翎，紥靠，佩劍。從上場門上。同唱〕

【仙呂宫集曲・桂子佳期】【桂枝香】（首至六）聰明生就韻，如靈犀通透韻。一個是巾幗魁元句，一個是纓冠班首韻。天生奇偶韻，天生奇偶疊。〔耶律青蓮白〕我二人奉娘娘懿旨，到營門外打聽仙童陣成功否。〔楊順白〕郡主，此際没人在此，你可知俺的心事麽？〔耶律青蓮白〕不知。〔楊順白〕郡主天性聰明，如何假推不知？〔耶律青蓮白〕自家心事自家知。〔楊順白〕通極，通極。〔作悶歎科。白〕我聽見四郎哥哥説，令姐姐助四郎與宋家成了許多大功，日後回朝，也好將功贖罪。想你姐姐，怎麽這等賢惠？〔耶律青蓮白〕如此説，我是不賢惠的了。〔楊順白〕郡主若不賢惠，盗金刀之事，早已敗露了。所欠者，未曾暗助宋營成一大功耳。〔耶律青蓮白〕我倒久有此心。〔楊順白〕郡主久有此心，尤其賢惠了。〔耶律青蓮同唱〕【金衣公子】（七至八句）安心久韻，兩意雙投韻。【悮佳期】（十至末）其謀必就韻，休韻不密反招訧韻。〔合〕見景生情句，莫把機關洩漏韻。〔浄扮嚴洞賓，戴虬髮、道冠，紮金箍，穿蟒箭袖，紮氅，從上場門上。白〕不稟難瞞隱，欲言又赧顏。〔作相見科。白〕郡主郡馬往那裏去？〔楊順、耶律青蓮白〕娘娘命我們來打聽仙童陣得勝否？〔嚴洞賓歎科。白〕不要説起，剛要擒住楊景，被楊五郎請了個神僧來，收伏了九頭禪師，大破了仙童陣，又傷了俺們數員上將，把楊景救了去。〔楊順向耶律青蓮白〕好了。〔嚴洞賓白〕怎麽倒好了？〔楊順白〕附耳過來。〔作附耳喊科。白〕不好了，娘娘專待你擒捉楊景的喜信，你今又被他逃脱，自家倒損折了數員大將，何顔來見娘娘？〔嚴洞賓白〕不妨，我還有極利害的陣勢，管教楊景等有死無生。只少幾個主陣的大將，爲此來見娘娘，引我面奏。〔耶律青蓮白〕郡馬。〔作耳語科。楊順同白〕軍師，什麽陣，這等利害？説與我們知道。〔嚴洞賓白〕名喚萬弩陣，四面盡是羽箭，地下暗伏走線，人馬踏著消息，藥箭齊發。那將臺上，陣門上，旗杆上，都是善射手，金鑼一響，弩弓齊開，諒敵人怎能防備？〔楊順作驚科。白〕郡主，可曾聽見？〔耶律青蓮白〕用何方法，可破此陣？〔嚴洞賓白〕破法是用——〔急止科。白〕説不得的。〔楊順白〕多心了，郡主與我是誰，難道怕我們洩漏機關與宋家不成？〔嚴洞賓白〕不差，待我告訴郡主、郡馬。要破萬弩陣，須用貔貅軍，方能避箭，火砲軍，方能破陣。千萬不可洩漏。〔楊順白〕你好欠聰明也，那楊元帥善能破陣，豈不知萬弩陣必用飛虎貔貅兵、火砲軍？不用説，此陣又破定矣。〔嚴洞賓白〕貧道不説是萬弩陣，楊景焉能得知？乞求引我見娘娘。〔楊順、耶律青蓮白〕隨我們進見。〔嚴洞賓白〕郡主郡馬，莫洩口中話。〔楊順、耶律青蓮白〕自然。〔作背科。白〕奇機心上生。〔同從下場門下。雜扮遼兵，各戴額勒特帽，穿外番衣。旦扮女遼將，各戴紥額、狐尾、雉翎，穿甲。引旦扮蕭氏，戴蒙古帽練垂，穿蟒，束帶，從上場門上。蕭氏唱〕

【仙呂宮集曲・一封鶯】【一封書】（首至合）凝神不轉眸(韻)，問延昭擒到否(韻)。放不下這愁(韻)，急煎煎等待久(韻)。〔白〕這些時呵。〔唱〕戎政勞心神色敗(句)，暗把霜花催上頭(韻)。【黃鶯兒】（合至末）事擔憂(韻)，交兵盼捷(句)，欹枕數更籌(韻)。〔場上設椅，轉場坐科。楊順、耶律青蓮引嚴洞賓從上場門上。同白〕未開萬弩陣，先請上將軍。〔同作進見科。蕭氏白〕軍師，孤正在此盼望，楊景擒住了麼？〔嚴洞賓白〕娘娘嗄。〔唱〕

【仙呂宮集曲・解羅袍】【解三醒】（首至四）早被他飛騰脱殼(韻)，早被他網漏魚游(韻)。有個神僧威顯能酣鬬(韻)，破了仙童陣把九頭收(韻)。〔蕭氏作驚科。白〕嗄，怎麼説？仙童陣打破，收了九頭禪師去了？〔嚴洞賓白〕不但收了九頭禪師，貧道在各陣調來的數員大將，俱被他們斬了。〔蕭氏白〕有這等事？〔作忿恨科。白〕氣死我也。〔唱〕【皂羅袍】（合至末）損兵折將(句)，又早陣收(韻)。被他挫鋭(句)，教人可羞(韻)，枉了任寵軍師授(韻)。〔嚴洞賓白〕娘娘放心，不必動怒，貧道還有幾個利害陣圖，保管得勝。如今要開萬弩陣取勝，只求娘娘助我兩員上將主陣。〔蕭氏白〕上將俱喪你陣中，還有何人可去？〔楊順白〕娘娘不必愁煩，臣與郡主去保萬弩陣，管教立擒楊景等獻上。〔嚴洞賓白〕郡主、郡馬去，一發妙了，今番成功定矣。〔蕭氏白〕既是郡馬、郡主肯去，孤無憂

矣，須要小心。〔楊順、耶律青蓮應科，隨嚴洞賓作出門，從下場門下。蕭氏作起，隨撤椅科。蕭氏白〕但願他二人去呵，〔唱〕

【有結果煞】全憑一陣功成就㊙，大讐家擒來回奏㊙，感謝穹蒼把愿酬㊙。〔衆隨蕭氏從下場門下〕

第十二齣　洩機假捏失機形（家麻韻）

〔雜扮健軍，各戴馬夫巾，穿採蓮襖卒褂，持兵器。引旦扮木桂英、杜玉娥，各戴七星額，紥靠，背令旗，各持兵器。小生扮楊宗保，戴紥巾額，紥靠，背令旗，持刀。雜扮一將官，戴馬夫巾，紥額，穿打仗甲，執黃纛。同從上場門上，遶場科。同唱〕

【高大石角套曲・念奴嬌】令嚴傳下㊞，離中軍㊞，點著精兵進發㊞。虎旅師徒威武大㊞，可也神驚鬼訝㊞。要輔大宋山川㊞，承平邊界㊞，難辭血汗征袍灑㊞，想疆場功績㊞，全憑强將良馬㊞。〔從下場門下。小生扮楊順，戴紥巾額、狐尾，紥靠，背令旗。旦扮耶律青蓮，戴七星額、鸚哥毛尾、雉翎，紥靠，背令旗。從上場門上。同唱〕

【高大石角套曲・燈月交輝】瞞神弄鬼㊞，騙妖道如老傻㊞。套得真情俺却弄虛花㊞，助征伐渾似假㊞，暗中的祖護楊家㊞。怎隄防萬弩齊發㊞，俺若不救㊞，破陣的將軍怎支架㊞？〔净扮嚴洞賓，戴虬髮、道冠，紥金箍，穿蟒箭袖，紥氅，從上場門急上。白〕郡主、郡馬在那裏？〔楊順、耶律青蓮白〕軍師爲何慌張？〔嚴洞賓白〕探子報道，宋將領兵打陣，離此不遠了。二位在此主陣，待貧道去引宋兵入陣，郡馬即便揮旗掌號。〔楊順白〕什麽掌號？〔嚴洞賓白〕鳴鑼爲號，令衆軍放箭。〔楊順白〕這是極要緊的事，小將幹不來。〔嚴洞賓白〕這有什麽難處，宋兵入陣後，把將臺上紅旗一展，即便鳴鑼。〔楊順白〕我不會。〔嚴洞賓白〕郡主呢？〔耶律青蓮白〕也不會。〔嚴洞賓白〕好，都不會，二位來做什麽？〔楊順、耶律青蓮白〕來相持打仗。嗄，這樣罷，軍師在陣内掌號，我二人到陣門外迎敵引戰，如何？〔嚴洞賓白〕罷了，就是這樣，我去掌號，二位小心迎敵。〔欲行，楊順唤科。白〕轉來，轉來。〔嚴洞賓白〕做什麽？〔楊順白〕我與郡主引敵入陣，你就鳴金放箭？〔嚴洞賓白〕鳴金放箭。〔楊順白〕豈不連我二人都射在陣中了麽？〔嚴洞賓白〕你二位先上將臺，就射不著了。〔楊順白〕我明白了，你去罷。〔嚴洞賓白〕千萬引他入陣，不可放走了嗄。〔楊順白〕這個自然，包管一個也不放。〔嚴洞賓從下場門下。楊順白〕妖道，被你猜著了。郡主，你我快快迎上去，告訴他們破陣方法便了。〔向下白〕本部遼兵，上前聽令。〔内應科。雜扮遼兵，各戴額勒特帽，穿外番衣，持兵器，揹鎗，從兩場門上。白〕郡主郡馬，有何將令？〔楊順白〕隨俺迎敵宋將，只可敗不許勝，違令者斬。〔衆應科，楊順、耶律青蓮作提鎗上馬科。唱〕

【高大石角套曲・喜梧桐】可可的差了咱(韻)，兵權假(韻)。滿口兒協助成功(句)，怎解我心懷詐(韻)。此去三面網開放了他(韻)。〔耶律青蓮白〕郡馬，我今呵，〔唱〕爲你擔不孝之名(句)，全你贖罪功勞大(韻)，免得你做夢還驚怕(韻)。〔楊順白〕足感美意了。〔健軍引木桂英、杜玉娥、楊宗保、執纛將官從上場門衝上。楊順白〕領兵宋將，且先報名，然後進陣。〔杜玉娥作看，驚異背科。白〕那少年遼將，好像八郎。〔楊宗保白〕俺乃破陣大將軍楊宗保。〔楊順白〕嗄，你就是失落金刀的楊宗保？〔楊宗保作唾科。木桂英白〕俺乃掃陣正先鋒木桂英。〔杜玉娥白〕俺乃掃陣副先鋒杜玉娥。〔楊宗保、木桂英白〕遼將報名。〔楊順白〕我麽，乃郡馬王英。〔杜玉娥作暗疑科。耶律青蓮白〕俺乃耶律青蓮。〔楊宗保白〕快快引路，讓俺們破陣。〔楊順、耶律青蓮白〕嗄，你要破陣，不怕死麽？〔楊宗保白〕胡説，看刀。〔執纛將官從上場門下。衆作合戰科，同從下場門下。杜玉娥白〕好奇怪，明明是八郎楊順的模樣，此來必有緣故，待我趕上問來。〔從下場門下。健軍、遼兵從上場門上，作挑戰科，從下場門下。楊順、耶律青蓮引楊宗保、木桂英從上場門上，戰科。杜玉娥從上場門急上，作止科。白〕住了，且不要戰，我且問你，你可是八郎楊順麽？〔楊順白〕嫂嫂，我正是楊順，這位就是青蓮郡主。〔杜玉娥白〕姪兒姪婦，這就是你八郎叔父。〔楊宗保、木桂英白〕原來是叔父，待我們下馬拜見。〔楊順急止科。白〕耳目衆多，不可下馬。〔杜玉娥白〕請問叔叔此來何意？〔楊順、耶律青蓮白〕特來通個消息與你們，免得枉送性命。〔杜玉娥、木桂英、楊宗保白〕什麽消息，請道其詳。〔楊順、耶律青蓮白〕今日所開之陣，乃是萬弩陣。你們若入陣中，四圍上下，弩弓藥箭齊放，要想一人逃命，萬萬不能。〔楊宗保等白〕這等利害，用何法可破。〔楊順、耶律青蓮白〕你們速速回營，啟知千歲、元帥，要破此陣呵，〔唱〕

【高大石角套曲・卜金錢】速準備飛虎貔貅㊀，攩羽箭飛如雨下㊁。陣前火器來攻打㊁，似拉朽(句)，如傾廈(韻)。因此來(讀)，阻你回營罷(韻)。〔杜玉娥、楊宗保、木桂英白〕多承指教，我們回去稟知千歲、元帥，依計而行。破陣後，功歸叔父便了。〔楊順白〕來來來，戰嗄。〔楊宗保會意科。白〕是嗄，恕姪兒無理了，看刀。〔作僞戰科。健軍、遼兵從上場門上，合戰科。楊宗保白〕收兵回營。〔健軍應科，引楊宗保等從下場門下。楊順白〕收兵回陣。〔遼兵應科，遶場。同唱〕

【高大石角套曲・鴈過南樓】可笑他拋戈棄甲(韻)，挫威名一世豪俠(韻)。甚誇張大宋英雄將(句)，戰不過遼邦王郡馬(韻)。〔嚴洞賓從下場門上。白〕郡主郡馬，引陣不來，是何意思？〔楊順、耶律青蓮作下馬相見科。嚴洞賓白〕引的宋將呢？〔楊順、耶律青蓮白〕宋將敗回去了。〔嚴洞賓白〕嗄，既來打陣，怎麼敗回去了，什麼緣故？〔楊順白〕戰不過我們，自然敗回去了。〔嚴洞賓白〕郡主郡馬該引他入陣纔是，怎麼放他去了？〔楊順白〕他們見陣勢利害，都走了，難道教我們一個一個扯他們進陣不成？〔嚴洞賓白〕其中有了什麼緣故了。〔楊順、耶律青蓮白〕一些緣故也沒有。那宋將呵，〔唱〕知咱陣惡難攻打(韻)，來時節令催他(韻)，去時節心虛怕(韻)，因此上攬回戰馬(韻)。〔嚴洞賓笑科。白〕聞吾陣勢兇惡，不敢進來。自滅威風，長吾鋭氣，足見郡主郡馬的威武，請到陣中去歇息。〔楊順白〕軍師先請。〔遼兵引嚴洞賓從下場門下。楊順白〕且喜瞞過這妖道了。〔耶律青蓮同唱〕

【尾聲】巧言利舌欺愚傻(韻)，兩心同計出堪誇(韻)。助中朝(讀)，第一功勞大(韻)。〔同從下場門下〕

第九本卷下

第十三齣　調貔貅千軍齊奮（東鐘韻）

〔旦扮木桂英、杜玉娥，各戴七星額，紥靠，背令旗。小生扮楊宗保，戴紥巾額，紥靠，背令旗。從上場門上。同唱〕

【仙呂宮正曲·臘梅花】麾旗鼓衆欲建大功㊞，未審亂箭伏圖猛㊞。非至戚私信通㊞，若輕身闖陣㊀，一旅師傾亂箭中㊞。〔楊宗保白〕營門上那個在？〔雜扮一中軍，戴中軍帽，穿中軍褂，佩腰刀，從上場門上。白〕帳列千員將，營屯百萬軍。〔作出門問科。白〕什麽人？〔楊宗保白〕楊宗保回軍稟見。〔中軍白〕請少待。〔作進門請科。白〕千歲、元帥有請。〔雜扮軍士，各戴馬夫巾，穿蟒箭袖卒褂，執飛虎旗。雜扮將官，各戴馬夫巾，紥額，穿打仗甲，持鎗。雜扮陳琳，戴太監帽，穿鑲領箭袖，繫鑾帶，捧金鞭。引生扮楊景，戴帥盔，紥靠，背令旗，襲蟒，束帶，佩劍。生扮德昭，戴素王帽，紥靠，背令旗，襲蟒，束玉帶，佩劍。從上場門上。楊景、德昭唱〕

【仙呂宮引·天下樂】同陞虎帳盼成功(韻)，捷報書陳達九重(韻)。〔場上設椅，轉場各坐科。中軍禀科。白〕啟千歲、元帥，大將軍等回軍禀見。〔楊景白〕令他們進見。〔中軍應，作出門傳科。白〕元帥令你們進見。〔同作進見科，楊宗保等作參見科。白〕千歲、元帥在上，小將等參見。〔分侍科。楊景、德昭白〕今日所破何陣，回軍恁早？〔楊宗保等白〕小將等呵，〔同唱〕

【仙呂宮正曲·步步嬌】特奉宣差三軍統(韻)，馳騎如蜂擁(韻)。人人要建功(韻)，報我君恩(句)，各懷忠勇(韻)。〔合〕未至陣門中(韻)，遼營夫婦截吾衆(韻)。〔楊景、德昭白〕被何等樣人截住？〔楊宗保等同白〕是遼家郡馬王英，郡主耶律青蓮。只道領兵交戰，那知暗地通信，道陣中暗伏弩弓藥箭，我兵若是進陣，一聲號響，四方上下，萬箭齊發。〔唱〕

【又一體】說也教人心驚恐(韻)，險喪全軍衆(韻)。虧他洩露風(韻)，斂甲回軍(句)，再圖謀用(韻)。〔德昭、楊景白〕既是遼邦郡馬，怎倒忠心向宋？實出意外也。〔德昭白〕莫非是四郎？〔杜玉娥白〕非也，乃是八郎楊順。〔德昭白〕嗄，就是八郎。好，難得不忘根本，暗中解救全軍之命，這功勞不小也。〔楊宗保白〕前者幫助我四伯父盜取金刀也是他。〔楊景白〕他二人當以立功贖罪，何足爲奇。〔唱合〕遭虜在遼邦(句)，將功折罪應扶宋(韻)。〔德昭白〕爾等可曾問他破陣之法？〔楊宗保等同白〕也曾問來，他說是——〔唱〕

【仙呂宮正曲·江兒水】箭陣實難破(句)，精兵不易攻(韻)。除非飛虎精軍統(韻)，能搪弩箭飛蝗猛

韻。連珠火砲週遭用韻，管把陣兒攻動韻。〔合〕請令施行句，速起貔貅軍衆韻。〔德昭、楊景大笑科。唱〕

【又一體】聖主齊天福句，臣僚名抱忠韻，風雲際會咸扶宋韻。〔德昭白〕孤與元帥，當以親督火砲軍一千，貔貅飛虎軍五千，同去破陣。〔楊景白〕領旨。就命爾三人，速點火砲軍一千，飛虎軍五千，營外伺候。〔楊宗保等應，欲行科。德昭白〕轉來。〔楊宗保等止科。德昭白〕險些誤了大事。〔楊景白〕誤了什麽大事？〔德昭白〕週遭架起火砲攻打，八郎夫妻，必在陣中。〔楊景等同白〕是嗄。〔德昭白〕有了，宗保、桂英，先去陣前指名討戰，令他二人急早躲避。〔唱〕先鋒前隊貔貅統韻，指名搦戰機謀用韻。〔楊宗保等應科，從下場門下。德昭、楊景同唱〕未度妖人謀重韻，〔合〕疎忽些些句，險把他行輕送韻。〔同從下場門下〕

第十四齣　用鎗砲萬弩空埋（真文韻）

〔場上攩烟雲帳，内設萬弩陣、將臺、旗杆。生扮楊順，戴紮巾額、狐尾，紮靠，背令旗，持鎗。旦扮耶律青蓮，戴七星額、鸜哥毛尾，雉翎，紮靠，背令旗，持鎗。從上場門上。同唱〕

【中呂宮集曲·好子樂】【好事近】（首至四）暗地自思論(韻)，巧計設謀成必穩(韻)。將椿岩愚弄(句)，悄機關被咱瞞隱(韻)。〔楊順白〕郡主，早間之計，喜得瞞過軍師，只等他們破了陣，早完你我一椿心事。〔耶律青蓮白〕怎麽還不見宋兵到來？和你到陣前望一望去。〔楊順同唱〕【刷子序】（五至合）留神(韻)，言語還須謹慎(韻)，機不密延禍臨身(韻)。【普天樂】（八至末）但願得早來破陣(韻)，〔合〕不枉了丹心輔宋(讀)，圖立功勳(韻)。〔内應吶喊科。楊順白〕聽吶喊之聲，必是宋兵來也，吾計成功矣。〔耶律青蓮作悲歎，拭淚科。楊順白〕郡主，你恁般悲歎，敢爲母女關情，心中不忍背棄？郡主嗄，你若明大倫大義，便不致傷心了。〔耶律青蓮白〕我若不明大義，就死也不行此計。〔楊順白〕多謝賢德郡主。〔淨扮嚴洞賓，戴虬髮、道冠，紮金箍，穿蟒箭袖，紮氅，持劍，從上場門上。白〕將臺遠眺望，滾滾起征塵。郡主郡馬，宋兵到了，快些進陣準備去。〔楊順白〕早間被俺殺得大敗，如今又來，好大膽。〔雜扮一遼兵，戴額勒特帽，穿外番衣，從上場門上。白〕報，啟上軍師，宋兵搦戰，指名要郡主郡馬出陣。〔嚴洞賓白〕知道了。〔二遼兵仍從上場門下。楊順、耶律青蓮白〕待我二人，先與他見個雌雄。〔嚴洞賓白〕用多少人馬？〔楊順白〕不用人馬，我二人管擒宋將獻上。〔嚴洞賓白〕壯哉，待俺去整肅陣勢，郡主郡馬若戰不過，可引他們進陣便了。〔從上場門暫下。楊順白〕郡主隨俺來。〔耶律青蓮同唱〕

【中吕宮集曲・銀燈紅】【剔銀燈】（首至合）不須帶行間衆軍韻，多耳目難傳密信韻。指名搦戰奇機蘊韻，咱今去聽彼陳論韻。〔從下場門下。嚴洞賓從上場門上。白〕水將杖探知深淺，人聽言時辨假真。且住，今早宋將來而復回，此時又指名搦戰，俺心中倒有些動疑起來了。也罷，待我急急趕上去，觀其虛實便了。〔唱〕【紅娘子】（合至末）防須慎韻，知他僞真韻，心不測言難信韻。〔從下場門下。旦扮木桂英，戴七星額，紥靠，背令旗，持鎗。小生扮楊宗保，戴紥巾額，紥靠，背令旗，持刀。引楊順、耶律青蓮從上場門上，作假戰四望科。同唱〕

【中吕宮集曲・燈影摇紅】【剔銀燈】（首至二）假搦戰瞞他衆人韻，佯爲敗接踵追緊韻。〔楊順四顧科，白〕四顧無人，有話快講。〔楊宗保、木桂英白〕千歲命我二人，先來指名搦戰者，少間用火砲攻打陣勢，恐叔父嬸娘不知，玉石俱焚。急速想個法兒，瞞過妖道，快快躲避。〔楊順、耶律青蓮白〕多謝千歲垂念之恩。〔嚴洞賓内白〕郡馬，俺來助戰也。〔楊順、耶律青蓮白〕嚴洞賓來了。〔楊宗保白〕怎麽處？〔楊順白〕姪媳將他戰住，姪兒假作砍我一刀，爲脱身之計。〔楊宗保、木桂英白〕好計。〔作僞戰科。嚴洞賓從上場門上。木桂英白〕妖道來得好，喫俺一鎗。〔合戰科，楊順指腿悄言科。白〕姪兒砍嗄。〔楊宗保作使刀背虛砍科，楊順僞作墜馬科。耶律青蓮白〕不好了。〔作急下馬，扶楊順從下場門下。嚴洞賓白〕你敢傷俺郡馬，看劍。〔戰科，嚴洞賓從下場門敗下。楊宗保白〕看我叔父好假做作。〔同笑科，從下場門下。耶律青蓮扶楊順從上場門上。同唱〕【大影戲】（四至合）我今做作教他信韻，假裝出被傷難忍韻。〔嚴洞賓從上場門急上。白〕郡馬，郡馬，怎麼樣了？〔楊順白〕被那很心宋將，砍了一刀，左腿傷了。〔嚴洞賓白〕砍了一刀？待我看看。〔作看科。白〕怎麼没有血嗄？〔楊順白〕這個——他一刀砍來，我慌忙躲閃，墜馬跌壞的。不信，你看看左腿瘸了。〔作裝瘸走科，嚴洞賓唤科。白〕那裏去？〔楊順白〕腿瘸了，上不得陣，回去見娘娘，另派别人來罷。〔耶律青蓮扶楊順從下場門下。嚴洞賓白〕好，原剩我一人了。〔木桂英、楊宗保從上場門上。白〕妖道那裏走？〔戰科，嚴洞賓作喝科。白〕爾等又不敢打陣，只管厮戰怎麼？〔楊宗保白〕你先去陣中等候，俺們統領大兵，就來破陣也。〔嚴洞賓白〕好，俺就等你們破陣便了。〔從下場門下。楊宗保、木桂英白〕叔父孀娘早已回去，我們請千歲元帥統領大兵破陣者。〔唱〕【紅芍藥】（合至末）大率著火砲全軍韻，一霎兒蕩掃惡陣韻。〔從上場門下。場上撤烟雲帳。雜扮遼兵，各戴額勒特帽，穿外番衣，持弓箭。雜扮遼將，各戴馬夫巾，紮額，狐尾，雉翎，穿打仗甲，持弓箭。從兩場門上，各按方位列陣科。嚴洞賓執紅旗，從上場門暗上將臺科。白〕衆善射手聽者，宋兵入陣，但俟展旗掌號，弓弩齊開，違令者斬。〔遼兵、遼將等應科。德昭、楊景内白〕衆將官，奮勇破陣者。〔衆内應科。雜扮飛虎軍，各穿飛虎衣，披滚背，執雙刀。雜扮火砲軍，各戴馬夫巾，穿緞劉唐衣卒褂，背絲縧，各持火砲切末。雜扮將官，各戴馬夫巾，紥額，穿打仗甲，各執鳥鎗。旦扮杜玉娥，戴七星額，紥靠，背令旗，持兵器。楊宗保、木桂英引生扮楊景，戴帥盔，紥靠，背令旗，持鎗。生扮德昭，戴素王帽，紥靠，背令旗，持金鎗。雜扮一將官，戴馬夫巾，紥額，穿打仗甲，執黄纛。從兩場門分上，作圍繞科。楊景、德昭白〕架起連珠鎗砲攻打。〔衆應，作衝陣，放火砲、鳥鎗科。嚴洞賓作驚慌科。白〕不好了，借土遁走了罷。〔急下臺，隱下。遼兵、遼將等作亂跑叫苦科。同唱〕

【中吕宫正曲·撲燈蛾】驚魂不附體(句)，驚魂不附體(疊)。火砲如雷震(韻)，人馬亂縱横(句)，嚇得意亂心渾(韻)也(格)。筋酥骨軟(句)，急切裏奔走無門(韻)。降天兵重重圍緊(韻)，〔合〕緩急間(讀)，都應合陣命難存(韻)。〔遼兵、遼將從兩場門跑下。隨撤萬弩陣、將臺、旗杆科。楊景、德昭白〕且喜萬弩陣一蕩而平，收兵回營。〔衆應科，遶場。同唱〕

【慶餘】連珠火砲如雷迅(韻)，一陣除遼數萬軍(韻)，得勝功成賴一人(韻)。〔同從下場門下〕

第十五齣　椿岩敗北讒言進（江陽韻）

〔雜扮遼兵，各戴額勒特帽，穿外番衣。旦扮女遼將，各戴紥額、狐尾、雉翎，穿甲。生扮楊貴，戴盔、狐尾，紥靠，佩劍。旦扮耶律瓊娥，戴七星額、鸚哥毛尾、雉翎，紥靠，佩劍。引旦扮蕭氏，戴蒙古帽練垂，穿蟒，束帶，從上場門上。蕭氏唱〕

【仙呂入雙角合套・北新水令】提兵十萬離臨潢(韻)，統和君開基興創(韻)。三年交戰敵(句)，百陣挫鋒鋩(韻)。愧赧慚惶(韻)，無顔去西樓向(韻)。〔場上設椅，轉場坐科。白〕獵獵旌旗燦若霞，鼕鼕金鼓急忙撾。陣前殺氣遮紅日，成敗終須屬一家。孤因宋將連破吾陣，心中十分憂慮。今日嚴軍師開萬弩陣，缺少大將主陣，已令王郡馬、青蓮郡主前去，未知勝敗若何，好放心不下。〔小生扮楊順，戴紥巾額、狐尾，紥靠，背令旗。旦扮耶律青蓮，戴七星額、鸚哥毛尾、雉翎，紥靠，背令旗。從上場門上。分白〕實意匡吾主，虛心見我娘。〔作進門參見科。白〕吾等參見娘娘。〔蕭氏白〕郡馬郡主，勝敗若何？〔楊順、耶律青蓮白〕不要說起，娘娘受了嚴洞賓虛誑了，怪不得宋將打陣，如破竹之勢。軍師在娘娘駕前，說萬弩陣利害異常，臣等看來，真正有名無實。〔楊貴白〕如何，臣早說那妖道不中用，娘娘那

裏肯信？〔蕭氏白〕莫非萬弩陣，又被宋兵破了麽？〔楊順、耶律青蓮白〕看那宋兵聲勢，也難保不破。〔唱〕

【仙呂入雙角合套·南步步嬌】審視他行軍威壯(韻)，將若天神降(韻)，不凡器宇昂(韻)。一見威嚴(句)，實難抵抗(韻)。〔楊順白〕軍師不敢出戰，命我二人誘敵入陣，又無良將協助，臣被楊宗保一刀，險些喪命。〔耶律青蓮同唱合〕弱不禦强梁(韻)。對交鋒我寡他兵廣(韻)。〔蕭氏白〕若如此説，又不能成功了。那嚴軍師當日，對孤説道——〔唱〕

【仙呂入雙角合套·北折桂令】受仙傳識透陰陽(韻)，動静干支(句)，生尅興亡(韻)。佈天門各陣精詳(韻)，申嚴步伍(句)，門户隄防(韻)。顧首尾風雲衰旺(韻)，任縱横起伏行藏(韻)。〔白〕到今日呵。〔唱〕打折金鎖門牆(韻)，白虎徒狂(韻)，一任其衝圍破陣(句)，挫盡鋒鋩(韻)。〔楊貴、楊順等同白〕娘娘請息怒，待軍師來時，責罪於他，看他有何分辯？〔浄扮嚴洞賓，戴虬髮、道冠，紥金箍，穿蟒箭袖，紥靠，從上場門上。唱〕

【仙呂入雙角合套·南江兒水】今得王欽計(句)，思之實最良(韻)，親來調將陳情上(韻)。〔白〕那個在？〔一遼兵作出門問科。白〕什麽人？〔嚴洞賓白〕説嚴洞賓求見。〔一遼兵白〕少待。〔作進門稟科。白〕啟上娘娘，軍師求見。〔蕭氏白〕宣他進見。〔一遼兵應，作出門唤科。白〕宣軍師進見。〔嚴洞賓作進門參見科。白〕娘娘在上，貧道參見。〔蕭氏白〕軍師，萬弩陣成功了？〔嚴洞賓白〕娘娘不用問我，只問郡馬，纔上陣就逃敗回來，教我一人那裏支持得住？〔楊順、楊貴、耶律青蓮白〕嗄，你有道法多端，尚且難勝，何况别人。〔唱〕你自稱法術神通廣（韻），何曾擒一南朝將（韻）。〔嚴洞賓白〕娘娘，都是郡主郡馬，早間容宋將探得陣中虚實，故意放了他們回去，换了貔貅、火砲軍來。他二人又臨陣怯戰，假言傷了左腿，逃了回來，可是有的？〔唱〕他詭譎多端未講（韻），〔合〕請吾主參詳（韻），被你挫吾威壯（韻）。〔楊順、耶律青蓮白〕不要信他刁詞，臣二人乃娘娘至戚近臣，焉用詭譎欺誑？〔蕭氏白〕是嗄。〔唱〕

【仙吕入雙角合套·北鴈兒落帶得勝令】【鴈兒落】〔全〕你休要自狐疑還自戕（韻），恁當時誇海口來虚誑（韻）。眼見得勢垂危將敗亡（韻），七十二陣圖破折兵將（韻）。〔白〕孤且問你，今日萬弩陣，你説宋將難逃一個，如何又被他破了？〔嚴洞賓白〕都是郡主郡馬逃回，無人主陣，被宋將四面架起連珠火砲，焉能不破？〔蕭氏白〕郡主郡馬若不逃回，早被火砲斷送陣中了。〔唱〕【得勝令】〔全〕呀（格），好教孤聽説也意茫茫（韻），細追思魂飄蕩（韻）。〔白〕虧得逃回。〔唱〕幸而免加天貺（韻），不然是雙雙火器傷（韻）。〔嚴洞賓作愠愧科。白〕這等一説，貧道不勝惶悚之至矣。〔唱〕乞恕俺疎防（韻），幸免職將臣放（韻）。〔白〕娘娘。〔唱〕别選個賢良（韻），主雕壇佈錦囊（韻）。〔白〕貧道此來，原有極妙的妙計，要啟知娘娘。不料反來罪我，貧道也無顔在此，只好回山去了。〔楊順、楊貴白〕娘娘，他不能取勝，原也無顔受禄，只好回山，要走快走。〔嚴洞賓白〕俺就走。〔楊順、楊貴推科。白〕走。〔嚴洞賓作欲走，又止歎科。白〕可惜極妙一個反間計。〔作自唾科。白〕説他怎麽。娘娘，貧道去也。〔蕭氏白〕軍師且慢。〔楊順、楊貴白〕快走。〔蕭氏怒嗔科。白〕多講，軍師且請暫停。〔嚴洞賓白〕暫停什麽？〔唱〕

【仙呂入雙角合套·南僥僥令】你千城非我仗㊀韻，另請大封疆㊀韻。貧道無能當求退㊀句，〔合〕依戀何如去計長㊀韻。〔蕭氏唱〕

【仙呂入雙角合套·北收江南】呀㊀格，還賴恁助遼邦謀計多㊀句，竭肝膽莫報償㊀韻。除了你三軍司命有誰當㊀韻，可念我兵殘陣裂勢垂亡㊀韻。仗伊把軍中法張㊀韻，把軍中法張㊀疊，還有甚良謀妙計細陳詳㊀韻。〔嚴洞賓白〕娘娘，貧道定了個妙計，只是郡主郡馬先在駕前譖我無用，此後軍令難行了。〔蕭氏白〕只要軍師忠心輔國，孤之臣下，孰敢不服？〔楊順、楊貴白〕果有決勝之謀，軍令焉得不行？〔唱〕

【仙呂入雙角合套·南園林好】你不聞漢淮陰懦夫一匡㊀韻，蜀武侯失師不忘㊀韻，便小挫終當大創㊀韻。〔合〕有良謀請其詳㊀韻，甚良謀勝他行㊀韻。〔蕭氏白〕郡馬説得不差，請教有何妙計？〔嚴洞賓白〕此計六耳不聞，機關不洩。〔蕭氏白〕郡主郡馬退後。〔楊貴、楊順等應，作退避科。蕭氏作起，隨撤椅科，嚴洞賓作悄言科。白〕適纔王欽，寄來密書一封，教我先困楊景，後往宋營，行反間之計，足可盡滅楊氏一門矣。〔悄出書科。白〕娘娘請看。〔蕭氏作看科。白〕此計雖好，只是軍師何法困住楊景？〔嚴洞賓白〕貧道奏明後，即去召請地煞佈陣。〔唱〕

【仙呂入雙角合套・北沽美酒帶太平令】【沽美酒】（全）法先天非等常(韻)，法先天非等常(疊)，配八卦合陰陽(韻)。倒置景死驚開休杜傷(韻)，請神煞下降(韻)，困楊景妙訣無雙(韻)。〔白〕貧道欲向天魔陣，調耶律夫人，爲地煞陣主，方能取勝。〔蕭氏白〕憑軍師調遣便了。〔唱〕【太平令】（全）一任你宣兵調將(韻)，令嚴傳千軍隊長(韻)，莫疎虞一時鹵莽(韻)。閫外事便宜執掌(韻)，恁呵(格)，切須要預防(韻)。緊防(韻)，莫聲息遍揚(韻)，呀(格)，這機關怕人竊訪(韻)。〔嚴洞賓白〕娘娘放心，貧道去也。〔作出門，從下場門下。楊順、楊貴白〕娘娘，若準他調用耶律夫人，是。〔唱〕

【仙呂入雙角合套・南清江引】似周郎(讀)，賠了夫人往(韻)，折盡兵和將(韻)。妖道實虛妄(韻)，劣計胡思想(韻)。〔合〕那能得(讀)，宋江山歸遼掌(韻)？〔蕭氏白〕不必多言，隨孤進來。〔楊貴等應科，同從下場門下〕

第十六齣　耶律圖南天象違（先天韻）

〔雜扮遼兵，各戴額勒特帽，穿外番衣。引旦扮耶律夫人，戴女盔、狐尾、雉翎，紥靠，背令旗，佩劍。從上場門上。耶律夫人唱〕

【雙調引·真珠馬】龍韜虎略究鑽研韻，參透天文學問淵韻。〔場上設椅，轉場坐科。白〕堂堂巾幗智無窮，控轄三軍敢奏功。武戰文謀兼備處，匣中一劍攝羣雄。俺乃耶律夫人是也。奉令控轄精兵，爲天罡天魔陣主。想娘娘自用嚴洞賓爲軍師，每陣不利，俺心中長懷憂慮。審其時世，察其氣數，非惟不能勝宋，我邦必有顛危之急。乘此月明之下，不免到營前，細觀天象，便知興衰成敗矣。〔作起，出門覘望科。唱〕

【雙調正曲·鎖南枝】若論衰和旺句，事定天韻，夜觀乾象出陣前韻。覷牛斗與星躔句，早把吉凶辨韻。〔白〕你看今夜西南雲氣，内赤外黄，形成華蓋。東北上色若馬肝，狀如飛鳥，此主宋勝遼敗。呀，又見火星甚旺，土星慘淡無光，更兼太白臨於我陣分野，不但諸陣不保，遼邦將帥俱不免喪身之難。〔作悶歎科。白〕若看此光景，俺雖有輔國之謀，奈無回天之力。雖云識時務者，呼爲俊傑。只是受主重恩，必當死報，何忍辜恩隱避？罷，罷，且不必説與衆人知道，惑亂軍心，只可一身殉忠報國而已。〔唱合〕思量起（句），真可憐（韻）。猛拚得（句），身血濺（韻）。〔浄扮嚴洞賓，戴虬髮、道冠，紮金箍，穿蟒箭袖，紮鞾，從上場門上。白〕未行反間計，先調女英豪。〔作見科。白〕且喜夫人在營門首。〔耶律夫人作拭淚科。嚴洞賓白〕呀。〔唱〕

【又一體】因何事（句），獨淚漣（韻），躊躇嗚嗚首仰天（韻）。一似斷腸猿（韻），不禁聲悲怨（韻）。〔白〕夫人。〔耶律夫人白〕原來是軍師。〔嚴洞賓白〕爲何獨自在此傷感？〔耶律夫人白〕獨立營前，偶觀天象，不覺傷感。不知軍師到此，有失迎迓，營中請坐。〔同作進門科。場上設椅，各坐科。耶律夫人白〕軍師到此，有何見諭？〔嚴洞賓白〕此來不爲别事，今日王欽書到，教俺行反間之計，盡除楊景一門。方纔奏過娘娘，命俺與夫人商議。〔耶律夫人白〕軍師法術高强，智謀深遠，俺不過一介女流，知些什麽？〔嚴洞賓白〕説那裏話來。〔唱合〕你智謀深（句），武備全（韻）。又何須（句），謙虚諞（韻）。〔白〕我已奏過娘娘，不必推卻，特請夫人到地煞陣，商議萬全之計。〔耶律夫人白〕俺今守此兩陣，以伺成功。〔嚴洞賓白〕你不知，這兩陣全賴地煞陣爲佐，夫人不去，那地煞陣一破，此二陣之勢孤矣。〔唱〕

【又一體】這是唇和齒（句），互相連（韻），唇亡齒寒不待言（韻）。〔耶律夫人白〕那王欽書上怎麽説？〔嚴洞賓白〕他説要除楊景一門，須行離間之計。要我差人下一封反間之書，他那裏自有用度。不知這書怎麽個寫法，爲此特來請教。〔耶律夫人白〕這反間之書，却也容易。那王懷父女，不是我遼營投宋的麽？〔嚴洞賓白〕那是楊景的妻室。〔耶律夫人白〕借此爲題，書上寫道：娘娘問楊景王懷等，孤命你父女投宋，夫婦團圓，原約爲裏應外合之謀，緣何至今不見動静？書到之日，作速計較，不可遲緩。只此幾句，大功成矣。〔嚴洞賓白〕妙極，妙極，只是用何方法引楊景入陣，將他困住，好行假冒之計。〔耶律夫人白〕楊景一見此書，激憤其心，我隨後起兵討戰，楊景氣忿之時，必欲殺我兵將，以明其志，那時引他入陣，怕不能困住他麽？〔嚴洞賓白〕好計，好計，就請夫人到貧道營中修書，明日五鼓行事便了。〔同作起，隨撤椅科。耶律夫人白〕正所謂：謀事在人，成事在天了。〔嚴洞賓白〕此計必穩的，就請同行。〔遼兵等同作出門科。嚴洞賓唱合〕一紙書㊀，害三賢㊁，勝百萬㊀，强兵戰㊁。〔同從下場門下〕

第十七齣　書拋一計害三賢（真文韻）

〔副扮王欽，戴相貂，穿蟒，束帶，帶印綬，從上場門上。白〕懷奸蓄詐逞奇能，暗作遼臣誰識情。賣國求名圖富貴，巧行離間計謀成。昨日寄書與嚴洞賓，約行反間之計，今日必定舉行，不免到楊景營前打聽去。正是：計就月中擒玉兔，謀成日裏捉金烏。〔從下場門下。雜扮一遼將，戴盔襯、狐尾、雉翎，穿打仗甲，從上場門上。唱〕

【仙呂宮正曲·醉扶歸】一封反間陰謀信（韻），擔驚受怕不堪論（韻）。細作承差要拚身（韻），帥營在望行來近（韻）。〔白〕俺乃嚴軍師心腹偏將是也。奉令到宋營遞送書劄，著我先見王欽，後到楊景營中，但不知王欽在那裏？〔王欽從上場門暗上，聽科。白〕將軍。〔遼將作驚避科。白〕什麽人？〔王欽白〕你要見王欽，下官就是。〔遼將白〕你就是王大人麽？〔王欽白〕正是，書信有了麽？〔遼將作懷中取書遞科。白〕這不是書信？〔王欽作看科。白〕妙極，妙極，附耳過來。〔作耳語科，遼將作會意科。白〕知道了。〔王欽白〕隨我到楊景營中去。〔遼將應科。同唱合〕逢人諸事說三分（韻），這機密行須慎（韻）。〔王欽白〕已到營門，你先進去，我隨後就來。〔從上場門暫下，遼將作偷望科。白〕你看營內有幾個宋將出來了，待俺來。〔作悄言喚科。白〕王將軍，王小姐。〔浄扮焦贊，戴紥巾額，紥靠，佩劍。浄扮孟良，戴紥巾額，紥靠，佩劍，背葫蘆。生扮岳勝，戴盔，紥靠，佩劍。小生扮楊宗保，戴紥巾額，紥靠，佩劍。同從下場門上，作喝科。同白〕什麽人，在營門首窺探，敢是細作？〔遼將僞作驚慌科。白〕不是，不是，尋王懷父女與楊元帥説話的。〔王欽從上場門暗上，偷看復作怒叱科。白〕這是遼營細作，拏住了。〔遼將白〕不好了。〔作抛書科，從下場門急下。王欽白〕你們在此與遼營細作講話，事有可疑。〔焦贊等同白〕何曾與他講話？〔王欽作拾書科。白〕地下還遺失一封書在此。〔焦贊等同白〕那裏來的書信？〔王欽白〕待下官來看，密書一封，寄上王——〔僞作驚慌失色科。白〕了不得。〔焦贊等同白〕爲何不往下念？〔王欽白〕此書大有關係，看不得。〔作急藏書袖中科。焦贊等同白〕是了，一定是你私通遼邦的密信，取來我們看。〔王欽白〕看不得，看不得，下官告辭。〔焦贊、孟良作扯住王欽科。白〕我們拏住他，二位去請千歲、元帥陞帳。〔岳勝、楊宗保白〕有理。〔從上場門急下。王欽白〕二位將軍，事關重大，不要請千歲、元帥罷。〔焦贊、孟良白〕那裏由得你。〔王欽白〕完了，若請千歲、元帥出來，此事瞞不過了。〔孟良、焦贊白〕也是你死期到了。〔王欽作冷笑科。白〕且看。〔雜扮健軍，各戴馬夫巾，穿採蓮襖卒褂，背絲縧，持兵器。雜扮陳林、柴幹，各戴盔，紥靠，佩劍。小生扮楊宗孝、楊宗顯，各戴紥巾額，紥靠，佩劍。岳勝、楊宗保引生扮楊景，戴帥盔，紥靠，背令旗，佩劍。生扮德昭，戴素王帽，穿蟒，束玉帶。雜扮陳琳，戴太監帽，穿鑲領箭袖，繫鸞帶，捧金鞭。隨從上場門上。楊景、德昭白〕恢恢天網難逃漏，準備神鋒斬佞臣。〔場上設公案、桌椅，轉場入座科。德昭、楊景白〕請王大人。〔楊宗保應，作出門請科。白〕請王大人進見。〔王欽僞作怨歎科。白〕不教你們請千歲，你們偏要請，如今教下官難以隱瞞了。〔孟良、焦贊、楊宗保作推王欽進門科。同白〕還想隱瞞什麼？快請進去。〔王欽作參見科。白〕千歲，王欽參見。〔德昭白〕遼營有書與你，取來孤家看。〔王欽白〕没有。〔德昭作怒叱科。白〕還敢隱瞞麽？〔王欽白〕王欽隱瞞者，並非爲己。一則怕千歲動怒，二則周全元帥性命，並無惡意。〔德昭白〕一派支吾，與我搜來。〔孟良、焦贊應，作向王欽袖内搜書，遞科。白〕密書呈上。〔德昭作看書科。白〕密書一封，寄上王——〔德昭作大笑科。白〕將王欽拏下。〔孟良、焦贊應，作拏王欽科。王欽白〕且不用拏我，請往下看。〔德昭白〕密書一封，寄上王令公，轉致令壻楊元帥親覽。〔楊景、德昭、焦贊等作驚呆出聲科。德昭白〕元帥請看。〔楊景白〕待、待、待臣看來。〔作接書，拆念科。白〕遼國主蕭字，寄大元帥楊。日前王懷父女辭遼投宋，原爲約元帥裏應外合，憑元帥回書應允，孤纔準素真之姻。今隔許久，音信杳無，故特修書諄問，書到之日，作速舉行。孤大兵隨即就至，勿得爽約，特字。〔楊景驚慌急跪科。白〕千歲，若依此書爲憑，楊景遍體排牙，難以分辯，乞將楊景一家綁縛奏請聖裁便了。〔衆作跪科。白〕千歲，元帥若有私通遼邦之事，臣等甘心一併受戮。〔德昭白〕衆卿，元帥忠心報國，孤素所知也，此必遼人離間之計。〔唱〕

【仙呂宫正曲·黑麻序】堪恨(韻)，陷你叛國欺君(韻)。素知伊(讀)，忠烈肯暗通私順(韻)。用奸謀離間(讀)，故拋書信(韻)。〔孟良、焦贊等同白〕元帥，千歲説得不差，這明明是奸人暗害於你。〔焦贊白〕只怕就是王欽害你。〔王欽白〕千歲，王欽要害元帥，何不即將此書去密奏，倒要替他隱匿者何故？〔楊景白〕就是王大人不奏，還怕聖上不知麽？ 唉，皇天嗄皇天，這平空禍事從何而起？〔唱〕歎忠臣(韻)，哀哉命運迍(韻)，無端禍降身(韻)。〔合〕絶吾門(韻)，傷名敗節(讀)，冤屈難伸(韻)。〔白〕也罷。〔作拔劍欲刎科，楊宗保等作攔止科，虛白。德昭白〕且不可短見，卿之冤屈，孤家深知，何必自戕？〔楊景白〕千歲，今日之事，當著萬馬千軍，誰個不知遼營寄書與我？ 聲息傳入御營，楊景那裏當得起？〔唱〕

【仙呂宮正曲・錦衣香】忠勇名(句)，皆除盡(韻)。孰不知(句)，降遼信(韻)。衆口嗷嗷(句)，人人談論(韻)，今生上愧見吾君(韻)。〔作悲痛科。唱〕中難見者(句)，妻子萱親(韻)。若不戕鋒刃(韻)，下愧見所屬三軍(韻)。〔德昭白〕元帥不可執性，此必奸人詭計，待孤家查明，辨白奇冤便了。〔楊景白〕此乃暗昧之事，那裏查得明白？ 千歲容臣一死，以釋衆疑。〔唱合〕暗昧難查訊(韻)，死消衆憤(韻)。冤家陷害(讀)，終須難辭鋒刃(韻)。〔德昭白〕元帥。〔唱〕

【仙呂宮正曲・漿水令】枉曾參殺人累親(韻)，似此者屈指難輪(韻)。毀傷忠義憾奸人(韻)，消停察訪(讀)，自見清渾(韻)。〔雜扮報子，戴馬夫巾，穿報子衣，繫肚囊，執報字旗，從上場門上。白〕報，啟千歲、元帥，耶律夫人領兵搦戰，説專候楊元帥回音。〔德昭白〕知道了。〔報子從上場門下。王欽白〕這「回音」兩字，有些奇怪。〔楊景白〕蒼天，這不是搦戰，是催我速死而已。 也罷，楊景一死，以明心跡。〔作欲刎科，德昭等作攔阻勸慰科。王欽白〕住了，下官有一言，不知論得是不是。方纔書至，如今兵至，正在真假難辨之際，元帥若一死，其情倒實了。要明心跡，何不親身出戰，取了耶律夫人首級來，這通遼之事，定假無疑了。〔德昭白〕此論倒也有理。〔孟良、焦贊等同白〕這有何難？元帥，我等助你去殺他片甲不存。〔同唱〕笑彼如羊豕(句)，落虎羣(韻)，難教一騎來逃遁(韻)。〔王欽白〕住了，此際須要避些嫌疑纔是。〔楊景白〕衆位將軍，我若多帶人馬，必疑我有心回戈反向了。止用健軍五百，隨本帥迎敵去。〔唱合〕今日個(句)，今日個(疊)，冤屈難伸(韻)。無勝敗(句)，無勝敗(疊)，誓不回軍(韻)。〔白〕帶馬。〔健軍應科，楊景作提鎗上馬，隨健軍從下場門下。德昭作岔恨科。白〕孤必嚴加訪察，查出奸人呵，

〔唱〕

【尾聲】將他正法消讐恨(韻)，寸磔其身宿怨伸(韻)。〔從下場門下，孟良、焦贊等隨下。王欽作笑科。唱〕吾今拭目看楊家絶滿門(韻)。〔從下場門下〕

第十八齣　陣列三軍圍一帥（支思韻）

〔場上攏烟雲帳，内設地煞陣，將臺插旗幟。雜扮遼兵，各戴額勒特帽，穿外番衣，持兵器。引旦扮耶律夫人，戴女盔、狐尾、雉翎，紥靠，背令旗，持鎗，從上場門上，遶場。同唱〕

【商調正曲·琥珀猫兒墜】長旌赤幟(句)，誘敵出雄師(韻)。離間君臣毒計施(韻)，擒拏楊景在今時(韻)。〔耶律夫人白〕昨晚與軍師設下牢籠巧計，今早下書人已經回報，爲此親率三軍，前來引陣。衆遼兵。〔遼兵應科。耶律夫人白〕此乃誘敵之計，敗者有功，勝者取罪，各宜遵令而行。〔衆應科。同唱合〕鞭指(韻)，前望征塵(讀)，宋兵來邇(韻)。〔從下場門下。雜扮健軍，各戴馬夫巾，穿採蓮襖卒褂，背絲縧，持兵器。引生扮楊景，戴帥盔，紥靠，背令旗，持鎗，從上場門上。楊景作忿恨科。白〕這事從何而起？〔唱〕

【商調正曲·山坡羊】問天天(讀)，何屈陷我如是(韻)？我恨漫漫(讀)，滿胸中如刺(韻)。急煎煎(讀)，銜不白的冤情(句)；淚垂垂(讀)，一世的忠名訾(韻)。〔滚白〕天，我楊景忠心報國，輔宋平遼，數年以來，衝鋒冒鏑，百戰身經。説不盡的勤勞苦楚，數不出的冒險臨危。今日裏受陰謀，陷我背叛朝廷，遍體排牙，無由分訴。老天，我丹心秉，惟天可表。〔唱〕空自思(韻)，陰謀知孰施(韻)。要明心跡除非死(韻)，欲白冤情(讀)，空勞唇齒(韻)。〔合〕思之(韻)，忠良厄運時(韻)。嗟咨(韻)，拚身革裹尸(韻)。〔遼兵、耶律夫人從下場門衝上。楊景白〕來的就是耶律夫人麽？〔耶律夫人白〕知俺威名，還不下馬。〔楊景忿怒科。白〕我恨不能生啖汝等之肉，看鎗。〔作合戰科，同從下場門下。健軍、遼兵從上場門上，作挑戰科，從下場門下。楊景追耶律夫人從上場門上，戰科。楊景白〕潑婦，誰與你用此離間之計，陷害本帥？快説實情，饒你一死。〔耶律夫人白〕俺國誰不知你與王懷父女背宋通遼，約爲裏應外合，所以寄書與你。〔楊景白〕好胡説，看鎗。〔戰科，耶律夫人從下場門下，楊景追下。健軍、遼兵從上場門上，作絡繹挑戰科，從下場門下。楊景追耶律夫人從上場門上，戰科。健軍追遼兵從上場門上，合戰科。耶律夫人等從下場門敗下。楊景唱〕

【又一體】怒沖沖(讀)，恨填滿了胸次(韻)。悶鬱鬱(讀)，不明白這冤事(韻)。可憐我(讀)，徒盡了這忠心(句)。誣陷我(讀)，遺臭存國史(韻)。〔白〕越想越恨，隨我趕上，擒這潑婦者。〔健軍應科，同從下場門下。雜扮韓君弼，戴外國帽、狐尾、雉翎，紥靠，背令旗，持兵器。雜扮遼兵，各戴額勒特帽，穿外番衣，執青素旗。從上場門暗上，作護將臺科。場上撤烟雲帳。雜扮一遼兵，戴額勒特帽，穿外番衣，從上場門上。白〕報，我兵誘敵至，飛奔陣圖門。〔作向下請科。白〕軍師有請。〔浄扮嚴洞賓，戴虬髮、道冠，紥金箍，穿蟒箭袖，紥鞶，持劍，從上場門上。白〕怎麽説？〔遼兵禀科。白〕耶律夫人引戰楊景，將到陣門了。〔嚴洞賓白〕再去打聽。〔遼兵應科，仍從上場門下。嚴洞賓白〕待俺上將臺，作法佈陣便了。〔作上將臺，揮劍書符科。白〕地煞諸神，速佈陣勢者。〔雜扮地煞神，各戴披髮，紥額，穿青緞箭袖，背絲縧，繫搭胯，持刀，從兩場門上，作跳舞佈陣科。遼兵、耶律夫人引健軍、楊景從上場門上，作入陣科。地煞神作圍困合戰科。遼兵追健軍從下場門下。楊景作驚科。白〕不好了，四面盡是惡煞圍繞，我今死也。〔唱〕怎自支㊙，難當妖法施㊙，四圍鬼魅殊兇肆㊙。〔地煞神作圍繞科。耶律夫人、韓君弼白〕楊景，死在頃刻，還不投降？〔楊景怒吒科。白〕爾等休得猖狂。〔唱〕俺烈烈忠良㊙，甘心戰死㊙。〔白〕看鎗。〔作戰科，地煞神作圍困科。楊景唱合〕思之㊙，歎英雄厄運時㊙。嗟咨㊙，拚我身革裹尸㊙。〔地煞神、韓君弼、遼兵等作圍裹楊景，從下場門下。嚴洞賓大笑科。白〕楊景困於陣中，吾計成矣。〔耶律夫人白〕不可傷他性命，遼邦但能此人降順，何愁大事不成。〔嚴洞賓白〕休得妄想，楊景這等忠義，焉肯降遼？〔耶律夫人白〕軍師，可作速幻他模樣，往宋營速行反間，宋主必將他全家問罪，使楊景進退無門，不死即降也。〔嚴洞賓白〕妙極，待我變了模樣，領兵速去行計。〔從上場門下。隨撤將臺、旗幟科。耶律夫人白〕待俺傳諭各門，嚴加防守便了。〔唱〕

【尾聲】機謀很辣無如此㊙，幻景形反戈大肆㊙，滅絶楊門在此時㊙。〔從下場門下〕

第十九齣　逆賊險心傳僞檄（庚青韻）

〔假楊景內白〕衆兒郎，隨俺往宋營去者。〔衆內應科。雜扮遼兵，各戴額勒特帽，穿外番衣，持兵器。雜扮遼將，各戴盔襯狐尾雉翎，穿打仗甲，持兵器。引雜扮假楊景，戴帥盔，簪椿樹枝，紮靠，背令旗，持鎗，從上場門上。假楊景唱〕

【雙調正曲・回回舞】欺真幻假自誇能(韻)，自誇能(格)，變化元戎楊景形(韻)，帶領强兵踹宋營(韻)。〔白〕他們呵，〔唱〕肉眼凡夫認不明(韻)，認不明(格)。〔白〕俺乃大元帥假楊景是也。〔衆同白〕假不假，自己明白，不要説破。〔假楊景白〕我原是嚴軍師變的楊景，若不説，那個曉得？〔衆同白〕要人不曉得，方好行反間之計。〔假楊景白〕你們看我像楊景不像？〔衆同白〕面貌雖像，只欠威風。〔假楊景白〕我自覺氣概得緊，還説不威風，待我抖擻威風你們看。〔作跳躍擺式，衆作虛白發諢科。假楊景白〕衆遼兵。〔衆應科。假楊景白〕就此殺奔宋營去者。〔衆應科。同唱合〕冒假名(韻)，把營盤一踹平(韻)，難防反間禍非輕(韻)。〔同從下場門下。旦扮王素真，戴七星額，紮靠。末扮王懷，戴金貂，紮靠。從上場門急上。同唱〕

【雙調正曲・鎖南枝】賢良壻(句)，忠義稱(韻)，勤勞國事心至誠(韻)。焉肯暗通遼(句)，驀忽禍災生(韻)。〔王懷作驚慌科。白〕嚇死我也。適有宗保等報説，我父女與元帥私通遼邦，今差細作寄書來問裏應外合之計，現今合營皆知。若千歲奏聞聖上，我等全族難保。我兒，這不白冤情，何能分剖？〔王素真白〕爹爹嗄，這明明是反間之計。不知何等奸人，串通蕭氏，借我爲題，設此圈套，陷害元帥。你我快到千歲駕前，哀訴請罪去。〔王懷白〕有理，快走。〔作急行科。同唱合〕是何人(句)，毒計行(韻)。害忠良(句)，全家命(韻)。〔白〕來此已是，千歲尚未陞帳，和你等候便了。〔焦贊内白〕三軍齊隊，千歲陞帳也。〔雜扮軍士，各戴馬夫巾，穿蟒箭袖卒褂。浄扮焦贊，戴紥巾額，紥靠，背令旗。生扮岳勝，戴盔，紥靠，背令旗。小生扮楊宗孝、楊宗顯，各戴紥巾額，紥靠，背令旗。副扮王欽，戴相貂，穿蟒，束帶，帶印綬。雜扮陳琳，戴太監帽，穿鑲領箭袖，繫鸞帶，捧金鞭。引生扮德昭，戴素王帽，穿蟒，束玉帶，從上場門上。德昭唱〕

【又一體】抛書信(句)，禍釁生(韻)，猶疑不決事難憑(韻)。〔白〕楊景呵，〔唱〕孤信素忠貞(韻)，豈肯背逆叛朝廷(韻)。〔場上設椅，轉場坐科。王懷、王素真作進門俯伏科。白〕千歲，臣王懷、王素真請罪。〔德昭白〕你父女有何罪？起來説。〔王懷、王素真白〕臣父女在營中，聽説遼營有密書到來，道臣父女與元帥私通遼國，約爲内應。不知虛實，特到千歲駕前請罪。〔德昭白〕書是有的，未知虛實。〔唱合〕事可疑(句)，暗昧情(韻)。莫須有(句)，案難定(韻)。〔白〕取書與他看。〔陳琳應，作遞書科。王素真作接書念科。白〕遼國主蕭字，寄大元帥楊。日前王懷父女，辭遼投宋，原爲約元帥裏應外合，憑元帥回書應允，孤纔準素真之姻。今隔許久，音信杳無，故特修書諄問，書到之日，作速舉行。孤大兵隨即就至，勿得爽約，特字。〔王懷、王素真驚懼跪科。白〕千歲，冤枉嗄，臣父女反遼降宋，忠心可表，實無裏應外合之謀，望千歲鑒察。〔唱〕

【又一體】苦哀告(句)，訴實情(韻)。投明棄暗就姻盟(韻)，吾壻素忠誠(韻)，千歲如明鏡(韻)。〔白〕此書呵，〔唱合〕計陰謀(句)，反間行(韻)。害楊門(句)，全家命(韻)。〔德昭接書科。白〕你父女起來，孤家自有道理。〔王懷、王素真作叩謝，起侍科。淨扮孟良，戴紥巾額，紥靠，背令旗，背葫蘆，從上場門急上。白〕含冤受逼無投奔，情急回戈反向來。〔作進門見科。白〕千歲，不好了，不好了。〔德昭作慌起，隨撤椅科。德昭白〕什麽事不好了？快講。〔孟良白〕孟良打聽得元帥——〔德昭白〕元帥便怎麽樣？〔孟良白〕降順遼邦了。〔德昭、王懷等作驚呆科。德昭白〕孟良，此話未必確實。〔王懷、王素真等同白〕孟將軍，事關重大，不是妄報的。〔孟良白〕我親眼見元帥領著遼兵，魚貫而來。孟良不敢隱瞞，爲此急急先來報信。〔焦贊作忿恨科。白〕氣死我也，楊六郎一世忠貞，怎麽霎時改變起心腸來了？〔作怒喊科。白〕豈有此理，豈有此理。〔德昭白〕住了，不必暴躁。雖有孟良親見，孤家始終不信。〔王欽白〕提兵殺來了，還不信？〔德昭白〕楊景降遼，決無此理。〔唱〕

【雙調正曲・孝順歌】他守忠孝(句)，秉正衡(韻)，綱常倫義性理明(韻)。孤素知忠勇烈(句)，鐵石心腸硬(韻)。〔雜扮報子，戴馬夫巾，穿報子衣，繫肚囊，執報字旗，從上場門上。白〕探知奇異事，速報進營門。

〔作進門跪禀科。白〕啟上千歲，楊元帥帶領遼兵遼將，直抵營前來了。〔衆作驚慌科，同白〕不好了，不好了。〔德昭白〕探子，果是楊元帥？〔報子白〕果是楊元帥。〔德昭等同白〕你親眼見來？〔報子白〕親眼見來。〔德昭白〕再去打聽。〔報子應，仍從上場門下。德昭作急悶科。白〕若是鐘仙師在此，即可辨白分明，偏偏仙師又不來，這便如何處分？〔作想科。白〕有了，岳勝、孟良、焦贊，你三人領本部人馬，只説奉孤之命，請元帥回營，見機行事。〔岳勝等應科。德昭白〕三位將軍，只可好言勸慰，千萬不要逼他。〔岳勝等同白〕千歲放心，臣等遵令而行。〔作急出門，從下場門下。王欽作悄出門科。白〕此時不奏，竟待何時？〔從上場門下。王懷、王素真、楊宗孝等作跪科。同白〕請千歲將臣等拘拏問罪。〔德昭白〕你們且起來，此時連孤也無主意。且待岳勝等回來，再作商量。〔衆作起科。德昭唱〕我氣塞胸盈(韻)，心意茫然(讀)，神魂不定(韻)。〔合〕要見假真(句)，待其斂甲回營(韻)。〔同從下場門下。雜扮健軍，各戴馬夫巾，穿採蓮襖卒褂，背絲縧，持兵器。引焦贊、孟良、岳勝各持兵器，從上場門上，遶場科。同唱〕

【雙調正曲·普賢歌】今番會面怎交兵(韻)，此際疑難愁悶縈(韻)。若念故人情(韻)，如何起鬭爭(韻)，〔合〕勸解回心把罪請(韻)。〔遼兵遼將引假楊景從下場門衝上。假楊景白〕何人領兵，敢抗本帥？〔岳勝、孟良、焦贊等作審視背科。同白〕何嘗不是元帥。〔作向假楊景哭科。同白〕哥哥嗄，你平生忠義，今一念之差，可不前功盡棄了？〔假楊景白〕什麽人阻住本帥啼哭？〔焦贊白〕你若假裝不認得，俺就要罵了。〔孟良、岳勝白〕不要破口。哥哥，你領著遼兵，作何主意？〔假楊景白〕實對你們說，我今助遼滅宋，博得分茅裂土，霸業稱王，豈不美哉？〔作大笑科，焦贊怒叱科。白〕不忠不孝的匹夫，聖上與千歲待你天高地厚之恩，敢辜恩背叛，看鎗。〔合戰科，同從下場門下。健軍、遼兵、遼將從上場門上，作挑戰科，從下場門下。焦贊追假楊景從上場門上，戰科。孟良、岳勝從上場門追上，作攔阻科。白〕住了，焦賢弟。千歲囑咐好言勸慰，不可逼他，你我下了馬，哀求便了。〔焦贊白〕看千歲分上，罷了，罷了。〔岳勝等作下馬科。白〕哥哥，看聖上與千歲的金面，小弟們的情分。〔作跪科。白〕我等跪在此，求你回心轉意罷。〔唱〕

【雙調正曲・孝順歌】你賢臣後(句)，良將生(韻)，人中俊傑國士稱(韻)。令名深可惜(句)，敗壞無餘剩(韻)。〔假楊景白〕憑你說得天花亂墜，此心斷難挽回，看鎗。〔岳勝等急起，上馬戰科。岳勝等哀泣科。白〕哥哥，你執意降遼，不顧老母妻子了麽？〔唱〕可憐娘老伶仃(韻)，幼子嬌妻(韻)，累他飡刀斷頸(韻)。〔合〕何忍於心(句)，還當自省(韻)。〔假楊景白〕大丈夫做事，怎顧得這些牽連？不必多言，看鎗。〔戰科。健軍、遼兵、遼將從上場門上，合戰科，同從下場門下〕

第二十齣　仁君明鑑得真情（真文韻）

〔小生扮楊宗孝、楊宗保、楊宗顯，各戴紮巾額，紮靠。老旦扮佘氏，穿補服老旦衣。從上場門上。佘氏唱〕

【商調正曲・山坡羊】感賢王(讀)，平日寬恩無盡(韻)，今日也(讀)，難爲瞞隱(韻)。若不是(讀)，私順遼邦(句)，却怎的(讀)，反向回戈刃(韻)？〔白〕吾門不幸，生這樣逆子。初聞書至，我還不信，如今率領遼兵竟殺奔營來。行此逆天之事，難免赤族夷宗。我纔到千歲營中請罪，説早詣御營去了。也罷，我今回營，與合家男女眷等，自行綁縛，同到御營，請罪便了。〔唱〕難按忿(韻)，這滔天罪不泯(韻)。禍延眷屬凔刀殞(韻)，負屈含冤没處伸(韻)。〔合〕邅迍(韻)，禍頻頻降我門(韻)。皆因(韻)，是王欽起禍根(韻)。〔同從下場門下。雜扮軍士，各戴馬夫巾，穿蟒箭袖卒褂，執飛虎旗。雜扮將官，各戴馬夫巾，紮額，穿打仗甲，持鎗。雜扮内侍，戴太監帽，穿鑲領箭袖、黄馬褂，佩劍。副扮王欽，外扮寇準，各戴相貂，穿蟒，束帶，帶印綬。生扮德昭，戴素王帽，穿蟒，束玉帶。引生扮宋太宗，戴金王帽，穿黄蟒，束黄鞓帶，從上場門上。宋太宗唱〕

【商調引・牧犢歌】妖人何術害賢臣(韻)，邪正分明辨假真(韻)。〔場上設椅，轉場坐科。白〕衆卿，朕覽王兒所奏楊景私通遼國一書，事屬虚無之甚。朕細想楊門婦女老幼，尚且個個丹心報國，何況楊景受朕寵恩，身膺閫帥，焉有降遼之理？今揣度回戈反向之情形，必係楊景累經破陣，妖道窮極計生，激奮楊景入陣困之，假幻冒名，行此離間之計。使朕盡翦楊氏，除彼心患耳。〔寇準、德昭跪科。白〕聖上明如日月，照察無遺，臣等愚昧，想不及此。〔作起科。雜扮一黄門官，戴紗帽，穿圓領，束帶，從上場門上，作進門跪科。白〕臣黄門官啟奏，佘氏、王懷，帶領男女將，自行綁縛營門請罪。〔宋太宗白〕只宣佘氏進見。〔黄門官應，作起出門傳科。白〕萬歲爺有旨，只宣佘氏進見。〔黄門官從下場門下。佘氏内應，作綁縛，從上場門上。白〕未覩天顔心已戰，赧顔悚懼俯塵埃。〔作進門俯伏科。白〕臣妾佘氏，教子不端，以致楊景罪犯彌天。臣妾一家併王懷等，自縛請罪，候旨施行。〔宋太宗白〕此乃妖人計行離間，非汝子之罪。〔唱〕

【商調正曲·簇御林】知人用(句)，任賢臣(韻)，重延昭忠義人(韻)。非同漢室李陵順(韻)，多應離間生端釁(韻)。〔合〕恨妖氛(韻)，陰謀設陷(句)，弄假認休真(韻)。〔白〕與佘氏放了綁。〔内侍應，作放綁科。宋太宗白〕王兒傳旨，楊氏一門眷屬，赦罪放綁，各歸營帳。〔德昭應，作出門傳科。白〕聖上有旨，楊氏一門眷屬，赦罪放綁，各歸營帳。〔内應謝恩科。德昭、寇準、佘氏白〕蒙聖上好生之德，赦宥楊氏一門無罪。但事屬真假難辨，現今岳勝等迎敵未回，請旨定奪。〔宋太宗白〕王兒與寇卿、佘氏，領宗保等到陣上，觀其虛實回奏。〔德昭等應科，作出門，從下場門下。宋太宗作起科，隨撤椅。宋太宗唱〕

【慶餘】深知忠正方專閫(韻)，豈是辜恩叛國人(韻)，朕自持衡邪正分(韻)。〔内侍隨宋太宗從下場門下，王欽、將官等從兩場門分下〕

第廿一齣　仙玉成妖人遁跡（家麻韻）

〔净扮鍾離道人，戴丫髻膁腦，穿鍾離氅，執棕扇，從上場門上。白〕來經玉樹三山遠，去隔滄溟一水長。貧道自回山後，楊景又遭幾多磨折。方纔輪指算來，又受奸人暗害，困於地煞陣中。椿岩幻作六郎形像，去行離間之計。我不免使個神通，攝取楊景等出陣，辨明邪正便了。略展仙家法，誰人識破來。〔從下場門下。雜扮軍士，各戴馬夫巾，穿蟒箭袖，卒褂。小生扮楊宗顯、楊宗保、楊宗孝，各戴紥巾額，紥靠，持兵器。老旦扮佘氏，穿補服老旦衣。外扮寇準，戴相貂，穿蟒，束帶，帶印綬。生扮德昭，戴素王帽，穿蟒，束玉帶。從上場門上，遶場科。同唱〕

【仙呂宮正曲・風入松】拋書釁起禍根芽韻，激奮了英雄怒發韻。提兵出寨征鞍跨韻，叛逆事難明真假韻。〔合〕在營前交征戰伐韻，我今奉皇命細觀察韻。〔雜扮遼兵，各戴額勒特帽，穿外番衣，持兵器。雜扮遼將，各戴盔襯，狐尾，雉翎，穿打仗甲，持兵器。雜扮假楊景，戴帥盔，紥靠，背令旗，持鎗。雜扮健軍，各戴馬夫巾，穿採蓮襖，卒褂，背絲縧，持兵器。净扮焦贊，戴紥巾額，紥靠，背令旗，持鎗。净扮孟良，戴紥巾額，紥靠，背令旗，背葫蘆，持雙斧。生扮岳勝，戴盔，紥靠，背令旗，持刀。同從上場門上，作合戰科。佘氏斷喝科。白〕楊景，千歲在此，還不下馬受縛。〔焦贊、孟良、岳勝白〕元帥，你看千歲、寇丞相、老太君都來勸慰，早早下馬認罪罷。〔假楊景白〕認什麼罪？ 我今是遼邦臣子，你們都管不得了。〔佘氏怒叱科。白〕好該死的逆子。〔假楊景白〕你不要罵。〔佘氏白〕我楊氏門中，那有你這不忠不孝、壞倫滅理的畜生？〔唱〕

【仙呂宮正曲・急三鎗】受榮禄(句)，一門寵(讀)，天恩大(韻)。當以忠心盡(讀)，報皇家(韻)。〔假楊景白〕老娘，自今以後，你去幹你的事，我去幹我的事，休來管我。〔唱〕休得要(句)，絮叨叨(讀)，將人罵(韻)。〔合〕耳邊厢(讀)，枉磕牙(韻)。〔楊宗保、楊宗顯白〕千歲，待臣二人去勸阻便了。〔作向假楊景跪科。白〕爹爹，你一生忠正，半世勳名，今此一舉，前功盡棄了。 求爹爹三思。〔作哭科。假楊景白〕嗳，爲父的豈不知麼？ 我今此舉，乃全身遠害，你二人也隨我降遼去罷。〔楊宗保、楊宗顯白〕爹爹嗄，你若背主逆親，難免全家誅戮。 求爹爹早早下馬請罪。〔假楊景白〕你若再來勸阻，先喫俺一鎗。〔作刺科，楊宗保、楊宗顯作急避科。 德昭白〕衆將擒這廝。〔岳勝等應科，衆作合戰。 雜扮健軍，各戴馬夫巾，穿採蓮襖卒褂，背絲縧，持兵器。 引生扮楊景，戴帥盔，紥靠，背令旗，持鎗，從下場門上。 楊景白〕妖道，本帥楊景來也。〔德昭等作駭然科。 白〕怎麼又是一個楊元帥？〔假楊景白〕妖道，你變化來混本帥，看鎗。〔楊景白〕妖道，你輒敢變幻本帥，行此離間之計，玷污清白，謗毁忠良。〔唱〕

【仙呂宮正曲・風入松】連城白璧素無瑕(韻)，險被青蠅污殺(韻)。 邪逢忠正形蹤化(韻)，自詢出情跡真假(韻)。〔戰科。德昭等同白〕他兩人戰在一處，認不出誰真誰假，怎麼處？〔假楊景白〕我是真的，助我擒他。〔岳勝等應科，作欲戰。楊景白〕住了，我是真的，助我擒他。〔岳勝等同白〕認不出真假，擒那一個好呢？〔楊景作忿恨科。白〕氣死我也。〔假楊景同唱合〕分不出鰱鯉混雜(韻)，心焦躁怒相加(韻)。〔作戰科。鍾離道人從下場門上，怒喝科。白〕妖人休得逞强，貧道在此。〔德昭等同白〕好了，仙師降臨了，可知誰真誰假？〔鍾離道人指假楊景。白〕他是假的。〔假楊景白〕你認錯了，我是真正楊景。〔鍾離道人白〕真人面前，還敢强辯。〔作舉棕扇咒詛科。假楊景白〕不好了。〔作隱下。浄扮嚴洞賓，戴虬髮、道冠，紥金箍，穿蟒箭袖，紥鸞，持劍，從下場門隱上。楊景等作圍困合戰科。嚴洞賓、遼兵、遼將等從下場門敗下。德昭、楊景、佘氏等同白〕多感仙師降臨，辨明邪正，表白奇冤。即去覆奏便了。〔同唱〕

【有結果煞】欺真幻假人驚訝(韻)，扇揮間隨風形化(韻)，激濁揚清覆奏達(韻)。〔同從下場門下〕

第廿二齣　陣瓦解女帥全忠（蕭豪韻）

〔場上攩烟雲帳，内設地煞陣，將臺插旗幟。雜扮遼兵，各戴額勒特帽，穿外番衣，持兵器。雜扮遼將，各戴盔襯、狐尾、雉翎，穿打仗甲，持兵器。引旦扮耶律夫人，戴女盔、狐尾、雉翎，紥靠，背令旗，佩劍，從上場門上。耶律夫人唱〕

【中吕調套曲·粉蝶兒】貫甲披袍（韻），調精兵五營四哨（韻），報國恩只在今朝（韻）。莽交鋒（句），橫衝戰（句），〔合〕扇的太阿出鞘（韻）。〔白〕不知時勢難言勝，違逆天心徒自謀。昨者軍師用法困住楊景，不料全軍逃脱，又被鐘道士識破真假，軍師敗陣逃回。如今楊景又來攻擊，俺想六十餘陣皆破，剩這兩三陣，濟得甚事？俺今拚死一戰，以報國恩便了。衆將士，隨俺迎敵去者。〔衆應科。耶律夫人唱〕巧設就離間謀高（韻），奈天不佑破其機要（韻）。〔同從下場門下。雜扮健軍，各戴馬夫巾，穿採蓮襖、卒褂，背絲縧，持兵器。雜扮將官，各戴馬夫巾，紥額，穿打仗甲，持兵器。引小生扮楊宗保，戴紥巾額，紥靠，背令旗，持刀。旦扮木桂英，戴七星額，紥靠，背令旗，持鎗。生扮楊景，戴帥盔，紥靠，背令旗，持鎗。雜扮一將官，戴馬夫巾，紥額，穿打仗甲，執黄纛。同從上場門上。同唱〕

【中呂調套曲・石榴花】指揮破陣點鞭鞘(韻)，大纛影飄颻(韻)，軍容肅肅對弓刀(韻)。咆哮似虎豹(韻)，嗚嘯如猿嚎(韻)，加攻合節隨分調(韻)。〔楊景白〕本帥感仙師拯救，辨明邪正。今又授木桂英破陣之法，命本帥督兵攻擊。〔木桂英白〕又命岳勝，領五百弓弩手，中途埋伏，道破陣後自有用處，不知是何妙算？〔楊宗保白〕仙師妙算，計無虛設，臨期便知。〔内應吶喊科。楊景白〕那邊敵兵至矣，迎上前去。〔衆應。同唱〕縱然俺智略高超(韻)，人謀未若仙機妙(韻)，傳授俺一訣陣全消(韻)。〔遼兵、遼將引耶律夫人從上場門衝上，作合戰科，從下場門下。楊景等、耶律夫人等從上場門上，作挑戰科，從下場門下。雜扮遼兵，各戴額勒特帽，穿外番衣，執青素旗。雜扮韓君弼，戴外國帽、狐尾雉翎，紥靠，背令旗，持兵器。從上場門暗上，作護將臺科。場上撤烟雲帳。浄扮嚴洞賓，戴虬髮、道冠，紥金箍，穿蟒箭袖，紥鼇，持劍，從上場門暗上將臺科。白〕衆神嚴整陣勢者。〔地煞神内應科。雜扮地煞神，各戴披髮，紥額，穿青緞箭袖，繫搭膊，背絲縧，執刀，從兩場門上，作佈陣科。遼兵、遼將、耶律夫人引楊景、楊宗保、木桂英、健軍、將官從上場門上，作入陣合戰科，同從下場門下。健軍、將官、遼兵、遼將從上場門上，絡繹挑戰科，從下場門下。楊景追韓君弼從上場門上，戰科，韓君弼從下場門敗下。嚴洞賓作下將臺科。白〕楊景，俺來擒你。〔戰科，楊景怒咤科。白〕妖道，你使盡山鬼伎倆，也是徒然。〔唱〕

【中呂調套曲・鬭鵪鶉】急煎煎困我樊籠(句)，急煎煎困我樊籠(疊)，恁悄悄幻吾形肖(韻)。領遼兵跨鐙乘驃(韻)，領遼兵跨鐙乘驃(疊)，反戈矛呼名假冒(韻)。逞你鞭雷掣電氣偏驕(韻)，頃刻間無罅去潛逃(韻)。

〔戰科。嚴洞賓從下場門敗下，楊景追下。木桂英、楊宗保、耶律夫人、韓君弼從上場門上，挑戰科，從下場門下。楊景追嚴洞賓從上場門上。嚴洞賓作咒詛科，地煞神從兩場門上，作圍困楊景，從下場門下。木桂英從上場門上，作望科。白〕不好了，無數惡煞將元帥困住，此時不救，等待何時？〔作掐訣咒科。白〕吾奉鍾離上真符訣，奉請金甲尊神速降。〔雜扮金甲神，各戴馬夫巾，紥額，穿鎧，持金鞭，從上場門上，作見科。白〕相召吾神有何法諭？〔木桂英白〕仗列位尊神法力，將陣中惡煞逐退者。〔金甲神應科，從下場門下。木桂英唱〕仰賴著妙道仙真(句)，仰賴著妙道仙真(疊)，難中人護持救保(韻)。〔從下場門下。嚴洞賓、耶律夫人、韓君弼追楊景從上場門上，作戰鬭科。地煞神從上場門上，作圍繞科。金甲神、木桂英從上場門上，作衝圍科。木桂英護楊景突圍，從下場門下。金甲神白〕吾等奉鍾離上真法旨，命衆煞神速退。〔地煞神應科，隨金甲神從下場門下。嚴洞賓白〕夫人，又被他破我法術，陣勢已亂，怎麽處？〔耶律夫人白〕軍師與韓將軍在此禦敵，俺帶領一枝人馬，往陣外埋伏，截住他去路便了。〔從下場門下。木桂英、楊宗保、楊景從上場門上。白〕妖道那裏走？〔作戰鬭科，嚴洞賓、韓君弼從下場門敗下，楊景等追下。健軍、將官追遼兵從上場門上，作絡繹挑戰科，從下場門下。嚴洞賓從上場門跑上科。白〕地煞陣又破，待俺急去啟知娘娘，開天門大陣，多召些神將護守，勝敗全憑這一陣便了。〔從下場門下。健軍、將官、木桂英、楊宗保、楊景追韓君弼、遼兵等，從上場門上，作合戰科。韓君弼、遼將等從下場門逃敗下。隨撤將臺、旗幟科。執纛將官從上場門暗上。楊景白〕陣勢已破，收兵回營。〔衆應科，遶場。同唱〕

【中呂調套曲・上小樓】喜成功兵志揚(句)，回營寨馬蹄驕(韻)。得勝的畫鼓鼕鼕(句)，得勝的畫鼓鼕鼕(疊)，將士軒昂(句)，旗纛高搖(韻)。〔遼兵、遼將引耶律夫人從下場門衝上。耶律夫人白〕楊景休想回營。〔執纛將官從上場門下。衆作合戰科，同從下場門下。健軍、將官、楊景等，遼兵、遼將、耶律夫人等，從上場門上，陸續交戰，復作合戰科。楊景等從下場門敗下。耶律夫人白〕自古避其鋭，擊其歸。俺今乘其歸而擊之，必獲全勝，快快趕上前去。〔衆應科，同從下場門追下。健軍、將官引楊景等同從上場門上。同唱〕怎料他截戰横衝(句)，怎料他截戰横衝(疊)。左右盤旋(句)，前後圍遶(韻)，未防這埋伏中道(韻)。〔楊景白〕怪不得仙師令岳勝中途設伏，原來有此不測之事。我等且戰且走，引他到伏兵之處，勦除便了。〔遼兵、遼將引耶律夫人從上場門衝上，合戰科。楊景等敗走，耶律夫人等作追趕科。雜扮軍士，各戴馬夫巾，穿青緞箭袖，繫鸞帶，背絲縧，持弓箭。引生扮岳勝，戴盔，紮靠，背令旗，持刀。從下場門衝上，衆合戰。健軍、將官追遼兵、遼將從下場門戰下。楊景、岳勝等同白〕快快投降，饒伊不死。〔耶律夫人白〕胡説，俺就戰死，也決不投降。〔岳勝白〕放箭。〔軍士應，作圍繞放箭科。耶律夫人作中箭，從下場門敗下，楊景、岳勝、軍士等追下。健軍、將官追遼兵、遼將從上場門上，陸續戰鬭科，從下場門下。耶律夫人帶箭從上場門敗上。白〕罷了嗄罷了，非俺輕敵致敗。欲立尺寸之功，表我忠心，争奈蒼天不佑，我今死也。〔唱〕

【中呂調套曲・攤破喜春來】截人反中人截道(韻)，簇簇弓刀四面遶(韻)，難言勇闖重圍(句)，他射鵰翎花雨驟(句)，俺膽氣猛力氣嬌(韻)。〔軍士、岳勝、楊景等從上場門上。同白〕死在頃刻，還不下馬投降？〔耶律夫人怒咤科。唱〕白白的衆口嗷㊞，早拚得屍卧草㊞，遼史上填個女中豪㊞。〔作戰鬬科。楊景白〕放箭。〔軍士應，作放箭射死耶律夫人科。健軍、將官追遼兵、遼將從上場門上，合戰。遼兵、遼將作亂竄科，從下場門敗下。執纛將官從上場門暗上。楊景白〕收兵。〔衆應科。同唱〕

【尾聲】籌帷幄談兵略㊞，怎及仙機神策高㊞。〔楊景白〕笑那耶律氏呵。〔衆同唱〕滿局成空皆因一著饒㊞。〔同從下場門下〕

第廿三齣　天門開遼軍遊戲（魚模韻）

〔場上攢烟雲帳，内設天門陣、通明殿、將臺五座，豎旗杆挂七星纛、紅燈，插日月旗。浄扮嚴洞賓，戴虬髮、道冠，紥金箍，穿蟒箭袖，紥鸞，持劍。雜扮遼將，裝二十八宿，各戴本星形像冠，穿鎧，持鎗。雜扮二遼將，裝龜蛇二將，各戴豎髮，紥額，穿鎧，持兵器。雜扮二遼將，裝天將，各戴馬夫巾，紥額，穿鎧，護白涼繖。旦扮單陽郡主，裝九天玄女，戴女盔，紥靠，持劍。雜扮遼兵，各戴額勒特帽，穿外番衣，執黄素旗。從兩場門暗上，各按方位列陣科。雜扮孟金龍、耶律學古、韓君弼、耶律休格、耶律色珍，各戴外國帽、狐尾、雉翎，紥靠，背令旗，各持兵器，從上場門上。同白〕心慕雲臺定戰功，披堅執鋭苦衝鋒。一身許國披肝膽，博得名填書史中。〔分白〕俺乃耶律色珍是也。俺乃耶律休格是也。俺乃耶律學古是也。俺乃韓君弼是也。俺乃孟金龍是也。〔同白〕俺們奉嚴軍師將令，護守天門大陣。此陣包藏奇幻，奥妙無窮。將臺上紅燈七七四十九盞，爲我軍指向之號。展動日月旗，移星换斗。支起白涼繖，霧暗雲迷。揮著三皇劍，飛沙走石。麾動七星纛，電掣雷奔。真個是仙傳神術，説不盡百變千靈。〔孟金龍白〕這等利害陣圖，太后娘娘還愁不能取勝，今日要來巡查陣勢，親自護守。〔耶律色珍等同白〕這也莫怪，當日軍師佈陣時，説這七十二陣，生化變局，妙運無窮，就是真仙來破，也還費力。現今被楊景破得止剩一陣了，莫説娘娘心虚，就是你我，誰不膽寒？〔孟金龍白〕不必愁慮，軍師自有妙用，俺們進陣伺候便了。〔嚴洞賓白〕速開天門陣者。〔衆應科。場上撤烟雲帳。耶律色珍等作進陣科。衆同唱〕

【雙角隻曲・雙令江兒水】先天之數(韻)，大排演先天之數(疊)，按周天陳列宿(韻)。看青龍白虎(韻)，朱雀玄武(韻)，十二辰九曜輔(韻)。諸神拱天樞(韻)，羣星佈網羅(叶)。〔雜扮師蓋、耶律沙，各戴外國帽、狐尾、雉翎，紮靠，背令旗，持兵器。旦扮女遼將，各戴紮額、狐尾、雉翎，穿甲。引旦扮蕭氏，戴蒙古帽練垂，紮靠，背令旗，佩劍，從上場門上。蕭氏白〕雖然陣法無窮妙，還慮鐘離决勝能。〔師蓋、耶律沙白〕娘娘駕到。〔嚴洞賓、耶律色珍等出陣迎接科。白〕臣等迎接娘娘。〔同作進陣科。蕭氏白〕孤今親自護陣，以助軍師虎威，請問此陣果能取勝否？〔嚴洞賓白〕娘娘，這樣仙傳秘訣的陣勢，還怕不得建功？只管諄問。〔蕭氏白〕非是孤來諄問，前陣俱被楊景攻破，損兵折將，大挫遼邦鋒鋭。今遼國存亡，惟憑這一陣了。〔嚴洞賓白〕娘娘放心，這天門陣呵，〔唱〕三卷天書(韻)，六甲陰符(韻)，道親傳嫡派是純陽祖(韻)。〔白〕這陣中奥妙，本自難破，且空中還有天神暗佈，待貧道試演與娘娘看者。〔作書符科。唱〕靈符召呼(韻)，諸神奉靈符召呼(疊)。天羅全佈(韻)，整齊齊天羅全佈(疊)，九龍山擺下這大陣圖(韻)。〔内應雷聲。雜扮神將，各戴馬夫巾，紮額，穿鎧，執金鞭。老旦扮風婆，各戴包頭，紮額，穿老旦衣，繫腰裙，負虎皮。雜扮雨師，各戴豎髮，紮額，穿蟒箭袖，繫肚囊，執旗。旦扮電母，各戴仙姑巾、翠過翹，穿舞衣，紮袖，持鏡。雜扮雷公，各戴雷公髮，穿鎧，紮翅，持鎚鑿。同從禄臺上，遶場分侍科。蕭氏、耶律色珍等仰望科。同白〕好奇怪，你看霎時雲陰霧暗，雷電交加，空中許多天神天將護陣，軍師果好法力也。〔嚴洞賓白〕此陣秘訣，連鐘道士也未必能懂，娘娘請看變陣之法。〔作揮劍咒詛科，內應雷聲。雷公、電母等作遶場科，遼兵等作走勢科。衆同唱〕

【又一體】飛星躔度㊙，則看這飛星躔度疊，縱橫佈順逆數㊙。這移星换斗句，訣按天書㊙，伏反吟幻變局㊙。化出錯綜圖㊙，表裏問精粗㊙。〔雷公、電母等從禄臺遶場下。嚴洞賓白〕娘娘，此陣可利害？〔蕭氏白〕今觀變幻，果然莫測。孤始終愁慮者，宋營鐘道士。只怕他法術高强，又設奇謀破陣耳。〔嚴洞賓白〕貧道也慮及於此，但這天門陣，臣原係吕真人傳授，如今貧道去請吕真人來護陣，他若來時，那鐘道士，何足懼哉？〔蕭氏白〕若得吕真人到此，孤無憂矣。〔嚴洞賓白〕就求娘娘在陣中嚴防不測，貧道即去走遭。〔蕭氏白〕軍師速去早回。〔嚴洞賓應，作出陣科。蕭氏等從下場門下。場上攛烟雲帳。單陽郡主、遼將等從兩場門暗下。嚴洞賓白〕想我吕仙師忒無師生之誼，陣法是他傳授我的，怎麽也不來護持？說不得前去哀求拜請便了。〔唱〕忙駕雲車㊙，瞬息迎趨㊙。問吾師純陽祖㊙，語言誑虚㊙，却怎的語言誑虚疊？雲深之處㊙，潔誠向雲深之處疊，請仙師下塵凡來輻輳愚㊙。〔從下場門下〕

第廿四齣　仙侶會衆陣消除（庚青韻）

〔場上攏烟雲帳，内設天門陣、通明殿、將臺五座，豎旗杆挂七星纛、紅燈，插日月旗。雜扮雲使，各戴雲馬夫巾，穿雲衣，繫雲肚囊，執彩雲。引生扮吕洞賓，戴純陽巾，穿仙衣，繫絲縧，背劍，執拂塵，從上場門上。同唱〕

【仙吕調套曲・八聲甘州】暫離蓬壺勝境（韻），早渡滄溟（韻）。紅日初升（韻），雲蒸霞映（韻）。嵐光水氣相凝（韻），遥望林巒一鏡平（韻）。〔净扮鍾離道人，戴丫髻膗腦，穿鐘離氅，持椶扇，從上場門上。白〕不問陰晴紀甲子，惟知草木度春秋。洞賓暫駐雲軿。〔吕洞賓作相見科。白〕仙師稽首。〔鍾離道人白〕洞賓，你可知罪？〔吕洞賓白〕可爲椿岩之事乎？〔鍾離道人白〕然也。自古道傳得人，濟功於世。道傳非人，遺害甚深。那椿岩初世學道的妖仙，你只該教以修真養性，不當授之幻化神通。以致椿岩違天抗宋，塗毒生靈。豈非汝之罪乎？〔吕洞賓白〕當初椿岩盜得天書，求見於我，偶爾遣興，按書上秘訣，敷演陣法，乃一時游戲而已。那知這孽畜得此道法，便去輔遼抗宋。昨晚椿岩又來請我，説宋營有位鍾離道人，法術高强，求我助陣。我假意應承，今特來見仙師，收陣除妖，不期路遇。〔鍾離道人白〕吾亦爲此事尋你，可隨往御營，朝見宋主，來日收陣除妖便了。〔吕洞賓白〕甚好。衆雲使。〔雲使應科。呂洞賓白〕就往宋營去者。〔雲使應科。同唱〕一片雲籠細柳營(韻)，怎知仙馭降凡塵(句)，共議破陣功成(韻)。〔同從下場門下。雜扮健軍，各戴紮巾，穿採蓮襖卒褂，背絲縧，帶雙刀。引旦扮李剪梅、木桂英、呼延赤金，各戴七星額，紮靠，背令旗，佩劍，執馬鞭。旦扮王素真，戴女盔，紮靠，背令旗，佩劍，執馬鞭。從上場門上。王素真等同唱〕

【仙呂調套曲・賞花時】捍禦攖鋒幹國卿(韻)，赳赳干城女俊英(韻)，很如羅刹貌娉婷(韻)。慣征戰的殺人情性(韻)，手擎著三尺鐵無情(韻)。〔分白〕俺乃王素真是也。俺乃呼延赤金是也。俺乃木桂英是也。俺乃李剪梅是也。〔同白〕聞得嚴洞賓所設天門陣十分利害，千歲命我等同去探陣，不免就去走遭。〔同唱〕

【仙呂調套曲・村裏迓鼓】他設著潑天圖陣(句)，剔弄出百般百般樣門徑(韻)。包藏著千溪和那萬壑(句)，指揮間(句)，縱横響應(韻)。聽説是險惡異常(句)，聽説是險惡異常(疊)，變幻莫測(句)，説也可驚(韻)。因此上將令兒申(句)，因此上將令兒申(疊)，向陣中從頭兒探(句)，細細的審視兒明(韻)。齊齊策騎馬(讀)，也進天門察省(韻)。〔從下場門下。雜扮遼兵，各戴額勒特帽，穿外番衣，持兵器。雜扮遼將，各戴盔襯、狐尾、雉翎，穿打仗甲，持兵器。引雜扮耶律學古、韓君弼、耶律休格、耶律色珍、師蓋，各戴外國帽、狐尾、雉翎，紮靠，背令旗，持兵器。從上場門上。同唱〕

【仙呂調套曲・元和令】他那裏探虛實好進兵(韻)，俺這裏先取勝早謀定(韻)。一個個刀鎗劍戟手中擊(韻)，威風來抖擻(句)，準備著橫衝截戰莫容情(韻)。只教他羊觸藩籬(讀)，蛾撲銀燈(韻)，鳥入樊籠(讀)，虎落深坑(韻)。〔從下場門下。健軍引王素真等從上場門上。同唱〕

【仙呂調套曲・勝葫蘆】竟向那蟻穴蜂窠探分明(韻)，這番兒臨險不非輕(韻)，要防埋伏隱藏截歸徑(韻)。俺這裏併心同膽(句)，勇合智契(句)，衆人的軀命托依憑(韻)。〔耶律學古、韓君弼、耶律休格、耶律色珍、師蓋等同從下場門上，作斷喝科。白〕來的女將，休得近前，問明進陣。〔王素真等同白〕我等奉命，今日先來探陣，定期攻打。〔師蓋等同白〕嗄，是探陣，不是打陣，後面可有人馬？〔王素真等同白〕没有。〔師蓋等同白〕待俺們看來。〔作向下望科。同白〕果然没有人馬。吩咐大開陣門，放宋將探陣。〔内應科。健軍引王素真等從下場門下。師蓋等笑科。同白〕這幾個女將，好不知死活，擅敢進陣。少時俺們將他圍困陣中，擒捉便了。傳令緊緊把守陣門者。〔衆應科。同唱〕

【仙呂調套曲・得勝令】他膽壯逞誇强使勁(韻)，敢闖入天門險徑(韻)。好比做蠶投繭自甘捨命(韻)，壓卵勢怎支撑(韻)？〔從下場門下。場上撤烟雲帳。健軍引王素真等從上場門上，作進陣科。王素真等同唱〕

【仙呂調套曲・後庭花】俺把這天門陣探得明(韻)，門路兒悉記清(韻)。將臺上皂纛白涼蓋(句)，日月旗和那絳紗燈(韻)。馳戰馬遍巡行(韻)，急早的歸營覆命(韻)。〔遼兵、遼將、師蓋等從兩場門衝上，合戰科。王素真等同白〕住了，有言在前，此來並非打陣。爾等乘虚劫殺，欺我勢孤，豈是大將所爲？〔師蓋等同白〕俺今先挫爾等鋭利，壯我天門陣威嚴。〔作合戰科，同從下場門下。健軍、王素真等，遼兵、師蓋等，從上場門上，作絡繹挑戰，復作合戰科。健軍、王素真等從下場門敗下。師蓋白〕這些潑婦，十分驍勇，加兵圍困便了。〔向下傳科。白〕陣中將士，一齊向前圍住宋將，不可放走一人。〔内應科。師蓋等從下場門下。健軍、王素真等從上場門上。同唱〕我我我女中傑將中英(韻)，敢敢敢當他百萬兵(韻)。他他他便乘虛起戰爭(韻)，俺俺俺探天門令遵行(韻)。恨恨恨暗埋伏絶計生(韻)，早早早鋭其身突回營(韻)。〔遼兵、遼將、師蓋等從上場門上，合戰科。雜扮遼將，裝二十八宿，各戴本星形像冠，穿鎧，持鎗，從兩場門上，作圍困科。健軍、王素真等作突圍，從上場門下。遼將等白〕突圍走了。〔師蓋等同白〕雖然逃脱，威風挫盡矣。俺們啟知軍師便了。〔同唱〕

【尾聲】收斂甲兵敗逃生(韻)，軍威折挫無餘剩(韻)。俺便成功繳令(韻)，戒嚴守陣令依行(韻)。〔同從下場門下。場上攛烟雲帳，撤將臺、旗幟科〕

第十本卷上

第一齣　宋將齊心出營壘（車遮韻）

〔雜扮健軍，各戴馬夫巾，穿採蓮襖卒褂，背絲絛，執飛虎旗。雜扮將官，各戴馬夫巾，紮額，穿打仗甲，執標鎗。雜扮孟吉、焦松，各戴紮巾額，紮靠，持兵器。生扮岳勝，小生扮胡守信，各戴盔，紮靠，持兵器。淨扮焦贊，戴紮巾額，紮靠，背令旗，持鎗。淨扮孟良，戴紮巾額，紮靠，背令旗，背葫蘆，持雙斧。淨扮呼延畢顯，戴盔，紮靠，背令旗，持兵器。小生扮楊宗顯、楊宗保、楊宗孝，各戴紮巾額，紮靠，背令旗，持兵器。末扮王懷，戴金貂，紮靠，背令旗，持刀。淨扮呼延贊，戴黑貂，紮靠，背令旗，持鞭。旦扮李剪梅、九妹、八娘、金頭馬氏，各戴七星額，紮靠，持兵器。旦扮杜玉娥、呼延赤金、木桂英，各戴七星額，紮靠，背令旗，持兵器。旦扮王素真，戴女盔，紮靠，背令旗，持兵器。引生扮楊景，戴帥盔，紮靠，背令旗，襲蟒，束帶，佩劍。生扮德昭，戴素王帽，紮靠，背令旗，襲蟒，束玉帶，佩劍。同從上場門上。楊景、德昭唱〕

【雙角套曲·新水令】牙旗日照影横斜(韻)，將千員躬身環列(韻)。集師徒軍門屯虎豹(句)，列戈矛旌旆動龍蛇(韻)。聽笳鼓稠疊(韻)，看俺調精兵掃陣湯澆雪(韻)。〔場上設椅，轉場坐科。白〕大門陣上妖氛盛，熊虎軍中正氣高。迅掃烟烽雲霧散，功成血汗透征袍。〔楊景白〕千歲，據先鋒木桂英等所云，探得天門陣法甚是險惡，惟恐攻之不易。〔德昭白〕元帥，我等賴主上天威，仙師神力，何慮陣圖險惡。〔唱〕

【雙角套曲·駐馬聽】臣盡忠烈(韻)，臣盡忠烈(疊)，欣賴英明君聖哲(韻)。君臣和叶(韻)，權衡閫外任賢傑(韻)，加惠三軍寵恩疊(韻)。人人報國心懷切(韻)，鼓勇協(韻)，妖氛指日皆消滅(韻)。〔雜扮一旗牌，戴小頁巾，穿箭袖排穗，從上場門上。白〕聖主仁風遠，仙人慈念深。〔作進門稟科。白〕啟上千歲、元帥，鍾仙師請了一位呂仙師，同破天門陣，從御營而來，已到營門了。〔楊景、德昭白〕快請。〔旗牌應，作向下請科。白〕仙師有請。〔浄扮鍾離道人，戴丫髻膗腦，穿鍾離氅，執棕扇。生扮呂洞賓，戴純陽巾，穿仙衣，繫絲絛，背劍，執拂塵。從上場門上。白〕一聲棒喝愚迷醒，十萬遼兵眼下亡。〔楊景、德昭作出門迎接科。白〕二位仙師請。〔同作進門科，旗牌從下場門下。楊景、德昭白〕有勞仙駕降臨，榮幸之至，請坐。〔場上設椅，各坐科。楊景、德昭白〕請問呂仙師，這天門陣如何破法？〔呂洞賓白〕先將護陣神將退去，然後千歲、元帥統大兵入陣。即令大將上臺，將七星纛、日月旗、白涼繖砍斷，以破其法。千歲可將紅燈射落，絕其指向，此陣立破矣。〔楊景、德昭白〕多感仙師指教。〔唱〕

【雙角套曲·沉醉東風】感仰賴仙師法力(句)，早博得四民安業(韻)。定邊隅(句)，延宗社(韻)。烽烟息掃陣書捷(韻),四方罷戰盡和協(韻),君臣的把仙師酬謝(韻)。〔鍾離道人、呂洞賓白〕扶正祛邪,仙家分内之事,何勞酬謝。元帥,且先發令,待至五鼓,貧道去退了神將,天明進兵,一同破陣除妖便了。〔德昭白〕請二位仙師後營歇息。〔各起,隨撤椅科。鍾離道人、呂洞賓白〕貧道失陪了。〔從下場門下。場上設高臺、公案、桌椅科。德昭白〕請元帥登臺發令。〔楊景上高臺入座科。臺側設椅,德昭坐科。楊景白〕楊宗保、楊宗孝、楊宗顯、胡守信聽令。〔内鳴金響號,楊宗保等應科。楊景白〕你四人,直入天門陣大將臺上,砍倒白涼繖爲功,聽吾吩咐。〔唱〕

【雙角套曲·鴈兒落】當不得白涼繖蓋遮(韻),一霎便雲霧遮日月(韻)。仗恁奮身成大功(句),將臺上顯個雄威者(韻)。〔楊宗保等應科。楊景白〕孟良、焦贊、孟吉、焦松聽令。〔内鳴金響號,孟良等應科。楊景白〕你四人,直入天門陣中,將左右日月旗拔倒爲功,聽吾吩咐。〔唱〕

【雙角套曲·得勝令】若不將日月繡旗折(韻),展旗兒變幻甚奇絶(韻),展旗兒陣換移星斗(句),展旗兒縱横門路别(韻)。豪傑(韻),將旗號忙襞裂(韻),英傑(韻),同心輔佐協(韻)。〔孟良等應科。楊景白〕杜玉娥、呼延贊、金頭馬氏、岳勝聽令。〔内鳴金響號,杜玉娥等應科。楊景白〕你四人,隨本帥截殺遼將,聽吾吩咐。〔唱〕

【雙角套曲·收江南】陣中鏖戰莫虚怯(韻),東西南北要横截(韻),休教遼將脱逃越(韻)。左攔右遮(韻),斬來首級紀功牒(韻)。〔杜玉娥等應科。楊景白〕王懷、呼延畢顯、木桂英、呼延赤金等聽令。〔内鳴

金響號，王懷、木桂英等應科。楊景白〕爾等八人，領兵保護千歲射落紅燈，即上將臺，砍斷旗杆，絶其指向，聽吾吩咐。〔唱〕

【雙角套曲·喬牌兒】保千歲穿楊神箭射(韻)，則看那號令的紅燈滅(韻)。速將那七星纛(讀)，銅斗旗杆拽(韻)，要把那衆軍指向絶(韻)。〔王懷、木桂英等應科。楊景白〕令已宣畢，衆將各各凜遵，準備鞍馬器械，來日天明起兵。〔衆作應科，楊景下高臺，隨撤高臺、公案、桌椅科。衆同唱〕

【慶餘】衆英傑(韻)，勇同協(韻)，報國恩各攄忠烈(韻)。掃陣蕩妖邪(韻)，肅清四野(韻)。奏功捷(韻)，圖得凌烟青史寫(韻)。〔同從下場門下〕

第二齣　天神奉勅返星垣（尤侯韻）

〔場上攩烟雲帳，内設天門陣、通明殿、大小將臺。建旗杆，挂七星纛、紅燈，插日月旗科。雜扮遼將，裝二十八宿，各戴本星形像冠，穿鎧，持金鎗，分守將臺。雜扮二遼將，裝龜蛇二將，各戴豎髮，紥額，穿鎧，持兵器，守護七星纛。雜扮二遼將，各戴馬夫巾，紥額，穿鎧，持兵器，作守護白涼繖。旦扮單陽郡主，裝九天玄女，戴女盔，紥靠，持劍。雜扮遼兵，各戴額勒特帽，穿外番衣，執黄素旗。雜扮孟金龍，戴外國帽、狐尾、雉翎，紥靠，背令旗，持兵器。同從兩場門暗上，列陣科。雜扮耶律學古、韓君弼、耶律休格、耶律色珍、耶律沙、師蓋，各戴外國帽、狐尾、雉翎，紥靠，背令旗，持兵器。浄扮嚴洞賓，戴虬髮、道冠，紥金箍，穿蟒箭袖，紥鸞，持劍。引旦扮蕭氏，戴蒙古帽練垂，紥靠，背令旗，佩劍，從上場門上。蕭氏唱〕

【黄鐘調隻曲·賺】鎮日爲國擔憂（韻），我德薄昊天不佑（韻）。思量起（句），精兵十萬傷其九（韻），傷其九（格），思之何日纔能洗羞垢（韻）。〔白〕孤自臨潢起兵，指望恢復山後，進取汴京，誰知屢經大敗。如今又將軍師所設之陣，俱被打破，止剩這天門一陣，再有所失，遼邦休矣。〔嚴洞賓、師蓋等同白〕娘娘言及於此，臣等自覺愧赧之至。娘娘且請寬懷，仗這天門大陣之勢，臣等奮身死守，或能取勝，亦未可知。〔蕭氏白〕卿等忠勇之心，孤豈不知之？奈宋兵鋭氣日盛，恐難取勝。〔作悶歎科。

唱〕口不言時頻翹首(韻)，默禱祈求(韻)。可垂念遼邦屢作敗北寇(韻)，這些時恥含怎受(韻)？〔雜扮一遼兵，戴額勒特帽，穿外番衣，從上場門上。白〕金鼓如雷震，軍聲似海潮。啟上娘娘，楊景起了合營人馬，山頹海沸而來，離此不遠了。〔蕭氏白〕再去打聽。〔遼兵應科，仍從上場門下。蕭氏白〕軍師，今楊景起了合營人馬，其勢必鋭，你所請吕仙師又不至，孤好放心不下也。〔唱〕

【黄鐘調隻曲·美中美】聞其聲勢心頭震(句)，意亂難禁受(韻)，默禱頻稽首(句)。祈仙佑(韻)，大施法力(句)，庶免天門陣覆(韻)。盼吕仙師心法大菩提(句)，免我遭孱僽(韻)。〔白〕軍師嗄。〔唱〕百萬遼兵命(句)，全仗他來拯救(韻)。〔嚴洞賓白〕就是吕仙師不來，有貧道在此，娘娘放心，就此上將臺作法去。〔同作遶場科。嚴洞賓唱〕

【又一體】且請心寬慰(句)，休把眉兒皺(韻)。法設天門陣(句)，諒彼誰識透(韻)。正法非訛(句)，嫡派吕仙傳授(韻)。〔場上撤烟雲帳，同作進陣科。嚴洞賓白〕待貧道多召些天神天將，雷公電母，待宋兵進陣，連兵帶將，一併擊死。娘娘請看了。〔作上將臺，揮劍書符科。唱〕畫一道正法五雷符(句)，默誦著靈應召神咒(韻)，火速來臨降(句)，毋遲逗(韻)。〔内應雷聲科。雜扮神將，各戴馬夫巾，紥額，穿鎧，執金鞭。旦扮電母，各戴翠過翹、仙姑巾，穿舞衣，紥袖，持鏡。雜扮雷公，各戴雷公髮，穿鎧，紥翅，持鎚鏨。雜扮雨師，各戴豎髮，紥額，穿箭袖，繫肚囊，執旗。老旦扮風婆，各戴包頭，紥額，穿老旦衣，繫腰裙，負虎皮。同從禄臺上，遶場分侍科。嚴洞賓白〕吾奉玉虛上相吕真人法諭，召請諸位尊神，保護天門陣，不得有違。〔神將、雷公、電母等應科。嚴洞賓作下將臺科。白〕娘娘，試看我仙法可靈否？〔蕭氏白〕果然妙道如神，孤無憂矣。〔嚴洞賓白〕請娘娘準備人馬，俟宋兵到來迎敵。〔蕭氏白〕軍師請。〔同從下場門下。場上攛烟雲帳。浄扮鍾離道人，戴丫髻膉腦，穿鍾離氅，持棕扇，從禄臺上。白〕秉正邪難勝，何妨道法全。衆位尊神請了。〔神將、雷公、電母等作相見科。白〕原來是上真降臨，小神等參見。〔鍾離道人白〕此陣乃妖仙所佈，尊神何得聽其呼召？〔神將、雷公、電母等白〕小神等所遵乃玉虚上相靈符宣召，不敢有違。〔鍾離道人白〕妖仙偷盗天書，竊取正法，逆天抗宋，應遭罪譴。請諸神速退。〔神將、雷公、電母等作應科，從禄臺下。鍾離道人白〕諸神已退，專待與洞賓收取妖仙便了。一朝餘沴蕩，四海屬休戈。〔從禄臺下〕

第三齣　箭驅邪燈消軍亂㊣庚青韻

〔場上攢烟雲帳，内設天門陣、通明殿、大小將臺。建旗杆挂七星纛、紅燈，插日月旗科。雜扮孟金龍，戴外國帽、狐尾、雉翎，紥靠，背令旗，持兵器。雜扮遼將，裝二十八宿，各戴本星形像冠，穿鎧，持金鎗，分守將臺。雜扮二遼將，裝龜蛇二將，各戴豎髮，紥額，穿鎧，持兵器，守護七星纛。雜扮二遼將，裝天將，各戴馬夫巾，紥額，穿鎧，持兵器，作守護白涼繖。旦扮單陽郡主，裝九天玄女，戴女盔，紥靠，持劍。雜扮遼兵，各戴額勒特帽，穿外番衣，執黃素旗。從兩場門暗上，列陣科。净扮嚴洞賓，戴虬髮、道冠，紥金箍，穿蟒箭袖，紥鞶，持劍，從上場門暗上將臺科。雜扮健軍，各戴馬夫巾，穿採蓮襖卒褂，背絲縧，持兵器。雜扮孟吉、焦松，各戴紥巾額，紥靠，持兵器。小生扮胡守信，生扮岳勝，各戴盔，紥靠，持兵器。小生扮楊宗顯、楊宗保、楊宗孝，各戴紥巾額，紥靠，背令旗，持兵器。净扮焦贊，戴紥巾額，紥靠，背令旗，持鎗。净扮孟良，戴紥巾額，紥靠，背令旗，背葫蘆，持雙斧。净扮呼延贊，戴黑貂，紥靠，背令旗，持鞭。旦扮金頭馬氏，戴七星額，紥靠，持兵器。旦扮杜玉娥，戴七星額，紥靠，背令旗，持刀。引生扮楊景，戴帥盔，紥靠，背令旗，持鎗。雜扮一將官，戴馬夫巾，紥額，穿打仗甲，執黃纛。隨從上場門上。衆同唱〕

【正宫正曲·四邊静】仙機決勝成謀定㊣韻，親把熊羆領㊣韻。擂鼓與摩旗㊣句，共聽指揮令㊣韻。

〔合〕神速進征(韻)，疾雷衆驚(韻)。早則褫其魄(句)，敢望旌旗影(韻)。〔場上撤烟雲帳。楊景白〕大小三軍，奮勇踹陣者。〔衆應，作進陣科。執纛將官從上場門下。雜扮耶律學古、韓君弼、耶律休格、耶律色珍、耶律沙、師蓋，各戴外國帽、狐尾、雉翎，紮靠，背令旗，持兵器。引旦扮蕭氏，戴蒙古帽練垂，紮靠，背令旗，持刀。從下場門衝上，作迎戰科。旦扮九妹、八娘、李剪梅，各戴七星額，紮靠，持兵器。旦扮木桂英、呼延赤金、王素真，各戴七星額，紮靠，背令旗，持兵器。末扮王懷，戴金貂，紮靠，背令旗，持兵器。浄扮呼延畢顯，戴盔，紮靠，背令旗，持兵器。引生扮德昭，戴素王帽，紮靠，背令旗，持金鎗。從上場門上，作進陣助戰科。蕭氏、耶律沙等從下場門敗下，德昭、呼延畢顯等追下。嚴洞賓白〕楊景，你不知這天門陣的利害，輒敢領兵自投羅網。〔唱〕

【正宮正曲·玉芙蓉】有何破法能(韻)，敢闖天門徑(韻)？入天羅地網(讀)，插翅難騰(韻)。〔楊景笑科。白〕妖道，你道本帥不知天門陣的破法，藐視於我。〔唱〕俺已先將破陣成謀定(韻)，故督王師撻伐征(韻)。〔白〕衆將官，奮力破陣。〔衆應科。嚴洞賓白〕衆遼將，隨俺擒拏楊景。〔裝二十八宿遼將等應科，同作下臺合戰科。嚴洞賓、遼將等從下場門敗下。楊景白〕衆將官，速將白涼繖、日月旗砍斷者。〔衆應科。單陽郡主白〕衆遼兵，與俺擒拏宋將。〔遼兵應，作換兵器科。單陽郡主作下臺合戰科。單陽郡主、遼兵從下場門敗下。楊宗顯、楊宗保、楊宗孝、胡守信上將臺，作斬護繖二遼將，砍斷白涼繖科。孟良、焦贊、孟吉、焦松作砍倒日月旗，隨撤小將臺科。遼將、嚴洞賓從上場門上，合戰科。孟良、焦贊等作追遼將，從下場門下。嚴洞賓白〕楊景，你敢砍倒俺日月旗、白涼繖，破俺法術，與你誓不干休。〔楊景白〕妖道，憑你役鬼驅神，吾何懼哉。〔唱合〕持忠正(韻)，妖氛怎勝(韻)？頃刻間(讀)，消除沴氣便澄清(韻)。〔戰科，從下場門下。裝龜蛇二遼將白〕好利害宋兵，似山頹海沸一般，將天門陣衝亂。如今宋兵向西路殺來了，快將紅燈指向我軍者。〔作拽紅燈指西科。健軍、孟良、焦贊、楊景等，遼兵、耶律沙、單陽郡主、蕭氏等，從上場門上，作絡繹戰鬬科，從下場門下。九妹、八娘、李剪梅、木桂英、呼延赤金、王素真、呼延畢顯帶弓箭，引德昭從上場門上。唱〕

【正宫正曲・普天樂】走西東截吾徑(韻)，繞南北追蹤影(韻)。週遭兒人馬層層(韻)，四下里喊殺聲聲(韻)。〔德昭望科。白〕呀，你看將臺上紅燈，隨著我軍攻東指東，攻北向北。待孤射落紅燈，絶其指向。取弓箭過來。〔呼延畢顯應，作遞弓箭科。同唱合〕看穿楊技能(韻)，烏號羽簳擎(韻)。滿月弓開(讀)，管教射落紅燈(韻)。〔作射落紅燈科。二遼將作驚慌下臺，從下場門跑下。木桂英等同白〕好神箭。〔德昭大笑科。木桂英、呼延畢顯等作上將臺，拔倒旗杆科，隨下將臺。遼兵、衆遼將、蕭氏等從上場門上，作慌張亂竄科。楊景等追上，合戰。蕭氏等從下場門敗下，楊景、德昭等追下。健軍、孟良、焦贊、楊景等，遼兵、遼將、單陽郡主、孟金龍等，從上場門上，作陸續挑戰科，從下場門下。師蓋、嚴洞賓、蕭氏從上場門上。同唱〕

【又一體】射紅燈神威警(韻)，斷絶了指揮令(韻)。失軍隊混亂縱橫(韻)，觀神箭目駭心驚(韻)。〔嚴洞賓白〕娘娘，貧道初次見這樣神箭，一箭竟將十餘丈高的紅燈射落。軍無指向號令，隊伍散亂，這便怎麼處？〔蕭氏白〕軍師，你有五雷神，何不擊散他們？〔嚴洞賓白〕不錯，此時不擊，等待何時？

待我來。〔作揮劍書符咒科。白〕詛。〔蕭氏等同白〕怎麽不見雷響？〔嚴洞賓白〕豈有此理，這些神將竟在雲端裏看相殺。〔作書符咒科。白〕詛。〔蕭氏等同白〕軍師，神將在那裏？〔嚴洞賓白〕不要忙，不要忙。吾奉太上老君，急急如律令敕。〔作慌張科。白〕不好了，神將必被神箭唬走了。〔九妹、八娘、李剪梅、木桂英等從上場門上，合戰科，從下場門下。德昭、楊景等，蕭氏、嚴洞賓等，從上場門上，作絡繹戰鬭科。楊景作刺死孟金龍科，孟良、焦贊等作斬衆遼將科。嚴洞賓、蕭氏等從下場門下。德昭、楊景白〕天門陣已破，奮勇擒拏妖道，不可縱放。〔衆應科。同唱合〕心同力併㊞，今朝大績成㊞。七十二陣㊟，百日皆平㊞。〔同從下場門下，隨撤將臺〕

第四齣　仙佑正陣破妖除（東鐘韻）

〔場上設通明殿、將臺一座。雜扮遼兵，各戴額勒特帽，穿外番衣，持兵器。旦扮單陽郡主，戴女盔，紥靠，持兵器。浄扮嚴洞賓，戴虬髮、道冠，紥金箍，穿蟒箭袖，紥氅，持劍。旦扮蕭氏，戴蒙古帽練垂，紥靠，背令旗，持刀。從上場門敗上。衆同唱〕

【雙角套曲・夜行船】陣勢潑天一掃空(韻)，穿楊手射落紗籠(韻)。斬將搴旗(句)，威嚴驚衆(韻)，其勢也奈何忒横(韻)。〔雜扮健軍，各戴馬夫巾，穿採蓮襖卒褂，背絲絛，持兵器。旦扮九妹、八娘、李剪梅，各戴七星額，紥靠，持兵器。旦扮木桂英、呼延赤金、王素真，各戴七星額，紥靠，背令旗，持兵器。末扮王懷，戴金貂，紥靠，背令旗，持兵器。浄扮呼延畢顯，戴盔，紥靠，背令旗，持兵器。引生扮德昭，戴素王帽，紥靠，背令旗，持金鎗。從上場門衝上，合戰科，同從下場門下。雜扮耶律學古、韓君弼、耶律休格、耶律色珍、耶律沙、師蓋，各戴外國帽、狐尾、雉翎，紥靠，背令旗，持兵器。從上場門敗上。同唱〕

【雙角套曲・銀漢浮槎】只道俺天門陣勢雄(韻)，那知他克勝軍威猛(韻)，破釜沉舟忒洶涌(韻)。愧咱陣伏人自受圍(句)，圍如鐵桶(韻)。〔雜扮孟吉、焦松，各戴紥巾額，紥靠，持兵器。小生扮胡守信，生扮岳勝，各戴盔，紮靠，持兵器。小生扮楊宗顯、楊宗保、楊宗孝，各戴紮巾額，紮靠，背令旗，持兵器。浄扮焦贊，戴紮巾額，紮靠，背令旗，持鎗。浄扮孟良，戴紮巾額，紮靠，背令旗，背葫蘆，持雙斧。浄扮呼延贊，戴黑貂，紮靠，背令旗，持鞭。旦扮金頭馬氏，戴七星額，紮靠，持兵器。旦扮杜玉娥，戴七星額，紮靠，背令旗，持刀。引生扮楊景，戴帥盔，紮靠，背令旗，持鎗。從上場門衝上，合戰科，從下場門下。健軍、德昭等，遼兵、蕭氏等，從上場門上，作陸續挑戰科。木桂英作刺死單陽郡主科，從下場門下。楊景等、師蓋等從上場門上，作絡繹挑戰科，從下場門下。生扮吕洞賓，戴純陽巾，穿仙衣，繫絲縧，背劍，持拂塵。浄扮鍾離道人，戴丫髻膪腦，穿鍾離氅，持棕扇。從上場門暗上將臺科。唱〕

【雙角套曲·慶宣和】殺得他攢簇紛紜似蟻蠓韻，怎當俺雨催雷送韻？一陣披靡夢魂悚韻，似鴻毛燎烘韻，燎烘疊。〔德昭等追嚴洞賓從上場門上，作圍困合戰科。德昭作上將臺，八娘、九妹等分侍科。鐘離道人、吕洞賓白〕椿岩，你仙師在此。〔嚴洞賓白〕吕仙師，你怎不早來護陣？這時候纔來，做師父的失信於徒弟。〔吕洞賓白〕胡説，你死在頃刻，還不請罪？〔嚴洞賓白〕俺有何罪？〔鍾離道人、吕洞賓白〕你佈列天門陣，抗拒王師，違逆天命，還説無罪？〔嚴洞賓作怒科。白〕住了，這些陣法都是你親自傳授我的。你不來幫助，反來罪我。〔吕洞賓白〕授你陣法，並不曾教你助遼抗宋，戕害生靈。早早洗心懺悔，庶免天譴。〔嚴洞賓作怒咤科。白〕油嘴潑道，你既許來助我，如何倒去偏護宋軍？這等反覆無常，師生之誼何在？喫俺一劍。〔鍾離道人白〕看俺掌雷取你。〔作張手科，内應雷聲。彩人扮雷公，從天井下。内放砲，作擊死嚴洞賓科。雷公仍從天井上。内應白〕好大雷。〔健軍、楊景等追遼兵、蕭氏等，從上場門上。九妹、八娘等作截戰科。蕭氏等從下場門敗下。德昭白〕元帥，二位仙師在此。〔德昭、鍾離道人、呂洞賓同下將臺，隨撤將臺科。楊景白〕多謝仙師慈悲，蕩陣除氛，大功告捷，非景之幸，實乃聖主之福也。〔鍾離道人、呂洞賓白〕我等雖居方外，久沾聖主德澤，理應濟世匡功。今邪氛除盡，千歲、元帥易得成功矣。回營朝見聖主，即便歸山去也。〔德昭白〕孤先與二位仙師回營見駕奏捷。〔楊景白〕杜玉娥等八女將，護仙師、千歲回營。〔杜玉娥等應科，引德昭、呂洞賓、鍾離道人從上場門下。雜扮一將官，戴馬夫巾，紥額，穿打仗甲，執黃纛，從上場門暗上。楊景白〕大小三軍。〔衆應科。楊景白〕緊緊追殺，不得停留。〔衆應科。同唱〕

【雙角套曲·落梅花】追兵驟（句），逐後攻（韻），急加鞭挽轡頓鞚（韻）。敗亡將（讀），怎敵俺驍勇（韻），聽喧闐天關震動（韻）。〔同從下場門下。遼兵、師蓋等隨蕭氏從上場門敗上。蕭氏唱〕

【雙角套曲·風入松】軍師一命掌雷轟（韻），仰面叫蒼穹（韻）。怎教我邦山聳圖不聳（韻），地洪而國運不洪（韻）。〔楊景內白〕蕭氏那裏走？〔蕭氏回望科。白〕呀。〔唱〕見楊景追來接踵（韻），難支他鋭利鋼鋒（韻）。〔楊景等從上場門追上，合戰科，蕭氏等從下場門敗下。衆白〕遼兵大敗。〔楊景白〕歸衆勿擊，收兵回營。〔衆應科。同唱〕

【隨煞】重圍垓下偷生縱（韻），夜夢還教驚悸恐（韻），笑他似重瞳無面見江東（韻）。〔同從下場門下〕

第五齣　郡主同殷孝母心（齊微韻）

〔雜扮遼兵，各戴額勒特帽，穿外番衣，持兵器。雜扮遼將，各戴盔襯、狐尾、雉翎，穿打仗甲，持兵器。旦扮女遼將，各戴紥額、狐尾、雉翎，穿甲，持兵器。引旦扮耶律青蓮、耶律瓊娥，各戴七星額、鸚哥毛尾、雉翎，紥靠，背令旗，各持鎗。從上場門上。耶律青蓮、耶律瓊娥唱〕

【正宮正曲・鴈過聲】諸陣冰消瓦解矣(韻)，察其時勢皆不利(韻)。救親娘背著迂拙壻(韻)，報劬勞孝堅持(韻)，敢昧天良按兵不起(韻)。〔生扮楊貴，戴盔、狐尾，紥靠，持鎗。小生扮楊順，戴紥巾額、狐尾，紥靠，持鎗，從上場門追上。白〕郡主慢行。〔唱合〕我心忙逐後馳(韻)，你揮兵暫且停征騎(韻)，何故三軍專擅提(韻)？〔作相見科。白〕二位郡主，提兵何往？〔耶律瓊娥、耶律青蓮白〕郡馬難道不知，宋兵大破天門陣，我母大受其敵，此時不救，等待何時？〔唱〕

【正宮正曲・三字令】極關己(韻)，親情意(韻)，非別比(韻)。兵遇敗亡期(韻)，時及顛危際(韻)，袖手傍觀天倫廢(韻)。〔楊貴、楊順白〕郡主，此話差了。既嫁楊門，即是宋朝命婦，不該起兵抗拒。〔耶律瓊娥、耶律青蓮白〕噯，我二人現在母親身畔，今生身之母，在至急至危之際，難道忍心坐視，不去解救不成？〔唱〕痛娘親(句)，孤勢困重圍(韻)。盼救援(句)，望眼穿(句)。你阻吾騎(韻)，〔合〕急殺人(句)，腸斷寸心碎(韻)。〔楊貴、楊順白〕不是嗄，郡主提兵救援，免不得相持厮殺，豈非抗拒王師麽？〔唱〕

【又一體】盡孝心(句)，果倫理(韻)。抗王師(句)，豈知罪吾不罪你(韻)。只顧了(句)，天倫義(韻)。把君臣分(句)、夫妻情盡棄(韻)。〔耶律瓊娥、耶律青蓮白〕人生百行孝爲先，難道只顧夫妻，不顧父母不成？起兵。〔楊貴、楊順白〕住了，郡主此去千万不可抗犯王師。〔耶律瓊娥、耶律青蓮白〕這綱常大義，我姊妹頗知。只爲母女連心，不忍坐視，救母生還，盡其一點孝心，決不抗犯王師。〔唱〕救母回營轉(句)，命免疆場廢(韻)。〔内應吶喊科，耶律瓊娥、耶律青蓮作回望科。白〕呀，那邊喊聲不絶，定是我兵敗逃來也，快快迎上去。〔衆應科。同唱〕敗殘師(句)，偃旌旗(韻)。聽喊聲(句)，甚慘悽(韻)。〔合〕快向前(句)，免教寸心繫(韻)。〔同從下場門下。雜扮遼兵，各戴額勒特帽，穿外番衣，持兵器。雜扮耶律學古、韓君弼、耶律休格、耶律色珍、耶律沙、師蓋，各戴外國帽，狐尾、雉翎，紥靠，持兵器。旦扮蕭氏，戴蒙古帽練垂，紥靠，背令旗，持刀。從上場門上，遶場。同唱〕

【正宫正曲・泣秦娥】六軍蕩蕩臨潰起(韻)，一旦喪師辱國(讀)，包羞忍恥(韻)。怎上天不佑(句)，連遭敗績不勝紀(韻)。掬湘水羞顔難洗(韻)，非常失利(句)，苦今朝(讀)，孤勢無依倚(韻)。〔合〕恨只恨奸賊王欽(句)，敢辜恩直恁相欺(韻)。〔遼兵、遼將等引耶律瓊娥、耶律青蓮、楊順、楊貴，從上場門上，作相見科。耶律瓊娥、耶律青蓮白〕母親受驚了。〔蕭氏白〕親兒嗄，險些不能見你們之面。〔作拭淚科。耶律瓊娥、耶律青蓮白〕孩兒們聞得宋兵大破天門陣，乘勢掩殺，恐有不測，急急提兵救應，幸而母親無恙。〔楊貴、楊順白〕恕臣壻救護來遲之罪。〔蕭氏發恨科。白〕我邦不幸，喪師辱國，何顏見爾等？氣死我也。〔師蓋等同白〕勝敗兵家常事，何足爲慮？且回營中少憩，商量妙計，再整雄師復讐。〔耶律瓊娥、耶律青蓮白〕韓元帥已馳驛往西樓調兵去了，想早晚就到，請母親回營。〔蕭氏白〕收兵回營。〔衆應科。同唱〕

【正宮正曲・小桃紅】揾戰袍拭紅淚㊎，剩半旅殘兵騎㊎。斷戈折劍破旌旗㊎，拖刀捲甲長吁氣㊎。〔合〕威風挫盡英名失㊎，一個個心蕩神馳㊎。〔同從下場門下〕

第六齣　元戎誤中緩兵計（齊微韻）

〔雜扮健軍，各戴馬夫巾，穿採蓮襖卒褂，背絲絛，持兵器。雜扮將官，各戴馬夫巾，紮額，穿打仗甲，持兵器。净扮焦贊，戴紮巾額，紮靠，背令旗，持鎗。净扮孟良，戴紮巾額，紮靠，背令旗，背葫蘆，持雙斧。净扮呼延畢顯，戴盔，紮靠，背令旗，持兵器。小生扮楊宗顯、楊宗保、楊宗孝，各戴紮巾額，紮靠，背令旗，各持兵器。末扮王懷，戴金貂，紮靠，背令旗，持刀。從上場門上，遶場。同唱〕

【正宮正曲・小桃紅】趁彼敗皆心憒（韻），正勢迫無依倚（韻）。偃旗息鼓盡銜枚（韻），踹營破壘乘虛際（韻）。〔王懷白〕適纔元帥回營，與我等計議，道蕭氏知我收兵回營，決不防我回戈急擊。令俺們偃旗息鼓，乘虛踹破營盤，餘衆可除也。〔楊宗保白〕前面就是遼營，催軍速進。〔衆應科。同唱合〕乘其窮促無容憩（韻），怎留他養鋭兵提（韻）。〔同從下場門下。雜扮一遼兵，戴額勒特帽，穿外番衣，從上場門急上。白〕不好了，不好了。欺敵移兵至，乘虛劫寨來。〔作進門急喚科。白〕郡主、郡馬在那裏？郡主、郡馬快來。〔生扮楊肯，戴盔、狐尾，紮靠。小生扮楊順，戴紮巾額、狐尾，紮靠。旦扮耶律瓊娥、耶律青蓮，各戴七星額、鸚哥毛尾、雉翎，紮靠，背令旗。同從上場門上。白〕呼聲何太急，心下勃然驚。爲何事這等驚慌？〔一遼兵白〕小的在營外巡哨，打聽得宋兵乘虛殺來，將至大營了。〔耶律瓊娥、耶律青蓮作驚科。白〕有這等事？再去打聽。〔一遼兵應科，仍從上場門下。耶律瓊娥、耶律青蓮白〕郡馬，宋兵殺來，你我速速整兵迎敵纔好。〔楊貴、楊順白〕嗳，迎什麼敵？整什麼兵？或降或走，再無别計。〔耶律瓊娥、耶律青蓮白〕你説那裏話來，若不整戈迎敵，容他踹進大營，豈不玉石俱焚了。〔唱〕

【正宫正曲·雙鸂鶒】保娘命全仗你(韻)，爲娘親哀求救計(韻)。〔楊貴、楊順白〕豈容易破這七十二陣，看看要成大功，怎麼你二人改變心腸，只向你遼國，不向宋朝了？豈有此理。〔耶律瓊娥、耶律青蓮白〕郡馬，若説俺二人不向宋家，怎肯助你們成了許多大功？一旦把個遼邦斷送，不孝之女無過我二人了。〔楊貴、楊順白〕自古女生外向。〔耶律瓊娥、耶律青蓮白〕雖然如此，我二人也該盡一點孝心，就是你做女壻的，也當効半子之勞。〔唱〕既做遼邦貴壻(韻)，莫把良心偏蔽(韻)。盡一點(讀)，半子勞統兵拒抵(韻)，〔合〕保我母免教身陷重圍裏(韻)。〔楊貴、楊順白〕要我二人迎敵，實難從命。〔内應吶喊科。雜扮遼兵，各戴額勒特帽，穿外番衣，持兵器。雜扮耶律學古、韓君弼、耶律休格、耶律色珍、耶律沙、師蓋，各戴外國帽、狐尾、雉翎，紥靠，持兵器。從上場門急上。同白〕不好了，不好了，宋兵殺進營來了。〔耶律瓊娥、耶律青蓮白〕衆位將軍在此迎敵。郡馬，俺們快去保護娘娘要緊。〔楊貴、楊順作顧衆將，强應科，同取兵器，隨耶律瓊娥、耶律青蓮從下場門下。健軍、將官、王懷等從上場門上，作合戰科，從下場門下。健軍、王懷等，遼兵、師蓋等，從上場門上，作挑戰、合戰科，從下場門下。旦扮蕭氏，戴蒙古帽練垂，紥靠，背令旗，持刀。隨耶律瓊娥、耶律青蓮、楊貴、楊順從上場門上。蕭氏白〕不好了嗄，宋兵如潮水而來，我兵新敗，勢弱難支，如何是好？〔日扮女遼將，各戴紥額、狐尾、雉翎，穿甲，持兵器，從上場門上。同白〕郡主郡馬，宋兵殺進後營來了。〔蕭氏白〕郡主郡馬，此際多應是我大數至矣。〔健軍、將官、王懷等從上場門上，作合戰科。楊貴、楊順急從下場門下。遼兵、師蓋等從上場門上，截戰科。耶律瓊娥、耶律青蓮護蕭氏作突圍，從下場門下，焦贊、呼延畢顯追下。衆作合戰科，同從下場門下。焦贊、呼延畢顯追蕭氏從上場門上，戰科，蕭氏從下場門敗下。耶律瓊娥、耶律青蓮從上場門上，作接戰科。焦贊、呼延畢顯從下場門下。楊貴、楊順從上場門上。白〕郡主，郡主，你母親呢？〔耶律瓊娥、耶律青蓮作唾面科。白〕你二人保護我母親，倒躲在一邊，你好很心也。〔楊貴、楊順白〕我二人被宋兵衝散了。〔耶律瓊娥、耶律青蓮白〕郡馬，你看兵勢十分兇勇，求郡馬向孟良等説一聲，求他退去，暫爲緩兵之計。〔楊貴、楊順白〕這是朝廷公事，我二人豈敢袒護妻黨，徇私廢公？〔耶律瓊娥、耶律青蓮白〕郡馬，可念我母親傾心待你一場，況女壻也在倫常之內，到此生死交關之際，若是很心不救，於心何忍？倫常何在？〔唱〕

【又一體】何等的寵恩與你(韻)，冷眼觀蕭牆禍至(韻)，既知忠和孝怎忘恩義(韻)？天良莫廢(韻)，只求你(讀)，緩其兵暫救燃眉之計(韻)。〔楊貴、楊順白〕緩兵後，你二人又要想重整人馬復讐了，不能從命。〔耶律瓊娥、耶律青蓮作慍科。白〕我姊妹捨身助宋，救你楊家多少急難？目下求你個緩兵之計，如此推阻。〔耶律瓊娥白〕妹子嗄，這樣薄情之人，就隨他歸宋，終無結果，不如今日先自盡了罷。〔耶律青蓮白〕妹子也是此想。〔耶律瓊娥同作下馬拔劍科。同唱合〕烈心有死而已矣(韻)。〔作欲刎科，楊貴、楊順急下馬勸阻科。白〕郡主不要自盡，我二人依你之計，求他退兵，求他退兵。〔耶律瓊娥、耶律青蓮作收劍科。白〕若果求他退兵，受我二人一拜。〔作跪科，楊貴、楊順急扶科。白〕郡主請起，快請上馬。〔同作上馬科。孟良、焦贊、楊宗保從上場門上。楊貴、楊順白〕衆位將軍，我二人有言告稟。〔孟良等白〕不知有何見教？〔楊貴、楊順白〕望衆位暫且退兵，啟知元帥，可緩兵三日，我二人勸蕭氏詣營請降便了。〔孟良等同白〕既是二位郡馬這等説，小將們即當從命，去與王令公説知，回營告知元帥便了。〔向下。白〕就此收兵。〔内應科。孟良等同從上場門下。耶律青蓮、耶律瓊娥白〕多謝郡馬。〔楊貴、楊順白〕兵雖退去，作何主意？〔耶律瓊娥、耶律青蓮白〕且先重整營寨，安頓母心，我二人哀求母親議降便了。〔楊貴、楊順白〕多謝郡主。〔耶律瓊娥、耶律青蓮同唱〕

【慶餘】勸娘降順保根基(韻)，順天心休教抗抵(韻)，做個忠烈女英孝義持(韻)。〔同從下場門下〕

第七齣　設陷阱奸心愈毒（蕭豪韻）

〔内打初更。副扮王欽，戴巾，穿道袍，繫鑾帶，從上場門上。唱〕

【越調正曲・黑麻序】終須不知做蕭僚宋僚(韻)，我端的未知向(讀)，中朝北朝(韻)。心不定若狂絮左飄右飄(韻)，都只爲賣國求榮(讀)，不免朝勞暮勞(韻)，偷出寨心惱意惱(韻)。〔白〕下官王欽，爲了遼邦，費盡機謀，偏偏一計未成。看此光景，應當背遼輔宋，又恐蕭后不容。他今陣破兵亡之際，我若不親到遼營獻計，蕭后一怒，把我做的内應之事説破，性命難保。爲此等到起更後，宋主料然不能傳唤，改换衣巾，偷出營來，只得悄悄前去。〔唱〕走一步前瞧後瞧(韻)，〔合〕只恐怕遇著巡軍(句)，免不得急跑快跑(韻)。〔從下場門下。雜扮遼兵，各戴額勒特帽，穿外番衣。雜扮耶律學古、韓君弼、耶律休格、耶律色珍、耶律沙、師蓋，各戴外國帽、狐尾、雉翎，紮靠，佩劍。旦扮蕭氏，戴蒙古帽練垂，紮靠，背令旗。從上場門上。唱〕

【又一體】恨他踹營栅兵驍將驍(韻)，殺得箇亂奔馳(讀)，荒郊野郊(韻)。不堪聞衆兵的悲嚎痛嚎(韻)，則被他破壘衝鋒(讀)，東逃西逃(韻)。急得俺心焦意焦(韻)，枉自謀高計高(韻)。〔合〕一旦成空(句)，誇不得人豪志豪(韻)。〔場上設椅，轉場坐科。白〕罷了嗄罷了，只因信了賀驢兒虛誆，與俺做個内應，共圖宋室。那知他所獻之謀，一計未成。他今受了宋主恩寵，竟安然坐觀成敗，孤必將這賊子斬首，方消此恨。〔師蓋等同白〕那賀驢兒兔頭蛇眼，行藏奸詐，此等小人，豈可認爲心腹？如今在宋朝受了高官顯爵，將娘娘付託之心，置之腦後。倘若來時，必當問罪。〔蕭氏白〕衆卿所言，實是如此。〔雜扮一遼兵，戴額勒特帽，穿外番衣。引王欽從上場門上。王欽白〕不辭途路遠，獻計到遼營。〔遼兵白〕住著。〔作進門稟科。白〕啟上娘娘，賀驢兒求見。〔蕭氏白〕正在此恨他，來得好，命他進見。〔遼兵應，作出門喚科。白〕命你進見。〔遼兵從下場門下。王欽作進門參見科。白〕臣賀驢兒朝見。〔蕭氏白〕將這厮綁了。〔遼兵等應科，王欽作驚懼科。白〕娘娘，臣一片丹心，輔遼傾宋，爲何倒要綁我？〔蕭氏白〕什麽丹心？你這賊子，明明一副狼心。〔唱〕

【越調集曲·山桃紅】【下山虎】（首至四）墮伊圈套(韻)，放你投宋辭遼(韻)。不思將恩報(韻)，竟邀恩宋朝(韻)。【小桃紅】（六至合）只顧你官爵保(韻)，負我付心託(韻)。破我陣(讀)，喪我師(句)，殺得無門蹈(韻)也(格)。【下山虎】（八至末）兩下邀勞直恁狡(韻)，〔合〕越想越加惱(韻)，此恨怎消(韻)？你負德辜恩無些功與勞(韻)。〔白〕將這賊子推出營門，斬訖回報。〔遼兵等應科。王欽白〕娘娘，罪臣此來獻個極妙的好計，容臣奏明再斬。〔蕭氏白〕好計，何不早獻？此時陣破師亡之際，就有好計也遲了。〔王欽白〕此計正宜陣破師亡之際纔可用得。娘娘即寫求降疏一道，差人到宋營請罪，約於某日獻表歸降。那

時臣在傍呵,〔唱〕

【又一體】把瀾翻舌掉(韻),口動唇搖(韻)。請宋主親來到(韻),率領羣僚(韻)。一併重圍繞(韻),半個也難逃(韻)。要取宋江山(讀),報前讐(句),只此機關妙(韻)也(格)。〔蕭氏白〕衆卿,此計可用得?〔師蓋等同白〕臣等啟上娘娘,宋營不少深謀遠慮之臣,豈肯容宋主親臨險地?〔王欽白〕就是宋主不來,必遣德昭、楊景、寇準等到此。先將謀臣武將除卻,然後起兵直進,誰可抵攔?〔師蓋等同白〕就是謀臣武將要來,必要防其不測,必起大兵保護前來。那時俺們又不免損兵折將了,使不得。〔蕭氏白〕險些又被你欺誑,綁去斬著。〔遼兵應,作綁科。王欽作哀懇科。白〕娘娘嗄。〔唱〕一片赤膽把遼地保(韻),〔合〕並没使奸狡(韻)。望乞恕饒(韻),後効留臣贖罪條(韻)。〔蕭氏白〕快快綁出去。〔遼兵應,作押出門科。浄扮韓德讓,戴外國帽,狐尾、雉翎,紥靠,背令旗,佩劍,從上場門上。白〕忠懷佐國政,奮勇在沙場。〔王欽白〕元帥救命。〔韓德讓作見科。白〕你是王大人嗄。〔王欽白〕正是。王欽來獻假降之計,娘娘因敗,發忿要斬王欽。〔韓德讓白〕假降之計。候著。〔遼兵應。韓德讓作進門參見科。白〕臣韓德讓,爲西樓調兵保駕來遲。〔蕭氏白〕元帥調得多少人馬,可精鋭否?〔韓德讓白〕臣向西樓調得半萬連環馬軍,十分精鋭,馳赴軍營接援。纔在營門首,見綁出賀驢兒要斬,臣問其故,他説來獻假降之計。不知此計如何用法,求娘娘赦回,試問其妙。可用則用,不可用再斬。〔蕭氏白〕依卿之奏,將賀驢兒帶進來。〔韓德讓向下傳科。白〕帶賀驢兒進來。〔遼兵應,作押王欽進門科。韓德讓白〕你把所獻之計説來。〔王欽白〕我邦當此陣破兵亡之時，速行獻表求降之計，宋主必無疑慮。預伏奇兵而待，可成大功。〔韓德讓白〕娘娘，賀驢兒所謀，正合目下之機。就用連環馬軍設伏山谷，此計必成，求娘娘恕他一死。〔蕭氏白〕計雖可用，恨他受孤重託，未立寸功，累我全師盡喪，其罪難饒。〔韓德讓白〕此計不成，再斬不遲。〔蕭氏白〕如此，放了綁。〔遼兵應，作放綁科。王欽作叩謝科。白〕多謝娘娘。〔蕭氏白〕死罪饒了，活罪難饒。將他重砍四十，權消孤忿。〔遼兵應，作拏王欽科。王欽白〕娘娘，既用臣之計，怎麽還要打？〔蕭氏白〕打你個一計無成。〔王欽白〕這個該打，該打。〔遼兵作刑杖科。蕭氏白〕賀驢兒，你若懷讐助宋，孤必差人見宋主，斬你驢頭。用心謀成此計，將功折罪，去罷。〔王欽應科，作出門愁歎科。白〕倒運嗄倒運。〔從上場門下。蕭氏起，隨撤椅科。蕭氏白〕卿等隨孤後帳商議，即行此計便了。〔韓德讓等應科。同唱〕

【餘音】仰天暗裏來祈告(韻)，願蒼天可憐垂照(韻)，消忿全憑假獻表(韻)。〔同從下場門下〕

第八齣　留將相法駕先還（齊微韻）

〔雜扮軍士，各戴馬夫巾，穿蟒箭袖卒褂，執飛虎旗。雜扮將官，各戴馬夫巾，紮額，穿打仗甲，執標鎗。雜扮陳林、柴幹，小生扮胡守信，生扮岳勝，各戴盔，紮靠。浄扮焦贊，戴紮巾額，紮靠，背令旗。浄扮孟良，戴紮巾額，紮靠，背令旗，背葫蘆。浄扮呼延畢顯，戴盔，紮靠，背令旗。小生扮楊宗顯、楊宗保、楊宗孝，各戴紮巾額，紮靠，背令旗。末扮王懷，戴金貂，紮靠，背令旗。浄扮呼延贊，戴黑貂，紮靠，背令旗。各執馬鞭。引外扮寇準，戴相貂，穿蟒，束帶，帶印綬。生扮楊景，戴帥盔，紮靠，背令旗，襲蟒，束帶。生扮德昭，戴素王帽，穿蟒，束玉帶。各執馬鞭，從上場門上，遶場。同唱〕

【雙調正曲・柳梢青】全賴聖德天威（韻），大兵日鋭利（韻），定邊隅指日收功（句）。君臣總喜（韻），今日箇乘輿還汴（句），衆將上歡聲匝地（韻）。〔德昭白〕喜得七十二陣俱破，指日大功告成。孤與元帥、丞相會議具奏，選智勇上將，軍營留用。命佘太君率領女將先行，其餘將士，隨御營保駕還朝。悟覺禪師仍回五臺山。昨經奏準，即行傳諭諸營。今日聖駕起行，爲此率領諸將恭送鑾輿，速往御營去者。〔衆應科，遶場。同唱合〕整肅軍容（句），恭送起鑾（讀），御營同詣（韻）。〔作到科，德昭等作下馬。楊景白〕衆軍士，營外伺候。〔軍士將官等應科，從兩場門暫下。德昭等同作進門科。副扮王欽，戴相貂，穿蟒，束帶，帶印綬，從上場門急上，作相見科。白〕千歲來了，王欽參見。〔德昭白〕慌慌張張，往那裏去？〔王欽白〕臣聽見説千歲駕到，慌忙迎接。〔德昭白〕衆卿隨孤進見。〔楊景等應科，隨德昭從下場門下。王欽白〕偏偏遇著他，且住。正欲行求降之計，聖上已準千歲等車駕還汴之奏，此計又有些不妥。這時候不見行計的人到來，這便怎麽處？待我營門外去望一望。〔作出門望科。雜扮耶律沙，戴外國帽、狐尾、雉翎，穿青素，束角帶，捧本章，從上場門上。〔作相見科。白〕王大人。〔王欽白〕丞相，怎麽這時候纔到？宋主即刻要還汴了。〔耶律沙白〕此計又不成了？〔王欽白〕不妨，有我在此。你去另尋人通報，以釋衆疑，下官失陪了。〔作進門，從上場門下。耶律沙白〕待俺那邊去，尋箇人來通報便了。〔從下場門下。陳林、柴幹、胡守信、岳勝、焦贊、孟良、呼延畢顯、楊宗顯、楊宗保、楊宗孝、王懷、呼延贊、王欽、寇準、楊景、德昭。雜扮鄭壽、党忠、王全節、李明，各戴盔，紮靠，背令旗，佩劍。雜扮内侍，各戴太監帽，穿箭袖、黄馬褂，佩劍。引生扮宋太宗，戴金王帽，穿黄龍箭袖、團龍排穗，束黄鞓帶，佩劍，從上場門上。同唱〕

【雙調正曲・五馬江兒水】興師征討(句)，未逾半載期(韻)。眼看旌旗報捷(句)，露布傳飛(韻)，七十二陣全除平遼地(韻)。〔場上設椅，宋太宗轉場坐科。白〕朕賴上天眷顧，臣宰勛勤，蕩陣除氛，功成在邇。朕今準諸臣奏請，車駕先還汴京，王兒與楊景、寇準、王欽，速定平遼之策，早奏凱歌，免朕在京懸望。〔德昭、楊景、寇準、王欽跪科。白〕臣等謹遵聖諭，自當竭力盡忠，掃靖邊烽，安邦定國，以報吾主隆恩。〔宋太宗白〕衆卿同心協志，早慰朕懷。奏凱之日，朕當加恩賜爵，以酬大功。〔德昭等作謝恩起侍科。雜扮一將官，戴馬夫巾，紥額，穿打仗甲。引耶律沙從上場門上。將官白〕在此候著，待我與你啟奏。〔作進門跪奏科。白〕啟上萬歲，蕭氏差丞相耶律沙，詣營請罪求降，現在營外。〔宋太宗白〕宣他朝見。〔將官應，作出門傳科。白〕聖上有旨，宣耶律沙朝見。〔隨從下場門下。耶律沙作進門俯伏科。白〕罪臣耶律沙朝見。小國寡君，自知愚昧，抗犯王師。今覩天威，實深悚懼，特命耶律沙詣營請罪。虔設受降臺於九龍山下，獻表拜降，望陛下開好生之德，請罪本章獻上。〔王欽作接本章遞科，宋太宗作看本科。耶律沙唱〕赦宥無知㊀，抗拒王師㊁。今日歸降請罪㊂，誠獻版圖册籍㊀。〔宋太宗白〕爾蕭氏若果知罪，傾心歸順，遼地生民之福也。若再效前番欺詐，搗爾西樓，寸草不留。〔耶律沙白〕實係真心歸順，請陛下躬行受降。〔王欽白〕臣啟陛下，蕭氏連遭敗績，窮迫之至矣。此次歸降，諒來實出本心。請陛下暫停車駕，親幸九龍山受降後，奏凱班師，留作千秋盛典，伏乞恩準。〔宋太宗白〕朕自有處。耶律沙回報汝主，説既傾心悔罪，朕當準以歸降，去罷。〔耶律沙白〕還求聖駕親臨。〔德昭、楊景等白〕多講，出去。〔耶律沙作驚懼急起科。白〕是，多講，多講。〔作慌忙出門科，從下場門下。宋太宗白〕來日楊景、寇準，帶領智勇上將，往九龍山受降，嚴加防備，不可疎忽。〔唱〕朕自轉京畿㊀，〔合〕閫外事仗王兒㊃，與諸卿同議㊀。〔德昭等應科。宋太宗白〕吩咐起駕。〔李明、王全節應科，作出門向下傳科。〔白〕御營大小三軍，伺候起駕。〔內應科。雜扮軍士，各戴馬夫巾，穿蟒箭袖、黄卒褂，執黄飛虎旗。雜扮將官，各戴黄盔襯，穿黄打仗甲，執黄標鎗。雜扮羽林軍，各戴黄馬夫巾，紥額，穿打仗甲，執豹尾鎗。雜扮一馬夫，戴馬夫巾，穿採蓮襖卒褂，背絲縧，牽馬。雜扮一軍士，戴馬夫巾，穿蟒箭袖，繫肚囊，執黄纛。雜扮一軍士，戴馬夫巾，穿蟒箭袖，繫肚囊，執纛。軍士、將官隨從兩場門上。宋太宗作起科，隨撤椅。宋太宗乘馬科。同唱〕

【又一體】北辰環拱(句)，羣星護紫微(韻)，果是至尊天子(句)。大國威儀(韻)，衛千官隨萬騎(韻)。導引旌旄(韻)，後護龍旗(韻)。聽樂奏鈞天聒耳(句)，四民簞食壺漿欣沸(韻)。〔德昭、楊景、寇準、王欽等，將官、軍士等，作跪送科。白〕臣等恭送聖駕。〔宋太宗白〕卿等同理軍政，早奏捷音。〔德昭等應科。軍士、將官、王全節等引宋太宗從下場門下，德昭、楊景等作起科。楊景白〕大小三軍，整隊回營，帶馬。〔德昭等同作上馬科，同從下場門下。王欽白〕妙嗄，天從人願，將我留在軍營。〔作歎科。白〕只愁吾計不能全美。〔唱〕宋主轉京畿(韻)，〔合〕不遂我假降的(讀)，通遼全計(韻)。〔從下場門下〕

第九齣　演連環明排組練（真文韻）

〔雜扮遼兵，各戴額勒特帽，穿外番衣，執飛虎旗。雜扮遼將，各戴盔襯、狐尾、雉翎，穿打仗甲，執標鎗。雜扮旗牌，各戴小頁巾，紥額、狐尾、雉翎，穿箭袖排穗，佩腰刀，執令旗。引雜扮耶律學古、韓君弼、耶律休格、耶律色珍、耶律沙、師蓋，浄扮韓德讓，各戴外國帽、狐尾、雉翎，紥靠，背令旗，執馬鞭，從上場門上。韓德讓唱〕

【仙吕調套曲・八聲甘州】雙眉怨顰（韻），太息把胸捫（韻）。羞作元勳（韻），無能分君憂憤（韻），任他行藐視吾君（韻）。雄風忒逞南國將（句），委氣深慚北地臣（韻）。喪十萬衆勇兒郎（句），國恥難伸（韻）。〔場上設平臺、虎皮椅。韓德讓等作下馬上臺，各坐科。韓德讓白〕陣破兵亡遼國殃，全師戰歿滿沙場。停驂顧望添惆悵，義烈英雄也痛傷。叵耐楊景、德昭，連勝七十二陣，乘虛踹破大營，追逼吾主上天無路，入地無門，忒也猖狂之甚。本帥調得半萬連環馬軍，用賀驢兒之計，在這九龍飛虎谷埋伏取勝，上雪國恥，下盡臣忠。宣令官。〔旗牌應科。韓德讓白〕傳甲馬軍，上前聽令。〔旗牌應，作向下傳科。白〕元帥有令，傳甲馬軍上前聽令。〔内應科。雜扮甲馬軍，各戴盔襯、狐尾、雉翎，穿打仗甲，背飛鎗，從兩場門上，作參見科。〔同白〕元帥在上，衆將士參見。〔作分侍科。韓德讓白〕衆將士，聽本帥宣諭。〔甲馬軍應科。韓德讓白〕爾等受主豢養深恩，未立寸功報効，今我邦受宋朝敗衄之恥，賴爾等解遼國垂危之難。俺今設伏連環甲馬陣，待宋將到來，展旗爲號，四面圍裹，將他逼進山中，截斷去路，擒拏宋將，惟憑此陣。就將陣勢操演一回者。〔甲馬軍等應科，仍從兩場門下。韓德讓白〕但得此計成功，乃天不絶遼也。〔唱〕

【仙呂調套曲・混江龍】若要保民延祚句，賴蒼天庇護我君臣韻。誓要瀝披肝膽句，捨箇盡瘁躬身韻。太平時搢笏垂紳承雨露句，危當際披堅執鋭報深恩韻。憑咱鍛厲軍威振韻，願得挽回天意句，志在撥轉乾坤韻。〔甲馬軍各繫甲馬切末，持鎗從兩場門上，作操演走勢科，畢。白〕操演畢。〔韓德讓白〕妙嗄。〔唱〕

【仙呂調套曲・醉中天】佈下甲馬連環陣韻，飛著鋒鋭點鋼穫韻。半萬熊羆勁旅軍韻，頃刻間山谷横充牣韻。伺彼至全軍受困韻，將他盡行蹂躪韻，將和兵馬踐爲塵韻。〔雜扮一遼兵，戴額勒特帽，穿外番衣，從上場門上。白〕報。啟上元帥，小的打聽得宋主昨日起駕還汴，今有楊景、寇凖帶領將士前來受降，離此不遠了。〔韓德讓白〕知道了，再去打聽。〔遼兵應科，從下場門下。韓德讓白〕有魏府假降之計在前，俺早料宋君不肯親臨。但得成擒楊景、寇凖等，則計不虚設矣。爾甲馬軍，山谷左右埋伏去者。〔甲馬軍應科，從兩場門分下。韓德讓白〕衆將士，依計施行。〔衆應。韓德讓等下平臺，隨撤平臺、椅科。韓德讓唱〕

【後庭花煞】先謀密令申㊞，早書僞降文㊞。虎帳戈矛佈㊀，龍山甲馬陣㊞。接待臉含春㊞，爲防俺袖藏血刃㊞，深山逼困宋家臣㊞。〔同從下場門下〕

第十齣　懷狡詐突起戈矛(真文韻)

〔場上設山石。雜扮健軍，各戴馬夫巾，穿採蓮襖卒褂，背絲縧，持兵器。雜扮將官，各戴馬夫巾，紮額，穿打仗甲，持兵器。小生扮胡守信，戴盔，紮靠，持兵器。小生扮楊宗顯、楊宗保、楊宗孝，各戴紮巾額，紮靠，持兵器。净扮焦贊，戴紮巾額，紮靠，背令旗，持鎗。净扮呼延贊，戴黑貂，紮靠，背令旗，持鞭。引外扮寇準，戴相貂，穿蟒，束帶，帶印綬，佩劍，執馬鞭。生扮楊景，戴帥盔，紮靠，背令旗，持鎗，執馬鞭。從上場門上，遶場科。同唱〕

【商調正曲·琥珀貓兒墜】嚴防詐僞(句)，莫信術爲真(韻)。魏府前車可見聞(韻)，又逢敗衂計重陳(韻)。〔合〕料準(韻)，一起席上風波(讀)，掣劍當軍(韻)。〔將官白〕楊元帥、寇丞相到。〔楊景等同作下馬科。内奏樂。雜扮旗牌，各戴小頁巾，紮額、狐尾、雉翎，穿箭袖排穗，佩腰刀，執令旗，從下場門上，向下請科。白〕元帥有請。〔雜扮遼兵，各戴額勒特帽，穿外番衣。雜扮遼將，各戴盔襯、狐尾、雉翎，穿打仗甲。引雜扮耶律學古、韓君弼、耶律休格、耶律色珍、耶律沙、師蓋，净扮韓德讓，各戴外國帽、狐尾、雉翎，紮靠，背令旗，佩劍。從下場門上。韓德讓白〕怎麼説？〔旗牌白〕楊元帥、寇丞相到。〔韓德讓白〕俺們一同迎接。〔韓德讓等作迎接相見科。韓德讓白〕元帥與衆位降臨，有失遠迎，請坐。〔場上設椅，各坐科。楊景白〕列位將軍，本帥與丞相，欽奉聖諭，道爾遼屬偏邦，不遵天朝教化，屢犯邊疆，應彰撻伐。今念蕭氏深知悔罪，乞請歸降。吾主體恤遼屬蒼生，故準是請。雖伊主之福，亦萬民之幸也。〔韓德讓白〕元帥，今日特爲索取降表而來麽？〔楊景白〕耶律丞相親詣御營，上表乞降，故此欽命本帥前來，足下另有別議乎？〔韓德讓白〕且待宴飲時從長計議，設宴過來。〔寇準白〕住了。今日納取遼邦版圖降表，非昔時鴻溝割界之可比。〔耶律沙白〕此位莫非學士寇公？〔寇準白〕然也，足下有何高論？〔耶律沙白〕可記得昔年吾主遣使進遼家天字圖入中朝。寇公與柴玉，改天字作未字，遼宋之隙，還因汝輩儒臣展才而起。〔寇準白〕此言差矣。我主上應天順人，不數年間，尅服羣雄，遂成一統之盛。惟爾遼邦，越中國之遠，未暇征討，致汝君臣屢生邊患，擾害生民。震動皇威，天兵一降，遼騎倒戈而遁，何足道哉。〔韓德讓白〕豈有此理。〔楊景白〕吾主早欲長驅直擣遼邦，蓋緣聖人有好生之德，未即興師致討。昔時遼屬中，但有一二知順逆者，勸主歸化，也不致今日之陣破兵亡矣。〔寇準白〕今日吾主寬恩赦罪，只取版圖降表，爾敢有反覆乎？〔韓德讓等同白〕降表版圖麽，且另日再議。〔同起科，隨撤椅。楊景怒叱科，白〕語爾蕭氏，早早傾心歸順，猶保一國之富貴。若有機詐，當驅兵覆爾西樓。〔韓德讓等怒科。白〕好胡説，看劍。〔作拔劍戰科，遼兵遼將作取兵器，合戰科。韓德讓等從下場門敗下。楊景白〕帶馬。〔衆應，同作上馬科，從下場門追下。遼兵、遼將、韓德讓等，健軍、將官、楊景等，從上場門上，作絡繹挑戰、合戰科。楊景白〕失信狂夫，聽何等奸人詭計，又敢抗犯。吾當統兵直擣臨潢，與汝統和君，面取版圖降表而歸。〔作合戰科。旗牌從下場門暗上山石，向兩場門作展旗科。內放號砲科。旗牌仍從下場門下。雜扮甲馬軍，各戴盔襯、狐尾、雉翎，穿打仗甲，背飛鎗，持鎗，繫甲馬切末，從兩場門上，作衝陣科。楊景等從下場門敗下。韓德讓白〕爾等甲馬軍，用飛鎗橫衝截戰，將宋兵逼進山谷，絕其歸路者。〔衆應科，同從下場門追下。健軍、將官、楊景等，遼兵、遼將、韓德讓等，從上場門上，作陸續戰鬬科，從下場門下。韓德讓等隨甲馬軍追楊景、寇準等，從上場門上。甲馬軍擲飛鎗科，楊景、寇準等從下場門敗逃下。韓德讓白〕妙嗄，逼得宋兵將至谷口，吾計成矣。緊緊追趕。〔衆應科，從下場門下。場上設山口。健軍、將官等引寇準、楊景等，從上場門敗上。同唱〕

【又一體】未萌防患(句)，不慮甲馬陣(韻)。號砲聲中起伏軍(韻)，截途逼戰退無門(韻)。〔健軍、將官等同白〕元帥，他用連環馬橫衝截路，怎麼處？〔楊景白〕大家奮勇，倘能衝破陣勢，可脱困圍之急。若被逼進山谷，有死無生矣。〔衆同白〕一齊奮力闖突便了。〔韓德讓等隨甲馬軍從上場門衝上。楊景等突圍，甲馬軍擲飛鎗科，楊景等作驚避科。同唱合〕驚人(韻)，截路橫衝(讀)，驟發矛盾(韻)。〔甲馬軍擲飛鎗，逼楊景等進山口敗下。甲馬軍等同白〕將宋兵逼進山口去了。〔韓德讓白〕爾等督住山口，不可縱放。〔甲馬軍應科，從山口內下。隨撤山口科。韓德讓白〕俺們在山口外列下重營把守，差人飛報娘娘，多帶糧草，前來接應便了。〔耶律沙等同白〕楊景嗄楊景，饒伊百戰能百勝，難破連環馬陣圖。〔同從下場門下〕

第十一齣　聞信移兵添虎翼（尤侯韻）

〔雜扮女遼將，各戴紥額、狐尾、雉翎，穿甲。小生扮楊順，戴紥巾額、狐尾，紥靠。旦扮耶律青蓮、耶律瓊娥，各戴七星額、鸜哥毛尾、雉翎，紥靠，背令旗。引旦扮蕭氏，戴蒙古帽練垂，紥靠，背令旗，佩劍，從上場門上。蕭氏唱〕

【仙呂宮正曲・步步嬌】計伏連環功成否（韻），佇盼捷音久（韻）。祈天暗庇庥（韻），此計空陳，〔句〕臨潢難守（韻）。〔場上設椅，轉場坐科。白〕今早韓元帥往九龍飛虎谷設伏甲馬陣，指望誘困大宋君臣。適纔王欽差人來説，宋主已經還汴，今命楊景、寇準等前來受降。果然不出郡馬等所料也。〔楊順、耶律青蓮、耶律瓊娥白〕這些小詭計，宋主早已猜透，賀驢兒之話，豈可信得？〔蕭氏作愁歎科。唱合〕凡事在人謀（韻），成敗憑天佑（韻）。〔生扮楊貴，戴盔狐尾，紥靠，佩劍，從上場門上。白〕萬事由天定，人何强自爲。〔作進見科。白〕臣奉命催運糧草，俱已到齊。〔蕭氏白〕郡馬辛苦了。〔楊貴白〕不敢。〔雜扮一遼將，戴盔襯、狐尾、雉翎，穿打仗甲，從上場門上。白〕飛虎谷中成妙算，貔貅帳下捷音傳。〔作進門跪禀科。白〕啟上娘娘，韓元帥將楊景、寇準等，全軍困住谷中。特差小臣報知，求娘娘多帶糧草接應。〔蕭氏白〕知道了。〔遼將應，仍從上場門下。蕭氏白〕二位郡馬，速解糧草，先往九龍谷去。孤點齊人馬，明日五鼓起兵接應。〔楊貴、楊順應科，從下場門下。蕭氏白〕賀驢兒果好妙計，前日責治了他，今當修書去獎譽，安慰其心。〔作起，隨撤椅科。蕭氏白〕你二人傳出令去，衆將士整齊鞍馬器械，來日天明起兵，快去。〔耶律瓊娥、耶律青蓮應科。女遼將隨蕭氏從下場門下。耶律青蓮白〕姐姐，今番六郎等不是遭擒，定是餓死，這便如何是好？〔耶律瓊娥白〕不妨，有郡馬解糧前去，必然設法救濟。俺們速去傳諭衆將，齊集候令便了。〔耶律青蓮同白〕識時務者解和好，罷戰休戈兩不傷。〔從下場門下。楊貴、楊順内白〕衆兒郎，催趲糧草先行。〔内應科。雜扮遼兵，各戴額勒特帽，穿外番衣，持兵器。雜扮車夫，各戴額勒特帽，穿外番衣，推糧車。同從上場門上，遶場科，從下場門下。楊順、楊貴各執馬鞭，從上場門上，唱〕

【仙吕宫正曲·江兒水】僞許降書授(韻)，香餌作釣鉤(韻)，堅冰下伏波濤溜(韻)。排連甲馬横山口(韻)，此番難解連環扣(韻)。〔楊順白〕不好了，現今六哥哥等受困山中，内無糧草，外無救兵，你我有何妙計可救？〔楊貴白〕愚兄想得一條救急之法，少間到了九龍谷，賢弟可撥糧草二十車，先遶至山北等候。待愚兄修書一封，二更時分，上山射進谷中，令其往山北搬運，暫濟燃眉。然後我去與韓德讓計議，不必與宋兵交戰，困他三日，内無糧草，焉能得生。此乃緩兵待援之計，你道如何？〔楊順白〕好妙計，鬼神莫測，快快趲行前去。〔楊貴同唱〕字字行行分剖(韻)，〔合〕暗助軍糧(句)，計設燃眉之救(韻)。〔從下場門下〕

第十二齣　傳書助米縛鵰翎（尤侯韻）

〔生扮楊泰，戴盔，紮紅，紮靠，持鈎鐮鎗，從上場門上。白〕陰陽雖間隔，呼吸可相通。吾乃楊泰是也。欽奉玉勅，到九龍飛虎谷傳授宗顯鉤鐮鎗法，令其突圍請兵，破連環馬陣，救吾弟等出谷。就去走遭者。人生能秉忠和孝，險難臨時天護持。〔從下場門下。場上設山石。雜扮健軍，各戴馬夫巾，穿採蓮襖卒褂，背絲縧，持兵器。雜扮將官，各戴馬夫巾，紮額，穿打仗甲，持兵器。净扮焦贊，小生扮楊宗保、楊宗孝，各戴紮巾額，紮靠，背令旗。小生扮胡守信，戴盔，紮靠，背令旗。净扮呼延贊，戴黑貂，紮靠，背令旗。各持兵器。外扮寇準，戴相貂，穿蟒，束帶，帶印綬，佩劍。生扮楊景，戴帥盔，紮靠，背令旗，佩劍。從上場門上。楊景、寇準等同唱〕

【仙吕宫正曲·好姐姐】無謀㊇，孤軍困守㊇，陷山凹全軍誰救㊇？存亡未卜㊃，英雄淚雨流㊇。〔楊景白〕寇大人，全軍受此危厄，若無兵糧接援，這一旅之師，斷難苟活也。〔寇準白〕適纔下官初占否卦，復占泰卦，否極則泰來。目下即有救星至矣，元帥且請寬懷。〔楊景白〕宗保、宗孝，命爾查點將士，損折多少？〔楊宗保、楊宗孝白〕查得受飛鎗陣亡兵將，百餘人。還有受傷二百餘名，不致廢命。只有楊宗顯不知那裏去了？〔楊景白〕山徑叢雜，只恐迷失道路，你二人速去尋覓。〔楊宗保、楊宗孝應科，從下場門下。楊景白〕我等帶領將士，尋個幽僻之處，養息鋭氣。待至天明，設法闖突便了。〔衆應。同唱合〕遭僝僽(韻)，身勞腹餒如何受(韻)，僻處深林暫憩休(韻)。〔同從下場門下。内打初更。楊泰内白〕姪兒記準鎗法，速速越嶺回營去罷。〔小生扮楊宗顯，戴紮巾額，紮靠，背令旗，持鎗，從上場門急上。白〕伯父在那裏？〔作四望駭然科。白〕好奇怪。〔唱〕

【仙吕宫正曲・玉嬌枝】夢中傳授(韻)，妙鎗法凡間何有(韻)？教吾越嶺忙求救(韻)，解連環脱衆羈囚(韻)。〔楊宗保、楊宗孝從上場門上。白〕兄弟在那裏？宗顯兄弟可在此？〔楊宗顯白〕這是我哥哥的聲音。哥哥，宗顯在此。〔作相見科。楊宗保、楊宗孝白〕好了，方纔查點將士，因不見你一人，爹爹恐你迷失路徑，命我二人各處尋覓，原來在此。〔楊宗顯白〕説也奇怪，小弟一時倦怠，倚山而卧。夢見大伯父向我説道，奉玉勅下界，授我鈎鐮鎗法，命我越嶺而出，回營報知千歲。選勇將五百，教演鎗法。用滚牌五百，蔽他飛鎗，方可破其連環甲馬，救三軍出谷。〔楊宗保、楊宗孝白〕有這等奇事？此乃上天默佑也，合當望空叩謝。〔楊宗顯白〕有理。〔作叩拜科。同唱〕皆因主福荷天庥(韻)，神明指點機關透(韻)。〔合〕這奇機非人可謀(韻)，感蒼穹虔心頓首(韻)。〔生扮楊貴，戴盔、狐尾，紮靠，執馬鞭，持弓箭，箭上繫書。從山後暗上，瞭望科。白〕遠聞山下似有説話之聲，不免將書射下去。〔作放箭科。楊宗保等作驚科。同白〕好奇怪，山上何人放一枝響箭下來？〔楊宗保白〕箭上必有緣故，大家尋一尋。

〔各作尋科。楊貴仍從山後悄下。楊宗保作拾箭看科。白〕箭上有書。〔楊宗孝白〕趁此星月之下，大家看來。〔楊宗保、楊宗顯同唱〕

【仙吕宫正曲·玉胞肚】月明如晝㊞，見書札縛於箭頭㊞。〔楊宗保作解書看科。白〕大家來看，是何人所寄？〔念科。白〕六弟延昭親覽，愚兄延閔拜寄。原來是四伯父寄與我爹爹的。〔楊宗孝白〕書中必有機密重情，不可開看，速去與叔父觀覽，再將傳鎗請救之事稟明，我弟兄三人，一齊越嶺而出便了。〔楊宗保、楊宗顯白〕説得有理。〔楊宗孝同唱〕一壁廂夢裏鎗傳㊂，一壁廂箭上書投㊞。〔合〕見嚴親請令把救兵求㊞，顯個英名出衆儔㊞。〔同從下場門下。隨撤山石〕

第十本卷下

第十三齣　忠誠奮肝膽包身（魚模韻）

〔内打二更。雜扮勇士，各戴馬夫巾，穿勇字衣，繫鑾帶，持雙刀。引浄扮孟良，戴紥巾額，紥靠，背令旗，背葫蘆，持雙斧。從上場門上。孟良白〕英雄塞上立功時，敵衆驚雷遁莫支。既許降臺歸主命，元戎回寨又何遲。今日元帥丞相等，往九龍飛虎谷受納降表，日暮未回。千歲慮其有變，命俺領五百勇士，一路打探。迎接前來，竟杳無音信，事有可疑。勇士們，速奔九龍谷去者。〔衆應科。孟良白〕多應口説歸王化。〔衆同白〕抗逆懷藏設異謀。〔同從下場門下。場上設山石。小生扮楊宗顯、楊宗保、楊宗孝，各戴紥巾額，紥靠，背令旗，持兵器，從上場門上。同唱〕

【中吕調套曲·粉蝶兒】負約違初（韻），恨狂遼百端逆忤（韻）。乞求降只道是心悦誠服（韻），那知他假歸王（句），窮迫計（句），甲馬軍山崖伏佈（韻）。一個個草芥般材（句），怎謀取宋朝中擎天玉柱（韻）。〔白〕感賴神庥，傳鎗取救，又有四伯父射書助糧。想我爹爹自伐遼以來，屢經絶處逢生，皆賴聖皇福佑也。

〔作上山科。唱〕

【中呂調套曲·石榴花】喜的是大中華(讀)，天子有洪福(韻)，臣賴著臨難百靈扶(韻)。俺爹爹擁旌旄(讀)，顯赫振六合(押)。把皇威代布(韻)，要盡屬版圖(韻)。偏是恁(讀)，遼國不歸附(韻)，違宣化霸業稱孤(韻)。誓將你一隅半壁山河破(押)，今先除連環馬片甲無(韻)。〔同作向下瞭望科。白〕呀，我等越嶺而出，避過谷口甲馬軍，指望谷外無阻，那知他沿山佈下重營把守。〔楊宗保白〕拚我三人，殺條血路，闖過重營便了。〔楊宗孝、楊宗顯白〕有理。〔作下山，隨撤山石科。同唱〕

【中呂調套曲·鬬鵪鶉】猛剌剌突寨衝營(句)，踏破他銅牆鐵堵(韻)。手刃他千百遼兵(句)，輕如糞土(韻)。〔耶律學古內白〕遼將們，聽山上有馬蹄響，嚴嚴巡視者。〔遼將內應科。楊宗保等同白〕不要管，闖營過去。〔雜扮遼將，各戴盔襯、狐尾、雉翎，穿打仗甲，持兵器，從下場門上。白〕什麽人？報名上來。〔楊宗孝等同白〕俺們乃楊宗孝弟兄三人。無名小卒，敢攔去路。〔楊宗保白〕看刀。〔作合戰，楊宗孝等作斬二遼將科，衆遼將從下場門逃下。楊宗孝等唱〕讓你有慣戰能争幾萬夫(韻)，難攔咱請兵去路(韻)。枉立下重疊層營(句)，俺覷如蜂窠蟻窟(韻)。〔遼將引雜扮耶律學古，戴外國帽、狐尾、雉翎，紥靠，背令旗，持兵器，從下場門衝上。耶律學古白〕你這三個無知小子，俺這裏重營固壘，萬馬千軍，焉能走脱？〔楊宗孝等白〕諒你有多大本領，敢阻將軍去路。〔唱〕

【中呂調套曲·滿庭芳】怎容你揚威耀武(韻)，雖英雄少小(句)，卻膽氣豪粗(韻)。奮身匹馬層營渡

(韻)，問你們奈我何歟(韻)？〔作戰科。雜扮遼兵，各戴額勒特帽，穿外番衣，持兵器。雜扮耶律休格、耶律色珍、師蓋，各戴外國帽、狐尾、雉翎，紮靠，背令旗，持兵器。從下場門上，作圍困合戰科。楊宗孝等作突圍科，從下場門下。師蓋白〕竟被他三人闖過重營去了，與俺緊緊趕上者。〔衆應，從下場門追下。楊宗孝等從上場門上。同唱〕枉了些敗亡夫左攔右阻(韻)，攩不住大將軍一奮衝突(韻)。他阻塞咽喉路(韻)，俺衝破九龍絶谷(韻)。〔內應吶喊科，楊宗孝等作回望科。白〕呀。〔同唱〕耳邊廂驟喧呼(韻)。〔師蓋等從上場門追上，戰鬭科。遼兵遼將從上場門上，作圍困科。勇士引孟良從上場門上，作衝圍合戰科。同從下場門戰下。勇士、孟良、遼兵、遼將等從上場門上，作陸續挑戰科，從下場門下。楊宗孝等從上場門上。同唱〕

【中呂調套曲・快活三】衝開了圍如堵(韻)，分其勢捨其吾(韻)。虧了他驅兵接應遇諸途(韻)，快投著回營路(韻)。〔師蓋、耶律休格、耶律色珍從上場門上，合戰科，從下場門下。勇士、孟良、遼兵、耶律學古從上場門上，作絡繹戰鬭科。師蓋等、楊宗孝等從上場門上，作合戰科。師蓋等從下場門敗下。楊宗孝等白〕若非孟叔叔到來，小姪們焉能脱身？〔孟良白〕千歲因元帥日暮不回，恐有不測之禍，故命我來迎接。看此光景，必是中彼假降之計了。〔楊宗孝等白〕正是。他那裏暗伏連環馬，將我兵逼困飛虎谷，我三人捨死突圍，回營請救。〔孟良白〕如此説，事在緊急矣，快去報與千歲知道便了。〔同唱〕

【中呂調套曲・上小樓】幾次把天朝謾侮(韻)，不由人氣塞胸脯(韻)。實指望恭獻版圖(韻)，跪遞降書(韻)，誰料利刃藏腹(韻)。急急去請兵符(韻)，選將卒(韻)，徵兵速赴(韻)，飛虎谷解連環困圍破取(韻)。〔同從下場門下。内打三更。雜扮内侍，各戴太監帽，穿貼裏衣。雜扮陳琳，戴太監帽，穿鑲領箭袖，背絲絛，繫䌨帶，捧金鞭。引生扮德昭，戴素王帽，穿蟒，束玉帶，從上場門上。德昭唱〕

【中呂調套曲·十二月】準了他投降歸附(韻)，故遣俺大小文武(韻)。卻緣何去之竟日(句)，怎教人不設疑乎(韻)？莫不是食言反覆(韻)，玳筵前有十面埋伏(韻)。〔場上設椅，轉場坐科。孟良、楊宗孝等從上場門上。同白〕闖圍來告急，飛騎到營門。〔作進門參見科。同白〕千歲在上，臣等參見。〔德昭白〕元帥、丞相回來了麽？〔楊宗孝等白〕千歲，不好了嘎。〔唱〕

【中呂調套曲·堯民歌】恨殺那色珍學古(讀)，延壽師蓋設陰謀(韻)。還有那耶律丞相(讀)，做舉玦的老亞夫(韻)，受降臺下刀鎗劍戟暗埋伏(韻)。展旗兒鳴號砲九龍山下動干戈(押)，甲馬陣逼進深谷(韻)，飛鎗雨驟身難護(韻)。〔德昭白〕吾聞古來用馬甲軍衝陣，其勢莫當，何況又有飛鎗，何法可破？〔副扮王欽，戴相貂，穿蟒，束帶，帶印綬，從上場門暗上，作竊聽科。楊宗顯白〕千歲，不須著急，宗顯自有破法。〔德昭白〕你有何破法，快講。〔楊宗顯白〕宗顯征戰倦勞，倚山而卧，夢見臣伯父楊泰，道奉玉勅，特來授我鉤鐮鎗法。命臣殺出重圍，求見千歲，揀選勇將五百名，教演鎗法。用五百滚牌軍，蔽其飛鎗，方可解圍破敵。〔王欽作伸舌驚科。白〕待我快報遼營知道。〔仍從上場門下。德昭白〕此乃聖天子洪福，萬靈護佑也。只是你弟兄三人，如何能殺出重圍？〔楊宗孝等同白〕臣等稟過元帥，越嶺而出。正遇追兵甚急，虧得孟將軍接應回營。千歲，快選勇將，習練鎗法，明日就去解圍纔好。〔唱〕

不早把兵督㊞，我軍一個無㊞，求千歲急出令救援休遲悞㊞。〔德昭白〕孟良聽令。〔孟良應科。德昭白〕你與楊宗孝三人，速選勇將五百名，隨宗顯連夜演習鉤鐮鎗法。再選五百名滚牌軍，遮蔽飛鎗，明日午時操演起兵，違悞者斬。〔作起，隨撤椅科。德昭唱〕

【煞尾】急忙去鎗法傳㊁，徹夜的演軍伍㊞。〔孟良、楊宗孝等應科，從下場門下。净扮呼延畢顯，戴盔，紥靠，佩劍，從上場門急上，作進門稟科。白〕呼延畢顯稟報機密事。〔德昭白〕近前來講。〔呼延畢顯向德昭耳語科，德昭亦向呼延畢顯耳語科。呼延畢顯應，從下場門下。德昭白〕内侍傳本營驍將，營門伺候。〔一内侍應，從下場門下。德昭唱〕未去向九龍谷㊦，親把那連環破㊉，先去把通遼的逆賊捕㊞。〔同從下場門下〕

第十四齣　罪孽盈鋃鐺錮體（東鐘韻）

〔副扮王欽，戴相貂，穿蟒，束帶，帶印綬，從上場門上。唱〕

【中呂宮正曲・駐雲飛】鶴步移蹤(韻)，月下星前怕露風(韻)。賣國擔來重(韻)，膽怯生驚恐(韻)。嗏(格)。〔白〕下官適纔到千歲營中，爲竊聽楊景消息。不想楊宗孝弟兄逃回獻計，連夜教演鈎鐮鎗法，去破甲馬陣。故此不及回營，快去報知韓元帥，早作準備。〔唱〕密信暗潛通(韻)，扶遼傾宋(韻)。賣國求榮(讀)，屈指數來衆(韻)，〔合〕咸想分茅裂土封(韻)。〔雜扮一遼將，戴盔襯、狐尾、雉翎，穿打仗甲，佩刀，從上場門上。白〕白晝防搜檢，宵行寄密書。〔作撞見科。王欽白〕你是何人？〔遼將白〕你是何人？〔王欽作細認，背科。白〕明明是遼營將官，待我問來。〔作轉科。白〕將軍，可是遼營來的麼？〔遼將作細認科。白〕原來是王大人，小將奉娘娘之命，特來尋你。〔王欽白〕是娘娘欽差到了，有何話説？〔遼將白〕因你所獻之計已成，娘娘十分歡喜，有書一封，命我寄與你的。〔淨扮呼延畢顯，戴盔，紥靠，佩劍，從上場門暗上，作隱身竊聽科。王欽白〕來得好，我正要去報信。今有楊宗孝弟兄三人，逃回獻計，連夜教演鈎鐮鎗法，來破甲馬陣。你快去啟知娘娘，傳諭韓元帥，連夜用火攻，將楊景、寇準等燒死谷中，免留後患。記明白了，我去也。〔呼延畢顯作急避科。王欽從上場門下。遼將白〕待我快去報與娘娘知道，傳諭韓元帥，速將楊景等燒死谷中，俺這場功勞不小。〔呼延畢顯作拔劍科。白〕看劍。〔作斬遼將科。呼延畢顯白〕果然王欽私通遼國，不出千歲預料，俺今遠遠跟隨他回營便了。恢恢天網難逃漏，奸賊今朝惡貫盈。〔從上場門下。雜扮驍將，各戴盔，穿打仗甲，佩劍。雜扮陳琳，戴太監帽，穿鑲領箭袖，背絲絛，繫鑾帶，捧金鞭。引生扮德昭，戴素王帽，紥靠，背令旗，佩劍，從上場門上。德昭唱〕

【中呂宮正曲·駐馬聽】訪察奸兇(韻)，密令多人捕影蹤(韻)。孤心疑慮(句)，慮著王欽(讀)，與遼國交通(韻)。因無確實究難窮(韻)，如今事露莫教縱(韻)。〔白〕適有呼延畢顯報道，王欽半夜潛入我營竊聽機密，復又獐頭鼠腦向遼營而去。孤即令他悄悄跟隨前往，察其蹤跡。〔作冷笑科。白〕任他弄鬼瞞神，難逃孤之明鑑。天色漸明，怎麼不見回報？不免到營門首坐待，看他逃到那裏去。〔衆作引出門科。德昭唱合〕洞鑒其衷(韻)，內藏陰險外謙恭(韻)。〔王欽從下場門上，作偷窺科。白〕悄步潛窺探，營前可有人。〔作急避科。白〕千歲在營門首。〔呼延畢顯從下場門暗上，作攔科。白〕那裏去？〔王欽作驚科。白〕下官不曾往那裏去。〔呼延畢顯作扯住科。白〕如此隨俺來。〔驍將白〕千歲在此。〔呼延畢顯白〕千歲，王大人到。〔王欽作參見科。白〕臣王欽參見千歲。〔德昭白〕辛苦了。〔王欽白〕臣沒有什麼辛苦。〔德昭白〕三鼓就去上遼邦的早朝，豈不辛苦？〔王欽白〕這話從那裏説起，臣乃宋朝大臣，怎麼去上遼邦的早朝？言重言重。〔德昭白〕如今你從那裏回來？〔王欽白〕臣耳聞楊元帥、寇丞相受困，放心不下，親自去探聽個明白，好設計解救。〔呼延畢顯白〕千歲，臣親見遼將與他書信一封。王欽又獻計與遼將，教蕭氏用火攻，將元帥等燒死谷中。王欽回走，臣即將遼將斬了。悄悄跟隨到此，你還有何辯？〔德昭作怒科。白〕你這逆賊，事已敗露，尚敢巧語花言，可惱嗄可惱。〔王欽白〕千歲，怎麼將叛逆之事來誣陷好人？〔德昭白〕好箇誣陷好人，取書來孤家看。〔王欽白〕其實没有書信。〔德昭白〕衆將，在他身上搜來。〔驍將應，欲搜科。王欽白〕住了，倘搜不出書來，怎麼樣？〔德昭白〕搜不出便饒你。驍將們。〔驍將應科。德昭白〕細細搜來者。〔驍將應，作搜科。德昭唱〕

【中呂宮正曲·四邊静】久疑内應謀傾宋(韻)，休想欺懵懂(韻)。陰惡顯然露(句)，舌巧如簧弄(韻)。〔驍將禀科。白〕啟千歲，搜檢明白，實無書信。〔德昭白〕實無書信，放他去罷。〔王欽白〕多謝千歲。〔作急走跌科。德昭白〕拏他回來。〔驍將應，作拏住科。王欽白〕千歲放了，怎麼又拏我？〔德昭白〕既不虛心，何致驚慌失足？事有可疑，驍將們，剥下袍帶搜來。〔驍將應，作解袍帶搜科。德昭唱合〕去跡來蹤(韻)，使人疑動(韻)。著意細搜尋(句)，不許代彌縫(韻)。〔驍將白〕没有。〔德昭作想科。白〕没有？待孤親自搜來。〔作摘王欽相貂，取書科。白〕這不是一封書信？將他拏下。〔驍將應科，德昭作看書科。白〕贊襄帷幄，實賴謀臣。今用賀驢兒妙策，勝算無遺。前者一時錯怪，切勿記懷。若成大功，錫爵酬勞，特字。好大膽逆賊，這假降之計，一定是你所謀。今據此書爲憑，你還有何辭折辯？〔王欽白〕若依書信爲憑，與王欽毫無干涉。〔德昭白〕事已敗露，還說毫無干涉，將他帶過一邊。〔驍將作押王欽從上場門下。德昭白〕呼延畢顯，傳令開門。〔陳琳隨德昭從下場門下。呼延畢顯作向下傳科。白〕吩咐開門。〔從下場門下。雜扮軍士，各戴馬夫巾，穿蟒箭袖、卒褂。雜扮將官，各戴馬夫巾，紮額，穿打仗甲，佩腰刀。引雜扮孟吉，戴紮巾額，紮靠。雜扮陳林、柴幹，生扮岳勝，各戴盔，紮靠。浄扮孟良，戴紮巾額，紮靠，背葫蘆。小生扮楊宗顯、楊宗保、楊宗孝，各戴紮巾額，紮靠。從上場門急上。孟良等同白〕鼓角聲聞驟，營中將士驚。我等正在操練鈎鐮鎗法，忽傳千歲陞帳，必是要起兵了。〔楊宗顯白〕千歲昨晚傳令，今日午時操演起兵。〔孟良白〕千歲要救元帥心急，必是要改令了。〔呼延畢顯從上場門上。白〕列位將軍俱齊了，小心些，千歲動怒在那裏。〔衆應。呼延畢顯向下白〕軍政司準備刑法伺候。〔内應科。楊宗顯白〕列位，小將傳你們的鎗法，都熟練了？〔衆同白〕放心，俱已演習熟了。〔孟良白〕呼延將軍，可曉得要刑法何用？〔呼延畢顯白〕王欽通遼事敗，千歲將他拏問了，所以要刑法伺候。〔孟良等同白〕王欽拏問了，好嗄。天道昭彰，人心痛快。〔衆作大笑科。陳琳内白〕千歲陞帳。〔衆作肅静科。白〕千歲陞帳，肅恭伺候。〔陳琳捧書信本章，引德昭從上場門上。場上設高臺、公案、虎皮椅。德昭陞座科。岳勝、孟良等作參見科。白〕衆將打躬。〔德昭白〕侍立兩傍。〔衆應，作分侍科。德昭白〕傳令，帶叛逆通遼王欽聽審。〔呼延畢顯應，作傳科。白〕千歲有旨，帶叛逆通遼王欽聽審。〔驍將押王欽從下場門上，作帶進門禀科。白〕王欽當面。〔德昭白〕逆賊，快將通遼之事，逐一供招，免受刑法。〔王欽白〕千歲，這樣叛逆之事，怎便輕輕入在我王欽身上？王欽當不起。冤枉，冤枉。〔德昭白〕現有書信爲憑，還敢抵賴？〔王欽白〕千歲，那書上明明指出賀驢兒名姓。查出賀驢兒，問他便知，與王欽没相干。〔德昭白〕書在你身上搜出，賀驢兒必然就是你。〔王欽白〕我是王强，聖上賜名王欽，不是什麽賀驢兒。〔德昭白〕掌嘴。〔驍將應，作批頰科。德昭白〕逆賊，還敢佞口强辯。〔唱〕

【中吕宫正曲・尾犯序】背逆罪難容（韻）。〔衆同唱〕早識奸心（讀），比蛇蝎猶兇（韻）。不蓄通遼（讀），爲何屢害元戎（韻）？〔德昭白〕招不招？〔王欽白〕這是賀驢兒通遼，與王欽什麽相干？〔德昭白〕好可惡。衆將官。〔孟良等應科。德昭白〕與我著實打。〔孟良等應，作取棍打科。德昭白〕逆賊。〔衆同唱〕你求榮（韻），暗地裏傳書遞簡（句），思脱罪佞言舌弄（韻）。〔合〕心如鐵（句），有如爐王法鐵也立銷鎔（韻）。〔德昭白〕招不招？〔王欽白〕那是賀驢兒通遼謀叛，怎麽一定要將我王欽屈打招成？極天冤枉嗄。〔德昭白〕賊子佞口，什麽時候了？〔楊宗孝等同白〕將近午時了。〔德昭白〕將近午時，孤要起兵去救元帥，不能細審。驍將們，將王欽押去上了囚車。〔驍將應科，作押王欽從下場門下。德昭白〕呼延畢顯過來。〔呼延畢顯應科。德昭白〕孤有奏章一道，併蕭氏書信一封，就命你領五百軍士，押解王欽到京，即將表章遞奏，請旨施行。〔呼延畢顯應，作接本章、書信，從下場門下。德昭白〕傳衆將，操演鉤鐮鎗法者。〔楊宗孝、孟良等應科，從上場門暫下。雜扮勇士，各戴馬夫巾，穿勇字衣，繫鸞帶，執藤牌刀。孟吉、陳林、柴幹、岳勝、楊宗顯、楊宗保、楊宗孝、孟良，各持鉤鐮鎗。雜扮健將，各戴紮巾額，穿鑲領箭袖，繫搭膊，背絲縧，各持鉤鐮鎗。從上場門上，作操演科。德昭白〕果然鎗法精奇，破敵成功必矣，就此起兵前去。〔勇士、將官、楊宗孝、孟良等應科。德昭下座，隨撤高臺、公案、虎皮椅科。雜扮一軍士，戴馬夫巾，穿蟒箭袖，繫肚囊，執三軍司命纛，從上場門暗上。德昭提鎗上馬科。軍士、將官、陳琳從兩場門分下。德昭等同唱〕

【中呂宮正曲・好事近】神傳(句)，鎗法變無窮(韻)，進刺迴鈎妙用(韻)。傳習精練(句)，人人爲國賈勇(韻)，争强角勝(韻)。恨他行(讀)，詐誘將人攏(韻)。〔合〕奮威風大破連環(句)，合勁旅勦除遼衆(韻)。〔同從下場門下〕

第十五齣　士氣委靡馬脱轡（江陽韻）

〔雜扮遼兵，各戴額勒特帽，穿外番衣，持兵器。旦扮女遼將，各戴紥額、狐尾、雉翎，穿甲，持兵器。引旦扮蕭氏，戴蒙古帽練垂，紥靠，背令旗，持刀，從上場門上，遶場。同唱〕

【雙調正曲·普賢歌】軍容復振大威張(韻)，設餌擒鼇計伏良(韻)。困守策非長(韻)，養翮待飛翔(韻)，〔合〕緩擊容他徵應響(韻)。〔遼兵白〕娘娘駕到。〔雜扮耶律學古、韓君弼、耶律休格、耶律色珍、耶律沙、師蓋，浄扮韓德讓，各戴外國帽、狐尾、雉翎，紥靠，背令旗，持兵器。從下場門上，作迎接參見科。同白〕娘娘在上，臣等參見。〔蕭氏白〕元帥，昨日既將楊景等逼困山中，如探囊取物，即應連夜勦除。列營固守，何益也？〔韓德讓白〕啟上娘娘，自古一人拚命，萬夫莫敵。困獸且能極鬬，何况人乎。臣今嚴加困守，絶他糧草，焉能得活？〔蕭氏白〕此言差矣。趁他勢孤窮迫，正好一鼓而擒。緩留時刻，救兵一到，我今難免腹背受敵，大失機宜了。〔衆應科。蕭氏白〕隨孤合兵進谷，如有畏避怯戰者，斬首示衆。快快殺進谷中去者。〔衆應。内吶喊科，蕭氏等作回望科。韓德讓等同白〕喊聲動地，宋營救兵至矣。〔蕭氏白〕如何？今番又受夾攻之害也。〔韓德讓白〕臣有道理。韓君弼、耶律學古、耶律休格，速往谷口督兵把守。我等引戰宋兵到時，即令甲馬軍出陣，横衝截戰，用飛鎗殺退救兵便了。〔韓君弼等應科，從下場門下。蕭氏白〕就此迎敵引戰者。〔衆應科。同唱〕

【又一體】廂軍合擊馬騰驤(韻)，猛悍争先出臂攘(韻)。縱裂勢披猖(韻)，教他一軍盡覆亡(韻)，〔合〕甲馬横衝勢莫攩(韻)。〔雜扮勇士，各戴馬夫巾，穿勇字衣，繫纏帶，執藤牌刀。雜扮健將，各戴紥巾額，穿鑲領箭袖，繫搭膊，背絲縧，持鉤鐮鎗。雜扮孟吉，戴紥巾額，紥靠。雜扮陳林、柴幹，生扮岳勝，各戴盔，紥靠。浄扮孟良，戴紥巾額，紥靠，背葫蘆。小生扮楊宗顯、楊宗保、楊宗孝，各戴紥巾額，紥靠，各持鉤鐮鎗。引生扮德昭，戴素王帽，紥靠，背令旗，持金鎗。雜扮一軍士，戴馬夫巾，穿蟒箭袖，繫肚囊，執三軍司命纛。同從上場門上。德昭白〕蕭氏，你買囑王欽，裏應外合，串通詭計。今謀逆事敗，速宜倒戈請罪，可保臨潢疆土。〔蕭氏白〕宋主倚恃大國之强，欺淩小邦之弱。既占山後之地，復起吞燕之念，孤豈能束手乎？看刀。〔執纛軍士從上場門下。衆作合戰科，同從下場門下。勇士、德昭等，遼兵、蕭氏等，從上場門上，作絡繹挑戰，復作合戰科。蕭氏等作詐敗，引德昭等遶場科。蕭氏等從下場門敗下。雜扮甲馬軍，各戴盔襯、狐尾、雉翎，穿打仗甲，背飛鎗，繫甲馬切末，從下場門衝上。德昭白〕衆將官，奮勇破陣者。〔衆應科。德昭從上場門下。甲馬軍作擲飛鎗，勇士用藤牌遮蔽科。健將、孟良等，各作破開連環馬科。甲馬軍作散亂科，同從下場門下。勇士、健將、孟良等，甲馬軍等，從上場門上，絡繹戰鬬科。勇士、健將、孟良等，作斬刺甲馬軍等科，從下場門下。場上設山口。雜扮健軍，各戴馬夫巾，穿採蓮襖卒褂，背絲縧，持兵器。雜扮將官，各戴馬夫巾，紥額，穿打仗甲，持兵器。引浄扮焦贊，戴紥巾額，紥靠，背令旗，持鎗。小生扮胡守信，戴盔，紥靠，背令旗，持兵器。浄扮呼延贊，戴黑貂，紮靠，背令旗，持鞭。外扮寇準，戴相貂，穿蟒，束帶，帶印綬，佩劍，執馬鞭。生扮楊景，戴帥盔，紮靠，背令旗，佩劍，持鎗。從上場門上，遶場科。同唱〕

【雙調正曲・鎖南枝】天垂佑(句)，賴聖皇(韻)，陰靈有爽夢傳鎗(韻)。書射助軍糧(韻)，濟困救危亡(韻)。〔楊景白〕適聞山外金鼓動地，喊殺連天，必然是請得救兵至矣。乘勢内外夾攻，敵人必致大敗。衆將官。〔衆應科。楊景白〕各奮勇猛，殺出谷口去者。〔衆應科。同唱合〕鋭吾鋒(句)，鍛吾鋩(韻)。厲威嚴(句)，揚威壯(韻)。〔作衝山口科。雜扮遼兵，各戴額勒特帽，穿外番衣，持兵器。引韓君弼、耶律學古、耶律休格從下場門上。韓君弼等白〕楊景，俺這裏重兵把守，焉得放你逃生？〔楊景白〕多講。〔合戰科。遼兵、女遼將引蕭氏、韓德讓等，從上場門衝上，作助戰科。勇士、健軍、德昭等從上場門衝上，作夾攻戰鬭科。蕭氏等從下場門敗下，德昭、楊景等追下。健軍、勇士、健將、楊景、德昭等，遼兵、女遼將、蕭氏、韓德讓等，從上場門上，作絡繹戰鬭，復作合戰科。蕭氏等從下場門敗下。楊景、寇準等作下馬參見科。白〕千歲，臣等無謀被困，敢勞千歲親臨險地，拯救羣生。〔德昭白〕皆爲朝廷公事耳，衆卿奮身爲國，孤家焉敢坐視偷安，理合親來解救。〔唱〕

【又一體】輕身命(句)，事勤王(韻)，通謀獻計是王强(韻)。拏問叛君賊(句)，帥將救賢良(韻)。〔楊景等同白〕千歲，王强果有通遼實跡麽？〔德昭白〕奸賊事已敗露，被孤拏下了。〔楊景、寇準等白〕可見天網恢恢，疎而不漏也。〔德昭白〕連環甲馬已破，乘勝立功，莫失機會。〔楊景應科。白〕衆將官，奮勇追殺，不得有違。〔衆應科。楊景等上馬，衆作遶場科。同唱合〕銳吾鋒(句)，鍛吾鋩(韻)。厲威嚴(句)，揚威壯(韻)。〔同從下場門下。遼兵、女遼將、蕭氏等從上場門上。同唱〕

【又一體】他威顯赫(句)，兵勢强(韻)，連環馬將盡戰亡(韻)。急退莫貪功(句)，敗績避鋒鋩(韻)。〔蕭氏白〕罷了嗄罷了，半萬甲馬，一陣披靡，反受腹背夾攻之敵。看此光景，不可戀戰，急速回營。約了郡主郡馬，速奔幽州，再圖後計便了。〔内應吶喊科。韓德讓白〕追兵到了，急急逃避。〔衆應科。同合唱〕敗殘兵(句)，快潛藏(韻)。棄盔甲(句)，拋旗仗(韻)。〔勇士、健將、楊景等從上場門衝上，作合戰科。蕭氏等從下場門敗下。寇準、德昭、執纛軍士從上場門暗上。楊景白〕蕭氏此敗，必奔幽州避銳。我兵不可停留，乘其勢敗，進取幽州，此爲上策。〔德昭白〕甚合孤意。〔楊景同白〕大小三軍，緊緊追趕。〔衆應科。同唱〕

【慶餘】乘其師潰全平蕩(韻)，早博得天顔喜捷書奏上(韻)，齊唱凱歌回汴梁(韻)。〔同從下場門下〕

第十六齣　人心渙散烏投林（東鐘韻）

〔雜扮遼兵，各戴額勒特帽，穿外番衣，持兵器。雜扮耶律學古、韓君弼、耶律休格、耶律色珍、耶律沙、師蓋，浄扮韓德讓，各戴外國帽、狐尾、雉翎，紥靠，各持兵器。小生扮楊順，戴紥巾額、狐尾，紥靠，持兵器。生扮楊貴，戴盔、狐尾，紥靠，持兵器。旦扮女遼將，各戴紥額、狐尾、雉翎，穿甲，持兵器。旦扮耶律青蓮、耶律瓊娥，各戴七星額、鸚哥毛尾、雉翎，紥靠，背令旗，持兵器。引旦扮蕭氏，戴蒙古帽練垂，紥靠，背令旗，持刀。從上場門上。同唱〕

【大石調正曲・人月圓】四下里(讀)，招集殘兵衆(韻)。踵後追來心驚恐(韻)，淋漓汗透征衣重(韻)，越覺得幽州道路迴(韻)。〔内吶喊科。韓德讓白〕追兵已至，郡主郡馬保護娘娘先進城去，臣等攔住追兵便了。〔蕭氏白〕衆卿小心迎敵，孤去也。〔女遼將、楊貴、楊順、耶律青蓮、耶律瓊娥、蕭氏同唱合〕倘遭虜(句)，受擒獲(讀)，遼邦折盡威風(韻)。〔從下場門下。雜扮勇士，各戴馬夫巾，穿勇字衣，繫鸞帶，執藤牌刀。小生扮胡守信，雜扮陳林、柴幹，生扮岳勝，各戴盔，紥靠，持兵器。小生扮楊宗顯、楊宗保、楊宗孝，各戴紥巾額，紥靠，持兵器。從上場門衝上，作合戰科，同從下場門下。勇士、楊宗孝等，遼兵、韓德讓等，從上場門上，作陸續挑戰科，從下場門下。雜扮遼兵，各戴額勒特帽，穿外番衣，持兵器。引雜扮胡杰、張猛，各戴外國帽、狐尾、雉翎，紥靠，背令旗，持兵器，從上場門上。胡杰、張猛白〕憤懷未雪衝冠怒，爲國捐軀志欲酬。〔分白〕俺乃幽州馬軍都部署張猛是也。俺乃幽州步軍都部署胡杰是也。適有探馬來報，宋師破了甲馬陣，我軍大敗，急投幽州避兵，將至城下。衆遼兵，快快出城接應去者。〔衆應，從下場門下。場上設幽州城。女遼將引蕭氏等從上場門上。同唱〕

【又一體】俺這裏(讀)，緊把金勒鞚(韻)，急盼城垣在望中(韻)。恨不似弩箭離弦送(韻)，忙策征駒避鋭鋒(韻)。〔女遼將等同白〕娘娘駕到，快些開城。〔遼兵隨張猛、胡杰作出城迎接科。白〕臣等迎接娘娘。〔蕭氏白〕後面追兵到了，快快接應者。〔張猛、胡杰白〕請娘娘上城略陣，臣等殺退追兵便了。〔蕭氏等同唱合〕徹耳聽(句)，震心的(讀)，戰鼓聲似雷轟(韻)。〔女遼將引蕭氏等進城，作暗上城科。勇士、楊宗孝等追遼兵、韓德讓等，從上場門上。韓德讓等作進城，張猛、胡杰等作截戰科。雜扮健軍，各戴馬夫巾，穿採蓮襖卒褂，背絲縧，持兵器。雜扮將官，各戴馬夫巾，紮額，穿打仗甲，持兵器。雜扮孟吉，戴紮巾額，紮靠，持兵器。浄扮焦贊，戴紮巾額，紮靠，持鎗。浄扮孟良，戴紮巾額，紮靠，背葫蘆，持雙斧。浄扮呼延贊，戴黑貂，紮靠，背令旗，持鞭。引生扮楊景，戴帥盔，紮靠，背令旗，持鎗。生扮德昭，戴素王帽，紮靠，背令旗，持金鎗。從上場門上，作合戰科。遼兵、張猛、胡杰作敗進城科。韓德讓、師蓋作暗上城科。楊景、德昭白〕攻城。〔衆應，作攻城科。韓德讓、師蓋白〕放箭。〔女遼將作取弓箭射科。勇士作持藤牌遮蔽科。楊景、德昭白〕遼衆聽者，俺統十萬之衆，諒爾彈丸之地，豈足固守？再若抗敵不降，踏平遼邑，鷄犬不留。〔韓德讓、師蓋白〕休得猖狂，俺城中不少强兵猛將，來日當背城一戰，焉知孰勝孰敗？「拜降」兩字，且自收起。〔楊景、德昭白〕大厦將傾，諒爾一木能支乎？ 準於來日交兵便了，收兵。〔衆應科，同從上場門下。蕭氏白〕宋兵退去，衆卿隨孤回宫商議。〔衆應科，同作下城，暗下。隨撤幽州城科。遼兵、女遼將引蕭氏等從上場門上，遶場。同唱〕

【又一體】須防他(讀)，四面圍鐵桶(韻)，高佈雲梯徹夜攻(韻)。那時難解其倥偬(韻)，急急回宫計議同(韻)。〔蕭氏等下馬，同作進門。場上設椅，轉場坐科。蕭氏白〕衆卿，此一場敗衄，大損孤之威望也。〔韓德讓等同白〕勝敗兵家常事，娘娘不必憂慮。城中兵精糧足，當與決一雌雄，成敗未可知也。〔楊貴、楊順白〕娘娘，莫聽迂言誑奏。傾國之兵，喪折殆盡，今剩一旅之師，何敢望克敵也？ 不如拱手歸附，以救一方生命。〔蕭氏白〕何因一敗而自墮志氣也？〔韓德讓白〕是嗄，遼邦自晉朝以來，四方仰懼。今雖一時挫衄，猶足稱霸。怎便拱手歸降，遺誚後世？〔楊貴、楊順白〕住了，今兵臨城下，眼見我邦有倒懸之急。爾等不勸主歸降，還逞匹夫血氣之勇，自取淪亡之禍，豈是爲國之謀？〔韓德讓、師蓋白〕郡馬之言差矣。受主重恩，分當死報，緣何自惜身命？ 勸主投降，郡馬忒辜負吾主之寵渥了。〔蕭氏白〕元帥，從長計議。〔韓德讓、師蓋跪科。白〕娘娘，臣今即去傳集合城人馬，來日決一死戰，管取全勝，報雪國恥。〔蕭氏白〕準元帥所奏，不必再議。〔韓德讓、師蓋、耶律沙等從下場門下，遼兵隨下。蕭氏白〕明日郡主等同上敵樓督戰便了。〔作起，隨撤椅科。蕭氏唱合〕親略陣(句)，登城催戰鼓(讀)，以助威風(韻)。〔同從下場門下〕

第十七齣　志扶遼雙忠盡節（魚模韻）

〔雜扮軍士，各戴馬夫巾，穿蟒箭袖、卒褂，持兵器。雜扮將官，各戴馬夫巾，紥額，穿打仗甲，持兵器。雜扮陳林、柴幹、佘子光、張蓋，各戴盔，紥靠，持兵器。雜扮陳琳，戴太監帽，穿鑲領箭袖卒褂，背絲絛，捧金鞭。引生扮德昭，戴素王帽，紥靠，背令旗，襲蟒，束玉帶，佩劍，執令旗、馬鞭。雜扮一軍士，戴馬夫巾，穿蟒箭袖，繫肚囊，執三軍司命纛。隨從上場門上。德昭唱〕

【中呂調套曲·粉蝶兒】總握兵符(韻)，帥王師恩威布濩(韻)，治遼人悅而誠服(韻)。這纔算體君心(句)，敷德化(句)，非則恃暴殘殺戮(韻)。〔白〕叵耐韓德讓到此地位，不遵歸化，誓要背城決戰。故此元帥率領精銳將士，先去陳兵列陣。孤已吩咐擇一高阜處，佈下旗門觀戰。今日務斬延壽、師蓋等，大彰王師之威，不怕蕭氏不傾心歸順也。就此觀戰去者。〔衆應科。德昭唱〕要取版圖(韻)，先教他懼天威傾心歸附(韻)。〔同從下場門下。場右設平臺、椅，設鼓。場左設幽州城，插旗幟，設椅科。雜扮張猛、胡杰，各戴外國帽、狐尾雉翎，紥靠，背令旗，持兵器，作出城科。白〕傑士難將恥恨吞，背城血戰報君恩。明知卵石相當勢，身殁沙場忠義存。今宋師兵臨城下，逼獻降書。俺二位元帥，約下背城會戰，決一雌雄。將士俱已披掛整齊，專待開兵。〔内鳴金響號科，張猛、胡杰作望科。白〕呀，宋陣上鼓角齊鳴，旗門佈列，不免請娘娘登城觀戰者。正是：漠漠征塵亂，騰騰殺氣高。〔作進城科。内奏樂。軍士、將官、陳林、柴幹、張蓋、宗子光、陳琳引德昭、執纛軍士從上場門上。德昭上平臺坐科，衆作護衛科。雜扮軍士，各戴馬夫巾，穿勇字衣，繫鑾帶，執藤牌刀。雜扮健軍，各戴馬夫巾，穿採蓮襖卒褂，背絲絛，持兵器。雜扮孟吉、焦松，各戴紥巾額，紥靠，持兵器。雜扮劉金龍、林榮、吕彪、劉超、關沖，小生扮胡守信，各戴盔，紥靠，持兵器。浄扮焦贊，戴紥巾額，紥靠，持鎗。浄扮孟良，戴紥巾額，紥靠，背葫蘆，持雙斧。生扮岳勝，戴盔，紥靠，持刀。小生扮楊宗顯、楊宗保、楊宗孝，各戴紥巾額，紥靠，持兵器。末扮王懷，戴金貂，紥靠，背令旗，持兵器。浄扮呼延贊，戴黑貂，紥靠，背令旗，持鞭。引生扮楊景，戴帥盔，紥靠，背令旗，持鎗。雜扮一軍士，戴馬夫巾，穿蟒箭袖，繫肚囊，執纛。隨從上場門上，作列陣科。旦扮女遼將，各戴紥額、狐尾、雉翎，穿甲，持鎗。旦扮耶律青蓮、耶律瓊娥，各戴七星額、鸚哥毛尾、雉翎，紥靠，背令旗。引旦扮蕭氏，戴蒙古帽練垂，紥靠，佩劍，作上城，蕭氏坐科。雜扮遼兵，各戴額勒特帽，穿外番衣，持兵器。雜扮遼將，各戴盔襯、狐尾、雉翎，穿打仗甲，持兵器。雜扮張猛、胡杰、耶律學古、韓君弼、耶律休格、耶律色珍、耶律沙，各戴外國帽、狐尾、雉翎，紥靠，持兵器。浄扮師蓋、韓德讓，各戴外國帽、狐尾、雉翎，紥靠，背令旗，持兵器。雜扮一遼兵，戴額勒特帽，穿外番衣，執纛。同作出城列陣科。楊景白〕韓師二公，今王師已抵城下，不勸汝王獻降，敢陳兵抵抗。〔韓德讓、師蓋白〕勸主獻降，臣子恥之。〔楊景白〕今尊意若何？〔韓德讓、師蓋白〕背城決戰。〔楊景白〕戰若不勝？〔韓德讓、師蓋白〕有死而已。〔楊景白〕全二公之忠便了，開兵。〔執纛軍士、執纛遼兵從兩場門下。衆作合戰，從兩場門分下。

德昭、蕭氏白〕呀。〔唱〕

【中呂調套曲・醉春風】兩陣上列旗門(句)，晝角催三操鼓(韻)。一個個横鎗躍馬展雄才(句)，各自要顯威武(韻)武(韻)。頓攪起滚滚征塵(句)，漫漫殺氣(句)，結成了怨雲愁霧(韻)。〔健軍、楊景等，遼兵、遼將、韓德讓等，從兩場門上，作絡繹挑戰科，同從下場門下。德昭白〕楊元帥鎗法精奇，韓德讓似難抵擋。〔唱〕

【中呂調套曲・迎仙客】八面威敵萬夫(韻)，斬將如探囊物(韻)，勇冠三軍名不沽(韻)。有謀謨(韻)，有勇武(韻)，挺鎗惡鬭衝突(韻)，萬軍中如入無人路(韻)。〔健軍、楊景等，遼兵、遼將、韓德讓等，從上場門上，作陸續戰鬭科，從下場門下。蕭氏白〕你看宋家將士，好驍勇也。〔唱〕

【中呂調套曲・紅繡鞋】擎天手拏雲握霧(韻)，幹國臣武戰文謨(韻)，咸若似拔山舉鼎楚項夫(韻)。宋朝有此等虎臣輔(韻)，應得固洪圖(韻)，愧我無良臣助(韻)。〔健軍、遼兵等從上場門上，作合戰科，從下場門下。孟吉、焦松等追遼將等，從上場門上，作陸續戰鬭科，從下場門下。德昭白〕好一場鏖戰也。〔唱〕

【中呂調套曲・石榴花】今觀鬭志辨其輸(韻)，指日定邊隅(韻)，威揚克敵也非虚(韻)。只用一陣歸附(韻)，何勞十面埋伏(韻)。隻身能把千軍禦(韻)，掃遼人威震征夫(韻)。嚴嚴赫赫如神助(韻)，殺得那莽英雄魄落魂無(韻)。〔健軍、孟良、焦贊等，遼兵、張猛、耶律學古等，從上場門上，作挑戰科。焦贊作刺死耶律學古科，孟良作斬張猛科，從下場門下。蕭氏白〕你看耶律學古、張猛，皆陣亡了。〔唱〕

【中呂調套曲・鬭鵪鶉】一個是佐國勳臣(句)，一個是封疆鎮撫(韻)。皆是俺輔弼的股肱(句)，勛勤的心腹(韻)。眼睁睁身殉疆場鎗斧(韻)，止不住痛哭(韻)。叫不應勇烈將軍(句)，兩魂兒早同歸地府(韻)。〔孟吉、焦松等，遼將等，從上場門上，作合戰科，從下場門下。岳勝、楊宗保、王懷、呼延贊追韓君弼、耶律休格、耶律色珍、胡杰，從上場門上，作挑戰科。呼延贊作打死胡杰科，從下場門下。師蓋、韓德讓從上場門上。唱〕

【中吕調套曲・堯民歌】呀，只怕兵亡將殁破闉闍(韻)，怎忍見面北伏低獻降書(韻)。〔白〕罷了罷了，今起合城人馬，拚死一戰，竟不能取勝，何顔再見吾主。不如戰死沙場，以報國恩便了。〔唱〕猛拚殉節在城隅(韻)，以死酬恩把罪贖(韻)。〔楊景從上場門上。白〕韓德讓，還不下馬伏罪。〔韓德讓、師蓋怒咤科。白〕楊景，何敢猖狂若此？〔唱〕今吾(韻)，志存節烈乎(韻)，捨死不歸附(韻)。〔戰科，從下場門下。健軍、孟吉、呼延贊等，遼兵、遼將、耶律色珍等，從上場門上，作合戰科，從下場門下。德昭、蕭氏白〕呀。〔唱〕

【中吕調套曲・上小樓】戰塵起瀰漫太虚(韻)，喊聲震天關顛覆(韻)。〔楊景追韓德讓從上場門上。韓德讓白〕楊景，本帥今日不擒你下馬，誓不收兵。〔楊景白〕本帥今日不斬汝首，誓不收兵。〔德昭白〕助元帥三通戰鼓。〔陳林應，作擂鼓科。楊景、韓德讓白〕呀。〔唱〕只聽得擂著鼓兒(句)，鳴著鑼兒(句)，畫角喧呼(韻)。〔韓德讓、楊景作戰科，楊景作刺死韓德讓科。楊景大笑科。白〕誰敢來？〔師蓋從上場門上。白〕楊景，你敢傷俺大元帥，與你誓不兩立。〔楊景白〕還敢抗拒，教你立爲鎗尖之鬼。〔陳林作擂鼓。楊景、師蓋戰科，楊景作刺死師蓋科，從下場門下。蕭氏作驚慌科。白〕不好了，韓德讓、師蓋俱被楊景刺於馬下了。〔唱〕可憐憫雙忠烈(句)，同殉節(句)，魂歸泉路(韻)，好教俺心驚膽怖(韻)。〔孟吉等追衆遼將從上場門上，合戰，作斬衆遼將科，從下場門下。遼兵、韓君弼、耶律休格、耶律色珍、耶律沙從上場門急跑上。白〕開城。〔同作進城科。德昭等作下平臺，隨撤平臺、椅科。健軍、楊景、執纛軍士等從上場門上。楊景白〕攻城。〔衆應，作攻城科。女遼將引蕭氏作下城科，暗下。耶律青蓮、耶律瓊娥白〕千歲、元帥，請息雷霆之威，俺二人乃楊貴、楊順之妻。瓊娥、青蓮求千歲、元帥，不必加兵攻打，可憐合城百姓。〔同唱〕

【中呂調套曲·蔓菁菜】我母迂(韻)，抗犯了天朝主(韻)，乞求把合城生民饒恕(韻)。我兩人苦勸娘親寫降書(韻)，苦哀求暫退王師去(韻)。〔楊景白〕本帥暫緩攻擊，你二人早定投降之計。〔耶律青蓮、耶律瓊娥應，作下城科，暗下。隨撤城。德昭白〕賢哉郡主。傳令且停攻打，遶城下寨。〔衆應科。同唱〕

【中呂調套曲·白鶴子】殊可敬貞賢淑兩郡主(韻)，羞殺那遼文武忒心迂(韻)。俺如今開三面網羅寬(句)，皆看著助宋的遼家女(韻)。〔同從下場門下〕

第十八齣　心向宋二女勸降（魚模韻）

〔旦扮耶律青蓮、耶律瓊娥，各戴七星額，紥靠，背令旗，佩劍，從上場門上。唱〕

【中呂調套曲·上小樓】天呵，俺娘兒眼看要被虜㊀，倉卒際不見兒夫㊀。他那裏將卒攻城㊁，俺這裏民不聊生㊁，忍心袖手而顧㊀。〔小生扮楊順，戴紥巾額、狐尾，紥靠，佩劍。生扮楊貴，戴盔、狐尾，紥靠，佩劍。從上場門上。白〕傾國聊爲贖罪計，降書即是護身符。〔作相見科。白〕郡主。〔耶律青蓮、耶律瓊娥作唾面科。白〕你們難道不知將帥陣亡，宋兵攻城甚急？此時我母親計窮力盡，也當同議退兵之計，竟自躲静偷安，居心忒很了。〔楊順、楊貴白〕何必同議開城獻降，絶妙退兵之計。〔耶律瓊娥白〕想得好計。方纔觀戰時，你們往那裏去了？〔楊貴白〕寫降書去了。〔耶律瓊娥白〕未見勝敗，先寫降書？〔楊貴白〕郡主，那韓、師二公不察天時人事，乃自取喪身之禍。若無此敗，令堂決不肯甘心歸附。今當乘機苦勸，速遞降書，可保一國之富，實久遠之計也。〔耶律青蓮、耶律瓊娥作歎科。白〕時勢如此，任憑尊裁罷了。〔楊順、楊貴白〕多謝郡主，同去見娘娘，快走。〔耶律青蓮、耶律瓊娥作悲歎拭淚科。唱〕事危急㊁，要從權㊁，挽延邦祚㊀，免不得逆親心勸降言忤㊀。〔同作進門，向下請科。

白〕娘娘有請。〔旦扮蕭氏，戴蒙古帽練垂，紮靠，背令旗，佩劍，從上場門上，作悶歎科。唱〕

【中呂調套曲·滿庭芳】可復能枯槁回蘇韻，可復能整戈振旅韻。〔場上設椅，轉場坐科。白〕郡馬郡主，可知宋兵攻城聲勢如何？〔楊貴、楊順白〕娘娘，宋兵聲勢利害得緊，口口聲聲只叫開城獻降，若待攻破城池，玉石俱焚矣。〔蕭氏作驚科。白〕呀。〔唱〕聽説罷氣嗌難舒韻，寒毛冷乍心慌懼韻。〔楊貴、楊順白〕娘娘，依臣壻二人之計，早獻版圖降表，速解倒懸之急，伏乞娘娘恩準。〔蕭氏作怒叱科。白〕好大膽。〔唱〕怎説出快獻版圖韻，忍逼吾面北去屈膝求恕韻，臭名兒萬千年遺誚史書韻。〔楊貴、楊順白〕現今兵臨城下，計窮力竭，不降則有性命之憂。〔蕭氏白〕嗄。〔唱〕你是俺親兒壻韻，臨難時一籌莫舉韻，獻降謀展你有才謂韻。〔楊貴、楊順白〕郡主，令堂執意不降，免不得要直説了。〔耶律青蓮、耶律瓊娥白〕事已至此，不得不説了。母親，他二人雖是你的女壻，却是楊景的兄弟。〔蕭氏勃驚科。白〕嗄，怎麽説是楊景的兄弟？〔楊貴、楊順白〕我二人乃楊令公之子，四郎楊貴、八郎楊順。爲全身避害，隱姓埋名的。〔蕭氏作驚呆科。白〕你二人乃楊令公之子，楊景之兄弟。〔作忿恨科。白〕怪不得所謀必破，屢戰不勝。誰知蓄成内患，敗吾國事。噫，氣死我也。〔唱〕

【中呂調套曲·倘秀才】那知把讐人子反招袒腹韻，蓄養成傷身猛虎韻，開門揖盜一時誤韻。〔作恨怨科。白〕這兩個畜生瞞我罷了，你兩個妮子，順夫欺母，天倫喪盡，那裏留得？〔作拔劍科。白〕看劍。〔作欲斬科。楊順、楊貴作虚白勸阻科。耶律青蓮、耶律瓊娥作跪科。白〕母親嗄，都是你當初不辨清渾，將我二人錯配楊家。如今害得女兒身無歸著，進退兩難，都是母親害我們的。〔作哭科。楊貴、楊順白〕是嗄，只怪娘娘彼時見識不明，以致如此。〔蕭氏作怒叱科。白〕你兩個畜生，當初若不埋名隱姓，焉肯將我愛女許配讐人？思之可恨，先將你兩個斬首。〔作欲斬科，耶律青蓮、耶律瓊娥作攔阻科。白〕當初該斬之時，母親反倒憐而赦之。今因洩忿而斬之，教你女兒置身何地？〔作拭淚科。楊貴、楊順白〕生米已成熟飯，殺也遲了。〔蕭氏作悲咽落劍科。耶律青蓮作拾劍入鞘科。蕭氏白〕皇天嗄，教我如何處分嗄？〔唱〕只因一著錯（句），落得滿盤輸（韻）。這其間教人如何擺佈（韻）？〔作哭科。耶律青蓮、耶律瓊娥虛白，作扶蕭氏坐科。楊順、楊貴白〕此事極好擺佈。娘娘既與宋朝臣子結了姻婭之親，正當請降罷兵，兩國通好。歲時朝貢，世守臨潢疆土，爲子孫長遠之計。若再抗拒不屈，現今幽州有壘卵之危，旦夕必破。破城後，倘長驅直搗西樓，娘娘勢敗之際，何以抵禦？若到那時，統和主欲求尺寸之地，也不可得矣。望娘娘三思。〔耶律青蓮、耶律瓊娥作跪撫膝科。白〕母親，依了郡馬之計，不惟邀祚之福，合國庶民之幸也。〔蕭氏作仰天歎科。白〕天嗄，俺國生生受害在這兩個寃家身上了。〔作拭淚科。雜扮耶律沙、耶律色珍，各戴外國帽、狐尾、雉翎，紥靠，佩劍，從上場門急上。白〕郡主城頭約獻表，宋師馬上索降書。〔作進見科。白〕啟娘娘，楊景差衆將在城外説郡主親許獻降，已經半日，不見回音。再若遲延，要架砲攻打了。〔蕭氏起，隨撤椅科。蕭氏作恨怒科。白〕好大膽賤婢，竟敢背母獻降，果然女生外向了。〔耶律青蓮、耶律瓊娥白〕因見攻城甚急，一時緩兵之計。〔蕭氏白〕

還敢支吾。〔唱〕

【中呂調套曲・伴讀書】自恃伊楊家婦(韻)，竟忘了生身母(韻)。養女真正賠錢物(韻)，傷心鬱恨無門訴(韻)。〔内應吶喊科。雜扮韓君弼、耶律休格，各戴外國帽、狐尾、雉翎，紮靠，佩劍，從上場門急上。白〕攻城聲勢急，守禦又無兵。〔作進見科。白〕娘娘不好了，宋兵各門攻擊，城中兵微將寡，守禦不及了。〔耶律青蓮、耶律瓊娥作跪求科。白〕事已急矣，求母親速作主張，保全合城百姓罷。〔蕭氏白〕罷了嗄罷了，看此光景，人力不能挽回，天意也。耶律丞相，速寫降書去。〔耶律沙應科。楊貴白〕住了，不用寫得，臣壻早已備下了。〔蕭氏白〕嗄，早已備下了。〔楊貴出書遞科。白〕這降書乃臣壻報答岳母的全生之計。〔蕭氏作看降書拭淚科。白〕皇天嗄。〔唱〕俺英名一世今朝腐(韻)，喪吾氣拜表氍毹(韻)。〔作擲書於地拭淚科，從下場門下，耶律青蓮、耶律瓊娥隨下。楊貴拾書科。白〕請列位一同出城獻降去。〔韓君弼作忿恨科。白〕遼邦國恥未雪，小將父讐未報。今見宋兵圍城，並無一人敢言出戰，皆束手待降，平日枉受高官顯爵，今日豈不慚愧？〔耶律沙等同白〕將軍既有志報讐雪恥，方纔何不効死疆場，以全名節？〔楊貴白〕此話不是這等講。令尊乃遼邦輔國大臣，効死疆場，以盡臣節，忠義也。將軍乃韓氏之長子，繼父之志，上報國恩，下延宗嗣，全人子之道，忠孝也。今遼國有覆巢之危，憑將軍一人，恃血氣之勇，也不過徒死沙場，何補於事？〔耶律沙等同白〕俺們聽了郡馬之言，頓開茅塞。韓將軍，不可迂執了。〔韓君弼白〕多承指教。〔楊貴、楊順白〕就請一同出城去。〔耶律沙同白〕郡

馬請。〔同唱〕

【中吕調套曲・笑和尚】仗仗仗這一封納款書㊞，救救救百萬人遭戮㊞，保保保保全統和主㊞。〔同從下場門下。場上設幽州城。楊景、德昭内白〕衆將官攻城。〔衆内應科。雜扮勇士，各戴馬夫巾，穿勇字衣，繫鸞帶，執藤牌刀。雜扮健軍，各戴馬夫巾，穿採蓮襖卒褂，背絲絛，持兵器。雜扮將官，各戴馬夫巾，紥額，穿打仗甲，持兵器。雜扮佘子光、吕彪、闞沖、劉超、林榮、劉金龍、張蓋、陳林、柴幹，小生扮胡守信，各戴盔，紥靠，持兵器。雜扮孟吉、焦松，各戴紥巾額，紥靠，持兵器。浄扮焦贊，戴紥巾額，紥靠，持鎗。浄扮孟良，戴紥巾額，紥靠，背葫蘆，持雙斧。生扮岳勝，戴盔，紥靠，背令旗，持刀。小生扮楊宗顯、楊宗保、楊宗孝，各戴紥巾額，紥靠，持兵器。末扮王懷，戴金貂，紥靠，背令旗，持兵器。浄扮呼延贊，戴黑貂，紥靠，背令旗，持鞭。雜扮陳琳，戴太監帽，穿鑲領箭袖卒褂，背絲絛，捧金鞭。引生扮楊景，戴帥盔，紥靠，背令旗，持鎗。生扮德昭，戴素王帽，紥靠，背令旗，持金鎗。雜扮二軍士，各戴馬夫巾，穿蟒箭袖，繫肚囊，一執三軍司命纛，一執纛。隨從兩場門上。楊景、德昭白〕攻城。〔衆應科。楊貴、楊順、韓君弼、耶律休格、耶律色珍、耶律沙捧降書，作出城科。耶律沙等跪科。楊貴、楊順白〕罪臣楊貴、楊順，勸蕭氏乞降請罪，率領耶律沙等，恭獻降書。〔楊宗保接書遞科，德昭作看書科。楊貴、楊順白〕罪臣二人，敗陣遭擒，招贅敵國，死罪，死罪。〔德昭白〕也虧二卿在遼内應，贊成大功。還朝見駕，孤代爲乞恩保奏便了。〔楊貴、楊順作叩謝科。白〕多謝千歲。〔德昭白〕這降書帶回，説與蕭氏，準其歸附。明早就在城外進獻版圖降表。大兵不必進城，恐驚擾黎庶。傳諭衆百姓，各安生業，毋得驚恐。〔楊貴、楊順應，作接書。耶律沙等起科。德昭白〕傳令四面撤圍，五里外安營。〔衆應科。同唱〕喜喜喜定邊隅(韻)，早早早旋師旅(韻)，聽聽聽明日裏凱歌唱還京去(韻)。〔德昭、楊景等同從上場門下。旦丑扮二遼女，各戴紥額、狐尾、雉翎，穿襯衣，繫汗巾。引耶律青蓮、耶律瓊娥作出城科。白〕郡馬，千歲如何道？〔楊貴、楊順白〕千歲準其歸附，明早在城外獻表，即便班師。恭喜，遼邦生民之福。衆位先去啟知娘娘，速建降臺便了。〔耶律沙等應科。同白〕慚愧嗄慚愧。〔作進城科，下。楊貴、楊順白〕明日班師還朝，二位自然隨回汴京去了嗄。〔耶律青蓮、耶律瓊娥作悶歎科。唱〕

【煞尾】一腔的憂愁處好難言(句)，順夫行做了不孝女(韻)。〔楊貴、楊順白〕郡主。〔唱〕喜得個功成名就人完聚(韻)，同去拜紫宸(讀)，朝參聖明主(韻)。〔同作進城科，下。隨撤城科〕

第十九齣　懷德畏威欣振旅（家麻韻）

〔雜扮武遼將，各戴外國帽、狐尾、雉翎，穿青素，束角帶。雜扮文遼臣，各戴紗帽、狐尾，穿青素，束角帶。從上場門上。同白〕無榮無辱作良臣，傲物争强先喪身。堪歎戰場白骨滿，其中誰是定功人？俺們乃遼國文武官員是也。〔分白〕可歎俺國多少智勇將帥，争謀誇勇，今日要恢復山後，明日要奪取宋室，只落得寸功未立，命棄沙場。算起來，不如俺們這些守本分的好。文不敢獻謀，武不敢出陣，耐至今日，投降罷戰，止息干戈。自今以後，受享太平榮禄，豈不比那些戰亡的魯夫有造化？〔一武將白〕末後倒虧俺們收了大功了。〔衆白〕你我收什麽大功？〔一武將白〕虧我們一夜工夫，把受降臺築起，今日收工。〔衆笑科。同白〕休得取笑，臺已築成，香案齊備，俺們去請娘娘出城伺候。正是：征夫解鐵甲，戰馬卸雕鞍。〔從下場門下。場上設受降臺、香案桌科。雜扮軍士，各戴馬夫巾，穿蟒箭袖卒褂，執飛虎旗。雜扮將官，各戴馬夫巾，紥額，穿打仗甲，執標鎗。雜扮孟吉、焦松，各戴紥巾額，紥靠，佩劍。雜扮佘子光、吕彪、關沖、林榮、劉超、劉金龍、張蓋、陳林、柴幹，小生扮胡守信，各戴盔，紥靠，佩劍。小生扮楊宗顯、楊宗保、楊宗孝，各戴紥巾額，紥靠，背令旗，佩劍。生扮岳勝，戴盔，紥靠，背令旗，佩劍。净扮焦贊，戴紥巾額，紥靠，背令旗，佩劍。净扮孟良，戴紥巾額，紥靠，背令旗，背葫蘆，佩劍。末扮王懷，戴金貂，紥靠，背令旗，佩劍。淨扮呼延贊，戴黑貂，紮靠，背令旗，佩劍。各執馬鞭。雜扮內侍，各戴太監帽，穿鑲領箭袖，繫鑾帶，佩劍。雜扮陳琳，戴太監帽，穿鑲領箭袖卒褂，背絲絛，佩劍，背黃袱，捧金鞭。各執馬鞭。外扮寇準，戴相貂，穿蟒，束帶，帶印綬，騎馬。生扮楊景，戴帥盔，紮靠，背令旗，騎馬。生扮德昭，戴素王帽，紮靠，背令旗，騎馬。雜扮三馬夫，戴馬夫巾，穿箭袖，繫鑾帶，牽馬。雜扮二軍士，各戴馬夫巾，穿箭袖，繫肚囊，一軍士執纛，一軍士執三軍司命纛。同從上場門上，作遶場科。同唱〕

【雙調集曲·風雲會四朝元】【四朝元】（首至十一句）朔方歸化(韻)，寰區屬一家(韻)。從此修文偃武(句)，干戈息罷(韻)，蕩烽烟民安物阜佳(韻)。喜得邊關底定(句)，邊關底定(疊)，百戰收功(句)，經載征伐(韻)。今日受納輿圖(句)，聖皇福大(韻)。〔內奏樂。小生扮楊順，戴紮巾額，紮靠。生扮楊貴，戴盔，紮靠。從下場門上。白〕千歲駕到。〔武遼將、文遼臣引雜扮韓君弼、耶律休格、耶律色珍、耶律沙，各戴外國帽、狐尾、雉翎，穿青素，束帶，捧版圖、降表。旦扮耶律青蓮、耶律瓊娥，各戴七星額，紮靠，罩素氅。旦扮蕭氏，戴蒙古帽練垂，穿黑蟒，束帶。從下場門上，作迎接科。德昭等下馬科，馬夫牽馬從兩場門下。蕭氏白〕小邦無狀，抗敵王師，深知悔過。今獻降表、版圖，求千歲轉達天顏，乞恕餘生，一邦幸甚。〔寇準、楊景、德昭白〕我皇上仁德育物，體天好生。只要遠人傾心向化，悅服從風，小邦既不抗犯，大國豈加撻伐？〔楊順、楊貴白〕就請千歲、元帥陞臺受表。〔內奏樂。內侍、陳琳引德昭、楊景、寇準上臺科。蕭氏作獻版圖、降表科。唱〕【駐雲飛】（四至六）獻表降臺下(韻)，嗏(格)，抗敵罪當加(韻)。【一江風】（五至八）深悔從前(句)，自後誠歸化韻。〔德昭等作看版圖、降表科，用黄袱包裹。德昭白〕楊貴、楊順聽令。〔楊貴、楊順應科。德昭白〕你二人將紅旗捷報到京遞奏，不可遲悮。〔楊貴、楊順應科，各作背黄袱，持紅旗科。白〕帶馬。〔軍士應，楊貴、楊順作上馬科，從下場門下。德昭白〕蕭后聽者，聖上回鑾時，預有恩旨，只要遼邦誠服向化，歸附天朝，朕當興滅國繼絶世，放還臨潢，免其獻俘闕下，安守邊境，遞年只取土貢，則邊疆自安矣。爾須仰體聖心，莫負吾主仁德之至意。〔蕭氏、耶律沙等同白〕聖主仁德宣化，唐虞之治，也無過如是。我等當望闕謝恩。〔蕭氏等作向上謝恩起科。德昭等下臺，隨撤受降臺。場上設椅，各坐科。德昭白〕孤聞令愛賢德孝義之名，十分欽敬。況既嫁楊門，乃宋朝命婦，今日當隨回汴京，詣闕謝恩。〔蕭氏、耶律瓊娥、耶律青蓮白〕千歲之命，敢不遵依？〔楊景白〕請問我父墳墓尚在否？〔蕭氏白〕敬仰令公忠義，高封其塚，有令在前，無人敢犯。今與令先尊姻婭之親，吾當建廟立祠，四時享祭。〔楊景白〕多感盛意。〔蕭氏白〕千歲、元帥，可知那王欽，乃賣國求榮的逆臣。幾番計害元帥，欲傾宋室，此賊萬不可留。〔德昭、楊景白〕因通遼事洩，已經拏問解京了。〔蕭氏白〕好，方消吾恨。今日虔設酒筵，請千歲、元帥、列位將軍，進城上宴。〔德昭、寇準、楊景白〕即要班師，不得取擾。〔德昭白〕郡主，當與令堂作別起程。〔耶律青蓮、耶律瓊娥應科。白〕母親請上，孩兒就此拜別。〔作拜別科。唱〕身雖去宋家韻，心終戀膝下韻。【朝元令】〔合至末〕不是孩兒不孝句，瞞瞞昧昧讀，只爲錯聯姻婭韻，錯聯姻婭疊。〔起科。蕭氏白〕兒嗄，今此一别，何日重逢？痛殺我也。〔作悲痛科。楊景、寇準、德昭白〕自此兩國通好，不絕來往音信，何必傷悲？ 請回安境，我等即此班師也。〔衆起，隨撤椅科。耶律青蓮、耶律瓊娥卸鼈科。蕭氏、耶律沙等同白〕我等相送一程。〔德昭、楊景、寇準白〕有勞了。大小三軍，就此唱凱班師。〔衆應科。馬夫牽馬仍從兩場門上，德昭等各騎馬科。衆遶場。同唱〕

【雙調正曲·朝元令】鐃歌鼓撾(韻)，金鐙玉鞭打(韻)。霓旌燦霞(韻)，斧鉞排頭踏(韻)。〔雜扮衆遼民，隨意穿戴，各執香，從上場門上，作跪送科。同白〕衆遼民恭送千歲、元帥。〔德昭、楊景白〕爾等各安生業去罷。〔衆遼民應科，仍從上場門下。德昭衆等同唱〕士庶喧嘩(韻)，道傍迎迓(韻)，簞食壺漿攔馬(韻)，雙手額加(韻)。道邊方自此無戰伐(韻)，享福賴天家(韻)，安逸樂歲華(韻)。〔蕭氏白〕恕不遠送。〔德昭白〕請回。〔德昭等同從下場門下。耶律青蓮、耶律瓊娥復回科。白〕母親。〔蕭氏白〕我兒此去，諸事小心。〔耶律青蓮、耶律瓊娥白〕曉得，母親保重。〔作拭淚科，從下場門下。蕭氏悲歎科。唱合〕分離淚灑(韻)，撇下你做娘的牽罣(韻)。〔作自唾科。唱〕徒然牽罣(疊)。〔同從下場門下〕

第二十齣　酬勳錫爵沐推恩（東鐘韻）

〔雜扮郎千、郎萬、陸程、陳雷、李虎、宋茂、王昇、王義、張林、張英、鄒仲、徐仲，各戴盔，穿各色打仗甲。雜扮鄭壽、党忠、史文斌，浄扮呼延畢顯、李明、王全節，各戴盔，紥靠，佩劍。小生扮楊順，戴紥巾額，紥靠。生扮楊貴，戴盔，紥靠。末扮張齊賢，生扮吕蒙，正外扮趙普，各戴相貂，穿紅蟒，束帶，帶印綬。從上場門上。同唱〕

【仙吕宫引・天下樂】彰天撻伐蕩邊烽韻，捷報飛章達九重韻。恩宣帝勅接元戎韻，大奏鐃歌盛典隆韻。〔白〕聖皇德治福膺洪，滌蕩烟塵定戰功。自此太平熙皥世，一人有慶兆民同。〔張齊賢、吕蒙正、趙普白〕今日千歲、元帥肅清邊患，奏凱回朝。下官等奉旨率領文武朝臣，在郊勞臺迎接，祭纛禮成，然後進城見駕。千歲將次到來，我等齊集伺候。〔衆同白〕邊功雖是將軍定，皆賴皇威神武昭。〔從下場門下。雜扮軍士，各戴馬夫巾，穿蟒箭袖卒褂，執旗。雜扮將官，各戴馬夫巾，紥額，穿打仗甲，執標鎗。雜扮孟吉、焦松，各戴紥巾額，紥靠，佩劍。雜扮佘子光、吕彪、關沖、劉超、林榮、劉金龍、張蓋、陳林、柴幹，小生扮胡守信，各戴盔，紥靠，佩劍。小生扮楊宗顯、楊宗保、楊宗孝，各戴紥巾額，紥靠，背令旗，佩劍。生扮岳勝，戴盔，紥靠，背令旗，佩劍。浄扮焦贊，戴紥巾額，紥靠，背令旗，佩劍。浄扮孟良，戴紥巾額，紥靠，背令旗，背葫蘆，佩劍。末扮王懷，戴金貂，紥靠，背令旗，佩劍。浄扮呼延贊，戴黑貂，紥靠，背令旗，佩劍。各執馬鞭。雜扮内侍，各戴太監帽，穿鑲領箭袖，繫鑾帶，佩劍。旦扮耶律青蓮、耶律瓊娥，各戴七星額，紥靠，佩劍。雜扮陳琳，戴太監帽，穿鑲領箭袖卒褂，背絲縧，捧金鞭。各執馬鞭。外扮寇準，戴相貂，穿蟒，束帶，帶印綬，騎馬。生扮楊景，戴帥盔，紥靠，背令旗，騎馬。生扮德昭，戴素王帽，紥靠，背令旗，騎馬。雜扮三馬夫，各戴馬夫巾，穿箭袖，繫鑾帶，牽馬。雜扮二軍士，各戴馬夫巾，穿箭袖，繫肚囊，一軍士執纛，一軍士執三軍司命纛。同從上場門上，作遶場科。同唱〕

【中吕宫正曲·山花子】安邦定國皆樑棟(韻)，際會風虎雲龍(韻)。喜今朝唾手成功(韻)，慶班師奏捷瓊宫(韻)。〔德昭、楊景、寇準同白〕我等今日奏凱還朝，蒙聖上天恩，命文武公卿出郊迎接。如此恩隆，何以消受？傳令整齊隊伍，往郊勞臺去。〔衆應科。同唱合〕賀承平華夷一統(韻)，從今偃武文教崇(韻)，均沾德澤雅化隆(韻)。四海休戈(讀)，八表來同(韻)。〔場上設郊勞臺。内奏樂。作到，各下馬科，馬夫牽馬從兩場門暫下。趙普、吕蒙正等從下場門上，作迎接科。同白〕臣等迎接千歲。〔德昭白〕衆卿請起。〔各相見科。趙普、吕蒙正等同白〕千歲、元帥親冒矢石，勤勞王事，戡定邊亂，大功告成，生民受福。〔德昭、楊景白〕咸賴聖主文謨武烈，丕顯丕承。我等無非協贊之功，何足罣齒。〔趙普、吕蒙正、張齊賢白〕聖上有旨，命千歲、元帥率領諸將士，在郊勞臺祭纛禮成，然後入朝面聖。〔德昭、楊景白〕領旨。〔趙普、吕蒙正白〕就請千歲拈香。〔内奏樂。二軍士作建纛於郊勞臺。場上設香案。雜扮二贊禮官，各戴紗帽，簪花，穿紅圓領，披紅，束帶。從兩場門暗上，作照常讚禮科。德昭拈香，衆隨班行禮。畢，贊禮官從兩場門分下，軍士請纛科。隨撤郊勞臺、香案桌。趙普、吕蒙正、張齊賢白〕吩咐大奏鐃歌凱歌，請千歲、元帥進城。〔内奏凱歌大樂。雜扮三馬夫，各戴馬夫巾，穿箭袖，繫縧帶。並前三馬夫，同牽馬，從兩場門上。德昭、楊景、寇準、趙普、吕蒙正、張齊賢作騎馬，衆作擺隊，遶場，同從下場門下。場上設汴梁城。軍士、將官等引德昭等從上場門上，按隊伍進城科。下，隨撤城科。内奏樂。雜扮值殿將軍，各戴卒盔，穿鎧，執金瓜。雜扮儀從，各戴大頁巾，穿箭袖排穗，執儀仗。從兩場門上。雜扮内侍，各戴太監帽，穿貼裏衣。雜扮大太監，戴大太監帽，穿蟒，束帶。旦扮昭容，各戴宫官帽，穿圓領，繫絲縧，執符節，提鑪龍扇。引生扮宋太宗，戴金王帽，穿黄蟒，束黄鞓帶，從上場門上。宋太宗唱〕

【中吕宫引・菊花新】中天景運際時雍(韻)，物阜民安四海同(韻)。〔場上設高臺、帳幔、桌椅，上設詔書。内奏樂，轉場陞座科。白〕今朝斥候銷烽火，自此邊城絶鼓鼙。遠邇柔懷敷德化，仁風善政育黔黎。寡人大宋天子太平皇帝是也。欽承天命，掌握華夷。丕顯謨烈，治平海宇。只因遼邦不遵教化，時常侵擾邊疆，故此用申天討，大彰撻伐。今喜德昭、楊景，奏到紅旗捷報併蕭氏降表版圖，自此遼屬傾心歸附，邊庭無事矣。今日王兒等班師還朝，特命衆臣宰出城迎接，郊勞禮畢，即命入朝卸甲酬功。此時想就來也。〔張齊賢、吕蒙正、趙普執笏，從上場門上。白〕喜氣凝閶闔，祥烟護紫微。〔同作入奏科。白〕臣等遵旨迎接千歲、元帥，郊勞禮畢，已到朝門候旨。〔宋太宗白〕宣德昭、楊景率領男女衆將上殿。〔吕蒙正、張齊賢應，作向下傳科。白〕聖上有旨，宣千歲、元帥率領從征男女諸將上殿。〔德昭、楊景内應科。白〕領旨。〔德昭、楊景、寇準引呼延贊、孟良、岳勝、耶律瓊娥等。旦扮八娘、九妹、杜玉娥、呼延赤金、柴媚春、馬賽英、韓月英、金頭馬氏，各戴七星額，紮靠。旦扮王素真，戴盔，紮靠。隨從上場門上。白〕雪滿流沙靜，雲沉太白低。巍巍聖主治，盛德古難齊。〔德昭率衆作朝參科。白〕兒臣德昭，率領楊景等衆將朝見。〔楊景等同白〕願吾皇萬歲，萬歲，萬萬歲。〔昭容白〕平身。〔德昭等同白〕萬歲。〔作起分侍科。宋太宗白〕王兒與元帥、丞相，勤勞王事，竭盡忠誠，定安邊境，懋功告成。當旌封典，以酬卿等之勞。〔德昭、楊景、寇準白〕臣等破陣平遼之績，上賴陛下聖謨神武，下憑將士忠勇齊心，臣等何功之有？〔宋太宗白〕卿等不必過謙。張、吕二卿宣旨。〔張齊賢、吕蒙正應，作請詔科。白〕衆臣俯伏聽宣。〔德昭率衆作俯伏科，張齊賢、吕蒙正開讀科。白〕奉天承運，皇帝詔曰。朕惟敬天法神，愛民保赤。懷柔中外，安撫華夷。不意蕭氏妄動干戈，侵擾邊境。賴爾德昭、楊景、寇準等，勤師進勦，撻伐丕彰。恢輿圖而遠佈天威，蕩烽燧而奠安邊塞。治定功成，當膺懋賞。王兒德昭，晉封魏王。楊景加封兵馬大元帥，總宿衛兵，晉爵河東郡公。楊繼業加贈護國公，立祠享祭。寇準加太子太保，晉爵萊國公。呼延贊加殿前都點檢，晉爵靖安公。楊宗保加殿前都指揮使，晉爵定邊侯。楊貴、楊順，被虜招親，例應治罪，念伊志不忘君，默相贊助，多立奇功，特恩赦罪加官。楊貴封輔國大將軍。楊順封鎮國大將軍。呼延畢顯封定國大將軍。楊宗孝授京城内外都巡檢使。楊宗顯授殿前都指揮使。王全節、李明、鄭壽、党忠、史文斌等，悉加殿前護衛上將軍。孟良、焦贊、岳勝、陳林、柴幹，授五虎上將軍。王懷授五營都部署。張蓋、劉金龍等十九將，並授諸州團練使。孟吉、焦松封爲驍騎將軍。汝州知府胡綱正，捨子成仁，庇賢爲國，忠義可嘉，加陞淮安節度使。胡守信補授汝州知府。胡守德捨身殉義，十分可憫，追贈汝州節度使。金頭馬氏、王魁英等十三員女將，皆封郡國夫人。耶律瓊娥加封晉國順義郡主。耶律青蓮加封燕國誠順郡主。各賜蟒衣、玉帶、綵緞、金珠。其餘隨征將士，著該部議敘，論功陞賞有差。在朝文武官員，各加三級。悟覺禪師楊春，加封都國師，賜良田百頃，帑銀五萬，重修廟宇。命趙普等寫旨頒行天下，蠲租大赦，共慶太平，欽哉謝恩。〔德昭、楊景、寇準等作謝恩科。宋太宗白〕張、吕二卿，與王兒、元帥卸甲。〔張齊賢、吕蒙正應科。德昭、楊景白〕丞相乃三台元宰，坐而論道，豈可爲武臣卸甲，臣等不敢當。〔宋太宗白〕既如此，内侍，引至朝房，代朕卸甲。〔大太監應科。白〕領旨。〔德昭等作起科。大太監白〕千歲這裏來。〔引德昭等從兩場門分下。宋太宗白〕仰賴上天恩眷，大功告成，朕心欣慰之至矣。〔唱〕

【中吕宫正曲・大和佛】久厭遼邦窺伺兇㊇，天心眷朕躬㊇。喜王師一戰蕩邊烽㊇，天威佈遠戎㊇。承平一統皇圖鞏㊇，遐邇一體化從風㊇。〔白〕衆卿，邊烽既滅，巨惡當誅。連日勘問王欽通遼一案，不肯招承，何法治之？〔吕蒙正、張齊賢跪科。白〕臣等審問王欽，他只推賀驢兒通遼，實無指証，難以嚴刑拷問。臣等想到，楊貴在遼日久，必知蹤跡，乞陛下令楊貴監審指証。再若狡強抵賴，當用來俊臣鞠周興之法，將王欽投入甕中，用火熨炙，不怕他不招。〔唱〕巨惡奸兇(讀)，密網焉逃縱(韻)，用極刑加之火甕(韻)。〔合〕身炙烘(韻)，鐵石心腸自銷鎔(韻)。〔宋太宗白〕依卿所奏。〔呂蒙正、張齊賢應，作起科。德昭換紅蟒，束玉帶，執笏。楊景換戴皮弁，穿紅蟒，束玉帶，執笏。寇準換穿紅蟒，束玉帶，帶印綬，執笏。楊宗保換戴金貂，穿紅蟒，束玉帶，執笏。楊宗孝、王懷等，穿紅蟒，束玉帶，執笏。胡守信換戴紗帽，穿紅蟒，束帶，執笏。耶律瓊娥、王魁英等，換戴鳳冠，穿紅蟒，束玉帶，執笏。隨大太監從兩場門上。德昭等同白〕凱歌九闋上，喜氣二儀中。臣等叩謝隆恩。〔衆作謝恩科。同唱〕

【中呂宮正曲·山花子】揚塵舞蹈誠惶悚(韻)，螭頭拜手呼嵩(韻)。愧愚臣微績微功(韻)，降恩綸寵渥榮封(韻)。〔昭容白〕平身。〔德昭等同白〕萬歲。〔隨起分侍科。宋太宗白〕楊貴，你在遼日久，王欽通遼蹤跡可得聞乎？〔楊貴作跪科。白〕臣啟奏陛下，王欽通遼情實，現有他手筆書信十封，俱在臣處。〔宋太宗白〕妙嗄，天網恢恢，怎逃疎漏？王兒、寇準、趙普、楊貴，會同張齊賢，前往刑部，拷問明白，據實回奏。〔德昭、寇準、趙普、張齊賢、楊貴應科，從下場門下。宋太宗白〕楊景與王素真，幼訂姻盟，未成婚禮，特賜喜筵花燭，幣帛粧奩。撤御前金蓮寶炬，著内侍與楊家眷屬等，送歸府第成親。〔楊景、王素真作謝恩科。内侍作執寶炬，引楊景、王素真、王懷、王魁英、楊宗孝等從下場門下。宋太宗白〕内侍傳旨與禮部，明日金殿設太平筵宴，慰勞諸臣，衆女將等便殿賜宴。〔大太監應科。昭容白〕退班。

〔内奏樂，宋太宗下座，隨撤高臺、帳幔、桌椅科。衆同唱合〕喜成功名勒鼎鐘㊞，慶成筵賜玉殿中㊞，廟廊書績畫形容㊞。無任瞻天㊞，仰荷恩崇㊞。

【慶餘】封功朝罷千官擁㊞，寶鼎香風輕送㊞，劍珮鏘鏘下九重㊞。〔宋太宗等從下場門下，趙普、呂蒙正等從兩場門分下〕

第廿一齣　用嚴刑招詳伏法（蕭豪韻）

〔雜扮皂隸，各戴皂隸帽，穿布箭袖，繫皂隸帶。雜扮衙役，各戴紅氊帽，穿布箭袖，繫紅搭膊。雜扮軍牢，各戴軍牢帽，穿布箭袖，繫軍牢帶。雜扮從人，各戴大頁巾，穿箭袖排穗，佩腰刀。雜扮陳琳，戴太監帽，穿貼裹衣，捧金鞭。引生扮楊貴，戴金貂，穿蟒，束帶。末扮張齊賢，外扮趙普，各戴相貂，穿蟒，束帶，帶印綬。外扮寇準，戴相貂，穿蟒，束玉帶，帶印綬。生扮德昭，戴素王帽，穿蟒，束玉帶。從上場門上。德昭等同唱〕

【仙呂宮引・天下樂】逆臣心鐵不承招㊞，煉法難逃入甕炮㊞。〔中場設高臺、公案、桌椅一座，兩旁設公案、桌椅四座。德昭轉場陞座，寇準等作參見入座科。德昭白〕孤欽奉聖旨，會同丞相等，在刑部勘問王欽，謀傾宋室、毒害楊門之事。雖則人所共知，必須要他親口招承，方可定案。〔楊貴白〕臣今將十封書，面証那廝，看他如何折辯？〔張齊賢白〕臣已經奏明，此等狡滑之徒，應用極刑拷問。按唐時來俊臣鞫周興之法，不怕他不招。〔德昭白〕帶王欽聽審。〔皂隸等應科，作向下帶副扮王欽，戴羅帽，穿作衣，繫腰裙，外罩道袍，繫裙，帶鎖杻，從上場門上。皂隸作稟科。白〕王欽當面。〔寇準、張齊賢白〕卸了刑具。〔皂隸應科。白〕領鈞旨，犯人卸刑具。〔作卸鎖杻科。德昭等同白〕逆賊，你將通遼謀宋、毒害元戎之事，從實供招，免受刑法。〔王欽白〕王欽只知赤心輔宋，何曾通遼謀宋？那晚巡營回來，千歲不由分訴，賴我通遼，即行拏問，好冤枉嗄。〔德昭白〕逆賊，孤久疑你私通遼國，故留你在軍營，要察你通遼形跡。那晚差呼延畢顯隨至半途，正遇遼將寄書與你，你便獻計，急用火攻，要將元帥丞相等燒死谷中。若非呼延畢顯即將遼將殺死，元帥全軍焉能得活？反説孤家冤枉了你，打。〔皂隸等應，作行杖，畢禀科。白〕打完。〔德昭等同白〕快快招上來。〔王欽白〕這是呼延畢顯揑詞誣陷，口説無憑。〔楊貴白〕奸賊，你道口説無憑，現有你通遼書信十封在此，你自去看來。〔皂隸作接書付王欽科。白〕你自己念來。〔王欽作看書科。白〕第一封，爲辭遼投宋，借楊景冤狀，官授樞密，自後可作内應事。第二封爲囑謝庭芳撥老弱兵，以敗楊景邊功事。第三封爲誣劾楊景按兵不動，縱敵入境，劫奪貢馬，坐罪楊景事。第四封爲使祖吉寄信，趁楊景罪貶汝州，乘機起兵事。第五封爲反詩計成，獻楊景首級，速宜兵赴銅臺，與謝庭蘭同謀傾宋事。第六封爲竊報機密，楊宗保探得陣法不全，即宜照書補陣事。第七封爲楊宗保所使金刀，有姜太公寶誥，能退諸神，使嚴洞賓攝取神鋒事。第八封爲假傳聖旨，逼楊景入陣坑陷事。第九封爲報宋營有鐘道人助陣，急宜防備事。第十封爲獻抛書反間，毒計敗名，謀殺楊景一門事。〔作擲書唾科。白〕不知何人寫的假書，毒害於我，如何算得指証？〔皂隸作拾書遞與楊貴科。德昭等同白〕該死的逆賊，現有你親筆書信面証，還敢佞言抵賴。〔唱〕

【仙呂宮正曲·江兒水】親筆書憑照(韻)，公然不承招(韻)。巧言瞞賴別人套(韻)，逆臣陰險心奸狡(韻)。〔白〕快招。〔王欽白〕冤枉難招。〔德昭白〕取短夾棍夾這逆賊。〔皂隸等應，作用刑科。王欽白〕冤枉嗄。〔德昭等同白〕逆賊。〔同唱〕三推六問嚴刑拷(韻)，叛案罪名非小(韻)。〔合〕秦鏡高懸(句)，照徹人心白皂(韻)。〔德昭等同白〕快招。〔王欽白〕千歲，別樣事可以屈打成招，這叛逆大罪，豈是屈打成招的？求千歲從容細審。〔德昭白〕逆賊，你事敗至此，還不據實供招，尚敢狡强掉舌。左右。〔皂隸等應科。德昭白〕卸了大刑。〔皂隸應科。白〕領鈞旨，犯人卸刑。〔作卸刑科。德昭白〕擡巨甕過來。〔皂隸等應，作向下擡巨甕切末置中場，作架火科。德昭等同白〕將這逆賊叉入甕中去。〔皂隸等應，作剥王欽道袍，擡入甕科。王欽叫苦科。德昭白〕逆賊，你奏試驌驦馬計，傾天波樓。殺害守城尉，匿書隱惡，暗洩機關，使擒王懷父女。詐獻降表，欲陷宋室君臣。你罪惡滔天，神人共憤，還有何辯？〔寇準等同唱〕

【仙呂宮正曲·皂羅袍】恨你黑心欺藐(韻)，挺刑折辯(讀)，牙根緊咬(韻)。將伊入甕架柴燒(韻)，須臾肢體成枯槁(韻)。〔王欽叫苦科。白〕受不起了。〔唱合〕極刑殘暴(韻)，痛苦難熬(韻)。遍身火燎(韻)，五内如焦(韻)，生生冤屈將非刑拷(韻)。〔德昭等白〕逆賊，現有這十封書作証，你還賴到那裏去？快招。〔王欽白〕千歲，這十封書一定是那賀驢兒寄與蕭氏的，求千歲查出賀驢兒問他？〔楊貴白〕逆賊，你別人好瞞，怎瞞得我楊貴？千歲，賀驢兒就是王欽。〔德昭白〕可有証據？〔楊貴白〕蕭氏曾在他左臂上刺著「賀驢兒」三字爲証。〔德昭白〕將他放出甕來。〔皂隸等應，作擡王欽出甕科。德昭白〕陳琳去驗看，果有「賀驢兒」三字否。〔陳琳應科。皂隸等作袒王欽左臂，陳琳作驗看稟科。白〕啟千歲，果有「賀驢兒」三字。〔德昭等白〕逆賊，還有何辯？〔王欽白〕冤枉，冤枉。〔德昭等白〕還説冤枉，左右，再將他又入甕中去。〔皂隸等應科。王欽白〕願招，願招。〔皂隸稟科。白〕願招。〔德昭白〕教他畫供。〔衙役等應，作取紙筆，付王欽科。白〕畫供。〔王欽白〕我好悔也。〔唱〕

【中呂宮正曲·好姐姐】投遼韻，逞奸弄巧韻，承蕭氏命興遼滅趙韻。許我分茅裂土讀，頓起性貪饕韻。〔合〕要傾廊廟韻，先將柱石來摧倒韻，件件陰謀一筆招韻。〔皂隸取供呈科。白〕供完。〔德昭等同白〕帶下去，命劊子手將王欽併伊妻子郭氏綁赴市曹候旨。〔皂隸應，作與王欽上刑具科，隨帶從下場門下。德昭白〕孤與衆卿入朝回奏，請旨施行。〔内奏樂，德昭下座，隨撤高臺、公案科。皂隸、衙役等從兩場門分下。德昭等作上馬科。德昭等同白〕趨朝忙奏招詳狀，定罪回來即典刑。〔從人引從下場門下。雜扮無常鬼，穿戴無常鬼切末。雜扮地方鬼，戴小涼帽，穿布箭袖。引雜扮差鬼，各戴鬼髮，紮頭，穿劉唐衣，繫虎皮搭膊，襲青紬道袍，持鎖鏈都鬼，執勾魂牌。從上場門上。分白〕天道昭彰休作惡，森羅報應甚分明。俺們奉五殿閻羅差遣，今有陽世叛逆王欽，助遼謀宋，罪大惡極。今日先受人誅，然後將他魂魄拏赴陰司受罪，以彰叛逆之報。來此已是市曹，且到那邊等候去。〔同白〕陰陽雖間隔，呼吸可能通。〔從下場門下。雜扮軍士，各戴馬夫巾，穿蟒箭袖卒褂，執旗。雜扮將官，各戴馬夫巾，紮額，穿打仗甲，佩櫜鞬，執

鎗。陳琳捧旨意，引寇準、德昭執馬鞭，從上場門上。雜扮一軍士，戴馬夫巾，穿箭袖卒褂，執繖，隨上。同唱〕

【仙呂宮正曲·青歌兒】街市上萬民歡笑(韻)，道逆賊惡盈昭報(韻)。欺君叛國罪難饒(韻)，〔合〕削佞肅清廊廟(韻)。〔作下馬科。場上設公案、桌椅。德昭等入座科。德昭白〕將王欽、郭氏綁過來。〔陳琳傳科。白〕劊子手，將王欽、郭氏綁過來。〔內應科。雜扮劊子手，各戴劊子手巾，紥額，簪雉翎，穿劊子手衣，帶鬼頭刀。作綁王欽，旦扮郭氏，散髮，穿衫，繫腰裙，從下場門上。差鬼等隨上。寇準出座，接旨意宣讀科。白〕欽奉聖旨，王欽私通遼邦，謀傾宋室，欺君罔上，罪不容誅。應將逆賊王欽，剥皮燃炬，以警臣下叛君之戒。賊妻郭氏，即行處斬。逆臣親黨，俱發往蠻地爲奴。欽此。〔寇準入座科。德昭白〕劊子手，將王欽剥去衣服，綁在樁上，按罪行刑。〔劊子手應，作拏王欽科。王欽從地井隱下，地井出彩人切末。劊子手作剥衣綁於木樁，取尖刀行刑科。差鬼等鎖王欽魂，搭魂帕，從地井上，差鬼帶從下場門下。德昭白〕將他屍首用臬麻纏裹，塗以魚油，準備燃炬施行。〔劊子手應，作擡彩人切末，從下場門下，劊子手隨上。德昭白〕將郭氏押去斬首。〔劊子手應，作押郭氏從下場門下。劊子手內應白〕開刀。〔劊子手持首級，從下場門上，稟科白〕獻首級。〔德昭白〕將首級號令了。〔劊子手應科，從下場門下，隨上。德昭白〕劊子手，將王欽燃炬施行。〔劊子手應科，向下擡王欽彩人切末上，作燃炬科。德昭、寇準同白〕逆賊，也有今日麽。〔衆同唱〕

【仙呂宮正曲·皂羅袍】不軌謀爲可惱(韻)，你心腸陰毒(讀)，很過梟鳥(韻)。求榮賣國暗通遼(韻)，十封書信陰謀巧㊇。〔合〕那知恢恢天網㊀，惡業怎逃㊇。剥皮楦草㊇，作炬燭燃燒㊇，誅奸戒警逆臣報㊇。〔劊子手作擡彩人切末從下場門下。德昭白〕逆賊已誅，入朝覆旨去者。〔作起科，隨撤公案、桌椅。德昭等作上馬科。衆同唱〕

【有結果煞】誅奸癉惡清廊廟㊇，慶昇平烟塵靖掃㊇，安逸民生户裕饒㊇。〔同從下場門下〕

第廿二齣　開綺宴奉勅完姻（江陽韻）

〔雜扮陪宴官，各戴紗帽，穿紅圓領，束帶。引雜扮鄭壽、党忠、史文斌、李明、王全節，末扮王懷，浄扮呼延畢顯，各戴金貂，穿紅蟒，束帶。浄扮呼延贊，戴皮弁，穿紅蟒，束玉帶。末扮張齊賢，生扮吕蒙正，外扮趙普，各戴相貂，穿紅蟒，束帶，帶印綬。從上場門上。同唱〕

【正宫正曲·普天樂】慶皇朝輿圖廣(韻)，仁風惠政敷荒壤(韻)。順天心帝道遐昌(韻)，果然是治比陶唐(韻)。遠人服來歸向(韻)，海宇乂安昇平象(韻)。〔白〕虎士開閶闔，雞人唱九霄。雲移銀闕角，日轉玉廊腰。〔趙普、吕蒙正、張齊賢白〕聖上因定安邊境，四海昇平，聖心大悦。特設慶成筵宴，犒賞諸臣，真乃太平盛事也。〔外扮寇準，戴相貂，穿紅蟒，束玉帶，帶印綬。生扮德昭，戴素王帽，穿紅蟒，束玉帶。從上場門上。白〕天馬從東道，皇威被遠戎。來驂八駿列，不假貳師功。〔趙普等作參見科。德昭白〕衆卿，諸將俱齊集了麽？〔趙普白〕將次到齊了。〔德昭白〕孤與寇卿先去覆旨。〔寇準應科，隨德昭從下場門下。趙普等同白〕那邊衆功臣上殿來也。〔小生扮胡守信，戴紗帽，穿紅蟒，束帶。雜扮陳林、柴幹，浄扮焦贊、孟良，生扮岳勝，小生扮楊宗顯、楊宗孝，各戴盔，穿紅蟒，束帶。小生扮楊宗保、楊順、楊貴，各戴金貂，穿紅蟒，束帶。生扮楊景，戴皮弁，穿紅蟒，束玉帶。從上場門上。同唱〕慶成功太平宴賞(韻)，賜大酺歌衢舞巷(韻)。〔合〕咸感著(讀)，聖主恩波疊貺(韻)。〔各作相見科。場上設席。寇準、德昭從下場門上。白〕聖上有旨。〔趙普、楊景等作跪科。德昭、寇準白〕今日太平宴賞，君臣同樂，須各暢飲盡歡。〔衆作謝恩起科。陪宴官白〕宴已齊備，請千歲與衆位大人上宴。〔内奏樂，德昭等作入席科。衆同唱〕

【正宮正曲・錦纏道】慶明良(韻)，賀隆平太平宴賞(韻)，恩澤喜汪洋(韻)。仰賴著(讀)，一人有慶民康(韻)，施仁政化遍了九州八方(韻)。懷柔遠來享來王(韻)，景運自靈長(韻)。大一統山河握掌(韻)，願千秋樂未央(韻)。〔内奏樂，德昭等出座，隨撤席科。德昭等作謝恩科。同唱合〕叨寵渥恩波浩蕩(韻)，喜忻忻(讀)，抃舞謝吾皇(韻)。〔内奏樂，衆作下殿遶場科。楊景等白〕千歲請上，待臣等叩謝眷顧深恩。〔德昭白〕不消。〔楊景等作叩謝科。同唱〕

【正宮正曲・普天樂】感賢王垂恩貺(韻)，愧庸材蒙作養(韻)。去讒佞費盡周詳(韻)，爲國政護保賢良(韻)。〔起科。德昭白〕衆卿各歸府第，孤回南清宫去也。〔衆同白〕臣等恭送千歲回宫。〔同唱合〕鈞天樂廣(韻)，鏗鏘劍珮響(韻)。朝罷千官(讀)，袖惹天香(韻)。〔同從下場門下。雜扮院子，各戴羅帽，穿紅紬道袍。旦扮梅香，各穿紅衫。旦扮排風，穿衫背心，繫汗巾。引老旦扮佘氏，戴鳳冠，穿紅蟒，束玉帶，從上場門上。佘氏白〕忠孝家箴有義方，膝前子女守綱常。因修天爵享人爵，擠擠簪纓笏滿牀。〔中場設椅，轉場坐科。白〕老身佘氏，喜得吾兒延昭奏捷班師，天恩優寵，滿門封贈。又蒙聖恩，因六郎與素真雖訂姻盟，未成婚禮，特賜粧奩幣帛，花燭喜筵，勑賜完姻。今日孩兒、媳婦、孫兒等，奉旨入朝赴宴去了。聖上命老身在家準備樂人、儐相，結綵張燈，賜宗保、宗顯等完婚，真是寵恩疊疊，喜氣重重也。〔末扮楊千，戴紗帽，穿紅圓領，束帶，從上場門上。白〕勳績公侯第，世稱忠孝門。〔作進門稟科。白〕啟上太君，衆位老爺、夫人、小姐賜宴下朝了。〔佘氏白〕楊千，喜筵鼓樂俱已齊備了麽？〔楊千白〕齊備了。〔佘氏白〕老爺、夫人回府，疾忙通報。〔楊千應科。楊宗顯、楊宗保、楊宗孝、楊順、楊景、楊貴，旦扮李剪梅、木桂英、九妹、八娘、耶律青蓮、杜玉娥、呼延赤金、柴媚春、王素真、馬賽英、耶律瓊娥、韓月英、董月娥、耿金花、王魁英，各戴鳳冠，穿紅蟒，束帶，從上場門上。同白〕年年未央闕，恩共物華新。〔楊千白〕各位老爺、夫人、小姐回府。〔楊貴等進門揖見科。佘氏白〕孩兒媳婦們下朝了，吉時將至，院子梅香，伏侍新人進去更衣。〔院子、梅香應，扶楊宗保、楊宗顯、木桂英、李剪梅從兩場門分下。佘氏白〕楊千，唤禮生。〔楊千應，向下唤科。白〕禮生讚禮。〔雜扮二禮生，戴儒巾，簪花，穿藍衫，繫儒縧，披紅，從兩場門上。白〕玉女摇仙珮，朱奴帶錦纏。〔作進見科。白〕禮生見。〔佘氏白〕吉時已届，就請新人。〔禮生應科。佘氏作起，隨撤椅科。禮生白〕起樂。〔内奏樂，禮生作向下請科。白〕伏以：纔罷慶成宴，又斟合卺杯。建績麒麟閣，交歡錦繡幃。奉請新貴人，擡身緩步請行。〔院子扶楊宗保、楊宗顯，各换戴紗帽，簪花，披紅。梅香扶木桂英、李剪梅，各兜蓋頭。從兩場門上。禮生作照常讚禮。交拜畢，向佘氏、楊景、柴媚春、王素真行禮科。禮生從兩場門下。佘氏白〕滿門封贈，骨肉團圓，合當望闕謝恩。〔衆應科。佘氏率衆作向上謝恩科。同

唱〕

【正宮正曲・金殿喜重重】惠澤汪洋(韻)，感吾皇寵錫(讀)，同受榮光(韻)。這恩隆仰戴(句)，報答無方(韻)，只辨葵誠心向(韻)。〔起科。楊千白〕花燭喜筵已備，請後堂上宴。〔衆同唱〕錦翼鴛鴦(韻)，連理瓊枝(句)，良宵花燭洞房(韻)。〔合〕喜得一門團聚(句)，又得加封進爵(讀)，皆賴我皇(韻)。

【慶餘】盈盈喜氣從天降(韻)，節義忠貞共一堂(韻)，仰荷天庥後裔昌(韻)。〔同從下場門下〕

第廿三齣　帝鑑無私著冊籍（皆來韻）

〔雜扮儀從，各戴大頁巾，穿蟒箭袖排穗，執神旗。小生扮金童，戴線髮、紫金冠，穿氅，繫絲縧，執旛。小旦扮玉女，戴過梁額、仙姑巾，穿氅，繫絲縧，執旛。引淨扮北嶽大帝，戴冕旒，穿蟒，束玉帶，從禄臺上。北嶽大帝唱〕

【仙呂調套曲·賞時花】禍福無門人自開（韻），善惡分明陞降階（韻）。撫胸怎不細摩揣（韻），苦苦的自沉業海（韻），後悔也遲哉（韻）。〔白〕蚩蚩曾未識天心，念涉貪癡禍亂尋。塗炭庶民情慘慘，挽回暗裏費沉吟。吾神北嶽大帝是也。自劉繼文投遼，思報兄讐，搆亂興兵，可憐多少忠良屈陷，無數生靈枉死，俱在吾神案下登録。今喜劫運已消，太平重建。適纔親詣靈霄，奏陳簿籍，奉有玉旨，命吾神到酆都，會同十殿王審詳結案，就此走遭。〔唱〕

【又一體】欽奉綸音下玉階（韻），霞葆雲車風御來（韻）。嶽帝奉宣差（韻），早向那鐵圍城裏（句），把案件細劃裁（韻）。〔同從禄臺下。場右設酆都城科。雜扮牛頭、馬面，各戴套頭，穿鎧，持叉。雜扮鬼卒，各戴鬼臉，穿蟒箭袖、虎皮卒褂，持器械。雜扮動刑鬼，各戴豎髮，紥額，穿劉唐衣，繫肚囊。雜扮判官，各戴判官帽，穿青素，束角帶，持筆簿。小生扮金童，戴線髮、紫金冠，穿氅，繫絲縧，執旛。小旦扮玉女，戴過梁額、仙姑巾，穿氅，繫絲縧，

執旛。引雜扮十殿閻君，各戴冕旒，穿蟒，束帶，襲氅，從酆都城內上。十殿閻君唱〕

【仙呂調套曲・端正好】身心內自有神（句），莫道是陰陽隔（韻）。在陽世昧惡稱乖（韻），到陰司樁樁鐵筆難瞞賴（韻）。那怕你高官爵（句），廣錢財（韻），炎威勢（句），一些兒帶不來（韻），惟造下罪業乃隨身債（韻）。〔白〕吾等十殿閻君是也。今者宋帝戡定邊亂，朝野肅清。俺冥府先將那忠孝節義衆善人，送上天府。陣亡枉死諸將士，轉生陽世。其巨惡奸黨兇徒，一一分別定案，貶定輪迴，填償果報，各殿忙個不了。方纔正在勘問王欽，忽然報到北嶽大帝奉勅前來，會同審詳結案，因此齊集祗候。正是：善緣惡報由人造，地獄天堂各自尋。〔仍同從酆都城內下。儀從、金童、玉女引北嶽大帝從下場門上。北嶽大帝白〕絲毫不爽覘天道，刑賞成時鐵案刊。〔內奏樂，十殿閻君出酆都城迎接科。侍從、金童、玉女引北嶽大帝作進酆都城科，下，十殿閻君隨下。牛頭、馬面、鬼卒、動刑鬼、判官、金童、玉女引十殿閻君，儀從、金童、玉女引北嶽大帝，同從酆都城內上。十殿閻君作參見科。白〕我等參見，願大帝聖壽無疆。〔北嶽大帝白〕各殿王少禮。〔十殿閻君分侍科。北嶽大帝白〕欽奉玉旨，會同各殿王，將潘仁美、王欽等衆惡犯，審詳覆奏。〔十殿閻君白〕小神等已將各犯拘齊候審，請大帝陞座。〔內奏樂，場上設高臺、帳幔、桌椅，兩旁設公案、桌椅。北嶽大帝陞座，十殿閻君入座，儀從、鬼判等各分侍科。十殿閻君白〕先帶王欽聽審。〔鬼卒應科。向下帶副扮王欽魂，戴囚髮，穿喜鵲衣，繫腰裙，從酆都城內上。鬼卒稟科。白〕王欽當面。〔王欽魂白〕我王欽，死得好冤枉嗄。〔北嶽大帝白〕逆賊，你因懷潘仁美、王侁未曾擢用之讐，竟起投遼謀宋之心。則你十封書信，幾將楊景毒害，宋室江山險失汝手。〔十殿閻君白〕種種罪惡，樁樁據實，還説寃枉。鬼卒。〔鬼卒應科。十殿閻君白〕用銅鎚鐵棒，先打一百。〔鬼卒應，作打科。王欽魂叫苦科。白〕王欽雖做遼邦內應，使盡機謀，依舊還是宋家天下，楊景等一個不曾害死。自己受剥皮燃炬的顯戮，設計害人，反害自身，罪惡也算報應了，如何還不肯饒我？〔北嶽大帝白〕你這逆賊，生前以惡爲能，忍作殘害，陰賊良善，暗侮君親，造下滔天罪惡。雖受人間顯戮，難逃陰司報應也。〔十殿閻君同唱〕

【仙呂調套曲・天下樂令】泥犁地獄爲汝開㊀，罪盈惡貫受應該㊀。雖剥皮燃炬將肢解㊀，難免陰曹果報來㊀。〔北嶽大帝白〕各殿王，此賊何以處治？〔十殿閻君白〕王欽之罪，按叛逆之律，應上刀山受罪，然後打入泥犁，不得超生。〔北嶽大帝白〕照例施行。〔十殿閻君白〕將王欽帶往刀山地獄去者。〔鬼卒應科，帶王欽魂從酆都城內下。十殿閻君白〕帶潘仁美一案聽審。〔鬼卒應科。向下帶净扮潘仁美魂，副扮王侁、米信魂，丑扮田重進、劉君其魂，各戴囚髮，穿喜鵲衣，繫腰裙，從酆都城內上。鬼卒禀科。白〕潘仁美一案當面。〔北嶽大帝白〕這起窮兇極惡的鬼犯，倚恃權要之勢，剛强不仁，很戾自用，虐下取功，謟上希旨，輕篾天民，擾亂國政，流惡難盡，書罪無窮。今日也有報應之日，用鐵鞭各打一百。〔鬼卒應，作打科。潘仁美等魂作叫苦科。白〕若無奸佞，怎顯忠良？鬼犯們一時起了妬功懷怨之心，成了楊家千載美名。死者超昇天界，存者賜爵榮封。鬼犯們陽間受了顯戮，陰司又受重重地獄的酷刑，報應彀了。大帝還要吹毛求疵，窮究不完。〔北嶽大帝、十殿閻君同白〕生前罪惡無窮，

身後難償業債。〔同唱〕

【仙呂調套曲·高過金盞兒】心兒歪韻，意兒歪韻，心歪很戾把忠良害韻，欺君誤國黑心揣韻。愆訧大韻，種種嚴刑受合該韻，自作業怨誰來韻。〔北嶽大帝白〕這些鬼犯應彰何報？〔十殿閻君白〕這些鬼犯罪大惡極，已受過重重地獄之罪，今應打入修羅惡道，萬劫遭刑。〔北嶽大帝白〕照例施行。〔十殿閻君白〕將潘仁美等打入修羅道去者。〔鬼卒應科，作帶潘仁美等魂，從酆都城内下。十殿閻君白〕還有謝庭芳、謝庭蘭、傅鼎臣、黄玉、韓連、祖吉、祖忠，俱係潘仁美、王欽等奸黨，罪案已定，請大帝發落。〔北嶽大帝白〕帶過來。〔鬼卒應科。向下帶末扮傅鼎臣魂，副扮韓連魂、謝庭蘭魂、祖吉魂，丑扮黄玉魂，浄扮謝庭芳魂，雜扮祖忠魂，各戴囚髮，穿喜鵲衣，繫腰裙，從酆都城内上。鬼卒稟科。白〕傅鼎臣等一起當面。〔北嶽大帝白〕這些都是貪緣走狗，矯妄求榮，無恥的惡犯。身受君恩，不知秉公治政，反貪緣奸相，苟富而驕，苟免無恥，毒害忠良，怙惡不悛，以致終身莫贖，與我著實打。〔鬼卒應，作打科。傅鼎臣等魂作叫苦科。白〕鬼犯們生前貪緣走狗，矯妄求榮，只要眼前勢耀薰人，那顧什麽廉恥。早知有報應隨身，何苦逞志作威，辱人求勝，如今追悔了。〔北嶽大帝、十殿閻君白〕你不聞北極大帝勸世格言，矯妄求榮，名譽不揚，尅剥致富，子孫遺殃。你生前有勢使盡，那知後身殃及子孫。〔唱〕

【仙呂調套曲·低過金盞兒】身叨得蒞官階韻，坐烏臺韻，不思量忠君報國酬恩賚韻，甘心作虎威狐假蠢狼豺(韻)。〔傅鼎臣等魂白〕鬼犯們受了許多地獄之罪，如今也不敢抵賴了，只求大帝略爲寬恕些兒罷。〔北嶽大帝白〕這些鬼犯，既不敢抵賴，各殿王如何發落？〔十殿閻君白〕掌案判官，將所貶該犯輪迴報來。〔判官應，作照簿念科。白〕傅鼎臣變猪，韓連變狗，黄玉變貓，謝庭芳變猿，謝庭蘭變狼，祖吉變鼠，祖忠變兔。〔北嶽大帝白〕各殿王定擬無謬，帶去按罪施行。〔鬼卒應科，作帶傅鼎臣等魂，從酆都城内下。判官禀科。白〕還有潘豹、潘虎、錢秀、周方，潘仁美之妻傅氏，王欽之妻郭氏，韓連之妻田氏，俱以按罪貶入畜類輪迴，請大帝復審。〔北嶽大帝白〕這些鬼犯，不過遵其驅使，隨依唱和。既已按罪定擬，不必復審，照例施行。〔判官應科。北嶽大帝白〕可恨這些惡犯呵，〔唱〕在陽間枉自作福威(句)，你只道險惡逞鄙懷(韻)，勢焰今何在(韻)？到頭來身輕業重(句)，入泥犁休思奪舍投胎(韻)。〔白〕諸案已結，回覆玉旨去也。〔内奏樂，各下座，隨撤高臺、帳幔、公案、椅科。儀從、金童、玉女引北嶽大帝，作出酆都城，從下場門下。十殿閻君唱〕

【尾聲】惡犯的罪業深難姑貸(韻)，看須臾鐵案成時(讀)，各件明白(韻)。很閻羅鐵面無情(讀)，勸那惡者休來(韻)。〔衆鬼判等擁護十殿閻君，仍從酆都城内下，隨撤酆都城〕

第廿四齣　天心有感佑昇平（真文韻）

〔雜扮馬帥，戴紥紅、八角冠，紥靠，持鎗。雜扮趙帥，戴紥紅、黑貂，紥靠，持鞭。雜扮温帥，戴紥紅、温帥帽，紥靠，持狼牙棒、金剛圈。雜扮劉帥，戴紥紅、荷葉盔，紥靠，持刀。從上場門上，跳舞科，從下場門下。内奏樂科。馬、趙、温、劉四帥，换蟒，束帶，執笏，從壽臺上場門上。雜扮三頭六臂、四頭八臂、千里眼、順風耳，各戴套頭，穿蟒，束帶，執笏。雜扮九曜，各戴紥紅、金貂，穿蟒，束帶，執笏。從福臺上。雜扮二十八宿，各戴本星形像冠，穿蟒，束帶，執笏，從仙樓上。雜扮天師，各戴蓮花冠，穿蟒，繫絲縧，執笏。雜扮仙官，各戴朝冠，穿蟒，束帶，執笏。雜扮左輔、右弼，各戴皮弁，穿蟒，束帶，執笏。旦扮宫娥，各戴過梁額、仙姑巾，穿蟒，繫絲縧，執如意。旦扮宫官，各戴宫官帽，穿蟒，繫絲縧，各執提鑪、龍鳳扇。小生扮金童，戴線髮、紫金冠，穿蟒，繫絲縧，執符節。小旦扮玉女，戴過梁額、仙姑巾，穿蟒，繫絲縧，執符節。引生扮玉皇上帝，戴冕旒，穿黄團龍蟒，束黄鞓珊瑚帶，執圭。浄扮靈官，戴紥巾額，紥靠，襲蟒，束帶，繫赤心忠良牌，執金鞭。同從禄臺上。衆同唱〕

【仙吕入雙角合套·北新水令】圜丘爲蓋覆乾坤(韻)，太極初玄黄并混(韻)。無言生萬物(句)，成象列三辰(韻)。輔德無親(韻)，行何健如車運(韻)。〔場上設高臺、帳幔、桌椅，内奏樂科。玉皇上帝轉場陞座，衆神各分侍科。玉皇上帝白〕太初始氣出鴻濛，品彚流行覆蓋中。統御羣真居玉闕，無爲而化運玄功。

吾神九天金闕玉皇上帝是也。尊崇昊闕，端拱靈霄。懿彼秉陽，列三光以成象；本乎親上，著不息而健行。四時興焉萬物茂，復何言哉；雪霜降而風雨施，無非教也。是云：常正無私資萬物，居高理下聽何卑。〔雜扮採訪使者，各戴紮紅、嵌龍幞頭，穿蟒，束帶，執笏。末扮紫微大帝，生扮三台北斗，淨扮北嶽大帝，生扮梓潼帝君，各戴冕旒，穿蟒，束玉帶，執圭。同從壽臺上場門上。同唱〕

【仙呂入雙角合套・南步步嬌】化育羣生欽若信(韻)，輔御樞機運(韻)，居尊衆宰真(韻)。萬物鈞陶(句)，聿司其慎(韻)。〔各作進門朝見科。同白〕臣等朝參，願上帝聖壽無疆。〔唱合〕章奏謹披陳(韻)，詣闕同朝覲(韻)。〔衆宮官白〕平身。〔紫微大帝等作起分侍科。玉皇上帝白〕你看有曜周之六服，至和洽于四時。政舉刑清，休光煒乎旁燭。禮陶樂淑，精氣結而上騰。下界好昇平景象也。〔唱〕

【仙呂入雙角合套・北折桂令】四時撫玉燭調均(韻)，你看大地陽和(句)，品彙生春(韻)。卻緣是帝治日臻(韻)，仁風被廣(句)，德化敷民(韻)。因此上盈宇宙祥和靄陳(韻)，遍寰區善氣紛紜(韻)。賴一人掌握乾坤(韻)，咸荷陶甄(韻)，恩育黔黎(句)，愉悦天神(韻)。〔白〕俯察下界太平景象，莫説盛于四朝，即三代以上，未及今時之風淳俗美。爾諸神各將所司並近來海宇昇平之景，一一陳奏。〔三台北斗白〕臣三台北斗。〔北嶽大帝白〕臣北嶽。〔三台北斗同白〕奏聞上帝。〔作跪奏科。衆宮官白〕奏來。〔三台北斗白〕臣所司天時四序，照得今時下界，河清海晏，寰宇昇平。金甌釀芝艸醴泉，玉燭調和風甘雨。五穀豐登，四民樂業，理應奏聞。〔北嶽大帝白〕臣所司人間壽算，照得今時下界，世際唐虞，民逢熙

皞。登仁壽之鄉，飲益壽之泉。年多大耋，人盡遐齡，理合奏聞。〔三台北斗同唱〕

【仙呂入雙角合套・南江兒水】海宇休徵兆(句)，金庭合奏陳(韻)。古來莫比今時順(韻)，户裕家饒年豐稔(押)。和風甘雨恩澤潤(韻)，壽域同登挈引(韻)。〔合〕巷舞衢歌(句)，盡歌道帝德過於堯舜(韻)。〔衆宫官白〕平身。〔三台北斗、北嶽大帝白〕聖壽。〔作起分侍科。玉皇上帝白〕此皆聖主慈濟百靈，恩覃萬有。赤子樂熙皞之世，蒼生登仁壽之場。故十方三界，喜氣瀰淪也。〔唱〕

【仙呂入雙角合套・北收江南】欣(格)賴皇衷淵懿德精純(韻)，握乾符(讀)，似舜治與堯仁(韻)，無窮景福自天申(韻)。年豐的歲稔(押)，俗厚又風淳(韻)，化成了極樂世界錦乾坤(韻)。〔紫微大帝白〕臣紫微。〔梓潼帝君白〕臣梓潼。〔紫微大帝同白〕奏聞上帝。〔作跪奏科。衆宫官白〕奏來。〔紫微大帝白〕臣所司天下福應，照得今時下界，國慶明良，家箴孝善，重倫常，敦信義。因此普天下和氣致祥，福緣善慶，理應陳奏。〔梓潼帝君白〕臣所司天下禄籍，照得今時下界，文治光昭，士多思皇，鼓吹風雅，笙簧墳典。八表頌其休明，四海敷其文命。謹將仕籍桂録，一一陳奏，以彰文明之盛。〔紫微大帝同唱〕

【仙呂入雙角合套・南僥僥令】聖朝啟文運(韻)，雅化士多遵(韻)。奎璧珠聯祥光映(韻)，牖啟聰明福禄臻(韻)。〔衆宫官白〕平身。〔紫微大帝、梓潼帝君白〕聖壽。〔作起分侍科。玉皇上帝白〕善哉。聖朝遵崇文教，加惠儒林，因此王多吉士，户益善良，果然向化從風也。〔唱〕

【仙呂入雙角合套・北沽美酒】賀清平德治馨(押)，賀清平德治馨(疊)。兆年豐福萬民(韻)，共樂昇平賴一人(韻)。齊七政撫三辰(韻)，福禄壽瑞駢臻(韻)。〔採訪使者白〕臣採訪使者奏聞上帝。〔作跪奏科。衆宮官白〕奏來。〔採訪使者白〕臣等所司採訪勤察人寰，照得今時下界，咸遵教化，各安事業，路不拾遺，夜不閉户。雖舊時世界，賴聖德日新。莫説唐漢以來，即五帝之前，未見今日之太平景象也。〔唱〕

【仙呂入雙角合套·南園林好】四民的安業喜忻(韻)，百官的清廉報本(韻)，萬姓的循規守分(韻)。〔合〕臣等目無見耳無聞(韻)，清時節大地春(韻)。〔衆宮官白〕平身。〔採訪使者白〕聖壽。〔作起分侍科。玉皇上帝白〕懋哉。聖人至德同天，仁恩匝地，普天率土，俗美風淳，皆賴一人功德所致。正是：萬載長清統宇宙。〔同白〕無疆聖壽樂春臺。〔唱〕

【仙呂入雙角合套·北太平令】仁明聖如堯如舜(韻)，至德治作師作君(韻)。億萬載垂裳端衮(韻)，合天心時和序順(韻)。俺阿(格)，默佑著聖君(韻)大君(韻)，永遠的恩民(韻)化民(韻)，欣(格)，鞏皇圖穩如山鎮(韻)。〔内奏樂，玉皇上帝下座，隨撤高臺、帳幔、桌椅科。衆同唱〕

【慶有餘】民安國正天心順(韻)，慶叶簫韶頌申(韻)，萬萬年天上人間祝聖君(韻)。〔福臺、禄臺、壽臺、仙樓衆神，各從兩場門下〕